清詩話全编

道光期十三

張寅彭 編纂
張宇超 朱洪舉 點校

上海古籍出版社

第十三册目次

伯山詩話前集

伯山詩話前集提要

《伯山詩話前集》一卷，據北京大學藏鈔本點校。撰者康發祥（一七八八——一八六五），字瑞伯，號伯山，江蘇泰州人。貢生。有《伯山文集》、《伯山詩鈔》等。按《伯山詩話》有前、後、續、再續、三續、四續諸集，惟此前集未見刊本。此鈔本卷首原題「卷一話古」四字，實僅一卷，今删去「卷一」。此四字或對應於另鈔之《續集》二卷（此鈔本亦藏於北大），蓋《續集》話今也。此卷由漢樂府、《十九首》而下，論至晚唐。其論每喜落在前人定論之背面，如言王維詩「結處每每説盡」；李白「愛君憂國，忠不忘心」，「謫仙」、「任俠」皆不足以盡其生平；杜詩「大處落墨，不作詹詹小言。此蓋天授，非人力」；韓愈「豪邁屈詰詩固多，而流利藴籍之句正復不少」，諸如此類。雖云有據，終非通論。時亦自相抵牾，如先以大謝「初日芙蓉」論陶、謝并稱，後又質疑「初日芙蓉」非謝之風格，即爲一例。此誠立異之難也。

伯山詩話前集

話古

泰州康發祥瑞伯氏編輯

漢《郊祀》、《鼓吹》等篇，或華縟瑰奇，或沈鬱頓挫，皆從楚《騷》脱胎而出。以視二《雅》、三《頌》，其氣象音韵，迥不侔矣。

《古詩十九首》敦厚和約，爲《國風》之遺。以此上接《三百篇》，最爲允當。然不知作者名氏。試問《國風》諸作，豈盡有名氏之可稽耶？

《古詩十九首》，朱彝尊《書玉臺新詠後》曰：「以《玉臺》勘之，枚乘詩居其八。昭明優禮儒臣，容其作僞。徐陵爲諸臣後進，不敢明言其非，乃别著一書，還之作者。論者宜取《玉臺》並觀，毋偏信《文選》。」按此説非是。昔昭明大集群儒討論，劉孝威、庾肩吾等皆在其列。陵雖行輩稍後，既在斯列，何爲不可明言，必别著書而還之作者耶？即劉、庾諸子，亦何故同心作僞耶？論古者固不得以《玉臺》之故致疑《文選》也。況「東門」、「宛洛」等語，詞兼東都，非乘之所作極明。以爲乘居其八，彼十有一章，又屬誰何乎？

七言古詩每句用韵，咸以爲昉于《柏梁臺詩》，而實不始于此。禹、皋《賡歌》曰：「元首明，股肱良，庶事康。」其來也舊矣。每句用韵濫觴于是。

詩之長篇莫長于《古詩爲焦仲卿妻作》，然縱横流灕，讀之不覺其長。其中複筆，一再言之，亦愈複愈妙。此神化之筆，不可思議者也。其中最入情處，無過「新婦初來時，小姑始扶床。今日被驅遣，小姑如我長」云云，臨去贈言，聲泪俱下。又「府吏馬在前，新婦車在後。隱隱何甸甸，俱會大道口。下馬入車中，低頭共耳語」云云，兒女情事，宛然入畫。又「先嫁得府吏，後嫁得郎君。否泰如天地，足以榮汝身」云云，慫恿得媒氏口吻。又「媒人下床去，諾諾復爾爾」，「諾諾」「爾爾」四字，大有神理。又「未至二三里，摧藏馬悲哀。新婦識馬聲，躡履相逢迎」，又「舉手拍馬鞍，嗟嘆便心傷。自君别我後，人事不可量」云云，曰「馬悲哀」、曰「識馬聲」、曰「拍馬鞍」，府吏與新婦胸中極淒楚處，俱從馬生情。結語「兩家求合葬，合葬華山傍。東西植松柏，左右種梧桐」云云，收煞仍有不盡之意，所謂篇長不覺長者此耳。

蘇武、李陵詩，悽惋中自有雄渾之氣，蓋其才質之過人，不可掩也。蘇詩云：「努力愛春華，莫忘歡樂時。」李詩云：「努力崇明德，皓首以爲期。」一重其少年，一望其壽考，措辭異而用意略同。

詩至建安以來，動稱曹、劉。曹謂曹孟德，劉謂劉公幹。然公幹之詩，顧盼生姿，頗有雋氣，而雄駿之氣特少，何能與孟德同日而語。晉之劉越石，英雄蓋世而失路興悲，其慘慄之聲足使櫪馬仰歎、城烏俯咽。曹、劉並稱，始如兩驂之勒。

曹子建身爲帝胄，運則孤羈，絢爛之章，流爲淒宛。十一年間，藩國三徙，憂譏畏罪之意，情見乎辭。《吁嗟篇》云：「願爲中林草，秋隨野火燔。糜滅豈不痛，願與根荄連。」《箜篌引》云：「生存華屋處，零落歸山丘。先民誰不死，知命復何憂。」此期見用而不得，只得委之於命數也。《野田黄雀行》

云：「高樹多悲風，海水揚其波。利劍不在掌，結友何須多。不見籬間雀，見鷂自投羅。羅家得雀喜，少年見雀悲。拔劍捎羅網，黃雀得飛飛。飛飛摩蒼天，來下謝少年。」此望援于人，而情辭更可悲矣。豈獨「煎豆」、「燃萁」之辭動人悽惻乎！

凡詩人連用古人事，每患疊床架屋，氣體不舒。子建《豫章行》首章八句，連用四事；次章四句，連用二事。縱横變化，自無堆垛之迹。首章曰：「虞舜不逢堯，耕芸處中田。太公未遭文，漁釣終渭川。不見魯孔丘，窮困陳蔡間。周公下白屋，天下稱其賢。」次章曰：「周公穆康叔，管蔡則流言。子臧讓千乘，季札慕其賢。」

子建於建安十六年春封平原侯，徙封臨菑。黃初二年貶安鄉侯，改封鄄城。四年徙封雍丘。太和元年改封浚儀，三年復還雍丘，三年徙東阿。藩國數徙，奔走不遑，故《門有車馬客》詩云：「本是朔方士，今爲吴越民。行行將復行，去去適西秦。」此實則自謂，非悲他人。

《靈芝》、《名都》、《白馬》等篇，當是賦體，而亦兼比興。《靈芝篇》云：「歲月不安居，嗚呼我皇考。生我既已晚，棄我何其早。《蓼莪》誰所興，念之令人老。」《名都篇》云：「白日西南馳，光景不可攀。雲散還城邑，清景復來還。」《美女篇》云：「佳人慕高義，求賢良獨難。衆人徒嗷嗷，安知彼所觀。」《白馬篇》云：「棄身鋒刃端，性命安可懷。父母且不顧，何言子與妻。」諸作通首非不華縟，而有此等名句貫乎其中，則非華而不質、有才無情者可比。

子建《鬭雞篇》云：「揮羽邀清風，悍目發朱光。觜落輕毛散，嚴距往往傷。」已爲韓、孟《鬭雞聯句》之本來，而韓、孟之作亦可謂出藍之青、生水之冰者矣。《盤石篇》云：「蚌蛤被濱涯，光彩如錦虹。高波凌雲霄，浮氣象螭龍。鯨揹負丘陵，鬢若山上松。呼吸吞船欜，澎濞戲中鴻。」此何豪宕奇麗乃爾！太白、昌黎之奇倔，何能逾此。

陶靖節性極和平，詩亦沖淡，然間有憂憤之作。如《述酒》一首，憂深思遠，當以不解解之。「采采榮木，結根于兹」，此「采采」字與「采采芣苢」解作采摘之采有别。采采，盛貌也。《命子》詩多述祖德，欲其纘戎祖考，繼序不忘。其卒章曰：「日居月諸，漸免于孩。福不虚至，禍亦易來。」數語見日月之易逝、禍福之無常，其警之也深矣。《責子》詩云：「白髮被兩鬢，肌膚不復實。雖有五男兒，總不好紙筆。阿舒已二八，懶惰故無匹。阿宣行志學，而不愛文術。雍端年十三，不識六與七。通子垂九齡，但覓梨與栗。天運苟如此，且飲杯中物。」此深憂其不才，不得不責備於蒙養之始也。大凡父之於子，望之深，故責之切。杜工部譏其不達道，夫豈其然？

韓昌黎《勗符郎》詩則勉其趨禄利，杜工部《示宗文宗武》詩則望其爲聖賢。夫望其爲聖賢，語失之過高；勉其趨禄利，語失之太卑。何如靖節之《命子》，寥寥數語，和平自喜也。

《乞食》詩，余愛其「行行至斯里，叩門拙言辭」二句，覺爾時之光景可想。

《飲酒》詩，昌黎謂其有託而逃。蓋靖節退歸之後，世變日甚，故得酒必盡醉。其卒章曰：「但恨多謬誤，君當恕醉人。」觀此二語，則以醉而逃世網，洵可知也。東坡曰：「『但恐多謬誤，君當恕醉人』，此未醉時説也。若已醉，何暇憂誤哉！世人言醉時是醒時語，此最名言。」

《與殷晉安别》，按景仁先爲晉臣，後爲宋臣，篇中語最有分寸。其末云：「良才不隱世，江湖多賤貧。脱有經過便，念來存故人。」「良才不隱世」，謂殷之筮仕也；「江湖多賤貧」，謂己之歸隱也。望其過從，則曰「脱有」，詞語何宛至而深曲。且景仁仕宋，已爲太尉參軍矣，題猶曰殷晉安，亦何忠厚乃爾。

子車氏之三良殉秦穆之葬，而《黄鳥》之詩哀之。序《詩》云謂「穆公以人從死」，則咎在穆公。東坡《過秦穆墓》詩則曰：「穆公生不誅孟明，豈有死之日而忍用其良？乃知三子殉公意，亦如齊之二子從田横。」則又言三良之殉非秦穆意也。至李德裕謂不可死而死，欲與梁丘據、安陵君同譏，則又罪三良之死爲不得所也。紛紛聚訟，幾難置喙。唯靖節詩云：「厚恩固難忘，君命安可違。」與王仲宣詩云「結髮事明君，受恩良不訾。臨没要之死，焉得不相隨」同意，而群議可熄矣。

荆卿之刺秦政，後之詩人皆多不足之言，要之成敗論人，古今同慨。徐夫人之匕首，猶之倉海君之椎；其中殿柱，猶之中副車也。太白於張子房則曰「報韓雖不成，天地皆震動」，獨不可曰「報燕雖不成，風雲爲變色」乎？靖節《詠荆卿》云：「君子死知己，提劍出燕京。」「其人雖已没，千載有餘情。」則意固有在，而於荆卿毫無憾詞也。

《讀山海經》「刑天舞干戚」句，舊作「形夭無千歲」，曾紘、周紫芝皆以爲誤，而周益公又辨其不然。以爲靖節此題十二篇，篇指一事，此首專説精衛，不必羼入刑天。余閲此事實謬，將謂專説精衛，則下一首説祖江之死，不應復説窫窳矣。要以「刑天舞干戚」爲是。

顔延之與靖節先生同時，延之曾留錢二萬與靖節，靖節悉送酒家取酒。謝康樂世次稍晚，而詩人動稱陶、謝不稱陶、顔者，以「鏤金錯采」，非陶可比，而「初日芙蓉」，庶幾近之乎？

謝康樂以風日流麗之筆，寫幽險縋鑿之思，風骨得於《三百篇》，氣韵有似《十九首》。屐齒所到，非山賊不能；妙語天成，必仙佛後可。看似容易，實則艱辛，漫擬以「初日芙蓉」，似非篤論。

史稱康樂鑿山浚湖，功役無已；尋山陟嶺，必造幽險。蓋山水之興絶佳，故其詩亦極幽秀。如《過始甯墅》云：「白雲抱幽石，緑篠媚清漣。」《七里瀨》云：「石淺水潺湲，日落山照曜。」《曉出射西堂》云：「曉霜楓葉丹，夕曛嵐氣陰。」《登池上樓》云：「潛虬媚幽姿，飛鴻響遠音。」《游南亭》云：「密林含餘清，東峰隱半規。」《登江中孤嶼》云：「亂流趨正絶，孤嶼媚中川。」《登永嘉緑障山》詩云：「澗委水屢迷，林迥巖逾密。」《登上戍石鼓山》詩云：「日没澗增波，雲生嶺逾疊。」《登石門最高頂》云：「連巖覺路塞，密竹使徑迷。來人忘新術，去子惑故蹊。」《從斤竹澗越嶺溪行》云：「巖下雲方合，花上露猶泫。」《夜宿石門》云：「瞑還雲際宿，弄此石上月。鳥鳴識夜棲，木落知風發。」等句，狀難狀之景，罔不入妙也。

康樂詩，人徒賞其「池塘生春草，園柳變鳴禽」、「昏旦變氣候，山水含清暉」等句，以爲雋妙。而集中亦有沈厚語，如「列宿炳天文，負海横地理」、「層臺指中天，高墉積崇雉」、「玉璽誡誠信，黄屋示崇高。事爲名教重，道以神理超」等句，惟唐杜工部庶幾有之。

《吟窗雜録》云：「『池塘生春草，園柳變鳴禽』，靈運坐此詩得罪。有客以請舒王，舒王曰：『池塘泉川，瀦溉之地，今田生春草，是王澤竭也。《豳》詩所記一蟲鳴則一候變，今曰「變鳴禽」者，候將變也。』」按安石論詩，語特附會。康樂謂孟顗「生天當在靈運前，成佛當在靈運後」，顗深恨此言。此度語構禍之始，本傳分明，何關「春草」、「鳴禽」之詩。

《登石門最高頂詩》云「來人忘新術」，按「術」字即《禮·月令》「審端徑術」之「術」，同「遂」。中从木不从术，从术者誤也。

諸謝詩，必推康樂爲巨擘。宣遠蒼秀，而傳作無多；法正流逸，而年華未允。後先接軌，其爲宣城乎？宣城于唐漸近，啓發後賢。造句謀篇，體密旨遠。唐之太白恒欲携驚人之句，搔首問天，而於任昉、沈約、何遜、江淹從未置喙。此見一心之折服，而即爲無心之軒輊也。

宣城之雋句，如「魚戲新荷動，鳥散餘花落。」「窗中列遠岫，庭際俯喬林。」「天際識歸舟，雲中辨江樹。」「餘霞散成綺，澄江浄如練。」「紅藥當階翻，緑苔依砌上。」「日華川上動，風光草際浮」等句皆是。然不如「寒城一以眺，平楚正蒼然」、「奔星尚未窮，驚雷下將半」之清迥奇闢，亦不如「大江流日夜，客行悲未央」之蒼莽而來，不可方物也。

《游山》詩云：「幸莅山水都，復值清冬緬。凌崖必千仞，尋谿將萬轉。堅崿既崚嶒，迴流復宛澶。杳杳雲竇深，淵淵石溜淺。傍睡鬱篻簩，還望森柟楩。荒隩被蒇莎，崩壁帶苔蘚。鼯狖叫層嵁，鷗鳧戲沙衍。」按「山水」一聯下凡十二句，重崖叠壑，山水并叙，不亂一絲，雖不逮康樂之清迥，而細緻處洵不可及。《詩品》謂宣城詩「一章之中，自有玉石」，語殊不然。

劉宋以後，庾、鮑兩家洵稱人傑，昔人謂鮑境異於庾，而情辭遜之；庾詩後於鮑，而聲韵不及。杜工部《懷李白》詩曰：「清新庾開府，俊逸鮑參軍。」或謂此工部譏太白語，謂其祇清新俊逸而已。然此是傖父之見，清新俊逸，何易有此境地。

余按鮑照之才，不減顔、謝。《宋書》不爲列傳，以之入《文學傳》可也，乃僅見於《王道規傳》中，殊未允當。

鮑明遠歌行特妙，《代東門行》云：「居人掩閨卧，行子夜中飯。野風吹草木，行子心腸斷。食梅常苦酸，衣葛常苦寒。絲竹徒滿座，憂人不解顔。」《代放歌行》云：「夷世不可逢，賢君信愛才。明慮自天斷，不受外嫌猜。」《代白頭吟》云：「毫髮一爲瑕，丘山不可勝。」《代苦熱行》云：「爵輕君尚惜，士重安可希。」《代結客少年場行》云：「失意杯酒間，白刃起相讎。」名言雋句，奔赴腕下。《擬行路難》七首，豪宕淋漓，是爲絶唱。其曰：「瀉水置平地，各自東西南北流。人生亦有命，安能行歎復坐愁。」茲四語則又爲通首之冠。其曰：「棄置罷官去，還家自休息。朝出與親辭，暮還在親側。弄兒牀前戲，看婦機中織。」茲數語寫出家居之樂，反見得行路之難，語最深曲。或謂「弄兒牀前戲」，「弄」、「戲」二字犯複，不知「弄兒」是我弄，「牀前戲」是兒戲，二字何曾犯複耶！其云：「還君金釵玳瑁簪，不忍見之益愁思。」此與唐張籍「還君明珠雙泪垂，何不相逢未嫁時」同意。張詩意惜其遲也，鮑詩意葆厥初也，是謂異曲同工。

明遠《望水》詩云：「千澗無别源，萬壑共一廣。」其水之空闊可知。閒嘗讀孟浩然詩云：「八月湖水平，涵虚接太清。」「平」字非平坦之平，此「平」字要作接連意看。蓋洞庭湖與諸湖相望，至秋水時至之日，湖水接連，所以涵虚而上接太清也。假使作平坦意解，則與下句何以通耶？《梅花落》云：「中庭雜林多，偏爲梅咨嗟。問君何獨然，念其霜中能作花，露中能結實，摇盪春風媚春日。念爾飄落逐寒風，徒有霜華無霜質。」此種歌行，其跌宕可喜處，唐之李太白、王龍標等猶師法之，何論其他。

庾子山以北地之英，實南冠之縶。方言哀而已嘆，每望遠而當歸。淒迷故國河山，事難回首；祖餞渡江師旅，言不由衷。誠論其世而慨想其人，亦讀其文而深哀其志。集中之詩，可略論之。《燕歌行》言北方苦寒之狀，《楊柳歌》言南朝變遷之故。俱詞旨雜出，庶難媒蘖其短。《怨歌行》託爲夫婦之言，亦是此意。《重别周尚書》詩云：「陽關萬里道，不見一人歸。唯有河邊雁，秋來南向飛。」《望渭水》云：「樹似新亭岸，沙如龍尾灣。猶言吟暝浦，應有落帆還。」此節短音長，最可悲者。其他雋句，層見叠出。《山池》云：「荷風驚浴鳥，橋影聚行魚。」《陪駕幸終南山》云：「長虹雙瀑布，圓闕兩芙蓉。」又云：「樹宿含櫻鳥，花留釀蜜蜂。」《春日游山》云：「風逆花迎面，山深雲濕衣。」《游山》云：「澗底百重花，山根一片雨。」《寄隱士》云：「秋水牽沙落，寒藤抱樹疎。」《上益州上柱國趙王》云：「寒沙兩岸白，獵火一山紅。」《同州還》云：「竄雉飛横澗，藏狐入斷原。」《從駕觀講武》云：「樹寒條更直，山枯菊轉芳。」《奉報趙王出師賜詩》云：「低橋澗底渡，狹路花中行。」《同盧記室從軍》云：「地中鳴鼓角，天上下將軍。」《奉和闡宏二教應詔》云：「香烟聚爲塔，花雨積成臺。」《奉和趙王游仙》云：「山精逢照鏡，樵客值圍棋。」《和何儀同述懷》云：「螢排亂草出，雁捨斷蘆飛。」《擬咏懷》云：「野老披荷葉，家童掃栗跗。」又云：「殘月如初月，新秋似舊秋。」又云：「關門臨白狄，城影入黄河。」《園庭》云：「水蒲開晚結，風竹解寒苞。」《歸田》云：「苦李無人摘，秋瓜不直錢。」《寒園即目》云：「蒼鷹斜望雉，白鷺下看魚。」《望野》云：「有城仍舊縣，無樹即新村。」《奉和夏日應令》云：「麥隨風裏熟，梅逐雨中黄。」《游昆明池》云：「密菱障浴鳥，高荷没釣船。」又云：「野鶴能自獵，江鷗解獨漁。」《咏鏡》云：「光如一片水，影照兩邊人。」《梅花》云：「樹動懸冰落，枝高出手寒。」此類皆膾炙人口，足供怡悦。又《舟中望月》云：「舟子夜離家，開船望月華。山明疑有雪，岸白不關沙。天漢看珠蚌，星橋視桂花。灰飛重暈闕，蓂落獨輪斜。」《畫屏風》詩云：「昨夜鳥聲春，驚鳴動四鄰。今朝梅樹下，定有咏花人。流星浮酒泛，粟瑱繞杯唇。何勞一片雨，唤作陽臺神。」此等詩已開唐律。《和張侍中述懷》詩竟體皆駢儷之句，已肇唐四傑之體。故駱賓王《蕩子從軍賦》云：「隱隱地中鳴戰鼓，迢迢天上出將軍。」直鈔開府《從軍》二語。杜少陵集中所載長排，亦復取法於此。以是知古人之學，皆有繇也。

李太白天才橫溢，神采飛揚，詩筆則如虬如龍，如雲如虹，倏忽萬變，不可名狀。其本原出於屈大夫，而駿爽過之；其風神有似鮑參軍，而豪宕又過之。昔李公陽冰爲太白作《草堂》詩云：「不讀非聖之書，耻爲《鄭》、《衛》之作。自三代以來，《風》、《騷》之後，馳驅屈、宋，鞭撻揚、馬，千載獨步，惟公一人。故王公趨風，列岳結軌，群賢翕習，如鳥趨鳳。」凡此數言，其推崇之也至矣。然非此不足以序《草堂》之集，亦非太白不足以當陽冰之言。

魏顥撰《李翰林集序》云：「太白始娶於許，生一女二男。女曰明月奴，既嫁而卒。又合於劉，劉訣。次合於魯一婦人，生子曰頗黎。」李華作《李君墓誌》云：「有子曰伯禽。」范傳正作《李公新墓碑》云：「按圖，得公之墳墓在當塗邑。訪公之子孫，乃獲孫女二人，一爲陳雲之室，一爲劉勸之妻，皆編户氓也。問其所以，則曰：『父伯禽，以貞元八年不禄而卒。有兄一人，出游一十二年，不知所在。』」合諸説觀之，知太白之子曰伯禽，頗黎其小字也。女曰平陽，明月奴其小字也。公集中有《寄東魯二稚子》詩云：「嬌女字平陽，折花倚桃邊。折花不思我，泪下如流泉。小兒名伯禽，與姊亦齊肩。雙行桃樹下，撫背復誰憐。」又有《送蕭三十一之魯中兼問稚子伯禽》詩云：「高堂倚門望伯魚，魯中正是趨庭處。我家寄在沙丘旁，三年不歸空斷腸。君行既識伯魚子，應駕小車騎白羊。」公兒女情深，形諸歌咏如此。惜伯禽沖年不禄，事迹無聞。以視陶靖節雖有五子，不好紙筆，韓昌黎之子誤讀「金根車」爲「金銀」，杜工部之子宗文、宗武後無短長，尤可憐憫。豈名父之子，盡如斯歟？是不可解也。

太白之爲人或稱之爲「謫仙」，或目之以「任俠」。夫稱爲「謫仙」者，以其天姿灑脱，不拘繩檢也。目以「任俠」者，以其風骨骯爽，論議縱横也。究之「謫仙」、「任俠」，皆不足以盡其平生。當其賜金放還，旋遘離亂，愛君憂國，忠不忘心；即令身竄遐方，絶無怨懟。其《流夜郎贈辛判官》詩云：「我愁遠謫夜郎去，何日金雞放赦回。」《贈易秀才》云：「蹉跎君自惜，竄逐我因誰。地遠虞翻宅，秋深宋玉悲。空摧芳桂色，不屈古松姿。」《天恩流夜郎書懷贈江夏韋太守良宰》云：「半夜水軍來，潯陽滿旗旃。空名適自誤，迫脅上樓船。」又云：「夜郎萬里道，西上令人老。掃蕩六合清，仍爲負霜草。日月無偏照，何由訴蒼昊。」又云：「桀犬尚吠堯，匈奴笑千秋。中夜四五嘆，常爲大國憂。旌旆夾兩山，黄河當中流。連雞不得進，飲馬空夷猶。安得羿善射，一箭落旄頭。」《流夜郎半道承恩放還兼欣克復之美示息秀才》云：「得罪豈怨天，以愚陷網目。鯨鯢未翦滅，豺狼屢翻覆。悲作楚地囚，何日秦庭哭。」又云：「大駕還長安，兩日忽再中。一朝讓寶位，劍璽傳無窮。媿無秋毫力，誰念矍鑠翁。弋者何所慕，高飛仰冥鴻。」《流夜郎題葵葉》云：「慙君能衛足，嘆我遠移根。白日如分照，還歸守故園。」其曰：「日月無偏照，何由訴蒼昊？」又曰：「白日如分照，還歸守故園。」惟望君之賜環而已，而憤懣之思，初未曾有也。昌黎《琴操》曰：「君王明聖，臣罪當誅。」其言之敦厚亦如此。其曰：「安得羿善射，一箭落旄頭。」即與杜工部「安得壯士挽天河，盡洗甲兵長不用」同意。解得此意，可以知太白之爲人，即可以與論太白之詩矣。

太白集中歌行特妙，《蜀道難》、《戰城南》、《將進酒》、《行路難》、《關山月》、《獨漉篇》、《王昭君》、《長干行》等篇，空前絶後，詩人無與抗行。每出一語，在太白固若不經意而語妙天下，在讀者每難以思議。如《蜀道難》云：「一夫當關，萬夫莫開。所守或匪親，化爲狼與豺。」言天險不足恃，而守土者難其人也。《戰城南》結云：「士卒塗草莽，將軍空爾爲。乃知兵者是凶器，聖人不得已而用之。」此詩前路極言征戰之苦、殺戮之慘，結二句言兵爲凶器，以見黷武之非福也。敦篤奥折，筆力千觔，此何神勇。《獨漉篇》云：「落葉別樹，飄零隨風。客無所託，悲與此同。羅帷舒卷，似有人開。明月直入，無心可猜。」《王昭君》云：「漢月還從東海出，明妃西嫁無來日。」《烏夜啼》云：「機中織錦秦川女，碧紗如烟隔窗語。停稜悵然憶遠人，獨宿孤房泪如雨。」《久別離》云：「別來幾春未還家，玉窗五見櫻桃花。」《採蓮曲》云：「若耶溪傍采蓮女，笑隔荷花共人語。日照新妝水底明，風飄香袖空中舉。」《古朗月》云：「小時不識月，呼作白玉盤。又疑瑶臺鏡，飛在青雲端。」《妾薄命》云：「雨落不上天，水覆難重收。君情與妾意，各自東西流。」《短歌行》云：「麻姑垂兩鬢，一半已成霜。」《春思》云：「春風不相識，何事入羅幃？」《白頭吟》云：「城崩杞梁妻，誰道土無心。」《東海有勇婦》云：「十子若不肖，不如一女英。」《襄陽歌》云：「清風朗月不用一錢買，玉山自倒非人推。」《宣州謝脁樓餞別》云：「抽刀斷水水更流，舉杯澆愁愁復愁。」《把酒問月》云：「今人不見古時月，今月曾經照古人。古人今人若流水，共看明月皆如此。」如此之類，不可枚舉。令人一見而知其爲太白之作，他人不能道其單詞隻字。其短章之妙，則又莫過於《勞勞亭》云：「天下傷心處，勞勞送客亭。春風知別苦，不遣柳條青。」《敬亭獨坐》云：「衆鳥高飛盡，孤雲獨往還。相看兩不厭，只有敬亭山。」《怨情》云：「美人捲珠簾，獨坐顰蛾眉。但見泪痕濕，不知心恨誰。」《玉階怨》云：「玉階生白露，夜久侵羅襪。却下水精簾，玲瓏望秋月。」司空表聖所謂「不着一字，儘得風流」者，此類是也。後人雖嘗學步，豈可得乎？

太白集中間有贋作，《懷素草書歌》、《江夏行》、《灞陵行》、《送別》之類，皆是。《去婦詞》結語與顧況同，且襲用古詞。太白前無古人，後無來者，可謂目空一切，尚得與人有勦襲語乎！是爲贋作可知。而《悲矣乎》、《笑矣乎》等篇，則又不待言矣。

太白五律之妙，與杜工部集中諸作可謂兩驂之勒。其沈着處雖遜於工部，其變化處尤突過工部。如《三山望金陵寄殷》、《廣陵別》、《留別龔處士》、《江夏別宋之悌》、《渡荆門送別》、《送殷淑》、《送友人》諸作，皆風骨高騫，淵含不盡。余尤愛其《口號贈楊徵君》云：「陶令辭彭澤，梁鴻入會稽。我尋《高士傳》，君與古人齊。雲卧留丹壑，天書降紫泥。不知楊伯起，早晚向關西。」時玩賞之，輒不能置。《蜀道難》一作，以爲諷章仇兼瓊者非，以爲嚴武放肆，爲房琯、杜甫危之者，亦非。惟蕭士贇指爲禄山亂華、天子幸蜀而作，此語得之。然此詩一波三折，放開眼孔，傷今弔古，亦復上下千載，如同一轍。蜀侯見禽於秦，公孫授首於漢，何獨不然？玄宗幸蜀，亦猶是也。且孟棨所記，白初游京師，賀知章聞名，首詣之日，出《蜀道難》，時乃天寶初也。按玄宗幸蜀乃在天寶十四年，孟棨所記，亶其然乎？

李陽冰目太白之才，既曰「馳驅屈宋、鞭撻揚馬」，則太白之於古人，宜少所許可矣。而集中古近體詩，獨於謝宣城私心折服，念念不忘。《謝公宅》云：「青山日將暝，寂寞謝公宅。」《謝公亭》云：「謝公離别處，風景每生愁。」《游敬亭寄崔侍御》云：「我家敬亭下，輒繼謝公作。相去數百年，風期宛如昨。」《三山望金陵寄殷淑》云：「三山懷謝朓。」《秋登宣城謝朓北樓》云：「誰念北樓上，臨風懷謝公。」《送儲邕之武昌》云：「諾謂楚人重，詩傳謝朓清。」《贈宣城宇文太守》云：「曾標横浮雲，下撫謝朓肩。」《宣州謝朓樓餞别》云：「蓬萊文章建安骨，中間小謝又清發。」《題東谿公幽居》云：「宅近青山同謝朓，門垂碧柳似陶潛。」《金陵城西樓》云：「解道澄江浄如練，令人長憶謝玄暉。」以余評論昔賢，覺玄暉之才，未必如太白之大；以太白之才，不必遜玄暉之清。而太白之於玄暉稱頌不置，以此知才大者心虛，古人之服善如此。豈如近人，少有才華，便睥睨一切，幾若無與比倫矣。噫！

太白奇警之作，莫過於「我有萬古宅，嵩陽玉女峰。嘗留一片月，挂在東溪松」、「黄河落天走東海，萬里寫入胸懷間」、「一風三日吹倒山，白浪高於瓦官閣」、「一溪初入千花明，萬壑度盡松風聲」等句。若「斷崖如削瓜，嵐光破崖緑」，《西清詩話》謂爲「真雲烟中語」，是各有賞心，余未敢附和。

凡詩家使事，往往援古證今。然擬人必於其倫，即自況，亦須有分寸。太白《醉後贈從甥高鑌》詩云：「時清不及英豪人，三尺童兒重廉藺。」《自洛陽南奔》詩有云：「張良未遇韓信貧，劉項存亡在兩臣。」又云：「蕭曹曾作沛中吏，攀龍附鳳會有時。」夫以廉、藺稱人，以張、韓、蕭、曹自況，此尚不爲過當；他如動稱稷、契，伊、吕，則未免過高之弊。

太白集中《陳情贈友人》詩云：「鮑生薦夷吾，一舉置齊相。斯人無良朋，豈有青雲望？」雖未明言其人，以二語推之，似指賀監。

《聽蜀僧濬彈琴》詩云「蜀僧抱緑綺，西下峨眉峰。爲我一揮手，如聽萬壑松」云云，《夜泊牛渚》詩云「牛渚西江夜，青天無片雲。登舟望秋月，空憶謝將軍」云云，此二詩是一副筆墨，恰如列子御風，泠然善也；又如羚羊挂角，無迹可尋。試問唐代諸賢，誰能有此？即工部五律，如此者亦不多見，惟「今夜鄜州月」一詩，可謂神似。

「山隨平野闊，江入大荒流。」太白《渡荆門》詩也。「星垂平野闊，月湧大江流。」少陵《旅夜書懷》詩也。二詩俱押「流」字，其結想之超妙亦同，而他人則俱未能道。

詩切人姓氏而引用古人者，人每訾議其短。不知此體古多有之，雖太白之通俛，亦往往有此。《贈裴十四》云：「朝見裴叔則，朗如行玉山。」《口號贈楊徵君鴻》云：「不知楊伯起，早晚向關西。」《送張舍人之江東》云：「張翰江東去，正值秋風時。」以此觀之，初何礙於詩品之高耶！

太白救郭子儀，及坐永王璘事，得子儀救解，見樂史序。趙甌北《詩話》謂：「太白集中無一字與子儀往來；當其繫獄時，以詩上崔涣、宋若思求雪，無一字乞援於子儀；救釋之後，又無一字述其恩、記其事。此事之有無，未可信也。」不知太白之營救子儀，固非望報；子儀請以官爵贖太白之罪，亦非市恩。如必感激涕零，形諸歌咏，是淺之乎測子儀與太白者也。況太白生平之詩未必全載集中，以是爲事之有無未可信，豈篤論乎？

杜子美詩，元稹撰《墓銘》云：「上薄《風》、《雅》，下該沈宋；言奪蘇李，氣吞曹劉。掩顔謝之孤高，雜徐庾之流麗。」此數語，言工部之詩盡之矣。《新唐書・贊》又謂其「善陳時事，世號『詩史』」。誠以古詩如《兵車行》、《彭衙行》、《悲青坂》、《悲陳陶》、《哀江頭》、《哀王孫》、《塞蘆子》、《北征》、《羌村》、《自京赴奉先縣詠懷》、《洗兵馬》、《留花門》、《新安吏》、《石壕吏》、《新婚别》、《垂老别》等篇，近體如《喜達行在所》、《喜聞官軍已臨賊境》、《收京》、《聞官軍收河南河北》、《閣夜》、《秋望》、《秋興》、《諸將》等作，以沈鬱頓挫之筆，寫忠君愛國之忱，伸紙疾書，千彙萬狀。試問同時作者，有能出其右否？試問後之作者，有能涉其藩籬否？雖白香山之歌行亦有寄託，而未能及其力厚思沉；國朝吴梅村亦有紀録，而未能及其憂深思遠也。子美之詩，此所以獨有千古矣！

子美集中多言馬之形狀與馬之性情，即曹霸、韓幹畫所不到者，子美間出一二語，無不神肖。此非畫工所能，蓋化工也。《高都護驄馬行》云：「腕促蹄高如踣鐵，交河幾踏曾冰裂。五花散作雲滿身，萬里方看汗成血。」《天育驃騎歌》云：「是何意態雄且傑，駿尾蕭梢朔風起。」又云：「毛爲緑驃兩耳黄，眼有紫焰雙瞳方。矯矯龍性合變化，卓立天骨森開張。」《驄馬行》云：「隅目青熒夾鏡懸，肉駿碨礧連錢動。」《李鄠縣丈人胡馬行》云：「頭上鋭耳批秋竹，脚下高蹄削寒玉。始知神龍别有種，不比俗馬空多肉。」《韋諷録事宅觀曹將軍畫馬圖》云：「可憐九馬真神駿，顧視清高氣深穩。」《丹青引》云：「斯須九重真龍出，一洗萬古凡馬空。」其形容馬之足也、鬉毛也、汗血也、意態也、耳也、瞳也、骨也、肉也、神氣也、種類也，此就其形狀而言，無不通微而入妙矣！若言其性情，則《房兵曹胡馬》詩云：「所向無空闊，真堪託死生。」《高都護驄馬行》又云：「此馬臨陣久無敵，與人一心成大功。」夫死生不移，而成功獨任，則馬之性情又可見矣。此豈皮相者所可同哉？宜乎《驃騎歌》結句云「如今豈無騕褭與驊騮，時無王良伯樂死即休」也。

子美不獨善形容駿馬，并善形容病馬。其《瘦馬行》云：「東郊瘦馬使我傷，骨骼硉兀如堵牆。」言肉脱骨出，如牆之矗立而堅硬也。又云：「天寒遠放雁爲伴，日暮不收烏啄瘡。」言馬自老病以後，則當年之英氣無存，而往日之雄心不肆，雁得而狎之，烏亦從而侮之矣。豈不可傷！

《登慈恩寺塔》詩云：「高標跨蒼天，烈風無時休。」李太白《蜀道難》詩云：「上有六龍迴日之高標。」《圖經》云：「高標山，一名高望。」左太沖《蜀都賦》云：「陽烏回翼乎高標。」注云：「日中烏礙於高樹，故假道回翼也。」少陵所謂之「高標」當是高樹；而太白所謂之「高標」，或是高望山也。

《麗人行》云：「態濃意遠淑且真，肌理細膩骨肉勻。」此善言麗人之體態也。夫古之善刻畫美人者，《鄘風・偕老》之詩云：「胡然而天也，胡然而帝也。」班孟堅《西都賦》云：「精耀華燭，俯仰如神。」曹子建《洛神賦》云：「驚若翩鴻，矯如游龍。」皆言美人之神光離即，不可方物，則以爲如天、如帝、如神、如鴻、如龍也。又云：「增之一分則太長，損之一分則太短。」則與子美「肌理細膩骨肉勻」句，言其修短適中、纖穠合度也。獨思「態濃意遠淑且真」之句，何以言之？夫韓、虢、秦三國夫人，珠翠靚妝，照耀于路；國忠不避雄狐之誚，而穢德彰聞，又何「淑且真」之有乎？《偕老》之詩云：「之子不淑，云如之何？」詩人之刺宣姜，直言其「不淑」，今云「淑且真」者，蓋反其詞以譏之也。讀杜者當知其妙。

《洗兵馬》本爲收京而作，推重李、郭之功，而又望其不自居功也。曰「郭相謀深」，曰「司徒清鑑」，已明言李郭矣。其在當日，原未嘗有「斫柱而争」、「坐沙而語」之事，然勳庸貴於不居，謀略在於善下，整頓乾坤之任，全仗斯人，而目前之策勳飲至，未可即安，故曰「攀龍附鳳勢莫當，天下盡化爲侯王。汝等豈知蒙帝力，時來不得誇身强」也。下云：「關中既留蕭丞相，幕下復用張子房。」言飛芻挽粟，借箸籌兵，非斯人莫屬，其望之也深矣！下云：「隱士休歌《紫芝曲》，詞人解撰《河清頌》。」皆頌禱之詞，終之以「安得壯士挽天河，净洗甲兵長不用」，正見得餘蘖猶存，欲其掃清六合。題是「洗兵馬」，仍以「洗甲兵」終之，此章法完密處，而錢受之箋專以肅宗信張良娣、李國輔之讒，放棄房琯，張鎬當之；又以李泌營救房琯，終於避禍還山。肅宗不能信用其父之賢臣，故曰「安得壯士挽天河」云云。穿鑿附會，語實支離。且指張子房爲張鎬，則房琯又不應借用蕭丞相矣。且少陵論事，多高視闊步，能見其大。專責李郭，此《春秋》責備賢者之意也。至於張良娣、李國輔諸人，纖人小子，雖肆青蠅貝錦之讒，恐終爲子美所不屑道。朱長孺注謂李國輔之讒間，乃上元間事，公安得逆料而譏之？亦有見地。

《北征》詩云：「憶昨狼狽初，事與古先別。姦臣竟葅醢，同惡隨蕩析。不聞夏殷衰，中自誅褒妲。」此言明皇誅國忠、貴妃也。又云：「桓桓陳將軍，仗鉞奮忠烈。微爾人盡非，於今國猶活。」言陳元禮倡議誅國忠、貴妃也。《許彦周詩話》云：向無此舉，雖李郭不能成匡復之功，故以「活國」許之。「微爾人盡非」，猶宣聖言「微管仲」之説，則推許元禮爲已至。此至當不易之論。近之作馬嵬驛詩者痛詆元禮，故有「將軍手把黄金鉞，不管三軍管六宫」之句，則竟與杜詩相支梧，而不審興亡之機，不顧名義之重，好騰口説，豈知其言之悖乎？

子美之詩，凡有褒刺，皆是直道。其《投贈哥舒開府》詩云：「開府當朝傑，論兵邁古風。」則以其治兵交河，攻拔石堡，以其有功而稱之也。及潼關失守，兵敗身俘，故《哀王孫》詩云：「朔方健兒好身手，昔何勇鋭今何愚！」《潼關吏》詩又云：「請囑防關將，慎勿學哥舒。」非咎哥舒而誰咎歟？錢受之箋則以爲玄宗信國忠之言，中使趣戰，潼關之失，非翰之罪。「慎勿學哥舒」者，其意歸責於趣戰者也。以此而論，覺失其主名，而肆其一偏之説，余不謂然。

《同谷縣七歌》其第六章，吴若本謂爲明皇遷南内而作。按此詩雖有「山湫龍蟄」、「蝮虵東游」之語，而前後六章，皆以弟妹睽隔、道路奔馳而作，究未言及君國之事。少陵雖一飯不忘君，而一言一動，亦不至繁瑣如此。讀杜者每於此等詩，必舉其事以實之，余實不敢同聲附和也。

骨肉聚散之況，痛切言之而有味者，莫如子美之詩。《自京赴奉先縣》云：「老妻寄異縣，十口隔風雪。誰能久不顧，庶幾共飢渴。入門聞號咷，幼子飢已卒。吾寧捨一哀，里巷亦嗚咽。所愧爲人父，無食致夭折。」《彭衙行》云：「參差谷鳥吟，不見游子還。癡女飢咬我，啼畏虎狼聞。懷中掩其口，反側聲愈嗔。」又云：「故人有孫宰，高義薄層雲。延客已曛黑，張燈啓重門。暖湯濯我足，翦紙招我魂。從此出妻孥，相視淚闌干。衆雛爛熳睡，唤起沾盤飧。」《北征》詩云：「平生所嬌兒，顔色白勝雪。見爺背面啼，垢膩脚不襪。床前兩小女，補綻才過膝。海圖拆波濤，舊繡移曲折。天吴與紫鳳，顛倒在裋褐。」又云：「瘦妻面復光，癡女頭自櫛。學母無不爲，曉妝隨手抹。移時施朱鉛，狼藉畫眉闊。生還對童稚，似欲忘飢渴。問事競挽鬚，誰能即嗔喝。」《羌村》云：「柴門鳥雀噪，歸客千里至。妻孥怪我在，驚定還拭泪。世亂延飄蕩，生還偶然遂。鄰人滿墻頭，感嘆亦歔欷。夜闌更秉燭，相對如夢寐。」又云：「晚歲迫偷生，還家少歡趣。嬌兒不離膝，畏我復却去。」此等詩皆真情真景，一字一泪，振筆疾書，探喉而出，無不令閲者泫然流涕，悲來無端。此正天地間有數文字，而不可以尋常目之也。

《遣興五首》第三首云：「陶潛避俗翁，未必能達道。觀其著詩集，頗亦恨枯槁。達生豈是足，默識蓋不早。有子賢與愚，何其掛懷抱。」是譏陶之《責子》詩未通達也，故公之於其子，則每多譽詞。《遣興》云：「驥子好男兒，前年學語時。問知人客姓，誦得老夫詩。」《憶子》云：「驥子春猶隔，鶯歌暖正繁。别離驚節换，聰慧與誰論。」《宗武生日》云：「自從都邑語，已伴老夫名。詩是吾家事，人傳世上情。」《又示宗武》云：「覓句新知律，攤書解滿牀。」又云：「應須飽經術，已似愛文章。十五男兒志，三千子弟行。曾參與游夏，達者得升堂。」豈真宗武之才超越常兒乎？而杜公譽之，竟與陶異。

《八哀詩》始於王思禮，而終於張九齡。數公功業文章，自有可記。但蘇源明不受安禄山僞署，而鄭虔受之，同時并論，未免相形見絀。其哀源明詩云：「肅宗復社稷，得無順逆辨？范曄顧其兒，李斯憶黄犬。」「得無」謂此。然子美爲懷舊而發，非有心軒輊也。其叙貶台州，尤多惋惜語。詩云：「履穿四明雪，飢拾楢溪橡。空聞《紫芝歌》，不見杏壇丈。天長眺東南，秋色餘魍魎。别離慘至今，斑白徒懷曩。」其懷思而尊崇之，何嘗稍有貶詞乎！他如哀嚴武之詩云：「四登會府地，三掌華陽兵。」又云：「諸葛蜀人愛，文翁儒化成。公來雪山重，公去雪山輕。」又云：「豈無成都酒，憂國只細傾。」結云：「空餘老賓客，身上愧簪纓。」公在武之幕下，故言武之出處特詳。此等詩是補史書之闕，「詩史」之目，所由來也。

渼陂之游，俄頃間光景三變。始而天地黤慘，繼而雲水沖融，終而雪雨蒼茫，幾令人不可以測度。蓋雨暘之景，本非一致；否泰之象，亦無常期。因知士君子立身行己，未可以目前所歷爲欣戚也。故結句有云：「少壯幾時奈老何，向來哀樂何其多。」二語鎖住通篇，覺有千觔力量。

子美詩大處落墨，不作詹詹小言。凡人數十百言不能盡者，子美以一二語了之。此蓋天授，非人力也。《望嶽》云：「造化鍾神秀，陰陽割昏曉。」《登慈恩寺塔》云：「七星在北户，河漢聲西流。」又云：「秦山忽破碎，涇渭不可求。俯視但一氣，焉能辨皇州。」《白水縣崔少府高齋》云：「危階根青冥，曾冰生淅瀝。上有無心雲，下有欲落石。」《北征》云：「坡陀望鄜畤，巖谷互出没。我行已水濱，我僕猶木末。」又云：「夜深經戰場，寒月照白骨。」《自京赴奉先縣詠懷》云：「勸客駝蹄羹，霜橙壓香橘。朱門酒肉臭，路有凍死骨。」《元都壇歌》云：「子規夜啼山竹裂，王母晝下雲旗翻。」《醉時歌》云：「但覺高歌有鬼神，焉知餓死填溝壑。」《送孔巢父》云：「詩卷長留天地間，釣竿欲拂珊瑚樹。」《劉少府新畫山水障歌》云：「元氣淋漓障猶濕，真宰上訴天應泣。」《韋偃畫松》云：「白摧朽骨龍虎死，黑入太陰雷雨垂。」《桃竹杖引》云：「憐我老病贈兩莖，出入指甲鏗有聲。」又云：「路幽必爲鬼神奪，拔劍或與蛟龍争。」《古柏行》云：「大厦如傾要梁棟，萬牛迴首丘山重。」如此之類，其光熊熊，其氣魄魄，以視昌黎「二十八宿羅心胸，元精耿耿貫當中」，昌谷「石破天驚逗秋雨」等句，尤覺自然奇警。其在不善學者，勢必生吞活剥，不堪卒讀矣。

子美詩中多用「騏驎」二字，或引《玉篇》云：「馬黑脊者爲騏驎。」或以爲通作「麒麟」。余按二説皆是。其《寄宋州賈司馬巴州嚴八使君》云：「貔虎開金甲，麒麟受玉鞭。」《偶題》云：「騄驥皆良馬，騏驎帶好兒。」《贈李二丈》云：「蹭蹬騏驎老。」《驄馬行》云：「肯使騏驎地上行。」《題壁畫馬歌》云：「戲拈秃筆掃驊騮，欻見騏驎出東壁。」此是言馬，非麒麟也。其《寄李十二白》云：「幾年遭鵩鳥，獨泣向麒麟。」《寄韓諫議》云：「玉京群帝集北斗，或騎騏驎翳鳳皇。」此非馬，當是麒麟也。韓昌黎《雜詩》「翩然下大荒，披髮騎騏驎」，亦與「麒麟」字通也。

《己上人茅齋詩》，僞歐注以爲僧齊己。按宋周密《浩然齋雅談》云：「唐僧齊己有《白蓮集》，爲

《風騷旨格》，所與游者，吴融、鄭谷皆晚唐人也。子美安得與之賦新詩乎？」

《秦州雜詩》云：「無風雲出塞，不夜月臨關。」誠使雲因風而出塞，月入夜而臨關，尋常景耳，何足爲異！惟冠以「無風」、「不夜」四字，遂覺妙不可言。後之説詩者，動引《邵氏聞見録》，謂「無風」，谷名；「不夜」，城名。誠如所言，則雲出無風之谷，月臨不夜之關，豈不味如嚼蠟乎！

《禹廟》詩「荒庭垂橘柚，古屋畫龍蛇」二句，實包得《禹貢》一篇、《山海經》一部。今人咏古蹟詩，指事直陳，惟恐不盡，究之罣一漏百，實形其陋。

《明妃村》詩妙在「群山萬壑赴荆門」一句，《永安宫》詩妙在「翠華想像空山裏，玉殿虛無野寺中」二句，《諸葛廟》詩妙在「竹日斜虛寢，溪風滿薄帷」二句，《武侯廟》詩妙在「遺廟丹青落，空山草木長」二句，《謁先主廟》詩妙在「慘澹風雲會，乘時各有人」二句，《蜀相》詩妙在「映階碧草自春色，隔葉黄鸝空好音」二句。咏古事皆於虛處着筆，言外傳神。如拘拘徵實，則本紀本傳自在，塡寫韵語，鋪排門面，詎有當乎？

《野望過常少仙》云：「入村樵徑引，嘗果栗園開。」而一本作「皺開」，或作「皴開」，或作「雛開」。貫休詩云：「栗不和皺落。」「皺」，栗蓬也；「皴」，皮裂也，其言似有理，而「雛」字殊不可解。不知題是「過常少仙」，蓋入少仙之樵徑，因至少仙之栗園。結句云：「落盡高天日，幽人未遣迴。」因留覽光景而未即回也。作「園」字讀，一氣相生，其義自見。若曰栗蓬、皮裂，則文義欠合矣。而《西溪叢語》讀作「栗雛」，更不必言也。

《諸將五首》，浦二田起龍《讀杜心解》曰：「『漢朝陵墓』，告備吐蕃之將；『韓公本意』，告備回紇之將；『洛陽宫殿』，告控河北之將；『回首扶桑』，告控南詔之將；『錦江春色』，告鎮西川之將。」此解《諸將》，最爲了當。又云「回首扶桑」一首，「錢箋以『殊錫』貼李國輔，『總戎』貼魚朝恩，兩人并未南征，有何關涉？」余按其説誠然，而朱長孺鶴齡注杜，尚引錢説，殊未當。

《八月十五夜月》二首，第一首中四句云：「轉蓬行地遠，攀桂仰天高。水路疑霜雪，林棲見羽毛。」第二首中四句云：「氣沈全浦暗，輪仄半樓明。刁斗皆催曉，蟾蜍且自傾。」同是十五夜月，而上一首是二三更之月，故光景如彼；下一首是五更之月，故光景如此。月當極盛之時，而一夜之中興替已别，固不待朔望異時，而盈虧迥别也。

五言律至子美則登峰造極，狀難狀之景，寫無盡之情，而又變化隨心，不名一格。《對雨書懷》云：「震雷翻幕燕，驟雨落河魚。」《夜宴左氏莊》云：「暗水流花徑，春星帶草堂。」《送張二十參軍赴蜀州》云：「兩行秦樹直，萬點蜀山尖。」《送翰林張司馬南海勒碑》云：「野館濃花發，春帆細雨來。」《秦州雜詩》云：「無風雲出塞，不夜月臨關。」又云：「叢篁低地碧，高柳半天青。」又云：「落日邀雙鳥，晴天養片雲。」又云：「簷雨亂淋幔，山雲低度牆。」《野望》云：「遠水兼天净，孤城隱霧深。」《别房太尉墓》云：「近泪無乾土，低空有斷雲。」《山館》云：「路危行木杪，身遠宿雲端。」《旅夜書懷》云：「星垂平野闊，月湧大江流。」《宿江邊閣》云：「薄雲巖際宿，孤月浪中翻。」《中宵》云：「飛星過水白，落月動沙虚。」《八月十五夜月》云：「轉蓬行地遠，攀桂仰天高。」又云：「氣沈全浦暗，輪仄半樓明。」《雨》

云：「紫崖奔處黑，白鳥去邊明。」《夜》云：「嶺猿霜外宿，江鳥夜深飛。」《返照》云：「荻岸如秋水，松門似畫圖。」《不離西閣》云：「江雲飄素練，石壁斷空青。」《散愁》云：「蜀星陰見少，江雨夜聞多。」《江漲》云：「大聲吹地轉，高浪蹴天浮。」《客夜》云：「捲簾殘月影，高枕遠江聲。」《上兜率寺》云：「江山有巴蜀，棟宇自齊梁。」《登牛頭山亭子》云：「江城孤照日，山谷遠含風。」《西山》云：「築城依白帝，轉粟上青天。」此聲調高朗，情景如畫者也。《游何將軍山林》云：「卑枝低結子，接葉暗巢鶯。」又云：「酒醒思卧簟，衣冷欲裝棉。」又云：「花妥鶯捎蝶，溪喧獺趁魚。」又云：「翡翠鳴衣桁，蜻蜓立釣絲。」《奉陪鄭駙馬韋曲》云：「美花多映竹，好鳥不歸山。」《遣意》云：「野船明細火，宿鳥聚圓沙。」《獨酌》云：「仰蜂粘落絮，行蟻上枯梨。」《徐步》云：「芹泥隨燕觜，花蕊上蜂鬚。」《野望過常少仙》云：「入林樵徑引，嘗果栗園開。」《鄭城西原》云：「遠水非無浪，他山自有春。」《倦夜》云：「暗飛螢自照，水宿鳥相呼。」《放船》云：「青惜峰巒過，黃知橘柚來。」《入宅》云：「花亞初移竹，鳥窺新卷簾。」《秋野》云：「水深魚極樂，林茂鳥知歸。」《東屯北崦》云：「步壑風吹面，看松露滴身。」《峽隘》云：「白魚如切玉，朱橘不論錢。」《月》云：「塵匣元開鏡，風簾自上鈎。」《孟冬》云：「破柑霜落爪，嘗稻雪翻匙。」《發潭州》云：「岸花飛送客，檣燕語留人。」《放船》云：「荒林無徑入，獨鳥怪人看。」《滕王亭子》云：「古墻猶竹色，虛閣自松聲。」（正月三日歸溪上）（《春日江村》）云：「燕外晴絲卷，鷗邊水葉開。」《懷錦水居止》云：「層軒皆面水，老樹飽經霜。」《南楚》云：「無名江上草，隨意嶺頭雲。」此細意熨貼、吐屬隽妙者也。他若「仰面貪看鳥，回頭錯認人」、「四更山吐月，殘夜水明樓」、「梅花萬里外，晴雪一冬深」等句，有如絳雲在霄，舒卷自如之態；亦有空山無人，水流花開之妙。此真不可以思議者也。又若沉痛之詩，如「有弟皆分散，無家問死生」，「病中吾見弟，書到汝爲人」，「所親驚老瘦，辛苦賊中來」等句，則又一字一泪，不忍卒讀者也。以「詩聖」目之，洵非虚言。

古人哀輓詩，實如分而止。子美《聞高常侍亡》、《哭嚴僕射歸櫬》、《别房太尉墓》皆是五律一首，《哭李尚書之芳》不過十韵，《哭台州鄭司户蘇少監》不過二十一韵，言簡意賅，無庸縷述。今人作哀輓詩，多至數百言并千餘言，鋪張逝者一生事迹，如作行狀、墓誌，有乖體例，殊屬無味。

「西川有杜鵑，東川無杜鵑。涪萬無杜鵑，雲安有杜鵑。」夏竦曰：「四句乃題下甫自注，誤以爲詩。」黄希曰：「《白頭吟》：『郭東亦有樵，郭西亦有樵。』此詩起法本此。」吴曾《漫録》：「《江南詞》：『魚戲蓮葉東，魚戲蓮葉西。魚戲蓮葉南，魚戲蓮葉北。』子美正用此格。」余按子美絶句云：「前年渝州殺刺史，今年開州殺刺史。」本集中自有此格，不必他求。

孟山人浩然、王右丞維、韋蘇州應物三君之詩，皆與淵明相近。山人《初春漢中漾舟》云：「波影摇妓釵，沙光逐人目。」《宴崔明府宅觀妓》云：「髻鬟低舞席，衫袖掩歌脣。汗濕偏宜粉，羅輕豈著身。」右丞《早春行》云：「愛水看妝坐，羞人映花立。香畏風吹散，衣愁露沾濕。」淡遠之中，忽有此妖冶之句。蘇州《擬古》、《雜體》諸作，發乎情，止乎禮義，詩人以陶、韋并稱，洵無媿色。

孟山人《耶溪泛舟》云：「白首垂釣翁，新妝浣紗女。相看似相識，脈脈不得語。」余嘆此老興復不淺。

《望洞庭湖贈張丞相》詩有「欲渡無舟楫」之句，又有「坐觀垂釣者，徒有羨魚情」之句，可知山人非無意仕進者，而此淪落不偶，宰相之過也。

王右丞年方弱冠，文章得名，膴仕嬰心，名王結識。《舟中曉望》詩下半截云：「問我今何去，天台訪石橋。坐看霞色晚，疑似赤城標。」此神似太白。《鬱輪袍》一曲，其人之梗概可知矣。雖有輞川别業可以退閒，裴迪秀才相與酬唱，而中途蹉跌，服藥佯瘖。以《凝碧池》詩得免三等定罪，幸也。弟縉上代宗之表，及優詔答之云云，覽之未敢遽信。但以詩論，格老味長，不以人廢言可耳。

右丞長于五言，語多淡遠，然結處每每説盡。如《酬黎居士作》云「氣味當共知，那能不携手」，《贈張五弟諲》云「歲晏同携手，只應君與予」，《齊州送祖三》云「解纜君已遥，望君猶竚立」之類，皆是。

《西施詠》一篇，語多感喟，起云「艷色重天下，西施寧久微」二句，便妙不可言。言天下之所重者，艷色而已，西施之色，天下知其艷也，人主一顧傾倒，豈有久在苧蘿之理？「暮爲越谿女，朝作吴宫妃」，宜得時固如此之速矣！「賤日豈殊衆，貴來方悟稀」，此爲普天下才子美人同聲一哭。「賤日」、「貴來」，非有兩人，而路判雲泥，一至于此。「邀人傅香粉，不自著羅衣」，凡人到得志之時，便改换一副面目。昔無膏沐，而今則香粉；昔無完裙，而今則羅衣。「邀人傅」、「不自著」，何自尊自貴，令人難耐乎！「君寵益驕態，君憐無是非」，上句承「邀人傅香粉」二句來；下句言不獨姿態横生，而且是非顛倒，以黑爲白，認奸作忠，天下事不可言矣！「當時浣紗女，不得同車歸。持謝鄰家子，效顰安可希」，言無西施之色、無西施之遇者，從而效顰，適見其陋而愚也，庸何益乎！按此詩爲以色事人者發，而杜荀鶴「早被嬋娟誤，欲妝臨鏡慵」一詩，又爲恃色而誤者發。見得固寵亦自有術，不徒在色也，是進一層説。

五律起句用韵而見其雄渾者，如《終南山》云「太乙近天都，連山到海隅」，《觀獵》云「風勁角弓鳴，將軍獵渭城」，《早朝》云「柳暗百花明，春深五鳳城」，皆是。而用韵尤得勢者，則如《梓州送李使君》云「萬壑樹參天，千山響杜鵑」，與下「山中一夜雨，樹杪百重泉」二句蟬連而下，得此意以爲詩，則興會飈舉，格律渾成。孟浩然《望洞庭》云「八月湖水平，涵虚接太清。氣蒸雲夢澤，波撼岳陽城」，杜子美《月夜憶弟》云「戍鼓斷人行，秋邊一雁横。露從今夜白，月是故鄉明」等詩，皆得此訣。

《游悟真寺》五排衹十二韵，以視白香山一百三十韵，多寡不侔。然白香山詩渾灝流利，不厭其多；右丞此詩雅鍊謹嚴，不嫌其少。各具手筆，各臻其妙。右丞句之佳者，莫如「草色摇霞上，松聲泛月邊」、「灞陵纔出樹，渭水欲連天」數語。結句云：「誰知草庵客，曾和《柏粱篇》。」所謂住持此者，不知誰何，今不可考矣。

韋蘇州詩雅近陶公，集中《效陶彭澤》一詩微嫌太質，轉未神似。惟《長安遇馮著》詩云：「客從東方來，衣上灞陵雨。問客來何爲，采山因買斧。冥冥花正開，颺颺燕新乳。昨别今已春，鬢絲生幾縷。」《寄全椒山中道士》云：「今朝郡齋冷，忽念山中客。澗底束荆薪，歸來煮白石。欲持一瓢酒，遠慰風雨夕。落葉滿空山，何處尋行跡。」此二詩不取貌而取神，則純乎陶淵明矣。

岑嘉州詩，人徒誦其「長風吹白茅，野火燒枯桑」、「山風吹空林，颯颯如有人」之句，以爲奇矣，不知《嘉州集》中諸詩無不奇特。《宿太白東谿李老舍寄弟姪》詩云：「渭上秋雨過，北風何騷騷。天晴諸山出，太白峰最高。主人東谿老，兩耳生長毫。遠近知百歲，子孫皆二毛。中庭井欄上，一架獮猴桃。石泉飯香粳，酒甕開新糟。愛兹田中趣，始悟世上勞。我行有勝事，書此寄兒曹。」涉筆成趣，不求奇而自奇者也。

岑嘉州《登慈恩寺浮圖》詩云：「秋色從西來，蒼然滿關中。五陵北原上，萬古青濛濛。」其一時同作者，杜子美詩云：「高標跨蒼穹，烈風無時休。俯視但一氣，焉能辨皇州。」高達夫詩云：「秋風昨夜至，秦塞多清曠。千里何茫茫，五陵鬱相向。」三君之詩，鼎足而立，缺一不可。

韓昌黎立心忠耿，故其詩亦多崛强。公詩云：「横空盤硬語，妥帖力排奡。」此公自道其生平也。陳後山有「以文爲詩」之誚，殊覺不然。試觀集中《此日足可惜》、《醉贈張祕書》、《送惠師》、《送靈師》、《陪杜侍御游湖西兩寺》、《岳陽樓别竇司直》、《答張徹》、《薦士》諸作，一韵到底，如操强弓勁矢，穿脇洞胸，語多透快。公之文固起八代之衰，而公之詩亦洗六朝之陋。其文與詩，皆臻絶頂，後之讀者，須知所别。昌黎作《諫佛骨表》以啓時君之悟，浮屠家言，宜在所不録。然集中《送惠師》、《送靈師》、《送文暢師北歸》、《送無本師歸范陽》、《聽穎師彈琴》、《送僧澄觀》諸作，又未嘗不與方外相往還，從知方家之落落，不作小人之硜硜。

《元和聖德詩》本是頌體，然叙誅戮之慘，有如「婉婉弱子，亦立傴僂。牽頭曳足，先斷腰膂。次及其徒，體骸撑拄。末乃取闢，駭汗如寫。揮刀紛紜，争刌膾脯」等語，其刻酷處，似有累聖德。頌耶？

諷耶？殊不可知。秦少游謂其與《淮西碑》如出兩手，是爲公之少作，亦覺有理。

凡人於亂離之中，有欵留之者，無不感入心脾。杜工部《彭衙行》云：「故人有孫宰，高義薄曾雲。延客已昏黑，張燈啓重門。暖湯濯我足，翦紙招我魂。從此出妻孥，相視泪闌干。衆雛爛熳睡，唤起沾盤飱。」昌黎《此日足可惜》云：「假道經盟津，出入行澗岡。日西入軍門，羸馬顛且僵。主人願少留，延入陳壺觴。卑賤不敢辭，忽忽心如狂。飲食豈知味，絲竹徒轟轟。」二公所歷之境雖不甚同，而爾時之光景宛然在目。

《汴泗交流》一詩，與《雉帶箭》一詩是一副筆墨。「築場千步手如削」句，與「原頭火燒静兀兀」句同意。「發難得巧意氣麤」句，與「將軍欲以巧伏人，盤馬彎弓惜不發」二句同意。「讙聲四合壯士呼」與「將軍仰笑軍吏賀」句又同意。《汴泗交流》一詩，其最妙者莫如「新秋朝涼未見日，公早結束來何爲」，結云「此城習戰非爲劇，豈若安坐行良圖。當今忠臣不可得，公馬莫走須殺賊」數句。昌黎爾時在徐州張建封幕，曾有《諫張僕射擊毬書》，此詩曰「來何爲」、曰「須殺賊」，蓋諷張以功名之事在彼不在此，不得以有用之精神施之無用之地也。神光奕奕，讀者須知其用意之深。

《瀧吏》一首設爲問答之辭，用以自責，猶是《琴操》「天王明聖，臣罪當誅」之意。而通首骨節靈動，音脚轉换，尤見自然。詩云：「瀧吏垂手笑，官問何之愚。譬官居京邑，何由知東吴。東吴游宦鄉，官知自有由。潮州底處所，有罪乃竄流。儂幸無負犯，何由到而知。官今行自到，那遽妄問爲。」此公問瀧吏之路程，而受其搶白矣。又云：「吏白聊戲官，儂嘗使往罷。嶺南大抵同，官去道苦遼。

下此三千里，有州始名潮。惡溪瘴毒聚，雷電常洶洶。鱷魚大於船，牙眼怖殺儂。州南數十里，有海無天地。颶風有時作，掀簸真差音詫事。」則又一口兩舌，而恐嚇之甚也。又曰：「聖人於天下，於物無不容。比聞此州囚，亦有生還儂。」則又作寬慰之語，以壯其膽智也。又云：「瓶大瓶罌小，所任自有宜。官何不自量，滿溢以取斯。工農雖小人，事業各有守。不知官在朝，有益國家否。」則又使之自問，而不能爲之解免也。結云：「叩頭謝吏言，始慚今更羞。歷官二十餘，國恩並未酬。」因瀧吏之言而引罪歸己，則又肝鬲迸露，而筆力亦重若千鈞矣。凡讀此詩，不覺眉飛色舞，如隔幃聽口技，以數十人之言出於一人之口，無不畢肖，豈不嘆爲獨絶耶！篇中「鱷魚大於船，有海無天地」二句，尤奇特之至。

《記夢》一首，語多諷刺。如云：「神官見我開顔笑，前對一人壯非少。」彼既爲上界神官，宜正容莊貌，執玉秉珪，何見人而輒開顔笑乎？其神官之非神即此可知已。又云：「石壇坡陀可坐卧，我手承頦肘拄座。隆樓傑閣磊嵬高，天風飄飄吹我過。」此因神官既可狎侮，遂不甚敬畏，而略放形骸也。又云：「口前截斷第二句，綽虐顧我顔不歡。」此言前之笑者，忽又妝嬌作態，而忽然不歡矣。又云：「乃知仙人未賢聖，護短憑愚邀我敬。我能屈曲自世間，安能從女巢神山。」此言我已看破此神人乃色莊者流，雖邀我敬，而我安能委蛇委蛇，從女巢神山耶？此老倔犟猶昔人，我於此詩覘之。

聯句詩如《城南》、《征蜀》諸篇，未免太冗；而《鬬雞》一首全是筋骨，全是姿態，無一支詞剩義，讀之令人神王。其句之最佳者，無如「高行若矜豪，側睨如伺殆」、「中休事未決，小挫勢益倍」、「一噴一醒然，再接再厲乃」數語。

《寒食日出游》詩云：「憶昔與君同貶官，夜渡洞庭看斗柄。豈料生還得一處，引袖拭泪悲且慶。各言生死兩追隨，直置心親無貌敬。」《記夢》詩云：「壯非少者哦七言，六字常語一字難。我以指撮白玉丹，行且咀噍行詰盤。口前截斷第二句，綽虐顧我顏不歡。乃知仙人未賢聖，護短憑愚邀我敬。」押二「敬」字，義却相反，一則不期敬而自敬，一則欲其敬而不敬。護短憑愚，何如直置心親之爲得也。立言之妙，如是如是。

《送僧澄觀》詩云：「有僧來訪呼使前，伏犀插腦高頰權。」僧之清奇古怪可知。《華山女》云：「洗妝拭面著冠帔，白咽紅頰長眉青。」尼之妖冶輕佻亦可知。一僧一尼之形狀，公之詩曲曲繪出，足徵筆妙。

《鄭群贈簟》詩云：「誰謂故人知我意，卷送八尺含風漪。」又云：「側身甘寢百疾愈，却願天日恒炎曦。」《赤籐杖歌》云：「繩橋拄過免傾墜，性命造次蒙扶持。」又云：「空堂晝眠倚牖户，飛電著壁蟠蛟螭。」公於咏物詩，真如獅子搏兔，亦用全力。

《病中贈張十八》云：「龍文百斛鼎，筆力獨能扛。」《調張籍》云：「想當施手時，巨刃磨天揚。」《薦士》云：「橫空盤硬語，妥帖力排奡。」《盧郎中雲夫寄示送盤谷詩歌以和之》云：「開緘忽睹送歸句，字向紙上皆軒昂。」此公一生文字得力處也。然《醉贈張祕書》又云：「君詩多態度，藹藹春空雲。」《送無本師歸范陽》云：「姦窮變悟日，往往造平澹。」《寄崔二十六立之》云：「文如翻水成，初不用意爲。」則又百鍊鋼化爲繞指柔，初不以生硬豪邁見長也。執一格以讀昌黎詩，是不知昌黎者。

昌黎豪邁屈詰詩固多，而流利藴藉之句正復不少。如《合江亭》云：「瞰臨眇空闊，綠净不可唾。」《陪杜侍御游湖西兩寺》云：「山樓黑無月，漁火燦星點。夜風一何喧，松檜屢磨颭。」《翫月》云：「浮雲散白石，天宇開青池。」《南溪始泛》云：「或倚偏岸漁，竟就平洲飯。點點暮雨飄，梢梢新月偃。」又云：「鷺起若導吾，前飛數十尺。亭亭柳帶沙，團團松挂壁。」《八月十五夜贈張功曹》云：「纖雲四卷天無河，清風吹空月舒波。」又云：「一年明月今宵多，人生由命非由他，有酒不飲奈明何。」《奉酬盧給事雲夫曲江荷花行見寄》云：「曲江千頃秋渡净，平鋪紅雲蓋明鏡。」《桃源圖》云：「種桃處處惟開花，川原近遠蒸紅霞。」《雉帶箭》云：「將軍欲以巧伏人，盤馬彎弓惜不發。」詩何嘗不流利，何嘗不藴藉乎。王荆公有云：「力去陳言誇末俗，可憐無補費精神。」何其輕口訕笑如此。

昌黎近體詩本不多見，而集中所見，自然高妙。《題楚昭王廟》云：「丘墳滿目衣冠盡，城闕連雲草樹荒。猶有國人懷舊德，一間茅屋祭昭王。」《和李司勳過連昌宫》云：「夾道疎槐出老根，高甍巨桷壓山原。宫前遺老來相問，今是開元幾葉孫。」《次潼關先寄張十二閣老使君》云：「荆山已去華山來，日出潼關四扇開。刺史莫辭迎候遠，相公親破蔡州迴。」此三絶句，吾嘗百讀不厭。

柳柳州詩旨淡遠，人每頌其「道人庭宇静，苔色連深竹。日出霧露餘，青松如膏沐」、「宿雲散洲渚，曉日明村隖。高樹臨清池，風驚夜來雨」等句，而不知柳州亦有骯髒不平之氣，時露於筆端。如《行路難》云：「睢盱大志少成遂，坐使兒女相悲憐。」又云：「盛時一去貴反賤，桃笙葵扇安可常。」《放鷓鴣詞》云：「齊王不忍觳觫牛，簡子亦放邯鄲鳩。二子得意猶念此，況我萬里爲孤囚。破籠展翅當遠去，同類相呼莫相顧。」夫曰「同類相呼莫相顧」，則柳州不當具奏以柳授劉禹錫，而自往播矣！甚矣，此柳州之憤詞也。

《江雪》詩，洪駒父以爲詩之妙蓋天授，非人所可及。按通首是呆相，亦無餘味，但差勝於昌黎「因風翻縞帶，隨馬散銀盃」等句耳。

張文昌籍、王仲初建皆善爲樂府，其平白處，皆能道得人情出。張詩《猛虎行》云：「南山北山林冥冥，猛虎日日繞林行。向晚一身當道食，山中麋鹿盡無聲。年年養子在空谷，雌雄上山不相逐。谷中近窟有山村，長向村家取黄犢。五陵年少不敢射，空來林下看行跡。」《野老歌》云：「老翁家貧在山住，耕種山田三四畝。苗疎税多不得食，輸入官倉化爲土。歲暮鋤犁倚空室，呼兒登山收橡實。西江賈客珠百斛，船中養犬長食肉。」王詩《當窗織》云：「歎息復歎息，園中有棗行人食。貧家女爲富家織，翁母隔墻不得力。水寒手澀絲脆斷，續來續去心腸爛。草蟲促促機下啼，兩日催成一匹半。輸官上頭有零落，姑未得衣身不著。當窗却羨青樓倡，十指不動衣盈箱。」《失釵怨》云：「貧女銅釵惜於玉，失却來尋一日哭。嫁時女伴與作妝，頭戴此釵如鳳皇。雙杯行酒六親喜，我家新婦宜拜堂。鏡中乍無失髻樣，初起猶疑在牀上。高樓翠鈿飄舞塵，明日從頭一遍新。」國朝王阮亭《論詩》云：「元白張王皆古意，不曾辛苦學妃豨。」特譏其淺顯而不深奥耳。

玉川子人品自高潔，而詩多奇僻。從來有奇癖者必有奇禍，後罹甘露之難，豈不可哀？

《月蝕詩》奇矣，而《哭玉碑子詩》尤奇。按詩意謂以頑鈍之驢，而喪堅貞之玉，抵鵲投鼠，深痛惜之。然其多在可解不可解之間。集中盡人情之作，則有《送邵兵曹歸江南》云「春風楊柳陌，連騎醉離觴。千里遠山碧，一條歸路長」，《寄外兄魏澈》云「何處堪惆悵，情親不得親。興寧樓上月，辜負酒家春」等句。

《秋夢行》云：「長眉入鬢何連娟，肌膚白玉秀且鮮。」此一望而知其爲神人。昌黎《華山女》云：「洗妝拭面著冠帔，白咽紅頰長眉青。」又一望而知其爲尼師。同是長眉，而神與尼之別實於句下見之，不可移易。

李昌谷賀詩奇情恣肆，新詞俶佹。杜牧之謂其「少加以理，奴僕命《騷》可也」，然觀集中諸作，誕幻之詞多，而感怨之言尚少，實非《騷》之苗裔。

人謂李白仙才、長吉鬼才，試觀《將進酒》篇，則兩君之身分自見。昌谷《惱公》詩與李義山《錦瑟》詩都有所指，然終不可以臆斷。

《美人梳頭歌》可謂細膩風光，亦復層次不亂。曰「西施曉夢綃帳寒，香鬟墮髻半沈檀。轆轤咿啞轉鳴玉，驚起芙蓉新睡足」，此言因曉睡而髮亂，因髮亂而欲梳，猶未及梳也。曰「雙鸞開鏡秋水光，解鬟臨鏡立象牀。一編香絲雲撒地，玉釵落處無聲膩」，此言因開鏡而解鬟，因解鬟而墮釵，方梳之始也。曰「纖手却盤老鴉色，翠滑寶釵簪不得。春風爛熳惱嬌慵，十八鬟多無氣力」，此言脂滑而簪難，鬟多而力費，正梳之時也。曰「妝成鬖鬌欹不斜，雲裾數步踏雁沙。背人不語向何處，下階自摘櫻桃花」，此言妝成而整衣，緩步而摘花，既梳之後也。才大心細，絶無淩亂之弊。且「玉釵落處無聲膩」與「翠滑寶釵簪不得」二句相照映，蓋玉釵寶釵，前後本是一釵，因鬢鬆則落處無聲，因髮密則簪之不得。此等細密處，曷可不知。

《白香山詩集》經元微之編次者，分諷諭、閒適、感傷三類，其《後集》則逐年編次，但分格詩、律詩二種。通觀前、後《集》，覺足爲世之鑒戒者，無過諷諭一類。故嘗與元書論作文之大旨，自蘇、李而後，惟稱子昂、甫、白。其言曰：「晉、宋以還，得者蓋寡。康樂之奥博，多溺於山水；淵明之高古，偏放於田園。陵夷至於陳梁之間，不過嘲風雪、弄花草而已。麗則麗矣，不知其所諷焉。」此諷諭之類所繇名也。言之無罪，聞之足戒，固大異於風雪花草之章。

香山之詩，語多平淡。人以其平淡而訾之，殊不知看時容易實艱辛。在他人爲之，鮮不流於僄矣，而香山則醞釀既深，故千百言之，而娓娓不盡。

大凡人之作詩文，由絢爛歸於平淡，自然之理也。而香山爲盩厔尉時，則有《小亭閒望》等作；爲翰林學士時，則有《松齋自題》等詩。按爲盩厔尉與翰林學士在元和初年，香山年纔三十五六；且相傳《王昭君》二詩則貞元四年，香山年甫十七，其詩已沖融淡雅，則其生性然也。

香山生友則有元稹，死友則有孔戡、唐衢。《哭孔戡》詩云：「或望居諫司，有事戡必言。或望居憲府，有邪戡必彈。惜哉兩不諧，没齒爲閒官。」《哭唐衢》詩云：「憶昔元和初，忝備諫官位。是時兵革後，生民正憔悴。但傷民病痛，不識時忌諱。遂作《秦中吟》，一吟悲一事。貴人皆怪怒，閒人亦非眥。天高未及聞，荆棘生滿地。惟有唐衢見，知我生平志。」《貽元稹》詩云：「自我從宦游，七年在長安。所得惟元九，乃知定交難。豈無山上苗，徑寸無歲寒。豈無要津水，咫尺有波瀾。之子異於是，久處誓不諼。無波古井水，有節秋竹竿。」哭贈三人之詩，俱在卷首諷諭類中。《登樂游園》詩又云：「車馬徒滿眼，不見心所親。孔生死洛陽，元九謫荆門。可憐南北路，高蓋者何人。」《酬元九對新栽竹有懷》云：「始嫌梧桐樹，秋至先改色。不愛楊柳枝，春來軟無力。憐君别我後，見竹長相憶。常欲在眼前，故栽庭户側。」生死不渝，一至於此。

《宿紫閣山北村》詩與杜子美《石壕村》詩相似，此等詩皆有關於風化，不可多得。《燕詩示劉叟》尤能道得天理人情，使之自反，夫復何辭。

詩人好作大言，亦是結習使然。杜子美詩云：「安得廣厦千萬間，大庇天下寒士俱歡顔。」香山《新製布裘》云：「安得萬里裘，蓋裹周四垠。穩暖皆如我，天下無寒人。」《新製綾襖成》云：「争得大裘長萬丈，與君都蓋洛陽城。」《醉後狂言贈蕭殷二協律》云：「我有大裘君未見，寬廣和暖如陽春。此裘非繒亦非纊，裁心法度絮以仁。刀尺鈍拙製未畢，出亦不獨裹一身。若令在郡得五考，與君展覆杭州人。」

《買花》詩云：「一叢深色花，十户中人賦。」或問花價畢竟如何？按《漢文帝紀贊》曰：「嘗欲作露臺，召匠計之，直百金。上曰：百金，中人十家之産也。吾奉先帝宫室，常恐羞之，何以臺爲！」準是以談，則百金可知。

《答四皓》詩云：「竟雜霸者道，徒稱王者師。子房爾則能，此非吾所宜。」又云：「暗定天下本，遂安劉氏危。子房吾則能，此非爾所知。」夫以衣冠甚偉之四皓在太子之側，高帝以爲羽翼已成，不可動摇，遂不復廢太子。此正子房之妙計。使四皓在太子側者，即子房也。香山馳騁議論，反正說來，以爲安劉氏者四皓，而非子房所能也。已爲子房瞞過而不覺。甚矣，論古之難也！

《游悟真寺》詩一百三十韵，《甌北詩話》謂爲優於昌黎《南山》詩，以《南山》詩有通套處，而此詩較切實也。要亦不過是一篇游記，用韵穩當耳。而其中之佳句有可指者，如云：「山下望山上，初疑不可攀。」此發端處，姑作反筆以蓄勢。旋云：「誰知中有路，盤折通巖巔。」則忽開異境，一往無前矣。又云：「回首寺門望，青崖夾朱軒。如擘山腹開，置寺於其間。」其寺之深可知。又云：「赤日間白雨，陰晴同一川。」其景之幻可知。又云：「渭水細不見，漢陵小於拳。」其山之高可知。又云：「風從石下生，薄人而上搏。衣服似羽翮，開張欲飛騫。」其山之靈異又可知。他若「雪迸起白鷺，錦跳驚紅鱣」、「中頂最高峰，拄天青玉竿」、「又有一片石，大如方寸磚。插在半壁上，其下萬仞懸」、「感彼雲外鴿，群飛千翩翩。來添硯中水，去吸巖下泉。一日三往復，時節長不愆」等句，皆能狀難狀之景，毫無生硬苦澀之病。又云：「名境與異境，周覽無不殫。一游五晝夜，欲返仍盤桓。」兹四句作通篇結束，恰與「山下望山上，初疑不可攀」反正照應，章法一線。此篇之妙，實在於此。

《舟行》詩云：「帆影日漸高，閒眠猶未起。起問鼓枻人，已行三十里。船頭有行竈，炊稻烹紅鯉。飽食起婆娑，盥漱秋江水。平生滄浪意，一旦來游此。何況不失家，舟中載妻子。」於此見江行之樂，絶無風波之險，足覘天日之美，亦見胸襟之闊。

《自江州至忠州》有似杜子美《玉華宫》詩。其詩云：「前在潯陽日，已嘆賓朋寡。忽忽抱憂懷，出門無處寫。今來轉深僻，窮峽巔山下。五月斷行舟，灧堆正如馬。巴人類猿狖，矍鑠滿山野。敢望見交親，喜逢似人者。」試參觀之，自得。

「城上雲霧開，沙頭風浪定。參差亂山出，淡泞平江净。行客舟已遠，居人酒初醒。嫋嫋秋竹梢，巴蟬聲似磬。」此《送客回晚興》詩也。起四句正是送行天氣。第五、六句行人已去，而酒後大難爲懷也。結句言嫋嫋蟬聲徒然在耳，其愁思宜何如耶？一氣相生，格最完善，而詩境亦極澄澈。

《畫竹歌》與杜子美《丹青引》、蘇東坡《韓幹畫馬一十四匹》等詩同觀。

《長恨歌》意在諷刺，其沉鬱頓挫處，不獨以使事爲能。鄭嵎《津陽門》詩固遠不能及，即元微之《連昌宫詞》亦瞠乎在後。然究是香山少年之作，哀艷有餘，而修潔不足。曰「漢皇重色思傾國」，曰「楊家有女初長成，養在深閨人未識」，爲尊者諱，可謂叙事得體。然其中亦多媟褻之語，如「春寒賜浴華清池，温泉水滑洗凝脂」、「雲鬢花顔金步摇，芙蓉帳暖度春宵」、「雲髻半偏新睡足，花冠不整下堂來」、「玉容寂寞泪闌干，梨花一枝春帶雨」等句，則又未盡得體也。讀者略其短而取其長，自不失爲千秋之絶調。

《琵琶行》以商婦之别怨，寫遷客之牢愁，是不過借他人之酒盃消胸中之磈礌，名爲蕩子婦，實則亡是公也。論者不察，猥以爲居官狎妓，移船聽曲，爲有玷官箴。直以爲真有是人、有是事矣。癡人之前，不得説夢，此之謂也。

香山之配楊氏，楊穎士之從妹也。倚外家之貴，情性未免驕縱。其初授邑號告身，香山有詩云：「我轉官階常自媿，君加邑號有何功？」又云：「倚得身名便慵惰，日高猶睡緑窗中。」形諸歌咏，伉儷不甚相得可知。

《龍花寺主家小尼》詩云：「頭青眉目細，十四女沙彌。」此與韓昌黎「洗妝拭面着冠帔，白咽紅頷長眉青」句，同爲寫生妙手。其結句云：「應似仙人子，花宫未嫁時。」香山已闚得此尼非終於空門者，曰「未嫁時」，而已有待價之志也，亦徵語妙。

香山詩自紀年齒，歷歷可稽，故其集雖未編年，而年譜自見。如《感時》云：「不覺明鏡中，忽年三十四。」《曲江早秋》云：「我年三十六，冉冉昏復旦。」《隱几》云：「行年三十九，歲暮日斜時。」《白髮》云：「況我今四十，本來形貌羸。」《自覺》云：「四十未爲老，憂傷早衰惡。」《秋日》云：「下有獨立人，年來四十一。」《重到華陽觀》云：「若爲重入華陽院，病鬢愁心四十三。」《閒居》云：「心苦頭盡白，纔年四十四。」《贈杓直》云：「撫己媿前賢。已年四十四，又爲五品官。」《四十五》云：「行年四十五，兩鬢半蒼蒼。」《春去》云：「四十六時三月盡，送春争得不殷勤。」《除夜》云：「明朝四十九，應轉悟前非。」《寒食夜》云：「四十九年身老日，一百五夜月明天。」《對酒自勉》云：「五十江城守，停杯一自思。」《登龍尾道南望》云：「青山舉眼三千里，白髮平頭五十人。」《初著刺史緋》云：「故人安慰善爲辭，五十專城道未遲。」《自問》云：「宦途氣味已諳盡，五十不休何日休。」《喜敏中及第》云：「莫學爾兄年五十，蹉跎始得掌絲綸。」《花前嘆》云：「前歲花前五十三，今年花前五十五。」《和我年》云：「我年五十七，榮名得幾許。」《戊申歲暮》云：「惟生一女才十二，祇欠三年未六旬。」《生子》云：「五十八翁方有後，静思堪喜亦堪嗟。」《拜河南尹》云：「六十河南尹，前途足可知。」《答崔賓客晦叔》云：「今歲日餘二十六，來歲年登六十二。」《覽鏡喜老》云：「行年六十四，安得不衰羸。」《春游》云：「我今六十五，走若下坂輪。」《六十六》云：「五十八歸來，今年六十六。」《雪中晏起》云：「冉冉老去過六十，騰騰閒來經七春。」《逸老》云：「皤然七十翁，亦足稱壽考。」《達哉樂天行》云：「我今年已七十一，眼昏鬚白頭風眩。」《游趙村杏花》云：「七十三人難再到，今春來是别花來。」《齋居感事》云：「風光抛得也，七十四年春。」其自己編排處一絲不亂。近時汪立名所刻白詩集，一任其前後顛倒，殊未盡善。

香山近詩清言玉屑，娓娓不倦。五言詩余尤愛其《官舍小亭閒望》云：「數峰太白雪，一卷陶潛詩。」《秋江送客》云：「濛濛潤衣雨，漠漠冒帆雲。」《郊下》云：「盡日看山立，有時尋澗行。」《旅次景空寺宿》云：「暮鐘寒鳥聚，秋雨病僧閒。」《江樓偶宴》云：「望湖憑檻久，待月放杯遲。」《夜送孟功曹》云：「江闇管絃急，樓明燈火高。」《潯陽宴别》云：「乘潮發湓口，帶雪别廬山。」《夜入瞿塘峽》云：「逆風驚浪起，拔篸暗船來。」《新居早春》云：「鋪沙蓋苔面，掃雪擁松根。」《久不見韓侍郎》云：「户大嫌甜酒，才高笑小詩。」《晚庭逐涼》云：「趁涼行繞竹，引睡卧看書。」《夜泊旅望》云：「沙明連浦月，帆白滿船霜。」《郡樓夜宴》云：「搴簾待月出，把火看潮來。」《晚興》云：「山明虹半出，松闇鶴雙歸。」《渡淮》云：「孤烟生乍直，遠樹望多圓。」《河亭晴望》云：「晴虹橋影出，秋雁櫓聲來。」《宴散》云：「笙歌歸院落，燈火下樓臺。殘暑蟬催盡，新秋雁帶來。」《山寒》云：「翠屏遮竹影，紅袖下簾聲。」《登天宫閣》云：「高上烟中閣，平看雪後山。」《秋思》云：「獸形雲不一，弓勢月初三。」七言詩如《送王十八歸山》云：「黑水澄時潭底出，白雲破處洞門開。林間暖酒燒紅葉，石上題詩掃緑苔。」《八月十五夜》云：「歲中惟有今宵好，海内無如此地閒。」《欲與元八卜鄰》云：「明月好同三徑夜，緑楊宜作兩家春。」《重傷小女子》云：「纔知恩愛迎三歲，未辨東西過一生。」《贈楊秘書巨源》云：「清句三朝誰是敵，無鬚四海半爲兄。」《得微之到官書》云：「寅年籬下多逢虎，亥日沙頭始賣魚。」《舟行阻風》云：「虎蹋青泥稠似印，風吹白浪大於山。」《題王處士郊居》云：「寒松縱老風標在，老鶴雖飢飲啄閒。」《放言》云：「龜靈未免刳腸患，馬失應無折足憂。」《庾樓曉望》云：「竹霧曉籠銜夜月，蘋風暖送過江春。」《北樓送客歸上都》云：「京路人歸天直北，江樓客散日平西。」《歲暮》云：「舊病重因年老發，新愁多是夜長來。」《李白墓》云：「可憐荒壠窮泉客，曾有驚天動地文。」《裴常侍優禮見待》云：「馬因回顧雖增價，桐遇知音已半焦。」《初除官》云：「惠深范叔綈袍贈，榮過蘇秦佩印歸。」《入峽次巴中》云：「萬里王程三峽裏，百年生計一舟中。」《初加朝散大夫》云：「得水魚還動鱗鬣，乘軒鶴亦長精神。」《西湖晚歸》云：「盧橘子低山雨重，棕櫚葉戰水風涼。烟波蕩漾摇空碧，樓閣參差倚夕陽。」《悲歌》云：「耳裏頻聞故人死，眼前唯覺少年多。塞鴻遇暖猶回翅，江水因潮亦反波。」《早興》云：「犬上階眠知地濕，鳥臨窗語報天明。」《答微之誇越州州宅》云：「日出旌旗生氣色，月明樓閣在空虚。」《贈侯之郎中》云：「年豐最喜惟狂客，秋冷先知是瘦人。」《赴蘇州至常州》云：「厭見簿書先眼合，喜逢杯酒暫眉開。」《郡西亭偶咏》云：「共閒作伴無如酒，與老相宜只有琴。」《故衫》云：「袖中吴郡新詩本，襟上杭州舊酒痕。」《至楞嚴寺作》：「照水姿容雖已老，上山筋力未全衰。」《自喜》云：「身兼妻子都三口，鶴與琴書共一船。」《早春憶蘇州》云：「霞光曙後殷於火，山色晴來嫩似烟。」《晚春閒居》云：「勸我加餐因早笋，恨人休醉是殘花。」《江樓夕望》云：「燈火萬家城四畔，星河一道水中央。」《城上夜宴》云：「風月萬家河兩岸，笙歌一曲郡西樓。」此二聯句調犯複。香山集中，佳句甚多，而犯重複之病正復不少。公當年於三千四百餘首之多稍能割愛，則删繁就簡，豈不精而又精乎！

《九年十一月二十一日感事而作》詩「當君白首同歸日，是我青山獨往時」二句。甘露之禍，以香山爲幸禍者，其説出於章子厚，東坡辨之，是已。「白首同所歸」，乃潘岳臨刑時語。「顧索素琴應不暇，憶牽黄犬定難追」二句，亦復以嵇康、李斯比之。所引之人，類皆才人杰士，絶無鄙薄之詞，是安得有快幸之説？

《啄木曲》、《四雖吟》是古詩創格，《池上閒吟》第二首起四句是近體創格。

與香山倡和者，前有元微之稹，世稱爲元白；後有劉夢得禹錫，世稱爲劉白。香山叙劉詩曰：「彭城劉夢得，詩豪者也。其鋒森然，少敢當者。予不量力，往往犯之。」其推崇之也甚矣。愚按：其詩殊難與白比，其古詩亦是長慶體，而沈鬱頓挫處尚少；近體詩多生動氣，《蜀先主廟》、《西塞山懷古》二詩，膾炙人口，自可壓倒香山。其他佳句則「樓中飲興因明月，江上詩情爲晚霞。」「清光門外一渠水，秋色牆頭數點山。」「月下歌謡有漁父，風天氣色屬商人。」「薔薇亂發多臨水，鸂鶒雙飛不避船。」

皆可誦。

李義山詩雖稱「獺祭」，而自有骨韵。集中古體不如近體，七言較勝五言。與温庭筠、段成式行派皆十二，時稱「三十六體」。然乾臒子之才較敏於段，而玉溪生之學亦雋於温，讀者自能領會。

義山五言律，無不從苦心研鍊而得。故《江亭散席》詩有「春詠敢輕裁，銜辭入半杯」之句，其曰「敢」者，不敢也。不敢輕率下筆，故其詞多醖釀出之。如《咏蟬》云：「五更疎欲斷，一樹碧無情。」《離思》云：「峽雲尋不得，溝水欲何如。」《風雨》云：「黄葉仍風雨，青樓自管絃。」《李花》云：「自明無月夜，强笑欲風天。」《晚晴》云：「天意留芳草，人間重晚晴。」《高松》云：「客散初晴候，僧來不語時。」《裴明府居止》云：「試墨書新竹，張琴和古松。」《訪隱》云：「月從平野轉，泉自上方來。」類皆吐屬雋永，不得以「獺祭」例之。

《思賢頓》詩云：「内殿張絃管，中原絶鼓鼙。舞成青海鳥，鬥殺汝南雞。不見華胥夢，空聞下蔡迷。宸襟他日泪，薄暮望賢西。」此首妙處全在結二句點醒，蓋此日之阽危，多由於平日之安樂，欲人君安不忘危也。《歲寒堂詩話》謂其「言近而旨遠」，洵屬知言。

杜工部《哀王孫》詩云：「高帝子孫盡隆準，龍種自與常人殊。」義山《阿衮》詩云：「寄人龍種瘦。」《哭遂州蕭侍郎》云：「公先真帝子，我系本王孫。」《唐書》本傳或言英國公世勣之裔孫。按世勣乃是賜姓李，則義山不當誇大其詞，自命爲「王孫」「龍種」。

義山七律，每於對處撫今思昔，吞吐盡致。如《隋宫》云：「于今腐草無螢火，終古垂楊有暮鴉。」

《馬嵬》云：「此日六軍同駐馬，當時七夕笑牽牛。」《九日》云：「十年泉下無消息，九日樽前有所思。」類皆反覆言之，語多悽惋。他如《杜工部蜀中離席》云：「雪嶺未歸天外使，松州猶駐殿前軍。」《重有感》云「竇融表已來關右，陶侃軍宜次石頭」等句，即使杜子美爲之，亦無以過。《籌筆驛》云：「猿鳥猶疑畏簡書，風雲常爲護儲胥。」起二句即見得運籌帷幄，決勝千里之意。「徒令上將揮神筆，終見降王走傳車。」此諸葛之所不料，可以付之浩歎者也。「管樂有才終不忝，關張無命欲何如？」須知着眼「有才」、「無命」四字。「他年錦里經祠廟，《梁父》吟成恨有餘。」此與工部「江流石不轉，遺恨失吞吴」之詩，同一可恨耳。

《同學彭道士參寥》絶句云：「莫羡仙家有上真，仙家暫謫亦千春。月中桂樹高多少，試問西河斫樹人。」《酉陽雜俎》：「月中桂高五百丈，下有一人常斫之，樹創隨合。人姓吴名剛。」義山詩引此。李長吉《箜篌引》云：「吴質不眠倚桂樹，露脚斜飛濕寒兔。」《三國志》注：「魏吴質，字季重，爲朝歌令。嘗有詩曰：『愴愴懷殷憂，殷憂不可居。徙倚不能坐，出入步踟躕。』」長吉詩引此。或以吴質即斫樹吴剛，此爲「桂樹」二字所誤，而不知「徙倚」之本來也。

《驪山有感》云：「平明每幸長生殿，不從金輿惟壽王。」《龍池》詩云：「夜半宴歸宫漏永，薛王沉醉壽王醒。」詩意本同，而《龍池》詩較渾，《驪山》詩則未免殺風景矣。

《亂石》詩云：「不須併礙東西路，哭殺厨頭阮步兵。」此爲牛、李黨所謫抑，或爲令狐綯所屏棄而作。

温飛卿詩骨韵不及義山，而饒有思致。《早秋山居》云：「樹凋窗有日，池滿水無聲。果落見猿過,葉乾聞鹿行。」《江岸即事》云:「廊竹唯聞鳥,江帆不見人。」《商山早行》云:「雞聲茅店月,人跡板橋霜。」《送人東游》云:「高風漢陽渡,初日郢門山。」《送淮陰孫令之官》:「魚鹽橋上市,燈火雨中船。」《送僧東游》云:「燈影秋江寺,篷聲夜雨船。」《宿一公精舍》云:「松下石橋路,雨中山殿燈。」《利州南渡》云:「岸上馬嘶看棹去,柳邊人歇待船歸。」詩情畫意,兼擅其美。

飛卿七律詩,詞多意少,惟《經五丈原》云:「鐵馬雲雕共絶塵,柳陰高壓漢宫春。天清殺氣屯關右,夜半妖星照渭濱。下國卧龍空寤主,中原得鹿不由人。象牀寶帳無言語,從此譙周是老臣。」惟此詩可與義山《籌筆驛》詩匹敵,惟「下國」二字欠酌。

《過陳琳墓》詩云:「詞客有靈應識我,霸才無主始憐君。」沈歸愚《别裁集》以「霸才無主」指袁紹言。愚按:琳始事袁紹,繼事曹操,「霸才無主」,正謂曹操,方與下「銅雀荒涼對暮雲」句相應。此處與袁本初有何關涉乎!

《蘇武廟》詩云:「回日樓臺非甲帳,去時冠劍是丁年。」讀此詩者,徒以爲「丁」、「甲」字借對之工,亦以爲行文有逆挽之妙,不知飛卿實能道得子卿心事出。「甲帳」,漢武所置,蓋子卿去國在漢武天漢元年,歸國在漢昭元始六年。《漢書》本傳:在匈奴日,聞上崩,南鄉號哭,歐血旦夕,臨數月。故結句云「茂陵不見封侯印,空向秋波哭逝川」也。

《華清宫三十韵》,和杜牧之作,叙事極工,而詞亦修潔。宋張戒《歲寒堂詩話》以爲庭筠小子,無禮於其君。詩云:「艷笑雙飛斷,香魂一哭休。」此豈可以瀆至尊耶?不知「艷笑」、「香魂」二句,乃在和《過華清宫》作，不是和牧之之作。當分别言之。

温飛卿、杜牧之《華清宫》詩，劉夢得《馬嵬行》、白樂天《長恨歌》、鄭賓先《津陽門》詩，皆紀明皇、太真事，而《津陽門》詩貪於紀事，致有一千四百言之多，徒見冗長，初無沈鬱頓挫之致。

杜牧之詩多蕩佚。爲牛奇章書記之時，留滯揚州，事多不檢，故有「十年一覺揚州夢，赢得青樓薄倖名」之句。《揚州》詩云：「煬帝雷塘土，迷藏有舊樓。誰家唱《水調》，明月滿揚州。」又云：「秋風放螢苑，秋草鬥雞臺。」《題禪智寺》云：「誰知竹西路，歌吹是揚州。」可想見其風情不淺。

《華清宫三十韵》字字鏗鏘飛舞，與温飛卿作可謂兩驂之靳。其中佳句有若「鉤陳裹巖谷，文陛壓青蒼」，此二句抵得《阿房宫賦》「絶離天日」等語。「月聞仙曲調，霓作舞衣裳。雨露偏金穴，乾坤入醉鄉。玩兵師漢武，迴手倒干將」，言致亂之由，不獨溺於聲色，而用哥舒翰爲將，窮兵黷武，所喪實多。且李林甫、楊國忠先後用事，所謂太阿倒持，授人以柄也。「碧簷斜送日，殷葉半凋霜。迸水傾瑶砌，疏風罅玉房」數句，言玄宗歸國後，觸目傷心，所在皆是。白香山所謂「西宫南内多秋草，落葉滿堦紅不掃」，元微之所謂「蛇出燕窠盤鬥栱，菌生香案正當衙」是也。結云：「孤烟知客恨，遥起泰陵傍。」則低回不盡，餘音繞梁。

杜牧之《華清宫》起句云：「繡嶺明珠殿，層巒下繚墻。」從宫説起；温飛卿起句云：「五十年天子，離宫舊粉墻。」亦從宫説起。牧之結句云：「孤烟知客恨，遥起泰陵傍。」從宫作收；飛卿結句云：「不堪垂白叟，行折御溝傍。」亦從宫作收。此章法完密處。而元微之《連昌宫詞》則不然，起云：「連昌宫中滿宫草，歲久無人深似棗。」從宫説起；結云：「今皇神聖丞相明，詔書纔下吴蜀平。官軍又取淮西賊，此賊一除天下寧。年年耕種宫前道，今年不遣子孫耕。老翁此意深望幸，努力廟謨休用兵。」忽然以用兵作收，似爲游騎無歸。

司空表聖圖風骨高俊，詩亦清腴。五言如《早春》云：「草嫩侵沙長，冰輕着雨消。」《塞上》云：「馬色經寒慘，雕聲帶晚悲。一作飢。」《下方》云：「坡暖冬生筍，松涼夏健人。」又云：「雨微冷有思，花落夢無憀。」《贈圓昉公》云：「晚香延宿火，寒磬度高枝。」《寄永嘉崔道融》云：「戍鼓和潮暗，燈船照島幽。」《上陌梯寺》云：「松月明金像，山風響木魚。」《華下送文涓》云：「川明虹照雨，樹密鳥銜人。」七言如：「得劍乍如添健僕，亡書久似憶良朋。」《淅川》云：「山田漸廣猿頻到，村舍新添燕亦多。」《歸王官谷有作》云：「塚上卷旗人簇立，花邊移寨鳥驚啼。」《歸王官次年作》云：「孤嶼池痕春漲滿，小欄花韵午晴初。」《丁巳重陽》云：「客舍喜逢連日雨，家鄉似響隔河砧。」《重陽山居》云：「四望交親兵亂後，一川風物笛聲中。」《山中》云：「逃難人多分隙地，放生鹿大出寒林。名應不朽輕仙骨，理到忘機近佛心。」皆朗朗可誦。

皮襲美日休、陸魯望龜蒙《松陵倡和詩》多次韵之作，後人效顰，遂以此争長。生吞牽强之病，横生側出矣。

長古長排，如百韵數十韵者，非有真氣以運實事，不可多作。間觀皮、陸集中有《吴中苦雨一百韵》，其和章則自發端以至數十韵，毫未説着「雨」字。驢券之書，其誚不免。最後方入題曰「今來值霖雨，晝夜無暫歇」云云，則前此大半所言何事？所賦何題乎？杜子美長古如《北征》之類，長排如《寄岳州賈司馬巴州嚴八使君》、《秋日夔府詠懷奉寄鄭監李賓客》之類，絕不如是。

魯望《江南秋懷寄華陽上人》之作，清高深穩，兩擅其長。七絕亦多佳句，《釣侶》云：「歸時月墮汀洲暗，認得妻兒結網燈。」《白蓮》云：「無情有恨何人覺，月曉風清欲墮時。」《春夕酒醉》云：「醉後不知明月上，滿身花影倩人扶。」奇趣俊思，襲美稍遜。

皮、陸聯句亦似韓、孟，但視韓、孟稍覺流暢，而奇崛處不及。

晚唐之詩猶存初盛格律者，莫如鄭谷、張喬兩家。張詩《潼關道中》云：「秋風滿關樹，殘月隔河雞。」《旅寓洛南村舍》云：「春陰妨柳絮，月黑見梨花。」《登杭州城》云：「潮來無別浦，木落見他山。」《夕陽》云：「極浦明殘雨，長天急遠鴻。」《亂後憶張喬》云：「亂離何處甚，安穩到家(泉)〔無〕。」《少華甘華寺》云：「餘潤鹿喧雙派水，上樓僧踏一梯雲。」《鷓鴣》云：「雨昏青草湖邊過，花落黃陵廟裏啼。」張詩《少華甘露寺》云：「地連秦塞起，河隔晉山微。」《華山》云：「衆水背流急，他山相向重。」《送友人許棠》云：「夜火山頭市，春江樹杪泉。」《謝公亭懷古》云：「流水不將山色去，閒雲時帶角聲來。」《河中鸛雀樓》云：「樹隔五陵秋色早，水連三晉夕陽多。」雄渾雅鍊，咸通後詩人所罕覯者也。他如杜荀鶴之淺俗、韓冬郎之纖穠，恐無以過此。

（吴忱、楊焄、張宇超點校）

伯山詩話後集

伯山詩話後集提要

《伯山詩話後集》四卷，據道光丁未刻本點校。撰者康發祥生平見《前集》提要。按此集自序及凡例未署年月，然《續集》有道光二十九年己酉自序，略謂於丁未歲輯録《詩話》之後，同人不我棄，遂復成一集云云。「丁未歲詩話」即指此《後集》四卷，「復成」者則爲《續集》，《後集》在《續集》前。此集不同於《前集》之話古，而曰「話今」，即本朝人之詩也。自清初至嘉慶初年作者髫齔之年，直至卷四丙午冬至同人消寒詩會之記，已是詩話寫作之當下、付梓之前一年。所論朱彝尊、王士禛至鐵保、法式善、王芑孫等名家，不下數十家。論折之餘，亦自有秤衡，一如其話古之情形。如推許吴嘉紀詩爲布衣第一，而不滿漁洋之評爲「隘」；於乾隆三大家則稍嗜蔣，詳爲摘句等。卷二以下多録其鄉先賢，頗存嘉、道間泰州、儀徵、興化、江都、高郵一帶吟風。

序

余話古人之詩，業已成集。因思國朝詩學，如萬壑朝宗，胥歸溟渤，無論搢紳先生，和聲鳴盛，韵叶宫商，即委巷窮檐，被褐躡屩之夫，亦能肆其謳吟，各攄懷抱。上有禹、皋，下有巢、許，《康衢》、《擊壤》之謡，與「元首」、「股肱」之歌，未始不遥相賡和也。余自貢入太學，後年及耆指使，頭童目眊，不能有爲。鍵户家居，無以排日，爰發敝簏，得素所繙閲者，與友人所投贈者，鈔彙成集。一以見服膺之愫，一以抒感舊之思。且於鄉曲之間，多所稱引，非阿好也。竊禀《小雅》「必恭敬止」之訓，庶免宣聖「無所用心」之責，筦束身心，必於是乎在矣。其集中所采掇者，皆余素所聞見之詩，其未聞未見之詩，無從備載，容采訪後再行補入。目睫之論，惟望知我愛我者諒之恕之，則幸甚。伯山氏康發祥自序。

凡例

一、國朝自定鼎以來，代有才士，鴻章鉅製，更僕難終。然同文同倫，是謂今之天下。是編之録，故曰「話今」。

一、國初諸君，各有專集。編中所録，究屬一人之見。余之所取，未必非人之所棄，第因箎闕偶及，不惜觚稜是操。質之時賢，尚望匡其不逮。

一、余家園株守，囿於方隅。落月横參，所思不見，江雲渭樹，天各一方。既恐廣鶩聲華，何至浪費筆墨。在齊論齊，知有管、晏，是不顧識者之嗤。

一、自國初以來，至嘉慶初年，余年髫齔，先型之作，時代略爲詮次。厥後贈答，俱繫同袍，隨到隨登，並無甲乙。不分周北張南，何有盧前王後。

一、温柔敦厚，是爲詩教；表揚節孝，尤仁人君子之所樂聞。集中譚論，間有關於風化，閱者不以迂闊見譏，或有芻蕘一得。

一、集中或以人存詩，或以詩見人，或以事存詩而兼及其人。事爲闡幽而發，辭亦達意而止。去取惟憑公論，而繁簡實無成心。碎錦零珠，何讓於長槍大戟；見多見寡，恐非知味之言。

一、集中載己之詩，似涉自衒。余雖不敏，何敢蹈此儃尤？然偶爾歌咏，實與事跡間有關合者，附諸各條之下。即此就正同人，用當羔雁。效劉勰車前之質，有同販負；豈蔡邕帳内之秘，藉作譚資也。知我者自能曲諒。

一、余同澤同袍，尚多契好，默數某某，詩尚未登。祇緣珠玉未投，故余難爲捉影之譚、書空之字。但現登之詩，實未卒業。諸君子肯以鴻章賜教，亟祈郵寄敝廬，行將續入。惠而好我，余日望之。

伯山詩話後集卷一 話今

泰州康發祥瑞伯氏編輯

國初諸老，詩如繡谷萬花，争妍炫采。朱竹垞彝尊之淹雅、宋荔裳琬之古厚、查初白慎行之流麗、王阮亭士禛之名雋，固各有所長，不必兼美。譬如鼠姑婪尾、文杏夭桃，濃淡淺深，本非一致。善哉李正己之詩曰：「春雨有五色，灑向花旋成。」方之諸公之詩，庶幾近之矣。他如宋商丘犖之矜重，但少生氣；趙飴山執信之倜儻，却無餘味；施愚山閏章之純樸，似多腐語；田山薑雯之修整，間露呆相。以眎諸公，未免不逮。

趙秋谷執信宫詹作《談龍録》，以譏阮亭。夫阮亭之詩如玄圃積玉，無非夜光；又如美女簪花，綽約可愛。方之於龍，神通廣大，固有所不能。秋谷之譏，誠不謬矣。予因觀《飴山詩集》，規模宏遠處有勝阮亭，而求其變化神通，如龍之一鱗一爪、一角一鬣，出没於雲濤雪浪之間，亦未敢深信。然則秋谷非好龍，乃好乎似龍而非龍者與？

查初白慎行《敬業堂集》五十卷，分爲五十三集，集各有序，序皆雋妙。趙甌北《十一家詩話》，於高青丘、吴梅村後，不録王漁洋、朱竹垞詩，而録初白，頗有見地。《詩話》於古體標其題，於近體摘其句，使閲者一覽瞭如。且推重初白爲白描手，而書卷較少，稍覺寒儉。其精華皆爲之一一指出，則已先得我心，吾何贅焉。

朱竹垞彝尊《曝書亭詩集》二十二卷，學贍才華，一時無兩。余最愛其短古，如《楓橋夜泊》云：「初月開平林，繁星羅遠戍。鷩禽沙上鳴，漁子夜深語。遥聞歌吹聲，暗入楓橋去。」五律之佳者，如《送十一叔游中州》云：「木葉下亭皋，西風一雁高。驅車千里道，結客五陵豪。河水浮官渡，關門鎮虎牢。驪駒方在路，尊酒意徒勞。」《贈張五家珍》云：「可嘆張公子，流離自妙年。身孤百戰後，門掩萬山前。易下窮途泪，難耕負郭田。平陵松柏在，餘恨滿南天。」此等詩即在太白、少陵集中，亦稱傑作。七律之佳者，如《贈諸葛丈》云：「旅館張燈夜未央，相逢跋扈少年場。同來大道朱樓上，並坐佳人錦瑟旁。白首悲歌非往日，青年把酒是他鄉。襄陽耆舊今寥落，乘醒還須問葛彊。」《留别董之繼》云：「離堂剪燭重燒燭，深夜他鄉説故鄉。作客蕭條官舍下，逢君歌哭酒爐旁。明朝分手仍南北，後會相期更渺茫。長路烽烟驚海甸，亂山風雨暗河梁。」《土木堡》云：「平蕪一簣狼山下，九月驅車白霧昏。到眼關河成故迹，傷心土木但空屯。元戎苦戰翻回蹕，諸將論功首奪門。早遣金繒和社稷，祠官誰奉裕陵園。」《宣府鎮》云：「高城西北控燕都，吹角清秋落日孤。尚憶武皇巡玉塞，親從鎮國剖金符。宫槐御柳今蕭瑟，虎圈鷹坊舊有無。邊事百年虚想像，誰誇天險塞飛狐。」《送曹侍郎備兵大同》云：「司農議論朝端重，副相聲名輦下聞。豈憶尚煩西顧策，翻教暫領朔方軍。河邊遠道人千里，天外鄉書雁幾群。到日關城春色早，李陵臺畔柳紛紛。」又云：「關榆蕭瑟一庭空，堠火平安九塞通。往日連師驚朔漠，只今市馬互西東。黄河天上三城戍，畫角霜前萬里風。知有馮唐論將帥，不令魏尚久雲中。」《至日》云：「去歲山川縉雲嶺，今年雨雪白登臺。可憐日至長爲客，何意天涯數舉杯。城晚角聲通雁塞，關寒馬邑上龍堆。故園望斷江村裏，愁説梅花細細開。」《寄懷李因篤》云：「雁門北上忽西還，未得相逢一解顔。傳道全家依渭曲，幾時匹馬出潼關。樽前舊事憑誰説，篋裏新詩待爾删。三載齊東留滯日，愁看李白讀書山。」似此諸作，調高詞迥，絶無委靡不振之音。其他古詩如《萬歲通天帖歌贈王舍人作霖》、《朱碧山銀槎歌》、《和程邃龍尾硯歌》、《夢硯歌爲汪舍人懋麟賦》、《贈鄭簠》、《送少詹王先生貽上代祀南海》、《題汪檢討乘風破浪圖》、《光孝寺觀貫休畫羅漢同陳恭尹賦》、《萬年藤杖歌贈尤檢討侗》、《御園茶歌》、《甘泉漢瓦歌爲侯官林侗賦》、《水帶子歌》、《玉帶生歌》，灝氣流走，墨采飛騰，其奇橫處，幾令人不可逼視。五言排律如《謁大禹陵》、《岳忠武王墓》、《于忠肅公祠》、《謁文成公祠》、《謁泰伯廟》，聯句如《劉學正兼隱齋觀石鼓拓本》、《重九後一日集長椿寺》、《竹爐》、《寶晉齋硯山》、《社日登黑窑廠》、《九月八日天寧寺觀塔燈》、《水碓觀造竹紙》、《坐竹簰入九曲》、《九日集刺梅園松下送譚七舍人之官延安》、《孫少宰蟄室觀吴季子劍》，工力悉敵查初白。同咏詩尤如兩驂之靳，不減韓孟《石鼎》諸作，讀之令人眉飛色舞，擊節不置。只《風懷二百韵》未免有玷風化，竹垞未能割愛，載在集中，是爲白玉之瑕。「不食兩廡特豚」之語，得無欠酌也乎？

王阮亭士禎《精華録》十二卷，自爲摘録，誠《帶經堂集》中之精華。其詆諆漁洋者，或謂其貪用故實，鏤金錯采，無復初日芙蓉；或謂爲一代正宗，而才力較薄，不相師法。究之篇章俱在，未可妄加雌黄。其詆諆漁洋者，皆未能及漁洋鍛錬之精，醖釀之厚者也。試觀漁洋五七古詩，如《蠡勺亭觀海》、《周文矩莊子説劍圖》、《慈仁寺雙松歌》、《登文游臺》、《焦山古鼎詩同西樵賦》、《南將軍廟行》、《昭陽顧符稹畫棧道圖歌》、《雙劍行孫退谷侍郎席上作》、《井陘關歌》、《定軍山諸葛公墓下作》、《元祐黨籍碑》、《僞劉龔冢歌》、《米海岳硯山歌爲朱竹垞翰林賦》、《甘泉宫長生瓦歌爲林吉人作》、《采石太白樓觀蕭尺木畫壁歌》諸作，皆如金碧樓臺，彈指即現，而又驅策風霆，雕鎸冰雪。非胸羅積軸，手握靈珠者，能如是乎？近體《讀費密詩》云：「成都跛道士，萬里下峨岷。虎口身曾拔，蠶叢句有神。大江流漢水，孤艇接殘春。十字須千古，何爲失此人。」《寄董樵》云：「問卜崑崙宅，棲遲歲幾更。人烟分蜃影，海嶠出秋晴。烏屋閒垂釣，山田晚罷耕。多君離亂日，白社獨逃名。」按密與樵皆勝國遺民，密寓居淮南，樵徙居文登海上，漁洋思之，故言之親切也。《登金山》云：「三山縹緲望如何，有客褰裳俛逝波。絶頂高秋盤鸛鶴，大江白日踏黿鼉。泠泠鐘梵雲間出，歷歷帆檣檻外過。京口由來開府地，不堪東望尚干戈。」按漁洋於順治十六年謁選，得揚州府推官。十七年之任。而前一年海寇鄭成功入犯京口，故此詩末句云爾。《潤州懷古》結句云：「見説孫盧西犯日，青燐白浪使人愁。」亦謂此也。《淮安新城有感》云：「澤國陰多暑氣微，一城烟靄晝霏霏。春風遠岸江蘺長，暮雨空堤燕子飛。四鎮蟲沙成底事，五王龍種竟無歸。行人泪墮官橋柳，披拂長條已十圍。」又云：「開府當年據上游，建牙賜爵冠通侯。即看别院連雲起，更引長淮作帶流。荒徑人稀鼪鼬嘯，野塘風急荻蘆秋。永嘉南渡須臾事，忍向新亭問楚囚。」前一首言福邸先設鎮淮上；後一首言劉澤清開府淮陰，窮奢極慾，而終於無成。以「永嘉南渡」爲比，有慨乎言之者。欲不謂之詩史，不得也。《潼關》云：「關津直上勢嵯峨，天險初從百二過。兩界中分蟠太華，孤城北折走黄河。復隍幾見熊羆守，棄甲空傳犀兕多。漢闕唐陵盡禾黍，雁門司馬恨如何。」此又傷孫司馬白谷之敗也。《蜀道驛城記》詳言之。《和徐健庵宫贊喜吴漢槎入關之作》云：「丁零絶塞鬢毛斑，雪窖招魂再入關。萬古窮荒生馬角，幾人樂府唱刀環。天邊魑魅愁遷客，江上蒓鱸話故山。太息梅村今宿草，不留老眼待君還。」自注云：「吴梅村有送漢槎出塞長句，見集中。」詩亦何慷慨而淒宛也。絶句如《國士橋》云：「國士橋邊水，千年恨未窮。如何杜厲叔，死報莒敖公。」《石城橋示倪雁園太史》云：「昔作秦淮客，朱樓賦洞簫。白頭故人盡，重上石城橋。」《高郵雨泊》云：「寒雨秦淮夜泊船，南湖新漲水連天。風流不見秦淮海，寂寞人間五百年。」《再過露筋祠》云：「翠羽明璫尚儼然，湖雲祠樹碧於烟。行人繫纜月初墮，門外野風開白蓮。」《灞橋寄内》云：「太華終南萬里遥，西來無處不魂消。閨中若問金錢卜，秋雨秋風過灞橋。」《蝫磯靈澤夫人祠》云：「霸氣江東久寂寥，永安宫殿莽蕭蕭。都將家國無窮恨，分付潯陽上下潮。」詩皆有丰致，亦有餘韵。去其堆垛塗飾處，亦復聲調高華，魄力雄厚。但執一格以論，未嘗不可毛舉其失也。善讀漁洋詩者，其共領略之。

漁洋咏古蹟詩，每於實處能虚，空際見巧，起結映伏，俱見匠心。《井陘關歌》起句云：「迴星城邊落日黄，西來氣欲無太行。」言形勢雄險，幾於一夫當關，萬夫莫開矣。結句云：「聖代即今罷烽燧，空餘畫角吹嚴疆。」乃知地利未足恃，此關幾閲諸侯王。」則天險不足恃，早已唤醒一切矣。《定軍諸葛公墓下作》起句云：「高密起南陽，文終從高祖。暴擊本見疑，數剻亦非武。」則以蕭、鄧作陪客。結云：「譙侯寧足誅，激昂淚如雨。」則又以陽城亭侯相形，此借賓定主也。其最妙者，「峩峩定軍山」四句，純用疊字，虚處著想，而武鄉侯之身分自見。《南將軍廟行》自「睢陽獨遏江淮勢」句下，以至「嗚呼南八真男子」，此略叙實事；而其下忽接曰「淮山峩峩淮水深，廟門遥對青楓林」，則又虚處傳神也。此等不傳之妙，皆從杜工部《禹廟》、《明妃村》諸作化出，慎勿視爲蹄涔之水、無本之言，則思過半矣。

國初詩人，王、朱並稱。或曰王才美於朱，而學足以濟之；朱學博於王，而才足以舉之。或曰朱貪多，王愛好。要之，兩家針鋒相對，瑜、亮雙生。譬之火齊、木難，珊瑚、碧樹，各有本原，俱堪寶貴。王以風調勝，而未嘗不淹雅；朱以淹雅稱，而未嘗無風調。才人能事，無奇不有，執一隅以論兩家，未足以服兩家之心也。且兩家集中所同賦者，《甘泉漢瓦》、《寶晉齋研石》各詩歌，則又各擅所長，兩不相讓。一篇甫出，如顔高之弓六鈞，傳觀者衆。因知前人噉名，皆有不可方駕之處，儌倖成名，吾未敢信。

施愚山閏章詩氣味淵雅，而才力不甚雄富。古體如《浮萍兔絲篇》、《悲野雀》、《青藤引》、《荒雞行》、《射烏樓行》、《觀宋牧仲比部家藏睗畫歌》、《豐臺看芍藥歌》之外，餘多平冗。惟《尋光福寺》短古云：「新月已在天，餘霞猶隱樹。柔櫓漾清波，直隨塔影去。不聞水際鐘，但聞烟中語。借問隔船人，僧廬向何處？」此學韋、孟，庶幾近之。

王漁洋爲愚山作摘句圖，但録五律。余按愚山七律較勝五律，蓋五律多板滯，而七律稍警拔也。《潯陽月夜》云：「倚醉無憂行路難，江村燈火逐人看。從教津吏來譏客，最喜漁翁不識官。月上匡廬天際白，霜清城郭鏡中寒。琵琶絶調今流水，司馬青衫泪未乾。」《贈林茂之》云：「丈人八十骨崚嶒，旅食長干似老僧。不惜青氈都棄擲，重禁白鳥太憑陵。鈔書細作千行字，扶病惟依七尺藤。莫話交遊全盛事，平生意氣苦飛騰。」自注：「時坐客言先生貧無蚊帳，故有『白鳥』句也。」其他佳句如《齊州》云：「瑯琊臺遠陰霞散，馬耳峰孤落日明。樹帶寒花分野色，人穿層阪亂谿聲。」《晴川樓至大別山絕頂》云：「水吞山郭蛟還鬬，風起江城花自飛。集浦帆如千樹密，傍巖僧共片雲歸。」《望衡嶽》云：「水閣風雷虛岫出，炎方冰雪半巖封。」《康州道中》云：「鷓鴣飛處月斜挂，蟋蟀鳴時人獨眠。」《登岱》云：「九州積氣峰前合，萬里浮雲杖底來。」《懷曹秋岳侍郎備兵陽和》云：「貂錦春聞青塞曲，旌旗晝擁白登臺。」《再集斗山》云：「風細暮雲深繞樹，臺空新月故依人。」《新安城南》云：「舟回亂石漁梁淺，城抱青山雉堞斜。」《唐朕虞以歲薦入都》云：「河邊月照離人影，薊北鶯啼故國聲。」《傳經臺》云：「野花無種年年發，林鳥多情處處鳴。」《桃花嶺》云：「雨後有時留虎跡，春來何處覓花枝？」《寄鄧偶樵荆南》云：「夢裏星辰摇劍佩，軍前詞賦半鐃歌。」《晚尋趵突泉》云：「地涌舜山争道急，源從王屋倒流長。」《見宋荔裳遺詩》云：「西川終古流殘泪，東海從今少大風。」《喜白仲調評事移居比鄰》云：「銜杯談讌今鄰叟，同學追陪舊黨人。」

宋荔裳琬昔往來於蜀，《安雅堂詩》版爲兵燹所燬，不可復得。古體如《從軍行》、《送王玉門之大梁》、《棧道平歌爲賈膠侯尚書作》、《贈蜀中李鵬海進士》等作，皆悲壯激昂，不作鏗鏗細響。近體詩《送傅介侯督餉寧夏》云：「賀蘭西望鬱嵯峨，使者乘春攬轡過。三輔征輪何日盡，二陵風雨至今多。邊城楊柳樓中笛，羌女葡萄塞下歌。君到坐傳青海箭，不妨草檄倚琱戈。」《登華山雲臺峰》云：「少華西來朝白帝，太行東望走黄河。」《華嶽》云：「龍沙弱水真杯杓，太白終南盡附庸。」又云：「扶桑萬里天雞曙，箭筈三更石馬鳴。」風調魄力，俱臻絶頂。《舟中見獵犬有感》絶句云：「秋水蘆花一片明，難同鷹隼共功名。檣邊飽飯垂頭睡，也似英雄髀肉生。」《刀魚》云：「銀花爛熳委筠筐，錦帶吴鉤總擅長。千載專諸留俠骨，至今匕箸尚飛霜。」

王西樵士禄爲阮亭之哲兄，著有《西樵集》。詩講魄力才調，人賞其《詔罷高麗貢鷹》、《長平坑》等歌，余獨愛其《焦山古鼎歌》，與阮亭作成兩峰之峙。歌云：「雲海堂中暮相索，古鼎照人光駁犖。龍文獨許吾邱知，篆銘略辨周京作。宛同石鼓出陳倉，那數銅狄出西洛。韓公摩挲指向余，曾入秦家格天閣。雲烟過眼已成墟，劍去珠還事堪愕。安得飛龍亦英主，元修晚慕軒轅樂。一德何人曰相嵩，金鉉只用青詞博。朝廷仍收養士報，楊沈蹇蹇如雕鶚。鼎鐺有耳豈不聞，耻向迴風作秋籜。萼山先生厮養耳，紛紛冠蓋多酧酢。當時不鄙趙師睪，於今誰憐賈秋壑。從來鑄鼎戒饕餮，此物胡爲亦遭攫。山頭尚有椒山詩，三尺古碑墨光錯。隻字重於神禹金，猶向山林辟不若。老奴真欲愧歐陽，廿載鈐山空寂寞。培塿已拉冰山摧，有鐵誰能鑄此錯。裵回三嘆軒几傍，極目江天莽寥廓。」宋商邱已將此歌載之《筠廊偶筆》，先得我心。阮亭五言古一章，字奇語重，中有「蛟龍雜蝌蚪，五指不敢捫」，二句爲尤妙。

吴野人嘉紀本泰州安豐場人，自分縣後，安豐籍隸東臺。野人著《陋軒詩鈔》十二卷，其歌行之妙，直逼老杜。餘詩亦如九秋唳鶴、三峽啼猿，布衣之中，罕有其匹。薄游郡城之日，與諸君詩篇倡和，未改耿介之行。而王貽上獨譏之曰：「一個冰冷的吳野人，亦弄得火熱。」不知野人何開罪於貽上，而詆諆若是也。且吾鄉柳敬亭，豪俠士也，以趙壹之亡命，效張禄之改名，隱身説書，滑稽善辨，通侯大帥皆優禮之。而貽上亦譏之曰：「聽柳某之説書，與市井無異。」蓋敬亭説書之時，言語湊巧，旁若無人，曾有言侵射貽上，而貽上以此報也。貽上爲人本隘，「清瘦李于鱗」之目，信其不誣。余《讀桃花扇傳奇書柳敬亭事》云：「老作諸侯座上賓，少年亡命走風塵。魯連東海收奇策，皋羽西臺哭故人。歲月久歸羊馬劫，談諧不怕虎狼瞋。如何讕語王貽上，酒肆茶坊例此身。」末句爲敬亭一泚前言。而野人之詩集自在，人品亦自在，固無涘鄙人爲之昭雪而言之喋喋也。

吳野人布衣，沈歸愚尚書《别裁集》小傳以爲詩筆刻苦，語語真樸，不得以名位少之。平心易氣讀其詩，試問近人有此孤懷高寄否？歸愚尚書昔持此論，余亦深韙其言。集中名作，不能備舉，余最愛其《玉鉤斜》云：「莫嘆他鄉死，君王竟不歸。年年野棠樹，花在路旁飛。」《白塔河》云：「朝發黃金壩，暮宿白塔河。河流上河泥土沃，夏收麥菽秋登禾。人家隱隱暮春遠，楊柳翛翛燈火多。咫尺下河没洪水，哭聲水聲一千里。上河農饜下河哭，船來繫樹遭驅逐。同是耕田鑿井人，何惜樹陰不借宿。」《董嫗》詩云：「客行斑竹村，有嫗田間哭。野曠人跡稀，嫗手牽黃犢。犢口齕齕食，草色莽莽緑。哭聲亦何悲，牛羊爲躑躅。客行聊駐足，近前問緣由。心念主人恩，欲言泪還流。主人韓秀才，默。家住蕪城裏。城破兵過門，夫妻先自死。妻蕭氏縊死梁上，夫溺死井底。所生兩男兒，一死從嚴親。名彦超。幼者在母懷，名魏。擎舉託老身。憶母將縊時，復抱幼兒乳。乳兒幾曾飽，倉皇分散去。門外積尸高，昏暮何西東。裹兒兒不啼，共入死人中。死人蓋生人，尸血糢糊紅。五日兵事了，駱駝鳴蜀岡。蒲匐夜出郭，朧晴麥穗黄。麥仁采餵兒，烟火投村莊。兒吾各無恙，田夫嘆且驚。今年麥穗黄，明年麥穗黄。兒儻稱郎君，軀體如父長。眉宇尤骯髒，落筆善文詞。往來多益友，稍欲大門楣。郎君今安在，書劍燕山陲。燕山三千里，懷思斷肝腸。語罷辭客去，倚犢向北望。北路駝馬來，飛動遥相呼。郎君不捨我，今日歸來乎？謬誤不自知，但悟無人應。烏雀返虚落，烟寒樹色暝。客亦掩耳歸，嫗聲難再聽。」《落葉》云：「枝上曾幾日，夜來秋已終。又隨天地意，亂下户庭中。不静月斜處，偏驚頭白翁。何須怨摇落，多事是春風。」《新僕》云：「語少身初賤，魂傷家驟離。飢寒今已免，力役竟忘疲。長者親難浹，新名答尚疑。猶然是人子，過小莫輕笞。」仁人長者之言横見側出，一時隱逸，未之或先。

程孟陽嘉燧、吴非熊兆、邢孟貞昉三君詩自有可傳，然較之吴野人，竊恐不逮。而漁洋於程、吴、邢則譽之，於吴則譏之。於此知門户之見，詩人不免。余以爲布衣之詩，吴爲第一，匪獨重桑梓之誼，抑以見公道之不泯。如予言不信，則《新安二布衣詩》、《石臼集》、《陋軒詩鈔》俱在，取而觀之可也。

「瓜步江空微有樹，秣陵天遠不宜秋」、「烟中小市開晴翠，樹杪重泉帶雨聲」，此孟陽句也；「維舟登岸先尋寺，入境逢人即問山」、「游過山川常在夢，别來朋舊久無書」，此非熊句也；「桃花一夜飄還剩，燕子今年到故遲」、「城邊月出還聞角，水上雲來始見秋」，此孟貞句也。三君之詩非不淵雅雋永，然老氣横九州，究不如陋軒之苦心孤詣也。

孟貞《石臼集》一十六卷，前九卷成於勝國，後七卷作於國朝。七古磥硌嶔崟，間學太白。孟貞曾出試於御史臺，牘遭紅勒帛，曰「太狂」。於是作《太狂篇》，盤礴有趣。又集中贈楊龍友詩甚多，按龍友瑣瑣姻婭，依草附木，其人本不足言，特晚蓋可觀。孟貞與之友善，故歌詠之歟？

吴天章雯《蓮洋詩集》宗法漁洋，而才力較薄。漁洋每譽之不絕口。其佳句如《次青縣題壁》云：「當門萬里崑崙水，千點桃花尺半魚。」《題雲林秋山圖》云：「經營慘淡意如何，渺渺秋山遠遠波。豈但穠華謝桃李，空林黄葉亦無多。」其他佳篇寥寥。蔣心餘太史《論詩》云：「漁洋於蓮洋，宏奬何其寬。」心餘之論，吾亦云然。

江左三家詩，虞山、合肥，得罪名教，姑置勿論。《梅村集》奉旨板行，風行宇内，珠光劍氣，靡得而窮。但《甌北詩話》按切時事，言之綦詳，吾弗贅焉。

嶺南三家詩，陳元孝聲調高華，擅長七律；梁藥亭藻麗辭豪，歌行獨妙，與僧今種詩鼎足而立，夫何間然。

陳元孝懷古諸作，人每誦其「十年士女河邊骨，一笑君王鏡裏頭」之句，以爲奇警。然此二句雖佳，終不免粗豪之病。其最佳者，則如《鄴中懷古》云：「山河百戰鼎中分，歎息漳南日暮雲。亂世奸雄空復爾，一家詞賦最憐君。銅臺未散吹笙妓，石馬先傳出水文。七十二墳秋草徧，更無人表漢將軍。」《燕臺懷古》云：「河渡堅冰通下博，關門沙路走居胥。」《沛中懷古》云：「嵩室有聲君萬歲，土圭無影日中天。」《蜀中懷古》云：「諸葛威靈存八陣，漢朝終始在三巴。」聲調高朗，未易學步。梁藥亭《六瑩堂集》中亦有懷古諸詠，然較此則倜乎後矣。祇《咸陽》詩云：「中條西盡九邊分，一面雄關百萬軍。寶劍無人磨黑水，角弓終日射黄雲。山空鳥鼠飛無次，川亂魚龍出每群。信是帝王州壯麗，秦皇墳對漢皇墳。」此詩雄渾，有過於陳作。陳詩云：「龍虎片雲終王漢，《詩》《書》餘火竟燒秦。」未免落邊際矣。

國初耆撰之富，無過於毛西河。經學湛深，議論亦極馳驟。集中有《打虎兒行》一篇，序云：「禹州民朱兒救父打虎，予識之禹署。」詩云：「打虎兒，乃在汴梁之禹州，禹州城外朱家樓。小兒十一隨父耕，深林有虎斑毛成。颷颷黑風吹草根，乘風攫人誰敢攖。小兒不識虎，疑是狐與狸。陡然見虎銜父去，咆哮草際風來吹。兒啼向風不得父，把杙打虎截虎路。三尺童子五尺杙，憑空擊去著虎臆。虎驚顧兒舍父逸，深林風草皆無色。禹州太守呼小兒，予之以帛飽以麋。予時在署識兒面，披髮跳躑真兒嬉。問兒打虎虎何似，舉手張牙作虎勢。假虎隱幔恐小兒，小兒驚避力不支。當時見虎得無怖，此事我亦昧其故。禹州太守省得知，是時小兒知有父。男兒七尺縱復横，争名攫利萬里行。高堂存没總不問，那肯捨命念所生。我所思，打虎兒。」詩最奇特，備登之，以勸孝義。

周櫟園亮工《賴古堂詩》規仿少陵，才雄氣厚。每一展讀，百感紛來，人以有本目之，非譽言也。《東平》詩云：「烽火經年逼，傷心大小東。城孤欹雉堞，路仄隱蒿蓬。人影殘骸裏，狐聲敗壁中。芒鞋無定向，未敢泣途窮。」《别客》云：「别正秋冬際，羈心入夜真。深更沙際棹，卮酒遠遊人。烟逼山容暮，燈摇水氣新。後時應有夢，風雨里江濱。」《黄田守夜》云：「坰寇真難撲，羈心盡夜忡。樓高欹古驛，岸斷壓孤蓬。鬼氣低翻火，梟聲亂舞椶。朦朧沙磧裹，處處響刀弓。」《白蓮驛》云：「古驛藏山曲，兵戈不盡焚。一燈隨雨亂，半榻向僧分。瘠鳥啼孤樹，寒狐舞敗墳。呰門看早閉，虎跡亂紛紛。」七言如《馮宗伯至自秣陵》云：「三年瘴癘兼兵燹，親串誰能過嶺看。冷署逢人添氣色，寒家賴爾報平安。亂中來路倉皇問，别後新詩急遽攤。滿郡荔香紅欲墮，傲他嶺外不曾餐。」絶句《哭楊淩飈茂才》云：「唾地新詞破錦囊，高樓君自拜滄浪。文人命薄將軍死，誰賦城南舊戰場。」《靖公弟至》云：「荒城兀首對燈殘，歸計先愁八百灘。爾又南來余未去，高堂清泪幾時乾？」《除夕渡蘆溝》云：「敝車羸馬泪交流，僮僕相看歲已收。莫訝此回頭盡白，十年八度渡蘆溝。」其他佳句如《程慎先游白下》云：「帆回山盡見，鷗起水仍波。」《送高非援返敬亭》云：「海岸同爲客，杯中各有家。」《發邵武》云：「灘急提心過，峰危仰面看。」《别客》云：「客心支夜永，江影就燈全。」《立春後一日》云：「瓶梅無落意，小竹有高聲。」《江行》云：「江邊見塔知城近，郡裏看山覺寺深。」《須江延醫》云：「採藥暫停沙際棹，看方頻就佛前燈。」《過仙霞關》云：「荒亭坐佛空泉裏，薄板肩人細雨中。」余讀其詩，每哀其意也。

趙秋谷執信《飴山堂詩》，人謂其馳騁有餘，醞釀較少，然集中詩未始無沈著含蓄之作。《酬馮大木都下見懷》云：「滿眼不可耐，有懷何足云。夜來京國夢，祇爲大馮君。」《海月》云：「海月自東出，照人如有心。猶懸九秋影，頓失昨宵陰。疊嶂依雲遠，空烟向水深。無因乞靈藥，桂樹漫森森。」《出都》云：「事往渾如夢，憂來豈有端。罷官因酒失，去國覺天寒。北闕烟中遠，西山馬首寬。十年一揮手，今日别長安。」《酬王阮亭先生見寄》云：「何事終朝舊，他年願卜鄰。乘時朱虎讓，失意綺黄親。斜日依臺柏，驚風落塞塵。請公樹奇績，容我樂芳春。」《送吴天章之太原》云：「秋雨勢不已，秋風動萬山。送君薊門道，計日井陘關。水暗黄榆色，峽迴青玉顔。猶餘馬行處，憑夢一追攀。」《對月寄丹壑》云：「春風寒近酒盃前，街鼓聲中夜可憐。愁向窗東見明月，故人居在月東邊。」《萊陽雨夜贈張伯績》云：「高樓吹角引嚴霜，良夜開樽共燭光。傍海魚龍多出没，方秋雷雨更蒼涼。年華荏苒看籬菊，身事蕭條寄醉鄉。家在蓬山雲卧穩，故人且莫歎滄桑。」

潘次耕耒《遂初堂集》，《贈閻古古一百五十韵》、《烈士行贈趙羲庵》、《碧雲寺詩》、《贈杜于皇》、《贈鄧孝威》、《送李天中還閩中》、《司馬相如玉章歌》、《寶刀行爲夏子宛來賦》等篇，彪炳陸離，令人不可逼視。近體才華富有，而微覺板重。《山行》句云：「雲寒時著面，石險每當車。」《塞上》云：「枯柳乍沿河岸發，黄雲多傍戰場生。」《龍門》云：「雪消春捲桃花至，雨霽秋兼瀑布來。」《寫懷》云：「定僧豈合持齋鉢，處士何當辦嫁衣。」又云：「懸知徑笑終南捷，畢竟人愁矍相空。」《壽李映碧先生》云：「班彪久矣能成史，范叔終知不下車。」《送焦也叔觀察西寧》云：「帝謂馬援猶少壯，人言裴楷舊清通。」《江行》云：「過雲山似褰帷出，裂水帆如破陣來。」又云：「佳醖乍來中户喜，名灘欲過長年愁。」《溪行》云：「燎薪野岸客防虎，打鼓津吏巫降神。地僻不曾疎漢法，山深或恐有秦人。」《重游杭川》云：「地主依然蘭臭合，故人漸覺鬢絲多。」《經姜給諫墓作》云：「青峰一曲抱愁雲，中有先朝給諫墳。往日兒童識鄒浩，到今野老哭劉蕡。山頭樹屋稱殘卒，地下戎衣見故君。埋骨便爲乾净土，豐碑華屋漫紛紛。」

黄陶庵淳耀《馬當山》詩云：「一日清風千里閣，世間惟有鬼憐才。」潘次耕詩云：「好風肯與王郎別，世上惟君不妬才。」兩押「才」字俱妙。

吾邑州治後有蘆洲，時有雁宿，宋陳垓築。國朝孔東塘尚任來游，有「水闊蘆花肥」之句，其妙與謝康樂「池塘生春草」、梅宛陵「春洲生荻芽」句相似。

田山薑雯《詩選》，沈歸愚尚書稱其才力高而取材富，欲兼唐、宋而有之，然其中不無少雜。余展讀之，信不誣也。詩之最佳者，如《送友還蜀》云：「酒壚連客巷，匹馬向天涯。驛路秦川雨，春風蜀道花。行藏憐郭隗，書劍老侯芭。但看黄梅熟，知君已到家。」《李于鱗先生墓》云：「下馬拜滄溟，荒山亂石横。炎天無白雪，遠樹有泉聲。邊許才相映，鵲華峰正晴。弇州今已矣，誰重濟南生。」《三角店》絶句云：「蠻方聞道已休兵，何事軍書夜未停。土屋柴門三角店，計程七十五長亭。」《讀温飛卿詩》云：「一代才人《乾𦠆子》，八叉吟手亦徒然。不教詞賦陪雕輦，空讀《南華》第二篇。」《采石磯太白樓題壁》云：「燃犀波動石皆動，尺木畫存松亦存。再上青蓮樓上望，漫天風雪大江昏。」《儀徵縣》云：「松簰絲網架江頭，叢緑新篁傍水樓。一片風帆三十里，買魚煮筍到真州。」其他佳句如《七夕》云：「異鄉逢七夕，客路又三年。」《送周屺公》云：「疲驢愁日短，孤雁伴人行。」《偶出西郊》云：「朔風來雁塞，瘦馬自山村。」《自感》云：「病深思入道，交久漸知人。」《送李明府之任普安》云：「大江坼地通盤水，芳草連天入夜郎。」《答申隨叔》云：「薄俸都緣書癖盡，世情偏讓酒盃寬。」又云：「正平未解投書刺，司業頻來送酒錢。」七古如《洗象行》、《趵突泉歌》、《登采石太白樓觀蕭尺木畫壁歌》，皆崟嶔警闢，但惜集隘，不及備登矣。

鄉前輩鄧孝威漢儀選《天下詩觀》，共四集，雖不免泛濫重複之弊，然不謂之宏富不得也。《過大庾嶺》詩，人祇誦其「人馬盤空細」二句，而不知全首皆佳。詩云：「莫愁前路杳，月出正東峰。人馬盤空細，烟嵐返照濃。過崖星陡見，近郭火偏逢。更喜灘聲外，層層響亂松。」《過梅嶺》云：「在昔張文獻，曾傳劈此門。風烟通百粤，珠玉走中原。涼熱峰爲界，要荒勢極尊。蒼碑搜索遍，牢落失開元。」《夜泊中宿峽口》絶句云：「昏黑尋崖駐旅船，峽牽星斗挂遥天。征人此際殊寥落，一夜荒燈對虎眠。」《過英德縣南山》云：「更闌酒罷亂山低，天外歸帆傍武溪。蠻語漸稀燈火暗，青鴉時作小兒啼。」詩皆奇險峭蒨。《詠息夫人》云：「千古艱難惟一死，傷心豈獨息夫人？」舊傳此詩在龔合肥座中作，合肥爲之色沮罷會。

孫豹人枝蔚《溉堂詩》多作秦聲，杜茶村濬《變雅堂詩》純是楚音。兩君薄游淮海，土音是操，不忘本也。豹人《久雨》云：「邗水非黄河，亦從天上來。滚滚魚與鼈，走上淩風臺。何處有仙鶴，騎去不放回。」此例詩嶔崎磥硌，酷似老曹之作。《昭君怨》云：「馬上莫逡巡，含情歌自陳。朝廷不重色，故事再和親。欺雪桃花貌，愁顔柳葉顰。都言邊塞上，今日忽生春。」《歲暮遣懷》云：「匆匆尋故舊，冉冉入殘年。仰面常多愧，回頭只自憐。有詩吟戰地，無酒敵寒天。咫尺閨中婦，含情爆竹邊。」《渡江》云：「風起中流浪打船，秦人失色海雲邊。自知賦命原窮薄，尚欲西歸太華眠。」茶村《樓夕》詩云：「爲客曾無故，登樓亦偶然。古城延落景，秋草上青天。野火風吹盡，平沙月照圓。馬嘶今夜苦，歸夢戰場邊。」《寄家信》云：「不爨邗江日，家書報絶糧。途窮翻可笑，事急豈能忙。老父思端綺，飢兒寫數行。出門須作計，四顧野雲黄。」二君詩可謂薑桂之性，愈老愈辣矣。

顧赤方景星享年極高，詩卷亦富。《白茆堂詩》廿七卷，其間好爲獺祭，多作奇字。但珠礫雜陳，未經淘汰，貪多之病故也。詩之佳者，如《下馬》云：「下馬橋山道，蕭條萬木空。玉關人入室，金粟鳥呼風。秋雨無紅葉，長江泠落楓。勞勞亭上客，斷送幾歸鴻。」《送人春别》云：「楊柳枝頭雨，風吹上客衣。春光去無限，賤妾欲何依。行旅他鄉慣，音書遠徼稀。候鴻多未北，尚作往來飛。」《邯鄲旅夜》云：「蕭索盧生夢，千秋詎未休。我來但高枕，百尺且登樓。市柝時驚馬，南茶不計甌。風威起中夜，城上誤更籌。」《采石》云：「健石排雲出，江流勢建瓴。紫崖留燒黑，白浪蹴天青。刀劍開平廟，壺觴供倖亭。年來少登眺，苔蘚但深扃。」此例詩非不清空深穩。他如《多鼠》詩數十韻、《春笥》一百二十韻，自注動有數千言之多，衒博誇多，似可不必。《讀嚴光傳》詩云：「南陽傳鄧馬，夫子獨清風。矯志誠孤往，逃名尚未工。披裘何皦皦，加足太匆匆。千古能埋照，牛牢高敬公。」自注：「高敬公名獲，與光武有素，大節似嚴光；牛牢亦光武布衣交，召之，稱疾不至，皆新野人。見《寰宇記》、《丹鉛録》。」如此簡核，亦何嫌自注也。

汪鈍翁琬《堯峰詩文鈔》共五十卷，其文有根柢，實與魏叔子、侯朝宗鼎足而三；詩筆頹放，似非其所長。沈選《别裁集》謂以劍南、石湖爲宗，亦非確論。余獨愛其《歲暮雜詠》云：「俠少場中氣最雄，而今飄泊等秋蓬。一雙種菜持螯手，懶拓藍田數石弓。」《贈相士》云：「唐許遺言果否真，贈君新訣始通神。相逢莫話鳶肩好，鼠目麞頭是貴人。」人言鈍翁恃才傲岸，於此可見。王阮亭獨愛其「乳燕飛飛蛙閣閣，楚萍謝絮滿池塘」，則各有嗜好也。

費此度密，四川成都人，僑居江都之野田莊。著有《燕峰集》。人極骯髒，詩亦傲岸。《朝天峽》詩云：「大江流漢水，孤艇接殘春。」王阮亭謂爲「十字須千古」，是也。《沔縣村居》云：「烏巢原上樹，花落雨中村。」《高郵遇故人》云：「朱門齊牧馬，白骨亂開花。」《西鄉縣》云：「貧賤已甘人盡老，顛狂未解客何爲。」此度於僑居後，幅巾索帶，賣藥著書。其所著撰，今皆散佚。蔣心餘《題費處士遺像》詩，其梗概可見。余過野田莊，亦有詩云：「霏霏小雨濕衣裳，轣轆車聲轉轂忙。不見成都費此度，東風吹過野田莊。」

江都于穎士瀞，原名大儀，住居塘頭，密邇野田莊，與費此度酬唱。《送此度之秦郵》詩云：「客況渾疑夢，愁心懶問家。半年多旅宿，一棹及桃花。水國魚蝦賤，郵亭竹樹賒。好尋淮海蹟，長嘯是生涯。」《送陸吴州北上》云：「六月棲棲遂遠征，潞河垂柳盼雙旌。黄金交態風雲重，紅粉扁舟驛路行。臨發竟虚樽酒話，壯游莫信鼓鼙聲。倘逢知己春明道，爲報狂奴已力耕。」鄧孝威謂此詩據大復、空同之勝，亮哉斯言。《登金山觀龍舟》又有「笙歌連島嶼，兒女狎蛟龍」之句，最爲奇警，亦得規諷之意。

吴梅村《楚兩生行》，於吾鄉柳敬亭與蘇崑生合傳，言之詳矣。而雉皋冒巢民襄《贈柳亭》詩云：「憶昔孤軍鄂渚秋，武昌城外戰雲愁。如今衰白誰相問，獨對西風哭故侯。」詩亦是吴意，而節短音長。

吾鄉黄仙裳雲賦性高伉，負氣謾駡，老而愈窮，而詩筆益工。觀《桐引樓》、《悠然堂集》，詩多和厚，殊不類其爲人。《江春元日》句云：「性廉求世少，親健得天多。」《旅館雪夜》云：「雪疑深夜重，衾念老親寒。」《過花月山堂》云：「寒螿喧雨夕，新燕舞花朝。」《偕内子入廣陵舟中感舊》云：「夢到故園愁易醒，語追離亂不堪終。」《重泊朱家嘴》云：「犬迎生客依然吠，月出邗江分外新。」其言藹如，足徵醞釀矣。《婁東修復前觀察馮留仙先生祠宇》云：「舉朝半醉烏程酒，名士拚沈白馬淵。」論勝朝温烏程枋國時事，更爲婉切。

吾州城西有春雨草堂，舊址爲宫紫元偉鏐太史讌名流之地。左揖岳阜，右抱城垣，湖水漣漪，鳧鷺出没，流風餘韵，令人翹企無窮。太史《贈龔合肥》句云：「千秋抗疏嚴《梼杌》，一夜吹簫泣杜鵑。」宛而多風，耐人尋味。

余嘗與友人爲郊外之游，見日薄虞淵，青紅萬狀，因憶鄉先達繆澧南沅司寇有《西門落日歌》，程風沂盛修大京兆續和之。撫今思昔，無限蒼涼。詩云：「秋卿下直譚鋒起，爲溯江鄉林壑美。西郊一帶足徜徉，日落未落光銜水。此間知己三兩人，鋪茵藉草笑言真。浩歌一曲寫胸臆，白日已匿天無痕。一自驅馳事京國，天門日射觚稜赤。舊游回首總茫然，不見當時苦吟客。酒酣迫欲把公詩，《南陔》《華黍》亡其辭。我亦緇塵三十載，日車難駐流光馳。歸來迤邐西郊路，彷彿仙翁吟眺處。姚黄一輩逐飄風，獨立蒼茫烟景暮。」京兆詩叙謂《餘園集》中不見此詩，佳構遺佚，古今同慨。

繆澧南平生所作甚富。錢唐金志章謂其平羅江西，往返六閱月，得詩七百首，號曰《稜米集》，今無存者。余讀《餘園詩》，録其《渡錢唐江》云：「大江岷峨來，峰巒恣環繞。迢遥下會稽，風烟隔蓬島。吴山一點青，滅没來歸鳥。延佇立沙頭，天闊布帆小。」《東平曉行》云：「汶水湯湯抱郭流，魯陰桑柘散平疇。雨鈴風鐸殘春夢，又跨疲驢踏晚秋。」

高郵李百藥必恒詩，載宋商邱《江左十五子集》中。諸君以名位顯，而百藥獨以諸生終。要其詩之足傳，不以顯晦異也。《槜巢詩選》與商邱所刻者，間有同異。《大愷》、《鐃歌》、《鼓吹曲》、《上宋中丞一百六十韻》、《天王寺吴道子觀音畫像》等歌，久矣膾炙人口。近體之佳者，如《悼亡》詩云：「口生石闕悲難語，燭近風簷泪不乾。入地轉應無病苦，來生莫又累飢寒。」《題樊樓近詩》云：「好是陳言同賊去，故應佳句有神來。」《讀劍南集》絶句云：「北伐何由見誓師，眼明只望中興時。可憐輸與東屯叟，少却收京一首詩。」《題初學有學二集》云：「黨牛恩李盡堪疑，殘劫空争敗局棋。齒冷南朝沈家令，一生辛苦望臺司。」又云：「鐃舌難除綺語魔，柔腸不奈柳絲何。祇應學取韓熙載，拍板門生與唱歌。」以上二詩，可謂善謔。以視查初白《拂水山莊》云「生不並時嫌我晚，死無他恨惜公遲」之句，誠異曲同工。然門生唱歌，尚不可例視忠節，如瞿公起田，何莫非受之之門下士也。

吾鄉陳雁群志紀通籍後，上疏被逮，卒於戍所。著有《塞外吟》。《春日雜興》句云：「雕盤迴野色，雁轉望家書。」又云：「猖狂逃斧鉞，歡喜得耕耘。」詩有悔過感恩、愛國懷鄉之意，語亦和平可喜。少時築五藉樓於城西，讀書其上。余猶及見其榱桷，今再過而墟矣。

江都之詩人，群推二汪，舟次楫之深穩，尤勝於季甪懋麟之豪宕。舟次《送周伯衡給諫之荆州》云：「老兵輕白面，大帥重黄門。」《程氏小樓》云：「池平全藉雨，桐老不宜秋。」《賈太傅祠》云：「蕭曹有命稱賢相，絳灌何知只老兵。」季甪疾革時口占云：「惡夢虚名久未閒，孤雲倦鳥乍還山。半生心事無多字，只在儒臣法吏間。」其胸襟大可想矣。

二汪之外，又有顧書宣圖河、史蕉飲申義兩家。《雄雉齋集》中有《酒後呈蕉飲庶常》七古一章，史依韻答之，工力悉敵。因篇長，不及備録。余愛書宣有「詩興復不淺，梅花何太遲。由來孤賞意，不在滿開時」之句，最清迥有味。《荒村》句云：「凍雀蹲簷密，風鴉鼓陣圓。」寫景超妙，而「圓」字韻尤佳。蕉飲《使滇集》中，《新野道中》云：「北來宛葉人家少，南下荆襄戰壘多。名士綸巾閒歲月，將軍大樹滿關河。」《荆州懷古》云：「江上射麋公子轡，宫中滅燭美人杯。」音調俱高朗。他若宗定九元鼎以才調爲主，王阮亭極賞其「來逢鶯語詩從作，去被人留酒重醺」等句，則亦各有妙境也。

宗定九著有《芙蓉集》，絶句近中晚唐人。《題紅橋酒家》云：「廣陵最好題詩句，紅板長橋賣酒家。不要纏頭要小令，因他聽熟《後庭花》。」《吴音曲》云：「璧月庭花夜夜重，隋兵已斷曲阿衝。麗華膝上能多記，偏忘牀前告急封。」《百尺樓》云：「素韈翩翩月一鉤，淩雲風致想高樓。江南歌舞尋常事，便遣曹彬下蔣州。」風調絶佳。然如定九言，則卧榻之前，可容鼾睡，而南唐主之酣歌恒舞，亦可與圖治乎？

江都吴薗次綺由拔萃科官湖州府，擒治豪猾，民皆稱便。暇日招集名流，飲酒賦詩，幾無虚日。旋去官歸里。求詩文者爲種一梅，久之成林，名曰「種字林」。著有《林蕙堂集》，收入《四庫》，稱爲神姿精艷，不愧才人。《虎丘酒樓》云：「七里水環花市緑，一樓山向酒人青。」《卧佛寺》云：「猿乘夜月升高屋，鼠嘯春陰走廢廊。」《贈趙蕁客》云：「晞髮未忘文信國，論心常憶鄭當時。」《輓高申伯》云：

「蟋蟀河山歸宰相，蜉蝣風節在諸生。」《友人納姬戲爲催妝》云：「蛺蝶輕羅押蒜金，燈前小立傍瑶琴。桃花潭水兒家住，只問郎情深不深。」自注：「姬姓汪，南人也。」

泰興季天中開生黄門，獲罪出關，著有《出關草》。《尚陽堡即事》云：「極塞有山皆北向，重邊無水不西歸。」《集郝雪海齋中》云：「秋空邊塞狼封冷，月射沙場雁陣開。」語多悲壯，在滄溟、懷麓之間。

吴江計甫草東詩有奇氣。嘗過鄴中，出橐金修謝茂秦山人墓，並作詩弔之云：「鄴中懷古正秋風，詞賦深慚謝氏工。生欲移家辭白雪，没隨疑塚對青楓。諸王禮數何曾絶，七子交期竟不終。自是貴遊無遠識，布衣未必歎飄蓬。」沈歸愚《論詩絶句》云：「眇目山人足性靈，詩盟寒後苦飄零。後來誰弔荒墳者，只有吴江計改亭。」張船山《弔謝茂秦》云：「荒墳頹墮無人弔，並爲憐才哭計東。」俱指此事。

吾邑宫恕堂鴻烈太史，曩與查初白、唐江東、姜西溟、顧俠君諸君都門酬唱，最爲契合。集中有《張王廟》詩，持論最爲得體。詩云「齊雲一炬卷秋蓬，力盡依然蓋世雄。自是金陵多王氣，非關黄葉怕秋風。龍衣御酒渾閒事，麋鹿荒臺只故宫。富貴應知生處樂，如今故絳是新豐。」此爲淮張而發，詩可與高青丘《吴城感舊》詩並傳。《吴桓王墓》云：「走鹿應分一臠嘗，風流千古説孫郎。大喬不作孤嫠泣，未必黄星照許昌。」此爲猘兒生色，而黄鬚兒可以愧死。《題蘇武南歸圖》云：「細弱仍留北海濱，獨令南客伴君行。丹青解畫栘中監，寂寞無人説馬宏。」自注：「《前漢書·匈奴傳》：漢使不降者，蘇武、馬宏等。」《過朱買臣墓》云：「將軍西上未知名，懷綬南來衆吏驚。衣錦晝行良易事，一時同郡有莊生。」自注：「莊助亦會稽人，爲會稽太守。」此等吐屬，非儉腹者所能。

恕堂有《村店女兒行》一首，寫盡村店風景與客官情事。詩云：「村店女兒年十六，黑鴉群中一白鵠。野花隨時插半鬢，葛袖苧裙新結束。倚門望見官人至，轉過牆頭不迴避。官人肩輿入草廬，問有午飯餉客無？答言阿爺往輸賦，漉米旋炊誤行路。壺中有茶喫茶去。」

余於鄉前輩，已得陋軒、慎墨、桐引、餘園、恕堂諸詩入集中矣。後復聞尤霖三先生名，而未見其遺稿。今蹤跡得之，見其詩清新和雅，於唐人學皮襲美、陸魯望，於宋學嚴滄浪、劉後村，其人其詩，誠爲冥冥之鴻，不求聞達於世者也。跡其平生，游浙最久，故浙中之詩亦多。《司馬温公書家人卦摩崖石刻》古詩云：「秋風放槳西湖游，湖中烟水明清秋。畫船但識簫鼓樂，誰能領略真銀鉤。煌煌温國正書留，萬年家國誠良謀。徽欽不返家孰正，而今巉嶺含其羞。誰與刻者摹真跡，正氣凜凜藏精遒。當日洛蜀苦分黨，門户堅峙言紛糾。叶。老臣深陳嘻嗃戒，此意豈復知比周。後人不察有深意，但以人重工鐫鏤。高廟南渡勢不振，康侯意激傳《春秋》。安知事在神宗世，履霜堅冰餘深憂。摩挲三歎不獲已，聊書感慨留山陬。」《秋雲》云：「輕薄雲情幻，秋空不肯閒。乍晴仍乍雨，飛去復飛還。蔽日風能掃，爲山石不頑。何時三素見，一洗萬方艱。」《枕上》云：「枕上聽寒滴，秋宵不肯明。那堪催斷雁，況是帶殘更。一夜千鬚白，孤城百感生。天涯多旅客，各有故鄉情。」《與友坐話》云：「久客鄉音變，非君竟不知。忽看花上露，已似鬢邊絲。鼎鼎華年過，堂堂白日馳。天涯芳草徧，前路更何之。」《嚴子陵釣臺》云：「一路春山叫畫眉，先生今尚祀崇祠。功名不作雲臺想，心事惟應水鳥知。七里灘聲環竹樹，百尋山色峭階墀。劇憐蓑笠寒江叟，但向臺前弄釣絲。」《剡中》云：「晚年浪跡似飛鴻，直看名山入剡中。客緒已如雲意散，鄉音難得故人同。千家小屋層巒住，幾日新霜雜樹紅。遥想當時風雪夜，便從此水櫂孤篷。」其他佳句如《登岳墩次韵》云：「臺崩穴土嗟群貉，城鏁村烟唱午雞。」《上巳後一日桂籍軒小集》云：「容易鶯花三月老，補遺詩句一春忙。」《虞美人草》云：「垓下已無芳塚地，江東又過菜花時。」《秋懷》云：「新涼得令搜林葉，殘暑無功謝葛衫。」《迎秋》云：「世味嘗來甜較少，蟬聲静後暑猶多。」《秋聲》云：「摧殘萬木蕭蕭下，唤起明蟾皎皎孤。」《無題》云：「荼葉初嘗方信苦，蕉心不展爲誰愁。」如此等句，美不勝搜。家居時，與繆湘芷、俞太羹、杜海樹、沈緝之諸公相友善，有《清響園訪湘芷留飲》五古最佳。浙游日，又有《呈查初白》五古，歷叙查從都門曾寓書招致，浙游日值查家居，故感而有贈。又有《贈閻百詩》七古，惜篇長不及備載。先生名澍，霖三其字也。

吾邑沈大復復曾，爲少司馬良才之曾孫。詩倜儻有奇氣。《將西入秦同詞臣孝威賦》云：「短市商歌疾，驅風此敝裘。地形趨碣石，山勢坼河流。雲策隨征鳥，春詞憶射牛。東南銷王氣，立馬向齊州。」詞臣張君幼學亦同邑進士，善書工詩。《宣鎮雜詠》云：「傳聞竇憲勒燕然，山在桑乾衆水前。馬谷晝開神駿過，羊房春盡乳羝眠。將軍漫拂兜鍪坐，野老仍耕苜蓿田。指點廣靈門外柳，手栽今已十三年。」同時又有丁漢公日乾者，亦工詩書。《北固山舊讀書處》云：「山中短榻禪燈在，橋外垂楊酒市遷。」句意悠遠。

余讀黄山谷《書摩崖碑後》詩，竊以爲持論刻覈，不如張文潛詩稱頌得體。山谷詩有云：「撫軍監國太子事，何乃趣取大物爲？」則以玄宗不當册立太子，肅宗不當即位靈武，而大物可虚懸乎？及讀曹實庵貞吉《浯溪碑詩》云：「山谷老人好持論，乃以攘取大物訾。撫軍監國有何意，虚文辭讓識者嗤。」又云：「所惜功成少調護，月明南内終淒其。青史或能議聖德，當時誰道中興非？不然但守東宫職，龍樓問寢西南陲。」此闢山谷，實不爲過。

江都朱老匏有《掃故人潘雪帆墓》云：「孤墳痛哭無家客，爾化莊生我杜鵑。」言之最爲淒楚。舊聞雪帆墓在平山堂側，丁酉之春季，余《偕友人游平山堂》詩云：「池館重開草不芟，蜀岡烟柳緑髟髟。好春依舊鶯啼盡，不見詩人潘雪帆。」「好春鶯叫盡，明月笛催圓」，本雪帆句也，余詩故及之。雪帆，錢唐人，著有《拜鵑堂集》。集中又有「明月到樓才是夜，桃花無水不成春。鄉心迫似初來雁，木葉衰於漸老人」等句，俱堪傳誦。

伯山詩話後集卷二 話今

泰州康發祥瑞伯氏編輯

吾鄉李枚及拔卿，由拔萃科官通判。《宣鎮》詩云：「途經鷂嶺山如鑿，地近羊房草易秋。」《晚出南口城》云：「南下地形趨督亢，西來山勢扼雲中。」同時朱艾人淑熹，順治辛卯舉人，揀選知縣，陳雁群志紀其門楣也。時雁群獲罪謫戍，柳敬亭自京師爲寄札子。艾人詩有「眼看出塞人長別，誰使孤城馬更來。白髮賓朋雙涕泪，黄蒿池館一樽罍」之句，最爲淒切。繆丈善夫承鈞每誦之。

吾鄉俞太羹梅太史、陳芳楷學博昆季，著撰精深，詩亦警拔。太羹《弔黄儀逋墓》有「是仙非鬼余終信，欲殺能憐世莫論」之句。儀逋名逵，山陰人，流寓泰州，狂放不羈，詩筆清勁。陳芳《上孫司空》云：「宫人口熟元才子，主上心傾戴侍中。」又云：「《春秋》未習嚴彭祖，紀傳嘗輕褚少孫。」《河間竹枝詞》云：「莫道佳人燕趙多，生憐塵土涴青蛾。不争金屋藏嬌小，窄袖輕靴跨駱駝。」太羹之孫堉，字容萬，亦以能詩名。

江都申笏山甫，杭大宗極稱其詩。余愛其《醉後》云：「窮由命賦營何益，狂是天生改亦難。」《沂州道中》云：「踈踈楊柳拂人頭，野色山光爛漫收。卻笑詩人顧十一，馬蹄駝夢過沂州。」

吾鄉周天橋虹布衣，著有《天橋遺稿》，今散佚不可得。《過駱賓王墓》云：「古碣横衰草，唐賢姓未殘。墓門冬始見，海氣晝常寒。落跡江湖易，憐才宰相難。空餘憑弔泪，千載爲君彈。」《與鄧孝威話舊》云：「詩人易惹千秋謗，才子誰封萬户侯。」《憶嶺南風景》云：「山寺路隨雲斷續，土人語共燕呢喃。」《登開化寺樓》云：「瀕海天光全在水，過江山色半歸僧。」

長洲沈碻士德潛尚書，説詩醇粹，其所作亦極平正通達。然規橅特甚，初不以才氣見長耳。《題桃花源圖》云：「廬舍圍花竹，牛羊散術阡。誰言秦網密，此地有閒田。」《鶴柴》云：「仙禽何處來，髣髴緱山嶺。林陰午夢餘，松風吹不醒。」《衰草》云：「離離衰草滿天涯，一夜西風萬里家。莫向郊原問消息，王孫零落已無家。」如此數詩，自淵含不盡。所選唐、明、國朝三《别裁》詩，謹嚴有法。然詩之境地不同，亦未可墨守成説也。

吾鄉顧湘靈瀛明經，博聞强識。曾與修《山東省志》，多所證訂，同纂修者皆服其博洽。《無題》詩云：「怕見芙蓉悴，生愁芍藥開。彩牋連日疊，只待雁鴻來。」又云：「烏龍穩睡清無夢，赤鳳狂飛力有神。錦瑟銀河深淺浪，香沙金粟去來塵。」詩學西崑，惜未多見。

吾鄉張九草麋著有《知拙堂稿》，詩擅長古體。《柳枝行》云：「河堤自古鐵與石，近日河堤柳枝塞。前歲河工未告成，今歲柳掃又頒行。官糧一石柳一束，三倍稱來猶不足。胥吏如狼横索錢，催頭那顧人家哭。楊柳青青滿舊堤，連年斬盡不生稊。滿船載向河邊去，積久堆堆化作泥。君不見邵伯鎮南幾千户，晨炊半是吴陵樹。」此詩有「楊園」「畝邱」之義，宜采風者所不棄也。

儀徵江秋史德量侍御，經學與汪容甫中齊名，詩不多作，作亦不存稿。阮芸臺太傅曾搜其遺稿入《淮海英靈集》。《晤馮然山》云：「萬個淩雲惟竹節，十年學道愧蓬心。」《渡河》詩云：「十五女兒宛轉歌，玉船香進金叵羅。門前柳色濃於酒，何事郎心欲渡河？」容甫經術湛深，於儕輩絶少許可，詩亦不多作。曾賓谷都轉輓之云：「生有狂名過阮籍，死無弔客似虞翻。」只此二句，可以知其梗概矣。

團鶴筊昇副車，本籍儀徵，家居泰州，著有《畫山樓詩》。《天門舟夜》云：「已決歸期近，愁心翻不眠。水昏初月夜，山響欲風天。客路依漁火，人家認柳烟。新涼醒殘醉，坐整葛衣偏。」從子蕉墩維墉亦中副車，著有《小畫山樓詩》。

仁和杭堇浦世駿《道古堂詩》與厲太鴻鶚《樊榭山房詩》，俱延朱秀水之派。杭古詩屈詰古奥，如《以高麗圖經易王澹南集》、《萬編修將往明州修志長句送行》、《漢銅雁足鐙歌》等詩，斑駁陸離，令人神移目眩。近體如《雪後登金山》云：「鰲擎地柱浮波立，鴿旋罡風到塔迴。」《新秋南屏山房坐雨》云：「過雨始知泉脈大，得風頻詫樹聲奇。」《送施安之歙州》云：「雁聲南下兼殘雨，嶺勢東迴抱歙州。」《漁庵》云：「蓱香乍合通身緑，雲脚西移一面陰。」《秋日采蓴湖上》云：「侵曉招呼共采蓴，只愁翠帶罥船脣。鄉心不向春來發，始信張翰是解人。」《海城雜句》云：「金塘春暖漲晴沙，翠岫參差隔岸遮。一百里中紅不斷，桃花水上看桃花。」其風韵亦不可及。

錢唐厲樊榭詩，視杭堇浦爲一時瑜、亮。古詩如《焦山古鼎》、《趙忠毅公鐵如意》、《漢銅龍虎鹿盧鐙》等歌，皆光氣熊熊，不可偪視。近體之佳者，《秋日游鐵佛寺》云：「碧壓平岡碧殿孤，我來何處弔楊吴。佛從劫火銷時見，秋到遥天盡際無。草亂難尋朱瑾墓，鴉歸猶學黑雲都。淮流不洗當年恨，誰與英雄酹一壺。」《東昌阻風》云：「伏日舟中聽曉雞，無端風雨共淒淒。浮雲西去遥連魏，緑樹南來漸入齊。災後名區絲竹少，病餘僮僕語言低。愁城如許攻難下，一矢書成亦枉題。」《蒙陰絶句》云：「銜風苦愛帽簷斜，曆尾無多感歲華。却向東蒙看霽雪，青天亂插玉蓮花。」其佳句如《晚泊張秋鎮》云：「斷帆遥飲海，返照倒明沙。」《寒柳》云：「葉落紛如汴堤雨，鴉棲瘦似灞橋人。」詩清空高朗，盡以堆垛目之，則失其本來面目矣。

天台齊次風召南宗伯，與杭、厲之名爲鼎足。《董子祠》云：「炎漢四百年，廣川一儒者。烺烺天人對，絶響振大雅。王佐儕伊吕，前輩笑晁賈。《春秋》抉扃鑰，陰陽在陶冶。若登洙泗堂，班應亞游夏。彼哉平津侯，樲棘憎梧檟。擠之相江都，無乃同柳下。正色匡易王，道誼不可舍。昌言三仁謬，羞稱五霸假。至今淮海上，尚立欒公社。老樹吟空庭，古苔繡碧瓦。帷中像設嚴，楣間聖藻寫。何必瞻墳塋，始下過客馬。我來拜清風，竹林露方灑。」《寄題江上草堂》云：「草堂自古亦無數，勝概獨擅今輪君。一曲清江杜工部，千章夏木何將軍。夕陽遠近度帆影，秋水高低來雁群。扁舟我欲徑相訪，坐看北固生烟雲。」

陽湖洪稚存亮吉《更生齋詩》，頗有雄直之氣。《山中夜起》云：「山空群動息，木葉已先凋。衆響從何至，天風與蕩摇。砌涼蟲語寂，閣暗鼠聲囂。夜半催人發，新霜幕外飄。」《讀晉書》云：「剩得荆揚半壁天，偏安王氣尚綿延。生憎謝客爲山賊，死笑孫恩作水仙。南渡化龍纔幾日，北來飲馬是何年？茫茫萬里中原土，只惜無人肯著鞭。」《檢故提督花連布遺札》云：「尺書肯爲故人題，已值倉皇盡命期。生戴頭來知秀實，死餘膽在説姜維。蠻荒屢共中宵讌，絶徼曾搴大將旗。八百里騅休更御，送公天上去騎箕。」《吴梅村祠題壁》云：「寂寞城南土一丘，野梅零落水雲愁。生無木石填滄海，死有祠堂傍弇州。《同谷七歌》才愈老，《秣陵》一曲泪俱流。興亡忍詰前朝事，江總歸來已白頭。」

稚存論詩，每執一偏之見。趙耘菘《詩話》，國朝以查初白高置一座，先得我心。而稚存不欲，故投趙詩有「殺青自可援成例，初白差難踵後塵」之句。其《論詩截句》於吴祭酒云：「早年壇坫各相期，江左三家識力齊。山上蘼蕪時感泣，息夫人勝夏王姬。」此論人，非論詩也。於朱竹垞云：「晚宗北宋幼初唐，不及詞名獨擅場。」謂詩不及詞也。於查初白云：「只辨人間時世妝，名姝未稱古衣裳。」其論詩之當否，識者辨之。稚存同時又有孫伯淵觀察，深於訓詁，而詩非所長。其與稚存齊名者，黄仲則一人而已。

黄仲則景仁《兩當軒詩》，才情恣肆，意態雄深，與洪稚存同里，齊名江左，號爲洪黄。然以學問言，洪優於黄；以詩才言，恐洪非黄敵也。惜黄年不永，未大成就，而詩之佳者，無過《焦節婦》、《余忠宣祠》等篇。早年以《觀潮行》著名，以余觀之，非其至也。《康王廟夜宿》云：「殿角叫鵂鶹，門前沸海潮。淒淒五更轉，隱隱百靈朝。野曠秋衾薄，風寒宿酒消。百年羈旅夜，生事太無聊。」《横江春詞》云：「門外晴洲香草香，浣紗生小愛春陽。柳絲幾尺花千片，蕩得春江爾許長。」佳句如《發蕪湖》云：「偶尋芳草思名馬，每見青山想異書。」《都門秋思》云：「夕陽勸客登樓去，山色將秋繞郭來。」

畢秋帆沅中丞梓《吴會英才集》一十六人之詩，以方子雲布衣弁其首，即以唐之賈浪仙、羅昭諫比之。閱子雲詩，邊幅不大，骨力亦不甚遒，方之賈、羅，未免過當。然近體每多琢句。《夜泊》云：「雲過月西向，潮來江倒流。」《登焦山》云：「海近夏猶冷，山空雲有香。」《蓮花峰》云：「烟蘿挂壁疑無路，日月行空似有聲。」《海漚亭》云：「香篆舞來雲際斷，水紋圓到岸邊無。」《雜感》云：「目中敢謂空千古，海外原來有九州。」《臨江臺》云：「松根瘦石如人立，江外濃雲似馬來。」《過天福寺》云：「空山雲與人争路，破寺風隨虎打門。」

金匱楊蓉裳芳燦農部有《董小宛貼梅扇子歌》，詩極綺麗。小宛爲雉臯冒巢民姬人，固精此技。而精此技者，雉臯又有冒宫。冒宫者，海陵宫氏女，嫁於冒氏，夫亡守節者也。仿趙松雪夫人管趙之例而立名，故曰冒宫。其貼梅之法，則施膠調粉，而貼落英於紙上，花之向背疎密淺深，以及已開未開之態，罔不畢肖。枝幹則以筆鉤勒之，曲直欹正之致，亦各極其妙。友人王左亭曾有册囑題，余詩云：「謾道丹青女子能，幾人節操凛寒冰。趙家媳婦元人派，前事休題管道昇。」蓋謂此也。蓉裳詩云：「活色生香點綴工，折枝梅蕚影重重。孤山萬樹花如雪，飛入卿家便面中。」

蓉裳之弟荔裳揆舍人《新月》詩云：「新月如佳客，招邀只暫來。清輝留不住，一片過牆隈。涼露珠光泛，纖雲縠影開。待逢三五夜，期爾共深盃。」

秀水王縠原又曾比部著有《丁辛老屋集》。《梭船小女歌》云：「梭船小女十歲餘，日日弄船如弄梭。船梢把舵辨風色，邪許學得青篙挐。灘危溜急挽不上，敢與風力争贏虚。眼明手捷觜吻利，對客儼以成人居。自訴前年阿母死，阿爺憐將置船裹。江行風水多苦辛，生女應須當生子。嗚呼年歲盛壯身蹉跎，有父不養子則那，奈汝梭船小女何。」

寶應王少林嵩高太守著有《小樓詩集》。《戲馬臺》云：「河聲殷地轉，秋色抱山來。」《蕭縣》云：「荒城殘照外，孤客亂山中。」《涉園送春》云：「三徑草深隨意緑，一年花好及時看。」《游祇陀林梅子山諸勝》云：「重尋觴咏知何地，再到園林是故鄉。」《秋夕感懷》云：「昏燈別館聞蟲語，落木空城有雁過。」哲嗣子休嘉生刻其遺稿時以見貽。

吾鄉陳理堂燮學博《憶園詩鈔》六卷，醞釀功深，語多蘊藉。《吴會英才集》中已登其十分之四五。《靈澤夫人祠》云：「山河百戰陣雲平，兒女偏傳廟祀榮。一片靈旗環珮影，五更殘月杜鵑聲。江流終古争荆楚，蜀道如天隔死生。家國興亡何限恨，草風沙雨獨含情。」其佳句如《寒夜》云：「霜月一天人獨醒，凍雲千里雁雙高。」《感懷》云：「選樹老鴉知地利，上牆幽草得天憐。」《黄葉》云：「高峰瘦日不知處，古戍驚沙相間飛。」《即事》云：「金銀氣盡人無色，苜蓿齋荒草又生。」

烏程嚴遂成《海珊詩鈔》十二卷，又《補遺》一卷，長於咏古，人以詩史目之。《閲明史》諸篇，極有論議，未及備登。《少年行》云：「覆首紅韎韐，垂腰鐵裲襠，馬上鼓瑟邯鄲娼。迴身流星射金彈，左右射人中人面。聞道前山夜轉戰，坐馳萬里日始旦。手提模糊月氏首，入奏鐃歌未央殿。男兒富貴須早致，淩烟丹青容易事。郤笑南陽鄧仲華，封侯年已二十四。」《桐廬道中》云：「百里桐江路，營邱畫裏逢。水深仍見底，山好不妨重。小雨滋蟬響，清槐護岸容。隔溪蘭若杳，薄暮一聲鐘。」《三垂岡》云：「英雄立馬起沙陀，奈此朱梁跋扈何。隻手難持唐社稷，連城且擁晉山河。風雲帳下奇兒在，鼓角燈前老泪多。蕭瑟三垂岡畔路，至今人唱百年歌。」《樊城感左寧南事》云：「百里長淮一夜成，左家從此不能兵。山河運盡英雄老，侯伯封高盜賊輕。旗脚星移無定所，馬蹄雷動只虛聲。樊城舊是屯營地，滿目頹雲暮氣生。」其他佳句，《晤宣城沈樗崖》云：「書焚糜竺火，鬢鑷鄭虔絲。」《與允山禪丈夜坐》云：「竹非因月瘦，山不礙雲癡。」《梅花》詩云：「老氣直教無我敵，清名頗亦畏人知。」「自入山來皆雪意，絶無人處有烟痕。」「若入詩評爲島瘦，即論畫格亦倪迂。」《項王廟題壁》云：「范增一去無謀主，韓信原來是逐臣。」《送范容安之粤》云：「月上潮聲喧瑇瑁，雨晴野色潤桄榔。」《夜宿靈谷寺》云：「鼠盜餘糧藏佛髻，月攜寒緑浸僧衣。」《道逢李座主穆堂先生使車》云：「文饒重下孤臣泪，元禮從呼部黨魁。」又云：「轉眼漸妨顔駟老，到頭終讓趙衰文。」《從趙北口夜渡西澱》云：「荷香頗與風留戀，葑勢全憑月展開。」《衆春園》云：「司馬園唯名獨樂，《岳陽記》亦在先憂。」《東阿吊陳思王墓》云：「詩得父風爲老將，賦因甄感彼何人。」《姚礪國徵士》云：「才華見許盧思道，規矩難繩禰正平。」《宿江城晨起》云：「涼笛生於無月夜，曉鶯啼及未花天。」《爲念慈遺懷》云：「名士光陰多逆旅，破書滋味在貧時。」《贈沈樗崖》云：「黨論舊傳元祐籍，門風私記義熙年。」《詠明史》《中山王徐達》云：「廉恪小心曹武惠，深沈大局鄧元侯。」《榮國公姚廣孝》結句云：「特地開科長取士，不知漏落幾多人。」《史督輔可法》云：「一死平生文信國，千秋奏議陸忠宣。國殤有母呼遼鶴，家祭無兒拜杜鵑。」《九靈山人戴良》云：「稼軒山左收豪傑，皐羽江邊匿姓名。」《水南門絶句》云：「踠地垂楊颺麴塵，嫩鳧毛羽濯波新。青山如黛花如綺，吹徧春風不見人。」《謝布衣榛》云：「擎甌結盒泣玫瑰，未有佳人不愛才。丁掾縱教雙目眇，也馳油壁上叢臺。」《涿州張桓侯廟》結句云：「吞吴未遂無多恨，恨逐騾車受晉封。」自注：

「桓侯次子紹爲侍中，後主入晉，紹封列侯。」總觀諸詩，稱爲詩史，洵不愧也。

海珊《閱明史・詠張士誠》云：「操舟運鹽張九四，白駒亭埸樹賊幟。萬户告身拒不受，楝射三矢承天寺。吴趨踞坐拓土寬，遂與元絶稱天完。諸將偃蹇載樂器，樗蒲蹴踘軍中歡。一礮飛空碎城堞，耳瞶風謡黄蔡葉。錦衣銀鎧十條龍，萬里橋邊喪舟檝。嗚呼以身死國真英雄，江東不降宋錢俶，西河不歸漢竇融。妻劉亦挾丈夫氣，齊雲樓火通天紅。」其於士誠，固不以成敗論也。泰州東門外東山寺，舊有士誠塑像，余亦有士誠詩云：「平江城裏齊雲樓，姬妾同焚樓上頭。泰州城外東山寺，遺像來瞻張九四。九四九四，出身有如朱全忠，偷安更比王士充。吴中富庶欲自保，井蛙獨守隗囂宫。一朝天日不相助，歎爾生前徒割據。袍上蜘蛛結網來，龕中鼪鼠銜鬚去。此地西風蔡葉黄，英雄休説白駒塲。怪渠淮泗真人起，何不遠作扶餘王。」余之持論，則未爲不平允也。

上海趙璞函光禄，隨將軍征金川，死木果木之難，旋邀卹典。兵興日，冒雨行道中，聽啼猿滿山，作詩云：「一峰十萬樹，一樹四五猿。一猿千百聲，雜以風雨喧。一日十二時，一程三十里。一軍六千人，盡在猿聲裏。爾猿有何悲，子啼續母啼。爾本斷腸物，不關生别離。三朝復三暮，一鳴更一躍。好似征夫苦，翻唱《從軍樂》。」此情景非親歷者不能道，光禄此詩，洵真樸可喜。外有《斑斕山紀事》、《瘦馬行》諸作，不及備載。

乾隆朝詩人之尤著者，必推袁簡齋枚、蔣心餘士銓、趙耘菘翼三家。耘菘之詩，自謂第三人，而簡齋老人因自居第一矣。以余所見，未敢和同。簡齋才情恣肆，一瀉千里，其弄筆時如天馬行空，絶無羈靮。措詞遣事，恒於琳琅古籍之間，並及斷爛朝報，雲譎波詭，供其馳驅。此老若善於用長，盡如入秦諸作，精神團結，又何間然？但中年以後，世事嬰心，捃摭隨手。玉粒在側，間雜秕稗；貂璫盈前，續以繒布。學之不善，貽誤後人矣。耘菘胸羅卷軸，筆具錘鑪，其運事則陳腐皆新，其選詞則懦響亦勁。且疆埸策馬，身列行間，以磨盾書鼻之才，壯風月江山之色，天才渙發，洵乎不可及也。所惜餖飣味雜，斧鑿痕深，欲其如玄酒之盈尊，天衣之無縫，其可得乎？且插科打諢之詞，遊戲神通之句，蓋老手不經意，亦英雄慣欺人也。平心論之，其巧妙處足開後生無限法門，而狡獪處亦長詩人許多習氣。以予所願，姑舍是焉。心餘先生以清醇之質抒盤鬱之思，其結構華贍處雖不逮簡齋，其組織精緻處雖不及耘菘，而識高味厚，品潔才豪，忠孝之言，皆從肺腑中流出。出語一二，抵人千百，則又非袁、趙二君所能到也。《甌北詩話》爲陸放翁及國朝查初白摘句，余欲爲心餘摘句，惜集隘不及備登，略言之可耳。《登太行頂》云：「高天鸛鶴窮秋出，大澤龍蛇白日藏。」又云：「土石千重分向背，玄黄一氣轉洪濛。」《薦福寺》云：「不關天地非奇困，能動風雷亦異才。」《秦淮書酒家壁》云：「斜陽在水愁孤燕，敗柳當門怨六朝。舊院瓦堆僧賣酒，丁家樓毁鬼吹簫。」《琵琶亭别唐蝸寄使君》云：「僧無俗韵邀同座，秋在漁舟唤到門。」《游章巖殿》云：「破廟田荒僧乞米，摩崖碑古客書名。」《哭余亦霖》云：「早歲功名刀筆吏，晚年遊俠魯朱家。」《讀南史》云：「皇天好殺非無故，亂世多才定不祥。六代文章藏虎豹，百年花月醉鴛鴦。南朝幾片風流地，酒色乾坤戰馬場。」《烏江項王廟》云：「等閒輿地分强敵，慷慨頭顱贈故人。」《祝野谷招飲》云：「杯傾北海孔文舉，詩唱江南庾子山。」《自南山歸鉛山》云：「卅年一水去來熟，數家亂峰高下圍。」《弋陽道中》云：「水氣暗浮三老笑，角聲斜送亂雅來。」《忽漫》云：「守堠兵多官舫去，拔篙聲緩亂灘來。」《河口返棹》云：「風濤直送一帆下，雷雨暗隨三縣過。」《山村》云：「一條古磵積黄葉，三面小樓收夕陽。」《寄汪藿雲》云：「苦吟猶學李長吉，薦士不逢韓退之。」《五更》云：「讀書一室古人滿，看月五更清味多。」絶句如《安肅令謝肅庭留宿古還書院》云：「卓午停車叩縣門，談經席上笑言温。人間滋味多嘗徧，來就先生咬菜根。」《射鹿圖》云：「讀書射獵過生平，覽鏡披圖亦可驚。乞我黄麞三斗血，爲君重唱《少年行》。」《響屧廊》云：「不重雄封重艷情，遺蹤猶自慕傾城。憐伊幾兩平生屐，踏碎山河是此聲。」《芝龕記題詞》云：「降旗獵獵走蟲沙，不見宗爺與岳爺。畫取美人名馬像，寶刀如雪滚桃花。」《張素村由鉅鹿移守保定》云：「鉅鹿曾尋豫讓橋，蠡吾幾度覓荆高。而今俠氣都消郤，磨鏡門邊賣寶刀。」《覆落卷作》云：「六千猛士競横戈，十八霜毫雨點過。不敢輕爲紅勒帛，明朝遼海哭聲多。」又云：「再燃犀炬照波心，恐有潛蛟碧海沉。記得當時銜木石，十年辛苦作冤禽。」如此等詩，不可枚舉。古詩如表揚節孝諸作，《京師》、《豫章》、《固原》諸樂府，則又空前絶後，絶無僅有。他若《臺灣賞番圖》、《題費處士密像》、《天台萬年藤杖》、《王文成驛丞署尾研》等歌，皆璀燦陸離，縱横奥博。李、杜、韓、白、蘇、黄之作，早融冶一爐，氣成金碧。近之作者，莫之與京。余備言之如是，論者不以余言爲嗜痂之癖，則幸甚也。

袁簡齋《除夕告存》詩有「未到雞鳴我尚愁」之句，僉以爲性靈語耳，不知語本《三國史・朱建平傳》。建平善相術，謂夏侯威四十九，位爲兖州牧，而當有厄。後爲兖州刺史，十二月上旬得疾，念建平之言，自分必死。至下旬轉差，垂以平復。三十日昃，請紀綱大令設酒，曰：「明日雞鳴，年便五十，建平之戒，真必過矣。」威罷客之後，合瞑疾動，夜半遂卒。簡齋善於使事，於以知鋪張實事者，不如運實於虚，此類是也。

趙耘菘《赤壁懷古》云：「烏鵲南飛無魏地，大江東去有周郎。」王夢樓文治云：「年少登壇人似玉，天涯懷古鬢如霜。」同一懷古，王詩更勝趙詩之雋妙。吴澹川文溥《讀史偶感》云：「留侯僅有存韓意，廣武難成佐趙功。」高青丘《吴中感舊》云：「趙佗空有稱尊志，劉表初無弭亂心。」同一論古，吴詩何如高詩之深穩？

陳元孝《蜀中》詩云：「諸葛威名存八陣，漢家終始在三巴。」袁簡齋《赤壁懷古》云：「漢家火德終燒賊，池上蛟龍竟得雲。」蔡芷衫元春《讀蕭相國世家》云：「秦代圖書歸掌上，漢家根本在關中。」如此議論，可謂同一鼻孔出氣。

長白鐵梅庵保宫保與蒙古法時帆式善學士，禮賢下士，如飢渴之得飲食，鴻才碩學，得其提挈者實多。二公詩雄渾清醇，各極其妙。梅庵宫保《瀋陽九日登高》云：「萬户烟開屯紫塞，五方人聚作周京。」《易州寓中》云：「故老相逢無近話，舊遊重到似前生。」《登樓》云：「天上有星堪縱酒，人間無客可談詩。」《古北口道中》云：「對面馬隨飛鳥没，上山人帶斷雲來。」時帆學士《宿古北口》云：「炊烟含雪重，獵火挾風高。」《歲暮》云：「馬老漸忘瘦，鶴飢時得閒。」《閉門》云：「地偏車馬少，春近雪霜温。」《曉出東郊》云：「晨光上鴉背，露氣在人衣。」《寒夜》云：「僧卧有高枕，鳥棲無定枝。」

嘉定錢竹汀大昕少詹研精經史，實事求是，著有《潛揅堂集》。詩與王司寇昶、王光禄鳴盛、曹侍講仁虎齊名。《蘆溝橋》云：「卧虹終古走桑乾，泱漭渾河走急湍。馬邑風烟通一綫，太行紫翠壓千盤。唤人喔喔荒雞早，照影蒼蒼曉月寒。沙際閒鷗應笑我，又聽鈴鐸送征鞍。」清而不萎，質而不枯，多得風人之旨。

長洲王鐵甫芑孫博士著有《淵雅堂集》。《馬蘭口》云：「壯心懸落日，邊氣結孤雲。」《鮎魚關》云：「古隘魚龍守，秋空虎氣來。」

懷寧潘蘭如瑛山人《晉希堂詩》四卷，其歌行之妙，蒼堅渾灝，具有昌黎、昌谷之長，而近體亦日鍛月鍊，得未曾有。《金陵懷古》云：「龍蟠不去懷雙闕，牛首空回望六朝。」《題茹香閣納涼圖》云：「水鳥飛從明鏡外，荷花香到碧雲端。」《梅花》云：「帶雪樓臺初得句，入春天地本無心。」《月夜游盛唐山》云：「江吞雲樹秋無際，月走風天夜有聲。」《秋夜》云：「一院竹陰生露氣，半樓河影奪窗明。」《秦淮曉起》云：「月沈淮水風蕭瑟，雲起鍾山影動摇。」《懷王斌士》云：「尋花巷口春泥滑，立月灘頭釣石温。」《登城南奎星樓》云：「四顧何由開積障，一身如夢落中州。」絶句《漫興》云：「垂老偏驚别恨多，愁看春草與春波。飛花欲隔中原望，落日悲風滿大河。」《贈歌者》云：「淒音裊裊泪盈波，憔悴玲瓏奈爾何。白日黄雞休遣唱，樽前華髮故人多。」《譙西城樓》云：「軟塵如夢隔天低，沙草茸茸碧未齊。怪道青山無著處，黄河止隔一層堤。」

丹陽於亦川震流寓泰州，詩特雄秀。有《昌化大溜歌》，極佳，因篇長不及備載。《别朱如川》句云：「雲宵吾輩事，門户百年心。」《謁陳少陽祠》云：「不信九閽司虎豹，直留三疏動風霜。」亦川後入州籍，其孫應童子試。予曾索其遺稾而未得也。

康山草堂爲吾宗德涵海飲酒彈琵琶處，詠其事者多矣。江都朱二亭篔詩云：「苦心誰復知陳實，清論終當恕子雲。」余謂以陳仲弓弔張讓母喪比德涵入劉闈之門，最爲雅切。但對句以子雲比之，尚未平允。二亭又有《揚子雲》詩云：「若從革命先投閣，人物應推第一流。」則於子雲無恕詞，可知於前詩相矛盾矣。黄仙裳《康山草堂詞》云：「誰甘浼跡全知己，恨不同時見古人。」不着議論，自然雅雋。

遂寧張船山問陶檢討《船山詩草》，卷中近體多於古體。古體犐豪，似不經意；近體調高詞峻，是其所長，但覽之易盡，亦其所短。即如《寶雞縣題壁》十八章，非不淋漓痛快，但詞屢换而意不换，其責當事玩兵養寇語，陳陳相因，以視杜工部《諸將》五首各有命意，遠不能及。且集中字句之瑕，多未及檢。如「朱提」，「提」字本音「時」，而誤作「提」，押齊韵；「療病」，「療」字本去聲，而誤作平聲之類。此又才人之不檢也。然自乾隆朝至嘉慶年間，詩人如船山者誠不多覯，擇其詩之尤者著於篇。《彰德》云：「振策游河朔，長楊覆古濠。迴風漳水急，積雪太行高。鄴下才人健，西園逸興豪。獨憐公讌日，王粲亦青袍。」《寶雞》云：「賣酒樓何處，荒臺尚祀雞。人烟汧水北，鄉夢益門西。山入回中亂，天臨劍外低。子規如識我，猶爲盡情啼。」《入大散關》云：「峰雜疑無路，穿雲得散關。民風輕虎豹，石骨露羌蠻。雉老聲如柝，龍歸氣滿山。盤空人馬静，終日翠微間。」《鄴中弔謝茂秦》云：「詞客支離豈諱窮，枉將軍笠托群雄。大名應耻居王後，奇骨終宜葬鄴中。白雪詩壇元不古，朱門交道况難終。荒墳頽墮無人弔，并爲憐才哭計東。」《蘆溝》云：「蘆溝南望盡塵埃，木脱山寒大漠開。天海詩情驢背得，關山秋色雨中來。茫茫閲世無成局，碌碌因人是廢才。往日英雄呼不起，放歌空弔古金臺。」《鳳縣得婦書》絶句云：「十樣蠻牋百斛愁，拈毫涴泪寫蠅頭。消魂猶怨春明柳，那識歸人已鳳州。」《自題山水》云：「樓臺帖地太紛紛，出世人高静不聞。山頂晴霞山脚雨，仙凡只隔一重雲。」其他佳句如《初冬夜》云：「雲如花一片，月現佛全身。」《靈寶》云：「斜陽隱函谷，春樹見弘農。」《登焦山》云：「志存舟楫知誰子，歷盡風濤是此山。」《臘八日》云：「旅食一甌憐佛粥，鄉心萬里入梅花。」《苻秦王武侯墓》云：「人如諸葛真名士，天屈夷吾佐霸圖。」《淇縣》云：「小草出山堪一笑，太行迎我又三年。」《歌風臺》云：「父老不知天子貴，風雲祇道將才難。」《寶雞題壁》云：「殺人敢恕民非盜，報國真愁將不儒。」《韓介堂新選陝西利平縣》詩云：「入關詩要英雄氣，經世人須父母心。」《送趙君茝畦之官閩中》云：「有筆好吟新樂府，此官原敵古諸侯。」《自題寓園》云：「難分真幻知誰屋，偶許眠餐即我家。」《小園即事》云：「試爪雞鳬傷嫩草，安巢鳥鵲選枯枝。」《途中見鸚鵡》云：「我如作賦才空費，爾亦無言事可知。」

高郵龍寅谷式熙《韓侯釣臺》云：「韓侯釣淮陰，子陵釣富春。韓侯且就烹，子陵老此身。漢高無功臣，光武有故人。荒臺水之濱，千古常酸辛。」六合朱飯石實發《子陵垂釣圖》云：「漢家兩釣竿，各自傳千古。一在淮水濱，一在富春渚。淮陰釣竿把不牢，遂使性命輕鴻毛。富春釣竿掣不動，矯若雲中一孤鳳。吁嗟乎，垂釣同是七尺長，一死一生争毫芒。羊裘老子乃大笑，我生幸不求假王。」兩詩借賓定主，思議略同。

錢塘吴穀人錫麒祭酒《有正味齋詩》亦衍朱秀水、杭大宗、厲樊榭之派，而風骨稍異。時有積薪之嘆，而姿致特佳。《游天寧寺》云：「偶遇老僧皆白髮，只宜詩句問青天。」《江夜》云：「但覺無船無月載，不知是水是風行？」《渡江》云：「瓜步十年衝雪路，楊花三月渡江人。」《行支港中》云：「雙竹罱泥和蜆上，一繩界水種菱多。」《秋水庵聽琴》云：「詩句要如名畫讀，古琴兼作水聲聽。」先生主揚州安定書院講席，時來游者又有全椒吴山尊鼒學士、東鄉吴蘭雪嵩梁孝廉，風流文采，炤燿淮南。今邈乎不可得矣。

鉛山蔣師退知讓，心餘太史之少子也，著有《妙吉祥室詩鈔》。詩衍家學，而力厚思深處不逮其尊人。《漳河》詩云：「本無真度如高祖，只要佳兒學武王。」《寄泰州陶鑪》云：「遠將茶焙子，附寄上江船。釉碧春蛾濇，泥澄粉蠣堅。離心仍活火，歸思沸新泉。何日紅窗底，吟餘手共煎。」按「陶鑪」，陶叟所製之鑪也。陶叟年七十餘，性戇直，所製之鑪，細膩堅滑，施之風日中，不坼不駁；庋之几案，可供賞翫。青蚨六七百方購一具，好事者每餽遺遠人。而陶鑪之名，幾與朱碧山銀槎、武風子火筯、時大彬沙壺，皆不脛而走矣。余少時猶及見陶叟，今化異物已久，而陶鑪亦罕覯矣。

南城曾賓谷燠爲都轉時，嘗至泰州。《登岳墩》詩云：「宋不中原復，公如泰岳頽。兩河乘障待，一簣廢功回。」又云：「此地存孤壘，當時用背嵬。諸山難共撼，半壁耻徒開。」又云：「萬里長城壞，千秋峴首哀。餘威驚草木，腥血漬莓苔。道濟沙中磧，淮陰水上臺。幾經寒月照，常有怒潮來。」按墩爲宋紹興十年開市河壘土而成，明萬曆十年社岳侯於其上，以侯曾爲通泰鎮撫使，故祀之。侯以泰州無險可守，退保柴墟，實未屯兵於此。詩未核實，而意態自蒼涼盤礴。

吾鄉俞澄夫國鑑孝廉，曾賓谷作兩淮都轉時招集題襟館，與吴穀人、山尊兩先生暨郭頻伽、金手山、蔣師退諸君觴咏其中。惜澄夫作古太早，詩稿未付梓人。《題鄺湛若抱琴遺像》云：「紙上鬚眉尚激昂，抱琴心事本非狂。《離騷》哀怨沈湘浦，銅柱勛名紀瘴鄉。薄命人皆惜張儉，絶交書或類嵇康。莫從洗研池邊過，浩浩天風海水涼。」贈余詩云：「好風吹送狀元來，康武功真絶代才。詩卷不隨腰鼓殉，蕪城重見草堂開。千秋悵望餘吾輩，一樣清狂付酒盃。鼎鼎年華已三十，知君搔首更徘徊。」

北平李來軒恩綬著有《朗齋詩草》，詩皆超妙。《夜坐》云：「閒閒雨後雲，牽連無片數。獨有月華明，斷處時一露。」《喜入直隸境》云：「漸與故園近，歸思日轉深。行行逢歲暮，處處是鄉音。藏篋惟新槀，隨身祇敝衾。頻將明鏡照，恐有二毛侵。」《淮陰侯故里》云：「平原逐鹿倚良弓，大將真王頃刻中。剷徹獨明成鼎勢，陳豨誰見結兵戎。徒悲瀝血生朱草，定解燒丹托赤松。欲向淮陰尋舊跡，荒涼莫辨墓西東。」自注云：「信墓在東，漂母墓在西，故云。」《七夕》云：「莫訝終年一渡河，於今誰記數如何。人間三萬六千日，猶遜天孫半世多。」《郊居》云：「林泉環繞一山村，栽得新槐傍蓽門。莫怪今朝枝葉少，留將庇蔭到兒孫。」《周子祠》云：「霽月光風徧海天，儒林到處仰先賢。如何不取池前地，鑿個方塘種白蓮。」《重過潤州》云：「去歲匆匆曾過此，今年過此更匆匆。勞人縱有扁舟興，何暇烟雲訪戴公。」其他佳句如《夜泊谷口》云：「灘深喧日夜，山隘束星辰。」《江山道中》云：「灘隨曲石江聲轉，寺隔疏林塔影高。」《道山謁范忠公祠》云：「屏藩百粵籌邊策，縲絏三年畫壁詩。」《仙霞關》云：「山前竹滿風成韵，廡下人稀水代春。」又如《榕城雜咏》，於物産土風，諸多引證，則又於浩博中見奇麗。姑從割愛，未及備登。

興化黄葯領騂太守與吾鄉陳理堂夑學博有《雙江唱和集》之刻。今獲觀《葯領詩鈔》，詞逸旨遠。《呈韋友山楊蓉裳》云：「將離尚未敝華筵，且傍蘭泉話夙緣。竹葉頻傾當夜半，菊花含露在霜前。愁添白髮三千丈，夢到城南尺五天。獨有關西楊伯起，欲歸陽羨買山田。」佳句如《留别阿雨窗比部》云：「習射短長須自反，觀棋勝負總欣然。」又云：「服官五十慚虚度，食客三千擬再來。」又云：「張衡賦擬歸田樂，杜老詩成出塞多。」《蘭州留别》云：「歌聽關隴餘三叠，酒愛蘭泉復一中。」《抵扶風喜晤何蘭亭》云：「正好培風疏地脈，可能洗甲挽天河。」俱朗朗可誦。

鄉先達沈午樯成渭、君撝謙兩先生昆仲，先後成進士，午樯先生秉鐸新安，君撝先生出宰滇中。詩皆可傳誦。午樯先生《梅花嶺謁史閣部祠》，其警句云：「前生文信國，季世霍嫖姚。憶昔專城守，延賓東帛招。饑寒憂士卒，勞苦減丰標。」又云：「争權皆暮氣，選舞及良宵。黨案臣邪媚，潢池將叫囂。」末云：「南國除新蔭，東門咽退潮。何心憐卞壼，捨命誤班超。」《新安道中》云：「白雲古寺僧鋤笋，紅雨香塵女摘茶。」君撝先生詩載《昆海聯吟集》中，《咏大理石屏》云：「十九峰高鞭欲走，八千里外袖難歸。」《五華山館夜雨》云：「孤館連宵雨，羈人萬里愁。昆明湖水滿，不得下江州。」

儀徵尤水村蔭山人寫生妙手，詩亦清新。《舟次任城詠白蓮》云：「緑柳漾疏雨，新凉生白蓮。淡然小艇外，宛似水村邊。過客憐孤梗，幽人在晚川。好風吹欲斷，香色已娟娟。」

儀徵汪劍潭端光觀察《七夕立秋會同人》詩云：「感我英雄惟一葉，誤他兒女是雙星。」《望春》云：「無多小雨能添夢，有限東風已醉人。」《蟋蟀》云：「牆陰竊聽癡兒女，瓦缶争鳴賤丈夫。」子竹素全德《白溝河懷古》云：「宋金遺跡舊淒凉，烟樹無情接大荒。南渡河山春闊絶，北來車駕水蒼黄。琴師尚抱興亡感，宫女都憐黯澹妝。莫道君王不蕉萃，東風愁爲杏花長。」《錢唐晚泊》云：「東西雲樹秋空闊，湖海精靈晝往還。」

寧化伊墨卿秉綬太守簃官揚州，文采風流，炤燿海内。人得其一詩一字，奉爲墨寶。著有《留春草堂詩鈔》。《同趙味辛舍人游卧佛寺》云：「西嶺碧雲暮，疏鐘翠壑隈。佛從何代卧，人自九天來。好古色生寒澗，秋聲落講臺。重陽已昨日，登眺漫徘徊。」《見新月》云：「曾是兼旬别，悠然見畫簾。好風吹帶影，喜色上眉尖。人已垂垂老，光宜夜夜添。徘徊露階下，慎勿報更嚴。」《同白坦庵過湖上草堂》云：「草堂湖上望，茶社更詩壇。天遠楓林淡，江深水茜寒。斷虹殘雨外，歸鳥暮雲端。賴有香山句，先教善眼看。」末詩曾書小幀，余友朱雲溪得於揚州市上，舉以贈余。

善化陶雲汀澍宫保《登雲龍山》有「域中山勢兩條來」之句，最爲雄秀。餘句余不能記憶，爲可憾也。俞陶泉德淵都轉《暑中讌湖上草堂》句云：「古樹陰如張翠幙，圓荷香欲上青雲。」襟期灑落，可見一斑。都轉視兩淮鹺務日，余曾以《擬庾子山三月三日華林園馬射》、《江淮勝概樓》二賦蒙公擊賞，接見時，必譚詩文移晷。今昔之感，得無悵然。

余髫年初習韵語，即就正於朱冠林先生。先生名景泗，鄉前輩也。篤實淹通，坎壈不遇，著作多散軼。余記其《無題》詩云：「饑軀向良友，問我來何爲？坐久寂無語，秋風吹鬢絲。」二十字可作數十層解，誠一語抵人千百者也。

興化符雨岩旌學博，名場老宿，與余爲忘年之契。秉鐸廬江，嘗通魚雁，後客死于廬。旅櫬歸里，可哀也。癸酉歲，與余同集莫愁湖，詩云：「折柬招邀喜欲顛，新知舊雨倍陶然。多君鶴立成高會，老我龍鍾入少年。一樹迎秋摇緑柳，半窗倚醉抱紅蓮。繪圖漫道留鴻爪，跌宕琴樽異日傳。」

吾鄉吴曉嵐會世伯，甲子科孝廉，著有《竹所詩鈔》。中有《楊將軍説金川縛賊事》詩云：「將軍醉卧古戰場，夜夜鐵笛吹青羌，鐃歌親製十二章。使筆如使梨花槍，麾下健兒身手彊。血洗刀劍衣裏創，横磨十萬百鍊鋼。不斫死賊驅生降，不驅酋虜驅賢王。驅之不異犬與羊，且驅且縛縛且扛。有時縛賊裂帶裳，有時縛賊割馬繮。縶兩手足弓反張，白木梃子貫中央。一貫五賊皆郎當，五腹貼地五首昂。五肩五背相衝撞，四卒對舁形踉蹡。騰越澗壑超山岡，凱歌雜亂呻吟腔。將軍斷後神飛揚，軍門大纛開兩行。兩翼散卒來扶將，歸來十賊九欲僵。解縛擲地鬭銀鐺，人各一賊監車箱。將軍笑脱軍前裝，帳下犒士羅酒漿。酒中血瀝生黄麞，歌鳴不辨《伊》與《涼》。男兒到此真昂藏，不爾野雀飢空倉。祇今説賊聲琅琅，意氣磊落排天閶。觀者聽者如堵牆，論功策勛不可量。掀髯一笑歸故鄉，家有八百成都桑。」其他佳句如《客邸作》云：「雨中尋客館，燈下寫家書。」《題毘陵驛》云：「一年三作客，十夢九還家。」《蓬山》云：「早知别夢隨流水，悔不將身替落花。」皆藴藉有味。哲嗣香陔林蘭副車、香墅樹蘭明經，與余爲莫逆交，詩皆世其家學。

荆谿周保緒濟學博《止庵詩》奇偉幽深，絶無叫囂甜俗之氣。《題出塞圖》云：「秋風不入關，關内無黄沙。春風不出關，關外無桃花。蒼慈既均覆，中外成一家。」可以知其一斑。湯雨生《惠蝌》云：「彭越功名臣已老，馬卿詞賦客無能。」《答蔡竹坪》詩云：「聚散尋常事，人言哀樂多。鬢從風絮點，詩付雪驢馱。秋菊三年别，春池一尺波。祇應圖畫裏，躉得聽漁歌。」

吾鄉繆善夫成鈞先生制藝精工，咸推爲老斲輪手。著有《寒翠軒詩集》。昔贈余與儲湘舫步雲、俞召夫肇鍈《白門秋賦》云：「珠斗闌干夜氣清，諸公衮衮足才名。摘鬚頷下占玆象，袨服江東在此行。野色半天憑戰壘，秋痕滿地入詩情。不龜手訣臨歧贈，洴澼功還待爾成。」

吾鄉湯悔庵治昭明經家與余家只隔兩衖，昕夕過從，幾無虚日。歸道山後，詩藁散失，幾難追尋。《辛卯》一編，偶於同人處見之，亟録其佳句焉。《贈寫真馬生蘭谷》云：「未成魚鼈聊行樂，得畫麒麟自有人。」蓋辛卯歲河決馬篷灣兼開車邏等壩，故有「未成魚鼈」之句。《閉關》云：「薄醉顛毛霜後草，清秋屐齒畫中山。」《歲暮歸里》云：「蘇秦已敝還鄉屩，《吕覽》空懸正字金。」《浩歌》云：「世情且可點頭看，詩句何消注脚多。」詩家往往自下注脚，並非僻典難字，而喋喋不休，豈以閲者皆枵腹而必爲此耶？宜悔莽言之如是。

余在韓塘客館之日，聞梅蘊生植之訃音，兼聞其生子三日而孤，婦嫠子弱，爲之泫然久之。因憶蘊生題余《獨立圖》，即以録别，詩云：「去年識君春已暮，楊花如雪鶯啼樹。今年逢君秋已殘，雁飛不落霜風寒。烏兔東西偶然耳，況復心事如波瀾。宛轉讀君詩，珊瑚碧樹枝。雲龍願追逐，風雨長相思。相思不見心如結，明月空梁何可説。省識圖中七尺身，昂藏風骨真超絶。君才卓犖我所親，我辭弁鄙君無嗔。薄俗紛紛等芻狗，我輩豈是尋常人。披君之圖與君語，我又明朝挂帆去。夜攬離思天茫茫，海嶠逢君夢何處。」蘊生，江都人，孝廉，著有《嵇庵詩鈔》。

吾鄉高紫嵐筠中翰，著有《紅絲研館詩鈔》。中有《喜曹艮甫鄉捷》詩二首云：「聽説登科喜欲狂，果然奪命是文章。鑠金幾訝金無色，湔雪纔知雪有香。心迹久邀天意鑒，頭銜重勒史書芳。風塵多少相如泪，不到青雲氣不揚。」「錦繡天街一路平，春風努力上春明。更憑杏苑探花手，痛洗槐聽納粟名。吾輩豈緣金榜重，君才端合玉堂清。他年簪筆歸來日，高踞騷壇再主盟。」昔王菊泉刺史聘艮甫主講胡公書院，繼又與修邑乘。時艮甫以太學生坐擁皋皮，手操史筆，同學譁然，宜矣。余於艮甫一見傾心，雖欲爲曲解，勢亦有所不能，惟嘿爾而息，不爲左右之袒。如是幾年，而艮甫之捷音至矣。中翰之言，即余之所欲言也，亦余之欲言而不得如是之親切也。

中翰之姪曼亭銘大令，由拔萃科朝考二等，宰河南淇縣。歸田日，與湯悔庵、常繼香暨余詩酒盤桓，昕夕與共。今歸道山十餘載矣。令嗣小曼持詩稿見質，覽之，不禁有人琴之感。其《遊歷亭有懷漁洋先生》云：「風前釃酒弔殘暉，詞客攀條泪滿衣。古歷亭荒遺構在，初唐人逝雅音微。長留屬和詩千首，不見婆娑柳十圍。落日湖天扣舷去，四絃高唱記依稀。」此不著一字，而自然渾成者也。《露筋祠》詩云：「五朝歷相羞老馮，曾讀詩書知孝忠。平生所學竟何事，靦顔拜表甘泥中。」此以馮瀛王相形。按歐陽《五代史·馮道傳》，從王凝妻李氏事發端，誠以道之無耻，不如婦人之自愛。曼亭以露筋女子相形，亦是此意。

吾鄉諸君前作詩會於芝山精舍，數十年來，風雅不墜。存於會中者，詩如束筍，美不勝搜。田鶴舫琳茂材《友人留飲》云：「雨後虹如才子氣，月中花似美人魂。」《答諸子書》云：「詩境漸如淮橘化，風懷猶作海棠顛。」宫霜橋國苞上舍《旅懷》云：「人到飢寒纔作客，樹無風雨不成秋。」葉古軒兆蘭上舍《贈李東來》云：「貧猶作客家難問，老不封侯命可知。」《旅懷》云：「窮途骨肉蕭郎僕，冷眼功名季子妻。」《中秋後一夕月》云：「天因太滿無餘力，人到重看有倦心。」《長樂老》云：「晚年宦藉癡頑貴，亂世人看氣節輕。」《邗上晤李沁春孝廉》云：「南北飄零見面稀，海雲江樹每依依。相逢一笑鬚眉改，君未封侯我布衣。」《馬嵬坡》云：「漁陽鼙鼓動邊塵，夜半宫車萬里巡。老將生降妃子死，當時同是受恩人。」羅夏園克俟茂材《百子山樵》云：「雞鳴埭下路迢遥，遺跡頻煩問野樵。五夜苞苴尊假父，一家詞曲殿南朝。紅牙獨按懷空咏，鐵案全翻氣益驕。但惜清流爲已甚，激成鉤黨禍難消。」許筠園秉銓布衣《無題》云：「裹湖湖裹荷花香，外湖湖外郎船忙。留住郎船看花去，明日西風荷葉黄。」鄒耳山熊别駕《秋日遣懷》云：「酒於深夜防沈湎，詩到中年減性情。」《贈朱野雲》云：「遍交入洛諸名士，平揖當時上大夫。」夏補生蘭茂材《論古小樂府》云：「王猛秦丞相，張賓趙右侯。江東門第盛，只是重清流。」《讀史》云：「不知決策守關津，誰是當時帷幄臣。迢遞陰平七百里，長天白日竟無人。」王左亭輔上舍《種菜》云：「貧家風味原清淡，老去英雄善退藏。」《白下厲齋譚遺事》云：「春風又緑三山草，夜雨空明十廟燈。」魯楓槁嘉祥上舍《書懷》云：「漸覺嘗完惟世味，最難看破是名心。」

江都朱老匏《病卧》詩云：「卜葬憑詩友，書空作子孫。」如臯江片石干明經《劉南廬墓下作》云：「寒食年年誰上塚，一編詩草當兒孫。」吾鄉葉古軒《哭吴椒堂》云：「三五故人知己泪，勝他兒女哭成行。」其酸痛語，是一副筆墨。

江都葉文光覲廷世伯《諸葛菜》四章，成於風檐寸晷之中，一時傳鈔，幾於紙貴。詩云：「比得成都八百桑，由來嘉卉憶南陽。尚留身後彌芳種，無補軍中已盡糧。竟與大名垂宇宙，居然小草莞興亡。遺民千載猶祠廟，采當蘋蘩祀武鄉。」「澹泊從來志久存，未妨幕府似柴門。兩川士女無兹色，一代君臣皺此根。碧蔓三春遺壘恨，紫花滿地故宫痕。想當漢沔師旋日，斷盡陳倉義旅魂。」「劍作犂耙犢賣刀，屯田渭上陣雲高。不辭北伐鋤非種，可惜南中地不毛。韜晦猶思先帝事，培根敢卹老臣勞。偏安莫保難求益，白帝城中盡野蒿。」「抱甕興歌《梁父吟》，叶。未須本字説蕪菁。蔓延已遍巴人國，根柢難忘漢相營。天下奇才猶學圃，大夫知味夙躬耕。多情若解悲離黍，五丈原頭定不生。」

余憶丁酉之歲館於王素亭世履運副家，嘗出其先公堯年明府詩以見示，余記而録之。《秋日齋中》云：「秋陰閣林杪，曉露飫籬根。」《病起》云：「經春燕似倦遊客，得雨花如病起人。」俱堪傳誦。素亭官洲中運副，借補台州司馬。其齋中楹帖云：「問志何堪膺社稷，居官只爲好湖山。」其懷抱可見。時於告假歸里之暇，與余論詩，多有心得。《憶家園牡丹》云：「名花分自洛陽來，拓地三弓次第栽。爲愛湖山歸未得，十年不見此花開。」《看雨》絶句云：「西雲挾雨向東傾，又被東虹劃半晴。疏點瞥過簾外濕，斜陽仍在樹梢明。」

吾鄉徐小隱升堂孝廉曾有《諸葛菜》七古，索余和之。後赴玉樓，未及索其遺稿。今哲嗣震來茂材以《晚香亭詩》見示，並述其易簀時口占詩云：「仙洞雲開古黛皴，重來誰識我前身。狺狺黄犬真無賴，隔著桃花吠主人。」其遺稿佳句，《除夕》云：「松火鑪烹雪，梅花酒祭詩。」《寄朱琴仙》云：「夢醒人猶遠，愁深酒不濃。」《生辰贈内子》云：「市中賣賦懷司馬，廡下依人愧伯鸞。」《春燕》云：「細雨東風人未醒，呢喃訴與落花聽。」小隱初不以詩名，而詩之工如此。

吾鄉王在初世升文學與觀來世晉昆弟競爽，讀書一室。在初《夜坐》詩云：「虚齋寂無人，落葉時一響。月色與花影，窗紙騰騰上。」其清虚之思可想。觀來著有《卷葹遺草》行世。興化陸香雪世用文學才氣骯髒，時有風漢之目，而佯狂嫉俗，實未嘗風也。游白下病卒，同輩哀之。《江暮》詩云：「江暮雨瀟瀟，扁舟響怒濤。水寒楓不落，鴉定柳還摇。經術珍和璧，勳名薄漢貂。君看捕魚客，蓑笠正逍遥。」《石城晚泊》句云：「斷虹扶日上，歸鳥帶星來。」

甘泉薛子韵傳經文學《野花》句云：「山行風味偏相狎，官樣文章久厭評。」《游熙春山》云：「樓長正合峰腰鏁，亭小如從樹頂支。」綽有風韵。《游草》一卷，劉孟瞻文淇明經捐貲刻之。

吾鄉高穎思明文學詩律謹嚴，作古後，惜遺編散佚，衹見其《咏柳絮》云：「東風太多事，吹絮下高枝。亂泊亭長短，都驚人别離。共愁飛雪早，翻悔化萍遲。」又作征途感，飄零我所思。」《落花》絶句云：「半庭空翠濕簾櫳，一帶雕闌盡落紅。何苦吹開復吹謝，一時恩怨問春風。」佳句如《野望》云：

「霜寒鴉背重，風静雁行高。」《有感》云：「一春最好惟三月，萬事齊來是五更。」意皆深遠。

吾鄉宮友山錫祚孝廉《鄉塾火災》詩云：「世人莫笑青氈冷，此會真同赤壁游。」袁冶山振華文學《湖水下注自鄉塾回里》云：「尚許同舟押鷗鷺，不妨徙宅避魚龍。」余業師沈萊田文鈺夫子《荒歲感懷詩》云：「身肥或爲餐穅籺，腹儉何妨食肉糜。」其胸襟同一灑脱。

儀徵卞雨帆維城太學才豐運嗇，客游豫、楚、越、粤諸省，卒無所遇而卒。汪醇卿廷儒太史刻其遺集。《柳侯祠》云：「羅池猶在柳江邊，池樹叢殘草蔓延。一自功名争早歲，遂令文教啓南天。州思易播拚終棄，溪亦名愚太可憐。欲訪昌黎題墓石，松花如雨泠荒阡。」《登柳州城和柳柳州韵》云：「草樹蒙茸雉堞荒，春風獨立竟蒼茫。溪流礙石喧沙市，山氣將雲度女牆。涉世誰工葵衛足，依人贅比鼠拖腸。輪蹏萬里來何事，望斷天南不見鄉。」

詩以翻案見者，非好辯難，第各抒所見，自覺辨才無礙。朱飯石《書荆卿傳》云：「天未亡秦空死士，卿如入漢定封侯。紫陽書盜成寃獄，易水悲號咽不流。」卞雨帆亦云：「疑生孱主心難剖，魄褫强秦死亦豪。」結云：「獨憐《綱目》寃書盜，成敗英雄定貶褒。」可謂不謀而合。吴季子挂劍，人皆稱其久要不忘，余詩有云：「龍泉挂樹起蒼烟，信義多稱孝子賢。只恐故人終怪汝，不將寶劍贈生前。」閲余詩，得無以爲刻覈乎？

吾邑費素之履堅文學，曩歸自上海，余初識荆，招飲聯吟，擅場七絶。《婁江舟次》云：「水抱江城十里遥，臨江水閣夜吹簫。通波門外停船客，半候來潮半落潮。」《自上海歸舟》云：「夜半潮來便放舟，一帆安穩出江頭。歸心三載程千里，多謝南風送北流。」「紛紛如雁集河濱，説是淮揚避水民。兒覓耶孃男喚婦，舟中愁煞未歸人。」《冬夜舟中》云：「月滿船窗臘氣增，長官翦燭話賓朋。重簾低下罏添火，只管催人夜打冰。」《河阜即事》云：「蕭蕭襆被此停車，茆舍相逢四五家。一夜海風吹凍雨，曉來滿地結鹽花。」風調絶佳。

余友李雨村觀時，本籍江右，因隨其尊人作賈泰州，遂入郡庠而食餼焉。作詩刻苦，每分韵鬮題，必捉鼻酸吟而後落紙。所惜者，地下修文之後，伯道兒經短折，中郎女亦蚤夭，詩稿散佚，無可蒐羅矣。余記其《題畫》句云：「桃花如錦柳如絲，正是河魚欲上時。幾日不來春又老，東風吹水緑差差。」《小遊仙詩》云：「年少緣何道力堅，時於醉後放狂顛。麻姑倘許搔奇癢，甘受方平背上鞭。」蘊藉中時露風趣，讀之可想其爲人矣。

余屋之西偏拓地數弓，小爲修葺，名曰「睫園」，取宋周孚「田園一蚊睫」詩意。常高犇增選拔《過睫園看梅花》云：「餘寒未盡雨聲中，西郭空思爛漫紅。賴有睫園一株雪，年年端不負春風。」

伯山詩話後集卷三 話今

泰州康發祥瑞伯氏編輯

儀徵阮太傅伯元元，研精經史，因文見道，詩亦爲一代之宗，仰之者奉爲泰山北斗。《登蓬萊閣》云：「下見滄溟上絳霄，城頭一閣獨超超。天能包括鯨波静，日有光華蜃氣消。島外帆移千里目，坐中人壯午時潮。曾游《山海》《東經》内，酈注江河總寂寥。」《詠鐵拄杖》云：「等閒莫向葛陂投，六尺錚錚敵佩鉤。誰弄瘦蛟開石徑，合依衰將住并州。氣寒斷不因人熱，骨重何能繞指柔。若是欒全生日鑄，已隨銅狄較春秋。」此等吐屬，非負九霄骨、披一品衣者，何能有此！

蕭山湯敦甫金釗尚書，文章學業，彪炳寰區。公三典江南鄉試，一任江蘇學政，仰之者若泰山北斗，敬之者如崑玉秋霜。公初不以詩名也，然滁州清流關某庵題壁句云：「此處莫尋梟將所，再來唯見老僧閒。」何醞釀而温文也。程韜庵宇光解元爲余言之如此。因憶公案臨揚州日，以《溝通江淮賦》試士，余賦蒙公擊賞，以天馬行空之筆許之，而勉其績學。言猶在耳，耿耿於心。

長洲宋于庭翔鳳學博以名孝廉來泰秉鐸，適史少詹評、曹侍御楙堅掌教胡公書院，蔣茂材志凝亦爲寓公，相與爲文酒之會。掎裳連襼，幾無虚日。學博學有淵源，在學署刊刻叢書十餘種。《憶山堂詩》亦清超絶俗。《清風店歌》云：「清風店裏風意清，明月店前月色明。關山遊子有昔恨，琵琶女兒多怨聲。滹沱河上一聲雁，兩夕相思渾不斷。三千里外江上亭，垂楊葉老秋風汀。」《天下大師墓》

云：「去國烽烟裏，安身雲幾重。傳疑真此事，弔古有遺蹤。寒食聞啼鳥，空山唯暮鐘。野人膜拜處，枯寂識真容。」《題夏慈仲詩兼誌别》云：「題徧隋堤柳，居然弱冠年。風懷成醉後，花事溢春前。送我烟中樹，思君江上船。琳琅攜一卷，盡日詠愁邊。」《留别屠琴隝》云：「朝來一色凍痕消，客思無端入畫橈。欲問春潮添幾尺，難忘樽酒已連宵。鸎花記得江干樹，風雨歸來市上簫。他日吴趨仙舫住，可能乘興訪臯橋？」《題虛舟叔本事詩後》云：「女兒十五工彈箏，弦高柱急多怨聲。船頭船尾鎮相見，桃葉桃根詞未明。青春燈下數番曲，碧玉樽前無限情。酒酣説劍何足數，但願守紅過一生。」《留别雲九》云：「古人壯游稱萬里，我視萬里猶過之。握手别君已脈脈，出門驅馬方遲遲。臯蘭城郭愁獨往，燕臺歌曲增相思。緑楊可使綰成結，只有離懷不自持。」《過滹沱河》云：「清濟清漳接濁河，秋風今又過滹沱。圖經故道誰能按，溝洫新猷事若何。記得曾攀岸傍柳，可憐無定水中波。欲尋麥飯蕪蔞路，只恐塵沙撲面多。」《贈陸介堂納妾》云：「經旬味氣挹芝蘭，紅袖香添興詎闌。别有情懷千種在，最憐惜十分難。繁欽先向詩中定，公幹須容座上看。大婦流黄中婦瑟，好圍金屋種檀欒。」録此數首，可知先生詩筆之清迥。其他可摘之句，如《寇萊公故里》云：「此日有人尋巷陌，當年無地起樓臺。」《坐二把手車》云：「共羨如龍挽流水，却同陽虎寢葱靈。」《呈洪桐生先生》云：「法例《公羊》顔氏學，詞章司馬漢朝文。」其吐屬典雅流麗又可知。先生後得保舉陞縣令，宦遊山右，音問久踈矣。

吴縣曹艮甫楙堅侍御，昔僑寓泰州，遣長子恩錫從余問字，最爲契合。《曇雲閣詩》余曾摘録一册，後爲人攜去，無可蹤跡。題余《獨立圖》云：「北風倒捲黄葉堆，織烏西走羲鞭催。老鴞叫林山鬼嘯，鳳皇騏驥皆凡材。奫瀠弱水浮蓬萊，欲往從之目炫金銀臺。男兒三十不得志，鬱伊懷抱何時開。貴不能肘懸斗印手握符，富不能以金爲席瓊爲厨。席帽當頭雪片龘，隆冬打門來索逋。毛錐三尺秃無用，短檠相對鏤心嘔血何爲乎！康君康君真健者，《白雪歌》成和者寡。淮海今成《主客圖》，相逢爲把牢愁寫。君家對山第一流，好風吹散貂璫讎。峌峒援後悲淪落，琵琶彈冷蕪城秋。噫嘘嚱，文章氣概終何有，萬事浮雲變蒼狗。賈生太少馬周遲，痛飲唯宜指我口。爲君歌，歌聲酸，吴鉤起舞霜花寒。今年青鬢明年改，去日蕭條來日難。君今讀《騷》還讀史，吾亦空江采芳芷。作圖慎勿示餘子，道旁揶揄弗能止。」《落葉》句云：「休拈樹倒藤枯句，大有寒山拾得心。」《覽鏡》云：「未妨山鬼工含睇，儘有傾城歎洗紅。」皆藴藉有味。

寶應劉楚楨寶楠大令爲諸生日，就試海陵，必過寒舍，譚詩不倦。《遊俠》詩云：「幽并遊俠兒，委心報知己。白日持短刀，殺人邯鄲市。不願主人知，長揖歸田里。多事魯仲連，姓名挂青史。」《梅花歎》云：「空庭閑梅樹，幽草生其下。班坐朝摘花，日夕不盈把。東方月上日西馳，願分清影到花枝，一年幾度春風時。」《春日所好軒橋上作》云：「閉門横短彴，徙倚傍危磯。水緩隨花住，雲遲待燕歸。游魚牽荇帶，浮鴨襲苔衣。無計酬春色，清尊送暮暉。」豪情逸致，兼而有之。

楚楨論近人詠古蹟，每鋪陳本傳，即或翻駁新奇，亦少含藴；不知古人詠古詩多得句外之神，杜工部《禹廟》、《明妃村》等作可悟。余韙其言。

楚楨成《清芬集》十卷，敬述祖德，具有體例。其遠祖德齋憲有《海陵懷古》詩，最爲典核。詩云：

「周室王綱缺，晉定霸業衰。勾吴通江淮，拓地東南陲。夫椒棲越甲，艾陵敗齊師。徵會令中原，諸侯皆南馳。玆地古發揚，衛輒此羈縻。端木束錦來，太宰喜文辭。舍藩釋衛君，霸業成黄池。皇天厭周德，姬氏太陵遲。霸吴與滅吴，倡禍實鄭姬。巫臣報私憤，子胥空傷悲。茫茫三千年，時代多遷移。吴沼既已平，越宫亦已隳。日暮步荒原，弔古懷憂思。」自注：「《春秋》哀十二年秋，公會衛侯、宋皇瑗于鄖。杜注：發陽也。廣陵海陵縣東南有發繇亭，按高江村《春秋地名考》，今如皋縣亦海陵地，縣南十里有會盟原，相傳爲吴楚會盟處。今立發橋疑即其地。」修州志者，於《建置》未載此條，叙此以竢後之采擇者。

湘鄉左青峙輝春，以名孝廉官江蘇，屢應房考之聘，所得知名士甚多。壬寅莅官高郵，暇與宋實甫、王寬夫、周雨窗、夏瘦生諸君高會文游臺，飲酒賦詩，爲蘇文忠作生日。故有「太白以還無此樂，黄州游處幾生辰。風塵莫笑元規俗，肯爲東坡作主人」之句。後移官吴門，《留别》詩八章，擇其尤者記之。詩曰：「匆匆又見及瓜時，駐馬長吟有所思。雲出無心終是散，月圓滿面定將虧。好山好水須留戀，秋雨秋風易别離。今日盂城一杯酒，陽關怕聽尾聲詩。」「身如征雁向南飛，不到衡陽不算歸。竹馬自然隨處好，蒓鱸定説異鄉肥。買田陽羡今無分，久客杭州古亦稀。寄語傅公堤畔柳，桓温要見樹成圍。」時於傅公堤多種楊柳，故末句云爾也。又云：「障州誰闢富民渠，古堰平津語亦虚。無術那能蘇澤雁，受殃徒見禍池魚。難輸《禹貢》中中賦，甘受陽城下下書。三十六湖湖水闊，蒼生何日奠安居？」此言澮水關城河也。其他佳句如「勝地幾人能作主，浮生到處便成家。劉郎也有重來日，莫斫桃花種菜花。」又云：「莫傷月落文臺冷，但願珠從甓社還。占得太湖三萬頃，不應無地老香山。」

高郵宋實甫茂初舍人詩未窺全豹，適於李達仁齋壁見書小幀，有《雲川閣四詠》。《南浦漁歌》云：「何處清歌斷復連，西風殘照緑楊邊。收罾稚子能吹笛，换酒仙翁解扣舷。似説生涯今歲好，縱經波浪一家全。紛紛南浦傷離别，争及吴儂鴨嘴船。」

毛大可《西河集》中有《打虎兒行》一首，事奇詩奇，可稱絶唱。予閲《宋史·列女傳》，有彭氏女斫虎救父事，因作《斫虎女行》。夫女兒斫虎，事更奇於男子，而予詩亦不多讓於大可也。詩云：「斫虎女，何雄豪，奮身直與於菟鏖。於菟來欲啖女父，女兒即試屠牛刀。斫虎女，虎撲地。虎不畏女兒，乃畏女孝義。女兒十指如春葱，虎身大與犀象同。女兒使刀如使風，虎不如狗其技窮。斫虎女，奪父還，遠人詫異都來觀。女兒依舊垂雙鬟。若非女兒有膽氣，女父幾入虎腹間。斫虎女，事千古。何以男兒心，知虎不知父。此女知父不知虎，視虎非虎虎如鼠，虎兮虎兮奈何許。」

德州旅店壁上有詩云：「都轉聲華一霎休，尚書名位壓通侯。而今我亦忘恩怨，一騎斜陽過德州。」詩意含蓄，不言恩怨而恩怨深。張鑄臺鎔孝廉爲予言，予愛之不忘。

陶九成《輟耕録》載，劉節婦，泰州坂埼人，元至正年隨父渡江，居吴門，適張士誠部將曹某。方數月，夫陣亡，劉不避凶險，求得其屍歸葬。欲以身殉，父不許。既而，權貴人聞其美且賢，强委禽焉。劉誓死不貳，遂削髮爲比丘尼。按新舊州志俱不載此事，余作詩補之曰：「劉節婦，泰州人。居坂埼，客吴門。許字曹家子，老父時主婚。婚甫越月夫戰死，婦求夫屍泪不止。屍積如山呼不起，隻身走入衆屍裹。衆屍之血糢糊紅，十指撥屍摧春葱。䰲䰲索索來鬼雄，瞥見如獲異寶同。婦得屍，負夫走。瘞屍抔土南山後。婦泪如泉祭時有，泪落祭筵作盃酒。彼何心，强委禽，嫠門不受纖塵侵。懷清築臺妾意深，使君浪擲秋胡金。稽首大士前，皈依大士側。節婦之節邑乘遺，幸有大士能保得。」

高郵周雨窗叙明經，著有《雨窗詩稾》。《壬申舟中紀事》云：「仰面望天日過午，舟子購米二升許。舟前舟後蹲飢民，道是一家父子母。半晌飯熟供我前，菜菽中雜米珠圓。我餐一碗我已足，分我所餐飽飢腹。可憐飢兒飯到手，轉身送與爺孃口。爺孃不食與飢兒，曰我腹飽兒腹飢。飢兒再三辭不得，回頭又與阿弟食。嗚乎安得江河爲釜沙爲糧，赤子飽食皆翱翔。」此等詩可想見宅心之厚矣。《渡湖感舊》云：「説罷艱難泪欲揮，十家門巷九家非。欲尋旅館兒時路，瓦礫堆邊有燕飛。」

雨窗與同邑夏瘦生崑林明經、王寬甫敬之農部有《同岑倡和集》。雨窗《待雪》原唱云：「樹鴉寂無聲，寒雲羃天半。賣魚蓑笠翁，提壺過曲岸。」寬甫同作云：「延佇梅邊兼竹所，幾分寒瘦入神思。拂箋儘報瓊瑶字，詩體寬逢未禁時。」瘦生云：「尖叉拈韵佇新題，望遠荒村酒旆低。驢背詩情剡溪櫂，殢人消息畫橋西。」《秦淮海集》版片有取以代薪者，寬夫作詩歎之云：「破樓斜日訪詩來，國士聲名劫後灰。水部風流俱消盡，信他爨下有琴材。」自注：「水部李公之藻序文亦在煨燼中。」雨窗和云：「摹贈殘箋墨未乾，此中癡泪怕人彈。他年縱有重刊日，需作韓文舊本看。」瘦生云：「生遭疑忌竄藤雷，死姤文章又劫灰。六百餘年易銷歇，夜珠何怪不重來。」可想見三君子風流跌宕，掎裳連襼時也。

高郵夏慈仲寶晉刺史作宦山右，著有《仕國弦歌》。録《獲鹿山中》云：「亂山殊不惡，轉恐入烟霞。怪石能驚馬，清流爲洗車。水禽飄素羽，霜果落丹砂。行近崎嶇路，勞生未有涯。」《入井陘》云：「險要從來最有名，我今叱馭感孤征。觀天忽小真從井，行路猶難況用兵。懸磴欲迴千里駕，亂流已齧半邊城。却看水磨蕭閒甚，田叟相逢話晚晴。」佳句如《賞菊》云：「對花便合除官氣，中酒誰能抱隱心。」《古屋》云：「年號頗存題壁字，姓名莫辨上梁文。」《老樹》云：「處士當年因作屋，老夫他日指爲家。」《絳縣受代》云：「前生不善方爲吏，一息能閒肯廢書？」《狄梁公祠》云：「委蛇自異傾邪士，骨鯁終非木强人。」《聞朱泳齋尚書行視江南決河》云：「哀鴻忍見斯民散，下馬欣聞故里存。」慈仲復善填詞，歸安葉筠潭紹本贈詩云：「淮右詩人秦正字，江南詞客賀方回。」其推許最當也。

江都王子駿開業明經與予締交三十餘載，友誼之篤，有如一日。予嘗目爲今之古人。爲余題《擁爐聽雪圖》詩云：「六花飛滿天，仗劍出門去。滹沱一尺冰，驅馬淩晨渡。歸來嬾閉門，低頭就燈炷。簷團瑟縮鴉，棧戀款段駑。騰騰榾柮爐，作計毋乃誤。火迫笑鄰佞，翻同竈下嫗。薰籠倚到明，歎息蛾眉妒。凍頬回春紅，濁醪汙壁素。來參孏殘禪，饒舌竟何故。且置十年期，飽啖灰中芋。」詩淵懿奧衍。子駿不以詩名，而詩工若此。

興化趙沅芷閎中孝廉與余交誼最久，氣誼亦洽。予兩人梗概往往相同，幼同事筆研，同游頖水，長同踏棘闈；今老矣，又同時喪偶，同被家累。而余之不逮沅芷，惟其才耳。沅芷著《種蘭草堂詩存》。余最愛其《秦良玉割袖》一歌，惜篇長不備登，姑節録之。起句云：「千古美人愛顔色，西蜀美人愛殺賊。」便突兀可喜。又云：「兵氣摩天陣雲慘，殺賊追賊破賊膽。楊應龍，張獻忠，不畏成都重慶督師之元戎，乃畏黔中石砫宣撫之英雄。英雄一女子，能令天下鬚眉多愧死。武陵既無謀，捷春兵亦弛。獻策不用將奈何，痛哭歸休空切齒。」又云：「莽戇棉州陸遜之，談兵曳袖忘猜疑。將軍節義不肯亂，拔劍當筵割然斷。但聞繒裂不聞笑，圭角崚嶒氣廉悍。座客皇然無一辭，膽寒股栗舌欲短。」結云：「至今馬氏居松門，知是將軍幾葉孫？錦袍破裂空箱疊，是否當年寶劍痕？」詩沈雄頓挫，生氣凜凜，非此詩不足壯此題也。律詩如《庚子元旦》云：「宿酒晨醒倦不支，藜牀貪睡起遲遲。一年此是偷閒日，百歲今爲得半時。雲漏日光消雪米，風吹春氣上梅枝。可憐兒女團欒處，獨少糟糠老婦隨。」其他佳句如《圍爐》云：「雪痕衣上化，人氣座中團。」《呵筆》云：「寫來新穎脱，化盡鈍根難。」《白燕》云：「掠水有文拖雪練，閉門無語怨梨花。」《和薛風坪我我圖原韵》云：「貪嬾每慙陶士行，憐才那得鄭當時。」《春寒》云：「風番遲過看花節，雨氣濃如中酒人。」

沅州治南有松林庵，以古松得名。來游者咸作詩稱賞，余以趙沅芷、王勾生翼鳳二君詩爲最佳。沅芷云：「遼乎悠哉，杳不知種自誰手生何年，但覺根盤幹結當在漢柏唐槐前。欲向土人問松壽，莫能紀火棗之華實九百大椿八千。一幹蹲伏不敢放，精神團結骨遒壯。枝葉互盤結，奇氣自磨盪。縱横一丈高尺餘，左拏右攫各殊狀。一幹高出西北檐，巨靈伸臂掀龍髯。復分兩枝拱如翼，頂圓葉密平無尖。盛暑晴空障紅日，獨惜不露涼秋蟾。風雨天難辨首尾，颯颯空庭走神鬼。輪囷磅礴非凡材，寂寞荒林遁英偉。有客工丹青，周視摹全神。大呼山僧索筆研，欲操張璪雙管傳其真。山僧俗骨不可耐，筆枯研破墨色壞。座中佳客盡攢眉，筆未落紙輿先敗。噫嘘嘻，天生神物良不易，胡乃位置非其地。君不見泰山松，秦皇封；鬱洲松，名盤龍。軒車冠蓋日相接，高柯上蔭雲葱蘢。兹松偃蹇乃如此，人生安可無遭逢。」勾生云：「海陵人家多樹木，樹木十年看已足。每來陽春月二三，處處李花杏花簇。誰知别有鸞鳳枝，盤鬱城南一僧屋。風沙喝噎連冰霜，殿陰長含古時緑。突出如臂横撑支，迴拏又疑龍倒馳。皮皴心裂理正直，却有稜隅少顔色。我思造物惟蒼蒼，瑰奇挺特原無方。退庵老去康侯强，合與此樹同悲涼。」沅芷詩爲松惋惜，勾生詩爲松惜兼及鄙人，何言之感喟而多味也！

唐徐凝《瀑布》詩有「一條界破青山色」之句，東坡目爲惡詩。余老友李少白琪亦有「天柱峰頭下奔瀑，玉龍飛下碧山腰」之句，人賞其奇特，余惜其觕豪。惟《登焦山絶頂》云：「水立江吞郭，山盤人上天。」句奇而確，吾無間然矣。

揚州禪智寺舊有東坡《送李孝博之嶺南》石刻，王漁洋於荒榛斷梗間得之，次韵一首，嵌之壁上。余於戊寅之秋與友過訪，則又在荒榛斷梗間矣。因作詩曰：「上方禪寺喜重經，苔石傾欹古篆青。讀過荒碑尋古蹟，斜陽剛到竹西亭。」謂寺多古蹟，三絶碑、竹西亭，俱在寺中。

城西草堂爲同邑尤銜雲、柳村昆仲别墅，同人小集分韵，余詩有「倒戴接羅歸路晚，此間便是習家池」之句。越一年，銜雲竟得襄陽衛官，習家池在其治内。詩讖之奇如此。

州城西有西園，在宫氏春雨草堂之南、李公方洲之右。尤君柳村金城縣佐爲兄銜雲金鑣都尉營菟裘計，於課耕之地拓而新之，濬池築屋，種竹蒔花，讌飲賓朋，足以排日。顔其室曰「城西草堂」。主人譔楹帖云：「十畝地無多，只合春酒留賓，秋燈課子；半生天已定，時向西園學圃，東郭催耕。」其胸懷之澹定何如也！橋梓竹林，嘗有《四時雜興》詩，銜雲分得《秋日》，云：「最愛西園好，秋成樂不知。農争祭社酒，巫唱祝神詞。炊飯新秔米，堆盤嫩蒓絲。牧童扶醉叟，歸去日遲遲。」柳村分得《冬日》，云：「最愛西園好，天寒樂不知。晴窗葉子戲，晚話鼓兒詞。茆舍忙舂米，篝燈静絡絲。東坡生日會，鬮韵叠吟遲。」銜雲哲嗣南鄉璋分得《夏日》，云：「最愛西園好，招涼有客知。一灣沈李水，幾闋采蓮詞。清露生蘭具，斜陽上釣絲。石欄頻倚處，桐葉下何遲。」柳村哲嗣筠卿琅分得《春日》，云：「最愛西園好，裙裾集舊知。早商消夏約，同作送春詞。莫負囊中錦，須妨鬢上絲。華年徒自擲，愧我立名遲。」叠韵分牋，洵一家韵事。余和柳村詩有「清風朗月無錢買，酒税茶租一例蠲」之句，亦紀其實也。

柳村才譽出群，詩亦多興會。《登清涼山翠微亭》云：「危亭高矗氣蒼茫，似向諸天瞰下方。四面晴嵐抒客眼，一條白練走江光。僧從林隙歸前寺，人在松巔踐夕陽。不信六朝金粉地，鐘聲幾杵特清涼。」《天長道中》云：「好山飽看蜀岡西，一帶霜林入品題。亂石有防前路馬，荒庵已唱午時雞。大田處處留餘水，寒菜家家劚舊畦。遥望盱眙在天末，數峰雲暗劇淒迷。」《咏殘菊》有「倚竹難撑前日勢，翦根須護隔年苗」之句，味亦淵永。

長洲王二波嘉福，鐵甫先生之子，以叔父死白蓮教之難，無子，嗣爲子。由雲騎尉得官爲守府，馬稍弓刀，不廢翰墨。著有《二波軒詩選》，豪邁清新，不媿家學。《題畫》云：「秋水連天白，秋雲接地黄。漁翁收網早，倚櫂看斜陽。」《揚州雨泊》云：「迷樓絲管劫餘灰，零落瓊花不再開。剩有冷螢能照客，夜深飛近水窗來。」佳句如《落日》云：「孤燈遠市火，小艇暮歸人。」《五臺山小步》云：「石根有瀑苔常濕，籬落無風花自開。」《重次宿遷》云：「初日微翻鴉背影，亂冰寒碎馬蹄聲。」《寒店》云：「動野荒雞號落月，對槽瘦馬齕殘星。」《寄范廉泉》云：「雲將歸岫無奇態，鳥到投林有倦聲。」

吾鄉陳叔度金詔孝廉嘗論詩曰：「詩人皆明七子爲優孟衣冠，一時矯枉過正者，遂至骫骳不振。猶如三家村老媪，道説家常，甚無謂也。」故叔度之詩最講丰度音韵，無意不達，無語不爽，則杜工部所謂「雷霆精鋭」、「冰雪聰明」者是也。《送程秋樵之滁陽》二律云：「離筵未了唱驪歌，握手匆匆悵奈何。千里故人開幕府，十年同學半關河。相看白眼知音少，自撿青衫别泪多。我亦園林最蕭瑟，寒驢風雪擬相過。」「風雨連牀氣誼親，河橋分手倍傷神。尚思白屋重相聚，縱得黄金不療貧。交到别時宜愛惜，文從悟後見清真。客懷莫説蹉跎甚，此鬢能青更幾春。」《舟次作家書》云：「策馬無端趁急裝，浮生難定是行藏。鄉音漸改知家遠，歸夢無多恨别長。北去青山容我懶，西飛白日較人忙。家書緘就頻開看，中有迷離泪幾行。」《初秋感懷寄友人》云：「咫尺同爲不繫舟，異鄉風景數從頭。中年作客悲張儉，火色何人惜馬周。行李半肩裘早典，要津一刺肯輕投。民情多口魚鹽賤，不敢從君決去留。」《題吟香女史小照即和原韵》云：「自署吟香厭綺紈，捲簾曙色逼人寒。慧能生定原難恝，愛即成癡不忍看。秋雨三生詩酒恨，春風一曲畫圖難。妝臺省識渾閒事，一炷爐香爇紫檀。」《疊韵》云：「無言小立拂輕紈，雙袖擡風怯嫩寒。對酒直同明月賞，焚香擬作好花看。相逢爾汝稱呼慣，如此丰神領略難。我欲買絲君自繡，攜歸小閣供旃檀。」《再疊》云：「小坐熏香著素紈，何緣消受五更寒。嬌如新月真宜拜，瘦到秋花更耐看。索句翻留文字障，臨風纔覺别離難。幾時灑遍楊枝水，也及河干一樹檀。」《黄天蕩阻風》絶句云：「揚子江頭雨打篷，如山濁浪正排空。驚濤百丈休君訝，逆境回頭是順風。」《過淮陰釣臺》云：「千載荒臺迹尚存，韓侯往事不須論。也曾浪擲王孫飯，世上何人解報恩？」如此見到之言，足徵識力。

平湖方子春垌孝廉昔游泰邑，訪余於小海山房，出《小蓬山館吟草》見示。詩有情韵，頗近温、李。《丹陽懷古》云：「南來山色鬱嵯峨，落日揚帆指曲阿。宋帝樓臺雲作幄，蕭家池館水如羅。漁人晚唱新洲荻，鄉夢愁生越客歌。永夜扁舟宿沙渚，空江潮落雁聲多。」《河間》詩云：「繫馬青山夕照邊，遺封猶説獻王賢。深宫列簡搜秦炬，上客鈔書紀漢年。樂奏三終花拂席，春深五壘草含烟。傷心獨有《淮南》曲，玉几金牀夜不眠。」他若《花影》云：「輕烟承繡屐，初日動釵梁。」《過松樓村舍》云：「籬牆緣岸折，風竹壓檐低。」句皆細膩風光。

吾鄉沈芍園殿春明經學問淵雅，吐屬雋永。聆其譚藝，覺浮氣與鄙吝頓消。余目爲今之黄叔度，非阿好也。己亥年東坡生日日，余招芍園與田少泉小集思湊堂，芍園首成長古，爲坡公壽。篇中過譽余處，媿不敢當，而芍園之詩，自當見許於髯翁矣。詩云：「公生之年厄箕斗，昌黎所值公其後。箕張呿噏舌簸揚，湯火餘生塵海走。杭州後開葑田湖，揚州久乞蠲民租。仁人居心挽時弊，不奈朝有桑大夫。詩帳亦何苦，秃鬢愁如許。而公蕭灑刼塵年，對食何煩怨章舉。小圃自鋤生地黄，東堂啖盡荔支香。老來汩没鯨波度，猶詫奇觀得未嘗。公之胸次亦何有，坦懷四瀨皆吾友。潮人築室慰羈窮，符老傾樽殊古厚。我輩思公八百有餘年，精靈一叩梅花邊。主人貯薦出佳釀，法如真一相依沿。瑞伯讀公詩，援筆輒傚之。猶如青松仰洞壑，安知不及涪翁時。少泉博採證公集，希補從前注未及。兩君對公無愧顔，獨我升堂汗流汁。轉惜當時鶴飛來，只有李委知公才。坐令毀骨罹憂災，金光歷久若鏡開，又惱禪語滋疑猜。下拜思令名，山嶽同壽考。雌黄何物粤東老，千秋名不關詩好。」

芍園哲嗣旭初炘文學，詩世其家學。《董江都古井歌》曾見賞於宗匠，其警句云：「斗牛射井光不滅，瑩澈清寒肝膽洌。中有奇氣亘天人，一掬熹微白于雪。」又云：「銀濤東趨帝子家，石牀幾使飛桃花。不及鄒枚作梁客，猶勝水底喧鳴蛙。」又云：「嗟哉名流相傾若謨蓋，移事膠西幸免害。入坎出坎全其身，林下著書成老大。回首江都舊宅存，留得清泉下秋籟。」詩字奇語重，足徵汲古功深。

鹽城沈小庾照大令，余乙酉年因金子石得結識于白門，後五載復會于廣陵某氏别業。小庾爲余書扇，録舊作，中有《陸宣公從祀》二詩最佳。詩云：「位望休疑過賈生，奉天應不比西京。披肝極補艱難局，雪涕紛來反側兵。直使猜嫌消吉甫，轉將申救累陽城。涇原定後延齡相，争向忠州避此行。」「褒忠配食肅銅籩，一疏鋪陳萬口傳。直道從來尊御史，昌言何止重鄉賢。寺尋豐樂棲神處，朝紀貞元撥亂年。我欲薦公無長物，新茶一串汲寒泉。」小庾尤工倚聲，與子石多酬唱之作。

紀昌昔學射於飛衛，飛衛教以不瞬而後可言射。昌以氂懸蝨于牖南望之，旬月之間寖大也，三年之後如車輪，覩餘物皆山丘也。乃以燕角之弧、朔蓬之幹射之，貫蝨心而懸不絶。又段師令崑崙十年不近樂器，忘其本領，然後可教。觀此二事，彼學射與琵琶者尚爾，通此義以爲詩，則知率爾操觚者之未可也。

武進莊楳卡縉度進士《大通江岸詩》云：「衰柳沿堤卧，支撑獨木橋。村荒茆蓋屋，廟古樹成妖。人影黑於豆，沙痕白似潮。迷濛烟霧窟，此境絶漁樵。」此詩余從金雪舫扇頭見之。

吾鄉顧載之允厚上舍與兄維馨，於余爲角丱之交。甲申歲，余贈載之詩云：「少時緑鬢記争妍，兩岸人看李郭仙。回首春風湖上樹，桃花紅過十三年。」載之和云：「吟髭漸可較媸妍，一笑春來學醉仙。顛倒雙丸容易逝，悤悤三十五新年。」今距作詩之日又廿餘年矣，余兩人之交情可知，兩人之衰老亦可知也。載之性和厚，工詩，善畫梅。愛子秋江不幸短折，嘗作《哀詞》六十首，全用上下平韵，情真語摯，不忍卒讀。詩之可誦者，如《冬日感懷》云：「連朝鴛瓦霜痕重，望雪遲遲二九過。怵目草枯根自在，稱心事好夢偏多。六旬兄弟驚吾老，百首詩詞付女哦。庭外蠟梅開幾樹，檀心罄口不曾訛。」《偶成》云：「驚心節序換清和，飛遍楊花奈爾何。萬事近知恒不足，半生以後只嫌多。枝頭聲緩嗁黄鳥，檻外陰濃長緑莎。如此風光殊有味，連朝何事泪如梭。」《冬閨即事》云：「糢糊鴛瓦見霜初，曉日曈曨射綺疏。只恐峭寒侵玉指，雲鬟慵在午時梳。」《牧馬圖》云：「封侯夫壻氣豪雄，笑解金鞍縱玉驄。關内落花關外草，一鞭抛付夕陽中。」《題澹卿小照》云：「稿易三番始繪成，風流真不減平生。簾鉤微動花微顫，牆角庭陰見澹卿。」《讀梁冀傳感孫壽事》云：「愁眉齲齒稱嗁妝，妖冶容儀配老梁。莫笑河東威太甚，天教獅子制豺狼。」其他雋句如《花朝集望海樓》云：「松爲樓高争百尺，梅因春冷殢三分。」《惠山道中》云：「山影壓船疑薄暮，人聲喧渡是初晴。」《老僕》云：「風雪窮途同骨肉，烟花良夜薄崑崙。」《夜坐》云：「絡緯聲隨風斷續，蟾蜍光借水分明。」《咏鏡》云：「眉嫵不勞京兆畫，别離難免樂昌哀。」《蹇驢》云：「齕草不休人乍醒，尋梅無定信猶疏。」如此類美不勝搜。而哲嗣秋江之詩，别載于後。

吴縣潘功甫曾沂孝廉賦性高曠，詩筆清醇。《夕次丹陽》云：「秋林起寒色，秋草帶枯椿。歸鳥暮投塔，過橋陰上窗。擁衾眠不穩，來艇聚成雙。明發衝烟去，平移渺渺江。」《丹陽道中》云：「懷古蒼茫落照中，接天雲樹起秋風。留名一死袁開府，捨宅千年李衛公。月小山高人去遠，雞鳴犬吠水流空。朅來此地頻搔首，極目荒涼弔草蟲。」《讀斜川集》云：「我與蘇家季，同生壬子年。朅來古臨頓，彷彿小斜川。但得娱親計，何妨隱志篇。輸公無籥筆，歌舞草堂前。」功甫集自序述葉正則語曰：「林下名作，將以垂遠，不可使千載後，集中有上生日詩。」是有見地。

丹徒楊羨門棨選拔，著有《蜨庵賦鈔》，規仿唐賢，格律嚴整，詩亦多精粹之作。《夏日登北固山》云：「攀蹬淩峰巔，足底江聲走。風帆去何駛，飛鳥翻在後。」《晚泊珥瀆》云：「兩日來一程，繫纜風轉疾。濕雲連峭崖，老樹作人立。漁人知已歸，一燈葦間出。」佳句如《自瓜步渡江》云：「沙鷗隨舵遠，江柳得春先。」《過戴公園》云：「樹老已空腹，草長都及肩。」《秋夜偶成》云：「風至樹先覺，雲飛月若流。」《山行》云：「石氣空濛疑有雨，草香幽静勝于花。」《秋草》云：「石馬無聲卧前壟，韝鷹快意掠平臺。」《樓桑村》云：「此地洵堪比豐沛，使君纔不愧英雄。」《項王墓》云：「拔山誰似將軍勇，成事從來豎子多。」自注：「豎子，謂漢高，本太白《東武古戰場歌》。」

荆卿刺秦政，紫陽《綱目》以盜書，從來詩人亦誚其劍術之疎。惟六合朱飯石實發《讀荆軻傳》云：「一軸圖窮匕首抽，白虹慘淡動高秋。先張孺子沙中膽，險墮生王殿上頭。天不亡秦空死士，卿如入漢定封侯。紫陽書盜成寃案，易水悲號咽不流。」持論稍寬，獨抒所見。

飯石著有《尺雲軒稿》，詩筆精能，擅長七律。《江邊古寺》云：「古洞日微風雨大，空堂僧少鬼神多。」《登紗帽峰》云：「漸於天近星辰大，時有風來草木香。」《小院》云：「明月貼波如酒色，山禽學語作人聲。」《偶感》云：「何謝之間成佛少，申韓以後殺人多。」《浪跡》云：「舟中卧病行千里，江上吟詩過一秋。」《淮城晚睡》云：「地連豐沛兒童健，霜落河梁草木秋。」《廣程氏園》云：「水浮鷗鷺尋秋去，窗翦芭蕉讓月來。」《春晚》云：「細雨落花紅過屋，春烟上樹白如潮。」《池上》云：「長肥芳草斜陽戀，開瘦桃花燕子知。」《夜坐》云：「水氣到窗天忽白，蟲聲在樹夢俱秋。鴉鬟兒女春都嫁，猿臂將軍老不侯。」詩倜儻權奇，大都如是。

甘泉許春卿之翰明經《説文堂詩集》刊成後，即郵以見示。余愛其《渡河》云：「來自天邊去海邊，窮源誰與問前賢。崑崙以上觴纔濫，徐豫中間道屢遷。大吏防川心岌岌，下游懸釜怖年年。斷難理濁膠盈手，我手無膠更惘然。」《桃葉渡》絶句云：「春溪一水最銷魂，盡日溶溶蕩槳痕。畢竟王郎愛嬌小，渡江不肯倩桃根。」《秋闈報罷》云：「連宵偏是雨風多，醉不模糊奈酒何。對影自憐還自惜，百年禁得幾蹉跎。」其他佳句如《鰣魚》云：「頗知自愛惟鱗好，難滿人情是刺多。」《滕縣》云：「壤地莫嫌當日小，井田猶帶古風來。」《老吏》云：「枳棘卑卑棲獨早，瓜期杳杳竟無人。」《感懷》云：「酒拚百罰逃何有，棋任全輸讓不甘。」《和夏紅舫春柳》云：「詩心細過風梳髮，人意温於絮著衣。」風流藴藉，我即以《春柳》兩句反贈春卿之詩。

白香山有句云：「石頑鎸費匠，女醜嫁勞媒。」蓋猶是鎸石也，而頑石則費匠氏之力；猶是嫁女也，而醜女則勞媒妁之心。昨見江寧温肇江比部有《老女》詩云：「感深媒妁殷勤語，孤負爺孃愛護心。」何藴藉乃爾。

浙江陳魯山裕泰孝廉書《白桃花》詩於店壁，一時和者百有餘人。吴幼蓮希齡和詩有「美人亦有冰霜面」之句，予極愛之，謂同好曰：「幼蓮此句佳甚，而非無因。馬長卿之心欲琴挑，謝幼輿之齒遭梭折，受其大創。或以美人爲不可犯乎？」聞余言者，皆爲之絶倒。

甲辰年初夏，喜晤夏瘦生崑林於邗上，贈余詩云：「指鬟都難駐少年，客中相遇倍相憐。詩情冷坐婪春雨，離思濃辭買夏筵。矮屋無心隨傀儡，名山有夢憶焦仙。遥知此後相逢處，多在寒城落葉邊。」瘦生時以《槿花村詩稿》見示，氣清韵遠，誠如王寬夫之言。《月夜丹徒道中》云：「片帆無恙好風催，螳曲江程一日回。鐙影入橋叢樹轉，水光浮月夜潮來。佛貍霸業空遺址，北固山容半草萊。博得寺門留玉帶，水晶宫闕妙高臺。」《弘光年間税帖》云：「故紙留傳二百年，南朝陳跡認依然。烏絲脚本歸何處，細楷空摹《燕子箋》。」其他好句如《漫筆》云：「雨餘漁父烟波宅，書是先生安樂窩。」《吴陵客館》云：「無眠情味殘更覺，半禿文章短鬢知。」《寒夜寄玉延》云：「青燈似豆一窗寂，白月横天萬影寒。」

沈芍園言於敝簏中搜出詩稿，有賦「忙」、「閒」二字者。「忙」字一聯云：「歌舞筵前烏帽影，長安夢裏馬蹄聲。」惜全詩漫漶不能讀，其姓氏亦逸。

余識丁應耆兆壽最晚，而訂交之後，時相過從。應耆説經鏗鏗，腹笥富有，平生不以詩名，而詩筆自佳。《即席贈友人》云：「壯心欲舞樽前劍，冷眼常觀散後棋。」《讀劍南集》云：「權奸最喜羅名士，家國何堪有恨人。」《和湯篠村感懷原韵》云：「共憐形影添華髪，太息糟糠尚練裙。」又云：「傑作能傳還示我，真窮難送且由佗。」《閒中自述》云：「半生勞擾奔林鹿，寸念縈紆縛繭蠶。」又云：「種樹宅邊留庇蔭，課耕隴畔戒侵淩。」安貧樂道，於此可知。余贈應耆詩云：「丁寬能説《易》，貌質内閎通。跡托烟波外，名逃版築中。有時來訪我，無學可如公。寄語談居士，行藏定與同。」「談居士」謂談君竹齋，余之獲交應耆，由竹齋介紹也。

合肥吴菊坡克俊布衣，與余相遇於金陵。吴寓於報恩寺僧舍，余贈詩云：「人海叢中識面遲，江山如此好題詩。廣公喜近長干塔，弔古來尋正學祠。庾信二毛成我老，鄭虔三絶得君癡。況當畫手稱無匹，可許梅花贈一枝？」菊坡得詩，即畫梅見贈，因而訂交。後越游還，以《游草》郵示。《曉步湖上》云：「纔返山陰棹，重尋明聖湖。嚴城初啓鑰，衰柳尚棲烏。閒踏秋痕淡，幽尋夢影孤。似曾舊相識，漁艇隔烟呼。」《石梁》云：「石梁不容趾，陰積古時苔。横亘鼉鼉架，中空混沌開。奔雷從地起，飛瀑自天來。高仰棲真處，青蓮九品臺。」佳句如《湖上七夕》云：「清宵細細閒機杼，碧漢迢迢古别離。」《韓蘄王湖上策蹇圖》云：「只緣上將騎驢去，遂使孱王泛海行。」《晤海安蔣雪齋》云：「詩中驚見孟東野，海上初逢黎子雲。」

吾鄉萬薌林棨孝廉《道中即事》云：「忽見流亡滿道左，此身未敢説飄零。」楊篠樓筠文學《嫠婦吟》云：「道左有人垂泪説，去年此日正新昏。」洵仁人長者之言。

東臺姜種蘭德新文學，癸酉歲與余初遇於莫愁湖上。時秦雪舫耀曾孝廉作主人，邀客聯吟。孫伯淵淵如觀察執詩壇牛耳，種蘭遂與投贈縞紵。越一年，余過訪河埠，文酒之會，至足樂也。今種蘭之墓已宿草，回首曩日，得無泫然？種蘭題余《獨立圖》云：「飲酒五斗日不醉，讀書萬卷夜不寐。眼界豈止無今人，意中直欲空前輩。遥遥上下三千年，巋然獨立蒼茫内。譬如猛將勇臨敵，獨自一人當一隊。我愧旁人説霸才，奮臂疾呼群雄退。他時旗鼓豎文壇，一卒不隨兩卒會。君先豎堅我執鋭，不知誰將三舍避。君獨立兮我爲備。」

唐人賦楊柳，多傷離别，如「羌笛何須怨楊柳，春風不渡玉門關」，王之涣詩也；「灞陵原上多離别，少有長條拂地垂」，韓琮詩也；「爲報行人休折盡，半留相送半迎歸」，李義山詩也；「思量郤是無情樹，不解迎人只送人」，裴説詩也；「不知别後誰攀折，猶是風流鬬舞腰」，趙嘏詩也。究不如李太白《勞勞亭》云：「東風知别苦，不遣柳條青。」爲言簡意遠，得樂府遺意。國朝朱彝尊《折楊柳詞》云：「手折楊柳條，倒樹孟津河。十年來繫馬，楊柳今婆娑。」祁班孫和云：「上馬不執鞭，但折楊柳枝。出門不垂泪，但歌《楊柳詞》。」亦古雅可愛。余亦有《楊柳曲》云：「少小折楊柳，多在邗江道。送盡往來人，楊柳依然好。」又云：「楊柳好著花，花飛滿天雪。道上無楊柳，世上罕離别。」

高郵李達仁聰文學，與余同客韓塘，昕夕過從，譚諧淹雅。予愛其《齋中雜詠》詩，《落牡丹》云：「不圖富貴也成空，此日渾如我輩窮。境地無常俱是數，黄鸝不必駡春風。」《瓶中殘芍藥》云：「幾枝紅藥逞鮮新，次第摧殘約一旬。同是殿春君更後，後亡如此又何人？」又云：「勉力支撑實可憐，朝來落盡倍淒然。龍泉瓶古成孤立，已閲榮枯二百年。」達仁昔抱卜氏喪明之慟，復生漆園鼓缶之悲，不覺其言之哀也。

達仁以其族人李葭雪廷鋭文學《擁褐吟》見示，詩無意求工，而以樸實見。《灌花》詩云：「愛花如愛色，相對忘昏曉。養花如養兒，隨時驗飢飽。」《米囊花》云：「心花散後筆花摧，寂寂門庭護緑苔。一向飢腸空自攪，眼前愁見米囊開。」佳句如《登泰州城樓》云：「雲癡黄入海，山遠碧于烟。」《咏白菊》云：「蓮羽那堪摇晚節，梨花空自逐殘春。」《叠韵》云：「幾經蝶翅迷清曉，如著羊裘卧富春。」余初閲「蓮羽」句，以「蓮羽」字爲無來歷，既思之，知從杜工部「江蓮摇白羽」得來。詩固不可以浮躁讀也。

僧雪笠，興化人，詩清迥豪邁。東坡《贈道通》詩云：「語帶烟霞從古少，氣含蔬笋到公無。」雪上人之謂也。《漁歌》云：「昨日吴江上，釣來紅鯉魚。擕來不敢賣，中有故人書。」又云：「朔風號四野，雪落萬山失。船頭向太陽，船後水生骨。」佳句如《山行》云：「松風答泉響，雲氣與山争。」《登玉皇閣》云：「市聲喧日出，海氣抱春來。」《月波樓晚睡》云：「山勢遥連秦樹迴，江流斜抱漢陽迴。」《登君山》云：「雲從山脚浮天去，水抱城根入海流。」《京口曉發》云：「緑楊泊水藏瓜步，紅日浮烟上海門。」

丹徒象山僧了璞，號韞庵，工詩，尤善填詞。時寄到《清夢軒詩餘》，《早秋病起》調寄《南柯子》

云：「雨過寒猶怯，風吹步欲斜。自憐一病縮如蝸，不覺庭前開落白蓮花。遠水沉斜日，文波漾淺沙。縱教宋玉也應嗟，早聽秋聲一夜到蒹葭。」《春日喜張猗谷見過》調寄《唐多令》云：「紫燕舞偏輕，黃鸝歌有情。舊林泉、花柳鮮新。天意亦如人意好，風正暖，雨初晴。好友漸凋零，侵晨三兩星。但相逢、酒琖休停。屈指春來閒日少，況十日，九天陰。」

詞者，詩之餘也。余恨不善爲此，而實未嘗不好。適於友人案頭見有周夢翁世臣、王德仲之驥二君所輯《芙蓉集》稿本，唐宋諸家詞多至五百餘首，采擇既勤，弁言亦妙。中附德仲之作，亦甚佳。二君自署泰州人，集成於明崇禎改元之歲，而餘弗可考。按邑乘，諸家詩文集皆未言及；詢之同人，亦無知者。從知前人手澤，湮没不少，而徵文考獻，其事難也。余謹記此，以竢博雅之士，而德仲之詞略附焉。《閨情》調寄《長相思》云：「春思縈，春睡驚。夢裏須憑見玉卿，愁多夢不成。天未明，雞未鳴。底事今宵不做情，雨聲和漏聲。」《閨恨》調寄《醜奴兒令》云：「思君最恨雞聲曉，長夜厭厭。長夜厭厭，不向窗前報曙天。思君最恨雞聲早，好夢纔圓。好夢纔圓，一霎驚回懶又眠。」又云：「恨君不似江頭水，冬夏春秋。冬夏春秋，潮信時時近畫樓。恨君卻似江頭水，只向東流。只向東流，縱是東風不暫留。」《閨情》調寄《子夜歌》云：「桂花帶露金珠滿，碧闌干外香風軟。玉手折來嬌，姮娥離碧霄。花枝愁似困，撚卻頻頻問。問罷轉低頭，見郎應自羞。」

宋時馬塍人藝花，謂花之蚤放者爲「唐花」，或作「堂花」。今揚州花市於嚴冬時，牡丹、玉蘭、桃杏諸花俱用火力烘開，以供賞玩，亦謂之「唐花」。初不知「唐」字義作何解？或曰：唐，大也。愚意蚤開之花，精神多不足，不得訓之爲大。唐，虚也，謂過眼之虚花也。余《偶成》云：「松篁庭院春常駐，鵓鳴簾櫳晝不譁。賸馥殘英纔一瞬，可憐多事是唐花。」王漁洋《過朱竹垞齋中》詩云：「今歲長安霜雪少，試燈風裏見唐花。」亦已形諸歌咏矣。

伯山詩話後集卷四 今話

泰州康發祥瑞伯氏編輯

高郵王寬甫敬之農部《同岑倡和詩》，余已選入《詩話》矣。嗣又獲觀《愛日堂》、《小書巢》等集，其中五律最清迴。《三垛》云：「至今遺父老，能説岳家軍。故壘迷前代，中原紀舊勳。去帆張片片，寒葉下紛紛。何處尋猿鶴，晴烟似陣雲。」《攝山道中》云：「歸計任僮僕，客懷殊未閒。鐘疎花外寺，日落馬前山。沙鳥遠疑没，水雲飛更還。攝生能且住，何事損朱顔。」七絶亦有風韵，《流民船》云：「涕泪全家寄短篷，應愁鄭俠畫難工。卓錐無地君休笑，身是當年足穀翁。」《趙北口》云：「瓦橋戰壘暮烟蒼，彈指公孫霸業荒。悵望蓼花漁艇外，水田一鷺立斜陽。」《臂痛》云：「曲肱眠失一宵安，刺骨秋風廿載寒。從此聽人誇射虎，六鈞弓已再彎難。」

泗州陳雨峰階平軍門，曩鎮狼山，曾賫畫册索題。後余晉謁白門，猥蒙寓齋屢顧。余上公詩有「勢分既不隔，禮數亦應删。鍾阜一輪月，照見公古顔」之句，公答云：「新詩淮海此清才，日暮營門鼓角催。雞黍邀君君未赴，但看華月上堂來。」時折簡招飲，余託故未赴，故詩及之。公著有《戎政芻言》一書，洵守禦良法。詩才將略，一時無兩。

甘泉王月丹桂侍御，昔題余《獨立圖》云：「鞭心能入芥，顧影定爲松。」此二語余不敢當。月丹就試泰州日，儀容俊爽，路人皆異之，一時有衛叔寶之目。

滇南范廉泉仕義刺史《通真觀看梅》云：「十里江風隨路轉，一林香雪傍簷開。仙人吹笛翩翩去，我輩看花得得來。」《揚子江玩月》云：「一江月向澄波湧，萬里人同良夜游。燈火遠明楊柳渡，海潮迎送荻花洲。」詩秀逸清疎，胸次可見。前歷官東淘、真州、雉皋，皆有治績。近聞詩集刊成，適九華山僧衆披薙，即以其集千部分贈諸僧。昔白香山自寫其集，一置東都聖善寺，一置廬山東林寺，一置蘇州南禪院，自云欲以今生世俗文字之因，轉爲來世讚佛乘轉法輪之緣。王漁洋先生亦仿而爲之。公此舉，亦鼎足而三矣。

丹徒鮑雲鶴文逵孝廉《坌河曉發》云：「雁背霜華翻曉日，馬頭山色亂春雲。」余受業潘松岩鶴齡夫子《京口曉發》云：「豚拜晚風衝浪去，鴉攜殘照過江來。」同鄉張舜琴南薰州佐《定水庵曉發》云：「焚香老衲先人起，駝夢疲驢逐月行。」此皆逼真情景，非經歷者不能道。

舜琴《渡江即事》云：「渡江風氣清，斜日澹京口。小艇晚鳴榔，傍船來賣酒。」此與余同舟口占，尤真樸可喜。丙午之秋，舜琴作古，余輓詩有「開徑尚聞延蔣詡，著書時見勗王通」之句。余鳩集拙作，舜琴每慫恿付梓，故云爾也。

蟂磯靈澤夫人廟楹聯云：「思親泪落吴江冷，望帝魂歸蜀道難。」可謂工雋矣，究不如王漁洋詩云：「都將家國無窮恨，分付潯陽上下潮。」覺渾舉之而更妙。吾鄉陳理堂燮學博句云：「江流終古分荆楚，蜀道如天隔死生。」雄渾高朗，又突過前人。他如「赤狄未聞歸季隗，晉文終竟納懷嬴」之句，一時雖膾炙人口，然按《三國志》注，孫權大遣舟船迎妹，後未聞還蜀，「赤狄」句似也；而「晉文」句以懷嬴爲比，似泥於《穆后傳》「疑與劉瑁同族」一語，終覺不倫。

余《咏蘆花》云：「夜冷或爲高士被，親慈不作去聲小兒衣。」及聞金手山學蓮詩云：「一夜吹來何處艇，千秋想到此中人。」同一運事，余之詩平實，固不如金之空闊也。

通州王芸室汝霖進士《孟廟》句云：「童孺桓文業，妾婦儀秦威。」字奇語重，自得泰山巖巖氣象。《游狼山》云：「雲分嶺樹開山脊，風掃巖花露石牀。」亦清高深穩。

甘泉范雨村淩夔太學，於余爲角丱之交，時與譚詩，最爲契合。凡詩人祧唐祖宋、尊唐黜宋之説，一切不存。每語余曰：「人之爲詩，各有境地，發爲心聲，唯其是而已矣。以我就人，强人就我，皆偏也，不足以爲詩也。」余韙其言。故雨村之詩，絶無格格不吐之狀。昔以《游草》見示，《由瓜步渡江入新河口》云：「日落江波明，帆影向空没。蒼翠浮玉山，不見黄金闕。圓渦似奔馬，倏忽恣蹄橛。篙師競楚語，兩船互相接。蘆花聲浩浩，驟雨響徐歇。紅隱瓜洲燈，白上海門月。晚鐘沉暮烟，餘韵激清越。如何舟中人，心似盤秋鶻。」《鍾山》云：「日暮我來過鍾阜，四圍密葉遮斜陽。道旁翁仲向人立，豐碑大書中山王。蔣侯廟前兩行柏，泥馬毛動神飛揚。高建法會撞鐘鼓，散空花雨彌芬芳。碧霄旗纛望縹緲，南都饗祀餘堂皇。飢禽亂嘑鼪鼯竄，白雲烏帽争低昂。千年巨鼇卧當道，牧童敲火聲璆琅。頹牆腐草飼嬴馬，湖田風過菰米香。淒涼玉樹竟何處，孝陵一塔秋茫茫。」《新河曉發》云：「燭影摇柔櫨，星光出遠灘。飛蟲群赴火，平水静生寒。夢逐秋雲渺，心拚木葉乾。關情唯蟋蟀，相伴語更闌。」《兀坐》云：「兀坐苦無睡，秋宵何驟長。蕉桐引虚籟，燈火送清光。拔劍思澄海，歌詩欲繞梁。

朝來覽明鏡，多恐鬢成霜。」《静海縣曉發》云：「殘星明數個，衣上薄寒生。海色蒼連岸，河聲勁撼城。客長期雁伴，詩苦學蛩鳴。且喜帝鄉近，無勞更計程。」《太平門》云：「亂峰迴抱夕陽樓，虎氣遥蟠最上頭。一帶女牆人牧馬，太平門外草先秋。」如此例詩，皆以雄直之氣發爲聲歌，宜古宜今，亦唐亦宋。雨村向日之語，洵不我欺。

雨村與余或就試白門，或讌游邗上，必劇譚痛飲，相得甚歡。酒後歌詩作金石聲，往往驚其座人而不顧，清狂故態，想見當年。戊戌春季，同飲於紅橋酒肆。余贈詩云：「缸面初開酒味醇，范君論事必驚人。交情篤似脣依齒，詩筆雄因膽滿身。烟柳重尋前代樹，風花又過一年春。何時更買湖干棹，與子分持兩釣綸。」覽此詩，則余兩人之交情可見。今雨村斷酒，竟涓滴不入脣矣。昔之豪邁，忽變爲醇謹，其胸襟可知，其境遇亦可知已。丙午秋仲，余游白門，於古長干里喜晤雨村。余作歌云：「君芒鞋，我布衣，相逢一笑鬚眉非。我皂帽，君竹笠，四十年來如一日。金陵城外長干里，蜿蜒岡巒伏又起。中間著我又著你，不見牢愁見懽喜。大江淼淼西南來，布帆如箑東西開。欲得江山豁眼界，且登嶔崟巉業雨花之高臺。白浪轟兮齧城脚，青山巑兮飛塵埃。雲光與梁武，今日安在哉。聖賢皆寂寞，豪傑成蒿萊。自古成仙作佛人，昇天未必非凡材。狂言驚俗世所忌，唯我與爾歌莫哀。喉渴吻燥欲得飲，真珠榨入玻瓈杯。君言年來已斷酒，臧否從今不挂口。我服君言學問深，我誦君詩情意厚。兩萍蹤跡蹔徘徊，道上行歌喝月走。來朝江上挂帆歸，道余四處尋王九。」王九，謂王子駿也。是秋未見來游，託雨村歸而寄聲焉。

儀徵王翼鳳勾生廪生著有《舍是集》八卷，淵懿雋永，大似何水部、江醴陵諸公。《舟中望棲霞與梅蘊生》云：「江急風亦急，帆行若從容。秋陽落鳥背，照上棲霞峰。心歷壤塊盡，目争雲霧重。羨君手中杖，時叩六朝松。」《題畫》云：「山形帶平林，嵬砢自高下。似有可行徑，而無采樵者。著色明蒨葱，天光入晴野。隔溪雲溶溶，飛來鳥亦寡。安得空亭中，終日坐容我。」《海陵寓中即事》云：「卅年蹤跡等流波，海雨沙風拂面過。世事相看多逆旅，心情無那只悲歌。青燈照影人如舊，白髮關愁夢已多。又是五更呼橐筆，文章隨例氣消磨。」《江上送吴中林》云：「故人久住楚雲間，分手邗城客正還。明日相思送君處，西風吹雨石帆山。」《落帆牛渚》云：「浪跡孤帆撥不開，青山明月暗珠胎。臨流一弔温忠武，安得靈犀照水來？」其他佳句，《南城春望》云：「村陰侵靄合，野鳥入風分。」《晚泊皖江》云：「大水流星没，高城倚月明。」《登大觀亭》云：「城邑浮雲外，山川過客邊。」《曉入劉氏園》云：「烟梢初放竹，露氣遠沉花。」《姑蘇道中》云：「水曲舟疑退，天低野易昏。」《古意》云：「鏡鸞不隔通宵影，衣麝猶聞去日香。」《春日漫興》云：「閒處風花聊作態，興來烟鳥自成吟。」詩皆藴藉可喜。

壬寅夏日，勾生詩集鋟板甫成。適京口難作，勾生時正失怙，倉皇舉柩，攜家遠徙。以詩集寄程韜庵及余，來札言最慘切。余作詩哀之云：「鯨鯢鼓浪薄村墟，遠近驚聞蜃氣嘘。樂府聲凄歌《獨鹿》，廣陵書到有雙魚。詩人杜甫離家日，孤子徐陵哭父餘。手把一編還見寄，風前嘹唳渺愁余。」

鰣魚之味多在鱗甲之間，《本草綱目》言之甚詳。今之烹鰣魚者悉去鱗甲，失之遠矣。杭堇浦《咏鰣魚》云：「莫憎瘦骨搜難盡，便帶銀鱗嚼不妨。」可謂知味者矣。

梅蘊生詩，余已録其題余《獨立圖》一篇。茲閲《嵇庵集》，中有《賣被翁》一詩，讀之愴惻。詩云：「清晨過北郭，有翁負物來。傴僂執杖病且死，一吁一步三遲回。磈礧敗絮散不屬，滿身垢膩兼塵埃。行人見翁多嘆息，問翁今年年八十。明知死在須臾間，其奈三旬難九食。此被價值能幾錢，今日易米明復然。勸翁留被贈翁值，翁且負被歸家眠。左手持錢右執杖，再三泣拜前途望。已經身與鬼爲鄰，只願明朝和被葬。我聞翁之言，掩耳出郭門，中心惻愴不復論。翁今生逢屬聖代，垂老尚不飽且温，嗚呼爲翁聲已吞。」此與東坡《劉醜廝》詩異曲同工。其絶句亦有風調，《湖上作》云：「漢王廢苑松楸老，煬帝離宫蔓草青。日暮平山堂下過，流螢千點亂疎星。」《題畫柳》云：「青門樹樹碧雲流，月緒風條蹴地柔。勞汝一年迎送我，海陵風雨秣陵秋。」

興化金子石德輝明經，詩集將付剞劂，見質于余。余展讀再過，知其宗法唐賢，而一秉于性情之正。集中如《顔魯公銅印》、《楊忠愍公石印》、《舟過鹽城弔陸忠烈公故里》、《丙寅六月荷花塘決》諸水災詩、《堂中燕巢感賦》、《和詠淮集》樂府四章、《三詔洞》、《博浪》、《陳橋》、《艮嶽》、《讀遼金二國志》、《題鐵獺圖》等詩，言之有物，實爲奇作；而《冬夜》七章、《憶滄浪同社》十三首，情深舊雨，從老杜《八哀詩》得來；《看鬭鵪鶉》、《重九食蟹》等詩，又從昌黎《鬭雞》得來。集隘不及備登，姑從割愛。近體之佳者，《清流關》云：「環滁四面盡青山，山外雙峰峻莫攀。十五萬師風葉掃，兩三家店酒旂閒。承平歲久懷豐樂，跋涉人經畏阻艱。怪底癡兒真醉夢，一夫信可獨當關。」《車中》云：「一數郵籤一愴生，二千客里計歸程。烏號木末多愁雪，路入淮南漸有情。耳畔河聲隨日下，馬前山色過江迎。幾時新婦離車蓋，拂拭黄塵體上輕。」《揚州曉發》云：「兩年旅食寄維揚，賺得梅花伴束裝。歸夢蚤隨寒艣發，五更殘月一篷霜。」《客揚州準提庵》云：「一龕佛火照青氈，展轉繩牀夜未眠。聽罷鐘魚聽粥鼓，不嘗此味十三年。」《題歌者白蓮便面》云：「龜年不見何戡老，好夢三生對爾銷。何日夜涼横一舸，碧天如水聽吹簫。」《楓橋》云：「吴歈連夜趁春潮，曉起寒山梵唄遥。轉棹忽驚江水黯，一篷涼雨下楓橋。」其他佳句如《新絲》云：「市中未定今年價，機上先將舊樣更。」《談虎》云：「騎背有人傷往跡，蒙頭笑我喫虚驚。」《調馬》云：「展足功須期上厩，不羈名半誤才人。」《飼鶴》云：「喜有監奴同穎僕，信無食客比毛君。」《種魚》云：「三月桃花盂酒祝，五湖烟水大田吟。」皆醖釀深厚，與泛常詠物不同。余慫恿亟付梓人，以謀不朽。

子石有顧松巢苻植、鄭板橋燮、李復堂鱓三前輩詩，奇氣噴薄，三詩皆佳。而論板橋尤倜儻。詩云：「擁緑園中拓酒瓢，亂頭麤服老風騷。二百年來人事改，不改昭陽舊板橋。半生摩揚守窮牖，鐘鼎碑銘爛入肘。龍跳虎卧不受羈，古趣横生骨力厚。興來放筆作直幹，鐵畫銀鉤枝葉貫。晴梢拂雲妬春雨，勁節淩霜抱秋漢。竹有筠，蘭有芳，垂露倒薤管下雙。垂露露不晞，倒薤風離披。秀可奪山緑，芳乃墨所爲。護蘭支竹石嶙峋，直鉤横抹無多皴。不使苔斑污石身，獅子搏兔全精神。後人但學板橋怪，不識板橋有宗派。是真板橋不能壞，不信徵之九州外。烏乎板橋進士五十成，七品官兒不療貧。今日雞林重聲價，古今得此無多人。我懷不見雲中君，洋洋灑灑擺俗氛。囊空酒貴文章賤，風雪揚州唱道情。」

興化南門外有百花洲，爲宗子相臣讀書處。明七子共聚於斯，子相有「地下七星聚，天門二曜孤」之句，膾炙人口。余至興化，日與金子石、解策之履鼇、黄子仲晉卿、李學山福祚、劉伯緘熙載諸君游。《拱極臺詩》云：「拱極臺邊路，相逢眼特青。世間留我輩，天上是何星。高會仙應許，奇篇鬼亦聽。草堂人未出，獨著《太玄經》。」時趙沅芷養疴著《易》，故末句及之。丹徒郭沂叔見詩笑曰：「君問何星？不過文星、酒星、客星、流星耳。」同人軒渠一笑。

興化解雲舟起鼇孝廉，策之先生之哲弟也。賦性穎達，吐詞名雋。爲諸生日，學使以「賦海遺鹽」命賦，雲舟操筆研，於風簷之下，日不移晷，即成千言，而筆不停輟。實能於木玄虚、張思光兩賦擷其膏腴，别開生面。惜鄉薦後，旋地下修文。詩不多見，惟見其安定書院課詩。《蒲扇》云：「敢憑謝傅增三倍，還問王郎緝幾回。」《楓人》云：「有恨也須題御柳，無言獨自對江風。」《橘婢》一詩尤雋妙，詩云：「曾共檀奴鬭曉妝，而今霜月獨淒涼。一生命薄衣原緑，若個恩濃裹也黄。輸入大官忙執帚，侍於棋叟笑稱觴。康成倘入山中住，别有詩情送夕陽。」宜俞都轉每於課士日歎賞也。

門人顧秋江鴻上舍，幼慧而好學，不幸病殀。著有詩賦文稿，已序而梓之矣。今其尊人載之兄於書笥中復檢出遺稿若干首，斷錦零縑，多有可采。余摘其尤者登之，而已刻前編未及録也。《詠兵》云：「關河是處吹蘆管，魂夢何人到柳條。」《詠妓》云：「門前車馬名初噪，江上琵琶恨可知。」《詠鍼》云：「世事屢教避蜂蠆，文章悟徹繡鴛鴦。」《詠蝨》云：「漫共乞兒依襖衲，也隨名士見王公。」《詠枕》云：「留芳桃葉春千樹，入夢蓬山路幾重。」《除夕》云：「隨人月旦門題鳥，催我光陰隙過駒。」《鯗魚》

云：「名酒自非隨口□，好花難得盡情看。」贈某云：「視友竟能同骨肉，立身常恐不鬚眉。」《烹茶》云：「酒闌畫閣烟無影，夢醒蕭齋月有聲。」《水心鏡》云：「怪驚牛渚犀同照，旱禳桑林魃可禁。」《子陵釣臺》云：「漫説星辰能感應，那知馮鄧有功名。」《蘆花》云：「無地臨江築幽館，有時吹雪上輕舟。」《畫馬》云：「桃花汗血新圖格，槲葉關河古戰場。」《即事》絶句云：「涼痕初透碧荷叢，雷雨千峰響未終。驀地風來盡吹散，斜陽猶在畫檐東。」《感事》云：「橐筆西游著《過秦》，好看鷹隼出風塵。那堪閉置如新婦，萬里封侯讓與人。」又云：「蛾眉縱使入深宫，也費明珠買畫工。歸卧南山理魚具，不能懷刺向名公。」諸作朗朗可誦。昔郄愔愛子云亡，覽遺文而輟泣；今載之嬌兒短折，繙斷稿而生悲。固境地不同，余輯録之餘，老泪亦涔涔下矣。

吾鄉儲琴臺爕《題桃源圖》云：「相逢一笑留雞黍，却怪仙家也世情。」爲詭俗者諷也。夏補生蘭《踏青詞》云：「天台儘有遊人誤，莫向桃花深處行。」爲狎邪者戒也。言皆清曲有味。

江寧淩芝泉霄上舍《有感》云：「一斗男兒泪，千金國士恩。重過大梁道，不見信陵門。古木飢烏集，歧途落照昏。茫茫塵海外，誰識舊王孫。」芝泉少遊俠，著有《快園詩鈔》。客死邗上，陳雲伯大令爲葬于紅橋之北阡，其墓碣曰「白下詩人淩芝泉墓」。余一再過之，松柏蒼然矣。

芝泉集中有《蕭孝子日曠詩五十韵》、《建隆寺懷古》詩最佳，惜篇長不載。《登天闕山》云：「山腰雲嬾和僧宿，木末風腥認虎來。」《送畬齋軍門出關》云：「怪石劈開皆試劍，大風陡起欲飛人。」《烏江項王廟》云：「山似美人愁黯黯，水如名馬去駸駸。」

詩不可無性靈，亦不可專講性靈。譬如張畫一室之中，青紅紺碧，間以白描，觀者眼目一新。又如陳食几筵之上，葅醢牲牢，雜以蔬筍，食者咀含不盡。若大屏小幀，盡是白描；西席東筵，無非蔬筍。觀之何以生色，咀之安得有味乎？少陵「熟精《文選》理」，昌黎言「經訓乃菑畬」，東坡精於《史》、《漢》，兼通釋典，乃能擷其精華，著爲奇作。專事性靈，豈爲篤論。

興化陳茂亭廣德農部訪舊吴陵，以詩見示。詩皆奇麗，予擇其格律謹嚴者登之。《百花洲懷宗子相》云：「才子讀書地，隤垣枕碧流。讌賓無舊閣，爨火有漁舟。遠水濯紅日，當門浮白鷗。自君騎鶴後，彩筆贈誰收。」

詩表揚忠義，與吟詠風月者迥不相同，然非大手筆，不能舉也。予覽程韜庵宇光解元《題蔡忠恪公家約爲其裔孫承齋作》云：「雁門忽報尚書死，手障長淮二千里。力竭登埤勢不支，遺恨平陽一條水。良知絶學專且精，遭際不是王文成。朝臣僉謂公知兵，公之治兵始井陘。此書即於此時作，高與日星同光晶。談忠説孝秀才事，幾輩中途失初志。孤負朝廷豢養恩，可憶當年齋粥味。二百年來拭墨痕，端人正士想平原。乾坤留得如椽筆，仗爾孤寒八世孫。」韜庵姪小松祥棟明經，詩尤超妙，和余《述懷》韵云：「跨鳳祇疑仙有術，詈蛟莫謂我無能。」又云：「釣竿忽欲尋巢父，舞袖何堪對郭郎。」又云：「江表思君愁落寞，天涯消我氣矜持。」如此例詩，不可勝記。

門人王雪帆鴻業司馬，曩從受書，天資清淑，説詩能啓發余意。時策名仕版，正可有爲，而雪帆孺慕天親，不忘廬墓，家居息影，不欲需次都門。故《咏燕》云：「辛苦將雛漸學飛，回頭顧盼獨依依。人間不少烏衣侶，一入青雲不易歸。」讀其詩，可知其志也。近又小葺園林，琴書之暇，兼通六法，詩多靈穎之作。《桃花庵》云：「紅牆十丈護雲霞，一水盈盈路幾叉。行盡長堤春不斷，夕陽人影在桃花。」《七夕》云：「天上佳期誠不易，一年一次渡銀河。是誰誑得癡兒女，漫説秋風乞巧多。」《閏七夕》云：「别未多時一笑迎，謝他靈鵲也多情。願今再置蝦蟆閏，天上歸來有六更。」按「天上」句本之楊誠齋；「再置蝦蟆」句，於近人詞曲「不閏長更」句翻用之，亦徵敏妙。《雪意》云：「拈毫詩思費沈吟，幾日同雲醖釀深。不待漫空飛柳絮，三分寒已到人心。」《蛛網》云：「宿雨初晴網便撐，簷牙高結費經營。可憐多少蜂兼蝶，一入重圍誤此生。」《歲暮登城晚眺》云：「寒林一帶已飛鴉，古堞荒寒近水涯。日落人家將晚飯，厨烟斷處是誰家？」以上二詩，前作老成之語，後爲仁厚之言，寄託遥深，洵不多得也。

《漁洋詩話》謂斛律金「風吹草低見牛羊」，則樂府絶唱。竟以《敕勒歌》屬金撰，誤矣。按本傳謂金不識文字，本名敦，苦其難署，改名爲金，從其便易，猶以爲難。司馬子如教爲「金」字，作屋況之，其字乃就。則安有不識字人而爲此絶唱乎？此本鮮卑語，北齊神武使金唱之，以安士衆者也。

泰興吴荔裳存義太史，詩筆奇麗。《讀常高庵詩書贈》云：「一鶯嚦花花滿牖，延花共醉補山酒。萬花卧月月滿墀，邀月同讀高庵詩。新酒一醉一回懶，新詩一讀一回緩。月魂花骨兩雕鎪，字字春風向人暖。天葩旖旎才人才，金粟界涌千樓臺。百二十首蹙錦罽，嵌以青珠紅玫瑰。況聞鬬捷笑擊鉢，長風萬里驅龍媒。櫜鞬豈止三舍避，旂鼓直欲千人摧。明光作賦貢玉陛，胡爲軟紅一踏鞭重回。天使扶輪此大雅，東南壇坫開樽罍。酴醾烟濕櫻桃雨，射雉城邊識君處。笑我年來彈《水仙》，對君束琴不敢語。雨香庵裏筍成竹，詩榻苦吟奪新緑。訪君知有詩滿幅，更坐水明樓上讀。」荔裳昔給假歸里，相見於高庵宅。越年，以太夫人壽言見屬。今視學滇中，音塵久間矣。

興化黄子仲晉卿明經，性醇謹淵懿。余締交四十年，每得其箴規，誠有三日不見，而鄙吝復萌之想。詩不多作，而純是雅音。《病起感懷》云：「病起惟枯坐，孤燈照影單。繙書求藥易，訪友出門難。未食先愁飽，無風亦畏寒。月圓經兩度，未敢一憑欄。」又云：「跼蹐過三伏，呻吟到晚秋。腹廉幾類蚓，心淡已如鷗。筆墨從人懶，虀鹽累我求。滔滔湖水注，搔首又添愁。」《咏潼口寺古松》云：「得地依僧潔，參天並佛尊。不凋忘歲月，獨立老乾坤。山遠無雲宿，秋深有鶴蹲。千年潼口寺，盤固藉靈根。」其他佳句如《憶江洲舊館》云：「三年作客空攜研，一笑何時不看山。」又云：「涼陰繞屋千章木，江味登盤一尾魚。」《和趙亞樓村中晚眺》云：「久疏鄉味思菱角，閒倚斜陽看蓼花。」意態閒澹，可想見其爲人。

庚子冬日，客邗上，晤子仲於旅邸。時萬秀石爲子仲寫照，並圖水石。余題其上云：「數年不見黄公望，今日相逢水石間。績學未曾登畫省，釀錢直欲買青山。欣看老尚强腰脚，難得閒中有笑顔。擬挈烟藜拖雪屩，與君同出又同還。」又云：「向平婚嫁未曾休，笑我年來不自由。近市恨無臨水屋，移家欲住對山樓。交情最愛汪汪度，身事渾如泛泛舟。寄語萬回能弄筆，也應爲僕寫滄洲。」

江都朱雲溪仲履布衣，勤學課徒，不與有司之試。所得館穀，歸奉兄嫂，四十不娶，譔自壽聯云：「兄弟情深卅載，常同布被；夫妻分淺半生，冷抱梅花。」又集蘇詩云：「遥知魯國真男子，不作巫陽雲雨仙。」語皆風趣。朱竹垞文集中有朱開仲者，雲溪之爲人頗近之。

江都舒侶樵洪鈞上舍《餞梅》詩云：「夢回古驛風吹笛，春老空山月勸行。」又云：「前路怕經沽酒店，再來便是養花天。」侶樵詩多不存稿，余從雲溪處得此二聯，以見鼎味之一臠。

高郵金雪舫長福廩生，詞賦擅場，試輒冠軍。乙巳春季，招余與同人集小墨莊，詩云：「棽尾風光上藥欄，感深知己放杯寬。詩文有集人先老，湖海無情聚亦難。話舊但憑春酒暖，論交休忘故氈寒。頭銜只合明經著，苜蓿登盤免素餐。」又云：「才品均推第一流，暮春時節在揚州。讀書應付《儒林傳》，卜宅惟鄰帝子樓。垂老向平催嫁娶，憫時朱穆重交遊。離懷又值連宵雨，十日平原乞少留。」

余於友人壁間見《題爛柯圖詩》，有「樵夫不老柯偏爛，尚怪神仙術未工」之句，劇賞之。知爲鄒雋生鍾靈作。雋生爲故人卜莽子，深知六法。近得鄉前輩百六十人墨跡，彙爲一册。余詩有「難得雋生重鄉里，地下陳人呼盡起。試將杯酒酹重泉，百六十人列筵几」之句，蓋謂此也。

吾鄉宮晴湖玉華孝廉《題雋生所集墨蹟》云：「遺珠象罔求，古鏡凝之得。荆璞卞和知，啞鐘文瓘識。自古不世奇，每向沈淪出。」又云：「況乃吾高曾，氤氳親手澤。鍾王生氣存，歐褚新機闢。滿幅灑雲烟，遊歷蛟龍窟。」又云：「如登波斯庭，如入娜嬛室。如泛米家船，如覩酒樓壁。行道山陰深，食蔗佳境入。兩朝翰墨林，一卷書畫册。」又云：「對吾祖若宗，竦然毛髮立。對此前文人，愧恧神思滅。雋生真可人，妙緒幽蹤擘。」又云：「愛玩不忍辭，聱牙寫佶屈。頌我希世珍，踵我先人跡。揚我故鄉芬，潑我松烟汁。」詩佶屈古奥，論議復波瀾老成。

儀徵張石樵安保明經《曉過烏程》云：「客枕眠難穩，扁舟趁夜行。西風吹白浪，殘月過烏程。髡柳寒無色，征鴻夜有聲。西興前路近，烟火隔林生。」《獨行北固山後》云：「幽懷渺無際，山徑與之長。一路多芳草，回頭見夕陽。茫茫江水遠，颯颯松風涼。頗欲渡江去，難尋一葦航。」《由石馬橋至瓜洲》云：「涼月一丸小，開帆近四更。我行揚子驛，東指潤州城。客夢清如水，春潮夜有聲。惱人朝霧重，山影不分明。」《宿焦山松寥閣曉起》云：「酒醒披衣起，牀頭見大江。驚濤寒到枕，野鳥暗窺窗。客夢如雲亂，僧鐘破曉撞。潮看朝日出，紫氣激奔瀧。」五言長城，吾於石樵許之，而尤賞其「酒醒披衣起」二語，爲之吟誦不置。

石樵以其兄少蓮官保詠史絶句見示，《細腰宫》云：「夜夜深宫急管絃，望恩人度日如年。玉顔餓損腰肢細，事比羊車更可憐。」《銅雀臺》云：「繁華易盡霸圖消，銅雀高臺久寂寥。賣履分香人在否，秋風斜日草蕭蕭。」

寶應劉幼度寶樹廣文，楚楨大令同懷兄也。《汶上縣》云：「風俗分齊魯，人烟雜兖青。」《秋興》云：「馬蹄留勁草，鷹翮斷愁雲。」《海州》云：「烏火班聯郯子國，魚鹽城郭蜑人船。」《東阿早發》云：「琵琶撥盡不堪聞，泪濕青衫路欲分。行到山前山不見，半山紅樹半山雲。」詩多畫意。

吾邑佳釀，有以「雪醅」著名者，見周煇《清波雜志》。蓋用州治客次井蠏黄水釀之，紹興間，有呼匠至都，用西湖水釀成，頗不逮。有詰之者，云蠏黄水重，而西湖水輕，當較以權衡得之。按「醅」字，《集韵》音剖。宋于庭大令《望江南》詞云：「揚州憶，此意少人知。水重水輕余未覺，愁深愁淺定多時。雪醅觸相思。」

儀徵朱震伯鉉文學工於倚聲，著《月底修簫譜》，安吴包慎伯序而梓之。《咏燭泪》調寄《燭影摇紅》云：「燭影摇紅，泪痕狼籍因誰惱。風前那抵枕邊多，生怕人知道。玉指彈來聲悄。望迢迢、天明尚早。芳心一寸，不到成灰，怎生得了。」《送葉酒生之新安》調寄《長亭怨慢》云：「記前夕、開尊三五。底事東風，頓教愁予。上聲。草碧波迴，片帆開向渺何許。颺空絲細，難罥著、離情住。咫尺尚天涯，又怎奈、迢迢鄉路。小住。看雲流似海，指點亂峰無數。登高眺遠，應添得、一囊佳句。念客邸、好夢無端，對明月、空隨來去。算只有長江，江水知人辛苦。」震伯詩亦清俊，《過東隱精舍贈端雲上人》云：「尋幽興不淺，小憩石帆亭。雲散月流白，雨餘林瀉青。古籐春挂衲，老鶴夜聽經。會得遠公意，鐘清塵慮醒。」

儀徵阮棨叔亨副車詩不争奇句，灑脱如其爲人。昔在京師作《蕉花吟》，曾有「阮蕉花」之目。今老去漸於詩律細，而詩境益進矣。《登文選樓》云：「吟詩各爲千秋計，鬬酒同消萬古愁。」《元旦試筆》云：「元辰吉語聽如何，春到淮南景象和。得意願從今日始，遂心事比去年多。餳簫聲裏人催老，柏酒香中客屢過。最喜履端開筆早，硯池紅旭照晴波。」

甘泉葉酒生貴曾文學才豐運嗇，侘傺無聊。近與杜康爲伴，終日不出。昔贈余詩云：「綺語今生懺，名心一刻多。少年徒玉雪，旅食亦關河。安得長風櫂，同浮萬里波。琵琶本哀怨，愁聽對山歌。」《紅橋禊飲》絶句有「泥人同飲橋頭肆，嫂煮魚羹娣采藍」之句，風情不淺。惜餘句都軼矣。

六合朱稻生穀昌《寒鴉》詩云：「呼風陣黑盤孤驛，繞樹聲乾叫夕暉。」全椒朱筠孫藜照亦云：「漸無人妬頭將白，縱有枝依力已單。」甘泉黄也園錫麒云：「江上墓田牛背晚，馬頭風雪客愁生。」詩皆警拔。全椒金秋士望欣云：「亞子孤單驚北至，阿瞞杯酒怨南飛。」又云：「城上畢逋瞻大屋，竿頭獨立下空船。」其著想尤奇特。余與友人前作消寒小集，程韜庵《咏寒鴉》云：「可憐愛屋人何在，才覓安巢計已遲。」則又别有懷抱矣。

儀徵潘小江宗萩文學，詩夷猶駘宕，《咏春草》一律佳絶。詩云：「南浦冰消好放船，王孫歸路夕陽邊。映人緑鬢如相識，比我青袍更少年。天上有恩惟雨露，山中無藥不神仙。此生獨少池塘夢，每到春來倍黯然。」《春夜即興》句云：「春爲大地傷心色，夜是群生駐足時。」

儀徵潘石甫志華《見雁》詩云：「向我似詩兄弟好，憐君亦有稻粱謀。」《新安縣道中》云：「長橋石斷薪爲渡，古廟僧逃佛坐禪。」好句似陸劍南。

吾鄉袁政祥布衣，年四十始學詩，不數年，裒然成集。故《述懷》詩有「高公五十始吟詩，吾蚤十年學未遲」之句。《咏白荷》云：「占盡清光是野塘，果然世界覺清涼。玉容出水仙人掌，素面朝天虢國妝。底事衣裳借蘿薜，恰將顔色妬鴛鴦。分明一笑淩波浄，月下誰知認六郎。」其佳句如《鴻門讌》云：「司馬小嫌都已釋，沐猴大事可曾安。」《漁燈》云：「富春家遠風嫌利，西塞山寒月乍經。」《寒爐》云：「風雪力難消酒暈，温和氣可炙衣裳。」《翦》云：「連理勢張新燕尾，並頭鋒敵古魚腸。」《咏尺》云：「唐代尚方頒令節，楚宫高髻詫通城。」《烏江弔古》云：「千鈞易薄中原鼎，一戰翻輸跨下兒。」《亡室十一週期》云：「唱隨未滿三千日，辛苦遺悲十一年。」結句云：「最憐送過糟糠婦，縱有飢寒不似前。」《馬嵬驛》云：「不死恩衰死兵諫，娥眉時已替君王。」可謂無窮出清新者矣。

興化劉翰香蘭臺文學，與余同客韓塘，昕夕過從。《別董潤亭》云：「情深骨肉非皮相，語卜行藏有泪痕。」《訪菊兼問友病》云：「秋横古壁燈留影，霜落高空雁叫群。」

全椒金桐孫望華《漢口鎮》云：「撲地人烟浮水上，過江樓檻出雲端。」甘泉吴蓋山慶恩《齊安晚泊》云：「皓月空明過赤壁，亂山高下是黄州。」儀徵汪夢梧彦樹《崔鎮感舊》云：「買笑鏡中花易老，畫眉窗外月初凉。」風調俱佳。

吾鄉鄒研卿登簡上舍，余婣家也。《夜感》云：「寒蟲入我牀，飢鼠穿我室。爲念飢與寒，主人眠不得。」二十字節短音長。《秋草》句云：「古苑雷塘雲散後，玉門荒塚雁來初。」《老漁》云：「飄零兄弟秋來葉，指點兒孫洞口花。」《落葉聲》云：「疏林爲報經霜信，空谷如聞過客聲。」風韵皆佳。

儀徵汪汝信潮生副車，著《冬巢詩》，《咏芙蓉》絶句最佳。詩云：「西風昨夜涉江干，畫槳輕移客思闌。一樣紅衣照秋水，藕花開後不勝寒。」

甘泉黄曼甫承錫、小園錫慶、也園錫麒三君，昆弟競爽，詩麗以則。曼甫《怨歌行》云：「妾貌如春花，窈窕當郎前。明知郎不愛，猶自鬬芳妍。」小園《和蟬》云：「風前雙鬢涼逾薄，雨後殘聲濕更遲。」《秋蚓》云：「半弓槁壤餐無盡，一笛涼風唱未休。」也園《題憶潮圖》云：「欲唤琴仙騎赤鯉，已將鄉夢付沙鷗。」《興教寺觀鄒若泉畫壁》云：「濃浮醉墨晴廊動，幻入諸天古佛愁。」

丙午冬長至日，同人集怡雲丈室爲消寒之計。鬮題分韵，潘碧江厚坤分得《打冰》云：「萬鑿千槌出，冰心不易攻。誰將燒佛手，劃破水晶宫。鑑以妍媸剖，山成結撰空。春回曲江暖，屈指解東風。」沈芍園殿春分得《縫裘》云：「不忍羊裘裂，拈鍼織室中。求疵免人事，無縫讓天工。江海波濤坼，乾坤氣象融。鷫鸘猶未典，差足禦西風。」田少泉實成分得《醃菜》云：「蘭成一畦菜，舊傍小園栽。韲子鹽新辦，牀頭瓮自開。山家謀供養，雪地忽摧頹。春酒羔羊會，端應得幾枚。」程韜庵宇光分得《炙研》云：「朝朝守寒硯，頭腦笑冬烘。心已如冰冷，時還用火攻。暖隨春意轉，氣與石交通。未肯輕焚郤，余詩不要工。」陳叔度金詔分得《擁氈》云：「雪意寒侵户，詩人正擁氈。敝裘同耐冷，舊物足高眠。事往情難割，吟深榻共穿。垂簾堪避俗，枯坐抵參禪。」趙光奇瑜分得《榨酒》云：「村店忽嘔軋，熒熒燈火光。葛巾曾未漉，卵麴自飛香。此外皆糟粕，其中有汁漿。醍醐何事灌，醒醉兩茫茫。」釋雪笠昌泰分得《圍爐》云：「榾柮一爐火，同圍到夜闌。畫灰謀勝策，點雪作奇觀。一席重裀暖，長途襆被單。好將煨芋熟，黽勉勸加餐。」諸君詩因題制勝，實能各極其妙。余分得《觀獵》云：「天風將野燒，百里去如飛。王政開三面，將軍獵一圍。弓櫜玄兔殪，槍急皂雕歸。我老猶心喜，思裁短後衣。」

消寒第二集，程文伯紹昌分得《寒月》，其佳句云：「今夕相逢思洗鍊，前身出世本高寒。」潘碧江分得《寒研》云：「春風翰墨緣猶淺，冷眼功名望已穿。」皆有寄托。田少泉《和東坡次楊公濟梅花》絶句云：「翠竹蒼梧是一家，繁英不惜影欹斜。如何酒緑燈紅地，看與唐花一例花。」則更有言外之意矣。

六合厲紫筠式瑄《即事》云：「狂如北海樽常倒，瘦似東陽骨亦奇。」吾鄉談竹齋《即事》亦云：「處士出山爲小草，少年得第是唐花。」

余宅傍有鐘樓一區，樓圮鐘立，青紅斑駁，惜無款識可考。州乘云：「洪武四年，知州史遇建。」其東有鼓樓，亦云：「洪武初，知州張遇林建。」又云：「南唐主移讓皇於泰州，爲永寧宮，築子城，以樓牆爲宮門闕。」按此數事，當以後説爲近理。蓋州署無建鐘鼓樓之例，一也；鐘鼓二樓，當同時並舉。建鼓樓于前，復建鐘樓于後，二樓經二人之手，相距數年，亦覺難通，二也；將以爲鎮壓怪異而設，泰州地本平衍，並無高山大川，雜林惡木，以及猛獸毒蟲害人之物，亦何鎮壓之有？三也；且洪武年間，距今略近，南唐距今差遠，其鐘色古質駁，似非勝朝之物，四也；揆之形勢，州治爲永寧宮，鐘鼓二樓，東西並峙，方位不紊，五也。余髫年隨家君卜宅於鐘傍，便知摩挲愛玩。於常高庵移家古士鄉，余詩有「吾家門巷原相似，一物差多是古鐘」，蓋謂此也。余又有五言詩三十韵，並録之，詩云：「托跡爭高阜，鐘居屋右廂。結鄰君已久，賦物我何妨。考據圖經失，叢殘志乘荒。言將出東野，鑄本自南唐。開國稱昇保，昇元、保大。移宮處讓皇。陸《書》：「昇元二年，改潤州州治爲丹陽宮，無居泰州事。」馬《書》：「六年遷讓皇子孫于海陵鄉永寧宮。」山河雖播越，榱桷自輝煌。時有千人監，旋遭百口殃。州治東南又有小兒塚，相傳南唐主用宋齊邱謀，無男女少長皆殺之。飛樓摧瓦礫，遺説感滄桑。泪擬銅仙滴，盟疑鐵券忘。世徒搜寶鼎，沙已蝕沈槍。瓴甋埋旋幹，風霜墮堵牆。藤花垂纂纂，桑蔭覆蒼蒼。鐘旁舊有紫藤一、桑一。空洞如盂覆，剛中得坎方。雷回原有處，日月本難詳。陋巷精英閟，虚哀謦欬藏。頻年同雉伏，百斛想龍驤。不作鼉鳴岸，居然鳳在岡。土花繡欒銑，日影射青黄。佺記千夫憊，异應萬手僵。嘉慶四年，里中好事者欲舁之神廟，衆力莫舉，事中輟。戴碑羞贔屭，攘臂笑螳螂。爾衆誠何濟，神丁下取將。根深通地脈，力出鬭雷硠。嘉慶六年夏夜，雷大振，古桑忽斷，而鐘無恙。僻可容狐兔，奇非役鬼倀。有形看隱現，餘響發宫商。鄰人言有物憑焉，夜有鼓吹，發于其中。余弗睹弗聞也。鏜鎝誰能聽，飛騰似未遑。五音嗽簨簴，九耳貢巖廊。幾輩鳴東序，何人達上庠。巨筳空搏拊，邇日尚菰蔣。甘受兒童辱，兒童每跨鐘紐上。時爲里閈光。我來常下拜，百感竟茫茫。」

白門張子瀾濼文學贈余詩云：「千秋獬繡崇堂構，一代龍文卧草萊。」「龍文」句，即謂余宅傍古鐘，「獬繡」句謂余宅本明淩都憲舊居也。都憲名儒，字真卿，號海樓。

江都符南樵葆森文學，曩以《寄鷗館詩》見示。余摘句庋之行篋，旋失所在。今於近日行卷録其尤者，補余守藏疎忽之過。《歸舟》云：「雲外樓臺幻影非，春帆風飽破殘暉。楚天有夢襄王誤，秦地無金季子歸。苦竹沿江愁對眼，餘霞垂雨亂沾衣。還家應悔辭家易，辛苦何爲逐燕飛。」《書白下水榭》云：「空江烟雨晚生潮，流過金陵第幾橋。自恨不如沙上鷺，得從春水飽魚苗。」又云：「靈簫瓊管罷何年，虚閣殘雲早化烟。金粉南朝少顔色，美人凄絶石城邊。」

郡城建隆寺旁新建周昭討使李公重進祠，僧小支繪圖徵詩。元和張同甫肇辰孝廉詩云：「茆庵半割祠堂開，颯颯英靈壯劫灰。長樂若爲菩薩相，空教彌勒笑人來。」又云：「長淮千古流水清，自有神絃管送迎。一醆寒泉薦秋菊，可憐天水碧無情。」詩得味外味。

金陵雜詠，向推王荺亭、陳雲伯之作。今觀儀徵汪醇卿廷儒太史《長干櫂歌》百首，敘六朝事尤雋永。詩云：「牛頭天闕兩巍巍，豈有清談復帝畿。寄語新亭王相國，不應仍説楚囚非。」又云：「擲罷樗蒲禪國來，阿孫偷狗亦奇才。石城一片青青石，似向江頭愧彦回。」又云：「燈火華林射雉回，景陽樓角曉鐘催。漫憐衰草寒螿地，都是金蓮貼過來。」又云：「同泰歸來茹菜羹，金蓮送過送臺城。世人莫拜梁王佛，忍聽燈前索蜜聲。」又云：「黄奴畢竟作奴才，料得江南佛也哀。一曲《後庭》三面閣，望仙不至望兵來。」

江都錢子奇國珍明經，時以《春明游草》見示。《滹沱河曉望》云：「朔氣逼滹沱，行人曉渡河。寒鷹盤野下，征馬踏霜過。麥飯懷遺跡，冰橋壓巨波。井陘西去望，萬疊晉山多。」《桑乾》云：「燕南趙北逐輪轅，日暮桑乾喚渡喧。古木團雲鴉翅黑，寒沙濺雪馬蹄翻。盤山北峙連龍塞，漯水西來度雁門。無定河邊無定骨，客從何處問真源？」《定州》云：「雞鳴臺下弔燕丹，易水蕭蕭白晝寒。欲乞山中千日酒，瞢騰一醉過邯鄲。」詩峭蒨整齊，最有才力。時與子奇齊名者，又有蔣小寅繼伯廩膳。《題雪帆圖》云：「雪夜舳艫開，飛仙落上台。蛟龍僵不起，知有水星來。」

余前憾曹艮甫侍御詩散佚難得，忽友人自都中回，艮甫付書并《曇雲閣集》寄余。余通閲前後之作，大快於懷。集中樂府，可稱絶調。《短歌》云：「有酒不飲史不讀，二十男兒長刺促。雌劍化去雄劍愁，箜篌一聲神嫗哭。黄者地，青者天。火雲燒日桃花然。鴉啼碧樹作人語，梧宮愁怨三千年。鏃風吹缸殺蛾繭，吴刀絞腸雪絲軟。雕陵不少禿尾鵲，洛下空題黄耳犬。去年有家歸不得，打門索逋作土色。今年欲歸歸無家，翠燭泠照棠梨花。」《兒莫啼》云：「兒莫啼，兒母在時，襁褓弗離。饑則乳哺，寒則衣裹。夜半兒啼抱兒坐。誰令兒無母，母死兒命苦。兒父出門兒誰撫。兒莫啼，他人嗔兒兒弗知。兒母泉下提攜兒不得，日日望兒吞聲泣。兒莫啼，啼者他家有母兒。」《哀兒行》云：「兒耶無母，年十三時。兒不如耶，兩歲母離。朝索乳，暮索乳，兒啼何呱呱。兒啼弗苦，外婆持粥來哺女。昨夜風雨急，布衾牀牀濕。龍鍾老嫗睡久熟，阿婆夜起親收拾，兒耶聞之吞聲泣。恍惚夢兒母，向我再三語。兒年未兩周，務須慎寒暑。强欲答一言，哽咽何淒楚。嗟爾爲母日無多，爲兒婆與耶者奈何。」上二詩腸九迴而愁百結，令人不忍卒讀。客泰州日，有《愍災行》六詩，語皆真摯，不及備載。近體之佳者，如《無錫舟夜》云：「獨背篷窗坐，征程又向西。斷烟漁火出，殘月鱅聲低。世事消杯酒，家居念瓮齏。芙蓉湖一片，流不到桐溪。」《曲江曉行示陶大景濂》云：「馬上數星斗，不如山路高。悲風起深樹，落月暗征袍。奇險我能説，壯游君亦豪。前塗見村舍，取醉覓松醪。」《靈石道中》云：「馬頭遥望是緜山，山色空濛杳靄間。欲向汾南尋古渡，曉鴉飛過泠泉關。」

儀徵厲茶心同勳太守，遂初日和陶詩百首，有遺貌取神之妙。《飲酒》詩有云：「是身如過鳥，一去難再還。醒者爲今日，醉者爲昨年。」又云：「有物非我後，無物非我先。憂不隨之往，樂斯任所還。」又云：「歲月等緡錢，去去如流泉。錢去倘重來，歲去難爲言。」又云：「宇宙我與酒，交契到死止。無酒焉有我，何礙渾沌裏。」其澄懷可想。而他詩惜未見。

吾邑程鶴衫紹裘自符離回里，以《烟波漁唱詞》見示，詞筆在草窗、玉田之間。《題紅拂小像》調寄

《綠意》云：「明璫翠羽，看雲窗未曉，階下延佇。眉細工愁，腰瘦含羞，奉帚長年朱户。珊瑚七尺開華延，早料是、冰山難處。背銀缸、漏永香銷，泪濕枕痕如雨。争奈楊花正亂，玉樓醉夢裏，催作歌舞。聽徧啼鵑，歸盡飛鴻，碧玉怕教無主。何來慘綠少年客，乍相見、此心□許。轉秋波、能識英雄，塵海共傳兒女。」

山陰馮晉魚啓榛舍人，昔主講胡公書院。至泰即命駕過訪，並道在白門日聞宋于庭大令説項。贈余詩云：「名士過江推鶚市，詩人高格軼雞群。」贈余門人吴玉川云：「季札聲華游上國，叔庠史學著《齊》書。」

江都文用和汝梅文學，以其先人衡夫元星《種瑶草堂詩鈔》見示。《夜歸》云：「寺鐘僧打月，野渡客呼霜。」《冬至後三日集牆東草堂》云：「短日縱長能幾綫，老梅雖放没多花。」《翟公塘曉步》云：「波盪綠萍風約住，露團青草日蒸乾。」詩皆細緻。用和《虹橋春泛》云：「雨多人意嬾，烟冱鳥聲遲。」亦可謂不失其家學。

吾邑强蔚廷建勳布衣，隱身闤闠，工於吟咏。昔秀水周青士篔與朱竹垞、姜西溟、湯西崖諸君相唱和，今之蔚廷頗肖其人。時以《香雪詩稿》見示，并屬序於余。余序而歸之，而録其詩之佳者。《紅橋柳枝辭》云：「垂柳垂楊不斷青，春風吹過竹西亭。誰家新製《江南曲》，合遣耆卿唱與聽。」又云：「尋芳心事愛風華，亞字闌干幾曲遮。欲折一枝聊贈别，有人分手玉鉤斜。」《幽懷》云：「鎮日蕭閒一事無，荒園幸少吏催租。好栽修竹南窗下，留與衰年作杖扶。」詩俱有雋思。其他好句，《秋夜病感》

云：「兩鬢霜添燈影裏，一年秋到雨聲中。」《餞春》云：「黄鳥多情猶戀樹，白楊無主自飛花。」《無題》云：「無靈藥悟相思苦，有恨詩從别後生。」《秋思》云：「破檽客聽通宵雨，深院人挑落葉燈。」《旅懷》云：「芳草漸隨名士老，落花原在暮春多。」性靈語層見叠出。《答曉峰弟》云：「心地清涼皆樂境，研田荒落要歸耕。」其言尤藹然可親。

盧江門人吴玉川珩上舍，昔隨其尊人宦遊泰邑，恂恂問字，相聚六年。古近體哀然成帙。歸里後，間來尺素，必有篇章。《夜坐》云：「月來花有韵，風静竹無聊。」《江行》云：「開帆逐鷗鷺，佐酒買魚蝦。」《臺城弔梁武帝》云：「菩薩身施同泰寺，帝王年紀大通門。」歸里後，寄余詩云：「回首春風思再到，當頭明月悵孤圓。」

泰興門人卞烈揚，廪生，工於試帖，兼能古近體。《中秋月》云：「一樣天邊月，中秋客思深。世人皆另眼，此月本無心。兒女拜何肅，簾櫳望不禁。姮娥應竊笑，偷照桂花陰。」門人周之偉廪生《登周孝侯臺懷古》句云：「絶無蛟虎常爲患，豈有英雄不讀書。」其論議亦佳。

僧雪幢，湖北人，行脚於江南，住吾邑光孝寺，又住興化之般若庵。《題八哥鳥畫》云：「花間小鳥亦稱哥，知爾安巢羽翼多。我有弟昆離别久，白雲紅樹渺關河。」

僧雪齋，興化人，詩思刻苦，間出好句。余記其一聯云：「倚竹一身緑，看山雙眼青。」昔爲人書屏箑，往往録此。余戲之云：「上人此二句佳則佳矣，但倚竹看山之子，遍身皆緑，而雙目熒熒，是何怪物耶？」座客皆軒渠一笑。

僧小支，江都人，時主持建隆寺方丈。丁未春季，余過訪，小支贈余句云：「舊題詩句籠紗在，半老鬚眉帶雪來。」蓋余結識小支後，已十年不見矣。詩有今昔之感焉。

施宿注蘇詩，舊謂刻于淮東倉曹，即宋漫堂於江南藏書家購得之本也。按：宋嘉泰年間，淮東提舉署在泰州，故宿官于此。則蘇注之刻，當刻于泰州明矣。如此盛事，可不考定歟？

注詩家莫善于施武子之注蘇，李雁湖之注王，任子淵之注後山、山谷。其間有漏略舛譌處，固不能免，而後人妄爲訾議，其於施注尤甚。踵其事者，益從而毛舉其失。但平心而論，匪獨施注不可訾議，即王龜齡注亦多可採掇處。前人之成書，不知用幾許心力而後有此。後人踵事增華，高下邱澤，而輒有操戈入室之説。此非特得魚忘筌，抑亦食果忘樹也。識者鑒諸。

甘泉女史陳辛農，符南樵保森文學之大母也。夫石夫，客死于漢陽，守節撫孤，著有《茹蘖閑房詩稿》。《得石夫九江消息》云：「近傳鄉信知衾薄，遥念家園入夢無。」《臘日書懷》云：「明日已無厨下米，微烟未斷佛前香。」

甘泉女史高霞苓，王子駿明經之室人。相夫課讀，清苦持家。《即事》詩云：「炊烟動鄰舍，知是日中時。」

江都女史粱玉娟，字嬋素，楊杏農承照大令之室人。年甫三十，以疾終。著有《貯月樓詩存》。《寄表姊》云：「刺繡餘閒更課詩，緑窗同話夜遲遲。可憐瘦盡黄花影，只有湘簾明月知。」《早秋》云：「野樹一蟬催暑去，江城幾雁帶霜來。」

余偶閲注朱竹垞詩者，於《九日同人集錢汝霖宅》「百年齊下泪，九日罷登高」句，注晉孟嘉九日宴龍山事，又引杜《九日曲江》「百年秋已半，九日意兼悲」二語；而於「罷登高」三字，究未徵引。按馬令《南唐書》：「開寶四年，遣弟韓王從善入朝，留京師不返。四時宴會，皆罷登高，賦文以見意。」又陸游《書從善傳》：「後主疏求從善歸國，太祖不許。後主愈悲思，由是歲時游燕多罷不講，常製《郤登高文》。」云云。於此知注家免譌舛糝漏，難矣。

（吴忱、楊君、張宇超點校）

伯山詩話續集

伯山詩話續集提要

《伯山詩話續集》二卷，據道光己酉刻本點校。撰者康發祥生平見《前集》提要。按後集序及凡例已發出徵詩啓示，故此集所題之「話今」，又與《後集》稍不同，轉以同時人投贈見示之作爲主，直録至戊申年六月十一日城西草堂雅集之即席觀荷詩，亦即付梓前一年。乾隆以前人詩亦有評騭，如謂詠古詩趙甌北不逮查初白遠甚等。又論體據新、舊《唐書》，補出吴少微、富嘉謨體，謂傅咸集《七經詩》乃集句之始之類，此則話古之緒餘也。其録詩不論古今，輒作按斷，不爲模糊影響之論，是所長也。

序

余於丁未歲輯録詩話之後，同人不我棄，肯以佳篇見示。余有所得，亦書矮紙，悉藏弆之。閲時序，而已盈篋笥，爰爲編輯，復成一集。噫！鼎鼎年華，徒付之戔戔楮墨，余之自娱者在此，自傷者亦在此也。時寄梅溪汪蓉湖書云：「凡我同袍，但以簡篇相往復，無若唐楊綰之爲文不肯輕以示人，則厚望也。」

道光己酉歲秋八月中旬伯山氏自述。

伯山詩話續集卷一 話今

泰州康發祥瑞伯氏編輯

時事乘除興替，變動不居，拘於目前，見未通悦。塞翁無失馬之傷，翟公有羅雀之語。趙孟可貴可賤，蕭何能敗能成。莫敖狃於蒲騷，未免致敗；應侯讓於蔡澤，是以克終。宇宙之大，何事不爾。余《江頭即事》云：「釃酒燒豬祀水神，掀天風浪失昏晨。看他十日灘頭住，曾作揚帆打鼓人。」又云：「誰説天公意不回，陽侯馭轉海雲開。長年失笑官人喜，依舊乘風駕浪來。」孔東塘尚任《湖海集》中有《舟載車》一詩最佳，詩云：「水上舟，土上車，載人載物功各居。一旦横流大道斷，御者乃乞舟載車。舟載車，笑破脣，俱道汝舵勝我輪。世間行路亦難事，誰能保得無須人。汝若失水吾得土，顛之倒之我載汝。」宗定九云：「熟閲世情語，警人不少。」

《湖海集》，孔君東塘奉使淮揚，駐泰州所刻，參閲者，鄧孝威、黄仙裳也。集中言州事極多，有《海陵元旦朝賀》、《童子繆湘芷以扇索書》、《留别鄧孝威黄仙裳》、《海陵署中喜周石舟來訪》等詩，又有《舞燈行》長篇，紀俞錦泉家歌筵之盛，惜不能備載。又有《贈張醫士》詩，醫士名質生，工醫，能詩。集中佳詩《百舌》云：「百舌五更頭，園林叫不休。學成多少語，似有萬千愁。春枕人猶困，花梢霧欲收。客中聽爾慣，莫傍曉妝樓。」《贈陳健夫》云：「君亦悲歌士，遥從燕市來。逢山題野竹，隨路折江梅。白馬嘶難住，黄河凍不開。曾無三醆酒，同上釣魚臺。」《蔣玉淵同住天寧寺》云：「賦别昭陽去未曾，淹留古寺卧寒冰。同嘗臘酒疑天意，漠視飢腸讓爾能。問字詩壇詩弟子，聽鐘蘭院丐賓朋。客愁宦苦銷融盡，啼笑無端對佛燈。」《文游臺題壁》云：「彷佛群賢此地登，殘碑古木總無憑。只餘攜酒行吟路，雨洗苔皮去幾層。」《北固山看江》云：「孤城鐵甕四山圍，絶頂高秋坐落暉。眼見長江趨大海，遥天却似向西飛。」其他好句如《朦朧淤口》云：「繁文厭考《桑經》注，故道難尋《禹紀碑》。」《海陵僧舍守歲》云：「破寺又加三尺雪，荒城不見一枝梅。」又云：「官冷偏留湖凍處，家貧還累母殘年。」又云：「古佛也甘無夜火，癡僮莫怨少新衣。」東塘譔《桃花扇傳奇》，人艷稱之，而詩爲詞曲所揜，且人賞其風流跌宕，而不知其意密體遠也。沈歸愚《别裁集》、鄧孝威《詩觀》所選，未愜鄙意，余漫抒管見，不知是否？

東塘《賣馬》詩不忍卒讀，詩云：「送我淮南遠，金臺尚未歸。慣聽鞭底詠，不打雪山圍。缺豆經冬瘦，添駒下乳微。吾窮深負汝，牽出泪沾衣。」又云：「小駒吾更愛，長大待誰騎。學步長征路，脱毛最冷時。不知慈母苦，恰似小兒嬉。今歲方貪乳，加鞭恕稍遲。」

東塘先生奉命疏濬海口，《渡黄河》云：「踟躕何計救桑麻，立馬堤頭唤渡槎。八月荒蒲飛白鳥，孤城落日走黄沙。南開清口分淮少，東阻雲梯去海賒。此處源流誰探取，秋風初動使臣嗟。」《淮上有感》云：「皇華亭下使臣舟，冠蓋逢迎羡壯游。簫鼓欲沈淮市月，帆檣直蔽海門秋。九重圖畫籌難定，七邑耕桑户未收。爲問瓊筵諸水部，金樽側盡可消愁。」觀此二詩，憂深思遠，情見乎詞。

余讀唐吕温《守衡州送毛令》詩云：「布帛精麤任土宜，疲人識信每先期。今朝臨别無他祝，雖是蒲鞭也莫施。」吳陋軒《新僕》詩云：「猶然是人子，過小莫輕笞。」孔東塘《賣馬》云：「今歲方貪乳，加鞭恕稍遲。」江片石《疲驢》云：「本來筋力盡，斟酌下鞭時。」同爲仁民愛物之言，當奉爲座右箴。

吾鄉鄧孝威漢儀舍人詩，余集前已選入。但《慎墨堂集》版片無存，今借得鈔本，復録其渾成和雅之篇，以見前輩噉名，洵非偶爾。《胡安定廢祠》云：「老樹勢盤鬱，人傳舊講堂。兵戈一横厲，祠宇盡荒涼。蟋蟀鳴頽瓦，鼪鼯竄短墻。怪來仙佛地，金碧甚輝煌。」《送向遠佗游延令》云：「復載長干葉，來經邗上霜。江雲依容子，溪月到漁郎。舊話才分燭，新愁又俶裝。文通多《别賦》，贈子去游梁。」《與丁漢公話别北上》云：「汝向平原去，高車逐鳥烟。黄沙秋雨後，白雪故人邊。三輔新防禦，諸侯舊播遷。胸中諳故事，應與畫山川。」《寄王近翁》云：「秦淮旅舍一樽同，别後音書斷馬融。冀北喜傳三策異，江南開遍萬花紅。暫辭金埒沙塵外，爛醉銀箏夜月中。待訪春城索新句，垂垂楊柳正東風。」《秦郵留别》云：「長湖細雨逐歸舲，垂柳垂楊滿路青。酒旆遥隨香稻散，漁燈猶照夜珠醒。蘇黄舊事寧摇落，秦漢遺踪漸杳冥。何日花絲重攬勝，飽餐鰕菜慰飄零。」《黄仙裳自淛中歸時納新姬》詩云：「鴛鴦湖曲載燈還，别夢遥連橘柚山。忽報狼烽連海色，遂令魚子斷江關。扁舟風喜吹張翰，垂柳鶯知唤小蠻。莫怪近來書札少，畫眉雙筆未曾閒。」《春日同張詞臣丁漢公陸元升翁岱詹妓郁生小集賦送漢公元升之雲間》云：「野館晴開芍藥風，共憐春色鷓鴣通。三年有夢杯如昨，永夕聽歌月不同。擬泛季鷹江上宅，還遲蘇小夜深篷。何須黄耳頻傳信，我自扁舟問阿蒙。」《濛瀼歸舟》云：「青春茅瘴逐山流，細雨孤帆漾客愁。聽徹猿聲江更闊，祇疑天上是韶州。」《韶陽寓感》云：「整冠亭畔草萋萋，一曲南薰落照迷。腸斷九疑山似黛，鷓鴣飛入竹間啼。」《别趙五絃》云：「梁園深夜促開筵，酒醒來朝問玉鞭。莫怪青衫易憔悴，蔡州今在亂雲邊。」《黄天濤姬人陸羽嬉工詩蚤殁賦慰》云：「年來怊悵極東風，暫倚高樓瀉碧筒。休啓疏簾還遠望，朝雲墳在落花中。」此例詩甚多，爲梓里搜羅散佚，不惜多載，不得謂一斑識全豹、一滴知大海也。

孝威有《聽白三琵琶》詩，自叙云：「白生名珏，字璧雙，通州人。琵琶第一手。吴梅村《琵琶行》蓋爲生作也。」詩云：「白狼山下白三郎，酒後偏能説戰場。颯颯悲風飄瓦礫，座間人似到昆陽。」一作「人間何處不昆陽。」又云：「天寶傳頭竟屬誰，四條絃子斷腸時。鑾韡窄袖當罏女，今日公然識段師。」此與梅村歌行異曲同工。

余近得宗定九元鼎《新柳堂》鈔本，覺前選之詩精華已盡，再爲搜剔，僅有數章。《甘露寺北軒和杜牧之韵》云：「獨步迴廊繞檻行，鳥啼花謝正關情。感深落月前朝笛，愁絶垂楊故國笙。帆影東南連水氣，梵音朝暮雜潮生。重來十載題詩處，依舊人間浪有名。」《瓦官寺獅子國玉佛》云：「金鑿蓮花貼未休，還將玉佛供雕搜。如何四百八十寺，不及宫中一蔣侯。」《無題》云：「昨夜沈酣今未解，晚來春睡尚難支。那知失却釵頭鳳，倒挂紅梨樹亞枝。」詩有沁人心脾語，而風調獨别。

定九家江都之東原，而泰州黄泰來，其門楣也，故客泰州亦久。王貽上《寄定九》詩云：「灣頭東去水如烟，最好清明祓禊天。可憶南唐徐騎省，暮春橋下過年年。」自注云：「徐鉉《海陵》詩『暮春橋下手封書』，按《騎省集》有『海陵城裏春三月，海畔朝陽照殘雪。城中有客獨登樓，遥望天邊白銀闕』

之句，又有『海陵郡中陶太守，相逢本是隨行舊。乍申拜起已開眉，却向殷勤還執手』之句，此寄喬亞元舍人、陳子喬校書長篇也。」又絶句云：「暮春橋下手封書，寄向江南問越姑。不道諸郎少歡笑，經年相别憶儂無。」此附書《與鍾郎中寄京妓越賓》詩也。亞元名匡舜，高郵人；子喬名喬，廬陵玉笥人。鍾郎中當是鍾謨，謨字仲益，會稽人。俱見《南唐書》，但未審陶太守爲誰。此數詩蓋徐騎省留滯泰州作。暮春橋，即今之豐利橋，州人又呼爲裏高橋也。

定九弟鶴問觀副車咸園詩，較有氣格。《滄州》云：「風送舸船疾，滄州酒未沽。天青河澹影，沙白水分途。耿耿傳寒柝，蕭蕭起夜烏。猶然畿輔地，宿衛擁兵符。」《武康口號》云：「黄葛蒙籠被水限，武康門向渌波開。茶山竹市無城郭，雙槳輕摇過縣來。」《東陵聖母祠》云：「野田漠漠遠横塘，畫壁雲旗帶夕陽。七尺鬚眉無退步，學仙何處遇劉綱。」其他佳句如《登報恩寺塔》云：「江山濛一氣，龍虎鬱千盤。」《聊城》云：「雄風齊俗變，沃土舜耕遺。」《山行》云：「馬蹄隤碎石，鷹翅響前峰。」《望江》云：「東南一水劃，吴楚萬山浮。」《康山》云：「霞氣截山雨，秋蟲亂樹燈。」《愛山臺》云：「山没雲烟生洞壑，天晴蒼翠滴芙蓉。」《越城》云：「蘆荻秋寒詞客夢，苧蘿春弔美人魂。」《韜光庵遠眺》云：「參差吴越難分岫，隱見江湖併在庵。」《秋感》云：「黄雲苗黍空淮甸，紅粟梯航緩冀州。」《宿圓證寺》云：「鶴歸夜響千山月，虎過山留萬壑風。」覽鶴問詩，定九誠難爲兄也。定九又有弟字子發元豫，送人句云：「黄河看曉渡，明月照孤舟。」時有三宗之目。

成都費此度密山人詩，余集前已載入，今閲《燕峰集》鈔本中，有《易禪行》一篇，爲臨邛學正張象潰作。象潢爲密友，庚寅歲，密歸新繁展墓，途遇亂卒索金，禍莫測，相知皆懼，不敢前。張入成都以金與卒，乃得解密。將之加州，褌破甚，張送行至蜀王府東墻下，曰：「不能爲君縫衣，吾褌新作，可著，吾著君破者。」遂易褌行。密揮涕爲歌以贈，惜篇長不備載，中數語最佳，節録之云：「良朋嘆息不敢救，張子慷慨來相就。爾亦貧窮手無錢，免吾患難出懷袖。自傷偃蹇破君資，請償逋負待後時。張子勃然變色怒，故人知君君不知。我亦自負藏深志，觀君面怒背垂泪。知己相逢死亦甘，翻覺多言未解事。」此數語，張之俠腸義氣，曲曲傳出，事與詩俱不可没也。《過泰州訪鄧漢儀》云：「秋日蓬蒿路，誰人足素心。海霞明四壁，晨露點孤琴。名久梁園著，居因柳樹深。先民存齒尚，篇咏接高岑。」《送王雅北游》云：「舊業文章重，遨遊輦轂尊。去程當易水，曉日望龍門。野氣逢秋爽，殘星覆樹昏。歸來觀著作，遺史與君論。」《贈客》云：「屏跡屠沽内，常懷一飯恩。鐵椎報公子，寶玦贈高人。抗手自兹别，悲歌西入秦。可詢王景略，捫虱向誰論。」《山中》云：「千樹萬樹花，十里五里石。采藥人不來，蒼苔厚一尺。」詩品在陶杜之間，洵非過譽。

三原孫豹人枝蔚舍人《海陵喜遇鄧孝威》云：「白髮休相詫，飄蓬未敢嗔。舊交生死半，與子往來頻。古寺愁燈火，殘烽報海濱。此時對詩伯，情誼倍相親。」此刊落浮詞之候，所謂老幹無枝葉者也。

遂寧吕半隱潛進士，明兵部尚書大器之子。蜀亂後，與弟瀓僑居泰州。《江望》詩云：「橫江閣下數帆檣，立盡西風鬢漸霜。只有鄉心不東去，早隨烟月上瞿塘。」半隱善書，此詩每爲人書條幅，余亟見之。

鄉前輩宮紫元鏐太史庭聞《州世説》云：「泰山墩多鐵錢，較之開通大數規，童豎時挖得之。」太史未言錢文若何，故不知時代。按馬、陸《南唐書》：後主於乾德二年用鐵錢時，幽楊行密子孫於泰州。或以錢頒賜而遺留於此，亦未可知。及觀費滋衡《登泰墩》云：「斷碣傳來鎮撫蹟，古墩掘出大觀錢。」自注云：「甲戌年掘出錢數斗，皆宋年號。」則又明爲宋錢矣。然余終未目睹，不敢臆斷。

成都費滋衡錫琮山人，此度先生之次子也。《掣鯨堂集》中多樂府，《雙燕來》、《鼠唧唧》二章，最有風趣。《雙燕來》云：「雙燕來，梁上宿。去年生子五，今來生子六。梁是主人梁，木是主人木。男兒三十尚無屋。」《鼠唧唧》云：「鼠唧唧，夜數錢，男兒三十尚無田。向外數，向家數，拔劍枉自氣如虎。一生貧富乃由鼠。」《賣兒行》一章尤詞苦氣辣，不忍卒讀。詩云：「人生貧，慎勿賣兒，賣兒不若殺之。請告丈人，大寒無衣，腹中苦飢。有兒能不賣之？人生貧，但當夫婦兒女同作他家奴。慎勿賣兒，賣兒不若殺之。兒有過，主人當笞。兒無過，主人亦笞。兒早出門，爲主人擔水淅米煮糜。又爲主人網鹿豕與麋。主人命兒牧羊牛，日過午時兒腹飢。主人不知。兒離牛羊，十步五步，主人知之。主人笞兒兒掩泪，重復笞之。主人笞兒，兒不敢啼，謂兒佯死，重復笞之。兒頭無毛臂無皮，臂如黄瓜，面如青梨。兒是爺孃心頭肉，髮是爺孃心中絲。親爺見兒，泪下如綆縻。多謝丈人。人生貧，慎勿賣兒，賣兒不若殺之。」古《董逃行》、《上留田》等曲，不是過也。

滋衡近體之佳者，《吹臺》云：「叢樹一坏土，相傳古吹臺。涼風動地起，秋色渡河來。佳節來朝是，黄花昨夜開。文壇非我輩，誰繼五賢才。」《劉德問妹夫歸海陵》云：「問汝還家事，囊餘十九錢。

得歸雖足喜，奇困實堪憐。飛躍知何日，馳驅失壯年。東關城下語，重話欲潸然。」

滋衡七律在唐雅近高岑，在明亦近何李。但律法稍疏，罕有全璧。余姑摘其句，《軍中》云：「文螺浮白千人醉，畫角吹青萬里來。」《荷花》云：「鱛鱧東西南北戲，鴛鴦三十六雙眠。」《久雨》云：「緑篠娟娟難自直，斑鳩苦苦爲誰啼。」《送友湖南》云：「揚雄《玄》可參《周易》，屈子《騷》能補《國風》。」《感舊》云：「水村沽酒橋邊月，野店聞雞夢裏燈。」《汴城》云：「河蟠雍豫干支合，地拓中原萬里平。」《過口岸》云：「村因種果多芳樹，溝爲通潮帶濕沙。」《白塔河古廟》云：「乾坤疏鑿時興廢，江海精靈夜往還。」《小孤山》云：「亭臺化出金銀市，紫翠浮來菡萏花。」兄厚菴錫璜亦有詩集，恨未見也。

錢唐潘雪帆問奇山人詩，余前已略言之，但集中多可采者。《嚴灘》云：「漫整荷衣拜逸民，灘聲猶自動星辰。富春近日誰漁父，天子當年有故人。名到先生纔是隱，賢如光武不稱臣。羊裘去後烟波闊，留得桐江一釣緡。」結句一作「只因曾作梅家壻，外氏家風愛隱淪」。《湖上即事》句云：「明月到樓纔是夜，桃花無水不成春。」以上詩隨園老人指爲松江某提憲作，誤矣。《過海陵》云：「吴陵多巨浸，十載困波臣。荷鍤秋田没，移家水國貧。鴨頭資小艓，魚腹剩殘民。獨有金張第，歌鐘日夜頻。」按此詩深感泰州水災後作，殊覺真摯。其他佳句如《九日登毘盧閣》云：「天從吴會開關塞，人在虛空問斗牛。」《流離河》云：「磧餘野火來秋色，橋枕河聲走夕陽。」《花朝前三日分韵》云：「銀燭未消三寸泪，錦裘初減一分寒。」《醻椇岑》云：「炭愁價踴常防雪，衣怕風侵不捲簾。」《飲祖家園》云：「僧汲落花泉滿瓮，鳥啼殘雨葉平樓。」《題耕月軒壁》云：「欲試新茶求水遠，怕驚幽鳥着棊輕。」又云：「愛涼不去當門竹，憶友常看滿壁詩。」《贈牧堂上人》云：「僧坐石牀無世法，虎摇巖樹有風聲。」《登萬松山》云：「銀漢似能排闥過，青山不肯渡江來。」皆雄渾綿邈。同時田楳岑著有《埋照集》，《秋日游范蘿山》云：「山翠晴侵縣，江雲冷壓船。」《宿生公房》云：「病起宛同黄菊瘦，别來僧苦白頭逢。」亦多佳構。楳岑名登，江都人。

楳岑《春日登摘星樓》云：「細路盤旋上，高樓杳靄間。春來隋苑柳，緑到潤州山。懷古摹殘碣，烹泉破醉顔。吟詩貪此地，端坐不知還。」楳岑與雪帆同聲一跡，氣誼相深。其詩一以沈雄勝，一以古秀勝。異曲同工，二子之謂也。

詩人詠露筋祠者甚多，王漁洋云：「行人繫纜月初墮，門外野風開白蓮。」宫参兩云：「古壁光消風瑟瑟，殘鐘聲斷草芊芊。」此不着一字，儘得風流者也。王西莊詩云：「霧鬢風鬟别樣妝，靈旗肅肅捲斜陽。故鄉燈火雞豚社，也賽叢祠楊九娘。」自注云：「吾邑有楊九娘廟。九娘，孝女，父命守桔槔，爲蚊齧，不易其處，遂以羸卒。」此比例風華，亦有韵致。其《練祁雜咏》云：「欅柳陰濃帶夕曛，林塘詰曲水沄沄。移船楊九娘祠宿，葵扇輕揮豹脚蚊。」亦指此事。

吾邑宫参兩翼宸寺丞《枕上》云：「卧聞魯柝聲聲過，愁見孤衾隔幌紅。不許藜牀春夢穩，梅梢夜雨柳梢風。」《黄河》句云：「斜磐條華來天上，横界江淮入地中。」《船房》云：「臣之陸處非無屋，吾或呼來亦上船。」著有《紅椒山房集》。

吾州德香閣在州治西橋之西，王阮亭《冬日登閣》詩云：「檻外紅梅初吐萼，千枝萬朵壓簷低。」余幼年過此，已不見有梅樹矣，而猶見樽櫨卧波、垂楊貼水，其風景可想見也。今則麥田幾稜，寒菜一畦而已。噫！

泰州監掣廳昔無官署，治事者只在舟中。自雍正甲寅年膠州高西園鳳翰甫鳩工建造，作詩記事。《初至壩上》云：「浪跡人同泛水鷗，今年又到海西頭。封提萬竈新亭長，隘控雙河古界溝。方苦無舟無問竹，不妨有蟹有監州。生平雅負元龍氣，舵尾猶雄百尺樓。」《河上勾當公事畢還寓》云：「搠當河干日幾回，千帆坐看壓雲來。籌邊大計真難緩，托命窮黎劇可哀。冷案無從恣飽蠹，小臣亦許佐鹽梅。書生老矣頭全白，怕見如山爛雪堆。」《建署落成》作云：「鹾部分曹地，亭連萬竈場。利民供楚粤，扼要控淮揚。棟宇自今始，關河與世長。一椽皆帝力，風雨填無忘。」三詩勒石於署之聽事中。

司馬《子虚》、《上林》二賦，設爲齊楚人之笑語，詩人往往如是。新安汪扶晨士鋐咏《披裘公》云：「五月披裘更荷薪，遺金一語聽來嗔。姓名不使延陵識，太息吴中有此人。」味《張季鷹》云：「杯酒過於身後名，歸因鱸膾與蓴羹。江東歲歲秋風起，任達誰如張季鷹。」大有言外之神。扶晨著《栗亭集》，黄南雷序云：「慨自伐木既廢，五交之外，復有泛交。暴集之客出門，遂忘姓氏；講席之人在途，即分車笠。」黄序因扶晨敦友誼而感喟時事，語最新奇切實，故摘録之。

扶晨五律最深穩。《白門遇林山長送之勾曲》云：「江上寒梅發，逢君話蔣山。疲驢石城道，朔雪秣陵關。歲晏已多感，萍踪難暫閒。何時重握手，嘯咏一開顔。」《瓜步懷古》云：「懷古此瓜步，南朝古戰場。秋風五馬渡，落日九龍岡。繡艦迷隋苑，荒陂望射陽。玉鉤斜畔路，紅粉易黄壤。」《吴野人程雲家孫豹人見過》云：「高興留佳客，新寒典一裘。談詩過夜半，聯榻話深秋。老至珍朋舊，心閒愛獻酬。來朝無斗酒，歸向室人謀。」

會稽商寶意盤太守《贈内子四十初度》云：「五斗偶需腰已折，百年將半鬢同蒼。」《方塘》云：「如鑑方塘皎不昏，琉璃經雨濕無痕。楊花吹落魚苗長，一夜春風緑到門。」

詩以忠厚爲貴，即詞語纖穠，要無涉於輕薄。厲樊榭鶚《題周兼南唐小周后寫真》云：「命婦南朝掩泪光，虚聞龍衮紀興亡。畫師自有春風筆，不寫傷心入汴梁。」蓋某畫師曾有《宋主偪幸小周后》畫，此詩含蓄不盡，深得風人之旨。又《題明鄭貴妃書泥金普門品經》云：「開函稽首無他願，一筆泥金壽一年。」此與汪苕文琬賦宫人入道詞旨略同，苕文詩云：「此生無復昭陽夢，猶爲君王夜祝釐。」

投贈之作，最忌通套。錢少詹大昕《贈翁朗夫徵君》云：「緯蕭抱犢自家風，薦牘仍看達紫宫。東國人倫推郭泰，西京儒術數申公。江湖載酒風流在，耆舊論交意氣同。擬向君山來問字，相從踏遍碧玲瓏。」王光禄鳴盛《贈朗夫》句云：「盧鴻《十志》耽肥遯，陶峴三舟愜野情。」昔朗夫以鴻博經學薦，俱不就，而人品亦可重，故當時推許如此。朗夫詩亦恬，適《將之河北留别内子》云：「耦耕當日言猶在，佐讀終年計轉非。」結云：「料應不學蘇家婦，金盡歸來也下機。」《與友尋山》云：「友如作畫須求淡，山似論文不喜平。」他若「關塞梅花愁裏曲，池塘芳草夢中詩」，「一抹夕陽連漢月，二分春色在蕪城」，句皆可誦，可以藉知其爲人。朗夫名照，江陰詩人。

錢辛楣弔姚廣孝詩云：「空登北郭詩人社，難上西山老佛墳。」沈方舟用濟《天下大師墓》云：「緇衣那有中官識，御馬誰迎老佛還。」此事或有或無，俱無庸聚訟。二詩各有見地，自成絶調。

辛楣少詹《荆軻里》云：「匕首懷中出，諸郎殿下看。燕丹心未死，秦政膽先寒。成敗論人易，從容舍命難。千秋猶灑泪，易水甚汍瀾。」少詹史學精深，故言多允當。

丹徒鮑步江皋布衣《海門集》，近體詩多有可採。《金山》句云：「樓臺自照金銀色，江海同流日月聲。」又云：「月生天海曾無蔕，山出雲濤自有根。」《舟宿蕪湖》云：「夫人廟外魂爲雨，寡婦磯邊泪是潮。」《暗記》云：「一面江當花十八，兩頭纖比月初三。」《贈詩僧朗月》云：「後身名士前身佛，青眼看山白眼雲。」《書司馬相如傳》云：「英主同時逢武帝，佳人絶代得文君。」等句皆是。

儀徵施鐵如朝幹宗丞著有《正聲集》，别裁僞體，格律蒼堅。其《論詩》云：「今之詩人，山經地志，鋪陳恢奇；《説文》、《玉篇》，穿鑿隱僻。方其伸紙揮毫，自謂綜千年、包六合，而作者之精神面目，邈絶不屬。是有文而無情，天下安用此無情之文哉！」《過峨嵋院》詩云：「流水不可住，孤雲行未還。峨嵋院中月，已照江南山。理自獨游悟，心隨清夜閒。他時結茆屋，相對一開顔。」《畫閣》云：「畫閣天中敞，名成夜半歌。月華依水濕，春色捲簾多。珍簟當風憩，金鞍列炬過。佳人出燕趙，對客歛雙蛾。」《宿遷弔項王》云：「孤舟夜繫鍾吾驛，策杖朝尋下相城。異代浮雲屯老樹，大河飛雨見危旌。淮陰一去終無策，亞父歸來竟有名。回首楚歌軍已遠，小才從古誤蒼生。」《伊小尹之官白下》云：「廿年風雅共尋源，才筆休從近代論。人去登樓三月望，學優佐郡一官尊。江南秋到雲浮艇，白下山多翠在門。記取蒼生謝安石，不教海島伏孫恩。」是真少陵的派。

山陰黄儀甫逵山人僑寓泰州最久，著有《玉壺集》，余恨未見。見其《平山堂詩》云：「烟嵐飛去復飛還，望盡江南是此間。樹底荒唐巴蜀水，檻前齊整潤州山。地無題品非名勝，人有文章不等閒。歌吹竹西游冶散，夕陽來照醉翁顔。」江都葛徵魯自申《登平山》亦云：「三千殿脚今何處，六一文章自有權。」亦如儀甫之言。

江都葛楚秀宗芝《孤雲》詩云：「孤雲亦無聊，斜日無歸處。下窺寒潭凈，欲與影相聚。著水濕難飛，將逐流光去。松風吹不高，空濛溪上路。」《春陰》句云：「鳥窺燕入簾，風吹花上屋。」葛嘯臺振《約同人郊游》句云：「知己不因貧日少，壯懷還向酒邊長。」葛松坪佺《楓葉》詩云：「泠泠玉露漫凋傷，一派嫣紅傲衆芳。山鬼緑蘿空作帶，女兒黄竹但爲箱。題詩衹合隨流水，載酒偏宜坐夕陽。從此歲寒增景色，不妨盟好結松篁。」《小雨》云：「入春强半愁天漏，小雨廉纖接日晡。花徑雪消千樹玉，青鞵人試一街酥。居貧薪米家難足，卧病門庭客絶無。有酒不辭衣盡典，鼓琴歌哭豈吾徒。」《咏髮》句云：「餘澤直從梳脱落，衰容却恨鏡分明。」《寄馬酉山滇中》云：「絶壁雲霞朱鳥宿，古祠風雨碧雞嘑。」《雨後過棲霞寺》云：「雲邊殘日銜高樹，門外春潮上落花。」三君之詩已載《淮海英靈集》中，今爲之摘録如此。

嘉定王琴德鳴盛光禄《西莊始存稿》，詩皆秀潤。《牛渚晚泊》云：「詠史當清夜，誰逢謝鎮西。裵裒風露下，江月向人低。」《梨嶺》云：「梨嶺連楓嶺，行人生遠愁。可憐嶺頭水，不肯向南流。」其七律每多佳句，如《樅陽懷古》云：「珠簾甲帳神君至，苜蓿蒲桃别館栽。」《旅興》云：「千絲柳色迷江介，八字山形繞鄂州。」又云：「蘆中問渡真窮士，漢上題襟少故人。」《錢塘舟發即事》云：「白塔朱欄迷遠近，緑榕烏桕亂東西。」又云：「上水船迎三叠浪，中流人看兩邊山。」如此例皆是也。

吴縣沈文起欽韓孝廉《幼學堂集》，新詩獺祭，古字魚貫，大都沈湎於《説文》、《玉篇》故爾也，然修媷之辭，自不失其清迴之氣。《謁宋丞相陸公祠》云：「不僉謝道清，不作瀛國公。孤兒與寡婦，乃似田横雄。始知陸丞相，愧死家鉉翁。有宋三百年，以此全始終。身抱龍髯墮，魂歸鳳闕空。雪涕弔厓山，瓣香呼蒼穹。精神永不滅，耿耿此心同。」《寄董上舍上錫》云：「經旬襆被共霜寒，玉骨金心向酒闌。科第於今風漢少，江湖有此俊人難。不愁妻子眼龍具，聊壯書生跨馬鞍。强欲悲歌誰屬和，南山木石自同壇。」《碣石館》絶句云：「無終華表澹浮雲，駐馬荒臺拾舊聞。猶有廉頗思用趙，可堪回首望諸君。」《微雪》句云：「清吟白社蘆花被，薄醉黄罏竹葉尊。」《殘月》云：「人語昏黄斜漢橫，客魂惆悵亂山過。」《落葉》云：「行人露髻平原外，宿鳥懸窠夕照邊。」

吾邑吴步尹伊訓明經《豆腐》詩云：「燈明野店人初起，香到寒家日已西。」可謂餘藴曲包。先生工于時文，一日可成十數藝，而詩不多見也。

吾邑仲松嵐鶴慶大令由四川大邑縣罷官歸里，賦詩四章。余記其中一首云：「兩着戎衣並佩刀，蠻烟障雨下哀牢。將軍幸得歌三箭，書記歸來有二毛。薄命人皆憐放廢，留閒天或愛英豪。古來幾個封侯相，不用燈前看戰袍。」詩亦高朗、亦和平，餘惜不記憶。

錢唐張仲雅雲璈大令歷任湖北之福安、湘潭，廉能有聲。著有《簡松堂詩文》、《知還草》等集。遂初後僑居邗上，與蔣心餘、袁簡齋、王西莊諸老友善。七古擅場，集中如《岳墳鐵像》、《岳祠銅爵》、《大風過黄天蕩》、《讀甌北集》、《古厭作東方先生》等歌，皆奇氣噴薄，而亦有斷制。《兒虎行》一篇尤奇突，惜篇長難載。其論袁簡齋詩文云：「世人不識用筆精，毛舉細故供譏評。今我讀此心爲平，瑕瑜不掩留菁英。汰其四者留其六，此集自占千秋名。」此論即起簡齋於地下，亦當帖伏。近體之佳者，《曉發》云：「旅客愁侵早，郎當聽馱鈴。敗墻銜落月，渴馬飲殘星。沙路光初白，霜林氣自青。回看茅屋下，殘夢鎖重扃。」《殘燈》云：「臥看幢幢影裏身，燈枝如粟色如燐。雨昏壞壁虚疑畫，風颭空堂似有人。遥柝不傳蟲斷久，夜寒無際雁來頻。枕函留照千家夢，自笑重幃夢未真。」《邵伯湖微雨》云：「瑟瑟湖波雨氣侵，船窗屈戍夜寒深。春風猶是揚州路，只隔珠簾一片心。」《真州道中》云：「真州西去好孱顔，緑遍鑾江水一灣。三尺春潮留不住，春風吹過石帆山。」《如皋道中》云：「小紅版覆野橋低，傍水灣環粉郭齊。遮却二分明月路，揚州只在緑楊西。」又云：「水繪名園跡已陳，當年修禊句猶新。可憐小宛薶香後，冷煞湘中閣上人。」其佳句如《途中即目》云：「鳥銜天末樹，馬喫路旁花。」《唐明皇》云：「位傳睿肅曾同轍，政判開天似兩朝。」《櫻桃》云：「入口定應脣色亂，堆筵先怕爪痕妨。」《掃雪》云：「拂殘花片從誰惜，賸到鞵痕亦自猜。」《巴陵雪》云：「來往征衣皆鶴氅，浮沈鄉信説梅花。」《宿龍門寺》云：「未參正面莊嚴佛，愛看銜肩宛轉峰。」《覽鏡瘦甚》云：「脛長大類齋厨鶴，骨出空憐藥店龍。」此例詩不可枚舉。僑寓揚州日，有「生在湖邊天也妬，硬差此老住揚州」之句，又有「故山莫怪長爲客，抵死歸來踏六橋」之句，此《金牛湖漁唱》所以作也。東甫先生爲吾州州侯，係公之從孫，栞其全集，得遍覽焉。

袁簡齋詩云：「一聲長柄葫蘆問，了却江東陸士龍。」仲雅大令詩云：「原知不是江東陸，並未壺盧問一聲。」此更進一層説，讀之令人乾笑。

咏古詩貴有新義。劉大猷《岳墓》云：「地下若逢于少保，南朝天子盡生還。」袁簡齋《馬嵬驛》云：「若使姚崇還作相，君王妃子共長生。」江黄竹《詠潘貴妃》云：「省中若使存蕭懿，穩看蓮花到白頭。」同一着想。余嘗謂蕭懿死于齊，《南齊書》當立傳而未立，《南史》當入齊臣列傳，不當入梁宗室傳。黄竹詩甚合余意。又查初白《曹操疑塚》云：「分香賣履獨傷神，歌吹聲中繐帳陳。到底不知埋骨地，却從臺上望何人。」《漂母祠》云：「慙愧恩叨一飯深，當時果否識淮陰。後來不却千金贈，難説初無望報心。」無名氏《嚴陵釣臺》云：「一着羊裘便有心，虚名傳誦到如今。當時若着簑衣去，烟水茫茫何處尋。」同一得間。而初白《汴梁雜詩》與《弔余忠宣墓》詩尤議論透闢。《汴梁》詩云：「梁宋遺墟指汴京，紛紛代禪事何輕。也知光義難爲弟，不及朱三尚有兄。將帥權傾皆易姓，英雄時至適成名。千秋疑案陳橋驛，一着黄袍便罷兵。」趙甌北謂朱温僭位猶在洛，末帝方即汴爲京，初白殊未深考也。按查詩渾舉梁家，不必過爲吹毛之論。《余忠宣墓》云：「王氣江東五彩雲，上游假手緩游氛。若教京觀同時築，誰表孤忠異代墳。僭號無成終是賊，殺身得地孰如君。到頭此事關天幸，不死吴軍死漢軍。」又云：「殘局何須論上都，一軍援絶勢真孤。江山故壘殘骸在，社稷中原尺土無。計定全家争赴難，時危幾个肯捐軀。他時謫守含山廟，愧殺身降一老儒。」《甌北集》中亦有《謁忠宣公墓》詩，則不逮遠甚。嚴海珊《書張忠獻公傳》後云：「北使來朝輒問安，隱然敵國膽先寒。十年作相遲秦檜，萬里長城壞曲端。采石一舟風浪大，富平五路戰場寬。傳中功過如何叙，爲有南軒下筆難。」於此知史家之曲筆，亦有不得不爾者。徐南岡評海珊詩，謂「筆頭鈎得數十斤起」，余亦謂然。通觀查、嚴二君詩，空前絶後，方駕並軌者誰歟？

論詩者宜平允，不可預存一厚古薄今之見，果其各有見地，安知不可並軌前賢乎！余讀元遺山《蜀昭烈廟》詩最爲擊節，詩云：「合散扶傷老益堅，荒祠重過爲淒然。君臣灑落知無恨，庸蜀崎嶇亦可憐。一縣山陽堯故事，三年章武魏長編。錦官羽葆今何處，半夜樓桑叫杜鵑。」今閲楊蓉裳《謁昭烈惠陵》云：「玉壘山川拱帝都，《樓桑》片土啓雄圖。普天齊奉黄初律，大統終歸赤伏符。八陣風雲長護蜀，千秋魂魄悔征吴。相臣逝後降車出，難問流離七尺孤。」如此二詩可見。

如皋江片石干明經詩最刻苦，《聽鄰兒夜讀》云：「翹首林塘隔野塘，青氈無分坐中央。邨雞一唱荒荒白，樹上殘星瓦上霜。」《書事》云：「争忍無情若弗聞，一聲《河滿》散春雲。佳人不趁紅顔死，誰與斜陽弔古墳。」《疲驢》起句云：「落葉踏不破，四蹄輕可知。」結句云：「本來筋力盡，斟酌下鞭時。」句皆深穩。六合朱飯石七律擅場，前已博采，七絶《晚望》云：「天邊一種斜陽色，竹裏青蒼竹外紅。」《題畫》云：「吹落桃花吹起絮，春風各自有高低。」《讀書》句云：「姬公周禮荆王讀，且道文章誤後人。」俱有深意。

吾邑俞樸人至副車《客感》云：「市語滑於秦吉了，客懷冷似石虚中。」《自嘲》云：「何必温柔始是鄉，前瞻後顧嘆茫茫。出門各有平生事，人趁朝陽我夕陽。」又云：「少日歡場一刹那，情根雖種割除多。捫心幾許憐孤獨，身已輕輕渡愛河。」老輩風情，猶堪想見。

江都汪蔚伯炳明經昔以《越游草》見示，《孤山懷林處士》云：「非狂非狷亦非禪，思之爛熟成可憐。妻梅子鶴寓言耳，雲在深山月在天。頒來粟帛承恩命，長吏歲時勞問訊。道宗孔孟文韓李，巢由恰喜逢堯舜。道山歸後高風闃，洛蜀紛紛朋黨累。爭如廿載掩柴關，倚遍梅花聽鶴唳。」《讀表忠觀碑》云：「儋耳城邊遷客泪，錢唐江上大王風。」

密縣李鶴坪元滬大令昔與吾鄉沈君撝、洪桐范鶴年諸君委辦滇銅，聯爲嘉會，時有《昆海聯吟》之刻。《碧嶢書院弔楊升庵》云：「天遣蠻疆識鳳麟，文章風義兩嶙峋。南寧徼外投荒客，左順門前仗節臣。白首丹鉛滇海日，紅樓樂府錦城春。明倫詔後青詞貴，多少綸扉倖澤人。」

古詩長篇，無過於《廬江小吏爲焦仲卿妻作》，後擬之者，有費滋衡《北征哀歎曲》、胡稺威《烈女李三行》等篇。余讀鶴坪詩有《鐵立行》，古澤灝氣，較之前人洵無媿色也。詩云：「崔嵬西山巔，鐵立松也。風瀟灑。誰能爲此曲，惟奇握温氏。天潢有淑質，梁王之貴主。小字曰阿薀，窈窕故無侶。金枝與玉葉，生小住瓊宇。七齡習女教，珩璜叶琚瑀。九齡嫻文史，吐詞奪《白紵》。既長居深宮，言笑每不苟。王愛比掌珠，昏禮尚待舉。桓桓段平章，累世佩虎符。功最戰屢克，威聲振榛榆。元季紅巾亂，攻入金馬山。梁王棄城走，中慶昏黃塵。平章麾鐵騎，破賊回鐙關。間諜易手書，紿賊急旋兵。奇師宵躡後，創之於七星。王歸主上壽，歌以金指環。將星扶寶闕，靈輝徹中天。金印大如斗，映月玉爲文。擎天賴豪傑，壽同碧雞綿。今日燕平章，兕鳳擘麟髓。明日燕平章，越羅駢吴綺。爲築平章第，飛甍連雲起。桂棟藥爲房，四角垂珠琲。高樓號引鳳，文石填鵲橋。翠屏對開闔，霓旌颯飄飆。香車玉作輪，明月金步摇。女侍三百指，執樂奏雲璈。乃以貴主降，雙吹紫鸞簫。博山裊烟縷，一氣凌絳霄。平章燕新昏，歡樂苦未央。有如晉公子，低佪戀齊姜。適來西飛鳥，銜得青玉案。上有促歸詞，再讀情繾綣。春雨寂屏幃，水雲緑一片。冷落珊瑚枕，抛殘蜀錦段。樂極恐生悲，苦語炳先見。其新固孔嘉，其舊未可忘。去時野火赤，歸去逼青陽。穠柳正苞絮，草緑桃花芳。入門快團圞，齊眉對舉觴。羌娜初解詠，阿寶已扶牀。又報生幼子，懸弧錫嘉名。龍泉難久埋，稍復思新婚。既違題壁諫，還與故釵分。王聞平章來，此來未可知。勢將吞金馬，得毋嗤碧鷄。中復積讒構，貌隆心猜疑。却復語阿䪥，便可密酖之。豈無他平章，富貴去汝爲。阿䪥聞此語，歸房暗齎咨。父雖有成命，大義安可虧。雍姬人盡夫，永爲千古嗤。徐徐洩其謀，勸令善自備。願偕歸大理，虞羅焉所施。施宗與施秀，身以烟花敗。覆轍曷可尋，幸勿忽前戒。平章狃恩寵，聞言初不省。竟罹拉脅酷，黄鳥聲悲哽。百身痛三良，鳥盡良弓屏。是日天色慘，大風揚塵沙。阿䪥得聞之，泪下如連麻。不信對燭語，禍至難周遮。銜恤命侍女，包以蕃錦被。斂復用王禮，歸魄故松檜。卸我金鳳釵，飛蓬首挽髽。碎我緑綺琴，離鸞空自嗟。泣作《都護歌》，吐嚕惜也。哀《楚些》。心同月懸空，影如雲墮海。搔首問青天，不語今三載。黄蒿滿目荒，蒼洱波漼漼。傷心押不蘆，回生草。誤我踏裏彩。錦被。肉屏駝背峰望西山，銕立風瀟灑。誰能爲此曲，惟奇握温氏。一慟天可摧，再哭城爲圮。點點竹爲斑，潾潾雲爲止。與作改節生，寧爲不食死。權衡合《春秋》，恩義兩無悔。志立森霜松，清風激鑾鄙。至今傳遺事，何人紀彤史。我欲製蟠螭，樹立以豐碑。磨以點蒼石，刻以黄絹詞。綴以《銕立篇》，永作士女規。」按此事原委正史未載，祇見《元史類編》，今詳載於下，以資睹記。阿禚主，雲南梁王女，大理段功妻也。功初爵爲蒙化知府，明玉珍自蜀分兵攻雲南，梁王及憲司官皆走，功獨進兵，四敗之。梁王深德，以阿禚主妻之，奏授雲南平章。功自是戀戀不肯歸國。其大理夫人高氏寄樂府促之歸，未幾復來，或譖之曰：「段平章此來，有吞金馬噉碧鷄之心，盍早圖之。」梁王密召阿禚主謂曰：「功志不滅我不已，今付汝孔雀膽一具，乘便可毒之。」主潸然出涕，私語功曰：「我父忌阿奴，願與阿奴西歸。」因出毒具示之，功不聽。明日邀功東寺演梵，陰令蕃將格殺之。阿禚主聞變大哭，欲自盡，王防衛甚密。主愁憤作詩曰：「吾家住在雁門深，一片閒雲到滇海。心懸明月照青天，青天不語今三載。欲隨明月到蒼山，誤我一生路裏彩。吐嚕吐嚕段阿奴，施宗施秀同奴歹。雲片波潾不見人，押不蘆花顔色改。肉屏獨坐細思量，西山銕立風瀟灑。」竟死。功女僧奴將適建昌阿黎氏，出手刺繡紋旗屬功子寶曰：「吾自束髮聞母稱父冤，恨非男子，不能報。此旗所以識也。」作詩二章曰：「珊瑚勾我出香閨，滿目潸然泪濕衣。冰鑑銀臺前長大，金枝玉葉下芳菲。烏飛兔走頻來往，桂馥梅馨不暫移。惆悵同胞未忍別，應知含恨點蒼低。」「何彼穠花自紅，歸來獨别洱江東。鴻臺燕苑難經目，風刺霜刀易塞胸。雲舊山高連水遠，月新春叠與秋重。泪珠恰似通宵雨，千里關河幾處逢。」

錢塘黄虚谷延禔少府，昔官泰州日，種梅百本於望海樓側，每花開日，芟慼其下。去官之後，樹亦摧折。虚谷詩筆甚雅健，《京口》云：「滚滚濤頭迫海門，峰巒北顧勢如奔。江分吴蜀天横塹，山湧金焦浪作根。水陸材官嚴鼓角，蛟龍神物共朝昏。古來争戰飛强弩，石上嵯岈有鏃痕。」其他佳句如《過露筋祠》云：「過客悲行露，歸程非故鄉。」《雨花臺》云：「塔鈴千佛語，松色六朝雲。」《過沈家渡》云：

「波衝艫舳輸禺筴，志纂河渠重水衡。」《泊燕子磯》云：「星斗天文垂碧落，菰蒲漁火動黃昏。」《焦山》云：「果容此水惟應海，再想凌風必到天。」

州治東南望海樓側有大樹二，於道光初年，樹腹忽自生火，焚燒兩晝夜熄，後枝葉復亭亭若車蓋。國初州人鄧孝威有《重建望海樓》詩云：「海郡東偏鬱大觀，畫檐朱栱碧雲端。正宜番舶漁檣入，不盡蠻風蜑雨寒。誰使河潢紛戰鬬，遂教樓觀倏摧殘。行人驅馬城頭過，愁向雙柯數箭瘢。」結句謂雙樹經元兵燹之後，情形如繪。今距孝威咏詩時又二百年矣，樹猶如此，人何以堪。歲在甲辰，余《登望海樓》詩亦云：「只合憑欄望，窗櫺幸未扃。劫餘樓更峻，燒後樹偏靈。匝地烟浮白，隔江山送青。孫盧今不見，天外可揚舲。」

嘉定金繩武慰祖選拔《吴梅村墓》云：「兩代詩名元好問，畢生心事沈初明。」趙甌北《吴梅村集》云：「國亡時蚤養親還，同是全生跡較閒。幸未名登降表内，已甘身老著書間。訪才林下程文海，作賦《江南》庾子山。剩有沈吟偷活句，令人想見泪痕斑。」金詩只二句，已曲盡；趙詩首尾轉覺淺露矣。

詩有體格，夫人知之，柏梁體、漢孝武與群臣共賦七言詩。《選》體，梁昭太子《選》。固已。他如建安、漢孝愍年號，曹氏父子及鄴中七子詩。黄初、魏曹丕年號。正始、曹芳年號，嵇康、阮籍諸子詩。太康、晉武年號，左思、潘岳、二張、二陸詩。元嘉、宋文年號，顔延之、鮑昭、謝靈運詩。永明、齊武年號，江淹、謝脁諸子詩。垂拱、唐武后年號，宋之問、沈佺期詩。大曆、唐代宗年號，盧綸、吉中孚、韓翃、錢起、司空曙、苗發、崔峒、耿湋、夏侯審、李端，號十才子。元和、唐憲宗年號，元、白諸君詩。元祐宋哲宗年號，蘇軾、黄庭堅諸君詩。諸體是舉其年號也。又若蘇李、武、陵。曹劉、植、楨。鮑謝昭、靈運。徐庾徐摛及子陵、庾信。吴均上官、儀。王楊盧駱、王勃、楊炯、盧照鄰、駱賓王。高岑、適、參。韋柳、應物、宗元。韓孟、愈、郊。張王、籍、建。元白稹、居易。皮陸、日休、龜蒙。蘇黄、軾、庭堅。何李、景明、夢陽。等體，是舉其姓氏也。其間又有白馬體、魏曹植《贈白馬王彪》詩。建除體、鮑昭詩。百一體、應璩詩。《玉臺》體、陳徐陵序次漢魏六朝詩。宫體、始於梁晉安王，徐摛、簡文帝亦善此。西崑體、唐李商隱、温庭筠、段成式，宋楊億、錢惟演、劉筠、晏殊等。長慶體、元白。《才調》體、唐韋縠選。《香奩》體、唐韓偓詩，或曰晉和凝僞託。澀體、唐徐洪詩。三十六體、温、李、段，行皆十二也。寒山體唐釋寒山子詩。鐵體、元楊維楨詩。中郎體、明袁宏道詩。竟陵體、明鍾惺、譚元春詩。等名，悉數之，殊難更僕。而初唐時又有吴富體，謂吴少微、富嘉謨也。嘉謨，武功人，舉進士，累轉晉陽尉。少微，新安人，亦尉晉陽，尤相友善。天下文章尚徐庾浮俚不競，獨嘉謨、少微本經術，雅厚雄邁，人争慕之，號吴富體。見新、舊《唐書》，人罕知者，豈以吴富之詩少見歟。金有吴蔡體，吴激、蔡松年也。

詩有以隱語見者，古樂府云：「藁砧今何在，山上復有山。何當大刀頭，破鏡飛上天。」有以翻譯見者，《佛圖澄相輪音》云：「秀支替戾岡，撲谷劬秃當。」是也。有以拆字見者，如蔡邕《題曹娥碑》云：「黄絹幼婦，外孫虀臼。」漢末童謡云：「千里草，何青青。十日卜，不得生。」太康後童謡云：「局縮肉，數横目。」是也。其拆字之工者，孔融離合作郡姓名字詩云：「漁父屈節，水潛匿方。」魚「與時進止，出行施張。」日「吕公釣磯，盍口渭旁。」口「九域有聖，無土不王。」或「好是正直，女回于匡。」子「海内有截，隼遊鷹揚。」乙「六翻將奮，羽儀未彰。」鬲「蛇龍之蟄，俾也可忘。」虫「玟璇隱曜，美玉韜光。」文「無名無譽，放言深藏。」與「按轡安行，誰謂路長。」干眉山蘇氏硯蓋字云：「硯石猶在，峴山已頹。姜女既去，孟子不來。」亦仿此。此才人偶作狡獪，而終近于戲焉。

盧玉川詩云：「相思一夜梅花發，直到窗前疑是君。」黄山谷詩云：「江南波浪大於天，中有白鷗閒似我。」二詩余極愛之。姜白石《報陳君玉》詩云：「水邊白鳥閒於我，窗外梅花疑是君。」二公雋句，姜以兩語括盡。近人竊古人之句，或則生吞活剥，而無此雋思。

昔賢詩有寫景絶佳，而風骨少損者。宋張子野云：「浮萍缺處看山影，小艇歸來聞草聲。」王荆公云：「已無船舫猶聞笛，遠有樓臺但見燈。」一寫近景，一取遠神，一經説出，都令人稱賞。而楊公濟《登金山》云：「天末樓臺横北固，夜深燈火見瓜洲。」則情景如繪，而風骨較峻矣。國朝曹來殷云：「水連瓜步無邊白，山到金陵不斷青。」句可謂工確，而程孟陽云：「瓜步江空疑有樹，秣陵天遠不宜秋。」則音調高朗，而氣體清空矣。明高青丘云：「白下有山皆繞郭，清明無客不思家。」對法活脱，久矣膾炙人口。而國朝朱子穎孝純《洪椿坪》云：「飛鳥與人争道路，啼猿知我憶家鄉。」則猶是青丘之句法，亦復後來居上矣。

宋王明清有《清林詩話》，又有《玉照新志》、《投轄録》、《揮麈》三録。《玉照新志》明清斷句云：「淒清寶鈿初分處，愁絶寒光欲破時。」此詠普安寺窗間所得半股釵也，余以殘月當之最佳。《揮麈録》卷首，題「朝請大夫主管台州崇道觀王明清」姓名，又有慶元元年實録院移泰州牒二道，並云「訪聞泰州通判王明清，有《揮麈》前後録」。明清自述前《録》實從乾道丙戌奉親會稽作，後《録》紹熙癸丑官都下作，第三《録》慶元改元吳陵官舍作。國朝厲太鴻《宋詩紀事》小傳亦云：「官泰州倅，今州志《秩官表》慶元年未載明清判州事。《藝文》亦未載《揮麈》第三録。」紀此以待後之采綴者。

又按《清波雜志》，宋周煇撰，今州志《藝文》亦未載。論者因以爲言，不知煇雖流寓泰州，而書成於杭之清波門外，故曰《清波雜志》。論者知《清波雜志》而不知《揮麈録》，適形其陋。蓋明清爲曾布彌甥，煇之曾祖於王安石爲中表，明清與煇二書每回護布與安石，是亦同科者耳。《清波雜志》今本作周煇著，舊本有紹熙四年張貴謨序，卷中俱作周燀。

泰州倅貳每多文士，漁洋稱趙乾符三麒，隨園稱黄補三煊，此近時之矯矯者。炎宋時蚤有劉貢父攽、王仲言明清諸公在焉。又淳熙年間孫季和應時由黄巖尉遷海陵丞，《燭湖集》中有《泰州石莊明僖禪院記》、《海陵縣齋不欺堂説》。其《赴海陵過會稽諸生飲餞》詩云：「體倦知茵薄，寒侵覺歲高。功名兩蝸角，人物九牛毛。行意看飛鳥，離歌指大刀。依依紅葉樹，回首入秋毫。」《海陵歲暮》云：「地氣長江北，雲容古戍邊。層冰明薄日，積雪了殘年。鄉遠勞羈夢，官閒足晏眠。客來相勞苦，不責坐無氈。」按季和爲朱文公門人，文公最賞其《讀通鑑》詩云：「簿書流汗走君房，那得狂奴故意降。努力諸公了臺閣，不煩魚雁到桐江。」又云：「清濁無心陳仲弓，圓機聊救漢諸公。末流不料兒孫誤，千古黄初佐命功。」二詩王浚儀亦稱之。

吳江郭祥伯麐文學《積雨》詩云：「三旬未有幾朝晴，稱體綿衣尚覺輕。湖上桃花三百樹，一齊彈泪過清明。」此雖在纖穠之例，而清脆之音可聽也。

吾鄉高麓庵垂慶刺史，歷任滁、壽、廣、德諸州，循聲大著，惜中道作古，未盡其才。家居時，素工作畫、彈琴、賦詩，無不精妙。《松林庵卧松》詩云：「畦暗林深閟佛光，卧龍鱗鬣更青蒼。低欹石徑風難撼，斜拂簷楹月亦涼。獨有幽蹤甘偃蹇，豈無勁骨足昂藏。詩人一見俱三歎，湮没空門日已長。」《種荷絶句》云：「奩鏡新開水一方，波縈鴨(録)〔緑〕柳拖黄。山人不放園丁嬾，每到春分插藕秧。」嗣以《宦游草》見示，《清流關》云：「昔聞梟將敢當關，力盡身殲矢石間。今日太平無一事，但看四處是青山。」《醉翁亭》云：「醉翁亭上憑欄望，始信環滁盡是山。八百年前歐永叔，可曾譏我此亭間。」詩皆有新意。官滁州日，嘗繪《醉翁亭圖》於六角扇上，寄竹齋李君。其畫筆在李營邱、郭河陽之間，流風餘韵，猶堪想見也。

麓庵宅有三峰園，明太僕陳公應芳築，後歸高氏麓庵，葺而新之。曹艮甫侍御、宋于庭大令、黄虚谷少府、周琴生上舍暨余，昔觴詠其中，彝鼎圖書，無不精妙，而園中樹石之奇，亦爲吾州之冠冕。

儀徵卞竹辰士雲方伯《登黄鶴樓》詩云：「風笛起江城，直認梅花落。到來秋已深，實墜風前籜。山雲藴娟娟，林烟散漠漠。觴從樹杪流，帆指檐端泊。日夕燦楓枝，清露泫桂萼。所笑客鳴騶，難冀仙駐鶴。嘉令展重陽，晴川臨傑閣。」《渡瀛口大水》云：「平地忽成湖，舟行儆不虚。秋冬仍不涸，天水直相於。户歎魚爲飯，田荒蟹作租。寄言司牧者，何術救沮洳。」方伯昔與黄竹雲盛修孝廉同刻試帖一册，余亦刻有仿唐人詠史試帖百首，一時就質同人。後方伯通籍，竹雲化去，余以詩人老，雲泥之感，得無根觸於懷。

吾邑李小白慶華副車詩有骨幹，《感懷》句云：「餬口計嗤蛛網巧，棲身屋借燕泥添。」和余詩云：「醉後狂言皆妙諦，古來壽世在多能。」又云：「青燈共理千秋業，朱户休矜一飯恩。」其相期許警惕之言，至今不諠。余輓小白詩有「無雙才氣豐城劍，得半科名博浪椎」之句，人亦稱之。

寶應劉得天鞏選拔渾樸淵雅，劉楚楨《寶應詩事》載其游戲詩三首，詼諧善謔，初不肖其爲人。録其一，可以博一笑噱也。《爬耳》詩云：「聹耵響明除，移坐當户就。小心戒薙氏，好技爾能奏。諸器出筒中，乍近且揎袖。豈有妙語傳，直欲提耳授。初入尚淺試，再進漸窮究。深知探洞穴，奥若搜巖竇。震盪雷霆轟，颯沓風雨驟。下視眼波斜，小蹙眉山皺。奇癢快連搔，微痛怯輕逗。出或紛似屑，落或小於豆。或如麥顆長，或如葭膚厚。終將鵝絨掃，表裏忽通透。三出復三入，既左旋及右。得似審微聽，居然大禹漏。小語試聽取，傾耳應不謬。」俗題能雅，雖偶作狡獪，無傷也。餘《刺鼻》、《搥臂》二作，可以類推，兹不贅録。

會稽王律芳衍梅大令腹笥閎富，天才横厲。《緑雲堂詩稿》以淛派敷江西派，故集中多瑰麗深秀之章。《讀三國志》云：「魏承漢祚壽承晉，義無帝蜀蜀乃黜。漢吴之辭載盟府，改漢爲蜀亦壽筆。益州先生誰所稱，諭蜀流傳鍾會檄。朝廷主公年十八，孔明此語疑竄入。史家曲語信有之，爲諱爲私難究詰。白頭江總已仕隋，思廉濫向《陳書》列。大手試刊西漢誤，遺文未備北齊闕。内遼外遼傷體例，别史亦存契丹國。《辨亡》之論由陸機，强寇王師早錯出。首曰蜀主繼曰崩，杜陵詩史豈足責。非惟作者要三長，論世知人須特識。《晉書》三復忽解頤，宣帝紀中乃有賊。」《左軍行》云：「將軍殺賊復縱賊，犯闕之名大可惜。漢陽兵火連板磯，八十萬人窺赤壁。當年賊勢滔天下，盧公孫公真健者。蒿水雲黄已没雕，潼關月黑猶盤焉。是時將軍在何許，鼓角連營動歌舞。擁兵實類李懷光，勤王漫説桓宣武。鼎湖乘龍龍上天，沙蟲莽莽無人烟。藉清君側豈得已，生兒豚犬爲鷹鸇。樓船直下疑王濬，諜報山頭反蘇峻。亮晦稱兵事有無，爰書可比朱仙鎮。風吹九江戰血腥，岳王宰樹何青青。白頭彷彿譚天寶，零落人間柳敬亭。」七律亦多警句，《讀秦始皇本紀》云：「馬角生來荆匕首，魚膏照出楚重瞳。」《禰衡》云：「年少疏狂招禍易，老成輕率薦才難。」《譙周》云：「好官恨不如馮道，高壽偏能類褚淵。」

余《讀漢書書後六絶句》，其一云：「百金作露臺，帝王尚愛惜。尋常百姓家，轉瞬炫金碧。」余爲奢侈者聊獻芻蕘。潘雪帆《災年過海陵》云：「鴨頭資小艇，魚腹剩殘民。獨有金張地，歌鐘日夜頻。」儲湘舫步雲明經《過某氏廢園》云：「金張門第灰同冷，程卓樓臺錦不如。」皆意在言外。但詩人過慮，或以「干卿何事」見詰，何辭對乎。

吾邑常謇齋廷謌世伯《黄金臺》云：「是處黄金盡，空餘百尺臺。燕昭不復見，惆悵我空來。」《蕉扇》句云：「秋從夜雨窗前翦，月在佳人掌上圓。」江都楊朗峰建堂徵君《看芍藥口占》云：「繞階芍藥鬭芳菲，春在園中尚未歸。對此將離須愛惜，及時行樂莫相違。君何有幸圍金帶，人不逢辰老布衣。已識榮枯皆有定，伴花還自掩雙扉。」《憶梅》句云：「佳句未嘗經意得，好花豈是有心栽。」詩皆脱灑出塵。常之哲嗣繼香增選拔、楊之哲嗣杏農承照大令，又皆以詩世其家學者也。

吾邑夏補生蘭文學《桃花絶句》云：「傾國傾城待品題，特因喧寂别東西。西園晚發東園蚤，一樣桃花命不齊。」《老漁》句云：「魚蝦水市頻年賤，蓑笠荒江雨鬢皤。」《鴉陣》云：「可似盧仝傾墨汁，宛然亞子試軍裝。」《寒燈》云：「留人説劍心徒熱，賺我窮經鬢已華。」此從《補甌堂稿》摘録，惜無多也。

興化顧子清繼華廪膳，九苞進士之孫，芝田麟瑞先生之次子也。狷介力學，賫志蚤殁。著有《篔簹館詩鈔》。《歸里》詩云：「木榻塵清守一氈，近來生計實蕭然。少游謾説居鄉樂，元亮將賡乞食篇。未見饋糧鄰里到，轉因涸轍弟兄聯。燒燈深夜披衣坐，共話機雲僦屋年。」《杏花》句云：「夢牽江國多愁思，看到長安是好春。農不耕田儒未第，吾曹贏得苦吟身。」詩最雋拔。

旌德汪筠門璨上舍遺稿，洪稚存太史序而梓之。曾以唐李習之序李觀之文爲比。蓋觀之年止二十九，筠門之年亦二十九也。余讀其詩，實有不可没者。《出門》云：「出門殊惘惘，況當秋已深。隨身無長物，唯有書與琴。家貧賴婦賢，菽水奉老親。稚子能解語，臨別牽我襟。此際非無泪，恐傷父母心。」《泊采石》云：「昔聞牛渚夜，曾憶謝家才。今看江上月，不見謫仙來。高詠自千古，徉狂時一杯。泊舟楓正落，過客有餘哀。」《江夜》云：「推窗看明月，一葉正揚舲。絶壁晴飛雨，空江夜墮星。客懷無礙醉，歸夢只愁醒。投宿依漁火，嚴關報已扃。」《泊舟》云：「小住扁舟思有餘，蘆花江上晚風徐。投竿坐久無人問，一個鷺鷥窺釣魚。」《舟次偶成》云：「病卧篷窗百感生，還鄉有夢苦難成。不知何處秋砧起，錯認山妻搗藥聲。」其他佳句如《即事》云：「我正攜樽醉花底，廚孃來聒甑無米。」《春閨》云：「陌上小桃紅不了，可能開到壻歸時。」其吐屬名雋，宜其爲稚存太史所契重也。

江都于天池振鵬文學，蕚樓大令之哲嗣也。力學早殀，士林惋惜。《寒梅》云：「脱盡鉛華掃盡烟，霜中破萼雪中妍。異時自有閒桃李，不問春三二月天。」《過野田莊弔費此度先生》句云：「豪俠無殊袁彦伯，流亡有似趙臺卿。」《寒梅》詩實超邁，而短折之讖亦見。

于氏世居江都之唐頭，與泰州接壤。自元歷明以至國朝，數百年來實稱望族。金壇相國家亦一支也。費此度流寓野田莊，與唐頭相望。于南羽大儀先生與處士相唱和，《燕峰集》中數數見之。

旌德汪石亭瀛洲文學，乃蓉湖明經筠門上舍之从弟，梅岑孝廉之叔也。昔僑寓泰州，人皆稱爲汪氏多才。石亭詞清思雋，惜不永年，與筠門先後應玉樓之召。遺稿一册，哲兄序東琳上舍舉以示余，《冶城柳枝詞和京口戴桐生》云：「玉笛聲淒訴六朝，《小秦王》曲亦魂銷。臨春結綺都零落，賸得長條復短條。」又云：「鵝黄裊裊畫難成，三起三眠大有情。行過秦淮剛十里，不分樓閣只聞鶯。」又云：「幕府山前幾度春，倡條冶葉待何人。筆花十丈花千樹，名士須推戴叔倫。」《蚓笛》云：「燕語鶯簧迥不同，名傳歌女在江東。新腔恐是愁宵雨，樂律居然肖土風。苔徑有聲都朗朗，柯亭無竹本空空。怪渠蹤蹟稱廉士，曲子由來唱得工。」《蛙鼓》句云：「孔令官私分兩部，禰衡高下作三撾。」咏物題匪獨新穎絶倫，亦復小中見大。石亭具此才華，宜其科歲試屢居優等，恒爲宗工所嘆賞也。

儀徵有孝女張巧姑者，值火災，負父逃，力不勝，墜火中，與父同燼。近淘河得其石幢，因知其事，余作詩云：「曹娥負父屍，身赴江之水。張女抱父屍，共燬東鄰火。孝女知父不知火，猥云火豈奈何我。乾隆甲子年，正月十八日。女父張木工，時得瘇瘇疾。母亡兄又離，女兒獨繞膝。火作女往救，見入不見出。祝融太虐天無靈，火中一朵青蓮青。頭焦額爛手不劈，抱父猶作奔逃形。奔逃不得死不避，父死女死畢女志。女兒生年纔十四，路人誰不奇其事。河上啞啞飛孝烏，石幢掘得淘河夫。即今新柏街前過，惹得人人説巧姑。」

吾鄉謝香亭承恩太學髫年能詩，弱冠殀折。《采蓮詞》云：「花稀葉減怨秋風，爲撥蘭橈損落紅。碧藕縱分絲不斷，只因心孔忒玲瓏。」按此詩宜其爲殀折之讖。《蓉塘春興》云：「垂柳垂楊踠畫堤，鳳皇山下草淒迷。尋春不怕歸來晚，一路香風送馬蹏。」

東臺董醒尊惟醇文學力學廣交，詩願問途於下走。嘗丐徐竹江爲之先容，不圖甫有此言，旋客死於戎幕。《書某羅浮游記後》云：「鐵橋丹鼎叩仙家，襟上羅浮五色霞。我願與君吹玉笛，倒騎胡蝶入梅花。」《清明郊外》云：「槲葉荒谿雨，梨花破驛春。」《春日偶成》云：「檐燕作忙語，林鳩多遠聲。」《秋苔》云：「偶經涼雨衣嫌薄，未染濃霜髮亦華。」詩俱幽秀。

同鄉韓杏村發榮布衣，字工八分，曾作《野馬行》以自況，惜詩稿散失。《咏蝴蝶》云：「雋比何郎瘦沈郎，粉痕猶膩舊衣裳。緑莎庭院無人處，欲醒不醒春夢長。」

吾邑紀鐵甫鏐，余友程文伯、韜庵、小薌三君之高足也。髫齡聰慧，惜不永年。三君之徒鐵甫，猶之吾徒有顧秋江也。曇花已萎，而賀錦猶存，余録其詩，情弗能已。《病中口占》云：「鑪烟故自斜，書卷恨抛却。不敢太呻吟，恐被雙親覺。」《白燕》句云：「巧入晶簾欺玉蒜，輕霑香雨上梨花。」又云：「春色有心留縞素，月明無影宿雕梁。」又云：「冰心獨對情無兩，雪嶺經過路幾千。無意疑紅增艶麗，有人照影妬清妍。」結句云：「勸君莫近烏衣巷，王謝樓臺半化烟。」《紙鳶》云：「垂翅但愁三月雨，凌雲徒仗一竿風。」如此數句，吐屬自工，而未免幽冷。豈非詩讖乎！

古人哀輓詩，皆如分而止。余閱杜集，工部《聞高常侍亡》、《哭嚴僕射歸櫬》、《别房太尉墓》，皆是五律一首。《哭李尚書之芳》不過十韵，《哭台州鄭司户蘇少監》不過二十一韵。言簡意賅，無用縷述。今人作哀輓詩，有多至數百言並千餘言者，鋪陳逝者一身事跡，如作行狀墓誌，已乖體例，而比擬失序，僭越逾分，則又不待言矣。

僧渾然字謙谷，湖南人，寓興化南津里鴻寄園。與任石蘿、徐與之、顧芝衫、徐秩南諸君結社，卒年七十。《對雪》詩云：「搔首乾坤老病餘，一憑高檻正踟躕。十年對爾成雙鬢，萬里懷人阻尺書。江上草堂何處是，風中柳絮此身如。未須更作冰壺傳，且伴梅花逼歲除。」清空雅健，可謂絶調。

從來女史之詩，較難於男子。女子不能出就外傅，見聞獨隘，凡有吟詠，具見性靈。如或繩以内言不出於梱之義，其説謬矣。彼《螽斯》之詠，莫非媵妾感德之言；《芣苢》之章，亦屬思婦懷人之句。惟發乎情止乎禮，風謡所采，無不録焉。

吾邑女史高素香佩華，葉雨樓之室。《芷衫吟草》二卷，雨樓屬余暨葉酒生叙而梓之。詩無脂粉氣，《題伏生授經圖》云：「白髪傳經日，深閨女正嬌。祖龍火雖烈，難向腹中燒。」《課婢》云：「惺忪性格勝童蒙，識字全憑强記功。提耳一言須記取，休教群伴笑泥中。」《采蓮圖》云：「臨風池館水波香，遥得輕舟趁晚涼。蓮子蓮花都折去，好留蓮葉護鴛鴦。」《白雞冠花》有「昨夜籬邊霜有跡，頭銜新换一條冰」之句，思致尤佳。

伯山詩話續集卷二 今話

泰州康發祥瑞伯氏編輯

或問古詩有引、行、歌、謡、曲之别，爲何？余應之曰：君不見姜堯章之《説詩》乎？守法度曰「詩」，載始末曰「引」，體如行書曰「行」，放情曰「歌」，兼之曰「歌行」，悲如蛩螿曰「吟」，通乎俚俗曰「謡」，委曲盡情曰「曲」。

詩話之作昉于唐，盛于宋，而實濫觴于兩漢。《匡鼎傳》諸儒爲之語曰：「無説詩，匡鼎來。匡説詩，解人頤。」《儒林傳》王式以三百五篇諫王，韓嬰推詩人之意而作内外《傳》數萬言，其語頗與齊魯間殊。伏恭明齊詩改定章句作解説，鄭玄作《毛詩箋》，其疏通而證明之者，皆話也。若匡之解頤，則又話之和諧而曉暢者矣。

「牡蠣灘頭一艇横，夕陽西去待潮生。與君不負登臨約，同上金鼇背上行。」此吾州徐神翁獻宋徽宗詩也。陶南村《輟耕録》云：「初高宗在潛邸日，泰州徐神翁能知前來事。群閹言于徽宗，召至，以賓禮接之，獻詩云云。及兩宫北狩，匹馬南渡，建炎庚戌正月三日，帝航海次章安鎮，灘淺閣舟，落帆于鎮之福濟寺前以候潮。」顧問左右曰：「此何山？」曰：「金鼇山。」又問此何所？曰：「牡蠣灘。」因默思神翁之詩，乃徒步登岸，見此詩在寺壁間，題墨若新，方信其爲異人也。按《清波雜志》、《鐵圍山叢談》、陸游《家事舊聞》，並載神翁事，惜《宋史》《隱逸》、《方伎》二傳，皆脱漏。余詩云：「方伎神仙傳本殊，史成炎宋或粗疎。妖言只載林靈素，海上仙風夢有無。」今神翁畫像在斗姥宫内，州治東南萬壽宫即宋之天慶觀，神翁得道處也。

吾州岳墩上有忠武王手書石刻，己丑歲，邑侯試童子曾以此命題。或請擬作於余，余詩云：「錢唐岳墓足千古，高宗手勅何修嫮。軍令應偕韓世忠，法書蚤開趙孟頫。高宗書法略似松雪。將臣獨有忠武王，功勛更邁吴與張。河南生長河北戰，軍營古汴黄雲黄。王之威名在天下，王之戰功多在野。安撫曾來鎮泰州，尺書留此尤淵雅。一坏土起城西角，荒碑摎剔苔花剥。名將猶思許虎侯，書中語。金人不鑄秦長脚。山椒日落陰廊窄，古石嵌空徑三尺。油然其光黝然黑，縱有風霜蝕不得。我讀王書歎觀止，迺武迺文竟若此。武功得力宗留守，文事相傳者誰子。君不見石中波磔真神奇，草隸二體蟠蛟螭。王之聖明本天縱，揮戈執筆皆能宜。斜陽影裏摩挲久，弔古蒼茫百感有。小朝廷已没多時，此碑永付山靈守。吁嗟乎，禦侮提師賴重臣，尺書想見墨痕新。續貂一帖顔應汗，尚有工書王孟津。」蓋石刻後有王鐸跋語，故及之。同邑陳叔度孝廉登岳墩，亦有「東廊石碣森森立，慚愧碑文刻孟津」之句，可謂不謀而合。

宋于庭大令詩，余前已備録，再閲《憶山堂集》，有《題泰州舊志》詩，於吾邑頗有考證。今補録之云：「十國宫詞空與吟，清淮東下海潮深。可憐一代楊行密，絶少零甎斷瓦尋。」自注云：「今試院爲楊行密居處。」又云：「海陵監裏波熬後，范氏堤邊柳放初。却是幾朝良法在，如何分出《舊唐書》。」自注云：「十鹽場及范公堤，今分入東臺。」又云：「天女飛來事有無，董公祠墓不模糊。此邦遠隔平原郡，雖按當年《孝子圖》。」自注云：「董永事見《御覽》引劉向《孝子圖》，云是『千乘人』。茲泰州及平原並有祠墓，曹植樂府亦及之。」又云：「蕭寺清鐘夕掩門，千年老樹托孤根。一庵留得古蒼翠，不負詩人新屐痕。」自注云：「松林庵有古柏一株，相傳宋代所植，志所未載。」又云：「浮動黄昏和靖詩，榜題未必用同時。只今每到官梅發，竹外居然想一枝。」自注云：「州治内浮香亭，相傳爲秦、蘇詠梅遺跡。」按東坡有和秦太虚梅花詩，不言在海陵，而《淮海集》云：「和黄法曹憶建溪梅花。」起句云「海陵參軍不枯槁」，是黄法曹在海陵憶建溪梅花而作也。惜詩與人皆無考。大令復有《城東靖海樓梅花盛開紀事》詩云：「去年憶梅在燕市，春衫顛頞增泥滓。今年訪梅州城東，欲吐不吐嬌春風。一抹樓臺寒乍破，萬重香雪光融融。不斷衣香與人影，願與梅花作管領。攜酒剛逢月上時，坐來不覺衣裳冷。法曹詠梅樹底卧，海内詩人重叠和。千秋佳話只空留，一春寂寂臙支涴。我爲愁多瘦十分，與花相遇淡無痕。却疑身在春江上，花月低迷斷客魂。」詩往復流連，風流詄蕩，猶記其官于此土，樸學齋中金樽倒側時也。

于庭大令《真定龍興寺大悲閣》云：「回首天人有漏因，龍興寺記舊來塵。須知十丈光明佛，也要低眉看世人。」大令骨氣伉爽，而情意極平易，於此詩可見其爲人。

興化李學山福祚選拔筆墨精貴，題某氏園林云：「小邑偏能饒水竹，傳人都不藉兒孫。」名雋可味。此二語從韜庵扇頭見之。

余閲陳亦韓先生文集，最喜其别號「舍文」爲有風趣。江都王木庵汝梅明經《題號舍詩》云：「上下兩江士，同來此盍簪。墻高非永巷，屋矮似僧龕。茶飯低頭掇，詩文促膝談。姮娥時瞰客，倏忽上東南。」

木庵弟匏庵汝楫明經，與余交稱莫逆，時有公瑾飲醇之目。曩以《漢高祖擊筑歌風賦》見賞於周石芳司農。《泊石城橋》云：「遠水望迢迢，空江晚上潮。舟人如有約，同泊石城橋。」詩有餘韵。

興化劉伯咸熙載太史《過桐城驛》云：「北望桐城驛，風塵一騎過。廟荒鐘覆地，橋圮石沈河。雁影遥天入，鴉聲古木多。躊躇將日暮，客思更何如。」《交河遇風作》云：「行行已半日，征旆正飛揚。岸土浮城堞，河舟隱石梁。草枯千塚出，樹禿一村荒。旅思何由遣，高歌入醉鄉。」又云：「萬里衝飈起，征途望不分。沙封冰作磧，烟匝地爲雲。古驛迴雕翮，寒關斷雁群。懷人向天末，書札幾時聞。雪後游西山。」絶句云：「皛皛望無極，獨游風景奇。雪中人不見，惟有鶴來窺。」伯咸學行醇粹，而詩筆獨遒勁如此。其題余《詩話》云：「我嘆金昌緒，詩稿紛飄零。趙㻣不可作，長笛遺悲聲。二子忽下世，誰與留芳馨。况我苦才弱，文質無所成。未有表揚力，何以慰斯人。長才具特識，篇籍歸評論。能使負奇士，遇屈才自伸。書成幸我寄，拱璧不足珍。幾時聆麈教，一洗胸中塵。」詩悲金子石、趙沅芷二君下世，而以闡揚見推，洵媿不敢當也。

陳茂亭廣德農部在京師，天中日與伯咸過汪醇卿寓，知余《詩話》刊成，感賦長歌云：「錦繡叢中出一幹，目迷五色天花粲。海濱有客譚康侯，撫琴我對成連嘆。浪浪天風浩浩濤，嶽峙雲飛迷影亂。示我譚詩數萬言，珠璣迸落秋河漢。朅來我尚滯風塵，百讀兹篇見古人。况復汪倫遠鄉國，短衣匹馬來三句。聞君著撰言能真，嘯傲芍圃詞紛綸。獎援後進持大雅，中郎王粲神原親。汪君詞畢我喟然，問奇曾記秋風天。歲月如馳名未立，謳吟雖樂情徒專。長安塵坌高十丈，車馬日日行雲烟。不似泰墩望黄葉，秋蕃聲裊風前圓。斜陽影射蔬圃緑，佳哉此景曾周旋。所喜文字幸有緣，拙詩敢附君流傳。無奈迷離似花谷，手此數册忘言詮。笑語劉伶飲我酒，我有旨酒盈一斗。今日榴花照眼新，故鄉同感暌違久。不如同作客中詩，取我瑀珉答瓊玖。」復有四律詩見贈，兼及詩僧雪笠，有云：「僧味能狂今日少，好山如友故鄉多。」又云：「薊門微雨花生樹，楚水征鴻月滿樓。别有高懷忘不得，思凌堂外露華秋。」

茂亭續寄詩篇，多新警之作。《秋夜》云：「秋氣當夕清，涼風動我闥。披襟酌我酒，心緒欲誰説。疎籬積雨摇，芭蕉響秋月。」《過平原》云：「我過平原城，秋草亂城路。趙國宫館頹，幾種野人樹。況如公子豪，薄俗徒傾慕。瑣事沾沾不足論，便教得失微于寸。如何食客養三千，千秋留得馮亭恨。我識博徒與賣漿，能救長平四十萬。」《黄金臺》云：「莫漫行吟感郭隗，燕郊一望首重迴。誰言天下真無馬，能賤黄金是此臺。今日風塵猶感遇，幾人憑弔此間來。徘徊不盡清秋思，一片寒光遍草萊。」《黑窑廠散步》句云：「新雁帶霜過樹杪，秋聲如雨入蘆花。」茂亭律詩，亦雅鍊如此。

漢陽葉潤臣名澧舍人著有《泝灘集》，時因兄崑臣中丞秉臬於滇，潤臣往視而作。按：灘水當即無水。酈善長《水經注》：「無水出故且蘭，南流至無陽故縣，又東南入沅，謂之無口。」《漢・地理志》：「武陵郡有無陽縣。」注云：「無水首受故且蘭，南入沅，八百九十里。」又按：水逆流而上曰「泝洄」，順流而下曰「泝游」。蓋此水濫觴於黔，入於楚，澗臣時逆流而上，故名其集曰《泝澥》歟？集中五言古詩規橅顔謝，近體有似少陵，今録其近體之佳者。《臨江河口》云：「解纜乘清曉，千山引去舟。天寒微有雨，江静不驚鷗。夾岸風鳴葉，孤蓬暑變秋。授衣節未届，空覩舊貂裘。」《灘行雜感》云：「五日萍鄉道，羈愁未可删。沿灘忘路險，蓄水念民艱。獨酌秋光晚，登艫物態閒。勞勞頻道路，慙負舊柴關。」《湘東驛》云：「日夕湘東櫂，孤帆殊未休。江風吹地轉，嶽雨極天浮。萬籟迎涼序，孤踪誤壯游。荒村少醽醁，古調憶三洲。」《得崑臣伯兄黔中信》云：「中年易離别，無乃夢魂勞。人去黔山遠，風吹僰月高。怪禽依客榜，毒雨下林皋。欲寄高堂信，開函首屢搔。」《雨夜寄内》云：「征客輕波浪，蕭寥百慮空。長江連日雨，孤櫂萬山中。夜氣沈寒瀑，詩心感落楓。遠游君莫笑，筋力耐秋風。」《大風上九磯灘》云：「風勢晚來厲，吹人上九磯。孤帆不可度，舟子慘相依。亂壑蛟龍鬬，荒天雨雪飛。敢云仗忠信，履險豈知幾。」《鎮遠衛》云：「九曲懸危磴，孤城面巨濤。獞猺安洞穴，羽衛肅弓刀。放牧青蕪遠，吹笳落日高。滇黔此門户，諸將莫辭勞。」《吉祥寺弔甘忠果公》，自注云：「公諱文焜，遼東人，殉吴三桂之難。常殺妾饗士，見《貴州通志》。」詩云：「古寺瞻遺像，孤忠弔國殤。張巡能饗士，莊蹻敢稱王。血灑南雲暗，魂依北斗長。英風常不散，鐘磬莽淒涼。」舍人又有《雁門集》，尚未見示。

福州梁茝林章鉅中丞歸田後，詩似白、陸，《游海陵舟中雜詩》云：「席帽山頭秋氣清，扁舟飛出緑楊城。蝎來已厭箏琵耳，要作聽風聽水行。」又云：「不妨終夜聽滂沱，欹枕喧傳屋漏多。我正歸舟要新水，東淘漲接海陵波。」又云：「此間刺史舊同官，助我清談續古歡。愛讀渭南碑記好，碧雲香雨一庭寬。」自注云：「州牧招游光孝寺，寺舊有陸放翁碑記，方丈額『碧雲』二字，爲宋寧宗書。」又云：「圖關形勢實巑岏，往事迷離付浩歎。眼底胸中今了了，何人真措泰山安。」自注云：「登泰山墩，望圖山關，是由海入江之路。山因州爲名。」又云：「歸海歸江路不明，桑麻井里總關情。須知得守真須守，兩害相衡但取輕。」自注云：「近聞運河各壩齊開，所過下河低田未免淹浸，爲之慨然。」詩於閒散中猶多感喟焉。

錢唐吴笏庵清鵬京兆《過湖上》詩云：「名園圮後都無主，老輩同來尚有情。」只此二句，意味雋永之至。京兆詩有家法，余恨未多覯也。

余前蒐羅李學山福祚詩惜不多見，今以詩稿郵示，《讀三國志偶詠》云：「元瑜見偪逃山中，山焚身出節不終。鳴琴一曲諛奸雄，嗟哉元瑜徒自苦，上愧介之推，下愧孔文舉。不事曹洪事魏武，卑污竟與伶人伍。手援五絃琴，奇氣莫能吐。君不見正平怒駡方撾鼓。」又云：「吞爾不搖喉，咀爾不搖牙。曹肥朱鑠瘦，優戲何喧譁。他日作侍中，對帝稱典午。從此當塗高，河山歸晉武。不吞司馬吞子丹，醜侯無識人悲嘆。」此當與王阮亭先生《讀史小樂府》接武。《舟中》云：「舟中新嫁娘，生小習烟水。客到下蘆簾，同舟隔千里。」亦饒古意。

余總角時，於市中購得《李長祥文集》，中有《關壯繆廟碑記》，語多狂噬。余閱未終篇，恚甚，傍有榾柮爐火，亟投一炬。因憶鍾繇帖、韋昭樂章，彼爲當塗高與東吴之臣，其狂噬之言，實爲跖犬，無足責也。吴君中美有《拜壯繆祠》詩云：「高閣凌天漢，摳衣莫漫登。君臣成至契，爾我愧良朋。天地留孤劍，春秋共一燈。獨行看廟貌，轉覺氣填膺。」語自正大。余從友人之請，作《壯繆廟楹聯》云：「軼倫超群，武鄉侯實爲知己；參天兩地，文宣王同是聖人。」特未知其言有當否！

詩人學杜韓者，必以學元白爲輕俗；學元白者，又以學杜韓爲皮毛。文人相輕，久成結習。究之性之所近，懷抱各攄，反脣相稽，皆可不必。蹈此弊者，楚固失矣，而齊亦未爲得也。其直鈞耳。

阮梅叔亨副車詩，余前已録入，今以《珠湖草堂集》見示，佳句尤多。《曉次天津》云：「殘月照來江水動，片雲飛處一星無。」《渡錢唐江》云：「鄉心似月三秋滿，詩思乘潮一線來。」《九日登吴山》云：「萬樹紅連殘照外，一峰青插白雲中。」《游龍井》云：「天開雲影霑衣濕，峰斷湖光作帶流。」皆精心結撰，而《楊花嘆》一詩極駘宕，詩云：「平堤十里湖船紅，楊花如雪驕春風。幾度問春春不語，沾衣還向晴空舞。白棉漠漠香雪輕，睡鴨池塘驚化萍。欲飛不飛塵壒重，一朝着雨成春夢。陌上啼鶯知未知，美人老大攀空枝。」昔梅叔以《蕉花吟》名噪都下，而不知《楊花》一嘆，尤勝少作也。

友人和余詩及見贈之作，其在譽之過當者，適增余愧赧。或知己者爲余規誡嘆惜，則未之忘也。陳小鶴恩溥廩膳和詩云：「可惜吹笙人易老，休言彈鋏客何能。」又云：「能將狂客當筵駡，每念窮交折簡招。」「狂客」句謂昔日邑中有義事，時有阻撓之者，余直斥之。然此終少年血氣未除，小鶴箴余，豈不可感！又余有角丱之交陳酒村錫齡太學和余詩云：「群花要踐三秋約，獨雁難成一字書。」又云：「行李未修三尺劍，世間已换一班人。」詩沈着有味，余樂道之。

盱眙周瀹泉濬州佐，由副車服官來泰，詩多儒者之言。《下鄉勘災賑》詩云：「水縮河壖跡未乾，村墟踏遍爲心酸。草廬墻塌風逾大，黔突烟無日又殘。聖主恩波沾溉易，小民情僞得來難。里胥雞黍休輕餉，忍對災黎一進餐。」

戊申六月間，洪湖下注，秋稼蕩然，州伯囑同袍以勸捐事宜。余因憶阮太傅元昔有《行賑湖州示官士》詩云：「天下有好官，絶少好胥吏。政入胥吏手，必作害民計。士與民同心，多有愛民意。分以賑民事，庶不謀其利。吴興水災後，饘粥良不易。日聚數萬人，煮糜以爲食。士之任事者，致力不忍避。與官共手足，民乃受所賜。澹臺不由徑，公事本當至。閉户獨善者，亦勿强相致。」大臣碩畫，循吏慈心，於太傅一詩見之。凡有心民瘼者，宜書一通於座右。

江都唐楚城沂孝廉曩與余試安梅書院，同受知於俞陶泉都轉。楚城試輒冠軍，每出一藝，傳鈔者衆，詩尤奇麗淹博。《廣陵懷古》詩二十首，區分時代，抽秘騁妍，余爲之摘句云：「水紅池面聞魚泣，月黑波心拜鼠妖。」漢。「雞犬避兵三百里，香花佞佛一千家。」三國。「故宫衰草銅駝路，斷壘荒烟石鼈城。」晉。「南去看山停匹馬，北來負水走明駝。」宋。「佛貍幸息江邊火，天狗驚流夜半光。」齊。「草檄雖能動天下，義旗惜未動山東。」唐。「腰帶圍金賢宰相，頭顱點雪老門生。」宋。「民間菜色炊無粒，天上星光落有聲。」元。「養子差同一隻虎，親軍還選十條龍。」淮張。「狎客新聲歌燕子，孤臣高塚落梅花。」福邸。於史事而儷清辭，以圖經而成韵語，選色鍊聲，可謂極才人之能事矣。

儀徵吴熙載廷颺文學，書法之妙，直欲凌轢儕輩，方駕古人，詩才幾爲書名掩矣。而詩實雋妙可誦，《蕭山道中》云：「蕭然山下路，山色信悠哉。漠漠春雲合，溟溟暮雨來。懷仙餘野館，弔越有空臺。此去柯亭近，何人識篴材。」《寧波校士館咏柏》云：「古柏何年種，真成不世材。葉留香鳳宿，枝轉蟄龍迴。冉冉含元氣，冥冥覆碧苔。孤高誰得見，還待上公來。」《上虞舟中懷毛仰蘇揚州》云：「路已姚江近，兹鄉君故鄉。知君今夜夢，不隔此江長。」《正月陪諸公劇飲》句云：「歌繞梁塵動，卮傾弁影斜。華鐙聯曉月，遲雪落春花。」其名雋處洵不易及。

鎮洋邵子顯廷烈廣文秉鐸來邗，著書終日。《同趙心農兆熙耳山兆熊平山看桂》云：「取次看花曲水限，幾經秋信桂芳纔。陷辛自別鹹酸味，餘子交推伯仲才。金粟一叢蕉雨過，玉簫雙管蕙風來。木犀果許聞香未，讓我低攀躑躅回。」其他佳句如東金味仙。《白門秋試》云：「名途駒九困，秋意雁雙聲。」《題師禹門太守雲間話舊圖》云：「吴淞迎一剪，梁月訂三生。」《即事感賦》云：「看花有約尋花主，破浪無心説浪婆。」《葉端齋鄉心寒話圖答和》云：「梁炊久醒三生夢，梅嚼虚涵數點心。」《次旅店題壁韵》云：「對酒未除名士氣，敲詩頻替旅人愁。」《漫成》云：「畢竟和戎卑魏絳，休言佐漢少陳平。」《蓼花》云：「滿地落花悲逝水，隔江明月隱孤舟。」又云：「怕添桃靨工塗粉，願與葵心競向陽。」詩境曠遠，兼饒逸韵。

太倉趙心農兆熙進士與邵子顯廣文同燃官燭，共結詩龕。《平山堂紀事》有句云：「山郭雲邊樹，江天雨後舟。」如此十字足令人神往。

吾邑紀雲卿恒慶主政《岔河旅館》云：「耿耿星河曙色遲，終宵客枕未曾支。深閨今夜燈前語，定説征人未醒時。」《東山店和漢陽景公月樵韵》云：「異地萍踪故里心，新詩如錦向風臨。雲停野店自離合，月照征人無古今。宦海波濤鷗共集，晴川烟樹鶴同尋。長安花事知多少，撿入奚囊子細吟。」雲卿天資爽朗，偶事呫嗶，而吐屬自雋。陳茂亭主政、程韜庵解元，亦亟稱之。

陳茂亭主政近日郵寄詩篇，多得幽燕之氣。《桑乾河》云：「燕雲山上釀寒雨，白氣成霜濕戍鼓。征人走馬風雪時，倒浸桑乾明月吐。曙鴉策策盤空舞，畫角烏烏訴淒楚。北來橐駞動百群，健兒跨背氣搏虎。射落雲中驚弦禽，翻身倒卧飲牛乳。面裂寒風呼伴語，冰墮鬚髯笑行旅。」《曉行》云：「曉起獨長征，戍樓斜月明。霜濃千騎跡，天白萬鴉聲。寥落客中久，迢遥故里情。高軒吾不願，禿蹇過橋平。」

厲茶心太守《還珠堂詩鈔》錄成，舉以見示。詩多古秀之章，《送春曲》云：「妾折陌上花，傷心送郎處。不是怨春歸，怕郎逐春去。」《墻頭花》云：「託身本自高，自與群芳異。可憐行路人，一顧即相棄。」《吹臺》云：「秋老臺空闊，山川眼底奔。斷雲低少室，殘月下三門。蕭颯神祠路，淒迷忌澤痕。古今同眺覽，零落幾人存。」《渡河》云：「萬里渾渾水，真從天上過。長驅當赤日，五渡此黄河。東望空鴻雁，南來又橐駞。古今奇險處，愁説别離多。」《送朝鮮使臣趙倖人歸國》云：「苟羨纔三十，功名已賜貂。乘槎行萬里，促膝話終朝。酒染鵑紅□，詩流鴨緑潮。秋深遼海去，驛樹聽蕭蕭。」《過趙承旨故宅》云：「我來風雪擁孤燈，故宅流連感不勝。水榭幾間如畫裏，居人猶説趙吴興。」其他佳句如《泛舟湖上》云：「晴絲飛檻忽無影，碧樹上衣如有香。」《過隨園有感》云：「生有文章傳海内，死無絲竹在堂前。」

吾邑葉雨樓汝彬學博曾與余同試風簷，詞賦風華，筆不停掇。近著有《雨樓吟草》，以余爲識途老馬，殷殷垂問，故見贈詩有「未逢巨眼分工拙，擬畫雙眉問淺深」之句。《答友人》詩云：「有客山中住，遺我山中書。贈我蘭與桂，芬芳滿敝廬。寒家多蓬蒿，春已生庭除。厭故而喜新，主人不忍鋤。鋤恐傷其根，厥性難復舒。寄語山中人，斯言當何如。」余讀此詩，服其宅心之厚。《客中曉發》云：「客久作歸計，行裝擔一肩。雞聲嘑野店，鄉信逼殘年。啓户霜堆地，呼童月在天。羈人心太苦，永夜不成眠。」《接家書》云：「千里關河隔，家書得最難。雙親皆老健，有弟問平安。未暇緘封啓，先將日月看。此中無别語，勸我上歸鞍。」《過古寺》云：「佛殿無香火，何年此梵宫。野狐穿敗壁，老樹立秋風。過客從頭問，山僧兩耳聾。碑文探不及，慘淡夕陽紅。」《述懷》云：「每到春來泪不乾，幾回徙倚幾長嘆。青天待補談何易，明月常圓事本難。有酒但謀長夜飲，好花宜趁少年看。撫琴也覺新絃好，古調如何不復彈。」《孟冬容邸》云：「一夢僧房寂，三更客漏長。祇留天上月，與我是同鄉。」《游棲霞山》云：「拂袖穿危磴，深山忽晚鐘。歸雲能伴我，同上最高峰。」《古意》云：「妾愛湘簾垂，郎愛湘簾捲。垂有妙香留，捲見家山遠。」《七夕》云：「舊聞織女會黄姑，淰淰銀潢事有無。不敢當階閒佇立，雙星未免笑人孤。」其他佳句《病後》云：「枯腸思酒潤，瘦骨倩花扶。」《有感》云：「棋讓贏猶愧，詩成改最難。」《述懷》云：「有緣舉世皆知己，不幸吾生後古人。」又云：「西風蕭瑟羅衣薄，夜雨淋漓燭泪多。」《刊内子遺稿》云：「棗梨兩字談非易，巾幗千秋事更難。」雨樓情深伉儷，曩有莊缶之慽，方言哀而已艱也，且于友誼篤。弟友松文彬州佐亦工詩，《采蓮曲》云：「蓮花不采采蓮房，秋老房空易斷腸。不識蓮心無限苦，只知蓮子十分香。」好句如《闈中與友人話舊》云：「交游關性命，風氣在文章。」《偶成》云：「佳句每從愁裏得，好心常向困時生。」皆佳。

吾鄉徐竹江震來文學，余故人小隱升堂孝廉之哲嗣也。詩能世其家學，七古尤跆宕。《題仇十洲一錢圖歌》云：「一錢太守今有無，畫工更作《一錢圖》。圖僅尺幅包萬有，特開生面意態殊。就中三教分程途，爲僧爲道爲老儒。沙門對錢盤雙趺，口宣梵唄敲鐘魚。羽士搢笏趨錢隅，青詞伏奏上清書。冬烘頭腦酸且迂，視專神寂容顏枯。誰歟環顧立通衢，牛醫馬相兼狗徒。蹴踘陸博吹笙竽，吞刀吐火來跦跦。如玉三五傾城姝，手翻長袖歌吳歈。大刀者誰負之趨。孔方雖小堪容軀，肘下幻出三頭顱。更復張口嚼且咀，如蟲蝕木羊齧蔬。群顧此笑向之歔，衆目睽睽不移珠。此圖成自成化初，十洲小印形葫蘆。傳神阿堵信不虛，如鼎鑄物列夔魖。如犀照水見支吳。我憎其貪憐其愚，浩歌難作風霆驅。世事如此吁嗟乎！」佳句如《秋夜雜感》云：「如年清夜渾難曉，似草新愁不易鋤。」《答友慰失火》詩云：「未作唐官偏賜火，不同秦炬幸留書。」類皆新穎。

即席詩最難工整，緣操筆立就，無暇修飾故也。戊申年六月十一日，尤柳村縣佐招同周瀹泉濬别駕、方建侯豫功守府、王雪帆鴻業司馬暨余，城西草堂觀荷，雪帆賦詩云：「自春徂夏失寒暖，晴日晝長陰苦短。欲雨而雨雨爲霪，欲晴不晴晴復旱。昨交暑月已一旬，不熱直如秋與春。何怪披裘有高士，傾盆幾日無昏晨。忽爾天公放晴霽，雨師風伯無停滯。暢好光景一番新，看山那復重門閉。城西居士人中豪，折簡招呼皆仙曹。賤子欣然叨座末，草堂謖謖鳴松濤。菡萏幾枝纔略放，游魚喁喁添新漲。萬樹膏沐摇青蒼，百花頭上任遥望。周君别駕何風流，方城威名無與儔。吾師雄譚證今古，繞座似有烟雲浮。未聞高柳一蟬譟，鷓鴣䳺鳩飛鳴幽。主人胸中具丘壑，城市山林久寄託。難兄同是英偉才，振玉守府。雅懷不插城中脚。吾州清響繆司寇園名。成荒塘，西湖春雨宫太史草堂名。多蒼涼。君今闢地得十畝，高情愛客如鄭莊。酣歌我欲振林木，花徑許我頻來熟。歸去斜陽掛樹梢，溪橋一路歌樵牧。」即席詩難得此井井有條，而詞亦雋雅絶倫，故亟登之。

凡擬古樂府者，不必蹈襲其窠臼，古事今情，各抒所見可也。陳理堂燮學博曩作《射虎行》云：「斐君射虎妙無匹，一日得虎三十一。歘然怒馬叢薄中，衆虎屏息一虎出。虎小而猛據地吼，將軍墮弓辟易走。回頭却顧封使君，風號日冷低愁雲。北平父老笑相語，君乃射彪不射虎。」余亦有此題，詩云：「郵亭一聲鼓，將軍百戰身。林昏月黑不知處，將軍射虎無其倫。山南一箭鵂鶹叫，父老咨嗟少年笑。爾戴爾頭不畏虎，凡有虎處皆徵調。吁嗟乎！錦衣玉貌稱元戎，琵琶促膝氍毹紅。三更已入醉鄉去，不來射虎真英雄。」

乩仙詩，其陳陳相因者本不足信，余昔館於龔秋舫鎮海軍門署中，有仙名黄玖者臨壇，龔研墨斗許，濡大筆求書楹帖。仙援筆書十四字云：「一卷可傳千載業，百年難遇再來人。」警惕愚頑，令人肅敬。書法酷似懷素，此豈僞爲者所可及乎！

詩有聲無詞者有之，有詞無聲者則未有。《雅》之《南陔》、《白華》等篇，有聲無詞也。凡樂舞而不歌，謂之啞樂；詩句不能上口，亦謂之啞詩。啞樂容或有所取，啞詩無取也。啞樂見《宋史·王繼先傳》,《隨園詩話》以爲《王黼傳》,此偶不檢處,當爲改正。

晉傳咸集《七經詩》,乃集句之始。王荆公暮年喜爲集句,黄魯直獨不喜此,謂正堪一笑。抑嗜好之不同歟。石曼卿有《下第集句》,元遺山詩往往集古人之句,而以己詩錯雜出之,此又是一格也。

興化顧晉齋階升文學爲澥陸于觀先生之孫。老年抱喪明之慟,余曾有「顧歡彈老淚,對我説亡兒」之句。晉齋詩未多見,只見其《湖上》云:「湖上數帆亂,摇摇多趁風。瞥然飄入港,曲折菰蒲中。」《高齋》句云:「臨水閒忘我,看雲閒在天。」其詩境之老可知。

戊申秋季,程小松槖筆游蜀,余欲作一詩以送行,因思石曼卿「意中流水遠,愁外故山青」,杜茶村「古意淮南樹,他鄉劍外州」,陳子文「斜日一川汧水北,秋山萬點益門西」諸句,皆成絶唱,則覺無從置喙矣,因而輟筆。

吾鄉高墨園維翰太學,麓庵刺史之哲嗣也。詩醇雅,適如其人。《寄嶽生兄村居》云:「兄愛村居樂,誰嘲田舍翁。茆茨新户牖,荆樹舊家風。地僻讀書好,身閒得句工。故園松菊在,别墅可相同。」觀此詩,則友于之情可見。其他佳句如《上朱淦泉邑侯》云:「無價文章慚驥尾,有時知遇感牛心。」《咏月餅》云:「裂處何須成十字,圓時恰好是中秋。」吐屬亦工雋典切。

余爲墨園《題洛神小像》云:「霧鬢風鬟認未真,曾將平視罪才人。陳思已悟魚山唄,何敢低回賦《感甄》。」「不因風浪減容光,佩玉明珠事渺茫。只愛莊書王大令,至今留得十三行。」及讀武進錢竹初維喬《渡洛水》詩云:「翠羽明璫夢未真,寒皋空有水粼粼。馬頭一片將殘月,曾照黄初作賦人。」其氣體獨高渾空靈，别有境地矣。

儀徵卞頌臣實第主政《秋夜》云：「修竹引微風，向夕報秋爽。空庭寂無人，明月自來往。」清迥之思，絶無塵壒。

吾鄉謝左泉源太學著有《小青山館詩草》，《過淮陰釣臺》云：「躡足封王事已非，私書誰見達陳豨。西風懶作登臺客，曾謁嚴陵舊釣磯。」詩起二句欲爲淮陰白冤，後二句更得味外之味。論古有識，亦自平允。《春柳》句云：「笛聲如夢剛三月，絮果成萍又一年。」亦佳。

吾鄉徐晴川厚蘊太學閉户苦吟，足跡不踏城市。《道中》云：「村稀烟火遥，日暮愁行客。野田不見人，風動薺花白。」《山行》云：「不是山中人，焉識山中路。只聞流水香，梅開在何處。」《登鳳山》句云：「田分禾黍千村富，地接魚鹽小市安。」《破寺》云：「地被鄰侵僧竈減，室無人到佛龕孤。」詩亦雅淡，亦刻苦。余尤愛其《登平山堂》詩中四句云：「層巒壓繡野，涼雲渡江水。風來松樹頂，吹滿衣袖裹。」真所謂眼中有景道不得也。

劉彦和《文心雕龍》云：「回文所興，則道原爲始。」舊注「道原」爲賀道慶，然道慶四言回文，在蘇蕙《璇璣圖》後不得謂之始也。傅咸回文反覆詩、温嶠回文詩，皆在蘇之前，則注言非也。又按《璇璣圖》詩讀法，則明康萬民作也，宋、元間僧起宗以意推求，已得詩三千七百五十二首之多，分爲十圖。萬民增一圖，更得詩四千三百六首，與起宗共爲一圖。兩家所演，竟至七千九百五十八首。其心精之用，亦足奇矣，然步中衡石者恐不暇。

詩有「篇」「什」，二字異義。一篇爲「篇」，十篇爲「什」，《詩集傳》：《雅》、《頌》無諸國别，故以十篇爲一卷，而謂之「什」。猶之軍法，五人爲伍，十人爲什。《鹿鳴》之什、《白華》之什，是也。時有誤以一篇爲一什者，故不惜贅言之。

吾鄉徐小園信工畫，性疎放，有伯倫荷鍤之風。行吟得句，每借市人之筆研以記，否則醉卧輒忘。著有《青藤館詩草》。《泊溱潼》云：「雨雨風風魂暗銷，石頭橋下曉停橈。幾千百個打魚艇，七十二家燒瓦窑。寒水接天秋易盡，濕烟拖地午難消。飄零到處頻爲客，獨倚篷窗感寂寥。」《野菊》句云：「尋秋未見題詩客，問渡徒逢賣藥人。可惜靈根埋草莽，已拚傲骨溷風塵。」詩筆頗似徐文長。

余《詩話》之成，閲者幸不我遐棄。己酉春，修禊日薄遊邗上，許春卿明經題詩見贈云：「舊社芸薌憶渺然，古今詩獨賴君編。李桃投我重三日，梨棗留人二百年。作序卜商言最富，解頤匡鼎説無偏。和聲同是承平頌，臺閣山林共管絃。」篇中所言，余愧不敢當，而春卿之詩，洵雅音也。

春卿與嵇葯園司城各和吕祖《雁字詩》六十首，其佳句多有可采。春卿句云：「萬變都從蝌蚪出，五花唯讓鳳皇佳。」又云：「關吏慣迎投筆客，鳥官應設校書郎。」又云：「仰止定然多下士，飛升大抵是通儒。」又云：「看殘墨客奔馳老，厭盡書家位置高。」葯園句云：「斜日半行書日觀，遥天一筆貫天文。」又云：「山海有經誰仿得，水雲無際我爲題。」皆能涉筆成趣。

同邑趙漁亭瑜廪膳才氣縱横，余素目爲畏友。《臺城行》云：「賀六營前星八斗，江南天子下階走。壽陽城頭戰血腥，吴家老公講佛經。蠟鵝成冤范徐死，侍臣唯有朱异矣。獻圖八版妖夢踐，納叛招降妙算起。鮮卑小兒不在心，慕容將軍不成禽。開門作導謝正德，同泰有佛無精靈。此時捨身無可贖，此時贖身錢不足。口苦索蜜聲淒酸，争及溧陽飽人肉。飽人肉，女兒哭。男兒效尤恐不速。君不見如來位讓老子登，龍光殿上眇一目。」《高漸離筑》云：「溷跡彈筝叩缶場，聲聲易水助悲涼。祖龍識曲庸非幸，屠狗論交亦可傷。只解五絃争死活，要憑十指管興亡。圖窮又見無人色，悔不將君换舞陽。」

旌德汪蓉湖璸明經，洪稚存太史之詩弟子也。《舟中感懷》句云：「秋在空江星數點，客愁歧路雁雙高。」贈余句云：「大江誰敵詩才健，小海人傳史筆新。」余不見蓉湖已十餘載矣，其可記憶者，祗此數句。

余方惜蓉湖詩不多記憶，今《續集》剞劂將成，而蓉湖詩適寄到。《月夜舟次》云：「水天渺無際，挂席畫圖間。新月袁宏渚，餘霞謝朓山。跳波魚潑刺，歸樹鳥綿蠻。鷺堠遲停泊，江城已閉關。」《琴溪》云：「修竹連天碧，清陰覆野蒿。客來三月暮，仙去一峰高。茶筍饒香味，烟霞絶市囂。年年薦春網，吾欲泛輕舠。」《秋海棠》云：「小樣新妝媚晚涼，幾回燒燭照銀墻。從來薄命多奇色，却過穠春亦斷腸。繞砌尚餘千種泪，閒門不做十分香。要知潘岳無聊甚，與爾徘徊恨轉長。」《秋柳》云：「幾株摇落有誰憐，回首關河獨黯然。蕉萃那堪如此樹，風流全不似當年。官橋瘦馬馱殘月，古驛寒蟬噪暮烟。顧我鬢絲搔更短，青青誰復唱離筵。」《家濬齋自京師歸招飲話舊》云：「昔年賦别太悤悤，難得清尊又爾同。鬢影尚如前度緑，鐙花深惜此宵紅。官能經世何辭小，事到干人總未工。五畝秫田三畝宅，笑余祇合作冬烘。」《重過秦淮》云：「蕭蕭風色又驚寒，楊柳垂絲日又殘。舟過秦淮人不見，可憐閒煞畫闌干。」《書戴桐生雜著後》云：「新詩卷裏驚初見，古潤城邊憶舊游。兩點金焦一枝筆，相看同峙海西頭。」《題江心如虎阜紀游圖》云：「七里鐙光似畫屏，吴姬唱煞玉瓏玲。繁華地有清涼境，塔影橋邊一客星。」蓉湖詩獨往獨來，此境實未易到。《述懷哭聯兒》古詩，方言哀而已嘆，尤令人不忍卒讀也。惜集隘不及備登。

旌德汪梅岑時烝孝廉詩近温李，然綺麗之辭，不失敦厚之旨，是以可貴。《見亡婦衣篋感賦》云：「爛然都是嫁時裳，觸撥情悰劇可傷。顛倒不教親手疊，短長猶記稱身量。關心畫桁依依影，多事春風脈脈香。此後但期兒婦長，好留遺澤問姑嫜。」《過露筋祠》云：「湖雲深處指幽棲，門掩東風緑草齊。落日停舟數歸鳥，惱人姑惡此中啼。」《洋山消夏祠》云：「學書日日愛臨池，仿帖懸肱下筆遲。閒却膺花人不管，蜻蜓飛上紫薇枝。」又云：「豆棚花綻雨初晴，小院風涼萬籟清。絶好夜闌殘醉後，緑藤陰底展桃笙。」其他佳句如《早起》云：「夢酣春有味，花歇客無聊。」《客龍舒寄里中諸子》云：「一日無詩真闕事，三春有夢只還家。」《荏平道中》云：「淺草緑連恩縣樹，野花紅上德州亭。」《舟過湖口》云：「一群白鷺銜波出，萬點寒鴉帶雨來。」《遊平山堂》云：「扇影滿湖團蛺蝶，簫聲一片起樓臺。」如此例詩，皆可誦也。

詩用叠字最有神理，如「蕭蕭馬鳴」、「悠悠旆旌」、「楊柳依依」、「雨雪霏霏」之類，是也。七絶用於煞脚處，尤有餘韵。王阮亭「青笠紅衫風雪裏，一杯烏桕馬蕭蕭」之句，亦是也。張少蓮《銅雀臺》云：

「繁華易盡霸圖銷，漳水臺高久寂寥。賣履分香人在否，秋風斜日草蕭蕭。」徐竹江震來《舟中寄章左軍》云：「蒼葭缺處望秋雲，斷雁聲中酒又醺。惆悵故人不相見，滿船楓葉下紛紛。」僧雪笠《題東方曼倩畫像》云：「學書學劍事真奇，諫草中間寓滑稽。一自蟠桃臣朔飽，茂陵風雨夜淒淒。」此皆得其中三昧者矣。

疊字之妙，宋張戒《歲寒堂詩話》已詳言之。然雖昉于《葩經》，而《古詩十九首》莫妙于《青青河畔草》、《迢迢牽牛星》二首。詩皆十句，而疊字皆六句。凡疊字易傷氣，而此則愈疊愈通暢，愈覺其姿態横生矣。

吾邑醫士之工詩者，前有章質生與孔東塘相贈答，後有張鐵橋星《過舊院》有「燕子還來認簾幕，玉人何處抱琵琶」之句，膾炙人口。今則桂石甫小山其嗣音也，《蕉扇》句云：「宜向熱場驅溽暑，莫從冷處撲微蟲。」《自撿詩稿》云：「名花未必無芰處，逸馬何能識正途。」

余愛張山來潮《偶題》句云：「好茶須自煎，好香須自然。好墨須自研，好書須自箋。夫豈好服勞，自欲相周旋。倘或假人手，韵事空徒然。」其言深得我心，特誌之。

詩有從前人脱胎而各見其妙者，不妨兩存。余鄉前輩宫恕堂鴻烈《村店女兒行》本於前明郭元登《西屯女郭》，詩云：「西屯女兒年十八，六幅紅裙脚不韈。面上脂鉛隨手抹，白合山丹滿頭插。見客含羞嬌不語，走入柴門掩關處。隔墻却問官何來，阿爺便歸官且住。解鞍繫馬堂前樹，我向厨中泡茶去。」宫詩余前卷已載，兹不贅録。

時有以諸葛銅斗求售者，其真贋實難辨。余率爾成長歌云：「諸葛大名垂已久，千秋更有先生斗。君才十倍於曹丕，區區微物復何有。公家兄弟有三人，蜀龍吴虎魏則狗。草廬三顧出身正，祁山六出酬恩厚。中原拜表敵果捷，鷹揚豈讓釣璜叟。側聞意契可作匠，軍儲輸運馬牛走。兵書奇正山匣貯，銅鼓青紅神物守。一名一物有深意，先生小試經綸手。不知此斗有底用，醇醪或見三軍受。可笑書詞孔融作，曹瞞俗斷軍中酒。古製直可掩康匏，樸質亦能儕兕卣。子丹敗北席卷甲，仲達聞風膽在口。獨惜驕兵有馬謖，街亭挫辱非吾偶。征吴前恨法正死，降書後值譙周壽。食少事多心力盡，熱血盈腔此中歐。覩此油然黝然器，吾儕藉爾資譚藪。章武建興少欵識，蛟螭饕餮無蟠鈕。支更時向警枕覺，鏗訇聲在鼓角右。賈人持此特求售，聲價直欲高瓊玖。豈無粗官握金印，煌煌如此大懸斗。生榮没已不旋踵，勒鼎銘鐘疇不朽。傳言此物出沙中，卧龍猶見驪龍首。」因憶江都顧書宣圖河太史有《諸葛銅鼓歌》云：「武侯未築祁山壘，先出偏師渡瀘水。人言孟獲不足擒，股掌玩之徒戲耳。豈知撻伐用南夷，正欲中原掃讎恥。僰人笮馬供鞭驅，羅鬼烏蠻皆效死。至今銅鼓散山谷，嵩户流傳尚誇侈。精銅其質革其音，想見援枹兵四起。鳥蚷龍虎條離合，戎機萬變人難擬。曾傳八陣有遺蹟，更説旗臺餘故址。此鼓千年尚宛存，戰血銷磨土花紫。君不聞定軍山下陰雨中，山鳴雷動聲隆隆。埋鼓鎮蠻功未畢，空存遺恨無終窮。」

傳奇小説，例不入詩，然間一言之，當觀其説法何如耳。趙甌北《揚州觀劇》云：「故事何須出史編，無稽小説易喧闐。武松打虎崑崙犬，直與關張一樣傳。」王子一猷定《聽柳敬亭説書》云：「英雄頭肯向人低，常把山河當滑稽。一曲景陽岡上事，門前流水夕陽西。」以二詩觀之，王詩之超脱，似愈於趙詩之坦易也。余亦有《村中即事》云：「巫覡歌呼報賽終，夕陽鼕鼓又鼕鼕。只因幾闋《琵琶記》，惹得人人駡蔡邕。」杜工部云「别裁僞體親風雅」，不知余此詩當删除否？

「從來吾道本虚公，雒蜀何因有異同。端禮門前書姓氏，原來都在黨人中。」方外某《讀宋史偶筆》也，可謂無酸餡氣者。

吾鄉女史徐蘭仙巽中，吾友小隱孝廉之長女、東臺廩生陳蘭史智中室也。詩得父教，《外子下第》云：「盼到歸期尚未歸，寒風瑟瑟雨霏霏。自思不是蘇家婦，裘敝歸來當錦衣。」《春歸同竹江古春雨弟作》云：「村居幽絶少人行，陌上楊花似雪平。儂自惜花花自落，消魂相對總無聲。」詩餘尤工小調，《咏新月·減字木蘭花》云：「姮娥何故，不肯把修眉全露。想在天涯，因此也瘦損菱花。　廣寒弄碧，一痕留着纖纖跡。直待團圞，纔留正面與人看。」《春陰·點絳脣》云：「懊惱春陰，連朝釀得春如許。柳酥花膩，總是傷春意。　燕子多愁，應比儂憔悴。歸來未，緑窗正閉，各自懨懨睡。」其長女字小蘭、次女字又蘭，亦解吟詠。小蘭《荷池納涼》句云：「野芰並紅角，池蓮生緑房。」又蘭《菜花》云：「臨水含烟色倍匀，荒園蜂蝶亦知春。黄金滿佈休輕擲，留贈牽蘿補屋人。」

《雅倫》一書，共二十六卷，成都費經虞輯録，江都于王棖校刊。其於學詩之要至詳且晰，才人俊士，可奉爲矩矱，烏容忽視。經虞字鮮民，燕峰密之父也。

今之鴉片烟流毒海内，令人痛恨，而未克盡絶。夏醴谷太史之蓉昔有《鴉片烟詞》云：「飲鴆啖葛裍未酷，珍氣更有鴉片烟。芳津入口詫甘美，一嗅乃值千貫錢。膏粱子弟購之急，欲使美人生愛憐。但知服後好顔色，豈料緣腹生蚳蝝。三年委頓作枯鬼，若敖之祀嗟徒然。官家厲禁等流水，安得聚族而殲旃。嗚乎青牛道士不可見，世間何處無鴉片。」余亟録之以當大聲之呼，第聚聾而鼓，尚有驚聞者否也？

（吴忱、楊君、張宇超點校）

伯山詩話再續集

伯山詩話再續集提要

《伯山詩話再續集》二卷，據咸豐元年刊本點校。撰者康發祥生平見《前集》提要。《伯山詩話》前、後、續集既行，此則再接再厲，一秉前旨，又輯道光二十九年己酉冬日至咸豐元年辛亥所得之詩，如曲阜孔繼鑅《寄潘四農師》五古等甚佳。自作《徐孝子》七古歌行一首，由阮元《廣陵詩事》而發，事雖不智，而詩尚佳，蓋其人於樂府一體獨有會心也。評前人詩則或爲此兩年間之讀詩心得，如糾漁洋諸種詩話之失，嫌其僅摘佳句，有損精神，屢詰「祇録此二句可乎」，而爲補録全詩。又如不滿牧齋、漁洋之過譽程孟陽，爲析其七律諸失，是皆平實可觀。

自序

僕話今之集，已至再矣。何事屢矜牙慧，喋喋不休哉？然聞緬前哲洪景盧《容齋》之筆五，王明清《揮麈》之録、周草窗《癸辛》之識、楊升庵《丹鉛》之録皆四，《劉後村詩話》前後續集、新集亦有四，隨時紀事，用作譚資，故不嫌于贅也。僕于前賢無能爲役，用以竊比，亦未爲不可。謹于己酉冬日以迄辛亥之春，或投贈之作，或流覽所及，手輒録之，又得百數十條，釐爲二卷，名曰「再續」，聊書數語，以弁集首。不求人序者，恐如《左太沖集》署皇甫謐序，後人謂謐，西州高士，太沖因人取重也，特未之敢耳。

咸豐元年歲次辛亥春三月二日，伯山氏自序。

題辭

伯山之才吾所奇，伯山之詩詩人師。閉門吮筆輯《詩話》，何以再續三續爲。我知伯山篤友誼，聊藉詩筒證心期。千里百里富英彦，羅浮風雨時合離。或爲鼎彝天廟器，或爲藐姑冰雪姿。或耀金戈馳鐵馬，或攜斗酒聽黄鸝。清和譎詭無不有，唯君抉摘搜無遺。鄙人有時弄筆墨，俚曲自寫巴人詞。君乃編詩多采入，嗜痂無乃多所私。議論幸不與君左，分唐界宋等兒嬉。杜韓温李無不可，萬病惟有俗難醫。君聞此語忽大笑，謂我舊學仍狂癡。舉杯仰面邀明月，與君同傾三百卮。

叔度陳金詔拜題。

伯山詩話再續集卷一 今話

泰州康發祥瑞伯氏編輯
門人王鴻業雪颿校勘

國朝朱竹垞先生《書孫氏同爨圖後》云：「吾鄉孫簡肅公治家嚴，子弟侍立，暑不去衣。然其教初學，飯後必散步，歌詩以吟詠性情，故其子六人皆善詩。家居爲同爨會，三日一集，集必有詩，列圖於前，聚詩其後，裝池爲卷軸。孝友之語，充溢丈幅之中，可謂天倫樂事矣。」因誡諸子曰：家人睽離，必起于婦人。但得弟兄時時相聚，讒何由生？今裙屐子弟，往往晝居于内，兄弟無幾相見，此讒柄所由階也。若盡如孫氏六公，飲酒之飲，而不愆其儀；讌集之頻，而勿傷于侈。賢子孫循而行之，雖百世可已。竹垞先生此文，則可知詩之爲教，明人倫、厚風俗，其有裨于世人豈淺鮮哉。又《與高念祖論詩》云：「今世之爲詩者，漫無所感于中，唯用之酬酢之際。有賦而無比，有頌而無風雅，聲愈高而曲愈下，詞未終而意已盡，四始六義闕焉。而猶謂之詩，此僕之所不解也。」先生之論深中時病，能免此弊，則于此道思過半矣。

顧亭林論作詩之旨，則以《虞書》「詩言志」爲詩之本，《王制》「命太師陳詩以觀民風」爲詩之用。其於詩之情，則又引《荀子》論《小雅》「疾今之政，以思往者，其言有文焉，其聲有哀焉」以爲説，是已。若夫宣聖詔小子，則曰「興、觀、群、怨」，「事父、事君」，體用已明。而論詩又曰：「《詩三百》，一言以蔽之，曰思無邪。」學詩者可無三復斯言歟！

昔韓昌黎《上京兆尹李實書》，與後修《順宗實録》，其言實之善惡，先後殊絶。杜工部《上哥舒翰開府》詩，與後「昔何勇鋭今何愚」、「慎勿學哥舒」等句，亦相矛盾。於此知投贈之作，不可不慎之于始也。

太原傅青主山山人驅車賣藥、逆旅讀書，興到間作詩篇，而不多覯。《陰崖》詩云：「自覺非道器，于塵多所緣。如何無人處，亦復有流連。逝水浄平氣，高雲行不言。懸窑訪道士，坐此每忘前。」顧亭林《師法論》曰：「蕭然物外，自得天機，吾不知傅青主。」夫青主志趣之高曠，祇此詩可見。

鄉先輩張詞臣幼學大令《雙虹堂集》，予得覽其斷本，祇五七古、五律而已，七律、七絶皆軼，惜未睹也。《登君山》云：「昔聞君山名，今上君山行。江樹明復滅，山烟縱復横。松根累累藏怪石，龍行土中見其脊。苔蘚斑駁鱗甲成，新者蒼黄古者赤。澄江如練從西來，層波萬里藏陰雷。高山大川古今在，登臨之子悲從來。」此詩字奇語重，有似昌黎、昌谷兩家，固屬可貴。其五律多渾成精當之作，尤爲有目者所共賞。如《再經宣鎮》云：「上谷西門路，風中按帽行。水强能仆馬，沙漲欲平城。初到尚多歎，重來便有情。一鞭珍重别，他日夢魂縈。」《晚宿》云：「苦欲貪程遠，何辭倦不支。村荒門閉早，日落馬行遲。脱兔驚陳草，棲烏問舊枝。主人如解事，燈火笑迎時。」《山月》云：「空山無所見，明月過荒苔。樹影可千尺，狷聲時一來。漏聽松子落，香是桂花開。欲覓幽人跡，攜詩認草萊。」《宿馮店》云：「鞅掌竟何益，舟車乃半年。醉眠明月地，愁望白波天。時物驚如許，鶯花且赫然。晚村新草屋，夫婦笑燈前。」《雨中發上谷》云：「又渡桑乾去，迷離客路長。雲濃山忽澹，風軟草初剛。古驛添垂柳，新花發野棠。家園無近報，猶自夢漁陽。」《渡洋河》云：「驛騎憑河水，滔滔共不閒。夢中燕館舍，鞭外晉雲山。未念幾時到，但愁何日還。急流無正影，難與照衰顔。」《易水弔荆卿》云：「盡道荆卿俠，荆卿俠盡虚。有慚燕太子，不敵夏無且。易水歌聲苦，秦庭劍術疎。斷無生劫理，何事用躑躅。」按荆卿詩，余《詩話》前已載龍式熙、朱實發兩君作，今復録此，得無自亂其例？然持論雖不盡同，而精神面目自各有可取處。如取彼棄此，則執一之論，吾不願爲此道中之子莫也，故又録之。又按，詞臣大令與陸吴州舜提學先後通籍，同居一宅之中。兩君詩文俱號《雙虹堂集》，取李太白詩「雙橋落彩虹」之句也。昔張思光與陸慧曉同居，人皆艷羡，今又一張陸也。異苔同岑，洵稱佳話。詞臣大令之宗人海房符驤庶常，古文名家，著有《依歸草》，又評點《天傭子文集》梓之，而詩多散軼。

鄉先輩王受軒孫駿大令官于宜黄，以循良稱。鄉試房考，多得知名之士。《春季臨宜道中》詩云：「不覺春陰久，因看霽色開。馬隨紅雨去，人近碧天來。濟物無長策，周身愧短才。歸懷徒擾擾，翻憶客中杯。」又佳句如「地過淮北風沙壯，酒憶江南氣味濃」，又云「宅内鳳毛成輻輳，天涯馬首任從容」，又云「天因游子先留閏，江上逢君醉晚春」，皆名雋可誦。大令著有《蕊亭隨筆》八集，余見其第八集，其中載儲柴墟、沈少司馬、宫定山中丞、李爾孚先生數則，俱有關于梓里聞見。又唐荆川與深山老叟共飲，後爲叟營救；宋荔裳爲庶母生，嫡母悍，荔裳未能善處嫡庶事。論二十四孝，廬山老僧人蟄數則，尤新奇可喜，余已録入隨筆中矣。

受軒大令之弟白舫孫驤文學，著有《入畫厂詩稿》。家近孝女蔡蕙宅，自稱孝女巷詩人。余祇見其五七律，而餘未概見。《感懷次黄仙裳韵》云：「潦倒年來鬢已絲，新詩賦就畏人知。蘭芳空谷憐相似，燕寄浮生恨不支。馮鋏歌當魚少日，楚騷哭到酒窮時。雲英仙去音塵在，欲借鶯簧瀝一卮。」《夏夜陳蕃臣招同葉上育沈子受子皇紀允公集飲》云：「好夜乘風待月輪，解衣磅礴坐花茵。論詩字字憐狂態，對酒盃盃問古人。天上星辰原有氣，山中將相豈無真。憑君話盡封侯事，我已蹉跎老釣綸。」其他佳句如《東郊散步》云：「青溪飛白鳥，碧草放黄牛。」《雨夜周開三顔德剛載酒枉過》云：「池闊屯蛙部，花深妥蝶魂。」《過彌陀庵》云：「頹垣新柳出，破寺舊僧亡。」《移居答黄仙裳》云：「穉子未歸沽濁酒，老妻相對檢殘書。」《登梅花嶺》云：「史相衣冠荒草塚，隋家宫闕曉鐘樓。」《與内子卜居城内》云：「《毛詩》笑讀《關雎》句，蓬鬢難支蛺蝶花。」《董相宅》云：「碑鐫奇策天人略，史載驕王輔翼圖。」《别虎談》云：「牀頭拜酒皆奇士，膝下稱龍盡大賢。」《揚州清明感懷》云：「高樓柳色春無恙，荒塚桃花客有情。」《寄王楚白》云：「素憐知己肝腸斷，每畏風塵耻辱多。」《魚京招賞盆荷》云：「招我銜盃看菡萏，有人傍水構樓臺。」詩多清迴出塵。

吾邑王氏昆季數世競爽，前著名者有相益、相説、相吕，後又有孫騂、孫馴、孫驂、孫騹、孫驃、孫驤諸君。相益字懋虞，恩拔貢生，仕至福州府海防同知，從封琉球，歸里終養。相説字懋弼，天啓壬戌進士，任袁州推官，崇楨朝擢御史，未半年，疏四十五上，俱被温旨。出按山右，以單騎定叛卒，升湖廣參政，又爲江西督糧參政，轉餉無匱。左良玉恣肆，委曲開諭，左兵稍戢。後家居十餘年，終祀鄉賢。相吕字望子，國朝順治三年舉于鄉，任睢寧教諭。叛弁攻城，公然大礮擊賊，賊斫之，握印死。子孫騂救父，亦爲賊斫，既絶復甦。事聞，贈國子助教，崇祀鄉賢。孫騂字阜馬，父忠子孝，有足稱者。孫馴字凡馬，號率軒，順治庚子舉人，任北流縣知縣。孫驂字參馬，號受軒，康熙己酉舉人，任宜黄縣知縣。孫駹字雲孫，號素庵，康熙辛酉舉人，任鹽城教諭。孫驃字季超，以孝行聞。孫驤字白舫，庠生，以詩人終。孫驃長子晉原，字子任，號雪樵，中雍正癸卯省元。王氏節孝、科名，各極其盛。王氏别墅在州治東南萬壽宫後。萬壽宫，昔名天慶觀，即徐神翁修真之地，明王理卿給諫舊墅在焉。受軒大令亦讀書于其中。今宅久圮，有松一株，尚存河側，亭亭若車蓋。余髫髫日見之，五十餘年未改舊容。予作詩云：「松存緣屋圮，矗立河之濱。其下無他木，如居少四鄰。許多衰旺感，閲盡往來人。自我童時見，相看六十春。」

王季超嘗攜鋤劚莎徑，得古石鼎於土中。卒時命子晉原奉鼎文廟，即今二丁日升香者是也。

吾邑張桐峰琴中翰，漁洋山人集中目爲揚州人，蓋未申言中翰爲泰州人也。著有《涉園》、《耐庵》等集。詩學杜、韓，集中有《子昂六馬圖歌》，極倜儻權奇之致。歌云：「子昂畫馬能畫骨，軒軒紙上真龍出。六匹神駿不一態，骨相權奇形突兀。相傳子昂善唐馬，韓幹之上曹霸下。至今人識宋王孫，筆勢飛騰氣瀟灑。此畫神肖昭陵圖，想見真王來天都。煌煌拳毛騧，炎炎什伐赤。黑闥既擒滅，高昌亦褫魄。更有青騅特勒驃，騰空飛練驚波濤。又見紫燕白蹏烏，追風越塊霜天杳。竇氏薛氏無一生，六馬橫行四海平。太宗功成駿骨靈，陵前勒石垂丹青。向非乘運附聖主，長鳴伏櫪悲荒坰。我展此圖推案起，房公魏公亦幸耳。牝牡驪黄誰辨此，未遇其人則已矣。」此詩竟體遒逸，一結尤無限蒼涼。桐峰詩集，余少時見于中翰之裔孫處，今蹤跡無此本矣。

韓城趙乾符三麒別駕，昔倅泰州，著有《似園集》。《舜墓》詩云：「帝子昔南巡，不見南巡跡。但餘此墓傍，一片瀟湘石。」《衡山》詩云：「嵯峨南盡楚江天，七十餘峰路幾千。銅柱挂雲堆漢表，祝融看日起山巔。金書玉簡從誰得，石鼓朱陵不似前。極目衡陽千萬水，每聞鴻雁一凄然。」王貽上司李揚州日，謂爲銜官屈、宋，有以也。

鄧州彭禹峰而述方伯之詩，《漁洋詩話》比以陳龍川之文。所載警句如「戰壘荒城蒙段外，華風邊月漢唐年」，「白露蠻江凋木葉，黄沙羯鼓下營州」，「千盤路吐桄榔隝，一線天開玳瑁池」，是也。然禹峰使筆如劍，神行若空，格律渾成，有不徒以摘句傳者。録此數聯，割去上下之句，便覺精神未見。余録其全章，庶見其毫髮無遺憾也。《寄衡守胡君》云：「滇南氣候古來偏，靡莫山河僰爨田。戰壘荒城蒙段外，華風邊月漢唐年。虎關舊扼巴黔險，蛇徑纔通楚粤天。萬里懷人秋葉下，衡陽何處雁書傳。」如此詩祇録「戰壘荒城」二句，可乎？《西粤送南鼎甫北上》云：「嶺南送客值初秋，萬里征鞍此壯遊。白露蠻江凋木葉，黄沙羯鼓下營州。銅鐎未徹雲中戍，鐵券新頒海上侯。此去盧龍還弔古，英雄若箇是田疇。」如此詩祇録「白露」、「黄沙」二句，可乎？他若《渡河》云：「捧土從難塞孟津，中州天險更無倫。吕梁自許勞神禹，德水終難王暴秦。少府金空曹衛地，長干鬼哭宋梁人。滔滔不管興亡事，南北分争幾戰塵。」《滇中奉别袁九叙中丞》云：「碧鷄山下聽鳴騶，節使今看過益州。路盡朱垠天北户，國通身毒水西流。建元戰伐番陽令，大夏勛名博望侯。聞説東南金粟困，好憑甌脱上邊樓。」《再登黄鶴樓》云：「飛樓縹渺著江干，霜鬢登臨憶昔年。隔岸春城來檻外，亂帆斜日到尊前。山連秦蜀開荆甸，水下東南盡楚天。回首滄桑生感慨，孫劉興廢幾茫然。」《游筇竹寺絶句》云：「六詔凋殘舊戰場，青山無恙一松長。王孫老去僧祠在，頗耐興亡是夕陽。」《過鐵橋》云：「鐵橋黑水舊知名，天險曾當百萬兵。試問臨邛持節客，當時何路入昏明。」七律既多完善之章，七絶亦調高而味永。《經上蔡》詩云：「秋深亭午日炎炎，槐影婆娑挂酒帘。少婦黄頭門半掩，南家借取北家鹽。」此又真樸可誦。備覽諸詩，覺嚴整中而有清空之氣，以視明之歷下詩人，似有過之無不及也。余漫比之以陳大樽，其或近之乎？

吴陋軒詩，余曩言之已詳，集中有《王解子夫婦》一首，事奇詩古，復登之，以爲義俠勸。其自序云：「如皋王解子酷嗜酒，里有義士妻某，罪當遣戍，縣官差役往返，解子與焉。歸，悲惋終夜，爲之罷飲。其婦詢知，願代義士妻，解子許之，送至戍所。值鄉人以金贖義士妻還，不知其爲解子婦也。」詩云：「張羅待黄鵠，鴛鴦乃罹咎。義士妻遣戍，解子罷飲酒。慘悽還家門，色驚糟糠婦。漿醞寄性命，今何不入口。問訊執壺前，解子起摇手。汝曹婦女流，中懷豈堪語。若欲知其繇，汝且將壺去。漿醞非刀劍，能平不平事。汝亟將壺去，義士妻還戍。其婦毅然謂，堂堂義士妻。此去爲奴婢，羞辱儂念之。面貌外不識，他人可代伊。何人可代伊，搔頭惱阿公。公也無庸惱，願代者是儂。解子得聞之，歡喜涕還墮。汝曹儻如此，我拜汝曹坐。未明肩輿出，曉至官衙裏。鞴鞍遣戍人，點名及解子。鋃鐺繫馬上，戈鋋荷馬前。意氣火伴中，安知道路險。蕭森北林樹，黤黮黄河烟。蘆葦隱漁火，宿雁雙雙鳴。回首睞鄉土，夫婦欲何言。月落别黄河，日出見戍樓。來日關塞外，永辭我故夫。高情生惻怛，淚下如連珠。無端故里客，邂逅他鄉陌。深悲義士妻，遽解黄金贖。仁義感道路，見者欣相告。誰知有匹偶，天暗全骨肉。西風吹歸騎，東皋指茅屋。解子婦言旋，義士妻免辱。團團臺上鏡，皎皎匱中玉。解子樂何如，滿引杯中緑。」

鹽城宋射陵曹詩有魄力，前哲《詩選》《登金山詩》有「今古風波地，魚龍變化門」十字，膾炙人口。今見射陵書幅，藉知此詩不止一首，其他有「月湧前峰塔，僧招自古魂」之句，亦高朗悲壯。《九日登飛來峰憶王丹麓諸駿男諸子》云：「旅寺易爲别，相期到此中。衆雲如避客，萬笏總朝空。老惜登高會，山回落帽風。故鄉秋未盡，目斷晚江鴻。」舊選未及，余爲補出，籍以見嗜好之不同也。

宋玉叔琬《登西嶽廟萬壽閣》云：「咸京西望接平蕪，下界陰晴乍有無。九曲流從星宿海，五陵烟鎖帝王都。蓮華弄影空青落，瀑布當窗雪練鋪。咫尺三峰聊徙倚，不須探跡索真圖。」《黄州》云：「賦成赤壁人如夢，江到黄州夜有聲。」《題督郵争界石》云：「蜀國至今悲杜宇，楚人終是戀鴻溝。」説詩者謂玉叔天才儁上，而撫時觸事，類多淒清激宕之調，境事既極，亦復不盭於和平。《驛夜》詩云：「濁酒更深醉不辭，短檠疎簟覺凉颸。樓邊哀雁天何早，海上鱸魚歸又遲。銀漢欲斜爲客夜，金釵初墜憶眠時。空閨應有刀環夢，泣向黄流説鬢絲。」此則細膩風光，與激楚之音迴别。才大者無所不能，信然。

吾邑某姓舊藏古剌水一缾，而不知底用。或以問余。余云：隨園説詩，引明人《宫詞》與厲樊榭詩，一以爲明宫人染體之用，一以爲熏衣服之用。而左公蘿石懋第手書與詩，言之綦詳。書云：「乙酉年五月，客燕之太醫院。從人有自市中買得古剌水者，上鐫『永樂十八年熬造古剌水一罐，净重八兩，罐重三斤』，内府物也。揮淚賦云：『玉泉山下水，遠流帝陵前。蘆溝橋下水，其流聲濺濺。缾中古剌水，製自文皇年。製之扃天府，元石流清泉。列皇飲祖澤，旨之如羹然。逆寇李自成。犯天紀，守陴臣匪賢。君不棄社稷，鼎髯垂自天。經筵赤金几，斤斧生炊烟。况兹天府水，能不落市廛。小臣侍筵者，睹水心如煎。再拜嘗此水，含之不忍咽。心如南生栢，淚似東流川。捧之以南旋，跪詠《豐芑》篇。』」以此詩考之，則此水實可飲啜，匪獨澣洗而熏衣服也。左公明人咏明物，豈有舛誤歟。王阮亭云：「予在揚州日，通州有老布衣，古姓，號辣泉。范成大《桂海志酒》：古辣，本賓横間墟名。以墟中泉釀酒，既熟不煮，埋之地中，日足取出，名古辣泉。」則此爲酒名愈無疑已。

往哲之於英儁，多宏奬之意，亦具箴規之詞。吾邑繆湘芷沅司寇，少爲史蕉飲先生所賞識。史贈以詩云：「吴陵繆子髮未燥，落筆長老已驚怪。稍長日誦數萬言，視取青紫如拾芥。愛者雖多忌者衆，里兒從古眼孔隘。早親風雅亦多師，惟我數君共根蒂。十年獻賦雖未收，長門價賤寧辭賣。揚馬騰騰氣翕雲，嚴徐戢戢多於疥。問事不答良有以，轉喉觸諱應須戒。華蟲別館净纖塵，下簾便隔人天界。有酒不醉當罏家，有馬不踏大官廨。但從中散玉山頽，豈比黄門望塵拜。蔡邕只愛帳中秘，高鳳何知庭麥曬。秋窗夜半月淪漣，步影空階沾沆瀣。天街萬户静無聲，白日方知雙耳聵。君看喧寂各異時，便識淄澠不同派。吟魂欲鬭冰雪清，疾馳底羨驊騮快。白玉無玷飛蠅欺，金堤最固穴蟻壞。處世當爲伯高慎，守己莫移徐邈介。自愛香芳空谷蘭，休蒙不潔連畦薤。他時詞賦看老成，回首妙年憐俊邁。翻嗤多事蒲山公，《漢書》一帙騎黄犗。」詩多勸勉，足徵古誼。

吾邑陳陶思志襄太學蒐羅載籍，必手加丹黄。著《詩最》三篇，復有《淡定齋》、《謙忍居》諸集，今已零落無存。余見其《詠菊》句云：「自覺孤芳是天定，何曾晚節與花争。」其胸懷之磥砢可知。輯有《綱鑑會通》一百十五卷。近聞他縣某將版片購去，剷去「會通」字，易以某某字，便署伊名。昔何盛竊郗紹之《中興書》，郭象攘向秀之《莊注》，宋齊丘竊譚峭之《化書》，古今盜名之徒，爲藝苑之穿窬、詞林之駔儈，居之不疑，有如此者。

吾鄉之文籍日久零落者，不知凡幾。宋處士謝皋羽《晞髮集》二十八卷，儲柴墟巏有刻于揚州本，《柴墟集》有引現存，而此本不可得。柴墟公又得元遺山秘本于新安程公許，付沁水李君叔淵瀚，刻之於弘治戊午歲，而此本亦不可得。

華南畹湘先生所著《石府元機》、《靈樞秘要》等書，板片久已無存。又有《詩經臆説》一書，鄒雋生得之，舉以示余。其書大旨取法於《東萊家塾讀詩記》、《林昰毛詩講義》，但爲塾課計也。

興化李映碧清與吾鄉宫紫元偉鏐兩先生，於楊升庵《廿一史彈詞》一名《十段錦》一書有補定重刻本，更名曰《史略詞話》，較舊本爲更密。其詞使竈下老嫗亦能知得。是本余嘗見之，亦歌謡類也。

迴文詩人第知有苻秦竇氏，而不知唐范陽盧母王氏，于景龍中撰《天寶迴文詩》，凡八百一十二字。至元中東平太守始上之，高適代爲之表，言王氏不媿詞華思巧，亦且未事先知有高竇氏一着矣。而名不甚張，豈非有幸有不幸耶。又唐會昌中邊將張睽防戎十餘年，妻侯氏繡回文作龜形，詣闕上之，帝覽之，放睽還鄉。此事蹟略同于竇氏也。又《遼史·列女傳》：耶律氏太師適魯之妹常哥，樞密使耶律乙辛愛其才，屢求詩，常哥遺回文，乙辛知其調己，銜之。此皆善回文者也。合之傅咸、温嶠所作，宋元間僧起宗所推，明康萬民所增，又豈止七千九百五十八首也乎！

吾鄉李箕山穎布衣善焦墨作畫，著有《十二竹草堂詩稿》。詩多秦、晉、齊、魯遊覽之作，奇崛蒼勁，不同題畫一派。《登落雁峰》云：「舉手排天門，嵳峩上通謁。置身最高頂，雲霧與出没。蒼甸環若盂，黄河細爲髮。鴻蒙盡虚無，萬仞獨突兀。仙鳥飛莫至，陽烏自翔翮。我觀謝朓詩，聲如蒼蠅發。驚人尚未能，安可呼帝闕。」《仙人掌》云：「金帝有背垢，乃令麻姑搔。遂留指爪形，石骨露岧嶢。巨靈雖河神，安敢抗青霄。詭云斧劈開，徒爲群真嘲。元化乃握固，天樞常獨操。風雷時播弄，不使乾坤摇。慎勿一返覆，秦地生波濤。」《豫讓橋》云：「豫讓橋頭落日黄，行人攬轡心徬徨。當日君仇未得報，至今悲風夜聞嘯。伏側斬衣不憚死，祇爲君恩酬國士。自言欲愧二人心，猶説中行與范氏。可憐作事雖苦辛，魚文匕首終生塵。君頭久漆爲飲器，何惜區區漆此身。」《宫人斜》云：「粉黛銷何日，凄風冷夕陽。幾番紈扇恨，開作野花香。鳥亦憐人遠，僧偏説鹿亡。柔魂知不定，烟月滿空堂。」《摩崖碑》云：「我愛摩崖峭，天然削不成。風雲纏筆勢，龍虎著光精。文采群靈護，鋒鋩萬鬼驚。漁陽兵未動，留此頌承平。」《除夕湘芷餽米》云：「頻年麥飯餉行厨，除夕依然酒未沽。幸有故人分玉粒，苦無鄰舍假青蚨。癡兒蠢婦猶含愠，阿段獠奴早見虞。薄暮歸來聊一飽，安心何事仰空呼。」《村居》云：「如此村居合酒徒，風塵何事旅游孤。勸君收拾淩雲筆，只寫秋山牧犢圖。」《大同歌妓》云：「看來姿態盡嫣然，又擅偏關三板絃。不見當年紅袖舞，入門惟請試漳烟。」《蕭后花園》云：「蕭后曾經此築園，離宫十里繞朱垣。而今只剩沙頭柳，冷雨荒烟没曉昏。」

新繁費天修經虞《遺兒密往褒城張氏授徒》詩云：「送汝出門去，高堂淚黯然。病來今更瘦，亂後久無錢。斑白來千里，全家食一編。艱難宜力學，大父是先賢。」南昌王于一猷定《聽楊太常彈琴》詩云：「七十僧行脚，居然老太常。自稱楊業後，醉卧幾沙場。百戰防山海，三餐侍帝王。聞聲不敢讚，天語過師襄。」此二詩余喜誦之。費、王二君，皆勝朝遺民，詩一近少陵，一近太白，固不同硜硜細響也。吴江顧與治夢游集《天戒循公房》有「世事到山盡，高言對佛無」十字，余尤亟稱焉。

《露筋祠》詩，余《續集》中録王阮亭、王西莊、宫參兩諸作，西莊詩别有抒寫，王、宫二詩何等閒曠。此外胡彦遠詩云：「淮南淮北卧熊羆，建纛開藩十萬師。觱篥一聲齊捲甲，大家回首露筋祠。」詩何等蒼涼，蓋處境不同，故措詞各判。詞或在題中，或在題外，一例繩之，則失其旨趣矣。

詩人阿好，每多黨與。愛加膝而惡墜淵，往往有牢不可破之説以欺世，幾疑世人非瘖即啞，無從置喙，豈非大惑歟。如程孟陽詩七律苦吟，自有警句，如「瓜步江空疑有樹，秣陵天遠不宜秋」，「遠雁如塵飛水面，亂帆似葉下吴頭」，「城上雪聲游子屐，縣南風色酒人家」，自高朗可誦。而虞山譽之，不啻口出；阮亭附和，亦有溢詞。以余觀之，未敢苟同。蓋孟陽能作小詩，味多雋永，譬如小家女子，儘力梳櫛，深加盥頮，故衣衫鬟髻，亦自楚楚。若遇登臨、覽古之作，則古服勁裝，長槍大戟，而骨脆精柔，之子適形茶靡矣。孟陽《虎丘覽古》中二聯云：「啼鳥日光東堰水，歸鴉山氣北樓風。草芳西子裙腰緑，月墮真孃寶靨空。」不知覽古與登眺不同，「啼鳥」二句仍是登眺泛語，與覽古無涉。「草芳」二句，真孃不合與西子對舉。此題自當以吴王、西子作主人翁，餘作陪客亦可，對舉之，甚不可也。《易水懷古》中二聯云：「遷史至今疏劍術，酒人從此送荆軻。羽聲變後寒風急，虹影消來白日過。」以劍術對荆軻，字句固不工整。按龍門之傳荆卿，惜其劍術之疏有之，孟陽不曰「遷史惜其劍術之疏」，而曰「遷史疏劍術」，不曰「荆卿疏於劍術」，而曰「遷史疏劍術」，似不成文理矣。「羽聲」二句索然意盡，「寒風急」、「白日過」六字，亦有軟脚病。孟陽此等詩尚難枚舉，錢、王兩家之語，不知誰欺！朱竹垞於孟陽詩，謂其格調之卑，才庸氣弱，則矯枉過正，或以爲論之太苛。而余謂其瑜不掩瑕，時蒙不虞之譽，人亦以爲苛論否？

余前説非好作吹毛索瘢之論也，愚意説詩者，難於不存成見。蓋人生之處境類有屯亨，我輩之知交恒判疏密。其在枋詞柄者，或位高望重，惜墨如金；或誼淺言浮，操觚任意。例唯託于嚴謹，無事恢閎；詞亦期于性靈，弗譚風骨。甚而上下以手，往往伐異而黨同；軒輊因心，在在强人而就我。究之，施圓柄者莫投方鑿，愛加膝者旋見墜淵。欲其爲藝苑之董狐，祛詞林之蝨蜮，豈可得哉！唯蒐羅散佚，補忘急于揚芬；釣弋隱淪，闡幽期于覈實。公論得伸乎八九，閒情只間以二三。見不拘于一隅，輝能騰乎四照。不畏人之多口，不没人之苦心，則管見之是闚，未始非芻蕘之一得也。齊心同願，識者鑒諸。

錢唐吴琳巖斯洺孝廉《題宋徽宗繪鸜鵒圖》云：「《流民圖》不繪老弱，《淩烟圖》不貌褒鄂。鸜之鵒之墨未乾，邊聲彈遍《白翎雀》。」某謂南渡之禍始於紹述，紹述之禍始於變法。歸罪荆公，此史家特筆。詩言不惜民，不知人，宜其喪也。又以爲《白翎雀》乃元人曲，不無假借。余按，非假借也，所謂「螳螂在前，黄雀在後」云爾。

琳巖近體詩，其可誦者指不勝僂。《冬暖》云：「芒屩合尋朱處士，葛衣誰惜任西華。」《新安雜詠》云：「山連宣歙都無縫，水至錢唐尚有聲。」《京庽度歲雜詠》云：「九遷烜赫堂餐盛，三褫凄涼巷哭多。」又云：「祇聞妾别樂天去，幾見奴隨潁士來。」又云：「强修折礬愁難熟，學染髭鬚苦未匀。」《蕉扇》云：「莫愁棄置秋江女，且喜提攜春夢婆。」吐屬皆雋雅。古詩有《觀潮行》二首最佳，因集隘未登。

江陰賈客周伯英俊《吴陵暑夕》云：「斷虹收宿雨，大火欲西流。一片水浮月，三更人倚樓。蒹葭迷白露，蟋蟀響清秋。悵望江南北，年年事薄游。」詩清澈可誦，邑乘藝文自可登載，不得因賤微而退黜也。伯英著有《南岑集》，如「海風吹雨散，江月伴潮生」，「市酒薄于水，漁燈密似螢」，「風前雙鬢逢秋短，海上孤城過雨寒」等句，朱竹垞詩話已載之。

杜茶村《泰州絶句》云：「窮海三秋盡，扁舟百里行。夕陽無近色，偏照遠帆明。」蓋州城西南多鹽艑往來，布帆夕陽，的是真景。茶村詩大有遠神。

儀徵黄北垞裕布衣篤于友誼，每一友亡，即録其遺詩于《黄罏集》中。自序云：「豐干饒舌，請易當年舊雨之名；中散有知，定增此日黄罏之慟。」所載揚州凡八十七人，第一人即泰州張紹良字又房，有《柳村集》。其下袁爾職字肩山，有《招雲閣集》。陳時清字老香，施振鐸字千里。張符驤字良御，康熙辛丑進士，庶吉士。季載可字吟四，季堪倫字小石，陳聞字雪吼。高詣字次庸，一字坦園。田昌運字書飲，有《玉紅詞》。張銓字木庵，僧德源字巨潭。田雲鶴字迴抱，一字輪長，有《金鎞集》。潘志恒字無怠。汪岱字覲東，一字鋤月。俞燾字爲光，有《落落吟》。仇昌字雪屏，一字瀑峰。共十有七人。兹十七人詩或已散佚，或可蹤跡，縱有吉光片羽，亦復寥寥。留此姓名，以當按圖索驥，披沙揀金，正屬後來者之職也。南垞詩稿號《白首江上集》。南垞外又有同時張秉彝者號南垞，泰州杜鴻漸號東垞云。

吾邑黄月舫陽生、交三泰來昆季，爲詩人仙裳雲之哲嗣。荆樹聯枝，棣華競秀，當時稱一門之盛。月舫《登雨花臺》云：「一代雨花遺跡在，百年書劍旅人來。」交三《鸚鵡橋舟次》云：「春聲到枕人難卧，細雨斜風鸚鵡橋。」詩皆倜儻。其時繆墨書肇甲又昕夕往還，琴樽跌宕，烟蘿性癖，幾於不食人間烟火。《景州道中》詩云：「故交裁錦句，游子具征衣。」《歸自都門》云：「別時荷葉如錢大，歸見蓮花繞郭香。」《逢宗鶴問廣文話舊》云：「嘗懷絳帳開秋浦，不逐青燈對故人。」墨書與交三同選《詩傳》，適在慎墨堂選《詩觀》之後，余獲睹其殘本，覺無甚體例，亦少發明。雖欲建鼓設旗，争鋒樹敵，而晉楚難以争霸，邾莒幾不成邦，宜其不能持久，余不能曲爲解説也。又按墨書、交三同選王阮亭《唐詩神韻集》，今此本亦不多見矣。

余幼讀錢唐金長孺虞大令制義，劇賞其心精力果，卓然成家，不知其爲詩人也。後觀其《寓樓春望》詩云：「久坐意不適，憑高舒客顔。人烟千户柳，春夢一樓山。今雨草仍緑，隔江雲未還。茫茫天宇盡，垂首弄刀環。」《灣河口》云：「叢祠烟樹跡模糊，點綴荒寒入畫圖。三十六灣之字水，晚風吹落洞庭湖。」詩人、文人，先生兼之矣。

新安程既培烈孝廉，汪積山惟憲明經之高足。丁卯北闈，出金雨叔甡少宗伯之門。積山歸道山後，孝廉年已六十，買舟赴杭埽墓、賦詩，金雨叔少宗伯、梁山舟學士，皆有和章。迨金少宗伯作古，孝廉攖疾，壐足家居，特命孫定魁詣湖湑墓次祭奠。其祭積山明經詩云：「宿草多看舊雨摧，相攜惟有路同回。他年會葬千人集，此地拈香一瓣來。風入秦亭嗁好鳥，村連薦福嗅芳梅。誰言冷落林逋墓，又伴斜陽酹酒杯。」《祭金少伯》詩亦有「媿遺兒童懷橘拜，難勝衰病築場居」之句，蓋紀實也。輯有《愜心集》十卷、附録一卷，上自東漢以迄國朝之魁儒杰士，嘉言懿行，罔不輯録，以期於愜心。嘗謂漢哲最重師門，至有棄官行服者。荀爽師事李元禮，貽書云：「久廢過庭，不聞善誘。陟岵瞻雲，惟日爲歲。」直如子之事父矣。又引陶九成載欈李顧德玉奠其師俞觀光事，其行誼可知。孝廉之曾孫書崖縉之以集見示，故樂登之。

詩人好爲集句，是拾人之牙慧，而損己之心精也。李芝庭義賢《鄂州》云：「鱸魚斫膾思張翰，鸚鵡題辭羨禰衡。」鄭谷、紀唐夫。《七夕友人納姬》云：「弄玉已歸簫史去，曝衣多笑阮家貧。」方干、趙嘏。《贈吴棋槎》云：「才子舊稱何水部，詩家今得鮑參軍。」韓翃、楊巨源。《過友幽居》云：「門前學種先生柳，嶺上猶多隱士雲。」王維、李商隱。如此類，實奇妙也。

江陰徐伯調緘山人《寄書怨》云：「欲題尺素書，昨夜秋風起。此去到巴陵，三千三百里。」此從杜樊川「故鄉七十五長亭」，白香山「紅欄三百六十橋」化出也。按古樂府云：「江陵去揚州，三千三百里。已行一千三，尚有二千在。」語古樸而雅，諸子皆竊取其意，不得謂記里鼓無師法也。

錢唐汪積山惟憲選拔狷介自守，膺拔萃科後不就廷試，終老研田，日以箸饌爲事。詩清逸，適如其人。《江樓夜宿》云：「明月照江流，江光白于晝。無風波浪恬，遥山見衆皺。賈人夜泊船，燈火篷隙透。我時尚未眠，憑欄一相就。明朝入城去，此景恐難又。不如江頭人，昌黎語非謬。」《聽雨》云：「濺瓦如聞水下灘，蕭蕭漸欲釀新寒。一燈如豆將明滅，飢鼠無端進退難。」《曉過謝村》云：「幾處荒雞唱有聲，推篷孤坐到天明。林邊一點星星火，菽乳店開人曉行。」

錢唐梁山舟同書學士《頻羅庵詩》清腴多味，宜登大耋之年。元遺山《無題》詩有「死恨天台老劉阮，人間何戀却歸來」之句，山舟下一轉語云：「金釵六六鴛鴦隊，畫戟雙雙甲第開。到底人間勝天上，不然劉阮不歸來。」陶篁村暮年買妾，詩調之云：「不是朝雲付老坡，也知天女伴維摩。對門有箇林和靖，冷抱梅花奈爾何。」又云：「一幅新添秘戲圖，海棠花伴老梅株。問年三五盈盈月，我見猶憐况老奴。」《山行》云：「早起支笻上山去，歸來斜日下牛羊。自家腰脚不濟事，翻笑出山泉太忙。」「酥酪養性，人無妬心」，張公純嘏之言，洵無媿色。

丹徒於亦川震徵士昔僑寓吾州，詩豪宕，有奇氣。余前已録其斷句，而未得其全稿。後曾孫某以鈔本全集見示。《孤雲》詩云：「出岫竟何事，况當秋暮時。天涯何所適，吾道尚如斯。野曠穿林静，風微度水遲。浩然成獨往，千載淡相期。」《上灘》云：「頓覺舟行緩，千峰下怒濤。灘聲浮石起，山勢束江高。浩薄珠成沫，訇鏗玉戛篙。不因風信便，牽挽總徒勞。」《新寒》云：「夜醒雁横塞，月明霜半樓。隨時宜酒榼，作意下簾鉤。人事連鄉夢，生涯託敝裘。遥知分手處，風雪滿歸舟。」《偶成》云：「詩思秋雲瘦，吟魂夜雨聯。天風吹木葉，霜氣入吴棉。酒債三間屋，生涯二頃田。短琴涼月下，一曲付無絃。」《食鰣魚》云：「緯蕭初起雪濤中，儲向銀盤色已空。若使季鷹知此味，挂帆應不待秋風。」其館甥繆静軒詩，附見于後。

吾邑繆静軒永煦文學，有《拾瀋集》八卷，詩學李昌谷，而多哀怨之章。《南唐永寧宫古鐘歌》云：「夕陽古巷秋風起，大鐘卧埋荒草裏。豐山酱崒霜倒飛，灑泣吴陵鐘久死。無端簴業撞淵淵，楊家威令洪聲傳。欲驚海水作保障，羈縻反受他人憐。葛藟刈盡周主喜，永安往劫隨飄烟。乃知攘奪多餘痛，禪關此日高連棟。互懺鐘魚女比丘，可曾驚醒英雄夢。君不見，永樂巨鐘鐫華嚴，亦復繡銅苔花沾。」此詩咏邑中鐘樓之卧鐘，早定爲南唐時物，益可爲余前言之左券矣。

吾邑鐘、鼓二樓，余前言之盡矣。近日鼓樓風雨剥蝕之處，内甎露出，上有字可認，鑄「州前城甎」四字，陽文正書，書頗端好。按南唐昇元二年，以海陵爲泰州。六年遷讓皇子孫於永寧宫，嚴兵防護，絶不通人。宫門外爲築子城以環之，《江陵志餘》云：子城，内城也。則城甎即指子城之甎。如謂二樓建于明洪武年間，與子城無涉，則甎字當曰「樓甎」，不當曰「城甎」矣。以此爲南唐左證，確有可據。邑乘又有南唐小兒塚，謂在州治東南，以意推之，當在鼓樓子城之左右。《通鑑考異》云：「讓皇生子，及五歲，有中使至，拜官賜服，即日卒。」愚按：葬地當在近地，蓋宮門既有人防衛，不得遠葬，可知也。讓皇曾有詩云：「兄弟四人三百口，不堪同坐細思量。」或謂此詩屬李後主作。宋齊丘晚年一子死，逾月猶哭。李家明作大紙鳶，署其上云：「一个孩兒拋不得，讓皇百口合何如？」《夢溪筆談》作「老樂工」，《江表志》作「李廷堯」，固微有不同。昔齊丘爲烈祖畫策，水亭密議，爐灰畫字，以鬼蜮之奸謀助鴟鴞之利吻，卒之天道恢恢，施報不爽。瀕縊之日，亦曰：「吾昔獻謀幽讓皇之族于泰州，宜其及此。」此亦天褫其魄而使之自白也。特小兒塚今不能確指在何許，牽連書之，以竢博洽者。

吾邑仲松嵐鶴慶大令《蜀中》詩云：「夫人空自名花蕊，望帝何年返故鄉。」或疑「花蕊」爲姓氏名字，非也。此蜀宮之封號，猶漢之婕妤、隋之昭華、唐之昭容也。按前蜀王建之夫人徐氏，號花蕊，即秦川之禍與周太后畢命者也。後蜀孟昶之夫人徐氏，亦號花蕊，後入宋宮，太祖嬖之者也。若認爲一人，亦非也。

吾邑繆晴嵐祖培會元《次閿鄉縣》詩有「亂山爭瘦削，征馬倦黃昏」二句，人皆誦之。

吾邑宮杜洲懋讓大令令山左諸城，時琅邪臺秦石刻將裂，杜洲鎔鐵束之，至今巋然。此與陳滄洲彭年用善泅者舁《瘞鶴銘》斷碑於江底，甃石於焦山佛殿前，建亭以覆之相似。

吾州詩人陸夢九與齡《宮詞》云：「別院笙歌攪夢魂，梅花樹底怨黃昏。北枝未發南枝發，一樣春風兩樣恩。」王目山鴻藻《歸舟》句云：「風塵面目人將老，禾黍郊原雁漸多。」沈桓雙嘉植《金陵懷古》

云：「帝女浮屠鈴鐸迥，通侯甲第吏人迷。」朱魯詹光嵒《天門山望雪》云：「歲月僧扉常斷火，江湖漁子半無家。」張九草麇《句曲山樓坐雨》云：「客思偶添今夜雨，歸舟又阻渡江橈。」此從繆墨書、黄交三所輯《詩傳》中録出，吉光片羽，亦當珍惜也。

清河靳大千樹椿太守，文襄公孫也。官莅吾州，旋守江西南昌。罷官後，編籍袁江，奉文襄公祠香火，貧病卒，蔣心餘太史典二裘棺殮之。太史有《靳大千哀辭》并小序可考。余見其題吾州王貞女詩手蹟，字甚蒼潤，詩有「獨拜公姑脱簪珥，直將巾幗作鬚眉」之句，惜他詩未睹。太史《哀辭》云：「表墓誰憐前太守，寓公應誌老詩人。」大千之詩必有可觀者。太史答大千詩云：「詩人窮人古所戒，鑱刻應悔吟哦工。」又云：「自言舊詩隨手失，背誦猶能記什一。」又懷大千詩云：「佳句瘞空山，鬼唱刁騷韵。」於此見太史之推許，必非譽言。

吴縣金子青學蓮太學《三李堂集》詩最和雅。《過下邳橋》云：「路入清河兩日行，橋邊人去迴淒清。馬頭白雪分滕縣，衣上青山指穀城。落魄自能消意氣，破家原不計生平。王孫胯下流離子，納履留侯孰重輕。」《落葉》句云：「天方笑我同飄泊，樹亦如人要別離。」又云：「空巢鸛鵲防陰雨，古墓狐狸踏夕陽。」又云：「自分天涯無遠近，絶憐溝水有東西。」《書陸放翁詩後》云：「山水嚴陵天下無，放翁真放極清娱。一時誤作《南園記》，已覺高風讓石湖。」按《宋史·楊萬里傳》云：「韓侂胄用事，嘗築南園，屬萬里爲之記，許以掖垣。萬里曰：『官可棄，記不可作也。』侂胄恚，改命他人。」陸《傳》云：「爲侂胄作《南園閲古泉記》，見譏清議。」此史家鍼孔線跡，褒貶相形處。子青獨以石湖爲言，豈别有見地乎？

武進李申耆兆洛大令，文章老宿，主暨陽講席有年。《題玻瓈泉洗研圖》云：「止此一勺水，可療季女飢。懷中紫玉段，持照青玻瓈。仰瞰積鐵壁，俛蔭離披枝。勿放蛟龍出，驚起無支祁。」詩實倔詰。玻璃泉在泗州盱眙縣，上有米元章書「第一山」三大字，傍題絶句。錢竹汀先生謂好事者鈎摹三大字，刻之它所，世不知此山之在盱眙。北人不識盱眙，此亦一端也。

太原温雲心啓封正郎著有《緑雲仙館稿》，詩多蒼涼凌厲之作。《井陘道中》云：「泜水去不息，寒光照行李。奈何古畏途，于役恒靡已。岩容積鐵深，川勢長虵死。山靈顧我怒，魑魅逢人喜。緬懷間氣豪，奇功創伊始。至今秦時月，猶照漢家壘。萬古聚英靈，鬱鬱風雲起。」《出都詠懷》云：「風木留餘痛，三年瞬息過。清明歸思急，斜日亂山多。上冢非榮遇，彈琴且歠歌。不知王逸少，誓墓意如何。」《再過古固關》云：「萬山環拱一山尊，春色何曾過此門。亘古常留必争地，數年前有未招魂。陰崖日午陽光慘，絶磴雲霾鳥道昏。天地無情餘殺氣，時平不用壯夫屯。」《滹沱懷古》云：「垂翅回谿損盛名，桑榆猶許蓋平生。羨他大度劉文叔，終記滹沱麥飯情。」《揚州夢》云：「書記翩翩有盛名，夢中彷彿楚腰輕。千秋一種憐才意，牛相居然勝李卿。」正郎又有《玉臺詞》一卷，中有《題顧横波小像》一闋，調寄《虞美人》云：「眉樓風日秦淮柳，往事思量否。朝衣猶帶美人香，贏得五花官誥媚秋娘。　孫三葛嫩登仙矣，故侶休提起。可憐非復舊嬋娟，猶記當時曾伴石齋眠。」此詞據稗乘之紀載，摇筆爲此。人僉謂吴梅村爲詩史，而正郎詞亦具史裁。文士之筆端固如是也。

海陽楊于勤懋業明經工于七律，動多好句。如「千里風霜驚雁北，一天星月咏烏南」，「歲事漸從冬後逼，詩篇多在夢中成」，「水與桃花同赴澗，人偕燕子共歸巢」，「依群乳燕低回宿，得勢風鳶跋扈鳴」，「野迴每看人影小，天高惟覺鳥群空」，「春雨杏花虞學士，曉風殘月柳屯田」，皆是也。于勤名場終困，故《桑嵐堂詩集》中多侘傺無聊之語。

同邑俞樸人至副車詩，已載入拙話續集，而惜其無多。今令嗣紡秋雲錦大令以遺稿見示。《飲第二泉》云：「長干兒女鄉，秀氣結成嶺。潏潏流天漿，居人汲以綆。我來值秋初，風高襟袖冷。細啜碧蘿陰，鼻觀通禪永。真味塞傍徑，了不思蒙頂。解此絕無人，寒濤浸山影。」《雨花臺晚眺》云：「極目江天走浪花，亂帆飛盡夕陽斜。百年城郭千家杵，六代風烟幾樹鴉。數盡歸樵如讀畫，緩尋泉脈勝餐霞。不辭破帽經秋冷，紫翠叢中踏軟沙。」余謂平澹之章，出以古厚，穠纖之旨，寓以沖和者，此也。

歸安孫秋士憲儀文學，遲舟辰東編修之哲嗣。遊燕客死，葉潤臣舍人栞其遺稿。《春日訪某上人不遇》云：「辭山初霽風滿城，招提一角斜陽明。牧童飛跨牛背去，欲就問之渠已行。慈雲飄渺飛何處，老佛殘經尤深護。子規高喚勸我歸，落紅寒斷前村路。」《次韵沈問秋萬柳堂即事》云：「驅車轢草集賓朋，高柳分行尚綰春。今我來思如昨日，此堂登者昔何人。東山絲竹荒行屐，北國平泉斷過輪。太息百年觴詠地，織簾吟咏獨津津。」秋士性孤峻罕儔，見於吳西谷清鵬京兆贈詩云：「達官無公知，細人有公識。豪門無公到，近市有公迹。長安九門開，冠蓋亂衢陌。先生方睡起，市轍踏曉日。餅中得酒歸，袖裏袖書出。兒童四五人，朱墨鬧一室。嗔喝到挽鬚，懽喜或置膝。過此一事無，高枕送日月。

膜外榮辱境，胸中吉祥宅。悔吝不復生，疾病從何入。何以六十人，常如三四十。」

寶應喬止巢載繇明經，余耳其名，試中屢共風簷，而獨蹤跡相左。歸道山後，栞其遺集，高郵夏瘦生舉以示余。詩嗣唐音，而不涉於叫囂。《定遠縣》云：「東北群山氣莽蒼，平原驅馬上崇岡。虎頭人物封侯地，龍佐勛名異姓王。坏土叢祠依壁壘，荒村晚飯下牛羊。猶聞野老談遺事，一片斜陽古戰場。」《漂母祠》云：「薄俗何人解報恩，千金一飯敢輕言。土人尚拜荒祠宇，大將今無舊子孫。古木神鴉春浩浩，長淮客棹月昏昏。昨從胯下橋邊過，屠狗吹簫徧市門。」《李龜年琵琶》云：「弟子梨園已白頭，江城孤客萬山秋。南來賀老無場屋，西去楊妃有土丘。三尺檀槽餘法曲，兩京鐵騎復神州。四條絃上興衰感，不譜《霓裳》也淚流。」

歙縣徐少峰志恭中翰，係廉峰寶善給諫之哲嗣也。著有《暢情書屋詩》數卷，年三十二，遽修文地下。汪醇卿、劉伯咸兩太史誦其佳句，《偶成》云：「詩似美人新亦瘦，友如佳釀久逾醇。」《白蓮》云：「菱江露重秋心遠，草閣風清月影遲。」《寶匣》詩云：「寶匣無長劍，緗囊有古琴。幽居足花木，野性且山林。海闊蠻烟重，樓高蜃氣深。飛鴻望不見，何處託遺音。」此詩饒有寄託可知。

江陰夏循陔翼朝學博秉鐸盱眙，著有《蠊廬詩稿》。其中《無題》詩有句可采，云：「青鳥無端飛海上，紅牆如許隔雲間。」又云：「邯鄲枕上千回夢，陸博行間十擲么。」又云：「爪長輕拋珠幾許，袂寒長倚竹無多。」又云：「清淚一聲《河滿子》，填詞雙闋管夫人。」又云：「雕蟲悔作玉蝴蝶，射蝨慵抽金僕姑。」又云：「東里牆低窺處子，南華典僻誤才人。」集中坿見寶山沈夢塘學淵詩，多傑作，《糧艘二友》篇尤佳，惜篇長，未及備載。

人生所歷之境，先後本不懸殊，而境以情遷，遂覺悲懽異轍。東臺周琴生序太學生詞有云：「月圓月缺本無心，偏是愁人眼底最分明。」余深韙其言。明楊升庵《蘆笙》詩云：「蘆笙吟，蘆笙吟。可憐一寸匏，能括四海音。」又云：「昔我聞蘆笙，乃在盤江河。河邊跳月歌，令人玄髮皤。」又云：「今我聞蘆笙，乃在關南橋。短歌和長謡，從夕復至朝。」又云：「悲亦不在聲，懽亦不在聲。昔聲與今聲，不是兩蘆笙。」旨哉斯言，昔賢蚤見及此。

伯山詩話再續集卷二 話今

泰州康發祥瑞伯氏編輯
門人王鴻業雪飄校勘

往哲詩引用實有根據，讀者以爲泛説而往往不知其故。如東坡「蔞蒿滿地蘆芽短，正是河豚欲上時」，人鮮不以爲河豚與蔞蒿同時，即解説者亦謂河豚食蒿蘆則肥而已。此説似近之，而未盡也。蓋河豚有毒，蔞蒿敗毒。李時珍《本草綱目》云：「利隔開胃，殺河豚魚毒。」此數語盡之矣。徐伯調緘詩云：「繡户炯朝光，君王在前殿。借問菖蒲花，幾日還相見。」王西樵詩云：「鵁鶄兩兩栖浦沙，昨夜郎來眠妾家。滅燭入門戴星去，看郎亦似菖蒲花。」人祇賞其詞之古質，謂從李昌谷「今日菖蒲花，明朝老楓樹」，又「官街柳帶不堪折，早晚菖蒲勝作髻」得來，不知菖蒲二三月間抽莖，開細黄花。宋蘇頌《圖經》言「無花實」，李時珍曰「非無花也，菖蒲難得見花耳。」上二詩言君之不嘗見，與郎之無人見耳，語豈泛設耶！

北平李介亭彭齡刺史莅任泰州，詩云：「久費官家壓酒囊，此間但以水爲鄉。充庖有蟹償初願，便有監州也不妨。」按《歸田録》：通判與知州争權，每云「我是郡監」。湖人錢昆求補外郡，人問所欲，曰：「但得有蟹無通判處則可。」東坡詩云：「欲問君王乞符竹，但憂無蟹有監州。」膠州高西園鳳翰《新建監製官署紀事》云：「方苦無舟無問竹，不妨有蟹有監州。」介亭邑侯詩意，與西園同。

監州之設，昔人每患之。而六朝典籤之患，尤有過之者。近人尺牘習用「典籤」二字，竟視爲傔從書記者流，而不知職任之重有可指數者。齊宗室巴陵王子綸傳，明帝遣中書茹法亮殺子綸，典籤華伯茂手自執鴆偪之，左右莫敢動者。先是，高帝爲諸王置典籤帥，一方之事，悉以委之。刺史行事之善惡，係于典籤之口，威行州部，權重蕃君。武陵王昱爲江州，性烈直，不可忤。典籤趙溢之曰：「今出郡，易刺史。」及見武帝，相誣，昱遂免還。南海王子罕署琅玡，欲暫游東堂，典籤江秀不許而止。還，泣謂母曰：「兒欲移五步亦不得，與囚何異？」邵陵王子貞嘗求熊廚人，答典籤不在，不敢與。明帝殺異己者，諸王見害，悉典籤所殺。孔珪聞之流涕曰：「齊之衡陽、江夏最有意，而復害之。若不立籤帥，當不至此。」又《恩澤傳》故事，府州部内論事，皆籤前直叙所論之事，後云「謹籤日月」，又云「某官某籤」。故府州置典籤以典之。宗慤爲豫州，吴喜公爲典籤，慤政刑所施，喜公每多違執。慤大怒曰：「宗慤年將六十，爲國竭命，政得一州如斗大，不能復與典籤共臨。」喜公稽顙流血乃止。典籤遞互還都，一歲數返，時主輒與閒言，訪以方事，莫不折節推奉，恒慮不及。明帝輔政深知之，始制諸州急事事宜，密有所論，不得遣典籤還都，而典籤之任輕矣。六朝之典籤，即宋之監州歟？亦即近時府州通判歟？而權之輕重，則有不侔者，牽連書之，以竢考訂。

余之話詩不過略抒聞見，非有所闡發也。陳叔度詩云：「聯吟點綴新詩話，醵飲招邀舊酒人。」許春卿云：「作序卜商言最富，解頤匡鼎説無偏。」沈芍園云：「叢譚邇日超胡仔，補漢當年有少孫。」推許過當，余何敢然。

余閲《忠雅堂集》，有《京都樂府》，如《雞毛坊》、《摇鈴卒》、《縫窮婦》、《兔兒爺》諸作，久稱絶唱。近得汪醇卿廷儒太史《都門消寒》詩，中有《拾煤塊》、《水蘿蔔》等作，亦綽有風韵。《拾煤炭》云：「朝拾煤，充晨飢。暮拾煤，防霜威。富家門前土一堆，貧兒掇拾無遺灰。可憐殘煤冱冰雪，凍指爬搜僵似鐵，檢拾零星指流血。白面誰家郎，怒馬衝街坊。貧兒飢寒立不定，彳亍避馬扶傾筐。郎君那解貧兒意，笑入茶坊待開戲。」題下自注云：「京中貧兒，冬日沿街拾灰中殘煤，詩以哀之。」《水蘿蔔》云：「水蘿蔔，脆若梨，長街午夜西風淒。熒熒一燈如豆碎，東家高卧西家醉。一丸萊菔沁心脾，三五青蚨嫌價貴。窮巷高低步不安，犬聲叢吠衣單寒。問渠何故聲悲急，明日全家無米喫。」題下自注云：「京中寒夜，有賣水蘿蔔者，高聲至夜半不息。」謀生之難如此。余謂風俗之殊，每于風人之詩曲曲傳出，勿謂其無關繫也，則得之矣。

曩閲黄陶庵先生集，中有《賣棗兒》行一首云：「燕山棗樹深，棗生纂纂懸赤心。懸赤心，人不喜。謂言南方棗如瓜，仙種傳來勝於此。市兒狡獪生大貪，即將北棗呼爲南。劙皮脱核開生面，北人得棗皆稱善。賣棗兒，謂言爾黠爾更癡。安得終身挾詐不使旁人知。」唐之擅場此體者，無過張、王、元、白，而白之善諷諭如《賣炭翁》、《鹽商婦》等作，尤首著也。

《忠雅堂集》《京師樂府》之外，又有《豫章》、《固原》諸咏。《豫章》之《章門渡》、《固原》之《趙秀才》兩章，尤覺膾炙人口。《章門渡》云：「不可爲徒杠，不可爲輿梁。迴波如箭一葦航，隔江招手人寸長。舟子摇艑兩目張，索錢叉手江中央。其心自閒客自忙，性命不直一孔方。此時舟子如爺孃，索客錢盡看客囊，輕篙短槳神揚揚。禁碑一丈立江沚，公遣吏偵不少貸，滕王閣下波如綺。葉葉風帆去來駛，舟子低眉估客喜。估客估客莫漫喜，我畏方伯非畏爾。」詩說過渡之險、估客之恐惶、舟人之傲狠，雖倩畫工不能繪其形狀，而先生以數語繪出之。《趙秀才》云：「赭衣囚首蹲階下，劇盜誰何秀才也。秀才手無縛雞力，身無破空翮。頭髮髼三寸，鼻涕長一尺。焉能爲盜拒伍伯，遍體鋃鐺餘骨立。妻來橐夫饘，子來牽爺衣。人鬼關門但一紙，生死呼吸微乎微。倅州者誰張傳心，目光炯炯秦鏡臨。秀才無罪解縲絏，縱囚歸理書與琴。明日街頭縛真盜，秀才痛哭千人笑。可憐覆盆之下豈無人，焉得陽烏同一照。」此說冤獄之解，賢吏之平反，書生之觳觫，雖優伶不能演其面目，而先生以數筆演出之，何筆妙乃爾。

歸安孫秋士《祭竈詞》云：「祭竈神，神之是非天上伸。東家狼藉羅山珍，西家九食經三旬，神於貧富知之真。只愁一醉餳膠唇，箝口縮舌難具陳。小別祇隔幾晨昏，翩然來自高蒼垠。吁嗟！古禮五祀皆食報，何故令人獨媚竈。」其詞可供噱噱。余作《醉司命》云：「醉司命，酒氣熏，芹香菽乳同一樽。一年三百六十日，只有此日傾芳醇。勸公酒者千百户，導公飲者千萬人。公若一一皆滿引，不知何時方得朝天閽。公朝帝，自稱臣。臣子奏事值酒後，酒味豈不觸至尊。咄哉王孫賈徒有媚竈，云公之受媚只在酒，不在金與銀。不在衣裘車馬與鼎裀，不在珊瑚玳瑁車渠翡翠遐方珍。公有醉貌無醉心，每倚酒力前敷陳。臧否淑慝醉言申，上帝頷之其無瞋。噫噓嚱，上帝頷之其無瞋。」或諷或頌，亦各言其所欲言而已。

適於故紙堆中檢出吾邑陸耆卿籛齡太學《潄碧堂集》，中有《祀竈曲》，其詞云：「風淒淒，雨灑灑，神兮歸來靈卜瓦。廚頭燈火徹夜明，東家竈下無積薪。飯香餳白酒更清，豐年享祀尤虔誠。人間善惡復何有，展禽窮阨盜跖否。天帝蒼蒼惜未聞，禍福公然在神口。爾神爲我降厥祥，來年祀爾烹肥羊。」詩亦風趣可哂。其他小詩之佳者，《客路》云：「小雨晨侵夜，桃花已遇春。故園寒食近，愁殺未歸人。」《凍雀》云：「凍雀噪何處，天寒自往還。早知生處樂，不向紇干山。」《釣艇》云：「漁梁不見人，舴艋溪頭弄。孤鶴踏不翻，搖搖知雪重。」《酒旂》云：「風雪滿江城，酒旂出烟樹。但聞酒味香，不識酒家路。」

表揚節孝詩，余集中亟見之。興化趙節母，徐右文女，趙紹衣之室，次舟作人文學之母也。兩次刲股以療其夫，一割心頭肉以醫其父，撫孤成立，入膠庠有聲。叔沅芷孝廉爲徵詩，余讀之，以高郵朱梅莽枬主政詩爲最。詩云：「嗟嗟母愚，嗟嗟母不愚。推己之寸膚，全吾父、全吾夫。一解。寸膚豈不愛，毁傷豈不戒。奈吾父、吾夫疾不得解，不能以身代，留此身何賴。二解。真宰訴之神，神曰子勿憂。割子心頭肉，以當蔆蓍投。果然神不妄，至再至三皆獲瘳。三解。壬戌之歲所夭歿，仰天號呼淚不出。淚不出，紅冰結，此是平生未盡血。四解。死者已矣，生者呱呱，得粟忘餔，得襖忘襦。兒衣食，兒受書。一一母氏手，拮据艱哉母氏劬。五解。朝廷重節孝，天意佑孤寒。未幾子入泮，未幾天書獎重來雲端。一時道旁觀者嘖嘖爲母歎。歎如母，良獨難。吁嗟！如母良獨難。六解。」余五言古三章，其次章云：「刲股與割肉，或言未免愚。咄哉此持論，鏗鏗是腐儒。世人于孝義，風俗徵隆污。耰鋤有德色，孰肯輕體膚。而况巾幗女，不同士大夫。凡事一計較，坐失多良圖。孝婦獨義勇，那惜冰雪軀。毅然割股肉，血淚與之俱。熒熒壁上燈，啞啞屋上烏。鬼神實保護，性命徐徐蘇。」愚意謂朝廷之表揚，自有定例，亦具深意，而操觚家好爲議論，不樂成人之美，爲可怪也！吾儕何惜三寸之舌，一管之筆，爲世扶植名教歟！

余以王孟津仿懷素帖贈黄君子仲晉卿，子仲即用余見懷韵書帖後云：「研池滌盡兔毫塵，妙手空空自有真。晉帖唐臨猶泥古，奪胎换骨乃稱神。雖師顛老傳三昧，却算狂僧後一人。倘入沙門全大節，善名何止百千春。」此論其書，即論其人，與余岳墩石刻跋後詩同意。余詩已見續集，兹不贅。

丹徒趙稚梅彦俞廣文《題僧雪笠詩稿》云：「一缾一鉢趁閒身，得句撞鐘似有神。我讀君詩倍惆悵，三年不見倚樓人。」末句謂趙沅芷孝廉也。廣文詩情綿邈，時秉鐸楚陽，與鄭子雅之僑爲同官，掎裳連襼，相得益彰焉。

道州何子貞紹基太史《使黔草》三卷，錢子奇孝廉舉以見示。其灝瀚曼衍之作，是以龍門之文、參昌黎之詩，而成鉅製者。當皇華奉使之日，則又將母來諗，瞻望情深而言之，皆非尋常所能及。《秦人洞》詩云：「秦人虎視埽六合，六雄俛首皆稱臣。既班詔書壹度量，盡銷鋒簴坑儒紳。豈知亂萌有先見，攜兒挈婦稱避秦。巖居不止楚三户，淳俗尚是周遺民。當時丞相非臣斯，小篆未出况八分。山中俎豆尚周製，當有六經真古文。後來陳農不及采，剡彼嬴燄何由焚。惜哉漁父不識字，忘溪遠近空逡循。郡國屋壁既難恃，大航頭書來亂真。南陽高士志尤阻，柴桑隱者詩徒新。溪水縈紆三百里，桃花開落幾千春。我知難免洞中笑，終古紛紛皆外人。」《諸葛洞》云：「諸葛之洞三洞複，石骨横江不生肉。回波激叠風輪轉，石齧舟輕難入腹。弛篷曳舵欹側過，漁舟一葉多委佗。欲使順流通大舸，人間再有郭青螺。」《渡河》云：「二十五里外，見堤如見河。茫茫生敬戒，浩浩復經過。微翠遠山色，濁黄終古波。東南決未復，謁者意如何。」《雨》云：「咄哉一片雨，詎爲遺滂沱。落作黄河水，遽成東逝波。惟應羨雲霧，時復蹙盤渦。去去勿回顧，天無如雨何。」《荆州渡江晚泊》云：「西山日落散輕烟，風暖波平人悄然。淺淺蒲帆宜晚渡，蕭蕭漁火是荒年。一行雁叫有霜夜，萬里星明無月天。瞥眼江南過江北，新寒忽到短檠前。」《夜雨不寐》云：「八月早寒苦未經，晚風人意怯紗幮。蛩聲易老山多雨，鐙影增明天少星。迴潤舊衣成散漫，無眠孤枕太瓏玲。愁煩難入癡奴性，倦倚牀唇唤不醒。」《晃州絶句》云：「長安月渡黄河水，送客荆門下五溪。一片清暉不知遠，今宵直到夜郎西。」《寄家書》云：「桂花香裏平安字，計到家時菊酒濃。老母開顔應一笑，兒書兩月十三封。」《秋海棠》云：「不解海棠意，秋花嬌過春。山深風露冷，燒燭更何人。」《重安驛》云：「來時見鳳山，去時見鳳山。憑闌忽不見，身在鳳山間。」此類詩得未曾有。太史嘗於城西慈仁寺西隅隙地，建亭林顧先生祠，瓣香師事，志趣學問，其由來可想也。集首有鄧君顯鶴題詞云：「使君持節羅施外，一卷新詩手自將。二百年推此筆少，七千里破古天荒。蠻花犵鳥供吟嘯，銅鼓蘆笙盡典章。八度文衡庭誥在，司農家法最難忘。」此詩結響亦高，並爲録出。

新安程山屏芝雲刺史有《海嶽紀游草》，縋幽鑿險，多驚魂動魄之句。《下蓮花溝轉身崖》云：「仄磴百八盤，懸溜五十丈。人踵人肩來，我齧我膝上。」《上百步雲梯》云：「陡然一梯天半放，前海下梯後海上。下者鵠退趾倒行，上者猱升手攀仰。石齒共歷七百奇，縮名百步俾氣壯。級高砌隘不受趺，一步一停汗浹顙。」昔馬第伯《封禪儀》謂爲「頂踵相接」者，同一語妙。聞芝雲性嗜游覽，梓行之書亦夥，而惜未見也。

吾邑陳酒邨天錫太學與余爲角丱交，每於道院僧寮拈題分韵，即今回首數十寒暑矣。余録其近作《夜泊臨清驛》云：「塔影洄流曲，城縈汶脈斜。馬嘶池館月，人坐驛亭花。不寐知秋夜，同行貰酒家。醉餘聊倚枕，問答已嘑鴉。」《黄葉和韵》云：「花時容易緑陰稠，幾日西風樹轉幽。江上吴舲看倚棹，雨中蕭寺獨當樓。詩人白髮先驚老，客路青山亦怕秋。似爾争榮心力盡，尚餘正色戀枝頭。」《灌花二絶句》云：「夏涼無雨潤秋花，抱甕如珍禁煮茶。涓滴不曾辨清濁，癡心只望好烟霞。」「底事衰翁不憚勞，草花或有好根苗。笑余似演卑官禮，一一階前要折腰。」其佳句如《曉鐘》云：「僧起月初落，香燒天半明。」《漁舍》云：「稚女候門惟結網，老妻無事不登船。風濤歷盡知營窟，竿笠閒來羡種田。」《暮春》云：「過隙已輪勤學早，看花深悔出門遲。」《順風船》云：「客厭炊烟求飯熟，馬驚檣影怨鞭遲。」《團扇》云：「早知蠅盡先抛汝，每到螢來又想伊。」《憶内子》云：「兩地愁心縈客路，十年針指共兒燈。」酒邨惜墨如金，詩不輕以見示，此已醰醰有味，中邊俱徹也。

詩避撦撫之誚，而蹈空疎之弊，其直鈎也。惟運用工切而少斧鑿痕，斯可矣。俞澄夫先生友人計偕，以行程見詢，詩云：「僵蠶不復能成繭，老馬而今尚識途。」曹艮甫給諫《贈友》云：「人言張儉能爲客，我道梁鴻尚有妻。」《有答》云：「寄生窶藪名難覆，長柄壺蘆問最工。」王二波守府《寒鑪》云：「十年辛相輕饒舌，五字陰何苦用心。」金秋士《寒鴉》云：「亞子孤軍驚北至，阿瞞杯酒怨南飛。」趙漁亭《西園夜集》云：「犬聲如豹驚裴迪，牛耳争雄笑涉佗。」王雪帆《述懷》云：「蛇因畫足翻成誤，鼠解拖腸更惹秋。」《放賑所題壁》云：「語記劉蒼爲善樂，誼如魯肅指困難。」錢子奇《録别》云：「别懷擬學文通賦，俠氣難逢劇孟談。」是皆吐屬工雅，何得以塗塗附誚之，又何得以點鬼簿目之乎！余《闈中瀉痢》有句云：「廉頗老去三遺矢，蘇季年來十上書。」《秋懷》云：「老矣英雄生髀肉，悲哉秋氣滿衣裳。」《過徐鶴峰墓》云：「腹痛因過車五步，魂歸且酹酒三升。」亦庶幾歟。

陳叔度三月一日邀予與田少泉市樓小飲，叔度即席成詩云：「沽春攜手約同行，簷溜初消屐齒輕。小户吾甘斟季雅，寓公今復識君平。舉杯彌覺清游重，聞笛時增舊雨情。莫怪輕寒猶料峭，再遲三日是清明。」是年清明節在三月四日，舊雨謂沈芍園、宫晴湖也。人僉謂此詩有吹竹彈絲之妙，予亦謂然。

余往來真州道中累矣，最愛張仲雅先生詩云：「真州西去好孱顔，落遍鑾江水一灣。三尺春潮留不住，東風吹過石帆山。」近日徐竹江亦有詩云：「十年前訪秣陵秋，指點紅欄舊酒樓。獨怪蒲帆留不住，緑陰滿地出真州。」

余嘗聞阮太傅謂士大夫引疾歸里，能作養後輩，如謝元暉之於孔闓，不惜齒牙餘論，獎成人才，誠不朽盛事。以故太傅歸田後，日與梅蘊生、范雨村、王勾生數君詩酒盤桓。宏獎之功，多所成就。蘊生著有《嵇庵集》，勾生有《舍是集》，雨村著饌兀多，但汗青有待，余跂望之。

華亭龔廉白廷煌文學，昔從宦泰州。哲弟廷璲從余問字，判袂後，經十餘年未接音問。丙戌歲，忽以《南游草》寄示，蓋由淛入閩之作。其《逮河上灘船》云：「淄東石門狹，上灘如上天。險絶峽中水，十丈倒相懸。壯夫曳一繩，繩縮細于絃。齊聲作叫絶，繩共人仆顛。僵地效蟻磨，僅以尺寸前。最傴石罅，飛浪滿身濺。人力用已竭，水湧船爲旋。所恃鐵梢工，閩人云：紙船鐵稍工。兀持一棹堅。船頭馬駭鬣，船尾蛟怒拳。倘其一失手，豈不魚腹填。大灘迤數里，數里積灘千。出險復入坎，終日盤渦穿。由來順逆理，難易判天淵。縱云涉險慣，行險無百全。清流永安民，執業良可憐。何不棄舟楫，種爾南山田。」《舸黎曲》小引云：「漁父也，而倡託焉，高髻窄袖，屐而不裙，俗名『曲蹄婆』。聚族南臺江上，浮舟泛宅，幾數千户云。足以鎮壓，故不之禁，特未知所考耳。」詩云：「毒龍怒吼滄溟開，劈裂混沌千瓊瑰。帝笑山川本枯寂，點染生意成南臺。南臺一曲萬頃水，倏忽去來近尺咫。爲雨爲雲海上行，浮舟浮宅波中起。波出没，名舸黎。一瞥烟雲天際迷。夜月倒涵雲世界，曉風平展碧玻瓈。玻瓈開鏡三千丈，暮暮朝朝雙畫槳。郎如飛鳥迹西東，妾似寒潮心下上。下上寒潮冷咽川，水棲露宿證前緣。半篙春漲三更夢，一笛秋風萬里船。昨夜風吹船不住，浮萍斷梗何時聚。閒情愁見嶺頭雲，相思錯認汀邊鷺。别日臨流客感生，鸞飄鳳泊漫無成。好憑鮫室騎鯨女，海闊天空破浪行。」

新安朱荔生諶文學著作甚富，僑寓吾州，以《游草》見示。《江上即事》云：「澄江孕空明，來去澹無蹤。輕霞在水底，銜此波上峰。童山若環佩，四面摇雲容。今晨烏蠻灘，耳目驌所逢。追思鑿險處，百恐未足供。忽忽戾斯地，亭亭開吾胸。蓑笠沙際歸，樵爨楓香濃。蕭然山水險，捨此將安從。」《粤中絶句》云：「自古文章第一流，《送窮》、《乞巧》寫牢愁。我來驅馬南雲下，經過潮州又柳州。」《秋早寄懷》句云：「河流新漲三洲北，海氣光寒九郡東。」《秋夜作》云：「月影迷離千帳夢，秋聲零落九州花。」荔生幼從宦粤西，旋移家山左，道途跋涉，備歷艱辛。近從袁江來游吾州，挈眷同行，不數月又棹九江之舸。天際真人，可想不可及已。

吾邑《松林庵古松歌》，余已登趙沅芷、王勾生二君作，以爲一時瑜亮矣。今荔生作歌云：「我家黄山下，最愛黄山松。黄山之松小而久，尺寸具有洪荒容。有如雞窠老仙落塵世，肢體縮瑟成兒童。北望郁州山，父祖墓其中。郁州山上前頂寺，一株拏攫稱蟠龍。恍若雲鱗霧鬣下，游戲山雲掣住猶奔衝。兩地年來嘆遥役，相思烟雨蒼髯隔。此日吴陵作浪游，城南老幹愁孤客。桃花盡處一庵小，禪户開時滿庭碧。丰茸離纚半仞高，屈曲周遮五十尺。瘦藤盤互枝千萬，怪容倒挂根什百。青虬避風不作濤，蹲卧難尋首尾跡。初值傳聞自宋代，治亂百回風雨快。半生苔蘚黛作芒，老似神針洩幽怪。陳檜唐槐亦有年，此松奇古亦超然。拗不肯高斂不放，天都雲臺到眼前。我聞大厦要梁棟，千丈森森方足重。胡爲拳曲甘作盆中形，愈曲愈奇愈無用。又復盤踞不得所，空城冷寺如入甕。自然相賞阻冠裳，誰信來棲有鸞鳳。松老有神笑語人，以不材壽君所聞。何難直上青雲際，只恐久已爲灰塵。何況古來柱石器，往往隨例多賤貧。剛腸九迴身百折，忍尤攘垢卑棲身。兩鬢不緑七尺瘦，豈有旁觀嗚屈之親朋。嗚乎此松名不顯，平地鬱鬱經千春。」此借松抒寫，灝氣流行，於趙、王二君作外，别樹一幟，鼎足而三矣。

吾州治西北九里溝，儲文懿巏墓在焉。余曩與田少泉訪墓道，各騎一石馬背，對譚詩文。余寄少泉詩，故有「芒鞵曾踏鍾山雨，石馬嘗騎吏部墳」之句也。近又屢過墓側，見古木撑雲，豐碑踣地，作詩云：「古木蕭槮石徑荒，驅車時過墓門旁。留都往事悲朝露，翁仲無言曬夕陽。吏部賢聲留疏草，大臣勳業薄詞章。蘭臺一傳去聲傳文苑，且爲柴墟感慨長。」宫子元偉鏐太史《庭聞州世説》云：「文懿葬後數十年，夫人窆合棺，四圍皆梅花竹石，若圖繪。趙叔鳴、顧東橋爲記其事，亦平生不盡文章流形者有然。」朱竹垞詩話云：「文懿卒于南都，在正德癸酉。後三年歸柩海陵，攢于墓舍。丁丑將葬，啓視，棺上生黝墨，成繪畫，文具畫家皴染之法。前則奇石枯松，旁出二篠，莖葉咸備。左則梅株夭矯，稍着數花。右如左，而樹枝差短。其文深入木理，四方來觀，詫爲神異。顧華玉爲作《靈徵記》。」按此二説詳略不同，窆合與啓攢亦小異，而此實有可記者。蓋文懿因李、何教行之日，執政欲加擯斥。文懿以文章復古爲國家元氣，極力扶植，得不傾陷，風雅蔚起，斯文攸賴焉。後之譚文懿逸事者，謂冠南宫日，署其邸，句云：「希奇姓字傳天下，冠冕文章壓兩京。」又署邸大門云：「秋榜仍爲春榜首，會元即是狀元郎。」朝臣忌而抑置之。夫文懿嶽嶽懷方，錚錚抗疏，豈捷南宫日署門而輒爲此俚語耶？此不待智者而能明其必無是也。

劉伯咸與陳茂亭在京邸共文字之飲，伯咸成《玉漏遲》一闋最佳。其詞云：「漫空横雪意，天應相勸，此宵沈醉。況我疏狂，正合狂歌燕市。直共元龍去也，且無問高樓平地。剛好是梅花香處，玉醅正美。平生把臂論文，似崛崒雙峰，雲中撑起。不是才人，却是才人奇氣。隔座二豪休笑，便拚飲、也非容易。心未已，杯乾更移江水。」

曲阜孔宥涵繼鑅比部，用陶韵作詩百首，事古情今，意密體遠。近聞主講鍾吾，而天際真人之思，遠不可及。爰録數首，登之集中。《用咏貧士懷劉大令寶楠》云：「江淮昔漂轉，泛宅如萍蓬。四十始釋褐，作吏無能工。君豈真拙哉，時不珍黄龔。佐民貸府庫，慈惠寡所同。欲歸阻官欠，鄉思心魂通。願言遲琴鶴，雲海驪相從。」《與魯一同用聯句韵》云：「潛修異所趨，志士求其極。以我竭蹷行，知爾不遑息。衰亦任顔貌，勇肯退精力。規矩入聰明，盤礴而嚴飭。君子渺何方，白雲在我側。海氣侵中原，誰是垂天翼。苦竹早秋聲，小草空庭色。閑居審進退，踐履無歧惑。」《用擬古韵寄潘四農師》云：「荒雞號斷垣，昏鴉聚高柳。門前萬古月，形影誰當久。晚風吹夢覺，山川隔良友。悲來對天語，口渴不能酒。意氣在盛年，一錯百孤負。牖户怵陰雨，動植順高厚。我生轉蓬科，飄泊成何有。」又云：「澤國累年饉，大官無歲荒。小吏朝暮謁，上堂復下堂。戟門列風旆，鼓角吹蒼茫。絃酒客在閣，涕泗農在場。一堤障蛇龍，城郭參邱邙。度支竭租賦，水與金低昂。老兵抱鍬卧，腹飽防河方。久客傍淮甸，閉户空嗟傷。」集中冲和綿邈之詩固不少，而箴規勸誡之作亦復有之。蓋忠愛之心，積于悃愫。白香山《秦中吟》、《紫閣村》諸詩，每見怪于當事，良有以也。

偶閲阮太傅《廣陵詩事》，我州有徐孝子割心醫母一事，余幼時曾聞之而未詳。今作詩以叙其巔末云：「夜漏沈，母病深，神語要得天馬心。天馬之心安可得，孝子那惜囊中金。藥店遍求無此藥，孝子回家慘不樂。藥缶烟銷鏇風作，牀上呻吟聲息薄。孝子禱神百叩首，馬心忽悟己身有。己身屬馬馬有心，取心于馬一反手。嗚乎心可割，身已死。孝子死孝孝子死，神曰天不死孝子，大聲呼曰起起起。此身如在烟霧裏，蜂窠四周創合矣。康熙年間事有此，逮乾隆初猶見爾，此事自宜壽青史。孝子誰，徐萬侯。何許人，善操舟。何方人，家泰州。泰州東門之内學宮側，至今人訪孝子宅。」坿：《訪徐孝子宅記》云：余昨閲《廣陵詩事》云：孝子宅在學宫之左。余步至南街，心默禱云：余實不知在學宫何許，願所至處，其樹木或松柏當門，其烏或烏當門，必是也。時由宋王俊乂狀元坊折而東，適見一土牆，院内屋簷上，立一白頸烏。余竢立諦視，烏下簷作迓余狀。余又禱云：孝子宅在是耶？果爾，則烏當開口叫。禱未終，烏引吭長鳴三。余驚異竊喜。向東行百步，半晌，旋至原所。前烏在，復益一烏立簷際，又長鳴數聲，飛去。余過西鄰蔣君，問昔年有孝子居此地者，君知之乎？蔣云：昔聞諸王父，言有徐孝子割心醫母事。其言與詩事所載，實小異而大同。問其居，即在東鄰，今烏所立之地是也。并言孝子以操舟爲業，某憲廉得其事，欲爲之請旌，格于例，未果。孝子無他才能，唯市木，呼匠氏作一巨舟，贈之。孝子賴以温飽，養其母以天年終。余聞蔣言，不知簷際之烏，孝子之靈歟？抑鬼神之驅使與？余不得而知其故。姑以不文之文，略記之于此，以竢後之采訪者。

葉雨樓閲余詩與記，亦感激作詩。有云：「其事雖近愚，其心亦良苦。出自尋常人，大義足千古。」又云：「孝子之宅在何許，松栢蕭森迷處所。當門指點來神鴉，猶怪神鴉弗能語。吁嗟神鴉不語詩人語，孝子之孝天所與。天與孝子以詩傳，接翅神鴉向空舉。」

陶南村《輟耕録》：吾州顧仲庸於友人嵊縣尹張文友卒，走告當路，謂文友願致仕，獲嘉定知州宣命，又爲文友子謀得告蔭，人皆感激。又鄉前輩沈龍翔默《發幽録》，言吾州柳敬亭以亡命傭於某家，旋去，以説書名。後歸舊主，雙柩不舉，復説書，歛得三百餘金，遂爲發喪，並買屋産，以奉少主。其義俠均有足多者。世人蔑視艱困，輒曰：善不可爲。將謂熙熙之衆皆中山狼類乎？

吾州東門外鳳凰墩顧烈婦墓，墓有短碑，碑久踣地。丁應耆使人復植立之。余讀碑記，作詩以紀其烈云：「顧烈婦，正氣鍾。火中蓮，霜後松。祖廩膳，陳御驄。父中函，幼貧窮。贅楊氏，嗣顧翁。婦氏顧，維父從。鐵石性，桃李容。張世英，其所天。比匪人，暱少年。齒粱肉，衣華鮮。過張宅，情流連。婦性靈，覘已知。姑不良，巧致詞。婦弗從，抵死辭。母子怒，誣婦侮。朝詈罵，暮捶楚。烈婦悲，力難拄。既投繯，復飲滷。母子性，實豺虎。殺機起，勒以組。昏昏燈，紞紞鼓。黯黯雲，淒淒雨。掌擱血，釵分股。乾隆朝，十六春。十月五，夜嚮晨。烈婦死，里人瞋。莅宰官，誅凶人。鼓樓旁，樹貞珉。鳳皇原，高高墳。金子伊，爲撰文。我作詩，薦白蘋。人有言，江之神。」乾隆甲子年，里人某秋賦，泊舟于江滸，夢入水神廟。廟神翬翟秉珪，坐堂皇，召某曰：「我顧烈婦也，上帝命我治水于此。爾歸，可告里人，以勵節孝。」余詩結句指此。

吾州元至正年間，有袁孝子名智周者，世爲丁溪鹵户。父受户甲非辱死，孝子誓復讎，陰佩刀伺間，凡六年，甲被他人戕死。後有司禁持兵，孝子棄刀于邗水，其終天巨痛，無時釋焉。前明嵊縣劉藺司李作《袁智周佩刀歌》，詩稍繁冗，余删存之，云：「鹵豪煮海地沸蒸，孝子仰哭蒼天崩。百金市得陰蟿冰，六年泣血絳雪凝。歗歌獨漉氣填膺，刀亦汝知龍梭騰。斯須間隙不可乘，坐令骨立枯崖藤。墓廬青冷松明燈，矧有母老髽鬅鬅。破涕爲笑躬豆登，無何仇家死棘矜。臭肉厭飫蚋與蠅，天其假手俾世懲。人生五倫首父子，復讎義昭春秋禮。倒行逆施伍員耻，舞陽吉猲同轍軌。嗟卿避兵家轉徙，事往行存宜縉紀。酴醾花香鯉揺尾，癯然鶴行過客邸。欲言復吞鬢颯耳，娉娉猶嬰慕焉已。酒酣問刀首如匕，忍歸武庫投邗水。水收烟消静霜葦，雹光霍霍無時起。安得河伯以鐏授烈士，來舟積冤從一灑。」

銅山趙小莊福副戎具磨盾書鼻之才，擅雅歌投壺之度。余未克謀面，而逖聽已深。時見其聯句云：「愛聽鳥聲多種樹，喜看山色欲留雲。」又《戲成》云：「黄鸝養就嬌情性，駡得桃花不敢紅。」其胸懷通侻可知。

盱眙周履實素村明經《掃墓》詩云：「離離衰草白雲天，淚灑松楸已廿年。欲向寢門問安否，不知何處是重泉。」其詩樸質，而有至性。

東臺姚樸庵淳明經曩與姪南村載酒問字，與余多所啓發。《蘇武廟》詩云：「屬國孤忠著，空庭剩落暉。雲深茂陵樹，雪是老臣薇。隴上羊何有，天邊雁自飛。古人書尚在，一讀一歔欷。」《燕子磯阻風》云：「何處飛來燕，磯頭亂石存。大江呑去浪，落日淡孤村。鄉思客中集，香醪買處渾。揚州渺何許，翹首失黄昏。」《題畫》云：「萬頃濃烟一抹山，山前流水聽潺潺。桃源本是人間境，自棹扁舟日往還。」其佳句如《園中晚步》云：「竹葉添風信，桐花誤雨聲。」《食枇杷》云：「摘得枇杷果，登柈任快嘗。長卿思解渴，盧橘是同鄉。」余喜此詩有辨正。司馬長卿《上林賦》云「盧橘夏熟」，下文又云「枇杷橪柿」。或謂盧橘即枇杷，長卿何得於一篇之中叠見此物乎？不知盧橘是蜀産，長卿以蜀人咏蜀物豈有舛誤耶？蘇東坡詩曰：「魏花非老伴，盧橘是鄉人。」東坡生峨岷，而引用蜀物，謂盧橘是枇杷鄉人。引《上林賦》而兼用東坡詩意，以定往説之紛紜，又以長卿渴疾連合之，妙於用事，余特賞之如此。

姚南村應麒明經賦《古劍》、《古書》二律，白小山鎔學憲極賞之。《古書》云：「生涯黄卷啓吾曾，遍訪嫏嬛愧未能。一代精華存故紙，幾人披閲費殘燈。西京文字無真本，南渡葫蘆有老僧。幸喜芸香堪辟蠹，于今留得幾溪藤。」時以近稿見質，子賞其《戊申年十月十五日書事》云：「十月十五日生東，黄雲慘霧愁空濛。有聲來者自西北，長天頃刻生颶風。颶風一起遍四野，洪濤壁立大澤下。巨艦飄零似斷蓬，大厦頓傾飛屋瓦。東村西港湖波連，湖身陡高高拍天。楊柳梢頭忽隱現，若有人兮攀其巔。咫尺相望不敢救，寒風凛烈吹衣透。十指僵持力不支，翻身直下隨奔溜。奔溜挾人向東走，來日浮尸認身首。蒿目纍纍秋草旁，老穉婦男無不有。萬井不聞雞犬聲，狂颷猶作長鯨吼。回首風濤六月天，驚心兩度皆身受。何况天涯舴艋舟，萍飄梗斷嗟身浮。江湖遍地哀鴻影，前路風波替爾愁。」《拜楊左泉先生墓》云：「古碣模糊卧草萊，一時瞻拜幾裵裒。年年寒食東風柳，親見余家五世來。」左泉，貴州諸生，流寓東邑。南村之曾大父延請教讀，病歿，葬邑之北郊。年年寒食率子弟野祭，今五世不替，古誼洵不易得。南村詩亦真摯而藴藉也。其佳句如《古劍》云：「千年未掩干霄氣，百鍊成爲繞指柔。」《送蘇子山赴栟茶》云：「科第有時關氣數，文章到底要清華。」《輓吴吉甫》云：「上德果然傳世貴，能文翻悔讀書多。」語皆從醖釀而出。

吾邑朱櫻船寶善世臺以初稿見質，才思富有。《浮山謁禹王廟》一篇，瑰奇璀燦，余愛而録之。詩云：「粤稽揚州中古時，惟淮與海環繞之。萬派朝宗路由斯，淖溺而清蟠蛟螭。咄哉河伯煩宸思，虞帝清問誰克治。僉曰唯禹帝曰咨，禹拜稽首臨丹墀。歷兖青徐開厥基，三江既入合名枝。厲揭無庸楯與欙，手縛巨孽無支祁，百靈懾伏曷敢嬉。從此南條咸平夷，賦下上上垂成規，臨風貝錦雲霞披。瑶琨尚有千行輜，何止卉服來邊陲。吾聞聖人德所施，四海感戴心怡怡，各持方物酬胼胝。東南奏功功尤奇，永使江北無險巇。浮山作鐵廣陵垂，塊然巨石居乎卑。方洞有似帝臺碁，其下頑鐵少鑪錘。豈是精衛銜來疲，不及東海口忽遺。抑或磬浮泗水湄，夸娥戲向此間移。不然無草無夫栘，千年地底胡久羈，其原難溯疑傳疑。是山諒亦神所司，邦人即此立神祠。歲時駢羅元酒卮，年深大厦力難支。雲華之臣失扶持，有時殿角走荒魑，縱多古蹟烏能知。憶我六年前來兹，百尺虹蜺繞華榱，巀嶭仰瞻姒氏姿。黄龍壁上撑之而，刑天舞與負貳尸。一一圖形罔或差，如於九鼎眼親窺。詫訝精靈似躨跜，爾時舉火捫殘碑。苔痕土蝕叢髽髵，呵壁欲問口囁唲。睹諸奇相笑脱頤，倏爾飛光無停曦。窆石草枯何弗枱，庭前屈曲虬松欹。翹首四矚空鬱伊，造二梵福人交唵。何如心報黄屋慈，得仗神威袪馮螭。鐵牛河畔工允釐，安瀾告慶無愆期。何古則安今則危，空懷利濟難陳詞，荒階歷歷香風吹。歸來但作山經詩，明德遠矣誰能追。」《小秦淮曲》云：「有女汲清流，瞥見扁舟過。走入柴門中，頭上草花墮。」其佳句如《緑春詞》云：「已憐照鏡誇中婦，何苦提刀逼老奴。」又云：「不知今夕誠何夕，未必他生尚此生。」又云：「飛龍入藥身先化，粉蝶離花夢不酣。」

詩人不讓人獨善，往往出新意以争之。宋司馬文正公，不以詩傳者也；陸放翁，寢食於詩者也。

火度螢。」二公之詩，其細緻略同，然謂放翁之句非脱胎于文正，吾不信也。《老學庵筆記》文正公五字詩云：「烟曲香尋篆，杯深酒過花。」放翁後亦有句云：「茶鼎聲號蚓，香盤

論詩者往往矯枉過正，趙孟頫謂作詩用虛字殊不佳，中二聯必須填滿方好。《環溪詩話》亦云：「詩用實字則健。」此皆矯宋派率易之弊，而力返唐賢之説也。因思唐之聖于詩者，必推杜少陵，少陵熟精《文選》理，宜其多用實字矣。而杜集中大有用虛字處，如《諸將》第二首中有「豈謂」、「翻然」、「不覺」、「猶聞」、「獨使」、「何以」等字。第三首亦有「雖多預」、「不自供」、「稍喜臨邊」等語，是全以虛字抑揚吞吐、摇曳傳神。他若「豈有文章驚海内，漫勞車馬駐江干」，「幸不折來傷歲暮，若爲看去亂鄉愁」，「扁舟不獨如張翰，皂帽還應似管寧」，「唯將遲暮供多病，未有涓埃答聖朝」，「莫倚善題《鸚鵡賦》，何須不著鵕鸃冠」，「非關使者徵求急，自識將軍禮數寬」，「獨鶴不知何事舞，飢烏似欲向人啼」，「但見文翁能化蜀，焉知李廣不封侯」，「遂有馮夷來擊鼓，始知嬴女善吹簫」等句皆是。是知下筆時用虛用實，如風水相遭，本無一定。亦如爲圭成璧，唯雪之所因所遇已耳。

吾邑以繪事著名者，無過于張石樓崟、李箕山潁、唐敷五志契、陳溉夫鐄。石樓爲詞臣幼學先生之哲嗣，善花卉。箕山、敷五善山水，溉夫善松石。石樓以西征辦馬得官，旋以代故人保結落職，其氣誼有足多者。敷五著有《繪事微言》三卷，與兄相五志尹、子希白日昌時稱三唐。溉夫畫松，時作長歌，其氣浩落。箕山善用焦墨，工篆善詩，詩已采入集中。近時之善八法者姜若泉浤、徐東園震甲，其嗣音也。姜不譚詩，徐間作韵語。其《題紡織婆翦秋羅畫》云：「紡織婆，紡得秋花如許多。翦秋羅，翦碎秋心

奈爾何。」洵蘊藉如其人也。

余昔館于吴嵎暘昂少府署中，繆彬甫文焕廣文自海州歸，得吕泗雙鶴，贈吴。吴少子玉川珩作詩云：「長晝閒憑鬬鴨廳，船禽籠至展修翎。主人從此添工課，架上忙繙《相鶴經》。」詩閒適有趣。因憶汪茗文檢討《畫牛歌》云：「老夫曾讀《相牛經》，一聞布穀思歸耕。何時寫券租黄犢，驅向東阡北陌行。」世傳《相鶴經》本浮丘伯授王子晉，崔文子學道于子晉，得其經，藏嵩山之石室。淮南八公采藥得之，遂傳于世。《相牛經》甯戚以授百里奚者。二經之本來姑不論其是否，然其詞甚古，余讀而善之。坿録于下，以資睹記。《相鶴經》云：鶴者，陽鳥也，而游于陰，因金氣乘火以自養。金數九，火數七，故稟其純陽也。生二年，而毛露黑點易。三年，頂赤而羽翮具。七年小變，而飛薄漢雲。復七年，舞應節，而晝十二時鳴，鳴則中律。百六十年大變，而不食生物，故大毛落而叢毛生，乃潔白如雪，故泥水不能污。或節純黑，而腦盡成膏矣。復百六十年變止，而雌雄相視，目睛不轉，則有孕。千六百年形定，飲而不食，胎化而産，與鸞鳳同群，爲仙人之騏驥矣。夫聲聞于天，故頂赤；食于水，故喙長。軒于前，故後趾短；棲于陸，故足高而尾彫。翔于雲，故毛豐而肉疎。且大喉以吐故，修頸以納新，故壽不可量。所以體無青黄二色者，木土之氣内養，故不表于外也。是以行必依洲渚，止不集林木，蓋羽族之清潔者也。其相瘦頭朱頂，則銜霄；露眼黑睛，則視遠。隆鼻短喙，則少瞑；骹頰骶耳，則知時。長頸竦身，則能鳴；鴻肩鸞膺，則體輕。鳳翼雀尾，則善飛；龜背鼈腹，則伏産；軒前垂後，則會舞。高脛麤節，則足力；洪髀纖指，則好翹。《相牛經》云：牛岐胡，壽。去角近，行駛。眼欲得大。眼中有白脈貫瞳子，最快。頸首長且大，駛。壁堂欲得闊。膺庭欲得廣。天關欲得成。儁骨欲得垂。蘭株欲得大。豐岳欲得大。種頭欲得高。百體欲得緊。垂星欲得有怒肉。力柱欲得大而成。懸蹄欲得如八字。陰虹屬頸。陽鹽欲得廣。常有聲似鳴者，有黄也。洞胡無壽。珠淵無壽。上池有亂毛，妨主人，凶。身欲得促。形欲得若卷。大膁疎肋，難飴。龍頭突目，好跳。豪筋欲得成就。毛欲得短密，若疎長，不耐寒氣。尾不用至地，尾毛少骨多者，有力。膝上肉欲得堅。角欲得細。鼻如鏡則難牽。口方易飴。棃府方易飴。木牛肚大尾青，最有力。

同鄉王叶衢華封布衣《無米口占》云：「昨宵耳畔唧噥聲，醉後模糊語未明。晨起方知厨乏米，先生又欲唤門生。」叶衢勤于采訪，葺《海安攷古録》二卷，頗資聞見。

余閲李義山《祭姪女寄寄文》，情辭哀宛。夫寄寄姪女方在髫齡，文人猶不能忘懷，况年將及笄之生女乎！况殤女在殤男之後乎！吾友顧載之生子鴻，才美而早喪，余集前已録其詩。今有女名宜春者又病殀，載之哭之慟，詩有可哀者。《女病》云：「病勢中宵劇，風生駭浪多。命懸呼吸險，醫望豉栀瘥。時作一朝伴，恍同十載過。近添兒女態，口學念彌陀。」《哭女絶句》卅六首，不及備登。其一云：「瓊枝無力葬東風，孤負流光一夢同。盡勸遺懷須飲酒，不知淚落酒杯中。」又有句云：「字義訛傳能口辨，病根深入最心酸。」蓋女病時，有説《翼駉稗編》者誤讀「駉」字作仄聲，女嚬蹙曰：「《魯頌·駉》篇，駉音扃，平聲，非仄也。」女並未受女傅訓，而實聰慧如是。哀哉！

（吴忱、張宇超點校）

伯山詩話三續集

伯山詩話三續集提要

《伯山詩話三續集》二卷，據咸豐十年刊本點校。撰者康發祥生平見《前集》提要。此集係十年後之續作，較前數種之每隔兩年一作爲久，而評古寓於録今之旨不變。所記數涉潘德輿，有一方其洪，與兩人同爲談詩友，即録其長詩，以見甚相得。評《養一齋詩話》雖許其不苟，然有過苛之嫌，「星秤隨身，洋尺在手，一一爲之會計」，不免「荆棘滿身」矣，誠中其病。又記老友見告，白居易《琵琶行》「無聲勝有聲」句，古善本「勝」作「復」，此則沈德潛《唐詩别裁集》已先言之，未知此「老友」係假託否。觀其揶揄喬億作詩「守三《别裁》繩墨」，豈能不聞歸愚此論乎？然其意是「復」非「勝」，則可無疑。集中録同時遠近之詩，各體皆有佳作可存，而最能賞各家之樂府，舒位《瓶水齋集》、程榮功《潔華館詩稿》等，均單挑此體詳録之。蓋紀風教事最宜用此體也。前數集亦以此體重蔣士銓。本集則録程梯功題詩，「不獵聲華薄性情，有關風教便傾心」，「鼎立三家蔣趙袁，龍頭敢信屬隨園？瓣香特下鉛山拜，此論懸門再不翻」，「三大家」亦以蔣爲「龍頭」也。又評湯鵬詩以多爲勝，摇筆輒數千言，曼衍之病與夢麟同，可著一筆。

序

拙輯《詩話》，於辛亥年再續二卷。越一年，遂有軍政，而此事之不斷如綫。兹數年來，友朋之簡書較少，而余之荒廢已多矣。庚申季春，偶發篋衍，間有所得，撮而抄之，公然成集，名曰「三續」。恐難爲積薪之居上，而不免賣菜之求益。七三老人，沾沾以此自憙，亦甚無憀矣。但聞往歲友自京師歸，云海外君子有姜姓字星槎者，於琉璃廠中購得拙輯，深爲愛惜，副使舟帶回本國。余係何人，而敢索雞林之價乎？可一粲也。

咸豐十年又三月十六日，燈下伯山氏書序。

伯山詩話三續集卷一

話今

泰州康發祥瑞伯氏編輯
門人王鴻業雪颿校勘

宋曹輔有二。一南劍州人，字載德。一海陵人，字子方。與蘇東坡相倡和者，海陵曹子方也。蘇詩施宿注云：「曹輔字子方，海陵人。元祐三年九月，自太僕丞爲福建轉運判官。東坡繼出守錢唐，同過吴興，作《後六客詞》，子方其一也。子方以詩寄壑源新茶，當是閩中所寄。子方自閩歸，道錢唐，有《真覺瑞香花》、《雪中同游西湖》〔三〕〔二〕詩。元豐七年間，爲鄜延路經略司勾當公事，故詩云：『往來戎馬間，邊風裂儒冠。詩成横槊裏，楯墨何時乾。』後點廣西刑獄。先生在惠州，數與往來書帖。黨翫，諸賢多在巡内，子方不循時好，周卹備至，世論與之。紹聖中移守衢州。」按施宿，宋嘉泰年間嘗爲淮南提舉，署在海陵，且與輔時代相距不遠，豈妄言者！今州志不載，豈疑輔爲南劍州之載德，而謂非海陵之子方耶？是未可知。

東坡有《次韵滕大夫》三首，咏雪浪石、沈香石也。注大夫名興公，海陵人，時爲定武倅。今志亦未載。

《中山詩話》云：海陵人王綸，女爲物所憑，自稱仙人，字善數品，形製不相犯。《吟雪》詩云：「何事月娥偏不在，亂飄瑞葉落人間。」注云：「天上有瑞木，開花六出。」他詩句詞意飄逸，類非世俗可較。

《題金山》云：「濤頭風捲雪，山脚石蟠虬。」常謂綸爲清非儒子，不曉其義。亦有詩贈曰：「君爲桐葉，我爲春風。春風會使秋桐變，秋桐不識春風面。」居數歲，神舍女去，懵然無知，嫁爲廣陵呂氏妻。《中山詩話》，劉貢父作，斯時貢方倅海陵，定非漫言。

李安溪光地相國送吾州繆司寇沅視學楚中詩云：「江沔滙分處，邦爲南地雄。涉湘名已驗，作楚定方中。杞梓登天府，蒹葭問土風。清貧君不厭，大賂邈芹宮。」「涉湘名已驗」句，謂司寇字湘芷也。詩語多規戒，而又沈着華贍，其丈幅至今墨色如新，令人望觀無斁。

人有詩歎討便宜而翻致喫虧，機巧而轉覺成拙者。安化陶雲汀澍宫保《嘲輿夫》詩云：「峻嶺費延緣，危磴愁磝磝。矗矗五雲端，目懾此尖峭。下有徑腰之，坡陀誰所竅。明知介然成，其始若可抄。輿夫謂攀躋，得此徑殊躁。止之勢不能，難易彼誠較。登頓犖确中，亦復魂屢掉。行之三數里，忽焉阻重淖。揭厲兩無功，步窘氣先懊。前後頓差池，彼此騰怨誚。我時默無言，付之以一笑。欲速反爲遲，此苦由自召。計窮無復之，舊路須重繞。却看循塗人，蹴蹹已先到。捷足彼何爲，詩爲來者告。」此可爲行險儌倖者誡，究之，幸不可儌而徒爲冒險，循途守轍，何嘗不利乎。

癸丑年六月十八日，余由白米鎮適繆岱，雇小車一輪前行。車人自衒其技工，要余贊賞，而彼實拙甚，凡遇磽确處，則汗下浸淫，氣喘不輟。余銜之，作紀事詩云：「野田犖确行，有僕來驅車。技拙力亦薄，汗下聲每吁。彼實不自量，猥欲要人譽。請問車中人，我技却何如。我曰君技妙，無人能爾逾。彼意殊洋洋，其行仍趦趄。我作違心語，豈合直道歟。念我有口惠，權當春風嘘。有如鈍秀才，下筆多謬迂。慣以文質人，不知人軒渠。人視爲燕石，彼視爲璠璵。概作紅勒帛，得無情意疎。人技苦不足，人情貴有餘。但將口惠加，何惜此區區。」

安化陶宮保澍著有《皇華草》、《入川詩》，卓然可觀。《姜伯約祠》云：「北伐年年戰鬬勞，紛紛被敕倒旌旄。猶聞死後將軍膽，空拔營中將士刀。往事竟成蛇畫足，天心已定馬同槽。當歸遠志皆虛願，歲歲祠前劍水號。」《綿州弔張魏公》云：「半壁臨安已不支，富平新敗又符離。少年入幕憐才子，殘局同朝誤太師。海内每聞諸葛號，陣前猶擁曲端旗。將軍脱幘長城壞，孤負黄龍痛飲時。」《新都弔楊升庵》云：「朝内何人念敬皇，滇南回首暮烟蒼。山迷故國三千里，夢斷《中庸》十八章。賈誼少孤憂漢室，虞翻老尚棄蠻荒。白頭粉面雙丫髻，起舞汍瀾淚數行。」自注：「升庵生時，母夢神送五代忠王夏魯奇至，曰：武臣也。以《中庸》十八章輔之。」詩有論議，音調亦極高華。

《皇華草》中，《灞橋》詩最爲絶唱。詩云：「灞橋兩岸多楊柳，直到秋來未肯殘。幾許離情添漠漠，半河新水共漫漫。日邊已覺長安近，雲際猶愁蜀道難。差喜能看黄白閣，消魂不用倚欄干。」外有《秦中懷古》十章，高華典實，兹不及備登。

洪容齋《筆談》紀瀛漠之間二禽云：「塘濼之上有禽二種，一曰信天緣，形類鵠，色蒼而喙長。凝立水際不動，魚過其下，則取之。終日無魚，亦不易地。一曰漫畫，形類鶩，奔走水上不閒，腐草泥沙，唼唼然必盡索乃已，無一息休。信天緣若無能者，乃與漫畫均無飢食，而反加强大。」東坡《二蟲詩》亦猶是，詩曰：「君不見，水馬兒，步步逆流水。大江東流日千里，此蟲趯趯長在此。君不見，晏濫堆，決起隨衝風。隨風一去宿何許，逆風仍落蓬蒿中。二蟲愚智俱莫測，江邊一笑無人識。」勞逸静躁之不同，生于性而狃于習。見此者，當慎所擇也。

武康徐雪廬熊飛孝廉，著有《白鵠山房》、《風甌》、《雪笠》等集，詩多淩厲之氣。余獨賞其和平淵雅之作。《林烈婦》云：「可憐明月光，不照槃石心。誰使姑不容，妾心悲至今，妾不得姑心。妾命青蠶絲，絲絲腸斷絶。多謝惡少年，黄金買顔色。茨菰復茨菰，緑葉何翩翩。妾不得姑心，妾死無足憐。如何蘭蕙花，變作蕃蕪草。山下青梧桐，姑惡啼至曉。」蓋林女嫁顧氏子，姑與夫受惡少之賂，誘婦，婦志不奪，受炮烙死也。詩語含蓄可貴。《五松關》云：「片雨洗新緑，引人山水情。入門唯石色，高樹有風聲。野鳥來窺户，孤雲不出城。名流清嘯地，丘壑憶平生。」《奔牛鎮》云：「醉殺蘭陵酒，空江溯碧流。野花明斷驛，春草緑奔牛。沙岸桑麻少，漁家蒲稗稠。相逢多水客，船尾話揚州。」《太湖舟中有感》云：「飛花亂落鮎魚口，宿鳥晴初曉霧開。白鳥忽從烟際没，青山多自故鄉來。臨流鬢髮垂垂老，到眼韶光故故催。不及五湖漁父長，全家棲泊釣魚臺。」《吴梅村先生墓》云：「靈巖山色墓雲開，高塚荒凉集碧苔。感運自憐青史在，思鄉欲乞白衣回。茂陵玉椀初明恨，江左牙旗庾信哀。依舊東風吹秀麥，牧童催犢上琴臺。」《横塘絶句》云：「門外垂楊緑幾重，小樓一角對芙蓉。飛花萬點橋頭路，春酒不如人意濃。」詩多有見地。

山陰楊六符夢行庶常，著《心止居詩》四卷，内有《讀史樂府》四十首。其最佳者，《龍門史》云：「龍門史，成父志。直臣之風，孝子之事。咄哉班固作《漢書》，乃於舊傳易幾字。」《女從征》云：「妾不患，殺賊勞，能騎快馬腰短刀。妾不患，絶塞遥，患妾父母皆年高。得歸拜二親，還親女兒身。幽并健兒何足云，妾貌如花愁殺人。」《長樂老》云：「歷事五朝十二君，著書自謂忠于國。世無老子之癡頑，何爲佛出救不得。破君亡生亦可憫，乃曰長樂，孰不可忍。七十三，死非早，一時同驚歎，言與孔子同壽考，于以知五代人心之顛倒。」近體詩《病起》句云：「曉雲凉似夢，山雨下如潮。」《不寐》云：「清露似成響，鳴蛩强自支。」《曉行》云：「暗沙迎短轂，宿雨濕山鐘。」

拙輯前刻《祀竈曲》，已足供閲者嗢噱。今又見歙縣徐廉峰寶善給諫詩，尤典雅可誦。詩云：「隗耶髻耶竈神名，張耶蘇耶竈神姓。低甄高額造軒光，五突三隅總司命。東鄰祀黄羊，黄金如斗家穰穰。西鄰卜鏡聽，吉語和諧鏡神聖。一家一竈竈一神，千百萬億神化身。神之爵秩亦已薄，乃得奏事登天門。爛羊頭，竈下養，不用功高封將相。禍福惟神神聽聰，觚前慎莫爲人煬。」余閲惠定宇棟徵君注《太上感應篇》云：「段成式《酉陽雜俎》曰：『竈神名隗，又姓張，名單。夫人字卿忌。有六女，皆名察洽，察一作祭，洽一作治。一曰竈神名壤子也。』《雜五行書》曰：『竈神名禪，字子郭。』又注曰：『禪、單字相近，蓋禪讀爲單。』《莊子》曰：『竈有髻。』司馬彪曰：『髻，竈神也。』李軌音吉。杜公瞻引《五經異義》曰：『竈姓蘇，名吉利。婦姓王，名搏頰。』」給諫詩徵引本此。

廉峰給諫著有《壺園詩》。《途行有感》云：「回首鄉關遠，前行客路遥。曉星雞角角，落日馬蕭蕭。細草埋荒驛，垂楊斷野橋。淮山終可隱，叢桂漫相招。」《過馬當》云：「千里蒼茫雲路長，曈曨曉日射波黄。笛窗卧聽濤聲急，已報輕舟過馬當。」《過嘉禾》云：「隋堤裊裊柳絲黄，吳苑溶溶溪水香。

身到江南還是客，一帆又過語兒鄉。」《題清明上河圖》云：「華蓋雲高護冕旒，鳳皇山麓奠金甌。黄沙燕月宫車斷，猶見丹青畫汴州。」此外有《五代新樂府》一册。《長樂老》云：「侍中里，太尉鄉。私門十六戟，封國齊秦梁。孝於家，忠於國。周旋四姓十一君，老臣富貴永無極。時開一卷，時飲一杯。樂而忘老，時不再來。菩薩行，孔子壽。執拗相公殿前奏，伊尹相湯一五就。」此作與前楊君六符作各極其妙。梅君伯言評徐詩云：「歐陽公《馮道傳》直書其自序，不著褒貶，以不足汙筆墨也。」此筆墨高處，余韙其言。

順德胡安波海平大令，曩官吾州，在任年餘，余初不知其工詩也。久之，以詩見示，《過邗江》詩云：「五千里外人重到，廿四橋頭月二分。」《甲寅年中秋望月》云：「十二回圓曾幾夕，五千里外又中秋。」宦蹟鄉情，只此可見。又因余《詩話》中有趙、王二君《松林庵古松》詩，先生擊賞，並作攷訂，指庵中之樹是柏非松。詩云：「伯山詩話古松詩，趙君沅芷王君勾生洵英奇。巧將古秀清超筆，寫出夭矯撐拏姿。讀詩興發閒步屧，撫樹低回三歎息。詩人藉藉詫古松，却非古松是古柏。豈不聞栢泉寺、栢梁臺，巨柏原是非凡材。豈不聞老子堂、孔明廟，枯栢重生吐靈曜。此栢拳曲盤龍身，也似偃蓋松輪囷。别含貞德具本性，故有香葉無蒼鱗。可惜托根非其地，偃蹇苔階低挺翠。只因挫屈山僧手，竟使不成梁棟器。如來殿側寄閒緑，衹得騷壇人可意。無如衡星精，默默難自鳴。庵倚樹成庵已古，影混疑似松居名。柏爲松掩事日久，遂使千載無公評。我思大谷大陵松栢壽，均與天地等長久。古木如斯亦非偶，表栢没松傷衆口。是栢是松終當剖，持詩仍質伯山叟。」余答其詩云：「展讀新詩論松柏，情如老吏判西臺。憐伊樹木多風雅，如此篇章大辨才。黛色非從孤嶼出，濤聲疑自半天來。崇祠亦有輪囷杏，更乞推求是孰栽。」自注：「胡安定祠中有銀杏一株，稱安定先生手植，不知是否？更欲先生攷定之。」先生又有《聞湖北官軍大捷同日尅復武昌漢陽》云：「陸陣長蛇水鸛鵝，雨城齊復此功多。東風縱火周都督，南海飛帆馬伏波。共快惡氛清漢沔，應無餘地匿妖麽。江淮不少貔貅旅，定許相隨奏凱歌。」《海門即事》云：「東指狼山更向東，鹽池歷盡道無窮。天雞若近扶桑國，水馬初觀蜑户風。煮麥家家禳颶母，收棉處處饗田公。滄波拓地空千頃，未可催租古郡同。」聲調高朗，議論正大。近日官移他處，亦復詩筒見寄也。

安波先生《見鸕鷀》詩云：「捕魚矜薄技，品類本貪污。烏鬼名堪鄙，青繩嗉早拘。奏功同獵犬，畫水比鵜鶘。爲爾開征税，禽中賤丈夫。」即物以示警，不惜言之痛快也。《蜻蜓》句云：「身輕飛不定，性警捕難忙。」亦有至理。《平橋夜泊》云：「客路風濤險，安平喜有橋。幾人題柱過，萬里數程遥。月影沙鷗宿，燈光酒旆飄。更深重繫纜，還恐夜生潮。」《泰州光孝寺》云：「喜過光孝寺，爲訪五賢堂。遠憶虞翻宅，還思教授鄉。徑松攢古色，庭竹耐秋霜。僧舍西城畔，陂塘送晚涼。」自注：「五賢堂在寺内，舊祀張綸、范仲淹、富弼、胡瑗、王覿也。粤東光孝寺是虞翻故宅。教授句，謂胡安定也。」

朱竹垞《詩話》謂：宋儒朱晦庵、明儒薛敬軒，其詩皆不墮宋人理窟。要之，其所爲詩，究不能非理而成，必師《擊壤集》一派，殊可不必。明薛文清已食兩廡特豚，而《河汾集》詩醇雅動宕，曾有「美人生南國，艷色世所稀。明眸一迴顧，草木生光輝」之句。《黔陽山中》詩云：「景好寧知是異邦，竹籬茅舍是蒼江。吏情更有山林趣，緑樹門前畫戟雙。」《竹枝詞》云：「錦官城東多水樓，蜀姬酒濃消客愁。醉來忘却家山道，勸君莫作錦城游。」如此類詩，不傷大雅，亦何礙於儒學乎！又如于忠肅公，明之社稷臣也，其詩之高峻，則如「炕頭炙炭燒黄鼠，馬上彎弓射白狼」，「塞外青天圍故國，雨中黄葉下空潭」，「紫塞北連沙漠去，黄河西繞郡城流」，「懷人此際隔千里，爲客明朝是十年」，是也。其猶夷之作，則有《暮春途中作》云：「雨中紅綻桃千樹，風外青摇柳萬條。借問春光誰管領，一雙蝴蝶過溪橋。」《擬吴儂曲》云：「憶郎直憶到如今，誰料恩深戀亦深。刻木爲雞啼不得，原來有口却無心。」夫有口無心，此是真正學問，絶大神通也，自在流出，亦何害於挺挺之大節乎！陳白沙集中亦有「老去又添新歲月，春來定有好花枝」之句，亦不失其陳白沙也。

寶應喬劍溪億孝廉論詩之旨，猶是長洲《晬語》之例，作詩亦守三《别裁》之繩墨。《銅陵東郊》云：「返照開積陰，秋容净洲渚。晴山舒薄嵐，霽樹飄殘雨。潛鱗逆水上，逸翮出林語。臨眺暮忘歸，寒烟上平楚。」《北河店曉發》云：「原隰莽迴互，驅車愁問津。亂流平渡馬，殘月早行人。席帽沾微露，荷衣積暗塵。客心良自歎，長路二毛新。」

《養一齋詩話》，山陽潘彦輔德輿撰也，尚論古人，多有見地。卷首即訾阮籍、陳子昂兩人，謂籍黨司馬昭而作勸晉王牋，子昂諂武曌而上書請立武氏九廟，皆小人也。以爲人與詩有宜分别觀者，人品少繆戾，詩固不妨節取；若其人犯天下之不韙，則並其詩不得而恕之。詩教不在聖教之外，若不明辨，則才士一門遂爲小人之逋逃藪。持論甚創，而苛於論詩不免矣。

又謂阿諛誹謗、戲謔淫蕩、夸詐期誕之詩作，而詩教熄，故理語不必入詩中，詩境不可出理外。謂詩有別趣，非關理也，此禪宗之餘唾，非風雅之正傳。余閱此條，於「理語不必入詩中」二語，最首肯膺服。

又謂某人某詩不如某詩，某人某句勝於某句，絜短較長，言之數數。愚竊謂詩人之作，但隨時拈筆而成，如必欲争勝於前人，而又妨後人之争勝於我，則荆棘滿身，幾於不能舉筆矣。即評論詩句，亦安得星秤隨身，洋尺在手，而一一爲之會計耶？可不必也。

龍巖魏笛生茂林觀察，懸車後寓居泰州，閉户著書，宏獎後學。詩不多見，衹見其《哭姪》詩云：「斯人何處去修文，惆悵豐溪日暮雲。賸有遺書三十架，旃檀樹下冷斜曛。」

淮安烈婦鄭懷蘇蕙，程作人振之室也。依兄佀梅，居揚州。賊至，陷城中，迫之入女館。刎未死，自縊遇救，又未死。因食額傷，不食死。有日記，自二月杪至六月盡。詩詞若干首，乳母攜出殘稿，族兄偉士杰孝廉録稿傳觀。吴讓之熙載舉以見示，《見題詩稿》云：「平生自悔近微名，此日真如夢乍醒。鷙鳥尚知留勁羽，啼鵑何處託哀音。解詩曾笑吾家婢，語讖仍空曙後星。只恐此心疑未死，僅教字字化青燐。」第六句注云：「有女生而不育，故云。」刎頸作《絶命詞》云：「一死未能求，九死須遂志。哀哀寸草心，自裁復何罪。骨肉如雨散，恩情圖報難。只將數行字，留與後人看。」《滿庭芳》詞一闋云：「三月烟花，二分明月，香車陌上如流。變來今日，犀甲帶吴鉤。何日王師雨洗，長驅入、迅奮貔貅。危城裏，天荆地棘，不是等閒愁。長淮三百里，回頭一笑，夢也休休。幸飛花兩地，翻謝河洲。自顧此身安寄，問前身、著甚來由。只餘得，青燐碧血，何處十三樓。」讓之題詞有「左姬才調班姬扇，晉代《璇璣》宋代愁」二句，可謂該括。余亦作詩云：「烈婦昔年侍湯藥，深宵刲股揮鋒鍔。甲丑之歲粵賊竄，揚州城危摧獸角。烈婦身在城陷中，宜死宜生費斟酌。淚眼盼王師，愁心俟夫子。夫子未至死傷勇，邇時欲死不遽死。延至六月人未歸，血淚迸裂霜同飛。爾時欲待不可待，宜死不死生何爲。賊來逼之入女館，胸中慧劍却能斷。刎頸未殊志愈堅，此時那得須臾緩。炎風入屋紅淚冰，膏油熬盡終宵燈。妙腕一篇《金縷曲》，空樑數尺朱絲繩。乳母將出絶命稿，觸之紙上一一皆生稜。烈婦者爲誰，是當記其實。鄭穎園之女，程作人之室。平生愛慕《璇璣圖》，氏鄭名蕙字若蘇。食頳傷後不食死，求死羞尋押不蘆，烈婦能將名教扶。族兄偉士録當途，徵詩更有延陵吴。謂讓之。我詩拙質聱牱無，終以三字吁嗟乎！」

曲阜孔宥涵繼鑅太守詩，余説詩已登續集矣。今以《壬癸于南》二册，託程文伯寄余，索拙輯一部。交易之後，展讀新作，覺前詩氣味學陶，兹集格律近杜。感時論事，格老氣蒼。《桃源》云：「秋深古驛寒無雁，水退人家夜有燈。」《河上晚秋》云：「月没澹於初月地，柳寒疎似柳青時。」《續排悶》云：「移節但聞將代將，徵兵久罷古屯田。」又云：「河渠移徙工誰代，鹽鐵紛紜論更多。」《平橋舟中》云：「城春柳外誰家燕，野哭天邊何處村。」《雜感》云：「有親忍説家爲累，無米何曾我不愁。」《留别南寺》云：「既拋肝膽從人役，何處林亭是我家。」《邵埭聞鄰舟琵琶》云：「太白高懸剛向夕，小紅低唱是何年。」《舟發寒河》云：「監門忍繪流民狀，名將誰兼國士風。」《江上》云：「漢室功名期耿鄧，江天圖畫改金焦。」如此類詩指不勝僂，酒邊燈下，令人擊節不置。

吾邑鐘、鼓二樓，余斷其爲南唐時造，集中言之屢屢。今里人築牆屋取土，地中獲鐵盔一、古鏡一，觀之，其爲南唐時物無疑。余賦二詩以紀之。《古鐵盔》云：「吁嗟乎，古盔乃是將軍遺，不知將軍者爲誰。土花斑駁地中出，形製偉岸光陸離。脣廣頂鋭腹中空，去聲。鑌鐵雙合圜成規。腹中可受二升許，其高九尺還有奇。鋭頭定爲善戰將，廣額亦是非常兒。我聞泰州作重鎮，兵起唯在南唐時。顯德二年爲周陷，旋看底定來宋師。前此兵戈不遽息，荆罕儒褚仁規防禦獸角支。淅矛炊劍晝復夜，甲胄蟣蝨良苦悲。或化蟲沙或猿鶴，原野血肉成膏糜。盔無欵誌作攷核，將軍姓名何由知。吾身生幸承平日，妖星掃盡蚩尤旗。隔巷時來觀古物，含飴鼓腹同游嬉。吁嗟乎，古盔古盔今日出底爲，得非要索詩人詩。我詩雖成實骫靡，聊將盃酒以酹之。新詩在手酒瘞地，古盔顯晦無窮期。」《古銅鏡》詩云：「古盔一歌歌未竟，友人請我歌古鏡。厚三四分徑五寸，土蝕無光月生暈。鏡背何所有，有字在其陰。大篆疑屬徐鼎臣，小篆似書徐楚金。但恨殘缺不可讀，令人展轉皆肓痗。其旁何所有，更有侲僮舞。長衣縩綷當風舉，手中不待持干羽。槮槮神物摇心魂，寂寂空堂颯風雨。吁嗟乎，雨往風來一鏡中，妃丁鼓鑄洪鑪紅。英雄五代竟何處，只賸區區百鍊銅。」吾邑之東，某村農人墾田，得數金條，上有字曰：「南唐金條」，寬有二指，長四五寸，或是賞軍士物。此事余得之韓上舍東膠所説，東膠蓋目見之也。

山陽方雲壑其洪學博，與同邑潘四農德輿同舉鄉榜，友善。與魯一同貫亦聲氣相競。莅吾州學篆，時時見過，煮茗挑燈，譚詩不輟。雲鶴飲余衆諸君於千江一月精舍，作詩紀事云：「城東祇園清且廓，樹嘑鴉鵲户羅雀。倚檻看山雲滿天，時晴不晴雨復落。昨宵霽色開黎明，海東日上光晶熒。出門但見露華泫，插禾割麥聞禽聲。歸來長歎惜無偶，拈毫憶我譚詩友。朝來一一惠然至，苜蓿堆盤樽魯酒。座中年長推康侯，延之堯年皆吾儔。袁生卓犖似麐角，顧郎俊爽同虎頭。更有兩君殊嗜好，何事牽引不肯到。康侯料事得先機，雅謔高譚令余笑。縱横世事增歎欷，丈夫跬步須防微。栢葉後凋猶自閟，楊花得勢齊争飛。豈知霄壤分得失，素絲一染要湔祓。此事難與外人道，勸君莫放杯中物。頻年烽火驚江鄉，赤眉銅馬紛如蝗。吾儕此間得安堵，却立仰視天蒼蒼。回看春色深如許，緑暗紅飄縈别緒。消愁惟有闗音韵，得樂居然忘爾汝。譚深忽覺凉意催，催詩有雨雨又來。送君出門雨不止，女牆無數野花開。」詩猶夷動宕，朗朗可誦。外有數詩見贈，語皆高妙。今撿稿不得，姑録此篇於集中，並誌余過焉。

今人紀游之作，凡經行之處，一山一水、一樹一石，無不形諸歌詠，見于簡册。但人心中若無感觸，雖遇名勝，何煩筆舌。勉强爲之，以爲記里鼓則可，以之抒寫胸臆，則未必爾。間觀陶元亮往來廬山屢矣，而集中絶無廬山詩，是不苟作也，夫豈集中竟軼之耶。

淵明《贈羊長史》詩云：「路若經商山，爲我少躊躕。多謝綺與角，精爽今何如。」又《飲酒》詩云：「咄咄俗中惡，且當從黄綺。」夫淵明人品不在黄綺之下，而淵明之推許黄綺如是。李太白詩云：「登舟望秋月，空憶謝將軍。」杜子美詩云：「清新庾開府，俊逸鮑參軍。」李、杜歌詩不在庾、鮑之下，而以之比方感歎，不過如此。是自況不得過分，譽人略無溢詞。何今人於寫懷之詩，而猥以巨公爲比；投贈之作，而輒以昔賢況之。僭妄之僭，實不自知其逾分也，是可唱噱。

施元之注蘇詩，此書開雕於泰州，余於《詩話續集》言之矣。猶恐其久而湮也，乃題《蘇詩施注》後云：「長江大河東坡辭，曾和微風細雨淵明詩。名公筆妙無不可，五十卷著英俊思。昔賢時代適相近，勤加注釋非阿私。注者誰，施元之。何年代，嘉泰時。傅君漢穉善謄寫，刻在淮東倉曹司。倉曹官廨爾時在泰邑，今無屋宇猶有基。至今蘇集徧宇宙，求之此事人罕知。我光邑乘爲表暴，職在後起安敢辭。元之編年適妥善，龜齡分體人共嗤。後來殘缺誰補綴，邵髯甚賴商邱貲。讀詩兼讀元之注，知人論世心神馳。此日安得景泰本，開函酒酹千瓊卮。」按傅君漢儒名穉，向在元之幕中，爲元之謄寫蘇集鋟版。此事南城曾某詩語亦言及之。

通州徐樹人宗幹臯憲《望嶽》詩云：「燕趙齊魯山之東，自東而西中州中。五嶽已覽恒岱嵩，勃勃其氣生吾胸。中原山盡入隴蜀，一年兩走華山麓。但見萬馬脊竦波濤奔，跨鸞騎鳳朝天門。縹渺王母滿頭雪，欲洗不洗空留盆。飽看山色日百里，三日仍在山之根。瓜皮皴皴斧臂誰畫工，仙人五指落太空。隱隱唐槐漢栢周秦松，夜碧時或聞清鐘。安得兩腋生翅飛上去，一日三周天外之三峰，手攀脚踏千朵萬朵之芙蓉。」余於友人册中偶見此詩，覺軒爽之氣，豁人胸襟也。

友人案頭有《瓣香山房集》，集中有《淡巴菰》詩，頗覺雋永。詩云：「東風吹緑瀛洲草，葉大於掌烟苗老。及時伐之編爲棚，搰搰移時藉日杲。晒乾細鉋如牛毛，小奚蓋露競相高。平頭奴子裝點倩荷包，有時收拾緑絲縧。饑固不可以爲食，渴又不可以爲漿。何來好事貧衲子，稱曰人間和合香。眼前多少饑寒色，便當服田而力穡。奚爲偏地種烟根，但覺有烟饑亦得。」集署南城曾修吉廷枚撰。

吾友尤柳村金城縣尉，曩築草堂於西墅，而又起小樓於東城，東西相望，形勢可觀。樓落成之日，囑余作記。余記成，並系以詩云：「高樓西北鬱嵯峨，海上名傳起櫂歌。三十六湖烟水外，此間獨聽雨聲多。」附記云：樓以遠眺望。間嘗怪闤闠之間有樓，而試登之，略無所見。但見左右民居，萬瓦參差而已。是可庋物而不可以眺望，何樓之足云。今柳村於居宅之隙地，起別墅而築樓於巽方。甫成之日，邀余與王一山廣文、陳研香孝廉飲酒落之，並囑記於余。余因思州治之西南，舊有所謂五藉樓者，謂藉東道院、南城垣、西岳墩、北佛寺、中市河。而兹樓之所藉，更不止此。兹樓之下有菜圃，有青溪，上有橋，過橋有文昌閣巋然立焉。折而東爲靖海樓，如鳳之昂首高翥。折而西有黌宮，有泮池，再西爲南山寺之浮圖。稍遠爲南關之橋樑，而岳王墩則隱約於疎林叢薄之間。其城之女牆，則從樓之左折而右，如帶之環腰而垂其韠。此蓋一城之中，而所藉已多矣。城之外又有菱芡浮游，漁歌唱答，鳧鷺出没，颿影往來。其最遠處則墟里炊烟，或連或斷，手摩心揣，皆可略言其村落。其所藉又若此也。而尤不止此。且夫藉于地者，亦藉于天。以一日論，朝日夕月，宵霞暮虹。以四時論，春冰夏雲，秋烟冬雪。無不千姿萬態，争妍鬬奇，以收納于一樓之中，而供其欣賞。所藉若此之夥，五藉云乎哉！且我州之城闕四，西北多廛市，而東南多園圃。廛市則估儈叢集，其氣譁囂。園圃則樹木蕭疏，其風清淑。昔有許主簿南園，歐陽永叔曾爲之記。又有天慶觀，爲宋徐神翁棲息之所。近又有徐萬侯孝子宅，在其樓之前後與右方焉。是可知清淑之氣，每鍾于此。柳村之子弟苟讀書樓上，惺然有得，則可爲名儒彦士，將樓與人俱播聞于海内，而稱名于後世。誠如登井幹者，時拾級而更上一層也。且空諸依傍，不難也，何藉之足云哉！是爲之記。時在咸豐元年仲冬月。

曩拼搽場繆某以《孤兒圖册》囑題，余作《孤兒行》一首，每句末俱系以「孤兒」二字。蓋孤兒失怙之後，育於母氏，艱苦備嘗。余詩激厲孤兒，再四諄囑，欲其善事母氏，以答其深恩也。或詰余曰：詩每句綴以此二字，有此體例乎？余云：君觀古詩《董逃行》一首可矣。

詩以二句爲一韵，夫人知之矣。亦有一句爲一韵者，栢梁體是也。又有三句爲一韵，數句爲一韵者，古詩甚多，指不勝僂也。且有以一句爲兩韵者，人習焉不察，未經道破。按古語凡七字，古人每於第四字爲一韵，第七字又爲一韵，如「天下《中庸》問胡公」，「説經鏗鏗楊子衡」，「五經紛綸井大春」，「避世牆東王君公」，「甑中生塵范史雲」，「素車白馬繆文雅」之類，皆是。是庸、公爲兩韵，鏗、衡爲兩韵，綸、春，東、公，塵、雲，馬、雅，無不爲兩韵也。

菖蒲花發時，人看不見。余《再續》集中，已引古今詩句證之。今偶記元微之詩「別後相思隔烟水，菖蒲花發五雲高」，李昌谷詩「官街柳帶不堪折，早晚菖蒲勝綰髻」，又「石上菖蒲九節死，游記彈琴迎帝子」，此又一證也。施肩吾詩又云：「十訪九不見，甚於菖蒲花。」此更一證也。

詩人用州名入詩，罔不夷猶動宕。唐張祜云：「潮落夜江斜月裏，兩三星火是瓜州。」李紳云：「嘹唳塞鴻經楚澤，淺深紅樹見揚州。」李白云：「夜發青溪向三峽，思君不見下渝州。」杜甫云：「今日南湘采薇蕨，何人爲覓鄭瓜州。」白居易云：「忽憶故人天際去，計程今日在梁州。」元稹云：「亭吏呼人排去馬，忽驚身在古梁州。」又云：「一種雨中君最苦，偏梁閣道是通州。」又云：「努力南門少惆悵，江州猶是勝通州。」又云：「惟有綠樽殘燭下，蹔時不似在忠州。」楊巨源云：「相思未路幾回首，滿眼青山過衛州。」宋楊傑云：「天末樓臺橫北固，夜深燈火見揚州。」黄庭堅云：「正字不知温飽味，西風吹淚古藤州。」陸游云：「名酒過於求趙璧，異書渾似借荆州。」國朝王士禛云：「試向竹西亭畔望，緑楊城郭是揚州。」德州旅壁無名氏題云：「而今我亦忘恩怨，一騎斜陽過德州。」他若「白日澹幽州」，「明月滿揚州」，「歌吹是揚州」，「馬頭紅日見揚州」，「一天梅雨下蘇州」，俱膾炙人口，指不勝屈矣。但「州」字皆用之於落句或聯句中，而首句用「州」字，則有劉夢得《西塞懷古》云：「王濬樓船下益州。」此爲天上下將軍，全首詩竟如破竹之勢，斬關奪隘之手，其清雄爲何若乎！

吾邑陳少方晉元明經遺稿，囑余點定。其贈余詩，有「得君來作中流柱，媿我曾孤國士恩」之句，不知何指。余贈少方詩亦有「歌傳江岸人皆啞，足踏名山我未忘」之句，蓋丙子歲余與少方同泊舟于燕子磯邊，鄰舟于月下有歌《長生殿・彈詞》一闋者，少方繼聲發響，鄰船即嘿爾而息。前數日，又與登清涼山觀落日。此二句蓋紀實也。

甘泉吴少文康布衣，家于北湖，與焦理堂徵君學問相劘切，著《白茅堂詩鈔》。《示兒》詩云：「一盂豆屑粥，見爾食常吐。豈知道旁人，腹飢鳴似鼓。」《飢民船》云：「託跡苦無地，朝昏傍大河。河邊鵝與鴨，不及飢民多。」《示奴》云：「蕭閒山水是生涯，不比神仙富貴家。掃地莫傷初長筍，烹茶須避半開花。」似此仁厚之語，王褒《僮約》未之有也。

吾鄉徐雲溪曉峰廉訪，器識宏遠，聲光隆鑠，立功皖水，洊登台司。因公錦旋，蓬門訪舊，袖詩一册見示。其紀事之作，皆身經百戰，而略述其光景也。其《硯銘》云：「掃欃槍，俾爾作干矛；澤蒼生，用汝作霖雨。遺我子孫，毋使瓦礫爲侶。」《爲袁筱隖侍御題石》云：「相彼拳石，孰與爾堅。磨而不磷，功可補天。豈一丘一壑之才也，當位置於燕然。」《東皋沈節母詩》云：「撫孤難，死節易。死節一身輕，撫孤宗祧寄。况乎上有白頭親，下有黄口兒，皆未亡人一身之所繫。孤兒已矣孤孫孤，問天不語唯天呼。於戲寒燈夜夜照冰雪，仰事俯畜母少缺。請君試看嫁時衣，淚痕盡化猩紅血。」《乙卯立秋懷袁午橋都御暨小午太史》云：「赤帝無權司烈暑，金風乘勢捲蒸雲。藉知景物隨時换，頓覺炎凉此日分。塞外雁鴻應結伴，天涯兄弟久離群。清商消息何須問，長笛一聲天際聞。」《道經濠梁之黄泥埠》云：「舊時春社是誰家，籬落空餘水一涯。蝴蝶不知人已盡，雙雙猶鬬野塘花。」《潁川凱旋即景》云：「鐵甲光寒耀日明，凱歌聲逐陣雲平。歸來兩岸芙蕖笑，一路清芬送到城。」《客窗聽雨》云：「旅館孤燈罩晚烟，一窗風雨對愁眠。來朝斫盡芭蕉樹，不許秋聲到耳邊。」字裏行間，皆有英氣，是豈小儒之循章摘句所可比乎？

吾邑張子譽嘉樹通守，著有《友恭堂詩鈔》。宦游浙日，類多題詠。余賞其《詠蘇小小墳》云：「粉黛亦千載，湖濱只一丘。羨卿成絮果，有客替花愁。斷碣藤陰罥，沿堤柳色柔。錢唐才不少，名獨美人留。」《悼亡》詩摘句云：「賸有靈龜占悔吝，恨無扁鵲識膏肓。」又云：「封侯夢醒知何處，戒旦人遥易感秋。」又云：「未免有情傷奉倩，可憐無福嫁黔婁。」又云：「福地早知成玉化，禍機何苦孕珠胎。天涯兵燹剛三月，人世風輪又一回。」蓋恭人隨宦於浙，浙亂前倉皇回里，厲居馬溝。生子後十數日，憂勞病故。子譽叙事分明，情文斐惻，不忍卒讀也。子譽入都日，游草亦富。余最愛其《過十二連橋》詩云：「獵獵風沙計日過，長安消息問如何。虹腰十丈馬蹴倦，殘照一鞭人渡河。」又云：「闌干十二影横空，虹影遥遥碧漢通。莫唱江南魚戲曲，田田荷葉也西東。」其他好句如：「功名可信關天分，時節何堪各異方。」又云：「桃花人面空惆悵，柳色旗亭自往回。」又云：「萬劫都憑天意轉，百年幾見月輪圓。」類皆風姿摇曳，朗朗可誦。

余之《詩話》，有海外星使姜姓，至京師琉璃廠購得一部，深爲擊賞，趁使舟帶回。副使某未得，快快不已。江都錢子奇行篋中有此，舉以贈之，喜甚。錢歸告余，時頗自得。近閲宋楊龜山先生《遺事》云：「昔西南夷嘗以梅聖俞《雪》詩織布，而歐陽永叔只於野録載其事，不入誌銘。蓋姓名爲蠻夷君長所知，豈足道哉。」龜山行狀中載高麗國王事，所以不得書也。時閲此論，則又深服昔賢之識見大而遠矣。

宋吕侍講贈楊進之詩云：「獨抱遺經唐學士，差强人意漢將軍。」國初某上某詩云：「分陜旌旗周太保，沸天鐘鼓漢將軍。」贈人詩如此鄭重，宜也。又有某詠藥中甘草句云：「歷仕五朝長樂老，未曾特將漢留侯。」何工妙乃爾。

甘泉俞振宇宏勳太學喜讀陸劍南詩，著有《西岑書屋詩存》。《湖上看桃花》云：「此日平湖上，桃花肯媚人。黄鶯嬌獨語，不是昔時春。」《京口歸舟》云：「山雲作雨催春去，江水爲波送客還。」哲嗣朗夫焜太學，世其家學，《春晴》云：「輕暖輕寒日影斜，游人芳草悵天涯。柔絲一縷東風裏，撲上楊花又菜花。」《山莊》云：「迎門一水卧垂楊，風束連錢錦帶長。昨夜忽添三尺雨，釣磯深處浸昌羊。」其最工秀之句，尤莫過于《憶山居》云「石首來時開芍藥，畫眉啼處熟櫻桃」二語也。

甘泉談蓉舫恩誥待詔，著《錫山書屋存稿》，詩多工整清穩之作。《湖上漫題》云：「赤岸湖邊路，尋幽到水涯。閒情寄鷗鷺，風味足魚鰕。春雨延瓜蔓，秋風長稻花。山翁與溪友，把琖話桑麻。」《寒雀》句云：「争枝瞥過初陽裏，得食群飛暮靄中。」《春雨》云：「翦韭賓須今夜款，賣花聲待隔宵聽。」《春草》云：「深巷滴殘吴苑雨，長門開老漢宫花。」

儀徵車竹君元春廣文，甲寅年因公來泰，與吴小芝僦居僧舍，昕夕過從。竹君詩如束筍，《荆門游草》中尤多佳構。《登迴雁峰同徐肖坡》云：「三千餘里同爲客，七十二峰高插雲。古木陰森風浩浩，清湘屈曲水沄沄。萬家烟火分明見，《九辨》、《離騷》不可聞。雁自迴翔人自在，憑欄空復憶斜曛。」《瀟湘道中》云：「白雲終日笑人忙，荔浦蘅皋又夕陽。九曲青山萬竿竹，艣聲如雁過瀟湘。」《楓橋晚泊》云：「金閶門外古楓橋，七里山塘趁晚潮。一曲吴娘歌未了，篷窗暮雨已瀟瀟。」其贈余詩有云：「説來匡鼎頤先解，老去馮唐鬢已皤。」

甘泉吴小芝世鈺州佐，著有《蝸牛廬草》。《蘭儀道中》詩云：「蘆花瑟瑟柳絲絲，匹馬行來獨覺遲。不雨不晴天易晚，等閒過了立秋時。」《鄚州》云：「濃雲如墨殷雷聲，屈指長途十日程。儂自乞晴人乞雨，大家心事不分明。」小芝才氣跅弛，而語自醖藉。

小芝以其大父暮橋魯府倅《古愚軒稿》見示。暮橋家務總鹺，後漸中落，然拂鬱之境，無損於磊硌之胸，發于詩歌，類多通侻。《晚泊》云：「薄暝停橈處，茫無岸可登。帆收川上雨，人語葦間燈。水遠江千里，天空雁一繩。西風蕭瑟裏，獨坐似枯僧。」《夏日憶焦山》云：「萬里江流到此寬，海門相近聳孤戀。涼雲封户蝸牛小，老樹撐天石壁寒。京口挂帆沽酒易，斗邊問信泛槎難。終須逃暑尋前約，雨笠烟簑一釣竿。」《江行雜詠》云：「江上蘆花頭白早，山中楓葉頬紅遲。雁流孤響客偏聽，漁守空罾魚不知。」《曉行》云：「捨棹尋途夜正闌，回頭殘夢落江干。平生不慣因人熱，破帽疲驢耐曉寒。」其胸襟如此。

江都謝守之夙精金石之學，性古樸，工詩。《癸丑歲前述懷》有句云：「事去何須生後悔，劫來原不許先知。」郡城亂離，語爲讖矣。又句云：「黄葉孤村愁裏住，緑楊老屋夢中還。」亦佳。

吾鄉王子石舊名柱，今更名桐，見余詩話之輯，作詩見贈，有「人多附驥揚眉早，我媿登龍點額遲」之句。余用來韵贈其計偕入都，亦有「終軍才略驚人早，鄧禹功名笑客遲」之句。越日，子石袖稿見質，嶽嶽懷方，英英露爽，洵未易才也。集中有《義士行》一篇，爲戴儀廷作，詩重義行，故首登之。詩云：「義士戴君，孰表其微。義士有友，死無所歸。上有老父，下有孤兒。寡妻泣血，莫知所爲。義士曰于我殯，附身附棺者，吾獨任之。」一。「爲具衣冠，斂以巨棺。不取其值，友父何顔。竟取其值，友家甚寒。故減其值，待兒長乃還。是謂行其心之所安。」二。「死者已矣，生者誰顧。顧友之父，危如朝露。顧友之兒，呱呱待哺。義士謂友父，孤兒善保護。兒能讀書，請就外傅。有不足者，量力而助。」三。「嗟嗟義士，人笑其愚。憎之多口，皆賤丈夫。吾謂此舉，古有今無。今能行此，聖人之徒。如義士者，乃可將伯呼。議義士者，請爲絶交書。」四。他如《入都别弟》句云：「亂日偷安難畫策，平時作福要隨緣。」《别内子》云：「翁姑要當爺孃看，妯娌嘗如姊妹情。」皆真摯有味。稿中有《同人集晚香亭雨夜聯句效韓孟體用四豪全韵》，得一千二百字，波瀾壯闊，才氣縱横，惜集隘不及備登。

子石《讀白香山集書後》云：「老嫗猶知絶妙詞，晚唐詩教待誰持。江頭送客聽楓葉，洛下參禪放柳枝。清婉文章先夢得，從容出處傲微之。海山深處風能引，願向仙龕一問奇。」知人論世，不深不淺，最難得此副筆墨。

徐竹江《金陵懷古》有句云：「金川門破周公忍，鐵鎖江開孺子沖。」王子石和韵云：「梅花有節標忠義，瑶草何能輔幼沖。」兩押「沖」字俱妙。其借對處，如「周公忍」、「孺子沖」，「梅花」、「瑶草」，皆觸手紛來，異樣巧妙。

吾邑王寬甫仁淵明經《詠史十二章》，多有見地。余賞其中一首云：「三代後堯舜，首推曹阿瞞。曹家有父子，禪讓開其端。王莽作周公，猶云暫居攝。曹丕託虞夏，公然承帝業。魏武雖英雄，徒爲始作俑。司馬循厥例，陵樹荒遺塚。一傳復再傳，宋齊與梁陳。嗟哉二百載，朝廷無君臣。但知四海富，共羡天子貴。詎問南河南，當年有人避。開國如唐宋，非不稱盛治。惜乎禪代間，猶與後人議。平陽與蒲坂，精光永不磨。獨異三代後，堯舜何其多。」意亦猶人，而説得透闢，是以可貴。《早行》詩云：「雞聲催客起，旅店板門開。殘月背人落，曉風吹面來。車燈光漸澹，征鐸響何哀。萬疊紅雲裏，朝暾出樹隈。」《五花橋渡河》云：「橋斷溪深可奈何，平堤滚滚起洪波。揚鞭呼渡朔風緊，人馬一船同過河。」《官軍收復揚城》句云：「天假黄巾完浩劫，地因白起變深坑。」《官兵討賊》云：「趙卒無辜逢白起，唐臣終竟滅黄巢。」兩用白起事，皆奇確。《沂水山行》有「石角當車似螳臂，輪蹄迸鐵出豺聲」之句，尤覺警拔。寬甫弟正甫義淵，與兄塤篪迭和，《野眺》句云：「天净雨初過，樹遥烟自生。」《偶題》云：「車水有瀾隨脚轉，野船無舵倒頭撑。」《詠雪》云：「地非斥鹵鹽平積，畫出湖山粉太濃。」又云：「有曲自應歌《玉樹》，舉盃權作宴瓊林。」亦工妙。

門人劉春墅天榮文學，胎息唐賢，詩多工整。《泊三江口》詩云：「篷窗獨坐已更殘，翦燭攤書興未闌。客裏有詩和酒到，船頭得月帶潮看。孤身倍覺征程苦，瘦骨難支水氣寒。但望來朝得風利，一帆安穩渡江干。」《輓游擊將軍袁貴戰殁》云：「孤軍深入粤西山，海上登程鬢半斑。慷慨獨能期一死，將軍無怪不生還。」《秦淮雜詠》云：「阿男好句重當時，記得漁洋雜詠詩。知否棲鴉流水外，青溪舊有小姑祠。」《小游仙》云：「霧鬢雲鬟貌絶倫，誰知劉阮戀紅塵。郎君重訪天台路，只恐桃花笑殺人。」又云：「楷法眠蠶寫萬行，彩鸞詩韵墨飛香。神仙也有饑寒累，日日天涯賣字忙。」《過楓橋》云：「金閶門外柳條條，十里寒山入望遥。正是清明時節近，滿篷烟雨過楓橋。」俱朗朗可誦。

《宋史・河渠志》：「黄河隨時漲落，故舉物候爲水勢之名。自立春之後，東風解凍，河邊人候水初至，凡一寸，則夏秋當至一尺，頗爲信驗，故謂之『信水』。二月、三月，桃花始開，冰泮雨積，川流猥集，波瀾盛長，謂之『桃華水』。春末蕪菁華開，謂之『菜華水』。四月末壟麥結秀，擢芒變色，謂之『麥黄水』。五月瓜實延蔓，謂之『瓜蔓水』。朔野之地，深山窮谷，固陰沍寒，冰堅晚泮。逮乎盛夏，消釋方盡，而沃蕩山石，水帶礬腥，併流于河。故六月中旬後，謂之『礬山水』。七月菽豆方秀，謂之『豆華水』。八月菼薍華，謂之『荻苗水』。九月以重陽紀節，謂之『登高水』。十月水落安流，復其故道，謂之

『復槽水』。十一月、十二月斷冰雜流，乘寒復結，謂之『蹙凌水』。水信有常，率以爲準。」余柬陳茂亭農部詩云：「我有瘠田難養拙，時逢信水更添愁。」茂亭來游，時方二月杪，水澤大至。吾邑每逢湖水下注，下河田疇盡在水中，余故憂之云云。或問余，信水何謂，余因直書此以對。

江寧張仙槎寶布衣，性嗜游覽，足跡幾半天下。徐霞客之後，復見其人。刻有《艤槎圖》五册，遍徵名公詩句。鮑雙五桂星少宰題云：「吾行半天下，足跡尚輸君。再見徐霞客，前無宗少文。交游多俊及，筆墨總烟雲。畫册兼詩卷，風流海内聞。」

凡説詩者易于沾滯。杜詩《十二月一日》三首，末首有「即看燕子入山扉，豈有黄鸝歷翠微。短短桃花臨水岸，輕輕柳絮點人衣。」人謂十二月一日有燕子、黄鸝、桃柳、花絮，或他處無有，而雲安有之。此真臆説。彼讀杜者，未曾終篇，蓋末有「他日一杯難强進，重嗟筋力故山違」二語，謂他日之景，恐不能如今日之賞翫也。且三首之第一首中，有「未將梅蕊驚愁眼，要取椒花媚遠天」之句，夫梅尚未及見，豈遽有桃柳可見乎？且第二首末有「春花不愁不爛漫，楚客惟聽棹相將」，遥憶春花，直到桃柳，豈非過峽語乎？公詩律最精細，不亂一絲，不應一口兩舌。彼讀詩者匪獨不能顧後，亦不知瞻前，摇筆弄舌，烏可鹵莽乎。於以知作詩固難，説詩尤難，即讀詩者亦復不易也，慎旃。

唐賢《登慈恩塔》詩，如岑嘉州、杜子美、高達夫三詩，可謂工力悉敵，鼎足而三。岑詩云：「秋色從西來，蒼然滿關中。五陵北原上，萬古青濛濛。」杜詩云：「高標跨蒼穹，烈風無時休。俯視但一氣，焉能辨皇州。」高詩云：「秋風昨夜至，秦塞多清曠。千里何茫茫，五陵鬱相向。」是也。此外又有儲光義詩云：「誰道天漢交，逍遥方在兹。冠上閶闔開，履下鴻雁飛。」非不警拔，已不逮岑、杜、高三公之作，昂首天外矣。薛據之詩，又無論已。庚午秋，余游金陵，《登報恩寺塔》詩云：「金陵古雄鎮，寶塔蟠地紐。攫身上幾層，足趾越林藪。盤空門洞豁，龍象闖户牖。一望不知處，坤輿鬱廣厚。伊南越閩亘，經北燕趙走。蜿蜒路萬千，此處驤龍首。高天無烈風，往來塔中有。僧伽趫插足，松喬喜抗手。敻絶令人怖，形勢亦太陡。昔人作功德，祇此垂不朽。青蒼仗佛力，庶足要平聲長久。」余生諸賢之後，自傷足跡不遠，眼孔亦窄，況才質疲薾，不能發揮盡致也。然境地不同，或可自解。

《漁洋詩話》載邵陽孝廉康孟謀乃心《莊襄王墓》詩，蓋從慈恩寺塔壁見之，因爲之揄揚，一時名噪輦下。沈文慤乃謂王新城欲顯揚其名，而其詩猶未能副其實，此又任意排衆議，而獨騁己見也。余謂此詩清刻有之，而淋漓盡致，才不可掩耳。詩云：「原廟衣冠此内藏，野花歲歲上陵香。邯鄲鼓瑟應如舊，贏得佳兒畢六王。」

丹徒趙亦樓仁山年逾七十，兵亂後旅食風塵，懷中刺滅，篋有篇章，執爲羔雁。《自述》句云：「無端烽火經三載，不渡彭蠡已二年。」又云：「春秋富我花間月，貧賤驕人酒後詩。」又云：「今夕親朋稱上壽，全家兒女各他鄉。」《燕子磯》云：「燕子胡不飛，化作一卷石。燕子胡不歸，江南望江北。」録此四語，竊爲此老哀之，以見末路之悠悠，勞人之草草也。

詩人趙小樓大猷家住艾陵湖上，有樓枕湖，時從京師還，以詩稿見質。中有《乙巳年六月十五紀水災行》詩甚佳，因篇長未載。集首題辭，趙穉梅詩云：「謝公堤外湖水秋，謝公堤下官河流。晚風吹落一聲笛，人倚月明何處樓。」朱雲溪題云：「一枝妙筆有誰同，半是天工半畫工。數典徵書亦何用，不如君出性靈中。」「曾指淚眼哭蒼生，紙上于今聽有聲。絶似《流民圖》一幅，邳州六月水災行。」

益陽湯海秋鵬侍御，著有《海秋詩鈔》。余耳熱久矣，而未見也。今輯《三續》繕清稿，忽聞王子勤太守家有此本，借讀一過，則見垂天之雲，大河之水，不勝瞠眙駭歎，姑割雲一角，挹水一勺可耳。或謂録之太隘，不足以饜人之心，然一角之雲，自可知垂天之勢；一勺之水，自可味大河之流。奚不可乎！《黄金臺歌》云：「天昭兮日星明，地固兮河嶽并。燕昭仁兮郭隗榮，獨立蒼茫兮吾淚横。」《久不得家書》七首録二，云：「朝望家書來，暮望家書來。山川浩浩隔，愁懷安可開。出門見行人，言從湘水隈。約略問鄉井，沈思轉成猜。悠悠白雲下，悵望東南天。滄海無停流，骨肉有常圓。徘徊重徘徊，夜夢何肫然。上堂拜父母，白髮舞蹁躚。下堂呼弟妹，爛漫供盃筵。父母良我慶，弟妹良我好。里閭姻婭問，良不我懊惱。」「醇醪不言醉，醉後耳忽熱。骨肉不言思，思腸暗中結。憶昔始朝天，書生腐可憐。父母重念我，一月書一篇。中間稍疎闊，一歲三五書。今茲太迂滯，一歲兩書無。慘慘遊子顔，寂寂長安居。眠食一以闕，肥瘠將焉如。愁深不可道，出望門前草。草色何青青，東風吹嫋嫋。我懷鬱不開，美景爲誰好。」《反行路難》云：「太行峩峩與天齊，下有平地吾息棲。黄河浩浩沙土裂，中有清流吾度之。請看古來行路人，愚者枯朽知者伸。周公居東鴟鴞惡，制禮作樂昭其文。孔孟皇皇不暖席，道高端欲扶崑崙。屈原沈汨羅，千載爲悲辛。荀卿徙蘭陵，其書乃大醇。馬遷囹圄雄投閣，擬經修史淩丘墳。奔波身事得李杜，光芒萬丈垂嶙峋。青天白日爲俯仰，顛風苦霧皆精神。君勿悲歌行路難，人生到此天骨完。回我輪與蹄，莫上十步九步之巖巒。理我檝與棹，莫犯崩山泣石之波瀾。蛟龍連蜷不能攫其肉，豹虎呀呀不能啄其肝。紫芝擢潤秋霾删，古玉埋穴鬼物環。伯樂一過駑駘頑，丈夫豈合長摧顔。」《今夕行》三章録二，云：「今夕何夕秋風發，川水欲冰山見骨。老蟬啁啾著樹乾，瘦蝶伶俜撲窗突。秋風於汝意云何，嗟我與汝本殊科。牆上之蒿不可倚，莖枯葉脱無回波。」「今夕何夕秋月白，河漢迢迢夜脉脉。天上雙星太纏綿，人間一劍獨躑躅。身無羽翼淩天閶，投壺玉女難依傍。短飛齪齪勿復道，蟾蜍知我之心腸。」《郊行》云：「出郭延秋色，下馬立斜陽。野闊山千點，天高鳥一行。雨生空際緑，雲向斷中黄。來就東家飲，枇杷樹樹香。」《聞雁》云：「送響入虚空，春長萬里風。雁方來北地，人苦憶南中。借問洞庭水，應憐客子蓬。鄉書勞汝寄，斟酌旅愁工。」《陶然亭》云：「萬點蘆花撲羽觴，百年客子怯秋光。西山如幕邊雲紫，古刹無人木葉黄。衮衮物華隨歲月，飄飄旅宦有文章。登高騁望乾坤大，何處烟波是故鄉。」《再贈唐鏡海先生》云：「飽讀群書鬚髮老，半生羈旅雨風孤。燕齊楚粵天青紫，猨鶴沙蟲人有無。年少或能欺杜甫，道高端不泣楊朱。悠悠弄玉吟風意，茂叔何曾是腐儒。」《長干里》云：「女莫嫁長干，長干競商賈。月莫照長干，長干秋思苦。」《幽州九日》云：「滿把茱萸當采薇，天涯九日淚斜揮。登高怕見南飛雁，人自傷心雁自飛。」侍御每一摇筆，輒有數千言；集杜詩五律，亦有一百六十首之多，從來詩人，未曾有此。余曩見夢文子麟司寇詩集中多長篇，頗類侍御，然其曼衍處，猶不若是。

又《白日幽州女》詩云：「白日幽州女，年可二十餘。生小不知愁，聰麗與人殊。十三繡衣裳，紫鳳夾天吴。十六整雲鬟，雜珮鳴瓊琚。二十無夫家，慈母爲嗟吁。母兮忽已殁，黄金忽已少。華屋不得居，兀倚蓬屏曉。摘彼明月璫，捲彼朱萼裙。去换薪與米，以贍兄嫂貧。阿兄不解事，掩淚難開口。草草嫁秦中，夫年四十九。入門但低頭，瑟縮羞明月。且傾連理盃，更訂同心結。不憾夫君老，但憾妾緣慳。本非鳳皇儔，安得巢仙山。不憾妾緣慳，但憾妾顔色。若非桃李花，那得狂夫折。人生若朝露，太息千萬端。妾聞班婕妤，團扇憾棄捐。但道棄捐苦，不識相逢難。我欲盡此曲，此曲悲且繁。」此曲宛轉關生，恰到好處。

臨桂朱伯韓琦侍御，詩有盛名。曾作《新鐃歌》數十章，以紀我朝開國武功之盛。前從友人行篋見其抄本，惜不能記憶，祇記其《費英東》、《陰山塞》二曲。《陰山塞》云：「陰山塞，花馬池，池上煮鹽多健兒。西北面面皆距河，柳可爲笴地宜駝。麥垛有鐵可鑄戈，年年巴噶來議和。」《費英東》云：「費英東，儒將何雍容。額亦都，殺敵心膽麤。順科洛，沈勇多智略。三子信神駿，直義尤桀卓。歃玉歡然篤勳舊，銀黄兔鶻看輻輳。問誰虎視立殿前，老臣諤諤建正言，我尤愛公能好賢。」

長沙李梅生杭太史，有《小芋香館詩鈔》。人傳其《莫愁湖》詩云：「莫愁何處住，住在湖上頭。年年湖水緑，流不盡春愁。」

文士習爲辭章，不能詩者無論已，即善詩者，亦不過完其本分，非罕事也。若武臣壯夫，素不習此，而隨口歌謳，有如天授。如六朝沈慶之《上偪成詩》云：「朽老筋力盡，徒步還南岡。辭榮此聖世，何媿張子房。」曹景宗《奉敕成詩》云：「去時兒女悲，歸來笳鼓競。寄問路旁人，何如霍去病。」沈、曹兩詩，動合天籟，而結意亦不謀而合。彼文士之弄柔翰，必務鋪排點綴，何如此之磊落英多耶。

詩用叠字，三百篇中每下字鏗然，實爲顛撲不破。如雎鳩曰「關關」，鳴雁曰「嗈嗈」，黄鳥曰「交交」，雞鳴曰「膠膠」，鹿鳴曰「呦呦」，馬鳴曰「蕭蕭」，蟲鳴曰「喓喓」，體物審音，各不相假。倘謂鳩曰「膠膠」，雁曰「關關」，鳥曰「交交」，雞曰「嗈嗈」，則斷乎不可矣。謂鹿曰「蕭蕭」，馬曰「呦呦」，則愈不可矣。且楊柳曰「依依」，桃華曰「灼灼」，松栢曰「丸丸」，棫樸曰「芃芃」，卉木曰「萋萋」，亦碻切不移。他若狀人之氣象，「穆穆」非天子不可，「皇皇」非諸侯不可，「濟濟」非多士不可，「厭厭」非良人不可。「草草」爲勞人，「悠悠」爲行路，「佌佌傲傲」，實形尾瑣之子；「屑屑泄泄」，是爲讒慝之夫。人難匿影，物無遁形。千古文章，周已郁郁，後世以類充之，則有「腷腷膊膊」、「磊磊落落」、「淒淒切切」、「纖纖團團」諸叠字矣。司空表聖《詩品》曰：「采采流水，蓬蓬遠春。」蓬蓬二字加於遠春之上，是有可解不可解之妙，會心人共領之。則知古人叠字多非妄下也。

《詩》三百篇，宣聖謂多識鳥獸草木之名。夫草木之入藥而别立其名者，亦不可指數。如「采采芣苢」，芣苢，車前子也。「陟彼阿丘，言采其蝱」，蝱，貝母也。「山有榛，隰有苓」，苓，甘草也。「牆有茨」，又「楚楚者茨」，茨，蒺藜也。「南山有枸」，枸，枳枸也。「山有蕨薇，隰有杞桋」，杞桋，狗檵也。「中谷有蓷」，蓷，益母。皆是也。

白香山《琵琶行》自「轉軸撥絃三兩聲」下，已曲寫琵琶聲調；至「冰泉冷澀絃凝絶，凝絶不通聲漸歇」，則一曲畢矣。下曰「别有幽愁暗恨生，此時無聲勝有聲」，則含情不盡，當以無聲之聲了之，何以下有「銀缾乍破水漿迸，鐵騎突出刀槍鳴」四句也？此一疑義。又云：「嘈嘈切切錯雜彈，大珠小珠落玉盤。間關鶯語花底滑，幽咽流泉水下灘。」此蓋寫琵琶之或疾或徐，俱成曲調，「間關鶯語」下應下一「滑」字，而「幽咽流泉」下宜有許多曲折停頓不得，遽曰「下灘」矣。此亦一疑義。有老友告余曰：古善本《香山集》「無聲勝有聲」句，勝字乃「復」字也；「幽咽流泉水下灘」句，灘字乃「難」字也。余固未見此本，細思「復」字「難」字近是，而「難」字尤覺語妙，姑存此説可耳。

伯山詩話三續集卷二　話今

泰州康發祥瑞伯氏編輯
門人王鴻業雪颿校勘

江都汪舟次楫檢討，與宛陵施愚山、櫟下周櫟園、三韓孫豹人、吾鄉吴野人相友善。《山聞詩鈔》中，與諸君倡和之作甚多。《答豹人》詩云：「劍氣没已久，君來何所望。登臨一浩歎，仿佛有光芒。白草收殘霧，青楓變早霜。哀憐與慰藉，書卷最凄凉。」《與野人豹人王安節諸子集天寧寺杏園》云：「落日散芳草，暄風下高樹。步屧隨鳴鳩，正與鐘聲遇。萍蹤忽然合，各各述行路。江右無蟖簹，河北無清酤。炎方當此日，早有流螢度。誰能誇汗漫，但許留詞賦。相逢且復飲，請看髮多素。」《紫峰閣有懷吴野人》云：「我登紫峰閣，正對梅花臺。老友吟詩處，梅花爛漫開。山迴風不下，花落蝶還來。臘酒家家送，何由共舉杯。」《哭櫟園先生》云：「每逢佳士必書紳，最愛吴陵吴野人。一卷新詩誇國士，百年荒海識遺民。牙籤插徧烏皮几，桀戟迎來折角巾。江左風流千古在，文章交道總如神。」閱此詩則野人之品望可見，而櫟下之延攬亦可見也。

余曩讀儀徵貴仲符徵之制藝，精深博大。後見《安事齋詩鈔》，亦典雅修潔；間有攷證，實與制藝爲兩副筆墨。《古意》云：「主人患鼠夜盜肉，乞得烏圓傍厨宿。烏圓噬鼠鼠常逃，群鼠不復來竊膏。豈知嗜肉不嗜鼠，夜呼群鼠私與語。群鼠戢戢拜下風，誓將竊肉奉乃公。但願乃公斂牙爪，此生不復憂鮮飽。花陰日午言嬉嬉，此情勿令主人知。」《曉過丹陽》云：「崇岸河流澀，浮舟僅半篙。市樓臨壞堞，估客聚長壕。香火叢祠盛，烟雲一塔高。輕寒應作雨，料峭入征袍。」《鰣魚》云：「時出正緣鹹淡水，陳思名理試分疏。」自注云：「曹植説曰：『鹹水之魚，不游于江，澮水之魚，不入于海。』今按，鰣魚本屬海魚，春夏之交潮汐盛，鰣魚偪入于江，而究非其所習，故爲漁人所獲，且攖網即死，其氣先竭也。」攷核亦自可貴。

大興舒立人位孝廉《瓶水齋集》，余曩時從友人處見之，後輯詩時獨無此本，故前此失載。今從吴蓮芬觀察處借得，觀其各體皆佳，而尤工於樂府。集中《蘆溝橋行》一首，特臻語妙，殊堪嗢噱。云：「蘆溝橋，來去路。舉子忙，關吏怒。青袍中央坐麤官，兩廊吏役圍春寒。公車歷碌止橋側，一一呈取文書看。彼官肉食不識字，以目上下僞作觀。衣裳在笥書在腹，公雖無税私有然。爲言客囊久羞澀，恰有二百青銅錢。供君一飽如律令，君其努力頻加餐。麄官睨錢如未足，買菜拾矢再三瀆。增之一分笑口開，車聲隱隱過橋來。」《漂母祠》云：「長樂開鐘室，淮陰失釣筒。後先兩女子，生死一英雄。知己自難得，封侯竟不終。至今祠畔樹，獵獵起雌風。」《夜發湘陰縣》云：「湘月一痕初，湘烟四面鋪。夜來天似水，客夢楚連吴。青草飛胡蝶，黄陂唱鷓鴣。三更最奇絶，門外洞庭湖。」《琉璃河》絶句云：「琉璃一曲石橋波，中酒攀條歲歲過。送盡行人還自去，道旁楊柳已無多。」《東阿城下作》云：「建安人物不同時，行盡山阿覺路歧。封建已成桐葉戲，嫌疑難感豆萁詩。酒邊走馬思年少，波上驚鴻赴夢遲。惆悵十三行自在，一生贏得是相思。」《寄稚川》云：「年年遼海悵西風，况是唐衢哭最工。誰識文章三戰北，忽隨烟霧一竿東。掉頭忍爲鱸魚去，市骨終期駿馬空。不比長門閒賣賦，故人早晚薦揚雄。」通觀立人詩樂府諸作，真有銀瓶瀉水、玉盤走珠之妙。五七古用韵轉韵處，往往如風行水上，自然成文；近體詩多講對仗工巧，貪用故實，不免有君患才多之弊，蓋餖飣多而雄渾少也。識者鑒之，或不河漢余言。

陶淵明《桃花源詩》本是寓言，恰非實事。唐王右丞、韓昌黎詩已盡其妙，再難言説。《瓶水齋集》中有《仇英桃花源圖詩》，竟似實有其地矣，而詩筆極奇特。有句云：「君不見，阿房宫中三月火，函關一丸不能鎖。火光迸入武陵谿，烘出桃花紅萬朵。秦人避火聞花香，漸入佳境非故鄉。外觀蛇鹿内雞犬，一十七史龍玄黄。」又云「太守何須更問津，仙人大抵無情人。無情有情轉愁疾，但見山深而林密」云云，又是一副筆墨，不可不爲之摘出也。

《赤壁》詩云：「八十萬人一火燒，大江水湧東風焦。舟中之指不可掬，烏鵲繞樹魚龍騷。譆譆出出毫社謡，楚炬調調之刁刁。突如其來第幾爻，不待卜戰龜先焦。周郎年少孫郎豪，阿瞞老去慘不驕。來時水上願一鏖，去時火中拚一逃。三步腹痛何處橋，恨不春深鎖二喬。前此長平四十萬，天陰鬼哭白骨銷。後此連營七百里，畫圖一一裂紙條。炎精赤烏當塗高，樓船鐵鎖雪捲濤。須臾三馬同鑿槽，金甌缺處如破窑。青天一髮横魚舠，古無人蹤石嶕嶢。春江花月以酒澆，有客嗚嗚吹洞簫。」立人此類詩如宜僚弄丸，公孫舞劍，是其長處；但騁才衒博，每有趁句。如此詩中「三步腹痛」二句可删，此用小杜「東風不與周郎便」詩意，然喬玄之「喬」，即是「橋」字，不必叠用。「須臾三馬」兩句，亦可節去，嫌與上下詩意如横風吹斷也。

《邯鄲道上作》最有風韵。詩云：「細雨濛濛掃薄埃，邯鄲道上杏花開。春愁宛轉隨車轍，古意蒼茫付酒杯。未熟黄粱唐小説，已埋青草趙叢臺。不嫌茅店知音少，曲項琵琶夜抱來。」余又摘其句如《遥夜》云：「鐘魚遠近湖邊寺，燈火高低水上樓。」《濟州道中》云：「月子彎彎秋有信，星辰落落水無邊。」《詠史》云：「河朔終歸唐土地，巴西初諭漢文章。」是皆警拔。

新安程鄂軒榮功孝廉，簡敬公之哲嗣也，著有《潔華館詩稿》，郵寄見示。集中樂府篇什，諸多奇作，摘録其尤者。《齊雲山浩歌》云：「天門詄蕩開石隙，萬嶂圍天天宇窄。我梯雲棧叫帝閽，到此鴻濛纔一闢。上界清虚碧玉府，珠簾不捲晴飛雨。峭壁嵌碑神座旁，古人名與真仙伍。脚踏青霄還進步，黄冠引我雲房住。一盞清泉不敢嘗，恐教惹出驚人句。靈區閬閬仙所都，碧琉璃瓦黄金鋪。鐘鼓無聲旂自展，石屏疑畫非人圖。連山四走忽中斷，一峰突起成香爐。有如高士出塵表，傲兀不倩旁人扶。幽徑横穿不數里，云是璇宫舊基址。鏤石埋龕木偶多，幻相都成叶光紀。吁嗟乎，玄天神妙難形求，增華矯飾山爲囚。鑿竅已足死混沌，況復黔頰髡其頭。我欲向天借取霹靂斧，銷磨一洗名山羞。塵容滌盡露真面，對此刮目清雙眸。天池爲釀不用麴，北斗可挹不用甌。大烹駝峰炰石鼇，三姑五老來獻酬。愧無微權能拗物，此論雖創如懸疣。即尋來路下山去，長松送客風颼颼。」鄂仙此詩，蓋謂大好山水，多出自然，不待修飾。其名勝處，每被山僧廟道憑虚捏造，奇形怪狀，呵喝凡愚，以爲射利之具，豈不大可嘔噱，深堪浩歎，故議論若此，爲山靈一泚其忿，爲風化一起其衰，殊覺韓昌黎《北山》詩，盡力寫山之形狀，而尚無甚關繫也。《下山至望仙寺題壁》云：「飽看烟嵐後，方知天地奇。水清疑有骨，峰險勝于詩。夾道松陰合，出山雲影遲。狂吟四十字，落日未全欹。」《南陵縣》云：「路出南陵縣，孤城帶夕曛。溪流清似我，山色淡於雲。問酒尋茅屋，因碑得古墳。輿中閒覓句，高詠有誰聞。」《新嶺》云：「捨車步新嶺，月黑迷遠山。凉風滿高樹，古寺棲雲間。老僧喜我至，借問何時還。一笑不復答，去來心自閒。」《茌平道中》云：「東風日日送征騑，二月楊枝緑尚微。周道有人争馬矢，矮檐昨日卧牛衣。酒無魂魄尊常冷，水帶沙泥茗亦肥。回首家園多筍蕨，若論口腹便宜歸。」鄂仙又善畫梅，題畫之詩，亦哀然成帙，未能備登，姑從割愛。

新安程鶴槎梯功孝廉，爲鄂仙之哲弟。鄂仙詩祖昌黎，鶴槎句近白、陸。兩君詩清迥無滓，雄秀有骨，學具源本，俱臻絶妙。鶴槎有《初桄齋草》。《大雪》三首，録其二，云：「城中三日寒，門外數尺雪。風聲凍欲死，山色遠還滅。寒犬吠深巷，鄰翁來蹴躃。爲言具清醥，一醉無餘説。小窗疑月明，滿座生光潔。湛然虚白中，微紅見榾柮。我病豈耐冷，衣食幸無缺。豪家擁貂裘，尚説裘不熱。可憐路旁人，僵卧骨如鐵。」其二云：「有客叩門急，滿面飢寒容。坐定問所自，答言自甬東。官軍久未至，逆燄張愈凶。老馬伏櫪下，銀貂飲帳中。白戰無寸鐵，天亦難爲功。人間雪色白，海上雪獨紅。小民甚知罪，無計吁蒼穹。但願死丘壑，不願生兵戎。死作故鄉鬼，生爲他人傭。他人足衣食，氣類苦不同。自我竄荆棘，性命如飛蓬。天陰衆鬼哭，風偪兩耳聾。還家對妻子，夜静猶忡忡。客言亦以悲，世路亦以窮。安得被重鎧，戰艦飛艨艟。三更冒雪花，一掃欃槍空。此事若能遂，却憶李凉公。」律詩如

《延平曉發》云：「雙劍不知處，大川終日閒。朔風戰枯草，寒月鑄尖山。忽忽還鄉夢，勞勞損壯顏。龍光難久閟，看取斗牛間。」《兖州道中》云：「萬物各生意，我行何太勞。風吹泗水遠，日落嶧山高。命薄誰知己，身閒負聖朝。尚容鑽故紙，未敢羨漁樵。」《劇暑渡仙霞嶺》云：「手撥層雲上碧巔，松多攫拏不知年。清泉快瀉玲瓏石，破屋斜穿縹緲烟。夾道竹陰篩鳳尾，蒸人火色上鳶肩。此行漸與青霄近，願捧銀河落九天。」絶句如《雲山閣》云：「雲影山光與目謀，月明二十四橋頭。閣中不見吕公著，客裏誰知秦少游。」《水亭懷古》云：「獨孤觴詠久沉淪，池月于今尚滿舲。莫向水亭亭畔過，此中大有畫灰人。」其寄託深遠矣。

鄂仙、鶴槎兩君千里來函，題余《詩話》，書中之語，愧不敢當。鄂仙詩云：「伯可蒼凉傳樂府，對山慷慨撥琵琶。何如一卷新詩話，羯鼓聲高止衆譁。」鶴槎詩云：「一代詞壇轟海壖，春風苦領萬花妍。西河小序鍾嶸品，判斷騷人二百年。」「鼎立三家蔣趙袁，龍頭敢信屬隨園？瓣香特下鉛山拜，此論懸門再不翻。」「不獵聲華薄性情，有關風教便心傾。對山一去琵琶歇，又聽先生木鐸聲。」「五朵紅雲下草堂，書來要我檢雲囊。夢中零落丘遲錦，敢乞天孫玉尺量。」二惠競爽，可謂難弟難兄。余聞聲相思，尚未謀面，天際真人之想，曷能已乎。

新安洪筱圖瑞文太學，余老友度如之令嗣。庭聞有得，而又得程蕚仙、鶴槎兩君之榘矱，故詩筆清迥，不同凡艶。和高青丘集中《梅花》十首原韵，纇多佳句，有青出于藍之歎。如「莫道園林春尚淺，多情不在十分開」、「古香不落性靈外，真氣直蟠耕鑿前」、「冰霜孕久香逾永，天地心回色又空」、「包羅衆卉成孤艷，的皪一枝標上春」、「野橋貪看宵忘返，古寺重尋徑已荒」、「古意偏饒删葉後，俗情不賞未花時」，此等句都從高處落墨，空際傳神，豈同刻畫小家，有傷大雅；不圖英年輒有此老成之見也。又《題程君蕚仙畫梅詩》云：「梅花標格本來清，難得先生爲寫生。枝幹迷濛饒雪意，文章古秀是天成。桃龘李俗春無伴，月落參横夜有情。此事畫工都不解，東風到處冠群英。」

旌德汪壽芝時益世兄，爲蓉湖學博之哲嗣，詩能承其家學。失怙之後，又喪配耦，故所賦之詩，方言哀而已歎也。《題畫》二絶云：「陌頭百花開，枝葉影相接。春風吹異香，裹住飛蝴蝶。」「秋浦清且幽，倒入山月影。淼淼天一方，露濕蒹葭冷。」《秋燈》七律云：「廿載寒窗上素衣，兒時情景未全非。家無喜事煩花報，案有殘煤照夢稀。竹屋夜深防鼠嚙，玉釵人遠憶蛾飛。芭蕉風雜梧桐雨，挑起愁懷事盡違。」《月下有懷》絶句云：「空房有客未成眠，露冷風淒月正懸。畢竟人間遜天上，一年一十二回圓。」《白華》之思、黄門之感，殊難爲懷也。詠史之詩，《宣華夫人》云：「仁壽宫中鬭艷妝，宣華受册受恩長。如何肯受同心結，忘却開皇恨抵牀。」《西施》云：「吴宫寵愛冠三千，響屧廊高歷歲年。若使屬鏤遲賜死，扁舟定不泛湖烟。」

旌德汪芷畯實鋆茂材詩稿，與壽芝同時見質。題某山園圖云：「竹几焚香裊畫屏，澗泉尤愛枕邊聽。不圖花氣侵簾濕，濕透牀頭《相鶴經》。」是好所在而詩筆特峭蒨也。其他佳句，有「衝波好鳥自來去，傍岸閒雲無是非」、「經霜野蓼花無力，過雨殘荷葉不圓」等，亦可喜。

儀徵吴蓮芬文錫觀察官四川，予告歸，僦屋於泰州三峰園，蒔花種竹，詩酒流連。與哲兄陶伯白首相依，洵足怡悦。胥宇日即承過訪，出《半螺龕詩存》見示，詩俊爽高邁，學有本源。《送步香南際桐出守慶陽》云：「七年知己嗟分袂，五馬重邀快壯游。冠服仍膺唐觀察，羌戎兼領漢諸侯。兩當山色争奇秀，九派河源任驗流。作宦未容輕萬里，且探從古帝王州。」《寶雞縣阻水》云：「三年三度過陳倉，歷盡崎嶇爲底忙。已覺名心饒俗累，偏教秋思助詩糧。無家去住真難主，作客情懷孰與商。河勢漸高山漸窄，眼前已閱小滄桑。」此二詩聲調高朗，余喜誦之。五古有《歎牛》，亦極風趣，詩云：「鹽水出深井，駕牛轉汲之。鹽成致賈富，牛疲息無期。笙歌徹夜擾，牛但食豆萁。牛而牛者瘦，牛而人者怡。以牛益牛富，真牛非太癡。牛豈不自惜，苦爲人所羈。何不脱鼻去，飽食山花奇。」《富順縣》五律云：「海脈隨泉湧，金炊萬竈烟。山光因地側，江勢抱城圓。富庶真無忝，人材劇可憐。文翁難再作，空自憶前賢。」《過猴馬嶺趙曲等地皆值演劇書以誌慨》云：「去年此日兵燹地，此日今年歌舞場。瘡好自然不須藥，大家深痛要思量。」《郎當驛》云：「馱鈴日日攪心忙，舊夢先行到故鄉。我亦三郎無賴甚，不教今日歎郎當。」此外有《鄱陽湖中望廬山放歌》、《樊太傅鐵鞭歌》等作，瑰琦浩瀚，惜余集隘未登。

己未冬日，余用詠物四題，以作消寒之計，一曰《風門》、二曰《研鑪》、三曰《羔酒》、四曰《氊韈》。《風門》云：「耳中微聞玻瓈聲，目中時見日光晶。十八封姨斂衽立，被渠攔住行不得。陰闔陽開製轉側，峭風有時趁人入。主人畏寒復生妬，不及侯家塞門塞。吁嗟乎，郵亭破碎譙樓高，陶穴窌窯橋門遥。戍卒乞兒太無賴，齁眠不覺風刁刁。」《研鑪》云：「隆冬愛學書，研冰掣我肘。冰花纈研雖掣肘，下策火攻我自有。鑪邊的皪烟雲鮮，研邊閃爍鸜眼圓。妄想研鑪設處處，霎時書徧蠻方牋。君不見將軍寒日方征戍，盾鼻磨墨盾凍破。筆不及凍書露布，參軍安得修期傅。」其下若《羔酒》云：「羔兒酒一杯，鵝毛雪數尺。舉酒拒雪雪無力，老人臉作燕支色。當筵不欲飫常供，貪饕更想肴饌濃。坐擁氊裀列鼒鼎，及時卿相多豐巧。吁嗟乎雪下蓰蓰應時有，枵腹者誰夜深走，鐵呰銅街擊刁斗。」《氊韈》云：「王生結韈禮數虔，韈材本是韋韌堅。後世氊毛禦冬製，不知俶落從何年。棉不比温玉比削，老人血少尚嫌薄。氊韈已著思氊鞵，得隴望蜀同此懷。君不見田父販夫赤雙足，道上奔忙踏寒緑。」此四詩之作，不過詠物而已，實未嘗有寄託也。時都轉喬鶴儕大公祖和章遞到。《風門》云：「野馬颷輪不得展，日華鞭入玻瓈暖。虚明一片隔微塵，大勝重簾費舒捲。户樞不蠹妙轉圜，油窗鈴索亦禁寒。茅齋紙帳相依倚，雲母屏風一樣看。」《研鑪》云：「喻麋濃汁光油油，研冰乍解鑪香留。豈有東風到墨沼，戲看火迫松滋侯。獸炭輕烘鴝眼活，叶字挾霜威倍有力。宫娥呵筆事尋常，可信金壺血還熱。」《羔酒》云：「蟻緑鵝黄不足貴，羔兒作酒有深味。徑將快泛藥玉船，學士慎無嗤太尉。萬羊之禄未爲榮，一石亦醉空復情。不如祭韭躋羊意，好譜新詩頌泰平。」《氊韈》云：「温似吴棉軟似紙，一曲行歌結韈子。披旃小製勝行縢，肯向權門靸珠履。韎韋跗注亦雄哉，毳衣革帶先後來。韡尖趯倒成功易，莫是條條拆綫材。」都轉詩華貴深厚，洵非淺學所能，而來書猶云「不過詠物」，其厚德謙光，愈不可及矣。維時吴陶伯孝廉、蓮峰觀察次第和到。陶伯依余韵和之，《風門》句云：「轉寒爲燠計誠高，那及春回薄海遥。門闢洞開和煦徧，窮檐亦免風刁刁。」《研鑪》云：「君不見頻年烽火驚兵戍，寒士研田寒欲破。但求冰釋陽春布，潑墨轟雷圖尹傅。」《羔酒》云：「宰割天下贊神化，問君兩事誰爲功。私心衹祝年大有，歡騰萬姓公堂走，朋酒羔羊酌大斗。」《氈韈》云：「君不見舞蹈歸耕着芒鞵，士民咸慰葛天懷。履冰境界消融足，願拚赤脚踏徧天涯芳草緑。」陶伯命意皆高一層説，第三首結處與喬都轉同。蓮芬觀察變七古爲五律，《風門》云：「一紙虚明隔，風難入我門。吹嘘嫌雜沓，闔闢异乾坤。不許塵容偪，常留斗室温。打窗聽雪虐，堅峻此牆垣。」《研鑪》云：「欲逞臨池意，紅泥小製工。性情諳夏語，頭腦笑冬烘。誰信天時塞，何妨下策攻。寒灰隨手撥，自吐氣如虹。」《羔酒》云：「火酒肥魚社，前時我亦豪。白羝情共艷，青友價能高。境冷求中熱，腸枯任老饕。昏庸安醉飽，仰望首重搔。」《氈韈》云：「坐破青氈境，春風足下來。錦方卑蜀道，緜不借長才。裹任關門誚，吞常大節哀。憐他雙赤者，爲我糞寒梅。」四詩皆有深意。閲第四首似自感辭官遂初之心，又深感令兄文節公之死難，友于之誼，情見乎辭，僅以泛泛詠物目之，則不知味矣。越日儀徵巴栗園堂炳太學和詩遞至，又變五律爲七律。《風門》句云：「傳語偶憑青鳥使，催年暗度白駒光。」《研鑪》云：「石交自耐寒盟久，畫筆翻推下策攻。」《羔酒》云：「香從臘瓮喜相邀，踏破園蔬自解嘲。介兕筵開同薦韭，吉羊字好合銘椒。烹炰雅入詩人詠，醉飽無如此味饒。何似風流陶學士，祇知掃雪理茶銚。」《氈韈》云：「着後渾如豹舃温，吾家故物喜猶存。不知誰爲凌風結，遠勝人和嚼雪吞。錦樣遺來空冷落，綫才量去漫評論。因時更復懷東郭，革履寒穿自曉昏。」詞旨渟雅，吐屬工雋，深喜見和之作，可謂各極其妙矣。

南陂徐海年瀛刺史，曩任泰州，時多惠政，於下走尤加青睞，接見時多諄諄詢語。後因病辭官，作詩見示。中一首云：「和緩難逢疾可知，途窮年老費支持。上官恩重容肩息，末吏言輕許力辭。小隱尚嫌東海近，再來深恐北山移。烽烟極目何時静，芳草晴川慰夢思。」詩和平敦厚。泰州北門外舊有趙公橋，年深傾圮，公鳩工重建，費用多貲。落成之後，民無病涉，日昨過之，因爲之低回不盡。

己未年季秋，范雨村制科由邵伯來，天長崇琴川桐林由寶應來，同集於吴蓮芬之三峰園，觴詠累日。在座爲王子勤、吴讓之，暨余與主人陶伯、蓮芬，共成七人。適來丁姓畫師，爲在座七人共繪一小照，署曰「三峰七老圖」。余紀以詩云：「雲鵬設色畫圖開，鷗鷺從旁莫漫猜。傷亂已成今面目，消閒幸有好池臺。天涯幾輩晨星落，海上三舟舊雨來。邇日相逢作何狀，半應歡喜半悲哀。」「七人鬚髪已全蒼，我忝星辰第二光。天意或留吾輩在，風懷不礙老夫狂。江淮有客誇詩卷，沙礫何因閟劍鋩。此事後賢如説着，《蘭亭》初本好收藏。」「星辰第二光」句，謂七人年歲，陶伯最長，年七十四，余七十三次之，諸君以次遞數。越數日，雨村告辭歸邵埭，余作《喜晤范三於三峰園即以送别》詩云：「往日邗上游，時與共晨夕。邗上值荒亂，生死無消息。旋聞君尚在，我喜動顔色。日昨君來游，大可攄胸臆。入門即升堂，舊徑久能識。呼名役我兒，渾不辨主客。同過吴季重，樽前共飲食。譚諧猶似舊，意氣異疇昔。如何亂離事，絶口若未歷。如何斗石飲，今不受涓滴。如何都邑才，卜宅甘幽寂。如何來即去，不肯稽時刻。高談兼微詞，僮僕皆踧踖。舊詩特許我，似有嗜痂癖。昔時雨花臺，期會廿年隔。王九已宿草，謂王子駿。唐大又陳跡。謂唐楚臣。人海存兩萍，何處張六翮。我爲薺鹽困，竟忘頭雪白。門外事奔走，閣中束書籍。無語就君商，暫游且笑劇。輝輝燈燭光，此境洵難得。」蓋余不見范三已九年矣。今既喜其來游，忽又愴其别去，故不覺言之喋喋不已也。雨村之詩，余初刻已輯録之，今披《昭關游草》，有《夜發鹹魚口》云：「江氣微茫白，舟行帶遠星。夜寒潮暗上，夢豁酒初醒。畫閣三秋戍，衰楊十里亭。榜人喧歷亂，支枕不堪聽。」《昭關》絶句云：「慘慘平蕪接戍臺，關門斜處亂峰開。即今小峴山頭月，曾照英雄白髮來。」

陳茂亭農部，於甲寅春季在泰，以詩集見示。《瓶梅》詩云：「置梅膽瓶中，梅花開更遲。出門望屋角，已是桃花時。」余署其後云：「膽瓶非置梅之所，桃花有争艷之時。試問息影三年，何若出門一笑也。」茂亭見此粲然。蓋服闋後久未就道，故云爾也。

余前録吴野人詩，喜其《新僕》詩中有「呼名答尚疑」，又「猶然是人子，過小莫輕笞」之句，以爲仁人長者之言。旋閱昭陽顧藕怡仙根詩鈔中，亦有《新僕》詩云：「上堂復下堂，含悲更含耻。本未識禮數，安能合步履。我家增一僕，人家少一子。同是父母心，還當慎驅使。」與吴作足以並傳。

藕怡詩長於五言，獨無七律。謂此體唐人惟子美獨步，浩然、太白尚非其長，以故不存七律，欲挽積習也。余謂此論稍偏，棄短用長，各率其性之所近可耳。其《游理安寺見采茶者》詩云：「茶樹將及人，婆娑山岡側。有枝疎不長，有葉青翼翼。有女十四五，映樹好顔色。挈伴分入林，林深身已匿。笑語戲同群，盛夏衣整飾。雜樹萬千株，各自采所植。雨露汲其精，馨香美人得。其下泉流清，其上山崱屴。」《由采石磯晨起渡江》云：「宿霧與朝暾，縱横山影昏。浮舟入混沌，元氣走乾坤。浪闊悲生拙，江寒藉酒温。心顔一照曜，旭日出東門。」似學孟山人而得其風味者，宜法梧門祭酒愛其詩，寄題其集云：「故人在空谷，千里相思深。烏絲遠寄將，中有泠泠音。此音勿他求，萬古同一心。」云云也。

武進湯貞愍貽汾官副總戎，告歸後僑居白門，詩酒自娱。癸丑年遭亂，赴水死，作絶命詩一首云：「死生輕一瞥，忠義重千秋。骨肉非吾棄，兒孫好自謀。故鄉魂可到，絶命淚難收。藁葬毋予慟，平生集怨尤。」用原韵輓之者百餘家，各體亦百餘家。詩推太原喬鶴儕都轉、武進管才叔長篇爲最佳。後載貞愍《七十生辰感舊詩》一百八首，歷叙在官之事跡，並身事辛苦、朋友贈答、山水游覽，不及備登，只登其《攜兒子綬名奉檄巡邊》一首。蓋由西寧陽高出德勝口，緣長城行至豐鎮，入拒墻口作。又自注云：「《史記》趙肅侯築長城，自雲中以北至代，武靈王自代并陰山下至高闕爲塞，是長城不始於秦也。其在宣大以北，起赤城，止五原，則又元魏泰常八年所築。」詩云：「飲馬長城窟，照見征人骨。征人問何代，云是長城卒。豈唯祖龍愚，前趙後拓跋。踵故及有明，可憐兹一髮。一髮何重輕，聖朝中外一。茫茫古戰場，我行當烈日。行邊代元戎，安能計勞逸。吾兒已弱冠，所事但紙筆。願俾歷艱辛，不辭千里挈。故里多虎狼，平沙乏藜蕨。騎士且忍飢，喜兹烽火絶。」不獨叙事簡勁，且考據詳明，可貴也。

新安江海門濤參軍，時爲運憲之知廳候差，來泰造廬。攜《卷勺詩鈔》見示，卷軸富有，議論警闢。余愛其《滕縣》詩云：「三家村裏茅柴酒，隨意沽來遣一宵。絶與江南風味别，旅人情緒太無聊。」《子陵釣臺》云：「漢家兩釣臺，前後相照耀。子陵鑒淮陰，獨却天子召。澤畔披羊裘，浩歌復長歗。鳥盡即藏弓，老謀出高廟。知幾毋乃神，所以頭獨掉。光武竟感悟，頗識用意妙。雲臺廿八將，俱奉寬大詔。中興第一功，至今慕垂釣。我來千載後，俯仰獨憑弔。」外有《花將軍歌》、《汪孝子行》，洋洋大篇，未能備載。

吾州東門外東山寺有吴王張士誠像，余詩論其人，載於後集中。士誠之弟士德之事，未及備説，今牽連書之，以昭炯鑒。士德於士誠降元之日，死事於元，封楚國公，廟祀崑山。楊廉夫有「先封楚國碑」之句是也。席帽山人王逢有《游崑山》懷舊傷今之作，云：「丈夫貴善後，事或失謀始。桓桓張楚國，挺生海陵鄙。一門蓄大志，群雄適蜂起。元珠探甓社，白馬飲淛水。三年車轍南，北向亦同軌。量容甘公説，情厚穆生醴。誓擊祖逖楫，竟折孫策箠。天王詔襃贈，守將躬歲祀。翼然東崑丘，蘭橑映疏綺。青蘩春薦豆，翠柏寒動棨。乾坤肎孤臣，風雨倡五鬼。銅駝使有覺，薦懼卧荆杞。」席帽山人不就吴張之聘，而曾爲張氏規畫，使之降元，張氏納之，故游崑山，有懷舊傷今之詩，於楚國之亡，有餘恫焉。山人廋詞讔語，一無鯁避，固有可傳者。吴張爲此邦之産，事爲割據，亦一時之狂猘也夫。

吴張昔據平江，死後吴人或感其惠，塑像祀之。某年徧託夢於吴人，欲歸故鄉，吴人以巨艦送之歸，今東山寺所存之像是也。又其參軍俞思齊，亦泰州人，諫吴張不聽，遂隱去，不知所終，亦哲士也。

吾州光孝寺丈室中有黄楊一株，輪囷暢茂，雖非晉義熙年間物，以臆斷之，或是元、明之樹。庚申閏三月初，余過寺中，作詩云：「陸游碑記不可得，後村法書亦失傳。今歲黄楊嗟厄閏，不知此後幾何年。」陸《渭南文集》有《泰州光孝寺大吉祥鐘樓碑記》，今無存。又有劉克莊書字，今亦剥蝕。故云。

宋尚書楊玢長安舊居，多爲鄰里所占，子弟以狀訴，玢批紙尾，有「試上含元基上望，秋風秋草正離離」。今有朝貴某在京，子弟以家書告，亟言牆爲鄰占，亦批其紙尾云：「紙紙家書只説牆，讓他數尺有何妨。長城萬里今猶在，不見當初秦始皇。」如此作達觀，則爭競之風稍弭矣。

余老友沈芍園殿春明經，有《自遣》句云：「燕玉難爲扶老計，木瓜用作緩筋書。」緩筋之説，見陸農師佃《埤雅》，謂木瓜名「楙」，善療筋轉，如筋轉時但呼其名，及書上作「木瓜」字，輒愈。蓋梅望之而蠲渴，「楙」書之而緩筋，理有相感，不可得而詳也。余患筋轉，時試爲之，亦屢驗，烏得目爲荒誕乎。

吴蓮芬觀察從蜀中歸，繪有《棧雲圖卷》，題者甚衆。詩之宏整，無過於祁玉叔相國。詩云：「平生未陟蠶叢道，蹔借烟雲作卧游。叱馭功名九折坂，浣花詩思五經秋。京華别酒螺龕惜，故國蕪城雁陣愁。感舊因君重惆悵，滔滔江漢有歸舟。」何子貞閣學云：「上有金牛下魚復，五度蠶叢馬蹄熟。江山銷得使君才，别後詩懷惟戀蜀。我今去蜀將兩年，棖觸舊夢偶一牽。鬢髮飄蕭腰脊孏，不思棧道思吴船。」何北瀛侍御云：「飽誦青蓮《蜀道難》，歸裝猶帶棧雲寒。宦情不耐求三釜，詩夢依然眷七盤。脚底羊腸經曲折，畫中鴻爪記平安。少陵它日尋巢父，笑指珊瑚七尺竿。」范雨村制科云：「蜀棧連雲握虎符，歸裝萬里出新圖。山圍劍閣題銘在，水隔巴江作字無。世路崎嶇經九折，君家詞賦越三株。何當再上高樓飲，重話成都舊酒徒。」聞裝潢後將丐喬鶴儕都轉題句，時猶未獲見也。

古詩「客從遠方來，遺我雙鯉魚。呼僮烹鯉魚，中有尺素書」，是雁足傳書、犬耳傳書之外，又有鯉腹傳書之事。鯉腹傳書，勢必剖腹方得，厥鯉何辜，爲人傳書，而不免于見殺。則柳毅之郵傳，不如殷喬之抛擲也，有是理乎？元伊世珍《嫏嬛記》云：「張芸叟臨江而居，其妻遺一素綾鯉魚，首尾宛然，腹藏短牘。芸叟試爲點染，便躍入江中，漁人網得，烹之熟，啓視，不復存矣。自後網得即放去，謂神魚云。」又沈思坦《謝美人製魚書甚旨》，是藏書之製像爲魚，非真魚也。按此則古詩之語，不可泥定耳。記又載宗羨納書于川上魚口中，以寄桑娣。魚躍去，是夜娣聞叩闥聲，從門隙視之，見一小龍據其户，達旦視之，唯見地上霞牋一幅。則魚能寄書，或有其事，而不必就烹也。

《娜嬛記》又載袁瓘詩云：「芳草不復緑，王孫今又歸。」人都不解，施蔭見之曰：「王孫，蟋蟀也。」然王右丞《送别》詩云：「春草明年緑，王孫歸不歸。」白香山《賦草》詩云：「又送王孫去，萋萋滿别情。」此王孫猶之公子等稱，不是蟋蟀矣，何可概論乎。

回文體，詩話已言之綦詳，兹閲《北魏書·邢臧傳》「臧與裴敬憲、盧觀兄弟並結交分，共讀回文集，臧獨先通之」，此亦一事也。是知回文體六朝時最尚之。

詩有同用一事，而彼此用意不同者。如周郎顧曲事，夫人知之，而六朝某詩有云：「緣知曲不誤，無事畏周郎。」又釋法宣云：「周郎不相顧，今日管絃調。」此固大同而小異。又唐李端云：「要得周郎顧，時時誤拂絃。」則命意不同矣。王績云：「不應令曲誤，持此試周郎。」又與諸作不同矣。余亦有詩云：「淅矛炊劍日，有事方征戍。顧曲作軍機，恐被周郎誤。」則亦不敢雷同於衆説也。借事翻説，皆如此類。

唐錢起聞空中語，有「曲終人不見，江上數峰青」之句，不知何指。後就試，題是《湘靈鼓瑟》，結句未就，因思「曲終」二句可用，竟以此見賞。兹閲《娜嬛記》，載唐厲元事，與此相似。云：元渡江見一婦人屍，收葬之。後夢有女在林下詠之云：「紫府參差曲，清霄次第聞。」及就試，得「緱山夜聞王子晉吹笙」題，用夢中語作第三四句，竟以此得賞。又貞元中有周存者，性喜放生。嘗放一鯉魚，戲爲詩云：「倘若成龍去，還施潤物功。」後入試，題爲「白雲向空盡」，詩既成，苦無結句，忽憶鯉魚詩，因改二字云：「倘若成龍出，還施潤物功。」遂得通籍。如此三事，皆是唐人，冥漠之相助，亦復相類。

吾鄉王雪樵晉元先生，雍正朝癸卯科江南鄉試發解，首題爲「或問禘之説」一章。先生甫到金陵寓舍，即聞隔牆一士子昕夕高吟二比文，鏗鏘卓鍊，具有經籍之光，實不知何題，因默記之。入試之日，自作講下二比，多不愜意，更之又不可得。忽念耳熟之二比，頗覺脗合，即書之，而下文亦汩汩而來，遂領首薦。其第二名李東檙也。豈不大奇。此與上數事相似，牽連書之。

拙輯《再續集》中，言吾鄉儲吏部静夫巏重刊宋遺民謝皋羽翺《晞髮集》，余向未見此本，今於坊間購得之。其集係静夫抄於建安楊晉叔家，會馮御史執之按部至泰，出閲，極爲歎賞。攜至郡城，告唐運使文載，相與刻之，静夫作引以弁集首。原書十卷，《遺集》二卷，《遺集補》一卷，《天地間集》一卷，《冬青引注》一卷，《登西臺慟哭記注》一卷。舊云二十八卷，想是亡失過半，静夫抄輯之書，已非全本，且《遺集》所載之詩，或從《宋遺民集》抄出，或爲僞託，其筆意與前集迥異。王弇州謂其强弩之末，不能穿魯縞，余謂皋羽詩古體近於李昌谷，近體出於杜少陵，而《遺集》所載，何前後異轍如此。或曰此老年之作，故爾有異。余謂譬人少年是虎頭健兒，年老則變爲雞皮老人，而精神意氣，終有可驗，不至前後大異，如出兩人也。刊書者因亡失過多，以此補之，此貪多之故，抑亦可以不必矣。

《晞髮集》古近體，楊用修《丹鉛録》摘録之。最賞其《鴻門宴》一詩，以爲雖李長吉復生，亦當心服。李集中亦有此篇，不及此遠甚；元楊廉夫樂府亦有此篇，愈不及矣。評之近是。非楊有滲漏，鄙見獨長，蓋操觚者嗜好不同，故所録有異也。集中《古釵歎》云：「刑徒鬼火去颷忽，息嬀堆前殯齊發。白烟淚濕樵叟來，拾得慈獻陵中髪。青長七尺光照地，髪下宛轉金釵膩。持歸熏沐置高堂，包裹恐爲神所將。妻兒朝拜復暮拜，冉冉沈病不得瘥。省知天物厭凡庸，夜送白龍潭水中。扣頭却願祈免死，永入幽宫伴龍子。」《故園曲》第四章云：「粤王山下霧如雨，吹入羅襟楚女啼。身逐千艘落南去，惟有檣烏飛向西。」《雨中怨》云：「妾在江南家楚東，憶君月落雨聲空。夜來入夢君無語，落月同看雨不同。」近體警句如「月過秦凉北，星深河漢西」，「青山明月下，家口少微東」，「掃徑維花落，種松如草長」，「落日失滄海，寒風上薊門」，「吴越逢寒食，山村見獨行」，「驛花殘楚水，烽火到交州」，「漁樵分落日，櫻笋過殘春」，「風塵侵祭器，樵獵避兵船」，「戍近風吹柝，河空雨送船」，「坐久雨聲絶，水深荷刺生」，「草没秦人塚，山通越國城」，「暮色隨鐘盡，年光逐水來」，摘録于册，諒不嫌多也。静夫先生著有《柴墟詩文集》，而又網羅散失若此。史官傳公於《文苑》，其以此歟。

説者謂詩詠古蹟，僅泥定本事，徒見堆垛。此高著眼孔之説，欲其凌空駕馭也。然脱盡本事，又未免蹈空，恐非篤論。徐竹江震來《金陵懷古》詩《讀書臺》云：「才生亂世多無賴，士死疆場亦令終。」《黄天蕩》云：「塞外烏珠真黠虜，帳中紅粉亦英雄。」《桃葉渡》云：「橋邊鵲渡盈盈似，江上花開緩緩同。」《木末亭》云：「金川門破周公忍，鐵鎖江開孺子沖。」亦空亦實，不愧作家。

吾鄉袁止泉杉《玉勾斜弔古》云：「晉陽一水達邗溝，歌舞承恩此地游。埋玉有鄉非樂土，招魂無計是真愁。螢光照夜應名苑，螺黛迷人合號樓。邇日玉勾斜畔路，白楊蕭瑟易成秋。」「清夜游尋何處家，錦帆無故到天涯。身如芳草成枯草，愁見楊花變李花。鏡裏頭顱空雪涕，塚中魂魄怨風沙。而今屢聽耕夫説，拾得金釵半整斜。」詩饒有風韵。止泉詩已見余初刻，集舊名「政祥」，兹改今名。

詠古蹟七律，定如杜子美之昭君村、永安宫、諸葛廟等作，猶如立身於九重天上，人翹企之，洵爲萬分難及。下此則劉禹錫之《西塞山懷古》、李商隱之《隋宫》與《籌筆驛》，温庭筠之《蘇武廟》等作，音調高朗，吐屬工雋，亦復各有千古。又如宋趙孟頫之《岳王墓》，金元好問之《行經惠陵》等作，亦復有可傳者。今則如王士禛之《潼關》，查慎行之《土木堡》，陳恭尹之《鄴中》、《沛中》、《蜀中懷古》，嚴遂成之《樊城》與《三垂岡感事》等作，亦可繼聲。千餘年來，得此數家，有此數首，足以見人之才思，感我之心脾。惟思自古英髦，駸駸逝水，諸般事故，落落風飈，其忠佞可被諸謳絃，其成敗足奉爲龜鑑。何得謂二千餘歲，徒矜騷雅之謳歌；五十六言，不比春秋之衮鉞也。時憑管闚，無遺葑采，此事之難能可貴，概可知已。余學爲之而終不相肖，摘其斷句，庸質有道。如《八陣圖》云：「兵戈萬衆吴爲狗，兄弟三人蜀得龍。」《馬嵬驛》云：「劍閣千重人竟去，梨花一樹佛無情。」《梅花嶺弔史閣部墓》云：「生餘諸葛營中淚，死少田横島上人。」竊思「吴狗」雖見《三國志》裴松之注傳彤語，「蜀龍」見《世説》，以之屬對，得無餖飣乎？「人竟去」、「佛無情」，或嫌「人竟去」三字隨手。愚意謂明皇由馬嵬坡決然捨去，徑登劍閣，何不情之甚？「佛無情」，縱是佛子，亦救不得人也。「諸葛淚」、「田横島」，又謂陳壽贊諸葛，謂應變將略，非其所長，史公文臣，將略不及諸葛，只抱得耿耿之心已耳，而諸將則跋扈喧呶，有愧於田横島上人也。不知是否，姑録就正。

楊柳詩人詠之多矣。近人之佳，昭陽趙竹塘云：「歌傳樂府小垂手，人憶琅琊大道王。」甘泉許春卿云：「詩心細過風梳髮，人意温於絮着衣。」江都史燭庭烜久云：「群鶯飛徧江南樹，征馬馱來灞上人。」同硯韓福基紹基云：「一葉一花隋苑樹，三眠三起漢宫人。」皆風流詄蕩。

吾邑袁冶山振華世丈，善作擘窠字，工詩豪飲。《同人小集賞盆中芍藥》云：「一生縱酒狂，醉鍤劉伶荷。年來老不支，户小豪氣挫。故人遠道歸，招同佳客過。銅瓶間古瓷，錯落列右左。名花三百枝，紅白嬌無那。濃不藉露滋，色恐臨風嚲。浩態膩紅燈，柔香裊青瑣。殿足十分春，弄影何婀娜。歡開崑崙觴，看列洞庭果。酒酣竟更耐，老夫幘欲墮。歸路月三更，逃座休嗤我。」灑脱適如其人。哲孫後山文學，名寶鏐，曾從余子衢問字。得祖之遺研，守之，繪爲圖，余以晉范喬爲比。詩世其家學，《即事》云：「園鳥驚人來，飛上庭前樹。踏落數枝花，花飛又何處。」《弔梁武帝》句云：「同泰捨身何草草，臺城苦口歎荷荷。」皆佳。余叙此一以見香火之有緣，一以見箕裘之不墜也。又其族人子文名錦，茂才，亦有文藻。《詠春柳用王漁洋秋柳韵》云「舟尋渡口紅桃隖，圖變江南黄葉村」，「多愁多恨人初别，無雨無風花亦飛」，「丁沽烟隱當鑪女，甲第風高異姓王」，「冶游空綰雙驄轡，卒歲難充八繭緜」，可謂袁氏多才也。

丁巳四月，郡守課士，以蒙正夾袋、王勃腹稿、李賀錦囊命題。謝種之太學《詠王勃腹稿》云：

「搜羅掌故成雞檄，滿足精神送馬當。」其弟《詠蒙正夾袋》云：「照面堅辭千里鏡，掄才如獲五明囊。」王子文《詠王勃腹稿》云：「閣上序能驚座客，此中食已負將軍。」誰謂詠物之句，不足以見人之才思也？

徐竹江之弟月槎坎孚茂才，繼聲於乃兄，詩亦清蒨。《幽居》云：「斷竹緑當路，好花紅向人。」《冬野書所見》云：「水落岸斜出，山空雲獨歸。」

昭陽李復堂鱓大令善畫，得錫山蔣氏之傳。題畫之句，無不風趣。《自題畫雞》云：「畫雞欲畫雞兒叫，唤起人間爲善心。」是風趣而兼諷諭矣。

吾邑夏春舟世丈，髫而好學，凡有聞見，歸必録之。酒畔茶餘，有如不及。抄録既久，積軸盈尺，名之曰《膾炙集》。世丈工詩善飲，詩饒趣味。時有畫師馬墨初呈圖購得蘆洲之地一區，欲蓋屋而未果，以詩諷之云：「買將一片荒凉地，留與寒蕪晒夕陽。不見當年王録事，草堂貲只剩空囊。」

吾邑翟應三宣，武孝廉也，老而工詩。《自述》云：「馬槊弓刀自在身，年華衰老事成塵。功名不就親書卷，笑殺鳶肩火食人。」

吾邑張九成鳴韶文學《王心齋祠》云：「後死有誰稱鐵漢，先生不愧是明儒。」語有分際。

昭陽符雨巖旌學博《題文姬歸漢圖》云：「左賢王忍兩兒悲，毳幕貂裘淚暗垂。只有董郎真厚倖，阿瞞爲爾贖蛾眉。」江都于滄洲濟布衣題句云：「風塵磨折關天意，女子由來不重才。」各抒所見。滄舟客老於泰州，作韓康之賣藥，早晚一壺，今墓已宿草矣。

元葛邏禄迺易之詩云：「上東門外杏花開，千種紅雲繞石臺。最憶奎章虞閣老，白頭騎馬看花來。」詩謂當時杏花無過東嶽廟石壇，道士董定宇居。虞閣老，虞伯生集也。虞有《風入松》詞，末云：「重重簾幙寒猶在，憑誰寄、金字泥緘。為報先生歸去也，杏花春雨江南。」題下自注云：「寄柯敬仲。」所謂先生者，即柯敬仲也。《堯山堂外紀》：天台柯敬仲九思際遇文宗，起家爲奎章閣鑒書博士，得出入内廷。後失寵，居吴下，虞賦《風入松》寄之。龍巖魏笛生觀察輯《三十五科館閣題解》，於「杏花春雨江南」下祇注虞集《風入松》詞，而未注寄柯敬仲字，則上句先生不知爲誰何也。余司校閲，姑爲拈出。

古人之篤友誼而形諸歌詠者，唐元微之《聞白樂天授江州司馬》云：「殘燈無焰影幢幢，此夕聞君謫九江。垂死病中驚坐起，暗風吹雨入船窗。」宜乎樂天聞之云：「此詩他人尚不可聞，况僕乎！」微之既得樂天書，云：「遠信入門先有淚，妻驚女哭問何如。尋常不省曾如此，應是江州司馬書。」此不過小小遷謫耳，視永遠死别者有間，而情意之篤尚如此。又宋黄魯直《荆江亭即事》詩云：「閉門覓句陳無己，對客揮毫秦少游。正字不知温飽味，西風吹淚古藤州。」蓋少游死于藤州，無己哭之慟又如此。所謂「正字不知温飽味」者，按《宋史》：無己高介有節，初游京師，未嘗一至貴人之門。傅堯俞欲識之，先以問少游，少游曰：「是人非持刺字俛顔色伺候公卿之門者，殆難致也。」堯俞知其貧，懷金欲爲饋，比至，聽其論議，益敬畏不敢出。是少游誠知無己，少游死而無己能不哭之慟乎！且謂「正字不知温飽味」者，史稱無己家素貧，經日不炊，妻子愠見，不恤也。又豫郊祀行禮，寒甚，衣無棉，妻就假於趙挺之家，問所從得，却去不服。魯直言此，是其實事，非譌言也。爲問後人之於朋友贈答，有此真情高誼否？或有投贈，虚譽諛詞，摇筆紛至，究之休戚無關，痛癢不着，何以文爲！

黄魯直《荆江亭即事》詩，本之杜子美《存殁口號》二首。子美詩云：「席謙不見近彈碁，畢曜仍傳舊小詩。」又云：「鄭公粉繪隨長夜，曹霸丹青已白頭。」蓋席謙存而畢曜、鄭虔殁也。魯直詩云：「閉門覓句陳無己，對客揮毫秦少游。」時少游殁而無己存也。此語已見于洪容齋《隨筆》，余不敢攘其有，姑因前説録之。今王貽上《喜吴漢槎入關》云：「太息梅村今宿草，不留老眼看君還。」謂漢槎存而梅村殁也。又德州旅店壁無名氏題句云：「都轉聲華一霎休，尚書名位冠通侯。」亦是此意，詩人仿此體者。餘可類推。

彈碁一事，今已弗傳，其説見于漢，盛于唐。《漢書》：「梁冀善彈碁格五。」《三國志》注：「魏文善彈碁，能用手巾角。」蓋其局以石爲之，兩人對局，白黑碁各六枚，先列碁相當，下呼上更相彈也。唐賢有《碁譜》一卷，局方五尺，中心高如蓋，其顛爲小壺，四角微起。李義山詩「莫近彈碁局，中心最不平」，謂其中尊也。白樂天詩「彈碁局上事，最妙是長斜」，子美《存殁口號》自注：「道士席謙，吴人，善彈碁。」李義山、白樂天俱生于唐，故於彈碁言之甚晰，特不知此事之替于何時也。

近聞王勾生翼鳳死難于浙，哭之以詩云：「樽前忽報勾生死，酒氣難温面色灰。遠道昔如飛絮去，荒庵交與古松哀。烽烟我制無窮淚，淮海人推有數才。倘獲歸魂與歸骨，浙風吹水渡江來。」第四句謂勾生囊賦吾州松林庵古松，結句有「夏君老去康侯强，應與此松同低昂」之語。松若有靈，應與余之老淚同一汍瀾矣。

唐柳子厚詩與韋蘇州並稱，是曰韋柳。鮮不以爲沖和澹遠、不求精鍊，而不知其骨力遒勁。集中自有《上東門》一詩，指陳宰相武元衡被刺事。其詩責當道不能爲元衡追求刺客，與元衡雪恨，豈非恨事。詩曰：「漢家三十六將軍，東方雷動横陣雲。雞鳴函谷客如霧，貌同心異不可數。赤丸夜語飛電光，徼巡司隸眠如羊。當街一叱百吏走，馮敬胸中函匕首。凶徒側耳潛愜心，悍臣破膽皆杜口。魏王卧内藏兵符，子西掩面真無辜。羌胡轂下一朝起，敵國舟中非所擬。安陵誰辨削礪工，韓國詎明深井里。絶臏斷骨那可補，萬金寵贈不如土。」似此義正詞嚴，令人驚心動魄矣。時劉禹錫有《代靖安佳人怨》詩，亦指此事。詩云：「寶馬鳴珂蹋曉塵，魚文匕首犯車茵。適來行哭里門外，昨夜華堂歌舞人。」又云：「秉燭朝天遂不回，路人彈指望高臺。牆東便是傷心地，夜夜秋螢飛去來。」此匪獨無哀傷之詞，而實有倖災樂禍之意，宜乎朱文公爲之道破也。子厚詩意迫切，筆亦剽悍，而諷諭之旨，自含蓄不露，此可爲風人論事之祖，操觚家能解得此意，則思過半矣。韋蘇州集中沖和之作固多，而遒勁之詩亦復不乏，檢閲之自得，無用覼陳也。

吴縣薛亮臣炘有穉女，小字蓮生，生年七歲，性聰慧。從袁子文受書，一目十行，上口了了，並能屬對，語皆工巧。忽病殤，父與師情不能忘，特繪小像，亮臣譔行狀一通，紀其大概，索人題詠。其最可傷者，蘇、常遭亂日，亮臣挈女浮海，遠徙至泰，剽掠風濤之險，辛苦與女共之。今女殀折，倍可憐矣。喬鶴儕都轉慰其哀思，繫以詩云：「瑜珥瑤環玉不如，勝衣方喜步徐徐。無端寶樹埋黄壤，怊悵昌黎痛女拏。人生小劫總浮漚，莫問彭殤短與修。但祝金環重報取，化爲玉燕又相投。」其慰之至，故有「玉燕相投」之句，理或然也。袁子文詩云：「彭殤一瞬總悠悠，歎爾曾經大海舟。若話歸魂歸骨事，滿天麋鹿尚蘇州。」是言泛海之事，與故鄉之思也。余詩云：「七齡女子最聰明，忽捨鳩車赴玉京。何怪爺孃抛不得，桃花樹下哭蓮生。」「名同寄寄淚潸潸，阿父文齊李義山。繡褓金鐶在何處，羚㹢或見夢中還。」余閱李義山《哭小女寄寄》文，賞其真摯；今亮臣哀女而不諠，情之所繫，古今人原無異情也。

余作《泰州麴烈女詩》云：「麴烈女，生蓬蓽。父徐五，贅麴室。冒姓麴，中年卒。女長成，一十七。桃李容，松柏質。善持躬，守白璧。無賴子，姊之匹。曰曹先，行狡獪。母女依，侍盥櫛。人問字，曹阻尼。曹言挑，女心怵。鬩女嬖，闖然逼。女手纖，拒之力。拂曹怒，勢不測。女告母，母罔直。哭訴鄰，理不得。告諸姊，姊無術。女計窮，無處匿。身赴河，甘及溺。巨觵來，臂折一。臂可折，身不失。身可溺，志不汩。冤雖沈，天應惜。天既惜，尸浮出。何處人，泰州籍。居何處，泰壩側。嘉慶朝，此事實。乙卯年，六月日。」前有賦此事者，序事微瑣，余追書之。

《再續》集曾埘載浮丘伯《相鶴經》、甯戚《相牛經》於話詩後，兹閱陸農師《埤雅・釋馬》一條，於相馬之法綦詳。其詞曰：「舊説相馬，肝欲得小，耳小則肝小。肺欲得大，鼻大則肺大。脾欲得小，腺小則脾小。心欲得大，目大則心大。」又曰：「眼欲得有紫艷。口欲得有紅光。上脣欲得緩，下脣欲得急。上齒欲得鉤，鉤則壽。下齒欲得鋸，鋸則怒。脊欲大而抗，額欲方而平，喉欲曲而深，胸欲直而出。免間欲開，虎口欲開。升肉欲大而明，輔肉欲大而明。耳欲如劈竹，睛欲如懸鈴。頭欲高如剥兔。項欲起如飛龍。」又曰：「人眼烏目，麞背麟腹，虎胸龜尾。擎頭如鷹，垂尾如彗。」又曰：「望之大，就之小，筋馬也。望之小，就之大，肉馬也。前視見目，旁視見腹，後視見足，駿馬也。毛束皮，皮束筋，筋束肉，肉束骨，五者兼備，天下之馬也。」又曰：「口中紅白間色者壽。鼻中紅色如朱點書者壽。眼中赤色如字形者壽。」文亦古致。因思杜子美詩詠馬甚多，如「竹批雙耳峻，風入四蹄輕」、「顧視清高氣深穩」等句，儼然《相馬經》也。且《馬經》只相馬之形狀，未審馬之性情氣節。詩又有「所向無空闊，真堪託死生」、「一心與人成大功」等句，則審其性情氣節矣。此可知文士之筆，窮神極相，無堅不破，無微不入也。《朝野僉載》云：「伯樂令其子執《馬經》以求馬，經年無所得。出見大蝦蟆，謂其父曰：『得一馬略與相同而不具，其馬隆顙趹目，但蹄不如累麴耳。』伯樂笑曰：『此馬好跳躍，不堪御也。』」余覽此失笑。夫以蝦蟆爲馬，無怪世之見橐駝者以爲馬腫背矣，何少所見而多所怪耶。

張衡詩云：「美人贈我紅錦緞，何以報之青玉案。」此本《三百篇·木瓜》之詩。《衛風》曰木瓜、木桃、木李，言投之薄也；曰瓊琚、瓊瑶、瓊玖，言報之厚也。《禮》云：「太上立德，其次務施報。」王道本人情，未有來而不往者，亦未有往而不厚者。《詩》言木瓜、木桃、木李，不定爲瓜與桃、李也。言瓊琚、瓊瑶、瓊玖，亦不定爲琚與瑶、玖也。蓋類如是也，特以爲瓜桃李、琚瑶玖音相叶耳。凡人詎可謂戔戔之物，不足以語大道！昔管仲相齊，諸侯之賓至，垂橐而入，捆載而歸，是以九合諸侯，一匡天下。管仲之勳業爛然，魯城小縠，爲管仲也。可知要結人心，創霸者尚如是，况王道歟？報施之説，不可不講，九經之道，厚往薄來，早言之矣。其在世之貪吝者，厚己薄人，不知裒多益寡，幾視木瓜、木桃、李，亦珍秘如瓊琚、瑶、玖也矣，可乎哉！

唐陳子昂，人稱其文章起三百年之衰，竊觀其所作，如「前不見古人」一首，洵可與蘇、李、曹、劉中原角逐矣。他如《感遇》之作，亦如阮嗣宗之詩，詞旨雖佳，而骨氣不摯。餘詩且有俳句，並未脱盡晉、齊、梁、陳、隋之舊。宜乎山陽潘農師説詩，與阮嗣宗同訾，謂籍黨司馬昭，而作《勸晉王牋》；子昂諂事武后，而請立武氏九廟，犯天下之不韙，爲小人之歸。言雖剴刻，而實有見地。余觀唐宋紀事詩，《元詩選》之紀注，《明詩綜》之徵引，輯録者務求賅博，以故良楛兼收，涇渭並列。愚謂正人君子、忠臣誼士如唐之顔常山、顔平原、張睢陽，宋李忠定、岳武穆、文文山、陳太學、鄭監門，唐玉潛、林霽山，元郝伯常、余廷心，明楊忠愍、劉念臺、黄石齋、倪文正、史忠正諸公，無論著撰之多寡，是爲河嶽日星，亘天蟠地，萬古不能磨滅。他若元惡大憝、奸人憸壬如唐賀蘭進明、高駢，宋丁謂、章惇、蔡京、秦檜、韓侂胄，明嚴嵩、阮大鋮等輩，無論文章工拙，出於荆棘鬢萇、梟獍虺蛇，噬人害物，後世皆得唾棄。如此類一切摒去，皆可不存。江河之大，自可容垢納污，如此垢污，江河不受，不得爲江河詬病也。間觀詩學本之《三百篇》，篇中之載周公、召康、穆公、芮伯、仍伯、衛武公、尹吉甫之外，蔡霍叔等未必絶無才思、不知聲韵，而形于謳歌者，宣聖删《詩》，何以不留一句、不見一字乎？或删之也。

《巷伯》之詩曰：「楊園之道，猗於畝丘。寺人孟子，作爲此詩。」寺人孟子，卑賤之人，而其言可采，宣聖録之，以其有忠愛之忱也。彼譖人者，方投有北豺虎之不暇，而遑録其言耶？爲宇宙絶其間氣，而後正氣可長生也。

（吴忱、張宇超點校）

伯山詩話四續集

伯山詩話四續集提要

《伯山詩話四續集》二卷，據同治初刊本點校。撰者康發祥生平見《前集》提要。此集未署刊刻年月，《三續集》刊於咸豐十年庚申孟夏，此集紀事則已過庚申秋冬，而入同治壬戌年，成書刊刻當在此年或下一年，已是去世前一二年矣。故此集不免老境氣衰，摭拾前事，變換言之而已。又津津樂道時人譽己之作，如高麗貢使購其《詩話》流播海外一事，已見《三續集》，此時爲人形諸歌詠，「新刻風行東海外，果然身價重雞林」，遂再三道及。其他贊許之語，所謂「嗜痂之癖」，亦搜記不遺餘力，康氏固自言「揚己猶可」也。又多及《養一齋詩話》，前已議其評詩過苛，此則以「近之論詩者」之名復責一通。録人詩仍偏重七古歌行之作，謂劉鳳誥有《北征》集杜詩二百一十首，與《三續集》之記湯鵬集杜五律一百六十首，亦同趣也。而駁《文選》「七」非文體一則，以《四愁》、《五詠》、《八哀》、《九辨》等不可爲體反詰之，則似又過盛其氣矣。此一則爲手抄。此本中另有「歙縣柯竹泉華輔文學《臨帖詩》云」一則亦爲手抄，被接置於已刻印頁中。據楊葆光題識，此本乃其「甲子初冬過訪，伯山翁檢出樣本爲贈」者。甲子爲同治三年，四續甫刊，伯山又有所補，則此本頓成孤本矣。

自叙

余輯詩話已三續筆，茲更謀四。何不憚煩？但歲月屢更，見聞又有。倘輟而不輯，則近者必笑曰耄而荒矣，遠者亦猜曰老而終矣，余何以堪！惟依舊事，此庶近者曰猶未亡，遠者曰尚無恙。七六年華，告存於二三知己。寸衷自幸，四方人亦爲余幸也。其過愛余者，輒舉王延壽之言，謂魯殿靈光、巋然獨存。是愛余之甚，轉失余之真。逾分之語，媿不敢當，余不敢聞也。以此自遣，初無恧焉。

同治三年秋九月中澣，伯山康發祥自叙。

伯山詩話四續集卷一 話今

泰州康發祥瑞伯氏編輯
門人王鴻業雪颿校勘

粤稽《白石》之歌，歌者販豎；《五噫》之歎，歎者舂夫。録詩者祇辨正邪，不分貴賤。如於此嚴於甄別，恐無當於闡幽之懷，而不免有扁心之刺。况十五國之《風》，採之輶軒，陳於太史。宣聖之録，序曰「其家人」、曰「其婦人」、曰「其妻」、曰「行役之人」、曰「行役之婦人」，俱不辨其爲誰何。大凡有關於美刺、有感人心脾者，多無所究詰。故「楊園」之詩曰：「寺人孟子，作爲此詩。」可知其義矣。且詩通於樂，樂之發聲，爲宣幽出滯而作，曷忍遏塞也。蓋臺閣、草野，各有境地，二者並設，不可偏廢。恪遵此教，閲者參之。

余近年有韵事三端：抄輯《詩話》後，有高勾驪貢使姜某在書肆購得之，副使某無有，深以爲憾。錢子奇大令行篋實有此本，舉以贈之，二使復「副海舟」三字，去海外。一也。余之面目，一枯瘦老人耳。江右黄琴川涇祥太守倩萬袖石爲余寫真，並囑余題其上，弆之行篋，以作風雨相思，千里一室。二也。余詩刻成數集，尚未蔵事，儀徵汪研山鋆茂才，摘句繪圖十二頁以持贈。水墨一著，畀拙詩俱有神理。三也。海外人購詩話，張石樵安保明經已形諸歌詠，有「新刻風行東海外，果然聲價重鷄林」之句。余老境無一善狀，差可慰者，此三端耳。

長白夢文子麟司寇詩集，余向有之，忽失所在，不可蹤跡，故前輯未載。今購得《大谷山堂集》，詩縱横灝瀚，不可方物，而亦有真摯樸實處，故亟登之。《今年别》云：「前年别，淚填臆。捲舌入喉啼不得。上有白髮母，下有扶病室。忍啼作笑笑無力，出門三日不能食。今年别，苦復苦。出門無憀，入門無主。不見我母送我，但見兒女盈前，泪下如雨。我無母，憶我無旅爾無所，提攜保抱恃爾父。父去誰與慎寒暑，爾伯爾叔善視女。嗚呼前年别，啼不得。今年别，哭無力。」《饑烏行》云：「饑烏啼啞啞，踉蹌下啄田間麻。麻乾無子食不得，從風入息西家室。西家顆粒溢倉積，陳因零落散階砌。老公呼雞雞啄粒，喜鵲楂楂下來食。饑烏啓喙鼓我翼，兒童見之怒顔色，拾瓦打烏不許喫。不許喫，循牆飛，雞鳴鵲噪非我饑。我無子哺，逐我心何爲。烏啼非憂鵲非喜，此身作烏豈得已。」《沂州》云：「杖策過沂水，荒城大漠孤。日懸霜氣重，鳥入亂烟無。獨客憐嬌女，殘陽感壯夫。咄哉看老馬，與爾正長途。」《送陳倫西歸泰州》云：「八月居庸見雁飛，霜林甓社鱖魚肥。群空冀北孫陽老，木落亭皋柳惲歸。白髮漫悲明鏡客，青山常繞故園扉。春蘿秋桂渾無恙，好掬東溟浣素衣。」《使粤别家》云：「老親攜手送，病婦沾巾顧。依依老弟兄，切切共徒御。塗魂眷春帷，居愁憶秋戍。貧知離别難，病覺風烟暮。曉霧隱房山，夜雲蔽湘樹。驅馬復裵裒，日高不能去。」《比干墓》云：「馬鬣松楸合，連山走大荒。沙塵存氣骨，天地久低昂。落日寒朱户，靈風冷桂漿。不須傷彼黍，心可見成湯。」可謂筆大如椽者矣。

當塗黄左田鉞先生《壹齋集》三十九卷，其詩如山光藴藉、水氣瀠洄，是學養兼到之詣。尤妙者在視學雲代時，作《達州》詩云：「谿橋三尺版，石屋數家村。此地古爲涅，我來春漸温。陽阿柳有色，陰澗雪留痕。路僻經過少，群山自擁尊。」又云：「迎候金鉦鬧，來觀老穉頻。騎驢蒙面女，闔户穴山民。冠蓋群相訝，川原静可親。須知使者意，愛爾土風淳。」《雁門關》云：「百戰雄關抵死争，一時草木識威名。而今營卒渾無事，閒倚關門聽雁聲。」《拜周忠武墓》云：「臣死忠，妻死義，部下九人死將帥。當時賊闖亦有言，諸鎮倘盡如將軍，吾屬安得至於是。潼關破，太原挫，勾注山高騎而過。寧武關，賊無奈，賊無奈，天亡明。以十攻一長城傾，山頭燄燄燒紅雲。全家已作雲中君，將軍血面排帝閽。帝命群靈守其墳，六丁鞭石成兩墩。狂瀾不散趨山根，至今鐵騎天陰聞。」自注云：「公墓在寧武東門外。山之溪流，由墓南衝激。乾隆乙巳夏，雨水尤湍悍。七月間，墓前忽湧二小山，延袤各數丈，溪溜中趨，無復衝激之患。」《廣武》云：「天險扼重山，時清耕鑿閒。腥風虎飲澗，寒月雁横關。畫角穿雲出，驚沙點鬢斑。明朝馳絶漠，誰遣大黄彎。」《山氣》云：「山氣夜沈郭，蒼茫曉未收。寒風來絶塞，入夏尚重裘。盤馬雪千里，射雕天盡頭。平生極飛動，惜不壯時遊。」《次密雲縣》云：「霆轟電掣五更頭，傍午濃陰始盡收。天外峰巒臨紫塞，眼中城郭見檀州。秋深老樹仍留葉，人怯新寒乍擁裘。筋力今年頗勞頓，役車只合早歸休。」《嚴州》詩云：「埼影玲罅久候迎，危灘上上費肩撑。三條水到城根會，五色石填江底平。歙浦峰巒遥在望，睦州形勝古多争。乘流忽發懷鄉思，何日蓮花頂上行。」《讀唐書記老子事》云：「辛苦哥輸石堡城，奇功竟爾屬神兵。如何旦夕潼關破，不敕天丁一隊行。」《鄰女》云：「鄰女生殊艷，金閨常晝扃。可憐迫遲暮，不敢説娉婷。促柱驚孤雁，觀河感二星。年來珠淚盡，永夜每愁醒。」《米友仁海嶽庵圖》云：「虎兒筆力能扛鼎，吾家涪翁不我欺。《海嶽庵圖》軸長丈，昨於歙縣欣見之。畫成自跋不滿意，羊毛筆埽百餘字。此筆此紙不宜畫與書，不知易筆易紙更何如。妙致開卷雲水蒸浮浮，諦觀不可以理求。濃者令人若雨立，淡者櫂船欲深入。江南江北雨正酣，一椽忽露雲中庵。得非此老筆與造化參，安得胸中萬壑雲曇曇。我見斯圖已三載，雲山空濛常自在。何時乘彼京口潮，當頭蓋我一把茅。真箇此身畫圖住，不怕春江欲入户。」《明宣德蟋蟀盆歌》云：「陳君招我飲，示我宣德蟋蟀盆。盆高五寸徑圍尺有二，中有三百餘歲無數秋蟲魂。盆蓋盆身刻以花，梅枝梅蕚横復斜。翻蓋得印印宣德，底夾一層中函沙。頗如人家聽事古甎甃，又如碁紋舊錦五色紋横斜。一蟲至微供養乃如此，何怪燒香之爐滲金而蠟茶。摩挲細若女兒膚，我欲搗碎爲茶壺。坐使龔生時彬稱後輩，看取蟹眼魚眼大小跳明珠。似聞苔砌將軍語，自此可無戰鬭苦。」自注云：「俗呼蟋蟀健者爲將軍。」《送子卿省試》云：「又見槐花滿地黄，送君猶記昔聯床。長干塔下僧寮雨，卧聽鈴聲劬秃當。」《琉璃河》云：「曉起掀帷耐雪寒，琉璃河上一憑欄。鴛鴦好共應頭白，禁得征人七度看。」《代州栢林寺觀李晉王像》云：「萬七千衆排風雲，賊巢膽落鵶兒軍。晉梁構怨上源火，天子不念王功勳。興元之役已狼狽，石門兄事尤紛紜。錦囊三矢晚告廟，梁仇雖復唐無君。是時莊宗尚年少，復汴初猶立唐廟。那知豪傑手剪除，百戰功名供一笑。可憐酒罷空捋鬚，奇兒不奇惟嬉娱。諸伶方擁同光帝，天下真與横衝都。君不見監軍力疾乘肩輿，仰天大哭聲嗚嗚，吾王自取誤老奴。」代州南城樓，有革鞾數百隻，俗傳楊業女八姐所遺，按之，前明軍裝耳。詩云：「代州城樓有宋戰士鞾，傳聞楊業少女之所著。心知其妄不敢非，暇日遊觀且爲樂。塵埋短勒不計雙，那辨鞾靿與鞢韄。厥尖上撟類履絇，長稱壯夫赤三脚。楊公之子凡七人，玉昭浦訓環貴彬。其孫文廣亦善將，未聞少女曾能軍。時平不識軍裝製，手把遺鞾共思議。也先俺答百戰爭，或者明時此遺棄。楊家有女自嬌娥，縱慣殺賊提金戈。一生纔著幾緉屐，未必能穿數百鞾。」又《婦扛輿》詩并引云：「休寧之西有健婦扛輿，始或以老婦爲之。近見兩少婦肩一後生，俗不可長也。爰作詩以告司此土者。」詩云：「婦輿婦扛情或可，婦扛男輿理不妥。始猶一老近雙少，兩足如霜姿亦頗。深山大澤何事無，日暮歸來寧必果。即令瘠土民不淫，豈有同浴而不裸。古者男女不相見，出必蒙面道由左。胡爲招摇而過市，意與擔夫相爾我。懋卿奢淫安足道，突洩不救將成火。誰歟今爲赤縣令，立呼伍伯加之鎖。坐其父兄及其夫，廉耻之防不可墮。」如此詩真維持風化之一端也。《題王鳳生江聲帆影閣》詩云：「春江浩渺山嶄巖，此時不可無飛帆。江山清空花漠漠，此間不可無高閣。高閣遥臨白鷺洲，陵虚下瞰小於舟。雲容水態日千變，盡納玲瓏窗四面。粉本誰摹范華原，丹青欲辨已忘言。舟人指點隔烟樹，道是君家讀書處。何時圖畫來長安，使我忽見江南山。可憐歸棹不得縱，夜夜江神來入夢。我欲從君借此圖，神游日夕聊嬉娱。江聲在耳帆在目，我姑當歸君且出。」猶夷動盪，意到筆亦到之作。《七夕雨》詩云：「風花纔散晚雲稠，涼意侵簾急下鉤。老酒拚供佳節雨，深鐙疑坐故鄉樓。三年瓜果虚今夕，一枕蛩聲送九秋。多事荒唐説牛女，人間如此不勝愁。」此又風神駘宕，故多録之。

萍鄉劉金門鳳誥學士天才發越，著有《存悔堂集》。其詩如龍文虎脊，不可羈勒。兹擇其清迥之作，登之於集。《踏月過韓大聽秋》云：「月夜過韓大，離人感慨多。盟心誰似此，握手意如何。南國美秋色，西風生遠波。臨歧發謳思，後夜已長河。」《發潞河》云：「北馬艱長道，南船促去津。猶憐依日下，多恐笑風入。浦樹初涼薄，沙村遠漲新。贈詩重撿點，旅篋豈云貧。」《晚次嚴州》云：「絶憶樊川嘯詠餘，落斜城郭畫屏紓。山當夕照横峰出，灘到迴潮去路無。仙樹一株傳橘種，州人九姓納漁租。曾遊訝是初經地，蘆鳥銜烟信櫂夫。」自注云：「蘆鳥，船名。」《西臺懷古》云：「相傳舊客此登臺，臺畔濃雲晝不開。一塔傷心從後死，諸陵藏骨有餘哀。徒教阮籍空山泣，幾見田横島上來。老淚縱横楚歌闋，鄧王文筆漫多才。」自注云：「鄧王謂鄧中甫、王炎午也。」《黄州口占》云：「孫郎圖霸古無功，坡老遷官數亦窮。僥幸黄州一小郡，千秋人説兩髯公。」《九江大雪》云：「東吴西蜀淼寒流，白浪如山擁去舟。萬鳥不飛帆一葉，滿天風雪下江州。」外又有《北征》集杜詩二百一十首，其才之大，誠不可思議矣。

高郵夏澹人味堂《題苗氏兩世刲股圖》詩云：「人人血肉歸臭腐，孝子片臠媧石補。家家兒把《孝經》讀，孝子纔逢孝子續。苗家阿姥遇最奇，當是胎教無纖疵。兒悲母病悄刲股，廿載孝孫還效父。是母是子已足憐，子體父心孫尤賢。病僵乍醒翻作喜，藥匕初收霍然起。想見兩刀鏘然鳴，天地黯慘神鬼驚。世人愛生心早死，兩世誓死偏能生。當年鞠育母勞苦，通靈報德唯一誠。子止延醫塞其責，聞此得不雙淚横。嗚乎！聞此得不雙淚横。」情真語摯，自然高老。

通州沈飴園岐都憲《苗孝子刲股》詩云：「猗歟苗氏，揚郡之英。克敦孝道，彌篤真誠。母氏嬰疾，殗殜病成。子曰傷哉，祈禱無靈。夷于左股，骨熸心驚。卓哉有子，乃更生孫。父愈母疾，子體父心。一堂茹苦，蘭秀于庭。粤稽古昔，聿表厥聲。吮癰誌痛，療目燃燈。亦有孝子，罕著奇行。矧茲兩世，子儀父型。我與之贊，用告公卿。」此尤簡古可貴。

行文有顛倒取致者。韓昌黎《柳州羅池神廟碑祝詞》曰：「朝出游兮暮來歸，春與猨吟兮秋鶴與飛。」順文當是「秋與鶴飛」，故歐陽指此爲誤。沈存中云：「倒用鶴、與二字，語勢愈健，如《楚詞》所謂『吉月辰良』也。」此善論文勢者。余按古體詩用此法無不可，而律詩用之，終不合格，不可同日語耳。

《楚詞》「吉月辰良」，不曰「吉月良辰」，是有心作是語。敘滇地之形勢者，曰「絶地天通」，不曰「絶地通天」矣。蓋參錯其字，轉增姿態。舉此例之，可知行文斷無板滯也。

余昔至郡城，得見楊少保將軍捷畫軸一，青蒼秀潤，後跋亦佳妙。知瑰琦磊落之姿，兼有範水模山之技。今向其裔孫求其遺稿，裔孫曰不可得矣。其後代群公頗有遺集，但未梓行耳。因於行篋出示觀察匡齋公懋紹有《漁山集》。《武陽九日署中》云：「去年此日長安別，萬里孤城匹馬還。流水無情歸大壑，白雲有意住高山。鬢眉定逐風塵老，琴鶴相依歲月閒。忽覩黄花開滿徑，江南愁殺鏡中顔。」《秋日郊游》云：「秋滿江城酒滿船，等閒散策步蒼烟。抱叢寒蝶因風見，點水浮鷗得雨妍。十畝園陰開緑野，一爐香細和朱絃。尋歡命友須行樂，自笑蹉跎四十年。」《滇中聞雁》云：「舍北圖南已入滇，凌霜觸雪歷山川。稻粱此地雖云樂，不及瀟湘淺水邊。」太守恪齋公文鐸，匡齋公子也，著有《玉岑》、《京蜆》等集。集中與吾州先達繆司寇湘芷沅倡和最多，《送繆湘芷赴京兆》云：「春江一片雲，變態閲昏旦。吾儕集江湄，揮手或聚散。繆子天下才，素志在霄漢。健翮凌秋風，雲路登彼岸。郵亭車馬紛，别意托豪翰。填胸萬卷書，光燄吐璀璨。走筆傾明珠，灑墨呼鵝换。聲名壓元白，意氣薄絳灌。十里長安花，更許何人看。青樽留落日，柳颺隋堤畔。欲折贈君行，鈍足恣愧汗。」《渦瀆曲》云：「身世亦何常，造化本難測。長江一勺水，變幻出頃刻。拳石當中流，終古成湢泧。或作湘潭深，或作巴江逼。或作古鏡光，或作迴文織。一葉涉其中，徒侶皆惻惻。微言聊藉慰，逝者何能息。屈原未云醒，商君豈能匿。安步失虚舟，大地生荆棘。撫躬勵厥修，太上貴立德。」《過鬼扒崖》云：「嵯峨復嵯峨，黔山石筍穿雲窩。蜒蜿一線出鳥道，下臨斷崖無底之懸河。行人到此長太息，退既不能進無力。我無山鬼跳盪之伎倆，我無野鶴高翔之羽翼。昂藏空長七尺軀，扶挈無緣甘面壁。趦趄兩足轉悠然，昌黎投柬華山巔。古來侏儒信薄命，何不歸耕二頃桑麻田。」《除夕得家書》云：「琢句心抽繭，繙書目數蠅。天涯猶作客，年事頗如僧。守夜憐時序，迎春解凍凝。獨悲添馬齒，鄉國思騰騰。」《過毘陵驛》云：「一秋三過古毘陵，小泊郵亭不厭登。去日正長同塞雁，行蹤無定似游僧。篷聲淅瀝添宵雨，野火蒼茫送遠燈。閒把一杯成獨醉，前途霜雪歎崚嶒。」《聽鷓鴣》云：「牛馬從教薄俗呼，年來漸覺鬢毛殊。那堪更向深山裏，瘴雨蠻烟聽鷓鴣。」《高樑吊老樹》云：「絶菁崇岡接緑天，霜皮鐵幹無風前。應知不作凡材用，甘守空山幾百年。」《山行見新柳》云：「判君青眼别春明，水驛山程送遠情。忽地相逢寒谷裏，鬢邊白髮一齊生。」《謝友人贈墨》云：「犀文玉質媲琳琅，柿葉青綾艷有光。收拾士龍三萬笏，張顛頭角任飛揚。」侍衛損齋公錡集中有《赴熱河》諸作，《苦雨》云：「滴滴思鄉國，絲絲盡臉波。

長安愁米貴，塞上又如何。」《應山道中》云：「寂歷亂峰列，潺湲曲水多。雙松當古廟，一騎出巖阿。有夢思鄉杳，無緣縮地過。遥知秋夜月，老樹獨婆娑。」《武昌絶句》云：「天竺如丹柏影斜，銀魚似玉笋盈車。客中忽動蓴鱸想，何必秋風始憶家。」《文官果》云：「文官有果膺清譽，不解何年擅此名。夢想已經三十載，而今相見愧儒生。」《途中口號》云：「大字豐碑盈驛路，鎸來盡道使君賢。郊原行過聊憑眺，蔀屋依然似磬懸。」刺史荔齋公以牧，損齋公弟也。《觀邯鄲夢劇和太守韵二首》云：「夢中那解黄粱熟，離合悲歡總繫思。不到蓬萊山頂上，怎知往事盡成癡。我亦酣眠三十載，夢迷夢覺苦縈思。邯鄲道上聞鷄犬，不止盧生一箇癡。」《上排門》云：「粤江真險絶，一棹泛滄波。荒嶺閒花少，中原亂石多。舟人聲苦咽，客子意如何。尚未銷餘畏，前灘又欲過。」太守餘齋公景震《擬自君之出矣》詩云：「自君之出矣，細雨閉重關。荷珠如淚滴，點點别離閒。」《重過中州》云：「三年大梁客，又復走巖城。聚散懷良友，升沉笑世情。稻畦新雨足，驛路晚涼生。漫憶當年事，匆匆歲幾更。」《過界嶺》云：「林麓霏微草樹薰，風塵轣轆事紛紛。車書一統今天下，却到山頭豫楚分。」通守朗如公炯詩篇和粹，宗法堯夫、白沙等集。《丁亥除夕》云：「四十七年事，都教此夜除。不思過去者，遑問未來乎。苦樂從人有，鶯花過眼無。於今何所得，心似老僧枯。」《放言》云：「皂白分於眼，顛危任在肩。賦詩風旨遠，按劍寶光懸。最鄙營巢雀，何如脱殼蟬。平生多少思，多付酒杯邊。」參府退庵公勳《贈人》云：「關山萬里路悠悠，難遣椿萱兩地愁。安得身生雙羽翼，朝依塞北暮揚州。」按詩意似贈揚州人謫塞外者。群公之詩，實有家法，予辛勤搜得，彙成一編。

余最異昭明太子《文選》分類。有「七」字一門。「七」數目字，何得爲問答之名？如以七分門，則張平子之《四愁》，亦可謂之「四」，顔延之《五詠》，亦可謂之「五」，杜子美之《八哀》，亦可謂之「八」，屈大夫之《九辨》等篇，亦可謂之「九」，丁娘《十索歌》，亦可謂之「十」矣。蓋枚乘之《七發》、曹子建之《七啓》、張平子之《七命》、傅介子之《七激》、崔亭伯之《七依》、何仲言之《七召》，皆是雜文，仍當編入文類，不必創爲「七」名。濫觴於昭明，後選家蹈之，殊可不必。

樂平黄琴川涇祥太守，著有《還桂山房詩稿》，古今體皆佳，而古體尤勝。古體每於轉韵處行神行氣，如龍如虬，不可捉摸。最愛其《董先生歌》云：「火雲燒赤鳩兹水，忽騰忽擲百怪徙。董先生住江之濱，拂衣徑走一千里。前摩猛虎後擊兕，不挈孱妻挈幼子。子面白皙懸青臚，旁人熟視不敢呼。而翁脣反眉復粗，貌古非陋還非臞。海陵城高冠蓋集，游向人中貿吾術。宣洩造化哭鬼神，倒屣群公轉無及。三年不飛不鳴身，鳶肩火食論何因。無端鑒别亦到我，不謂尋常行路人。邂逅長街與短巷，談笑偏能破愚惷。人稱半仙實非仙，早歲曾託吴門禪。黄山踏久却生厭，去而不顧歸耕田。眼中不識一丁字，往往慕人游俠氣。前年擊賊在鄉閭，馳突風雨猶鐵騎。縱横徒擊心與肝，祇今項上留刀瘢。我尋先生言，奇氣無不有。先生人海閲人久，炯炯雙眸判好醜。自從軍熸來，功名賤屠狗。遼東之豕滿地走，曷鼻齇顔綬綰腰，獐頭鼠目印懸肘。持古相法今則否，我勸先生莫開口。不如攜我囊中青銅錢，日日登樓但飲酒。不然蟠胸熱血煉火成處真，丹砂九轉燒水銀。髓緑瞳方佩瓊蘂，三山弱水馳猋輪。嗟哉董先生，可望不可即。注籍仙之人，豈不大勝此日齪齪趨風塵。」余亦有此題詩，今覽此，余詩敝帚棄矣。《喜徐少儀至》云：「與君八載不相見，疑死疑生日千變。蒼茫兵革斷消息，不是尋常隔鄉縣。神思往往通夢寐，豈料近從賊中至。吾生遭際恒不齊，執手相看此何易。要知歷境中腸傷，子貌白皙今老蒼。不然行年未四十，鬚髮那得含秋霜。翦蔬煮酒美何擇，吸盡甘棠不容惜。沈沈夜雨燈搖青，二十年來今視昔。奉親廿口居團欒，草堂已作湖腰看。因君室家未脱險，不敢更話羈棲難。龍眠有約誓娱老，眼前貧覺功名好。拂衣請賦從軍行，余亦北走燕山道。」《送湯日丞歸南豐》云：「飛沙入手不可摶，流水欲斷心知難。故人别我顔色沮，慘慘五月江風寒。昨歲天門策空射，誰向金臺論馬價。掉頭游於酒人間，千古荆高見流亞。霉斑土色叢青袍，質庫意比金龜高。一月二十九日醉，一日不醉烏能豪。短轅一輛驅入市，屠肆鼓刀望風指。青眼不乞公卿中，惟取笑靨歌兒紅。筵前腸斷柘枝舞，此境有我時時同。我告君去君不樂，臨歧有淚涔涔落。我行猶且留邗關，君忽飄然來此間。劉伶置酒破萬錢，謂慈民。飲罷直上吴儂船。世無伯通廡不得，又從江南渡江北。青山圍鄉夢，境繞盱江飛。不辭辛苦賊中去，百念所結惟庭幃。我有兩親鬢髮衰，亂離不僅長苦飢。爲謀菽水緩歸計，似我何取有子爲。軍門角聲徹夜吹，長淮注杯請忽辭。丈夫生世保令德，慎矣當俟前途巇。毋受造物相紿欺，茫茫策馬詣空陂。」古詩之妙，不可階矣。近體之佳者，如《入廢蓮性寺》云：「一騎緑陂上，禪棲劫燹涼。僧猶看佛古，草竟比人長。野犢眠空院，飢鼯穴敗牆。衹餘叢桂在，有約話秋光。」《通州道中》云：「午歷畿南道，河壖暑尚侵。禪聲喧鐸語，馬首亂帆陰。客路秋瓜美，農功晚稼深。此邦魚米賤，引動故園心。」《寄李仌叔》云：「與爾神交已二年，衆中才調孰齊肩。偶從賤子傭書例，去結英雄乞食緣。賃廡伯鸞家室聚，工文司馬姓名傳。劇因一序鄉愁起，夢倚焚餘老桂邊。」《艇湖》云：「當年訪戴回舟去，今日尋詩蠟屐來。尚欠溪頭三日雪，梅花一樹不曾開。」近體結響甚高，情致亦復綿邈。

江都汪研山鋆文學，天姿高妙，詩筆清麗，兼通六法八法。前以題畫古詩邀余唱和，往返七叠韵，層出不窮，集隘，不備載。兹録其《旅鶴篇》云：「矯矯雲中鶴，闤闠亦何羈。念彼出世姿，鎩羽亦有時。高天亘蔚藍，相與崑崙期。翱翔戾清迥，安能測所之。飛埃凌厲超，濯翼浮桑池。沖舉仙人流，其如飲啄稀。俛首盼城郭，戢景回羽儀。非無乘軒榮，所傷塵瀵滋。辟如失路人，嗒焉甘翅垂。喧卑既復爾，未免嗟哀離。鴻鵠搏絶垠，鷃雀辭藩籬。何云胎化禽，奮迅將無爲。曾不若鷦鷯，巢林安一枝。既悲霜雪蒙，毛羽日以摧。回翔鳴九臯，飛騰無丹梯。且與戲芝田，徘徊中路歧。」詩意深厚，余亦有此題作，遠不逮矣。《讀天池集》云：「天賦佯狂不易才，死逢知己劇堪哀。悲歌幾與猿同歗，短表曾偕鹿獻來。單絞禰生羈鼓吏，窮途阮籍辱塵埃。青袍不慰平生志，枉向軍門草檄回。」骯髒之氣，横溢紙上矣。

壬戌三月二十一日，小有天園道士邀看桃花。余本不欲往，諸友强致之。會時適得甘澍，研山作長歌誌喜。後有數句，專指老朽云：「座中老人帶顔色，丹霞飛上吟髭旁。先生杖履有春在，三千年後争低昂。我從公游質桃實，滑稽且自慚東方。當前啜粥飽食鷄，起看烟雨仍茫茫。」余讀研山之詩，媿不敢當，然奇氣淋漓，可欣可畏。

蓋平姚仲海正鏞正郎僑居泰州，庚申年九月九日，邀余暨諸同人岳阜登高，旋至城西草堂讌會。立冬後，又於寓齋作消寒會。共擬《聚星堂用東坡韵》詩，云：「籬根觱篥亂鳴葉，孤夜沈沈試初雪。萬人海裏開心顔，龍公一戲真奇絶。庭柯僵立慘不支，徑竹暗摇瘦頻折。點來窗紙濕已無，吹上衣稜看自滅。初日旋生眼裏花，酒盃莫向手中掣。枯蟹爬沙落暗燈，凍雲吹浪攢冰纈。瓦角響墜動索鈴，屐齒沾愁和木屑。院深寂寞任堆鋪，風迴捲倒還飄瞥。猊虎團成稚子歡，蝗螽盡喜農人説。擬把新詩問潁川，醉翁醉後聞簷鐵。」《揚州十首》云：「襟江帶淮右，終古廣陵城。晻晻人烟歇，茫茫隴畝平。川原接吴越，風俗入蠻荆。極此悲生事，浮雲無盡情。」一「自古所争地，百年聞鼓鼙。永嘉新政後，建業大江西。郡據長淮險，軍連北府齊。那堪中興日，戰骨望淒迷。」二「來往甘棠埭，遺徽歌詠間。鞭投接泗水，屐折破驚顔。草木驅聲勢，圍碁亦險艱。可憐謝太傅，不及八公山。」三「聞道蕃釐觀，瓊花未見休。繁華叔世感，歌吹極天愁。空幕栖烏夜，荒原戰馬秋。南來驍果盡，不復渡邗溝。」四「威名此開府，心事亦何癡。空策神仙術，還憐跋扈時。樓居不救死，氈裏竟誰悲。天下雄財鎮，蕭條見黍離。」五「昔擅文章盛，由來太守賢。蜀岡鍾造化，泉水足留連。芍藥韓公宴，荷花永叔傳。比來尋舊跡，榛莽墮荒烟。」六「慘淡風雲氣，臨江虜騎來。大儀拚一敵，南渡劇堪哀。陵廟中原棄，朝廷半壁開。金焦正烽火，射弩有堂臺。」七「閣部墳前土，涼淚落照微。危城等孤注，驕將失兵機。野掠村墟少，民窮鳥獸稀。但聞健兒散，買醉未曾歸。」八「不信江都好，東南財賦兼。鑄山銅可冶，煮海水能鹽。灌莽時艱被，帆檣江水淹。年年忘估榷，蜀布共吴縑。」九「浩歎論兵事，干戈歷歲華。金錢買生死,鼓角雜琵琶。不見陳琳檄,誰爲劇孟家。艱難驚老大,側望靖天涯。」十詩猶是歷叙數朝,而古事今情,雙管齊下,倍見深厚。又《詠古》七律四章,《很石》云:「妙善寺前片石孤,紫髯桑蓋建雄圖。卧龍議論終王漢,射虎功名已霸吴。自是猘兒難與敵,從教羝種擬相呼。前朝天險江山在,遺恨蒼茫蘚跡枯。」《赤壁》云:「漢末孫吴用兵處,武昌夏口望東西。江流九派朝宗遠,天意三分戰伐齊。公瑾大名垂炬火,阿瞞奸略失銅鞮。青山好句南飛鵲,怨入寒潮咽鼓鼙。」《麦亭》云:「席勝丹陽郡國開,更從校獵見雄恢。遊田自失從禽誡,生子居然射虎才。投戟一時空復爾,櫜弓今日爲徘徊。景升父子當年事,太息呼鷹只有臺。」《螐磯》云:「訛言白帝傳來亟,磯上千秋斷石存。家國恨多判生死,風濤天外質精魂。永安建業消王氣,漢水江流識舊恩。我昔乘舟荆楚客,布帆聲裏過祠門。」調亦高朗可誦。仲海天姿英邁,詩文浸淫漢魏,俱從大處落想,不與衆同。

江右朱春舫履恒觀察,於庚子年九月間在仲海座中識荆,嗣後譾集,屢接丰采。未及披其全集,祇見其《題課耕圖》二絶云:「黄石遺編日夕親,蒼松鱗鬣寫精神。便須風雨飛騰去,莫作閒門種菜身。」又云:「天涯讀畫感何如,寂寞郎潛兩鬢疎。學劍學書都未了,一生低首愧犁鉏。」祇此兩詩,意味深長,絶去浮囂之氣,已見一斑矣。

吾鄉柳敬亭雖以技傳,然睥睨豪杰,拯濟囏困,實任俠足稱也。余詩話備言又何贅焉。適錢唐金眉生廉訪來泰,暇日訪其舊宅,作詩一首。余即繼聲,亦成七古,云:「諸侯賓客布衣士,四海五湖知姓氏。生作泰州曹家子,南關打魚灣上是。少年亡命逞豪英,身將萬里西南行。身憩柳下因姓柳,入秦張禄改姓名。不吹伍員簫，不擊漸離筑，三千年事胸中熟。隱身説書褐懷玉，詼諧笑駡雜歌哭。有時長揖軍門來，褒衣博帶何雄哉。抵掌縱譚睥睨視，能挫跋扈將軍才。有時席上善嘲謔，醉後解衣益磅礴。能爲譎諫東方朔，能作廋語黄幡綽。事成一笑身高騫，功名脱屣傷老年。黄鵠一舉不再舉，歸來依舊南闕眠。不學度遼管幼安，不作渡海魯仲連。賸有先人敝廬在，敧斜風雨安數椽。昔時黄金散隨手，歸來囊橐今無有。故人潦倒死已久，子孫不能善其後。家有三柩無力舉，貧窮攸助罕朋友。山人攘臂向渠説，吾囊無錢吾有口。大書揭帖無地無，帖云柳某重説書。闤街咽巷人踵接，倒篋傾囊錢欒輸。三百緡錢半月得，友家養活柩皆扶，如此高誼真丈夫。阮亭讕語未免誣，梅村歌行庶幾乎。沈龍翔文吾見諸，如此軼事宜大書。高軒憑式訪里閭，但知打魚灣裏居。今居不辨門庭蕪，晚來古木聞啼烏。」廉訪見余詩即袖歸行轅，與賓僚共觀，略與顔高之六鈞等矣。虚心厚誼，洵不可及。但余詩淺率，只叙柳山人之行狀而已，在齊言齊，究何有於深義也乎，閲者鑒之。

余詩藁刻成數種後，友人多以爲可。揚州汪研山鋆尤有嗜痂之癖，摘集中之句，爲余圖册十二頁。一爲「無草花時無蝶影，有樓臺處有鶯聲」，此《雜感》詩也。又「世事看來如轉燭，坐看虚澗落巖花」，此《游宏濟寺》詩也。又「青帘颭樹高逾見，白鳥翻風遠忽無」，此《在馬溝晚望》詩也。又「池荷遞香氣，氣雜醇醪冽」，此《消夏偶成》也。又「暑病痊秋後，凉風扇竹間」，此《七月九日遣意》詩也。又「一天雨氣不着地，四壁蟲聲亂叫秋」，此《七月二十日早起》詩也。又「風露滿身鐘入耳，石城橋下一舟横」，此《舟泊水西門》詩也。又「爲憶揚州城北路，斜陽影裏看楓還」，此《冬日雜感》詩也。又「水國冰生成世界，海山雪滿起樓臺」，此《梅花》詩也。又「九門寒氣送未盡，清嘯主人來賦詩」，此《冬杪過凝秀軒》詩也。又「天梯石棧風波惡，醜樹巒山眼界增」，此《友人譚滇南山水》詩也。又「城中吾更關心問，百樹梅花兩寓公」，此《除夕遣懷》詩也。「百樹梅花」謂吾州城東舊有梅花百樹，「兩寓公」謂元和曹丈侶鷗徵君，與令嗣艮輔楙堅觀察也。研山愛我之至，故有此畫，而我敬謝曷敢當乎。

甘泉楊澂齋澍司馬以《世澤堂詩存》見示。澂齋爲少保將軍之裔孫，品質端雅，氣味藴藉，洵不愧舊家風範。今僑居吾州，時來清話。余聞與李冰叔至契，時有倡和，故余特索其稿。其《隨潘少白師清凉山看紅葉》云：「四序景屢遷，殘秋歲月晏。薄游隨杖履，楓葉霜華粲。掩映成丹黄，霞氣頳如旦。清凉古梵宫，碑石惜漫漶。步履陟崇岡，行人入畫卷。鳥語入雲留，林外數峰遠。入投精舍憩，披陀若蟻緣。高閣眺江光，注目盻遐甸。境寂坦忘機，寥天一聲雁。」《六漫閘》云：「震空若雷霆，奔豗若戰伐。三十六湖水，同下六漫閘。鞭馬不能追，怒流從此發。髣髴十八灘，兩頭青石轄。蕩蕩地軸搖，心懸目欲拔。遥想去來船，抵觸應愁殺。大田久汙萊，設險定數帀。惟快持罾人，紅鱗挑撥刺。」此詩收二句掉轉，可謂挽千鈞之弩，而能神閑氣静也。《宿博山園》云：「避囂博山山頂住，况有園囿堪嬉娱。夜壁潛窺走松鼠，曉城卧聽啼林烏。階下幾竿青翡翠，窗前數尺紅珊瑚。憑軒遠眺黄葉落，晴巘白川開畫圖。」《金壇》云：「今年鐵甕真如鐵，前日金壇果似金。倉葛一呼知士氣，霄雲半指見軍心。常山得失關諸郡，新建功名出仕林。縱使石頭風正利，尚堪背水學淮陰。」此等詩亦何深厚。《蘆花簾》云：「翡翠珍珠滿禁城，山家僅免北風迎。垂來過雁應相識，疎處穿螢倍有情。秋水織波人宛在，晚山捲幔雨初晴。相看莫道依檐下，未忍飄蕭了一生。」《萬福橋軍營贈陳大秋濤》云：「江上暮寒至，美人同此心。白雲招手贈，黄葉翦燈吟。身事横長劍，文章變雅音。愁來不勝醉，華髮漸盈簪。」詩皆老横，毫無懦響。又摘句《雨中看梅》云：「絶少美人林下立，不知明月幾時來。」《四松庵客感》云：「五更烟雨鷄聲雜，千里音書雁影空。」《秋雲》結句云：「耐得寒衾不嫌薄，七襄何苦累天孫。」《秋漢》云：「乘楂無路通舟楫，横劍何年洗甲兵。」《過賜第感賦》云：「墨胎北海存遺胄，儋耳南天感賜環。王謝烏衣久凋謝，嗟余小子正投艱。」又云：「朝右平津仍結客，隆中諸葛暫躬耕。庭前讓木添新蔭，階下孫枝喜挺生。采藥勾吴重啓宇，姬宗玉牒自分明。」讀以上諸詩，吾爲舊友季子亮喜有替人。季子，澂齋之從祖也，癸丑歲捐軀殉節，因此並書之。

澂齋又有《哭五弟雨生》詩，令人油然生友于之情。詩云：「手足或不協，其病爲不仁。一身有手足，一家有弟昆。温温友于誼，自昔傳鄭均。戚戚然萁歌，薄俗徒紛紛。余生何不肖，先澤慚負薪。緬懷先敏壯，不著雲臺勳。貽謀啓燕翼，七葉腰華紳。兩世讓世職，家乘書分明。豈不愛富貴，情重屣榮名。遭家適多故，踐履叢荆榛。大父隱東山，明哲期保身。賜宅將就圮，丙舍依誦芬。灌瓜惟抱罋，種菜時閉門。推蔭竹廬公，三讓遺風純。小子體先訓，尺寸思守遵。負此駑駘質，祖烈難爲循。早歲痛失怙，讀書嗟無聞。壯年志四方，提劍歌從軍。季弟苦短折，陋巷曾安貧。伯兄慘國殤，荒荒誰招魂。四五弟差健，肩隨何彬彬。卑官本代禄，可仕亦可耕。謂四弟瑞庭。 矯矯棄繻年，弱冠驚人鳴。時艱重韜略，習武投軍營。一出獲劇盜，上選拔步兵。門資未始著，聊起舊家聲。雖居千夫長，上游任要津。未假武肅券，已冠終生纓。余亦荷殊薦，時將春明行。愧無千里才，攬轡常踆踆。弟兄各淬厲，報國心孔殷。何期鋒鏑及，喪我鴻雁群。寇難促死别，灑涕滄江濱。褒䘏匪不榮，玄壤傷沉淪。弟忍棄我速，憂喜在一晨。當其致命日，綸音來紫宸。洸洸定遠裔，煌煌都尉身。吾弟命何薄，不及圖麒麟。吾聞大小蘇，相愛常有言。世結爲兄弟，預定他生因。我亦祝神明，願世吹篪塤。雨生不復生，庶幾鑒吾誠。知己苦慰藉，敬謝聲已吞。此恨苦無盡，長句陳酸辛。」言哀之文，難得如此洋洋灑灑，而今昔之情事俱舉。或以篇中用真、文、元韵，而又間以庚韵，蓋時本作通用，鄭庠本、毛氏本皆不通爲説。余曰：言以道情，惟貴探喉而出，不必拘於此説，且有時韵可通乎！况篇中一二處略用數語，是爲轉韵，無不可也。余獨重其氣誼，故亟録之。

婁縣楊古醞葆光二尹來泰，見裱褙店友人爲余畫册十二頁，所畫者即余拙詩，緣此走訪，並贈詩云：「十載沈淪萬人海，每逢俊侶易懷思。朅來窮市奇珍眩，聞道才名舉世知。霽雪園林摩詰畫，緑楊城郭阮亭詩。武功有志應堪讀，許翦珊瑚百尺枝。」余和詩云：「躭吟已老鬢成絲，何意聞聲繫客思。十載頭銜仍故我，半生踪跡獲新知。烟雲棖觸樽前畫，陵谷遷移篋裏詩。慙愧蟬嘶兼蚓唱，不圖鶴在最高枝。」古醞得余和詩，復作七古一章見贈云：「大雅久不作，下士聲如蠅。讀書每歎往哲遠，耆宿乃在古吴陵。示我篋中文，文體卑蘇曾。更有詩千首，首首驕綾繒。想其興酣落筆一快意，力掃凡近參上乘。淫聲繁響盡洗滌，大聲忽發聞呟噌。此才此筆世尠覯，私喜我目猶可憑。先生爲道少年事，白門柳色緑滿蹬。才不偶命幾馳逐，一朝棄業辭行縢。盡披古籍騁遐想，手抉精髓斬葛藤。人生得意會須盡，不如閉户苦守齋頭燈。向平願了卧遊好，水勢曲折山崚嶒。何必泥塗逐車馬，軒冕屢被塵鞅絙。我欽才調已低首，重聞歷境悲難勝。憶從弱冠别鄉里，直走苕霅求斗升。棄書又着短衣去，經過皖淛俗狀增。連年喪亂幾顛沛，脱險恍似離鞲鷹。馮公有親客無好，窮途落寞誰相矜。譬如病久不易治，安得妙藥開瘕癥。幸逢知己一吐出，勿告薄俗將我憎。歌成浩歎動四壁，春風窗外如來膺。」古醖雙眸炯炯，氣體一清。别時云走紫琅後有書見寄，今未寄到，余甚思之。

吾友梅藴生植之詩已入余《詩話》後集。藴生亡後二十年，其子攜其外集來，閲中有《與筆工張老》詩二首，其一七古云：「售我三管筆，取我五百錢。知我用筆難言傳，能者解我秋豪顛。竭精三日眼不眠，用筆方知此老賢。我且誦君詩一篇，他日合與毛穎傳。」又一七絶，是已前作，詩云：「相逢忽漫感余愁，張老如鳩已白頭。畢竟家傳諸葛法，湖州那得及宣州。」張老名行高，湖州人，嘗售筆於藴生者。蓋先日所售之筆劣，旋以精者進，故一抑一揚，兩詩語無一定。文人之言善轉動，固如是也。郡城玉帶巷又有張德山者，余每市筆，有泛常水筆，八文一管，濡墨着紙，亦自圓轉。余市歸，與入塾童子，曾有詩云：「百錢買得雞毛筆，製之名工張德山。歸與湯家兩兒子，阿翁時正搨碑還。」湯家兒子謂湯悔庵之子也。

吾友張石樵安保《荻圩懷人詩》數章，其懷余有云：「康侯老耄惜分陰，不憚披沙揀碎金。新刻風行東海外，果然聲價重雞林。」自注云：「君所刻《伯山詩話》，高勾驪以重金購求。」又有寄懷余詩云：「吴陵古都會，不至逾十霜。康侯吾舊友，巋然魯靈光。腰脚健彌輕，神明固而强。髦老學精勤，過眼俱不忘。搜求州掌故，用意微而臧。文獻一身肩，網羅及散亡。我乍舟小泊，流連傾壺觴。排日文字會，皤皤鬢髮黄。筋力不知疲，登陟卑崇岡。乃知得天厚，自然壽而康。」石樵只少余一歲，精神矍鑠。令子午橋太史，時將迎養於京師，殊可羨也。

盱眙賞鯉庭禮大令公事至泰，見過快譚。見有《山海關雜事詩》四章，高朗清雄，亟録之。云：「長途半沙磧，天外雁聲聞。古道積寒水，高原下夕曛。風腥知近海，山潤覺生雲。好記邊垣路，炊烟翠幕紛。」「清河向晚發，冷氣已難勝。風力欲翻石，霜痕早結冰。曙雲巖際斷，初日海壖騰。漸入蓬萊境，他山自有朋。」「秋葉落如雨，行行日已西。車輪當石碎，山月向人低。高樹穩烏宿，歧途亂馬嘶。鄉關千萬里，回首倍淒迷。」「暮雨穿窗急，邊風到枕涼。蟲聲經夜大，鄉思比秋長。吴楚偏多故，干戈尚未央。尺書淹日久，何日慰高堂。」

揚州自癸丑亂後，名勝之地，悉遭塗炭。遥想湖上，桃花庵稱江南北詩壇，今亦委榛棘中，是可傷已。曾記嘉慶年間，南城曾賓谷都轉讌客庵中，作詩云：「桃花庵前水，純是桃花色。花似去年紅，劉郎頭已白。今我不歸去，已過兩寒食。故園今日花，遊讌是何客。」此作如初寫《黄庭》，最爲淵永，一時和詩甚衆，都無逾乎此也。

方雲壑學博詩，余已刻之《詩話》中矣。今題余《愛日》、《望雲》兩集詩云：「愛日迺易馳，望雲無終極。知君名集意，使我泪霑臆。男兒著述傳千秋，石火光陰原頃刻。祇爲父母怙恃恩，捧檄心喜無人識。何期樹静悲風木，幽宫一閉土花蝕。雲蒼蒼兮豈歸雲，日黯黯兮非昔日。與君同是負罪人，上天下地心徒盡。讀君詩，面發艴。才智如君數倍余，老守蘧廬亦太息。歲時伏臘展墓門，猶得依依在墓側。嗟余飄泊成飛蓬，南北無家歸不得。先人邱隴宿草荒，望祭何從供子職。讀君詩，意腷膈。望雲雲愈空，愛日日已昃。吁嗟雲日猶是境殊科，親顏不駐愁奈何。」

吾州州志《藝文》有沈龍翔《周公鋪詩并序》。序云：「出南門，沿運河折而東十五里，爲唐灣。兩岸空闊無人跡，爲萑苻藪，舟車久成畏途。如皋令周公鼎鑑攝州篆三月，即捐俸建屋四十間，募民夾河居，行人恃以無恐。今呼爲周公鋪。」詩曰：「曉發茱萸灣，晚宿周公鋪。鋪上有居人，不是當年路。」又云：「三月海陵官，千載周公鋪。立功貴及時，何用終年住。」又云：「西有召伯埭，東有范公堤。中有周公鋪，芳名千古齊。」龍翔，州人，著有《發幽》等録。

邵伯苗澍，余素不相識。來泰收養難婦，設傴僂所，兼養童男。跡其家貲，本中下之户，用已空乏，而行不倦。余作詩美之，曰：「苗先生，邵伯人。邵伯往來衝，誰克如其仁。家世本寒畯，心性殊樸淳。凡事急人難，所作能率真。狂寇蔽江下，居民走甡甡。婦女冒霜露，童豎走風塵。君憐蠏没脚，俗謂婦女難于步趨，如蟹之没脚。君傷魚觸綸。設作傴僂所，畀以庇晨昏。收養及嬰孩，得以叨饔飧。一朝兩粥飯，籌備芻與薪。行之日已久，投者來如雲。分局到泰邑，借地鋤荒榛。席篷廣搭蓋，竹木連朝勤。一日之用費，動需錢廿緡。有時苦不支，代募過人門。見人必下拜，意疾言和溫。如飢在一家，如饉在一身。人都重其義，與之無囍屯。多與固色喜，少與亦不嗔。長跪更頓首，替人感厥恩。多裘吟白傅，廣厦思杜君。善心在先哲，先生成等倫。吾思素封家，何不恤鄉鄰。粟肉任紅腐，安肯豪釐分。又有避難者，挈眷來作賓。上蒼已示罰，何無悛心存。服飾尚五綵，肴饌羅八珍。釵鈿婦頭炫，脂粉香閨勻。庋詞與驕態，欺人皆耄惛。以之比先生，品地殊天淵。叶先生本布衣，若不知己貧。此若作朝臣，燮理必慇懃。此若爲諫官，圖繪必上陳。此若遇國難，毀家必然頻。此若與軍政，慷慨必指囷。奄然草野士，難得如仁麟。鄭莊昔置驛，長厚人交欣。賓碩常匿友，任俠人孔云。古人重一節，足使薄夫敦。先生用五官，竭蹷無逡巡。耳目勤視聽，兼勞口舌脣。並世有此子，道誼豈不尊。愧余無佽助，募疏代撰文。願天鑒在兹，保護休嘉臻。繩繩無匱乏，陳陳多相因。所期獨行傳，太史應知聞。我思苗先生，心已無間言。我作五言詩，敬之如明神。」

通州朱石甫瑋明經，著有《獨行堂詩存》，詞旨灑脱。《越女吟》云：「布穀飛時桑葉稀，小姑拜箔祈蠶肥。不知辛苦機中錦，却是誰家歌舞衣。」《圖關舟中》云：「挂席圌山外，山横落日黄。秋風過白露，前渡近丹陽。櫓折江聲壯，愁争客路長。荷衣不堪製，一雁下新霜。」《懷應地山》云：「擊筑狂歌南陌頭，髯翁風度古無儔。鏡中大笑白垂幘，窗外一山青入樓。七子論詩懷鐵甕，萬人求帖學銀鉤。淳醪蘊藉周公瑾，匹馬關河十五秋。」

東臺陳百生寶文學以《候鳴》、《雷鳴》等集見質，才氣高邁。《寄鄭贊侯》云：「贊侯贊侯今健者，天下無雙一江夏。軀幹不礙宛邱厚，叱咤能飛武安瓦。騏驥一骨秋崚嶒，金臺耻踏肥馬塵。仰天大笑不回顧，白眼青袍看路人。西風吹冷旗亭酒，落日相逢各攜手。東南格鬭日干戈，范堤寒水驚鴻多，青楓黄葦愁奈何。却憶琳琅在懷袖，開緘拂拭當風哦。真氣淋漓墨光紫，矛頭弩牙怒相擬。鷹隼晴拏華嶽尖，蛇龍夜戰滄溟底。謬思扛鼎愁髕絶，賤子倔强爲君折。何心造物忌才雄，坎坷崎嶇不堪説。九月十日天雨霜，枯桑海水摇荒涼。吁嗟乎，男兒三十寒無裳。」《公輸子祠》云：「一技猶千古，名山俎豆陳。而今支大厦，斧柄屬何人。」《唐槐》云：「半槁精靈在，中空劫火遭。客來忙底事，螘夢太勞勞。」

余《詩話》載祀竈詞多矣，兹閲《百生集》，又有《接竈詞》云：「接竈復接竈，主人竈下擲盃珓。竈有神，神須聽。不願吉語聞天庭，天帝賜我千黄金。不願現形當臘日，王侯富貴來相偪。但願新年米價低，村前村後炊烟齊。更願兵不過，盜不來。名字不上縣官牌，竈門烘火無疑猜。神既降，盃珓響，近前三擲三上上。」其詞風趣極矣。

丹徒莊希祖忠棫司馬《蒿庵近稿》，不事雕繢，命義甚高。《詠燕》云：「宛轉簷前燕，當風捎尾齊。含情辭碧海，凝睇想金閨。裙衩湔餘草，花驄踏後泥。漢宮三十六，定不遺烏栖。」《返照》云：「返照延空壁，西風動遠林。門前秋水漲，一望大河深。官道垂將没，歸雲澹欲沉。流民如可繪，定遺泪霑襟。」《秋暮村舍》云：「高秋九日多風雨，對酒當歌菊滿畦。常向霜中遲雁過，忽從座上聽雞啼。家無穫稻思新釀，囊有新詩改舊題。幸得柴桑好鄰里，滿頭花插接羅低。」《楊花曲》云：「楊柳青青着地垂，楊花陣陣向人飛。桃花落盡楊花落，獨有空樑燕子歸。」

歙縣柯竹泉莘輔文學《臨帖詩》云：「手敏還須仗眼明，行間字裏氣縱横。但争體格都膚見，略著風神便趣生。傳世幾家隨意造，破空一筆屬天成。箇中畢竟難規仿，各有胸襟各性情。」是知書之三昧者矣。《撿書》句云：「著作太多嫌量窄，聰明雖好怕心浮。」又可謂工於讀者矣。聞先生爲奕棋國手，不傳之訣，獨未道及。

小泉刑部鉞，即竹泉翁之令子也。《題洪度如黄連坳卜葬篇》，曩見之，其詩浩瀚豐蔚，詩云：「玉城繡谷長埋没，幽怪深藏故不發。豈知山人巨靈手，一朝劈破烟霞窟。山人高隱梅谿邊，谿水遥接仇池天。溯源歷盡盤玉徑，破空飛出青華蓮。堂堂華蓋中天懸，翠蕤雲旃相後先。鷟鸑朔鳳下寥廓，欲落不落空盤旋。巨鼇怒蹲屹不動，奔馬横突來無前。雲屏九叠忽兜轉，瀲波一片虵蜿蜒。往來頻駐謝公屐，考卜遂定瀧岡阡。我家丹丘善繪事，爲拂霜牋埽空翠。筆鋒快剪北苑春，墨痕隱漬王裒泪。風雲慘澹起絶壁，滿眼青葱鬱佳氣。君不見萬家塋塚淮陰侯，佳城别有族德丘。何時來會仲弓葬，更看馴兔峰前遊。」此謂見驥一毛。

大凡詩文之作，各有輕重取舍，我之所重，未必非彼之所輕。東坡有《沿流館中詩》云：「淮西功德冠吾唐，吏部文章日月光。千載斷碑人膾炙，不知世有段文昌。」《梁溪漫志》云：「東坡在翰林承旨，作《上清儲祥宫》文，哲宗親書額，紹聖間磨去，命蔡元長别撰。東坡不平，故作此詩也。」夫東坡何必不平？蓋詩文之去取如此類者，正復不少。韓、蘇之聲名，自不因此而減。彼易韓之段，易蘇之蔡，終何有乎？可以一笑置之。

淮陰汪琴山承德縣佐來泰僑居，與袁子文過訪敝廬，贈詩句云：「久拚塵壤笑蹉跎，又遇新知一短歌。海内靈光猶並峙，淮南文苑已無多。愁深强遣三秋興，壯志空消萬叠波。安得時清值佳節，朝來得酒醉顏酡。」

儀徵程蘭畦晼稟膳以《鳴秋詩稿》見質，語無繁麗，詩皆遒勁。《初夏即事》云：「暫處即爲樂，安知塵事并。境無終歲好，心得幾回清。暖日熏花氣，微風送鳥聲。睡餘書一卷，差不負生平。」《月夜與家人話》云：「斜月半牆輝，清風入夜微。一家思夏屋，幾日典春衣。不死亦云幸，無家焉用歸。干戈狎貧賤，只覺負庭幃。」《市隱》句云：「雨晴官鼓報，春暖敝裘知。老母貪丸藥，嬌兒學誦詩。」《舟夜》云：「疎屋明在水，高樹黑連村。」《萬福卿家訪梅未開》云：「亂世清才藏拙好，貧家老女入時難。」皆佳。余題其集云：「眉目蕭疎氣宇清，詩篇疑是玉溪生。誰知紙上噌吰韵，足抵空中霹靂聲。阮瑀名高爲記室，終軍志大請長纓。老夫別有期君意，望作乘風破浪行。」

吾鄉劉蔚伯承業國學，余久知其工詩。索其稿觀之，輕蒨雋雅，適如其人。《雷塘》云：「貪愛江都好，瓊花不再春。寶釵殉鸞鳳，荒塚卧麒麟。大業風旋息，隋堤柳自新。可憐一坏土，愁煞踏青人。」《楊柳枝》云：「柔條不盡拂東西，雨雨風風十里堤。記得去年泊船處，小姑門外是青溪。」《游仙》云：「芙蓉衫子鏤金鐶，香霧濃濃著髻鬟。與奏《霓裳》三兩曲，免教天上憶人間。」《秋詞》云：「澹粉輕烟繪作圖，芙蓉帳挂赤珊瑚。金鈴不許輕摇動，一夜相思夢也無。」《秋病口占》云：「載酒歡場已廿年，舊游如夢夢如烟。欲將綺語從頭懺，難免人嗤病後禪。」此學温、李而間以韓冬郎也，的是清才。

蔚伯前繪有《攜姬歸去圖》，余題七古一章，末有句云：「雋英好色古來有，揎袖撩衣共攜手。垂髫揚袘特猗靡，鍾情累爾風塵走。一雙璧玉人稱奇，千山高下無嶮巇。路人來看李藥師，亦復偷看紅拂姬。羡君自訂鴛鴦譜，萬里侯封棄如土。雲臺畫本换妝臺，此事此圖足千古。」友人見「偷看紅拂姬」等句，皆以爲善於立言，而蔚伯之風懷可想見也。

余故人常繼香之令子安卿存恭茂才，《答人問泰州人氏》詩云：「巍然老宿重文壇，散若晨星幾個看。只有武功康叟在，一時郢曲和皆難。」又云：「伯山詩話傳流久，三國褒譏月旦評。更喜精神棄笻杖，春來處處作山行。」又故人王左亭令子伯生致祥文學從徐雲溪於皖江幕中《從軍行》句云：「萬甲森霜冬出獵，一鐙坐雨夜談兵。」亦雄秀。

高郵金雪舫之詩，拙集《詩話》曩已登之。今見其《揚州感舊》詩，古事今情，每多自注，似從厲樊榭諸君《南宋雜事詩》例。姑摘其句云：「隋室久抛乾凈土，楊家空艷蜜糖餻。」自注云：「蜂糖餻，避楊吴諱字改。」又云：「浪濕蘭亭非贋本，沙沈兕卣鬱幽光。」自注云：「五字不損本《禊帖》爲汪容甫明經收藏。周卣爲阮文達收藏。」又云：「管籥聽來中殿石，琵琶彈出狀元山。」自注云：「漢厲王墓碣殘字，今嵌文廟明倫堂壁。」又云：「積薪厝火夏方割，聚米爲山計未成。」自注云：「太守世公焜積粟勵兵，竟成虚願。」録之以徵博覽。

近之攷定古器者，每覽宋王黼《博古圖》以作按圖索驥，不知王黼以前已多古物。何承天之識威斗，陸澄之論服匿，裴子野之識白題，皆一望而知，何庸深攷。余於市上偶得磁碗，輪廓皆備，中空凹四五分即見底，從底諦視之，中作定心，四傍皆空洞。余不知作底用。售者曰：「此諸葛碗也。」諸葛公因司馬仲達知其在軍食少，使人來覘，公作此，對使朝食，連盡十數碗。使者駭異，歸告。余聞其說，或有此情，恐公無暇作此，此僞造也。諸葛菜、諸葛斗，余集中曾有詩矣，而於此不復置喙焉。

吾邑曩有衣賈吴姓，後失其名，或言名蓉江。詩善詠物，人傳其詠燭翦、尿壺二作。《燭翦》云：「戛玉聲中花落去，畫屏影裏燕飛來。」《尿壺》云：「一朝受辱韓侯袴，千古含冤智伯頭。」余初録其《燭翦》一聯，而《尿壺》不録。其不録者，按趙襄子漆智伯之頭以爲飲器，飲器似非尿壺也。《史記》亦載其事，《前漢書·張騫傳》亦云。然晉灼注云：「飲器，虎子之屬也。」韋昭云：「獸子褻器，所以溲便者也。」因思趙襄子深恨仇人之頭，而欲污穢之，故當是溺器。夫豈肯自污而用諸唇舌間，以爲飲酒之物耶？故並登之。

吾州僻處海濱，本非通都要道。其地於三國時，吴、魏兩國皆棄而不争，只魏將張遼、樂進泛舟一過，餘無所聞。清平之時，向無華軒貴介，名儒碩學，薄遊於此。近於癸丑、庚申之歲，邗、潤、蘇、常亂離之後，來游者頗多，僦居者亦夥。或造門見訪，或牋紙投贈，積久成帙，不忍飽蠹。余顛髮種種，匡居寂寂，既無學業可增，竊恐歲月虚擲，每手一編，無忽三益，閒閒論説，遣日而已。諸君之作，拙輯隨到隨登，無分甲乙。愛投贈者固不敢棄置，不屑教者亦無從攀躋，亮之可耳。或於此猶媒孽其短，亦姑聽之。

伯山詩話四續集卷一 今話

泰州康發祥瑞伯氏編輯
門人王鴻業雪颿校勘

徐溝喬方伯示余《論詩》云：「唐人徐凝《瀑布》句『一條界破青山色』，未嘗不廣闊，而坡老目爲惡詩，誠不可解。章八元《登慈恩塔》詩第三聯云『迴梯暗踏如穿洞，絶頂初攀似出籠』，殊不成話，而元、白極賞之，以致除去前人之作，獨存此詩，亦不可解。此詩王漁洋笑之。蓋賞者賞其前兩聯，笑者笑其第三聯也。偶繙《東坡集次韵參寥詠雪》詩云：『朝來處處白氈鋪，樓閣山川盡一如。總是爛銀併白玉，不知奇貨已誰居。』此之謂惡，不更甚耶！杜詩『糝徑楊花鋪白氈』，同是用白氈，固非俗句。」方伯論有見地，絶非隨人俯仰者矣。余思詩之美惡，不能因人而定其有無，昌黎《詠雪》亦有「隨車翻縞帶，逐馬散銀杯」之句，頗傷刻畫，不盡雅馴也。

前於某壁間見喬方伯數詩，末一首云：「酇侯功第一，饋足關中饟。想其發閭户，未必争銖兩。桑孔善算緡，百利歸一網。名繁不能舉，舉數日夜長。巧奪復豪取，元氣何由養。義士廩方高，大農厚徒仰。用一緩其二，子輿豈予迂。」仁人之言，其利溥哉。是能爲國家培植元氣，是爲何等識量！方伯詩文如唐之楊綰，不輕示人，恐其自衒，故不易見。此偶見之，拳拳服膺，謹録於右。

友人以消英道人《桐舒山中雜詩》見示，前有小序，於山中之幽寂，寫得可忘年而樂志。余摘其句，有「一峰復一峰，近隙遠陬補。正如瑤臺姝，比肩列三五。寂寂琴筑聲，傾耳不知處。徒步忘修途，披襟失徂暑。風月有何常，閒者即是主」之句。又有「路轉徑即深，山幽谷更隘。炎威恐妨客，已遁此山外。負巖數茅屋，煮茗足治丐。人静如太古，靄然意自泰」之句。又有「山畦足秔稻，百頃渺新緑。旱潦無可憂，膏腴實稱沃。天機補人力，此福野氓獨。安得區宇中，盡廢枯槹軸。」又有「莊叟才不才，其語良有以。人生聆妙悟，無妒先無喜。達哉昔人言，識字憂患始。」覽之如入古桃源，心神爲之曠遠矣。後廉得此詩，係金眉生先生所作，宜其高曠如許。

余前作《訪柳敬亭故居》詩，衛唐金先生廉訪見之，深以爲可。余特以詩代傳，叙事不見筆墨，廉訪有詩在前云：「仲連不足郭解死，排難解紛天下無。國家痛癢視秦越，生民疾苦非切膚。乾坤正論日凋喪。殺機一發龍蛇趨。雖由天意亦人事，三代日月五季殊。柳生何爲具高義，脱屣富貴泥沙珠。思宗宰執魏與李，趦趄未决局已輸。金甌拱手付李賊，偷生晷刻苦面諛。神誅鬼責不少貸，何若此老長江湖。急人之急濟人難，五倫奚止君臣謨。觀人於微可知大，狂狷賢聖皆同途。吁嗟乎，人才盡在屠與沽，真氣至性輪困麄，夷門侯老真吾徒。」此詩論議，獨從其大，可謂見識絶頂者矣！

吴蓮芬觀察作《開門七事吟》，《醬》、《醋》二首，最難著筆。貴筑周子愉項先生詩最大雅，《醬》云：「割肉曾聞用醬宜，倘逢茹菜亦堪施。薰蒸不畏炎熇苦，調燮難教火候知。覆瓿遺文甘盡置，和羹有味藉匡持。頻年旅食江鄉慣，蜀蒟傳來動遠思。」《醋》云：「奇酸風味屬吾儕，食譜零星費翦裁。老辣不偕薑桂性，沈酣取得棗梨林。能消酒渴精神爽，慣沁詩脾鬱結開。堅忍豈須三斗喫，今人休論古鹽梅。」詩特大雅。

盱眙沈氏以《奇孝録》一編見示，題詠其事者，中有一二百家。其最佳者則有三篇，一同邑吴仲仙棠漕帥，一泗州楊叠雲殿邦方伯，一全椒金嵎谷望欣孝廉也。仲仙漕帥詩云：「昔聞衛臣納饘事，今讀沈氏刲肝詞。男兒盡忠婦盡孝，雖死不死人稱奇。吾吾孝烈婦，炳炳傳閨闈。歸自隱侯家，至性逾姜姬。兩次刲股療翁病，股肉欲盡肝繼之。刀光入腹肝在手，血腥漉漉沾裳衣。但期翁病愈，何惜婦命危。誰云殺身非婦道，從來忠孝多愚癡。人生血性不可遏，成敗豈復先時期。自古大德必獲報，待看後嗣昌門楣。繼世孫，展孝思，一編授我《曹娥碑》。我讀不敢傾喻麋，但見一燈閃閃摇毫時。血痕滿紙常淋漓，特訴真宰天應悲。」楊叠雲方伯詩云：「淮南有孝婦，療翁繼以死。我今讀遺傳，涕泗不能止。婦本南陽裔，言歸吴興氏。廟見執贄初，已得堂上喜。其後翁寢疾，延醫鬻釵珥。草木苦無靈，徬徨中夜起。刲股雜藥進，沈疴去若矢。再病再如之，餘肉應無幾。及翁年八十，彌留困牀笫。轉側索猪肝，所思等江鯉。是時救翁心，奮然不顧己。夫何不相謀，待以營甘旨。子豈不愛親，大孝戒無毁。鋭乃子職任，慘淡出庭圯。再拜籲蒼穹，剚刃洞胸胏。出肝復納肝，僵卧血殷趾。天地爲改顔，金石聲變徵。哀感罷鄰舂，奇孝震里耳。隆隆者盱山，湯湯者淮水。墓木已森然，餘馨發芳芷。纂述誦先芬，歌詠作幽誄。願補《女史箴》，傳之千萬祀。」金嵎谷孝廉詩云：「刲股世所有，刲肝世所無。莫道世所無，沈家有婦釵而儒。股刲兩次肝一次，保全翁壽八十餘。上以慰其姑，下以佐其夫，何暇愛及此微軀。當年靳刺史，送額表門閭。里史操直筆，大書不一書。孝乎惟孝孝非愚，百二十載留芳譽。我家滁陽接盱壤，髣髴擊柝聞於邾。賢聲藉藉久在耳，今復傳播來京都。蕉山先生老詞伯，向我索句忘我詩腸枯。且播三升墨，且傾一斗醹，興酣落筆膽氣粗。作詩聊當封肝圖，用以懸諸孝衍遐齡之座隅。」其詩其事，洵爲僅有。夫當此風俗澆漓，人心不古之時，忠孝不知，義理皆喪，以致惑於左道，犯上作亂之徒，所在皆有。或以此等詩事莊誦而使聽之，其亦可以稍弭也乎？

樂府昉於漢武時，定郊廟之禮，祠太一於甘泉，祭后土於汾陰，乃立樂府，采詩夜誦。夜誦者，其言辭深秘，不可宣露，故於夜中歌誦也。以李延年爲協律都尉，《安世房中》十九章，本十三章，十九章誤。古調新聲，奥衍處洵不可思議。今人録其題更爲擬作，塗飾曼衍已耳，不知有夐乎不可及者在也，似可不作。

後世未立樂府，所作古體詩，可不沿樂府之名。不循其名而略得樂府之意者，唐李、杜二公庶幾近之。李間立其名，而直抒己見，自然古秀。杜詩《哀江頭》、《石壕村》、《新婚别》、《無家别》等曲，不謀而合。張、王樂府，已媮薄矣。白香山竊取其義，以作諷諭，朗朗可誦，又是一種文字，踵其後者無論也。

江右李小湖聯琇學憲，按臨揚屬，古學試題，特見宏博。近聞刻有詩古文集行世，恨未得見。惟見其在江陰逢臈日，有詩紀事，涉筆成趣，知非枵腹者所能。詩云：「飲烝大割孟冬臘，爲報得禽自田獵。一從秦帝改嘉平，日取戌温義取接。自注云：臘者接也，新故交接也。臘日舊用冬至後第三戌，戌者，温也。臘鼓鳴，春草生，荆楚乃有臘八名。力士驅背細腰鼓，村村豚酒歌豐盈。更傳善會浴千佛，遂以期爲飯僧日。我生未遇邢和璞，已悟前因房次律。每吟坡老破琴詩，寥寥琴意無人知。當年放鴿作生日，杭郡風流想見之。净根合享一甌粥，有耳不聞絲竹肉。誰教墮地犯殺戒，竈祀黄羊覬餘福。美人貽我婆律香，何以報之般若湯。日斜三九前賢傷，明年此日知何鄉。君山如睡笑客忙，君不聞健步探梅云未芳。」只此詩已見一斑。其氣味淵永浩瀚，瓣香東坡可知矣。

同邑王子勤廣業觀察，著有《青箱塾詩集》。余録其尤者，如《玉鈎斜》云：「娥妍復何別，到此總同歸。不望羊車幸，轉無團扇悲。鷓鴣春盡日，螢火月明時。回首深宫裏，終朝鬬畫眉。」《漢昭烈帝廟》云：「樓桑早歲鬱葱青，垂老材封劍閣銘。火德已消餘火井，黄天當立又黄星。後先表慟遺孤託，安樂兒偏故伎聽。至竟望陵人賣履，何如望帝血嘑腥。」《吴季子墓》云：「世家第一史臣評，三讓而今媿得名。心許不曾欺寶劍，膝行何忍進魚羹。論交上國多君子，觀樂千秋少鄭聲。祇惜延陵空守節，讓他義士錦衣行。」《讀史四首》云：「不見葡萄貢大宛，西來消息隔河源。風盤瀚海飢鷹掣，日下平沙萬馬屯。太白三秋騰殺氣，將軍六甲鑿凶門。張騫去後班超老，難信羌酋盡順孫。」「鬼難風災西海頭，新開都護府防秋。天垂雨露消冰雪，地闢洪荒作魯鄒。轉餉千夫疲汗馬，支機一石换牽牛。鞭長策腹終非易，此錯何堪鑄九州。」「閫外將軍是重臣，茹冰飲水竟無人。十瓶海物藏瓜子，萬里歸裝載苡仁。墮指白僵刀上雪，開懷紅飲帳中春。尸居坐鎮終何濟，衰草年年閃碧燐。」「温室機樞仰孔光，飛芻輓粟策周詳。梅林莫救曹軍渴，木馬空悲蜀道長。不雨宏羊逃鼎鑊，輸家卜式拜賢良。奈何作賦凌雲者，一例貲郎侍建章。」七律詩聲調高華，議論正大，非率爾操觚者可比。七絶之佳者，《温州道中》云：「蟬聲驛路日西斜，四面青山碧樹遮。一自胡麻留客飯，女兒顔色總桃花。」《春閨怨》云：「花開花落易黄昏，幾個春來没淚痕。一樣蛾眉人不妒，才知無寵是君恩。」《陳宫》云：「狎客傳箋璧月過，韓擒門外縱琱戈。佛恩不許黄奴死，嘑鳥聲聲唤柰何。」《唐宫》云：「天寶梳妝已换時，珍珠一斛慰相思。如何家近楓亭驛，轉讓他人貢荔枝。」蓋天下之荔枝以閩中爲最，閩中之荔枝以楓亭驛爲最。江采蘋家近楓亭驛，而荔枝不爲江妃作貢，此不平之一端，作閒閒之論説，并説得怨而不怒，是可貴也。子勤觀察歸田後，胸襟恬適，著有《青箱塾試帖》若干卷，鍊青濯絳，都有可采。又爲《有正味齋駢體文》作箋注，亦甚浩博。與余過從，時作茗譚。

子勤又以截句見示。《詠甘草》云：「世間苦口相争少，公等因人成事多。」《水銀》云：「鍊金僅有飛昇日，入地從無再返時。」《老子廟》云：「曾收弟子爲關尹，不料兒孫作帝王。下筆五千言易就，欠人二萬債難償。」又曰：「元人詩有『謝家田土免輸糧』之句，虞山以此爲謝太后失節之據，簡齋力辨其無。以爲無者，詩人忠厚；以爲有者，天道循環也。」因成一絶句云：「詔恩新免謝家田，盤剥金葱進御筵。回首汴梁宫裏月，有人含淚拜張仙。」此用花蕊夫人事，亦甚微妙。

余過靖海樓，見有過客留詩，署曰：「錢唐金樹本。」詩云：「亦復是人境，已無廛市塵。青空數飛鳥，闃寂聚秋人。識字庸非累，讀書疇與鄰。登樓學不語，紅樹眼前新。」僧恒光座上見之，何超脱也。

盱眙王約甫效成明經窮愁著書，其遺集余適見之，深可悲也。《冬夜》詩云：「寒衾夜睡不肯著，悄數荒街轉更櫋。東鄰夢壓驚呼號，十年舊事胸頭惡。山鄉地薄長蒺藜，病夫何從插雙脚。天教腐腸餓不死，堆牀破書拋復摸。吁嗟冬夜冬夜特地長，星照枯桑叫獨鶴。」又云：「黑窗風響裂紙碎，沙羅不鳴街卒睡。黏心歷碌書幾番，吟句慣忘斗復記。傳經古人骨已朽，老癡枉作身後計。五更霜下天大寒，草雞亂叫若得意。吁嗟海日如輪陡然上，誰挽隙駒却東逝。」閱此二詩，其境遇胸懷皆可知已。《從軍行》云：「大漠旌旗閃日紅，如雲金甲捲春風。三年馬上鐃歌奏，河水西流人向東。」古詩俱有古澤，不及備載。

山陽潘彦輔德輿孝廉，著有《養一齋詩話》，論詩謹嚴，所著詩亦深穩持重。《論近人詩集》有云：「蔣袁王趙一成家，六藝頽然付狹邪。稍喜清容有詩骨，飄流不盡作風花。」又云：「梧門瀟灑五言中，王孟門庭結體工。可似前修夢文子，銀潢屈曲涌天風。」又云：「洪黄欝律跨孫張，畢竟規裁讓兩當。休訝斯人不四十，一生惟要奏清商。」又云：「倬雲鑱刻未天然，辛苦風霜賸一編。却恨藕怡抱真趣，老來渾漫與詩篇。」又云：「西陂敬業同宗派，未許峩眉蓋九州。一自蘇龕有衣鉢，人間溝水亦横流。」其論近人，與余有大半同者，亦有小異者，似亦難以强同也。其詩有《射湖晚泊》云：「獨立數雲鴻，蕭蕭入蘆葦。孤艇破烟歸，斜陽在沙尾。」《古别離》云：「圓月出高樓，艇子下西洲。登樓望圓月，送客江上舟。江舟發南浦，送客去吴楚。水宿過三秋，長江幾風雨。風雨未還家，樓上聞寒鴉。寒鴉報天曙，江水繞樓去。」《金陵夜雨》云：「水色依然滿縣城，秦淮舊月傍人明。打窗木葉還如雨，十五年來枕上聲。」《露筋祠夜泊》云：「星漢蒼涼水氣中，露筋祠畔月如弓。采蓮誰唱《西洲曲》，行露吾歌南國風。豈有美人淹蔓草，可憐詞客倦孤篷。蕭閒不及老漁子，燈火二更收釣篙。」《曉過高郵》云：「披衣聞蚤鴉，打槳亂川霞。詩似水無際，夢先帆到家。秋心滿烟樹，生計入魚鰕。三十六陂外，誰人賞荻花。」《糧艘行》云：「糧艘峩峩來上流，小船鑽隙彳亍游。糧艘横行尾插岸，小船傴仄愁復愁。天際一舵落不測，以山壓卵卵擊石。檣欹槳折白版坼，性命泥沙在頃刻。東船西舫皆黎烝，吞聲束手誰哀矜。達官來往不敢問，路人每憶長中丞。」乾隆年間，長牧齋麟巡撫江蘇，有糧船陵人者，撻其丁，貶其吏。此詩蓋爲行路者哀也。《舟曉》云：「雞鳴潮欲來，月落風初起。行人在湖頭，家山在船尾。風潮日夜生，長淮三百里。」《夜過趙北口》云：「當年設險分燕趙，十二橋連此水濱。可惜朱欄涼月上，漁舟歸去更無人。」余摘其詩之清清迥者登之。彦輔論詩，尊陶抑蘇，篇中間有擬陶、蘇兩家詩。余謂擬篇猶是彦輔，終非陶與蘇也。昔東坡擬陶，終是東坡，何况彦輔。此事曾質之鶴儕方伯，亦以爲然。於以知人之才力胸襟，不可强似也。

鄉前輩鄧孝威《慎墨堂集》其版已燬，擇其抄本之善者，已入拙集《詩話》。今於友人處復見其《官梅集》一册，係濟南劉藥師孔中官泰州，孝威入幕時作。孝威應國朝宏博科，時年已老，受中書銜，放還家居。所賦《遺懷》句云：「人離楊柳寒山外，家在梅花細雨中。」《與友人觀劇》云：「有酒只同山簡醉，無心偶識孟嘉名。」「曲因名士翻多誤，月爲諸君若倍明。」《劉藥師往京口》云：「日薄遠峰青入樹，風摇古舫緑移燈。」《贈周元亮之閩臬》云：「人過笠澤思鱸膾，客向榕城訪荔枝。畫舫琴樽孤鶴共，官衙晴雨凍猿知。」又云：「仙衣臨水天無障，蠟屐穿雲寺有碑。」《贈來遠客視陽山邑篆》云：「官味只如揚子水，詩情端繞杜陵花。」《喜梁大年來自秦淮》云：「人來桃葉歌移棹，客問壺盧笑入林。」《西庵納涼》云：「禪林客到鐘初響，野艇漁歸葉自香。」其詩和平淵雅，皆可誦也。又《聞東警歸思甚迫》，有云：「粤海自難支調發，聖朝幸不罪文章。」此似鄭逆構亂時，客中思歸語，極有分際，洵知大體。

於陵劉藥師孔中刺史於順治乙酉夏來官吾州，時典中都武闈，游覽所作曰《鳳游草》。《游獨山》詩有序云：「山巔有銅，其質瑰異，土人謂爲劉青田占星牀，然殊無據也。」詩云：「聞道獨山上，奇蹤未易名。策籐及未雨，著屐趁初晴。絶巘人争看，遺件我細瞠。九區分廣狹，四廓總勾平。淺刻龍文繞，深鐫雲物生。渾天初不似，威斗那堪形。質厚難爲舉，框龐莫與京。挹來多古色，扣處有清聲。珍重山林意，搜求廊廟情。琳球方寶貴，鐘簴共錚鏦。風拂硃砂淡，霜侵翡翠輕。巨靈爲移置，公冶具規程。物老神明護，書藏天地盟。藉茅何啻穩，載石復誰傾。史乘既遺落，碑盟亦棘荆。揣摩笑多士，確據念村傖。博物真堪媿，存之問老氓。」集中詩無多，録此以存吾州之宦跡與文獻。蟫箋蝨簡，亦爲之録出一二，誰復以多事見誚耶？

同里程文伯紹昌明經與余交數十年，有如一日。晚年所嗜，惟作書飲酒而已。數年前病故，墓草已宿。余索其遺稿，吉光片羽，實可珍惜。《姜君墓誌銘爲田竹家賦》云：「村農荷鍤曉種樹，掘地得石何完堅。有人著書一千卷，此碣出世八百年。文物顯晦疇主宰，碑版拂拭皆前緣。姜君自具書三體，不遇邯鄲或不傳。」《同人分詠古賢傳説》詩云：「版築辛勤宰輔才，夢中形似畫中猜。從知絶代儒臣口，提出千秋學字來。」《管仲》詩云：「人説青齊管大夫，功成佐霸啓雄圖。分金亦是尋常事，鮑叔交心世有無。」《蘆芽》云：「春風吹水水温暾，側著烏篷唤到門。滿地蔞蒿催曉市，江頭來日賣河豚。」

《觀魚》句云：「天機魚活潑，詩境水清華。」語皆淵永。

同里唐蔚伯煥章孝廉，工作大家制藝，尤推重漢陽《熊學士文集》，於批風抹月之詩，從不輕作。余祇見其《題亡友宮漁舫遺像》句云：「久慙黄纙無人著，忍見西華葛陂行。」謂宮之遺孤也，語意沈厚。蔚伯與余至契。歸道山日，余作輓聯云：「言有物，行有恒，環堵安居，亦復知君有守；生同庚，長同學，道山徑去，獨不與我同歸。」可以知兩人之交誼矣。

近之論詩者，尚論古人，輒以爲某人之某詩不如某人某詩；某人之某句，不及某之某句。獨憑己見，較短絜長，前人之論説皆不以爲然。豈不以千百年前之人皆受人欺，而炫己之明，鮮不以靈蛇珠爲獨得也。忮心特甚，抑人揚己。愚以爲揚己猶可，抑人不必。凡人之嗜好不同，師法各别，境地本多，聽人自擇可耳，何必强人就我，欲成一家之言耶？究之人各有心思，各具耳目，一人之論説，强詞奪理，「難將一人手，掩盡天下目」，當以曹鄴之詩句正告之。

説詩者教人所尚，意盡而言止，言盡而意有餘，斯爲善説。若刺刺不休，勢必愈説愈紛，愈説愈晦。多言以亂之，多方以誤之，非徒無益，又害之矣。其有腹笥而又善領會者，不言自喻，略言益喻，何待刺刺乎？譬如善解牛者，日解九牛，而鋒芒不頓；善斵者運斤成風，而鼻不傷。能與人規矩，不能使人巧，是誰教之而後能此耶？又如造指南車以示人者，只在一軸之利，初不在諄諄告語，逞齒牙之捷便也。

余邇年得一忘年之友，同邑袁子文是也。子文與余談詩，頗相印證。其愛余詩，亦有嗜痂之癖。

子文作詩，甚得風人之旨。《一鶴歎》詩云：「寞寞寂寂竦而立，蒼蒼茫茫衆觀集。方籠竹欄竟拘縶，引吭對人如欲泣。鶴兮鶴兮爾生何方來何里，何乃偪仄至於此。人言此孤鶴，昔産於維揚，南城曾都轉，豢此雙翺翔。曾見銅山鹽池，漕渠崑岡，四會五達，複關重江。當其飲濯泰平日，鳳蹌龍躍偕相羊。上有干雲跨漢之瓊樓，下有玉簫金管之飛艭。而此伐毛弄影匹立抱清迥，聲聲唳出古嶺梅花香。太息癸丑春，防守抑何拙。可憐建業氛，三噴邗溝血。一鶴已化蕪城烟，此幸不罹劫塵滅。方今大地皆風沙，虎狼虵豕紛如麻。女獨何爲戀塵市，曷不蓬島歸餐霞。傳聞將女獻大府，從此乘軒刷毛羽。也應憶著主人恩，回首當年詎輕舞。我言未盡鶴欲前，對我以臆覺我然。不願客子十萬矜腰纏，不願仙山遠隱年復年。但願杜陵老叟高歌《洗兵馬》，袁子爲我重賦揚州歸鶴篇。」詩噴薄有奇氣，可以見其一斑矣。

定遠陳蕉石鍾蕃司馬、王賦棠嘉樹明經、盱眙沈筠生國翰縣佐、淮陰江琴山承德縣佐，僑寓吾州，與袁子文茂才推襟送抱。春季分詠光孝寺白牡丹，陳司馬云：「是否何郎傳粉初，水晶簾外玉階除。姚黄魏紫劉家黑，笑向東風總不如。」王明經云：「恐將脂粉鬬嬋娟，淡似閑僧静似禪。欲繪花王真面目，畫家須倩李龍眠。」沈縣佐云：「月滿瑶臺露未消，生成風骨自超超。讓他拖紫紆青客，只譜群芳説魏姚。」汪縣佐云：「分得優曇上上香，漫誇綺檻復銀塘。人間富貴誰評定，只合花中號素王。」袁茂才云：「異種飛來佛亦誇，不須歐九記瓊葩。掃除絢爛歸平淡，如此文章是大家。」筆墨各有佳處。又作《海陵竹枝詞》，袁詩云：「近日城中玉帶河，淤泥漸漸不通波。郎船也欲尋深處，深處無如淺處多。」又云：「走馬西橋馬不停，教場演武舊官廳。德香閣外梅都盡，吏部祠邊草又青。」又云：「孝子祠前緑樹濃，浴沂亭古水溶溶。兒家生小城南往，聽慣南山寺裏鐘。」又云：「韓家橋邊沽酒歸，幫船晚泊鯽魚肥。浮羅山下絲絲雨，遥見新城白鷺飛。」汪詩云：「來往行船唱櫂歌，淮南鹽船北門多。不知清化橋頭水，近日平添幾尺波。」又云：「泰山墩下麥苗疎，蠶豆花開香有餘。紡得新紗入城市，滿筐春筍買刀魚。」又云：「城中城外水回環，偏少通城水一灣。柴市喧闐魚市鬧，怎教微步學珊珊。」又云：「自惜芳菲似水流，商量後影巧梳頭。憎郎早起郎偏早，要試新茶緑雨樓。」風調絶佳。又有《送春》五排，皆極工整，筠生獨有警句。起句云：「坐我陽春裏，深叨聖化霑。無端歸僕僕，翻覺意厭厭。」起便不平。又云：「景物今如此，天涯恨轉添。從兹嗟遠别，以後笑趨炎。」押「炎」字，語妙之至。諸君詩雅能醫俗，巧不傷纖，難得此種吐屬。

客有戲詠泥美人者。新安洪筱圖瑞文待詔即成四七律，云：「環肥燕瘦鬭圓匀，后土風流見化身。意匠裝潢成息壤，美人身世本輕塵。相隨慣逐兒童隊，微步休過妬婦津。打碎調和重捏起，問渠誰是管夫人。」「描頭畫角太媥孋，入市宜邀俗眼看。作色終非真面目，脱胎難换濁心肝。羞隨傀儡登場舞，合與青奴作對看。只恐土花時點綴，也如西子頰中瘢。」「函關封後爾初生，骨格雖粗韵尚清。沙上誰摶嵇叔夜，泥中婢塑鄭康成。椒房似此稱妖物，錦障何難竊艶名。莫道珊珊遲玉步，從來土重却難行。」自注：杭人呼脚大曰土重。「買絲難繡像依稀，陌上春融緩緩歸。舊夢已沾殘絮亂，輕身應趁落花飛。適來土炕和誰話，辱在泥塗覺爾非。或恐罡風吹徑去，幾回端坐碧紗圍。」詩敏捷鬆秀。又有《老人燈》句云：「耆舊胸襟同雪亮，高昂聲價正風行。」亦佳。新安連遭賊難，筱圖挈眷來泰，家業蕩然。且喘息方定之候，惟事吟詠，足徵胸懷。筱圖有從兄純士承儒，弟兄競爽，亦有《詠西瓜燈》七律一首云：「何處甘瓜饋早秋，雕鎸絶好爇鐙油。胸中久已無餘子，眼底安知有故侯。爛爛輝光中夜照，緜緜生意邇時休。憐他瓠大終拋棄，曷不齊心刻棘猴。」遣事用筆，不落纖小。純士有族兄先穀承煦孝廉，天姿高邁，時與余共飲於純士齋中，即席賦贈句云：「邂逅喜逢千里客，清堅如對六朝松。」余愧不敢當。千里客謂董雲卿也。

新安洪肖梅本耀正郎，係純士族叔，年等於純士。僑居崇川，至泰見訪。繪有《香雪論心圖》，自題詩云：「梅花飛滿川，香雪佈几席。有客于于來，於焉永今夕。客視我爲主，對我露肝膈。西南我無家，東北我亦客。客與客周旋，所話盡疇昔。風烟幾時浄，親舊傷心盡。骨肉有深情，山川歎陳迹。思舊向子期，一賦甚悽惻。嗚咽暗飛聲，忍聽高樓笛。」此肖梅客崇川繫懷梅溪而作，其詩欸欸深深，知非尋常題詠。又肖梅之族兄壽圖，即筱圖之父，有《隨筆》句云：「納租無美歲，博簺有餘財。」言人情風俗，如是如是。余每歎新安洪氏何多財也。

余題肖梅《香雪論心圖》，只七律一首。時肖梅將歸崇川，余復作五律四首，以送其行云：「江上愁心賦，天涯羈旅身。苔岑共君契，燈火更誰親。水部開東閣，文通是恨人。家山雖足念，且與酌清醇。」「香雪欲成海，林風亂舞空。冬心超物外，寒意入花心。地盡□虚白，春將踏軟紅。肖梅將入都應選。前途君努力，愧我是衰翁。」「君是神仙侶，宜觀大九州。附書青鳥使，招我紫狼游。鼓櫂心難忘，看山福未修。時邀余游狼山，余行未果。著書消歲月，此事且同謀。」「婁江楊古醖，才氣孰能同。小住便辭我，飄然直向東。天高雲不定，地遠信難通。歸路憑君訪，音書託便鴻。」楊古醖前歲往崇川，至今未回，故託歸時訪之。

肖梅録别後方三日，余時逭暑，閉户不出，敲門而來者古醖也。余驚以前詩示之，古醖即次韵云：「生姿不諧俗，獨與對山同。奇句雲生壁，離懷水向東。天涯重握手，遐思一爲通。畫障知猶濕，翻愁誤遠鴻。」可知文字因緣，有非偶然者矣。

同邑徐蓮甫閬卿主簿以詩草見質，余喜其韶秀雋雅。《客中有感》云：「木落天高嶺上行，羈愁鄉思黯然生。隔江無限峰巒好，偏是家山望不明。」《寒食客中》句云：「小病未嘗雷後筍，愁懷且試雨前茶。已經寒食仍爲客，安得清明可到家。」語爲自在流出。蓮甫兼明畫事，效法徐君東園震甲。東園近爲余畫扇，楊柳數株，下有扁舟，舟中坐一老人，余未能指名也。來日，余以牋謝云：「君畫雋妙，未可名狀。寫陶令門前之樹，忽到扁舟；牽張融岸上之居，又多高柳。舟中人倘是老夫，則三泖五峰，固足供其游覽；賣魚放鴨，亦可度其餘年矣。聊具短紙，用申謝忱。」東園匪獨以畫見長，詩亦雋妙，拙輯前編已爲略載，近索其近作，尚未見也。

仁和盧朖甫晉裴文學以詩稿見質，余最賞其《舟中聽琵琶口占》云：「七里瀧過十八灘，群峰含抱水拖藍。小鬟低唱吴音軟，聽到淳安又遂安。」《曉過嚴灘》云：「風度羊裘久積誠，此來正好拜先生。艣聲摇夢咿啞過，未許臺前一濯纓。」《贈林若衣貳尹》云：「一别四年久，相思何日無。干戈徧吴楚，盜賊半江湖。滅燭愁看劍，談兵夢執殳。聞君佐戎幕，珍重此長途。」又《贈若衣》句云：「身事飄零已半生，燕雲吴樹最關情。孤山高士緣何事，拋却梅花去請纓。」詩皆跌宕可喜。又有《江忠愍公》、《馮文介公殉難》二長篇，集隘未及備登。

儀徵董子香錫宏文學邀袁子文攜《爨餘草》見訪。其人和雅可親，詩如其人。余擇其簡鍊者録之。《寒夜》云：「滿地月如水，疎星落落過。詩成新句少，寒較昨宵多。燒燭揀茶具，圍爐降酒魔。城中高卧者，酣夢醒誰何。」《江上》云：「江氣莽如許，江流不得枯。特淘千古恨，來訴客星孤。」《題畫》云：「雨過言滑禽，風來響桐子。又聞煮石聲，疑在白雲裏。」《過淮清橋》云：「沙禽冷不飛，俯視清流静。皓月當空來，水底亂人影。」《夜過奔牛》云：「昨朝沽得蘭陵酒，今夜杯中飲已休。醉裏不知潮汛起，艫聲摇夢過奔牛。」奔牛鎮酒，江鄉著名，余昔過沽試，誠然。子香從蘭陵沽酒，意過奔牛再沽，不料夜中舟人乘潮錯過，言之可爲嗢噱。可知子香極愛杯中物也。

黄琴川詩稿中有《墮車行》，事甚危險，詩亦淋漓盡致。余記丁酉歲赴白門秋試，路過馬家灣，風雨覆舟，作紀事詩五十韵相似，今并登之。琴川《墮車行》云：「丙辰十月廿九日，日夕渡河投李莊。同儔雇車不專坐，一輛共御神翺翔。而我未肯學障蔽，若左若右隨分行。摩肩接肘肆談笑，領取野色浮蒼茫。市聲浩浩宿將止，騾子一軍忽鋒起。下坡驚似走坡丸，斷限看如絶絃矢。我肘欲斜失憑藉，恍忽從空屹屹下。須臾生死不自知，誰識扶持歸造化。中牟厚甲衣裳單，孱軀豈勝千盤蘭。輪囷亦摧腹況儉，芒角必吐腸奚寬。即使力能挽陷淖，猶恐傷殘到形貌。折臂雖持上公徵，屈蹩定貽美人笑。扶身五萬何時還，性命危在呼吸間。何來猛士躡風走，御者薛大。不曳牛尾抱騾首。立止八蹄如斬足，我身少前輪在後。疾起抖擻衣上塵，此時不信尚有身。聳躍數十且顧盼，驚魂未定車中人。謂吴超伯、劉慈民。問我無恙百憂失，入户相看又戰慄。釀錢買酒賀故人，墮地重生又今日。我曹天全料殊衆，莫但風塵白日送。歸謀下澤恣徜徉，飽喫黄虀三百甕。」余厄馬家灣詩云：「秋賦一舟行，同舟人有四。門生與兒子，卬須我友暨。門生儲啓銀、兒子衢、友戴石樓也。東風飽帆腹，泠泠殊快意。轉瞬城堞盡，屈指郵程記。薄暮風越大，厄坐我心悸。語莊使落帆，小心防顛躓。舟子笑我怯，不泊得風利。舉酒坐船尾，如鳥張風翅。前過馬家灣，灣形本繚盭。貪爲五兩御，不知六鷁避。顛風劈岸猛，駭浪中流奰。忽如手翻覆，已訝身失墜。儵魚釜内存，新婦車中閉。恨無天龍指，幸引天吴臂。我身乍出艙，瞢騰若酒醉。兩足似騰空，五體不著地。摇摇如懸旌，漂漂似絶轡。千金壺弗得，一枝槳可寄。我兒與儲生，一一蒙神庇。舟中笑指揥，船脣復鱗次。戴君坐艙中，險作幽宫閟。幸從旁門出，身已竄篷背。蛩蛩負巨驉，狼狽出水際。暴雨來淋漓，高岸阻險陂。一步不移趾，四人共屏氣。片席蓋聊且，共戴一蘆席禦雨。廣厦依不啻。雨歇二更盡，鐙明一舟莅。非無拯溺人，幸有救生誼。艤舟卞與孫，各各姓名識。慰勞出温語，遭逢若夢寐。時無推食食，豈有解衣衣。船失霍里高，屨誅徒人費。余雙屨全失。攤錢高浪中，引手出書笥。得命輒思財，諺語更相戲。夜黑天如磐，投宿敲門至。輿臺與販夫，牀牀多惡睡。徑泥深没骭，我足著雙扉。入屋觸籬笆，靠壁落燈穗。燈盡雨復來，身事自吁嚱。我心因自維，與人時異趣。年來率性行，自顧少諂媚。茫茫天壤間，何處可安置。路鬼常揶揄，河神亦吐棄。不爲水國納，那怪世人忌。處世不忠信，居家不孝弟。凡事當内咎，所值更誰懟。軒渠溺人笑，笑矣唑其唑。我身似再來，宜得更生字。太歲在丁酉，七月廿五事。」余記琴川墮車事，因録我覆舟詩，覺行路之難，各遇苦辛也。

歌詩謂詩，不歌而誦爲賦。登高能賦，可爲大夫。古卿大夫出使鄰國，以微言相感，必誦《詩》以諭志。能誦《詩》者，是以可以與賓客言。故聖門端木氏習《詩》，即可以與賓客言也。時稱賦爲古詩之流，由詩而降爲詞，詞者，詩之餘也，爲詩之餘緒也，即世之餘運也。摩色揣稱，淫淫裔裔，罔不動盪。風俗之盛衰，人心之邪正，於是乎判焉。揚子雲有言曰：「詩人之賦麗以則，辭人之賦麗以淫。」是欲揣其源而遏其流，而孰知其有不可遏者，其勢然也。

詩有雙聲疊韵，以謝莊對宋孝武之言爲了當，曰：「元護爲雙聲，磝碻爲疊韵。」何須後人轇轕，屢言之滋惑乎。

詩人不可不知聲韵。究之四聲當講而不可泥定。如必遵沈約四聲譜説，則棘手觸喉，諸多滯拙。陸厥與約書來往論説，約辨之甚堅，以爲在昔詞人，累千載而不悟，而獨得胸襟，窮其妙旨矣。余閒觀約之詩雖美，而時形蹐跼，正爲此也。鍾嶸品詩，故有意深詞淺之説。梁武嘗問周捨，何謂四聲，答以「天子聖哲」四字。然梁武終不遵用約説，是雄傑之姿，不受羈勒。人之作詩，必審於清濁高下，咀嚼於脣舌齒牙之間，而後爲之，是一善度曲之人耳，而言志永言，終爲格格不吐者矣，似可不必。余數十年來，凡有胸臆，捉筆直言，淺率之弊，自知不免。含宫嚼徵，敢敬謝不暇也。

詩三句一韵，昉於秦始皇《泰山碑》，《史記》載之，似不難知。何以齊竟陵王子良令賓僚讀，人多作兩句讀，並不得韵，皆茫然不識。范雲進讀之如流，是古人之拙，有甚於今人者矣。誰謂今人不及古耶？

古體詩可通用古韵，近體詩不能通用。杜工部《秦州》詩云：「天際秋雲薄，從西萬里風。今朝好情景，久雨不妨農。」兼用東、冬二韵。又《九日奉嚴大夫》詩云：「九日應愁思，經時日險難。不眠持漢節，何日出巴山。」兼用寒、删二韵。又《崔氏草堂》詩云：「愛汝玉山草堂静，高秋爽氣相鮮新。盤剥白鴉谷口栗，飯煮青泥坊底芹。」兼用真、文二韵。賀知章詩云：「少小離家老大回，鄉音無改鬢毛衰。兒童相見不相識，笑問客從何處來。」兼用支、灰二韵。蓋古韵本通，或出於詩人之趁筆，故至有此。或以爲非此字不穩洽，竟用之不改，則又非不撿也。

安慶鄧完伯石如布衣，以善書名家，夫人知之，而不知其詩學也。予觀其《余忠宣公祠墓》詩五律二首，骨力聲調，遒勁蒼涼，篆法亦極工整。詩云：「浩氣還虚碧，江流日夜聲。白楊森培塿，青史照縱横。風雨雲雷陣，干戈草木兵。孤城公力竭，家國恨難平。」「皖國分荆楚，登樓得大觀。馨香千古祀，圖史一朝官。風節井泉赤，精忠池水寒。悲歌動漁唱，江上有波瀾。」是豈不善詩者所能爲耶！石如之工書，故掩詩名，亦如顧亭林以經史訓詁之學，故人不亟稱其詩。朱竹垞《明詩綜》所選亭林之詩，非其至者，論詩者已能言之，余不復贅。

吾州濱海，地非通都大邑，凡士夫顯貴，素不聯屬，地之詩人不求聲譽，往往名聲不著。彼都人或忽視之，而不可忽也。國初鄧君孝威以布衣應宏博試。入都，在某尚書席間飲酒觀劇。適場中演楚子息嬀一闋，名流即席賦詩。鄧詩立就，有「千古艱難唯一死，傷心豈獨息夫人」之句，主人變色，座客罷酒。又吴君賓賢，家本竈籍，吴獨以詩名。某年薄游邗上，偶至平山堂閒步。堂上諸顯貴拈韵賦詩，吴闌入，問何題、何韵。人竊笑，以爲此傖夫亦知詩耶！吴稔得是詠落葉，頃刻上階，言我老有詩呈教。衆强覽之，詩云：「枝上曾記日，夜來秋已終。又隨天地意，亂下户庭中。不静月斜處，偏驚頭白翁。何須怨摇落，多事是春風。」衆皆失色，群袖其稿不出。此二事者，大可爲吾鄉生色，何域地論才者之所見不廣也。

《養一齋詩話》持論過高，於近代之詩人亦少所許可，而獨於吾州吴野人《陋軒集》甚爲推重。曰：「陋軒詩，沈歸愚選入《國朝别裁集》，朱竹垞刻入《明詩綜》，猶《晉》、《宋書》、《南史》，各有陶靖節傳。其詩字字入人心脾，殆天地元氣所結。予專選一百餘首，朝夕諷玩，以爲陶、杜之真衣鉢。獨恨竹垞、歸愚知之不盡，人以其窮約而少之，指爲山人派，豈知詩之根本者。」彦輔此評，可謂公道在人心，吾無間然矣。

國初又有王大經其人者，善古文，生時未付剞劂。家居之地，本隸泰州，後分縣入東臺。縣令周聞其名，蒐得其稿，爲之梓行，名《獨善堂集》。與吴陋軒相契，余特未見其詩。

詩用語助詞押韵，頗爲摇曳得神。韓昌黎《鬬鷄聯句》云：「一噴一醒然，再接再厲乃。」蘇子瞻《書晁説之考牧圖後》云：「前有百尾羊，聽我鞭聲如鼓鼙。我鞭不妄發，視其後者而鞭之。」李太白

《戰城南》用在末句，更覺有神。詩云：「士卒塗草莽，將軍空爾爲。乃知兵者是凶器，聖人不得已而用之。」之類皆是也。又孟浩然詩云：「所居最幽絶，所往皆静者。依止此山門，誰能效丘也。」王龍標《灞池》詩云：「開門望長川，薄暮見漁者。借問白頭翁，垂綸幾年也。」亦峭蒨。余作商周吉金室消寒會，贈岑仲陶云：「老拙我無能，亦許招入社。岑參好兄弟，聽我歌詩也。」亦倣此爲之。

江都干栗園惪華明經，萼樓蔚華大令之季弟，余第三子漣之舅氏也。中年心有所感觸，遂鍵户不出，垂五十年，親朋弟昆俱罕見其面，宜不立言語文字禪矣。今孫克家，搜得零星之稿，有《永孫彌月口占》詩云：「總角他年兒問字，牽衣異日我含飴。平生珍重無多物，一研摩挲付與伊。」又《植蘭》句云：「安得此身千百億，一花一葉對蘭生。」《感懷》云：「泄柳何曾常閉户，段干時或疾逾牆。」迥非恝然忘情者，是可諒其心矣。

余之輯《詩話》，非特友人見質，而擇其尤者登之，即有從扇頭見之、條幅得之者，口有所述，耳有所聞，片語單詞，便爲輯録。如錢唐金樹本《登望海樓》詩，於僧牋紙見之；吴蓮芬《雅吏》詩云「鏡中久有秋毫察，堂下全無夏楚聲」，於友人扇頭見之；新安洪度如詩云「納租無美歲，博簺有餘錢」，於席間人談耳食得之也。作詩者何必拘於格式，論詩者亦何事高著眼孔耶！

余故人王子駿開業詩，余久輯入《詩話》。今子駿之哲弟望湖居士，將余話二條另刻傳送。余覽之，不勝舊雨之思。望湖舊居赤岸，常刺史掄秋慶贈句云：「枚乘邗上觀濤日，赤岸分明是此湖。」其人之風雅可知。

余輯《詩話》四續集將竟，忽歙縣鮑大令宗軾帖來云：「聞足下采及巴吟，可借觀刻本。」余茫然。思大令素未謀面，未示佳什，何從登載。詢其紀綱，云現在船泊北門河下。余遣价尋覓，答簡云：「聞閣下有詩見示，未經寄到。或寄書者如殷洪喬，聽其沉浮矣。如有大作在行篋，即望見示，以慰余望。」余价往返二次，尋船不得，余數問安慶諸友，又不了了。記於卷末，並誌余過。

（吴忱、張宇超點校）

十二石山齋詩話

十二石山齋詩話提要

《十二石山齋詩話》十卷，梁九圖撰。據道光間順德梁氏刊十二石山齋本點校。九圖字福草，號石圃居士，廣東順德人。曾官刑部。有《紫藤館詩文鈔》、《嶺表詩傳》等。此書前曾刊有八卷本，二本共用一序，署道光二十六年，則十卷本當完成於此年後。全書談詩論藝，大旨宗唐抑宋，故於明七子有恕辞，本朝則漁洋、竹垞、愚山、歸愚、隨園等咸推之，而不滿所謂「抱蘇守陸」如畢沅者。又大抵薄古厚今，嘗大言「觀陶謝李杜數公集中疵累尚寡，其餘皆未免瑜不掩瑕」。賞析句法、指瑕摘病，興味全在本朝人之新作上，前人即名家名作亦不在話下，每淪爲比勘之陪襯而已。所録今詩甚佳，饒有情韵，一本乾嘉以來漸成共識之性情、「有我」詩觀，生活之百態幾無不可狀，人心之幽微幾無不可達，擬古、詠史時見特識，唱和次韵自如無礙，鴉片之弊、牛痘種法、地圓非方等西事西識亦見諸吟咏。詩律之精細，較乾隆諸老又進一層，詩藝此時誠已臻於爛熟矣。全書在在顯示本朝詩後來居上之意識，他家多不能如其自信自覺也。惟詩觀爲宗唐所拘，所賞雖無粗率之病，然多爲短篇、絶句、佳句，古體稍長者則須帶古音古節，而於最大之體七古長篇幾若無識。如楊蓉裳、陳文述皆未及其「梅村體」諸作。卷七詳爲文述作摘句圖，截長爲短，未能顯其鋪陳之才也。於錢載亦語帶保留，稍首肯其《宜亭新柳》、《到家》等情濃之作而已，而未能識其七古新變之績。梁氏最入法眼者似爲吴嵩梁，録詩及贊語甚夥，然亦未及蘭雪本人最自負之七古。其他如説詠物詩不得無寄托等，是皆不免保守而稍嫌平弱也。梁氏粤人，粤詩自屈大均以下，表彰自是不遺餘力，録存佚事遺詩亦可觀，如馮魚山在都聞錢蘀石訃痛哭啜粥數十日，黎二樵詩初稿本二册轉較《五百四峰堂集》改定本爲勝等。卷九、卷十係後增，卷十多説本朝名人逸事，搜采改寫自各家詩話筆記，則與前九卷之説藝爲主稍不契。此書又有多種四卷本，則爲删節不全者矣。

序

十二石山齋居士既閒居，喜弄筆墨，輒談論古今詩人流品得失，以自娱。然性迂拙，常以爲詩必有移我情者，始謂真詩。夫海内談詩者衆矣，人所論不能强我使合，我又安能强人使同哉！梓斯編，聊與情不相遠者共欣賞云爾。道光丙午七月順德梁九圖。

十二石山齋詩話卷一

順德梁九圖福草

泰州繆湘芷侍郎沅，生而有「湘」字在其頂，故初名湘，後改名沅。八九歲時，夢至古刹，證前世爲湘山寺老僧，覺而識之。每好誦「我本泉州清净禪，湘山湘水別多年」之句。後至泉州訪湘山寺，禪房門徑，恍如夢中所歷。亦東坡居士後一段佳話。

余家藏横波夫人畫蘭一軸，素縑殘矣，姿態宛然，馬守真後罕見其匹。秀水朱竹垞太史彝尊題云：「眉樓人去筆床空，往事西州説謝公。猶有秦淮芳草色，輕紈匀染夕陽紅。」詩畫可稱合璧。

海寧祝芷堂侍御德麟《西安》句云：「尺五天邊韋杜曲，一千年外帝王州。」氣象包舉。

韓詩多哀，白詩多樂，終是性情之偏。然二公能見性情，所以各有千古。

往日所歷之境，今日思之夢也；今日所歷之境，異日思之亦夢也。塵寰擾擾，家室縈心，夢中之苦况也。蒙古白鶴亭參領白衣保句云：「閒思往事還如夢，暫息勞生莫問家。」可謂先得我心。

嘗登羅浮，暴雨後萬壑争流，濃雲未散，山若動摇。因誦宣城高阮懷詠「雨餘千澗急，雲合萬山沈」之句，愈覺其佳。

長洲許竹隱太守虬《折楊柳歌》云：「居遼四十年，生兒十歲許。偶聽故鄉音，問爺此何語。」置之漢魏，豈復能辨。

汀州伊墨卿太守秉綬工八分書，一時罕出其右。詩亦有清氣。記其「月華洞庭水，蘭氣瀟湘烟」二語，直是色香味俱絶。

金冬心農有《峨嵋山精能院陋尊者書來相訊寫此以贈》詩云：「蜀僧書來日之昨，先問梅花後問鶴。老梅瘦鶴各平安，只有老夫病腰脚。腰脚不利常閉門，閉門便是羅浮邨。月夜畫梅鶴在側，鶴舞一回清人魂。畫梅乞米平常事，却少高流送米至。我竟長飢鶴缺糧，携鶴且抱梅花睡。」誦之，覺筆墨之中、筆墨之外，别具一種逸氣。

李石梧中丞星沅典學吾粵，時其夫人郭笙愉潤玉有《環碧園》八絶句，中丞親書，勒於學署。其一云：「玻璃四面影縱横，細草含香恰嫩晴。一幅春山好圖畫，花藏樓閣柳藏鶯。」

謝茂秦眇一目，爲趙康王客。至孫穆王，復延入幕，令所愛賈姬歌其《竹枝詞》一闋侑酒，茂秦爲續新聲十章。翊日，王令姬出拜，光華射人，以琵琶按譜，訖，即盛遣以歸之，遂挾遊燕趙間。無何客死，賈取千金裝送二子歸葬，自破樂器，不復事人。謝之多才，王之愛士，姬之守志，俱堪千古。烏程嚴海珊遂成詩云：「重茵翠罽上燈時，愛客梁園酒滿池。紫吒撥驕磨勒健，争如一闋《竹枝詞》。」「秋到衰楊夜有霜，可哀一曲淚霓裳。他年寒食棠梨墓，紅雨傷春柳七郎。」亦復悽婉。

詩本性情，自然流露。一日可得數篇，數月轉不得一字，其來無端，非可以程期限也。劉子高日課一詩，終是滯相。「文章本天成，妙手偶得之」，放翁道得甘苦出矣。

朱竹垞作《鴛鴦湖櫂歌》一百首，自比於《竹枝詞》、《浪淘沙》之調，俱寫土風，聲情旖旎。余最愛其二章，一云：「沙頭宿鷺傍船棲，柳外驚烏隔岸啼。爲愛秋來好明月，湖東不住住湖西。」一云：「鷹窠絶頂海風晴，烏兔秋殘夜並生。鐵鎖石塘三百里，驚濤齧盡寄奴城。」

《永樂大典》載李芳樹《刺血》詩，如出漢魏人手筆，究不知芳樹爲何代人也。詩云：「去去復去去，悽惻門前路。行行重行行，輾轉猶含情。含情一回首，見我窗前柳。柳北是高樓，珠簾半上鉤。昨爲樓上女，簾下調鸚鵡。今爲牆外人，紅淚沾羅巾。牆外與樓上，相去無十丈。云何咫尺間，如隔千重山。悲哉兩決絶，從此終天别。别鶴空徘徊，誰念鳴聲哀。徘徊日欲晚，決意投身返。手裂湘裙裙，泣寄藁砧書。可憐帛一尺，字字血痕赤。一字一酸吟，舊愛牽人心。君如收覆水，妾罪甘鞭箠。不然死君前，終勝生棄捐。死亦無别語，願葬君家土。倘化斷腸花，猶得生君家。」轉折自然，萬緒千愁，令人嗚咽。

先兄雲裳刺史工畫梅，興到亦間題詩其上，然未嘗留稿。記其《贈吕隱嵐》一絶云：「與君同住梅花國，日寫梅花數百枝。不及會稽童二樹，三千三百十三詩。」殁後，吴星儕茂才炳南哭以詩云：「石多頑趣今無主，梅有花神亦哭君。」二語爲同人傳誦。蓋先兄好石，亦與余有同癖也。先兄諱九章。

會稽商寶意盤有趙姬環娘，初名小憐。後姬解碧玉連環贈寶意，因易名環娘。歸寶意不久即殁。寶意哭以詩云：「舊居鸚鵡曾呼我，斷帶鴛鴦欲付誰？」晚得小東，又云：「恐是玉簫償宿債，偶從錦瑟感年華。」其情致纏綿，雖杜牧、元稹，不是過也。

劉扶山太夫子杰，余同邑人。有《詠梅》詩三十首，一時名流人粤者，題詠殆遍。秦小峴侍郎瀛詩云：「底用勞勞事走趨，只應蝸寄愛吾廬。梅花百本詩千首，阿父工吟子善書。」末句蓋兼謂雨湖師也。時雨湖師甫十餘齡，而名動海内。今將白首矣，猶潦倒名場，日抱太夫子遺稿，以未付梓爲憾。余與吴星儕輯《嶺表詩傳》，時爲摘録數章，或者不盡湮没耳。

吴江郭頻伽麐有《水村圖》，其同邑女士汪玉軫題云：「深閨未識詩人宅，昨夜分明夢水村。」却與圖中渾不似，萬梅花擁一柴門。」頻伽乃倩錢唐奚鐵生岡補作《萬梅花擁一柴門圖》，可稱好事。

南漢後主昏庸殆甚，南海家墨畦孝廉紹訓句云：「洛上君王皆刺史，宫中巫覡亦神仙。」道得昏庸形狀出。何竹溪星垣《李後主》詩云：「追從蒼黄雨打頭，官家仙眷盡乘舟。不堪回首江南望，今日攜家去作侯。」同一寫生手段。

譚蓋臣念忠，余同邑人。七古有奇氣，神似太白。殁後，詩未付梓。愛其《哭亡兒景濂》云：「生縱不才仍是子，死知難免惜非時。」《秋日感賦》云：「生同叔夜真成懶，世乏平原不拜恩。」《南康》絶句云：「芙蓉江上芙蓉橋，瀲灧秋波送畫橈。欲採芙蓉涉江去，打篷風雨暮瀟瀟。」

宋荔裳《江南曲》云：「白蘋吹滿莫愁湖，輕雨輕寒乍有無。翡翠簾櫳春不捲，數枝楊柳已藏烏。」風調最佳。

水碓、天車，俱人工之極巧。華亭黄石牧太史之雋《詠水碓》詩云：「轉輪在水稻在屋，糠粃如塵米如玉，誰其爲之機與軸。坎臼在地杵在水，横貫輪心輪運瀑，以溪之水代人足。列杵五六杵齒齒，一杵入臼一杵起。圜輪迫杵水迫輪，急急晨昏舂不止。溪女鬟插山花紅，列坐臼旁如課功。從容揎袖簸揚畢，勞逸不與我鄉同。我來如聽一部之水樂，輪音爲商杵爲角。」余亦有《天車謡》云：「一激一搏，一轉一勺。自然循環，水上水落。水上上天，水落落田。天有旱乾，田無凶年。礪我刀鐮，刈我禾黍。不見潮田，踏車辛苦。」

外曾祖李柯山先生諱德林，字宗博，余同邑人。以明經選化州訓導，未之任而卒。所著有《柯山詩集》。其《題江樵客山居》云：「屋上青山屋下坡，當門危石翳烟蘿。欲栽花樹沿溪水，却恐遊人識路多。」真善寫幽人心曲。

施愚山製詩帳贈林茂之，徐蝶園製詩枕招名流題詠。余曾製詩床贈陳夢生，鐫唐人絶句三十首於其中，亦佳話也。

尹文端公聖眷最隆，其初主試，上以「新婦生子」調之。因記劉松臺從未分校，自謂監試似未字之女，彙而賦詩云：「杏苑懸弧典故新，每因生子憶生身。凌雲老樹枝分後，可念當年手種人？」「宫花彩映繡衣新，半老依然未字身。自笑殷勤還學養，宜男却是讓他人。」於倒綳孩兒外添一韵事。

毛大可生平不喜東坡詩，而《西河集》中如「三月暮春行海畔，兩年寒食渡江東」「皓月近雲行過疾，空欄壓水坐來浮」等句，何嘗不近蘇耶？

趙秋谷痛詆漁洋，而所作遠不逮。袁子才以爲「一代正宗才力薄」，趙雲崧謂其不能「八面受敵」，俱非篤論。究之，漁洋七絶自是本朝之王龍標，其餘諸體雖不能諱其膚，然皆唐人正音，迥非宋調。尤悔庵樂府、屈翁山五律、王阮亭七絶、家藥亭七古，近代詩人殆未易方駕。

佛説「色空」「空色」，語雖超而非聖賢正理，故儒者病之。近來僧寺，婦女率往求嗣，尤失佛氏「色空」之旨。江都吴園次綺詩云：「佛容人乞子，僧强客題名。」蓋有所感矣。

「雞聲茅店月，人跡板橋霜」，絶妙一幅曉行圖。華亭王總憲九齡句云：「世間何物催人老，半是雞聲半馬蹄。」脱化無痕，而語尤動聽。

錢塘陳雲伯大令文述《塞下曲》云：「長城萬里接陰山，老戍荒邊未許還。倦枕髑髏眠不醒，夢魂飛度玉門關。」最是雄健。

山陰邵夢餘無恙《出白門》詩云：「杏花如雪柳絲輕，渡口濛濛細雨生。惆悵行人過江去，十三樓畔正清明。」頗有風致。其佳句如「莎草緑盈三月雨，桃花紅入六朝山」、「荒壘齊梁猶上月，大江吴楚自分星」、「大江殘夜生新水，微雨扁舟夢故人」、「青山入夢曾知己，明月同舟當故人」，皆耐咀嚼。

吴江金二雅學詩《石湖秋泛》云：「石湖别墅長青莎，白石風流嘆逝波。唯有團圞湖上月，夜涼曾照小紅歌。」「沙禽點點背人飛，紅樹寒塘夕照微。十里蕢花香不斷，鯉魚風裏櫂船歸。」風調似出阮亭。

姑蘇臺佳作頗多，余最愛海鹽董曉滄「歌殘《白苧》春方醉，採得黄絲夏已銷」，及雨湖師「事去有湖歸越女，曲終無地宴吴王」等句。

武康徐渭揚熊飛《過吴梅邨墓》詩云：「靈巖山色暮雲開，高塚荒涼積翠苔。感遇自憐青史在，思鄉要乞白衣回。茂陵玉椀初明恨，江左牙旗庾信哀。依舊東風吹麥秀，牧童驅犢上琴臺。」悲之乎？

抑惜之也？

《客中閒集》載隋煬帝栽柳于河堤，遂賜垂柳姓「楊」，故曰「楊柳」。此説最屬不經。《三百篇》「楊柳依依」，豈彼尚未之見！然而有觸情生，未嘗非一時詩料也。余友吴星儕《隋堤》詩云：「錦纜逍遥水一方，浪遊終是誤君王。雷塘寂寞迷樓圮，堤柳千秋尚姓楊。」

前明七子，規模漢、魏、盛唐，未免太似，故轉授輕薄者以口實。然變而爲抱蘇守陸，斯取法愈卑矣。

陶靖節詩多言邨落閒居之事，而不入一丘一壑，良由筆高，此詣遂不可學。從兄小厓有「霜重履聲澀，月低人影長」二語，吴星儕謂其過幽，似有鬼氣。無何旋卒。詩之有讖，然耶？否耶？

吴竹香奎光，南海人。《無題》一首最爲蒼勁，詩云：「行雲横碧落，長篷倚高秋。秋士多悲者，因之懷遠愁。故交無好夢，鄉味有扁舟。日對牂牁水，沄沄不盡流。」

侯官張超然遠以《滕王閣》詩得名，而《無悶堂集》中究以《歲暮寄懷故園親友》一首爲最。詩云：「一年一萬一千里，馬足車輪舴艋舟。自笑此身渾似葉，不知於世復何求。磨牛處處循陳迹，籠鳥依依憶故丘。正是羊城梅放日，瘴雲霾雨獨登樓。」此等起法，近時豈復多見？唯三語「葉」字稍纖，不若作「渾似寄」較覺大方，起超然於九京，未知以爲然否也？

長洲朱桂泉莅恭美姿容，一時有璧人之目。詩亦跌宕自喜，其《山塘雜詠》有云：「王孫芳草滿迴溪，油壁香車到未齊。一桁水精簾半捲，宫黄淺額鬢雲低。」可以想其風致。

吴梅村詩，艷而不失於纖；王次回詩，纖則反傷其艷。

古詩有七字平者，崔魯詩「梨花梅花參差開」、李義山詩「封狼生貙貙生羆」是也；有七字仄者，杜少陵「有客有客字子美」是也。余邑何輝喬《西樵山》詩云：「淡月欲上影在樹，清風徐來凉生衣。」竟以七仄、七平入律，亦屬創見。

王阮亭《淮安新城》句云：「四鎮蟲沙成底事，五王龍種竟無歸。」括盡一時史事，真淋漓大筆。陽春譚康侯敬昭《長沙客感》云：「凉月碧雲何處樓，倚樓長笛怨清秋。陌頭楊柳垂垂盡，不是天涯客亦愁。」可以步武唐人。

竹垞《風懷》詩多至二百韵，覺義山《錦瑟》遜此大觀。

富平李天生云：「少陵自詡『晚節漸於詩律細』，曷言乎『細』？凡五七言近體，唐賢落韵共一紐者不連用，夫人而然。至於一、三、五、七句用仄字上、去、入三聲，少陵，必隔别用之，莫有叠出者。」似此看詩，可云領略入微。

程午橋太史夢星，江都人。築篠園并漪南别業於竹西，一時名流，莫不攬環結佩。詩喜學玉溪生，有「十里烟深因近水，一年秋早爲多山」之句，最爲瀟灑。

錢塘沈方舟用濟《憶紅橋》詩云：「二月紅橋聽管絃，當歌不惜酒如泉。曾將隋苑鴉黄柳，一繫吴娘鴨嘴船。」詞旨婉約。

趙雲崧撰《十家詩話》，於近代取吴梅村、查初白兩家，於明代止取高季迪一家，皆未免故爲軒輊。錢塘袁簡齋枚詩雖過流易，而應酬之作，每能如人意所欲言，即此亦其所長也。

「一樹梅花一放翁」，陸游句也；「萬樹梅花萬首詩」，童鈺句也。語相似而各有妙趣。

詩人無論窮通，有可以垂世者，即千秋不朽。紀文達詩云：「王維早貴襄陽老，俱是開元第一流。」真令布衣生色。

凡人於己所難致之物，必欲得之以爲快，而得之者轉覺索然不足貴。趙雲崧詩云：「無山空買一株藤，競想逢山快一登。嵐翠滿庭門晝掩，有山不看是山僧。」

寒士途窮，每以詩文乞憐卿相，此唐朝結習，賢如昌黎，尚不能免。讀褚厚之《投節度邢公》詩云：「西風昨夜墜紅蘭，一宿郵亭事萬般。無地可耕歸不得，有恩堪報死何難。流年怕老看將老，百計求安未得安。一卷新書滿懷淚，頻來門館訴飢寒。」非不歎其佳，然終覺有局促之態。陶靖節詩云：「不賴固窮節，百世當誰傳？」吾人當思此義。

鄭若愚詩云：「苦吟殊未補《風》《騷》。」陸放翁詩云：「詩雖苦思未名家。」皆見古人不自滿足處。今人得單詞片語，便自以爲佳，相去何啻天壤。

詩患不典，又患過於用典，故考據家詩每多不佳。江南方子雲正澍句云「交廣易添離別恨，學荒翻得性靈詩」是也。

古人之詩，有後人所不能爲者，亦有後人所不屑爲者。不得謂一集流傳，即盡可師法。嘗觀陶、謝、李、杜數公集中，疵累尚寡，其餘皆未免瑜不掩瑕。言，心聲也，故詩足徵品。然亦有似絶不相符者，其中必有僞飾。細心領略，僞處自出，究不能逃吾之鑒。知言知人，最是讀詩要着。

鄭貫亭侍御士超，陽山人。幼以牧牛爲業，通籍後侃侃立朝，不避權要。有句云：「勵志敦古歡，懷忠慨時務。」洵不愧斯言。

少年作事每涉輕心，及中年而始悔，大抵才人尤多坐此病。遂寧張船山太守問陶句云：「半生傲骨禁秋氣，萬事輕心悔少年。」真閲歷之言。

黎二樵簡名其集爲「五百四峰堂詩鈔」，蓋合東樵四百三十二峰、西樵七十二峰名之也。所居百花村，構亭曰「衆香」。以書畫爲生計，性蕭灑，好讀《莊子》。詩喜幽峭。余最愛其「海潮入村水三折，水深花深地深極」、「故人村口隨香風，小艇衣裳濕春碧」等句。至云「賣文隨力飯飢人」，存此襟懷，何異白傅「長裘」、杜陵「廣厦」？

七夕詩詠者多矣，莫有若趙味辛「秋來第一可憐宵」一語雋永，最是可味。

何蘭士《潼關》句云：「一畫鴻溝秦晉豫，幾番龍戰漢隋唐。」難得此大筆如椽。

洪稚存太史亮吉篤於性情，以上書於成親王事得直聲。歸田後，著書二百六十餘卷，不僅以詩傳也。然讀其詩，有云：「昔者慕著書，鉛槧二十年。傳世難預期，庶足慰目前。」苦心如揭矣。

欽州馮魚山太史敏昌丁外内艱歸，廬墓六年，每朔望，必肅衣冠向闕稽首，轉而拜於祖及其師，終身如一日。在都，聞擇石先生訃，痛哭，啜粥數十日。張葯房太史卒，懸其所畫松爲位，哭至喀血。其篤於師友，可謂至矣。余每讀《小羅浮草堂詩》，至「生平不下窮途淚，每哭良朋涕不禁」，爲之慨然。「恩怨盡時方論定，封疆危日見才難」，昔人《題張江陵故宅》詩也。「慟哭六軍皆縞素，衝冠一怒爲紅顔」，吴梅村《圓圓曲》句也。皆韵語中史論。

王阮亭《謝孫思遠送茶筍》詩云：「鬥茶竹塢麥秋寒，燒筍僧樓穀雨闌。寄謝江南老桑苧，也分風味到粗官。」酷似東坡。

戴可亭、英煦齋兩相國同以修萬年吉地獲罪，後戴公放歸，而英公遣戍。戴公寄英公詩云：「蕭蕭白髮别家山，終荷君恩得放還。同是孤臣悲絶域，可能生入玉門關？」懇摯纏綿，尚見唐人風格。

海幢退院僧純謙，以其詩介新會張雲根求定，與余蓋未謀面也。愛其《湖天精舍訪禪友不遇》一首，詩云：「我從湖上來，君亦湖中去。獨坐對梅花，梅花滿山路。天高鶴懶還，海闊龍自駐。惆悵兩茫然，依依隔雲樹。」

余邑鄭白渠天佐，年五十，無子。遇有勸納姬者，輒曰：「吾有愛子十二人，寄育番禺凌藥洲處，是固足以垂吾後矣。」蓋白渠實以詩十二章託藥洲代傳。此與如皋江片石干《劉南廬墓》詩「寒食年年誰上塚，一編詩草當兒孫」，一以慰人，一以自慰，皆放達之言也。

山陰劉豹君文蔚《潯城北樓》詩云：「水勢趨藤縣，山光接柳州。」獨見工切。

劉雨湖師詩喜操唐音，《梅村聞笛》一絶，有「江上峰青」之響。詩云：「空山何處美人家，擬訪仙蹤趁月華。萬樹梅花一聲笛，梅花村裏落梅花。」其妙處尤在善疊也。

題畫詩當有議論，或有風趣，乃佳。吴竹香《老子出關圖》詩云：「麈麾經卷去遲遲，明月秦關照羽衣。捨馬騎牛君莫笑，此翁原自愛知希。」此蓋以風趣勝者。

宋芷灣觀察云：「惠州西湖以東坡先生得名，水之清不如杭，居然水也；湖之廣不如杭，居然湖也；湖上之長林豐草、名亭傑閣不如杭，居然長林豐草、名亭傑閣也。」作《湖居》詩十首，其佳句如「路纔分一艇，人已住西村」、「六橋千點樹，獨夜一層臺」、「江流斜日去，月照大蘇來」，皆寫景入妙。又作《西湖櫂歌》十首，最愛其第六首云：「簇新亭子近書樓，新種梅花一百頭。四面青山三面水，兩湖明月一湖秋。」蓋豐湖、鰐湖湖固二，東坡遊後統曰「西湖」也。

余與吴星儕居隔三里，每有佳句，雖冒雨衝寒，必相過共酌。星儕序余詩云：「一字求安，祇尋鄭谷；片言索序，先問徐陵。」蓋紀實也。

詩難於狀景，景妙，詩亦因之妙也。余《太湖夜歸》云：「畫船朝放碧波間，夜氣昏昏打槳還。一片湖心明月上，東風吹出洞庭山。」

余族伯戢庵先生翰，乾隆戊辰進士，官福建羅源知縣。羅田苦旱，教以吾粤水車之法，民甚便之，至有「梁公車」之目。殁後詩多散失，其外孫吴荷屋中丞榮光藏其近體一卷，余爲付梓。《始興江口憶歐子》一首猶有唐音，詩云：「尚憶初來日，彌天雪正深。更誰同遠道，薄暮泊江潯。山色寒如昨，江聲流至今。不堪懷往事，回首淚沾襟。」

「欲隨父母去，恐别舅姑難」，静齋女史陳廣遜詩也，直寫性情，有得於風人之旨。其《送叔舅孀堂》詩云：「馬上吟多瘦似詩。」亦復清絶。

天下最難解者，好訟之心。《易》曰：「險健訟。」又曰：「訟終凶。」聖人垂戒深矣。余邑吴秋航刺史梯詩云：「覆邦事不一，好兵者必亡。破家事不一，好訟者必殃。訟者人所惡，好之殊反常。原夫搆衅初，睚眦僅毫芒。一字入官門，九牛難挽將。一身入官門，舉家盡皇皇。見官破汝膝，見吏扼汝吭。訟師構汝鬼與蜮，訟蠹噉汝虎與狼。今日下鄉，明日下鄉。今日上堂，明日上堂。官事悠悠，且種白楊。白楊作柱，官事未央。當初小不忍，後來悔難量。作事謀始君審詳，唾面自乾庸何傷。慎勿操刀以自戕，敗固可耻勝亦創。訟實終凶不可長，審能佩之家其昌。」

旗亭畫壁，千古艷傳，所歌之詞，亦皆絶唱，不解知音曷在梨園也。至少陵絶句，每過古直，遂少味外之味。宋芷灣詩云：「豈果開元天寶間，文章司命付梨園？諸公自有旗亭見，不愛田家老瓦盆。」余終不敢謂然也。

龍溪鄭雲麓都轉開禧，嘉慶甲戌進士，爲余仲父青厓同年。分督吾粤時，出所著《知守齋詩集》見示。愛其《以積潦故迂道至韓莊閘》詩，最説得泥濘苦况。又《遊雲洞》詩鋪叙層折，歷歷在目，以篇長未録。其寫情則有「世態貧逾薄，交情賤尚真」、「習静詩心健，因閒飯量加」、「書來今雨少，句恨古人先」、「因循書債積，習慣睡魔驕」。其寫景則有「天暝山全失，村孤樹覺寒」、「泉聲凉帶雨，樹影暗疑人」、「風拖千嶂雨，船劃一溪烟」，及「泉聲似怒石當路，風力能驅雲下山」、「澗泉怒齧將欹岸，嶺樹高擎欲墜雲」。其情景兼寫者，如《乙亥紀别》云：「風霜前路大，骨肉别時輕。」《銷夏雜詩》云：「夢蝶常親簟，憎蝨屢却燈。」「人以閒增健，門能閉即深。」七絶如《村家》云：「一帶村莊近水田，比鄰雞犬聚籬邊。緑榕影裏苔痕净，人與烏犍相對眠。」各嘗一臠，足知全味矣。

雲麓年丈嘗向余誦其宗人鄭亮卿琮《田家詞》五章，余記其首章云：「陂塘雨霽夕陽西，鴨緑粼粼水繞堤。三兩兒童齊拍手，柳烟深處捕田雞。」頗有風趣。

曹雪芹撰《紅樓夢》一書，世疑爲子虚烏有，不知所云。寶玉即性容若侍衛性德也。容若爲太傅明珠之子，詩多艷麗，《柳枝詞》云：「馬卿苦憶紅泥閣，我亦傷心碧樹村。病骨沈綿詞客死，更誰攀折與招魂？」自注：「『緑楊天半紅泥閣，朱槿風前翠袖人』，亡友馬雲翎孝廉《柳枝詞》句。」次首云：「池上閒房碧樹圍，簾紋如縠上斜暉。生憎飛絮吹難定，一出紅窗便不歸。」《即事》云：「緑槐陰轉小闌干，八尺龍鬚玉簟寒。自把紅窗開一扇，放他明月枕邊看。」自是多情人語。雪芹亦有贈某校書詩云：「病容顦頷勝桃花，午汗潮回熱轉加。猶恐意中人看出，强言今日較差些。」亦屬意致纏綿，感均頑艷。

余族兄愧齋茂才詩拔，生平坎坷不遇，每挾孤笻游東、西樵之間。生五子，克肖者叠喪其三，故詩文多散佚。余檢所存《愧齋詩》三十餘首，爲付剞劂，庶幾不盡湮没。其詩自具機杼，戛戛生新。如《對鏡詞》云：「斂鏡長自惜，開鏡重唧唧。所恨太分明，不諱妾顔色。」《閨情》云：「少小學種花，將花比顔色。多見花開落，少聞郎消息。」《甘灘竹枝》云：「魚妹魚詩淡水鮮，雪濤飛濺打魚船。黄魟白鯫金絲鯽，短鯉長鱏縮項鯿。」饒有風致。

南海家柳衢澍以《清碧軒稿》屬余點定。其中清雋之句，如《和周大》云：「身非無用愁將老，學不求名豈計年。」《秋柳》云：「幾點夕陽鵶影瘦，一聲離笛馬蹄遥。」《蓮花》云：「香風十里平湖過，涼月滿船幽客來。」《詠蝶》云：「衣錦宜尚絅，嫌君文太著。紈扇多輕狂，花陰慎來去。」《詠明妃》云：「絶塞埋香我亦憐，紛紛詞客弔嬋娟。月明墳上千秋淚，較勝承恩二十年。」

《兩般秋雨盦隨筆》謂，近時詩家咏物鉤心鬥角，有突過前人者，因臚舉諸咏評隲。余謂咏物而無寄托，縱極刻畫，只如剪紙爲花，鏤玉作楮，形似是而神已非，殊非大雅所尚。

寧都丁南阿嶒生壙於大慈山巔，自題碣曰「江西詩人丁序賢之墓。」張度西大令題絶句戲之云：「江西詩人丁仲子，萬頃西湖買墓田。越來溪上胭脂土，肯葬鴛鴦是獨眠。」後二語蓋謂南阿繼室陳齊清葬石湖上也。

高要蘇賡堂侍御廷魁《楊枝詞》云：「玉燕金蟬翡翠翹，屏山一角掩春嬌。東風只戀閑桃李，不管垂楊千萬條。」《花朝》云：「春夢難尋酒易消，蝶慵蜂鬧判今朝。夜來曾把殘紅掃，不與東風見寂寥。」意致俱好。

世姪陳謙生壯年廢學。余誦喻伯基《勞勞吟》示之云：「記我荷衣問字時，篝燈夜課父兼師。而今濩落抛書卷，恐有黄泉老淚垂。」謙生聞之，即發憤向學不倦。詩之感人如此。

連州三江城爲猺人貿易之所，每逢墟期，則戴星出入。余有詩云：「連天雪色夜登臺，白盡群峰粤望開。別有此鄉風景好，月明猺女趁墟回。」

番禺張南山司馬維屏，性恬淡，不營營於仕進。既宰黄梅，調補廣濟，復權知南康郡，即决志不復出。寓居花埭，閉户著書，自號珠海老漁，誠如老子所云「知足不辱」者。其《獨坐》詩云：「獨坐蕭齋手一編，静中得味自欣然。天生我輩書爲命，身在人間骨欲仙。諸史是非難盡信，百年行止且隨緣。近來蹤跡閒雲似，半傍山邊半水邊。」可謂得歸休之樂矣。

南山先生《國朝詩人徵略》，於海内名人蒐羅極廣，所選詩不拘一格。其《論詩絶句》云：「《南》《豳》《雅》《頌》逐篇求，《三百》詩中體不侔。至聖尼山真巨眼，短長濃淡一齊收。」誠大善知識。

南山《聽松廬詩》，余《嶺表詩傳》已摘録十餘篇。其他警句，五言如《舟夜聞雨》云：「春江流客夢，夜雨滴鄉心。」《夏日遊西湖》云：「風過鐘能嘯，雲飛塔欲摇。」《浮湘》云：「霧因衡岳重，月到洞庭多。」《追逃》云：「月黑樹疑鬼，徑幽藤訝蛇。」《松滋城外》云：「江抱孤城曲，天圍大野圓。」《滹沱河》云：「英雄當草昧，麥飯亦艱難。」《江西鄉闈内監試中秋對月》云：「科名萬心熱，風露一輪寒。」七言如《曉行》云：「一村曉霧白成雪，萬頃春苗緑到天。」《西湖》云：「居人長住真奇福，過客能遊亦勝緣。」「蹇驢背上英雄老，蟋蟀聲中敕勒秋。」《都門秋思》云：「雙闕雲盤龍虎氣，九關風肅鸛鵝聲。」「逢人漫逞談天技，望遠思繙縮地經。」《雨後江樓偶述》云：「曉烟浸岸白浮樹，春水摇天青入樓。」《姑蘇懷古》云：「歌扇舞衫千日酒，風廊水榭百枝簾。」《愁》云：「根原自種憑誰拔，藥不能攻比病堅。」《答門人》云：「竟無法可防胥吏，只有心能對鬼神。」《渡揚子江》云：「劃開南北天爲塹，淘盡英雄水自流。」皆卓然可傳者也。

元旦之夕，上御圓明園看烟火，群臣得縱觀焉，洵昇平樂事也。番禺陳棠溪儀部師《河間元夕》詩云：「今宵銀漢月，匹馬度瀛洲。村鼓從兒鬧，春燈亂客愁。殊鄉憐節物，薄宦感沈浮。回首觚稜夢，烟花萬歲樓。」

嘉興薛鹵齋廷文五十未娶，有《除夕》詩云：「獨送窮愁獨掃塵，一回除夕一傷神。來朝記取年多少，不敢分明説與人。」亦可悲矣。

吾粤禽蟲有與他處異者，然多以其聲取名，如「提壺」、「布穀」之類。一爲「亞婆訶」，三月踏青時各山俱聞之；一名「馳誤」，秋夜時出。余邑吴雨蒼孝廉繩澤演爲長短句云：「亞婆訶，婦道人間勃谿多。落索阿姑餐未了，門户蕩子知奈何。烏私反哺性則然，鴞心反噬理則那。亞婆訶亞婆，婆心未是訶。」《蟲言》云：「馳誤馳，不誤子，職不供至此。凱風何以吹棘心，日日于田動清泚。爾蟲銜恤切切鳴，以辭害意非人情。」

南海麥緑畦芬，爲余子思問、思兼師。見同人吟咏輒欣羨，自恨爲帖括所誤，恐年老不能推敲。余曰：「高達夫五十始學詩，先生年與之若，盍踵其轍乎？」於是暇即弄筆，有《咏秦史》云：「欲愚黔首火詩書，孔壁誰料已預儲。曲折阿房三百里，楚人一炬總無餘。」意致自佳。

金陵本形勝之地，而前朝建文失之，南渡後又復不能自守，險固可憑哉？歐陽磵東《詠金陵》云：「殘劫誰能扇死灰，笙歌猶自鬧如雷。漫誇龍虎鍾王氣，不記前朝白雁來。」最爲警策。澗東名紹洛，新化人。

高密李少鶴憲喬謂古人登臨懷古，惟在意興，無取臚衍故實。如孟襄陽「江山留勝跡」，何必是峴山乎？余謂叔子汲汲留傳，襄陽此句正惟詠峴山始稱耳。

吾邑陳松扃與何青門孝廉邵交最莫逆，嘗言深夜獨坐，自爲布置樓閣，徵選聲色，一切人間樂境，都於設想得之。題曰「夜錦堂」，所謂「雖不得肉，貴且快意」者也。故青門有《懷松扃》詩云：「凍雨沈沈更漏長，殘燈枕手半眠床。新愁舊恨都無益，欲訪陳三夜錦堂。」

青門值舉鴻博之會，制府聞其名，檄試幕下，以《金鑑賦》受知於鄂大司馬，力辭不就徵。有《途進御鸚鵡》詩云：「舊雨銷魂别禁城，羅浮珠樹故鄉情。文心慧業飄零盡，多恐聰明更誤卿。」與東坡「我爲聰明誤一生」同一寄慨。

番禺凌藥洲揚藻，性情古淡，著有《藥洲花農文略》、《識小編》、《四書紀疑録》、《杜楣葹記》等書。尤長於詩，所著《海雅堂集》、《春詞》有「春水桃花送畫船」，《曉梅》詩有「一枝横落酒人船」句。南海邵黼屏贈詩云「吾愛風流凌二船」，即指此也。要其集中名句甚多，如「古榕包野木，危石逼高樓」、「土凹坯螘户，木落露鴉巢」、「疎星寒雁影，衰草亂蛩吟」、「秋老溪山寒入夢，夜深河漢淡無聲」、「學道有心憐馬齒，封侯無夢到羊頭」、「寒泉咽石白雲冷，秋色染衣黄葉深」、「丘壑喜探何日盡，賢豪常聚古來難」、「千山木落有餘怨，兩地月明同此心」，俱耐玩味。至咏《秋蛩》云：「最清惟夜氣，難盡是秋心。」《清明日寄閨人》云：「客況日無賴，家貧春可憐。」《菊》云：「江山餘晚照，天地入高秋。」《陶徵君元亮》云：「乾坤此何日，晉魏有斯人。」能擺脱一切。

連平顔耘圃宫保檢，詩喜學柴桑翁。所著《衍慶堂集》，五古高淡，妙造自然。七律如詠《大江》云：「大江遠接洞庭湖，南國風烟識楚都。地劃荆襄還拱洛，水趨東北欲吞吴。壯猷人憶孫劉在，哀怨魂招屈宋無。千古興懷空灑淚，白雲莽莽罨平蕪。」感慨悲涼，似另换一種手筆。

鎮洋畢秋帆尚書沅一門風雅，所著《靈巖山人詩》四十四卷，墨守蘇、陸，似遜於其母張太夫人之雄厚警鍊。《拈花寺》云：「萬頃湖光萬樹梅，一峰欲去一峰迴。亂雲迷却招提路，偏放鐘聲導客來。」《雨後回眺紫蓋峰》云：「峰尖漠漠帶斜曛，近郭遥山影不分。穿過烟林歸去路，一層奇石一層雲。」惟此二絶最佳。

秋帆尚書母張太夫人《培遠堂集》中，有《聞大兒話華嶽諸奇勝》律句云：「踏空來日月，穿海出星辰。峰頭難度鳥，樹腹可藏人。雨過河流濁，烟收樹色青。厓空俱可館，石小亦成巒。」可稱警鬬。

余邑盧逸樵茂才壽鏗，與余姪詠流交好，因得見其近作。如《春柳》云：「三月别離應有恨，六朝金粉不知愁。」《秋柳》云：「落月寒蟬紅板路，夕陽野渡白門潮。」《種菜》云：「蒼黎面色憂如此，淡泊家風味可知。」《淮陰》云：「解推恩不忘高帝，生死權終屬婦人。」《客中喜友人書至》云：「飄零身世青衫在，閲歷艱難白髮侵。」《秋夜》云：「似我豈能争福命，累人多半是浮名。」《答友》云：「肯爲蹉跎除傲骨，翻因閲歷減豪情。」俱矯矯不群。

《雲華閣集》中有「半死雄心只爲虞」句，一用之於《虞姬》詩，一用之於《無題》詩。原非絶妙好辭，重用竟不自檢。

《白鶴山房詩》，爲歸安葉筠潭方伯紹本著。古體希蹤唐代，風格遒上；若近體，流於平易。七言中如「珠簾畫舫橋三百，翠管紅樓酒十千」、「露重滴船涼勝雨，雲暝壓岸遠疑山」、「瀠洄水占三叉路，來往帆争八尺風」、「藤蔓盤青穿瓦長，苔絲掛緑上牆多」，似爲出色之句。

嘉定王禮堂鳴盛，爲沈歸愚先生高足。乃余觀所著《西沚集》，所謂意趣藴蓄殊罕，惟五絶一體尚有古意。如《秋風引》云：「秋風一何怒，吹折江頭樹。寒衣猶未成，風莫向郎處。」《長信春詞》云：「玉階春草色，相見幾回榮。未得承雕輦，還因雨露生。」

袁簡齋《于忠肅廟碑》有云：「吾浙西有伍相祠，東有岳王廟，皆公鄰也。枚以爲白馬銀濤，三吴竟沼；紅羊黑劫，二聖安歸？自有公，而後知魚水君臣，不須死諫；南朝天子，原可生還。使二公地下相逢，益當悲生江上之潮，淚灑南枝之柏。」數語最爲精采。桐鄉朱厚庵茂才紹穆《岳鄂王墓》詩云：「誰忍偏安促罷師，空將碧血化南枝。魂歸應羡于司馬，猶見君王復辟時。」是用此意。黄仲則《岳墳》詞亦有「地下若逢于少保，話南朝天子生還得」之句。

「春深野鴨肥可射，緑樹成陰叫山鷓。遠人三月酒船過，柳絮飛時杏花謝。」元薩天錫《皂林舟中》詩也。桐溪陳鶴川茂才澐《冶塘櫂歌》云：「杏花零落柳花飛，山鷓嘑時野鴨肥。海月橋東明月上，棹歌聲裏酒船歸。」最善脱化。

孫月卿《得月樓詩草》有《雨後過半舫齋》絶句云：「雨過寥天宕碧痕，好風攜屐夕陽村。沿溪一徑無行迹，芳草隨人緑到門。」月卿名映槐，桐鄉諸生。

仁和陸樹堂先生向榮，歷宰吾粵劇縣，所至有聲。後權韶郡，嘗云：「物違其用，參苓亦能殺人；用得其宜，砒附亦能療疾。」一時當道以爲得治劇之要。哲嗣藥珊司馬宰香山日，興利除弊，民尸祝之，信淵源有自也。近出先生所著《雙松書屋詩集》見示，愛其《登保定城樓》云：「地控雁門横古塞，泉通雞距引清流。」《春郊晚眺》云：「雲横薊北愁羈客，波漲江南憶罟師。」《村居》云：「遠水直環茅舍北，好山都在竹林西。」七絶如《春日至山家》云：「屈曲迴闌石徑斜，芒鞋藤杖到山家。紅薔架畔添新色，細雨春深蝴蝶花。」《高陽道中》云：「蒼茫烟樹暮雲低，傍晚猶聞布穀啼。若問征人何處宿，春風春雨板橋西。」

潘漢石工隸書，筆法奇肆，爲藝林所重。近出其尊甫摶齋孝廉遺詩數篇見示。愛其《經庾信故居》云：「間關悲骨肉，生死累形骸。」《太白樓》云：「三杯名士酒，百劫夜郎身。」《梅福》云：「專國悲新莽，逃禪學仲連」等句。摶齋名起鵬，官遂溪學博。

當塗黄左田尚書鉞，工書畫，人争寶之，而假署其名者，一時雜出。有某於廠肆買得數幀，喜爲尚書作也，攜歸，求尚書自定真僞。尚書答以詩云：「涴壁書窗落筆粗，零縑斷楮恣鴉塗。湖田自昔無人買，邨酒難求善價沽。失笑分明作贋鼎，何時變化出郇厨。若教持以山陰扇，值得羲之半字無。」後年九十餘，雙目失明，自號「盲左」，猶能作書。余嘗於許小琴少尹《平山堂訪南唐古梅圖》中見之，覺盲後所作，尤爲蒼勁。蓋初仿吴興，後則居然北海也。

十二石山齋詩話卷二

順德梁九圖福草

徐惟和《交河道中》云：「黄沙漠漠馬駸驔，北地春光久自諳。不用褰帷縱遊目，斷無山色似江南。」謝在杭《雨中度北峽關》云：「溪流屈曲路巉巉，細雨斜風轉不堪。惟有馬頭雲霧裏，青山一片似江南。」曰似、曰不似，各有意味。

劉扶山太夫子詠古最爲擅場，如《詠伍子胥》詩云：「吹簫乞食幾羈孤，報怨東來隱忍圖。謀就魚腸終覆楚，眼看烏喙竟亡吴。英雄生死完忠孝，歌舞樓臺問有無。賸得錢塘怒潮水，至今猶似恨姑蘇。」議論、聲情俱佳。

暴秦焚書坑儒，銷兵鑄器，法網最密，詠史者每尋間反諷之。陳獨漉恭尹詩云：「謗聲易弭怨難除，秦法雖嚴亦甚疎。夜半橋邊呼孺子，人間猶有未燒書。」陸雲士次雲詩云：「儒冠儒服委丘墟，文采風流化土苴。尚有陸生坑不盡，留他馬上説《詩》《書》。」扶山太夫子詩云：「兵銷天下令如山，法網森嚴亦等閒。暮夜斬蛇過大澤，尚留一劍在人間。」三詩意議俱同。

吾粤黎美周先生以《黄牡丹》得名，搜索「黄」字，可云工穩。近時博羅韓珠船侍御榮光《咏黑牡丹》八首，「黑」字較「黄」字運用似難。余愛其中二律云：「盧家少婦倚青樓，筆掃雙眉漆點眸。薄霧春衫裁燕尾，凌波羅襪着鴉頭。朝雲暮雨渾如夢，淡月疎烟爲鎖愁。莫遣夜深燒燭照，黑甜鄉裏正温柔。」「斗帳烟綃邐迤開，當時姚魏舊亭臺。石家燭剪餘香燼，荀令爐熏散麝煤。日暖青猊玄圃舞，夜深黄蝶漆園來。繁華往事如泡影，金粉凄迷有劫灰。」

嚴陵釣臺，作者林立。歸愚先生則採陳石閣作云：「釣臺臨絶壁，巒壑抱幽深。一片桐江月，千秋出世心。獨尋高士跡，忘却客星沈。余亦懷微尚，徘徊聽瀨音。」以爲不着議論，嚴陵之品自見。袁子才則愛陳偉然作云：「在昔披裘客，浮名着意逃。江流日趨下，益見釣臺高。」又錢相人作云：「圖畫功名安在哉，高原千古一漁臺。此情惟有江潮解，流到灘前便急回。」家應來則推唐權文公作云：「心靈棲灝元，纓冕猶緇塵。不樂禁中卧，却歸江上村。潛驅東漢風，日使薄者淳。焉用佐天下，持此報故人。」以爲得温柔敦厚之旨。余邑蘇小峰作云：「不爲將相辭天子，懶作神仙謝婦翁。消受富春灘七里，一竿明月一江風。」俱屬雅音。

仁和趙秋舲慶熺有《金陵雜詩》十首云：「璧月姮娥鏡殿光，六宫學士女兒粧。南朝才子都無福，不作詞臣作帝王。」與吴星儕《隋宫詞》「絶代詞人好風調，可憐偏誤作君王」同意。趙詩又云：「出身皇覺忽飛昇，孫祖傳家感孝陵。孫作緇流祖還俗，入山天子出山僧。」建文披剃，千古疑團，然疑以傳疑，點化亦妙。此二首最爲新警奪目。

余少時與錢唐繆蓮仙艮、吴箕篁筠同登羅浮，分韵賦詩。余得「鬟」字，詩先成，二君皆爲閣筆。詩云：「奇峰四百矗烟鬟，鐵鎖雙橋離合間。衡嶽屏藩雄五嶺，仙人窟宅割三山。稚川胎息凌霄去，神女飈車何日還？擬訪芳蹤躋絶頂，飛雲上界看塵寰。」

涇上趙肅徵孝廉良澍《望月庵》五律云：「大山宫小山，古寺萬山間。有客此棲息，讀書長閉關。我來望春月，誰與步孱顔。搔首竹林下，聽猿空自還。」一氣旋折，是得力於青蓮者。

方扶南《滕王閣》詩云：「閣上青山閣下江，閣中無主自開窗。春風欲搨滕王帖，蝴蜨入簾飛一雙。」聲調絶佳，余常爲人書扇。

《楊柳枝》詞最難超脱，許積卿咏云：「本來楊柳無情樹，也復新來學世情。染出貴人衣上緑，不知甚事却干卿。」頗能翻陳出新。

番禺黄蓉石比部玉階，工詩古文詞，著有《蓉石詩鈔》，格律沈雄典麗。其《讀鄺湛若赤雅有懷》三十三首，余最愛其四章云：「莫將遺俗笑狂奴，妙舞天魔興不孤。懷遠巴人空有淚，日南野女本無夫。山坳冷笑啼鉤鵠，水面含沙怯短狐。麵代髑髏椰代酒，尚留時節祀槃弧。」「憐他打掠苦難休，鼓角頻看野戰稠。木客好吟新樂府，扶南原是古諸侯。奇兵出没相思寨，明月笙歌獨脚樓。便上奇雲亭上望，離人多少軫鄉愁。」「驚心齊指亂峰間，十去征夫九不還。黑日暗霾人鮓甕，陰風寒徹鬼門關。髑髏一夜游魂泣，石乳千鍾怨血斑。指點蒼鷠啼碎後，蠻烟蛇霧有無間。」「流落人間不易材，甘心蛇口事堪哀。無家張儉搴裳去，有恨靈均藺足來。百粤已從嗚鋏老，諸蠻留取著書才。天南法物飄零盡，不見當年緑綺臺。」

閨秀吴禄卿尚熹，荷屋中丞女，著有《寫韵樓稿》。中丞謂其詞較詩轉勝，然詩亦有情韵。如《寄懷》十首中有云：「别時容易見時難，回首關山淚暗彈。欲寫相思何處寄，滿天風雪路漫漫。」及《舟發長沙和季父樸園》句云：「碧浪撼來鷗夢醒，白雲遮斷雁行飛。」《病吟》云：「抱病只勞慈母念，緘愁應有侍兒知。」《旅夜聞笛》云：「折柳記曾歌渭水，落梅何處認江城。」《不寐寄懷故園諸姊妹》云：「嫩寒已透芙蓉帳，輕暖難拋翡翠衾。」俱有家法。

宋徽宗常幸妓李師師家，蒙塵後，尚爲師師作傳。至理宗，又於元夕召妓唐安安入禁中。祖孫荒淫，後先一轍，良可慨也。余有詩云：「中原不念念名姬，作傳龍沙費睿思。更有色荒繩祖武，唐安安繼李師師。」

番禺吕石飄堅《遲删集》，沉麗博奥，却自成家。余愛其《艷詞》云：「一年一見一愁余，多病心情懶著書。千里月輪分半片，卿持青桂我蟾蜍。」風神絶似玉溪生。

李衛公《上西嶽書》石刻，竹垞先生定爲僞刻，謂高祖擊突厥時，衛公爲隋馬邑丞，反自鎖上急變，識天命者如是乎？然舊説相沿，亦詩家所不廢。黄虚舟廣文丹書題云：「西嶽有靈焉用禱，太原無主孰争雄？」是仍用李肇《國史補》説也。余邑吴卧廬孝廉時敏《應天寺》云：「應天幾欲擬明堂，帝履雲遊駐簡陽。第一山頭多衲子，袈裟誰辨御衣黄？」沿《從亡隨筆》之説，亦竹垞所深辨者。

番禺劉玉瑶《咏柳》詩有「東風人捲簾，一片飛花白」句，爲時傳誦。余尤愛其《題問安點頜圖》云：「玉樹盈階笑語温，功成再造樂諸孫。獨憐西内簾垂地，問寢無人日倚門。」就令公之歡慶處，忽責肅宗之不朝西内，議論嚴正。委婉出之，彌覺可風。

湖上夜景，最難刻畫。錢塘屠孟昭倬詩云：「湖光不定暮山頹，非鬼非仙總浪猜。蘆荻深深藏小艇，有時摇出一燈來。」寫得幽峭。

余近購得前明楊龍友墨蘭一幅，舊爲吴忠愍公易所藏。史忠正公可法題二絶云：「嬾從采佩寄風懷，有美常思物色佳。欲擷清香畏行露，幽花偏傍最危崖。」「不剪當門豈好名，且收落葉愛殘英。深宫雅務親賢操，應譜《猗蘭》聆正聲。」讀之想見公性情之正。

余好購舊字畫，偶檢姚興禮字卷，録近體詩廿八首。書法不甚佳，而中有《夜泊虎丘》一聯頗好。詩云：「祇有月在樹，更無人倚樓。」

詩貴聲韵，題畫詩尤貴聲韵，以其難於見工也。滿洲舒雲亭大令舒瞻《題杏花春雨圖》云：「淺深春色幾枝含，翠影紅香半欲酣。簾外輕陰人未起，賣花聲裏夢江南。」

劉公甗云：七律如挽强弓硬弩，古來開到十分滿者無幾人。知七律最貴雄健。近有狃於流易一派，動謂雄健者爲張拳怒目。豈知一入流易，即失剽滑，販夫俗豎皆能爲之。詩體日卑，何以出風入雅！

閩粤嫁女，率多厚奩。鄭雲麓年丈鷺門《竹枝詞》云：「賠得粧奩費萬千，鄰家嫁女共喧傳。誰知嬌壻回門後，已賣膏腴十頃田。」俗情浮奢，可發一嘆。

通州顧沂生而奇勇，嘗負米壩上。後折節讀書，中乾隆庚寅科舉人，由大挑分發陝西，補禮縣，調固始。會邑有虎暴，沂率衆擒之，檻之久，虎甚馴。沂喜曰：「吾將以爲子。」虎亦帖耳就沂。沂故無妻孥，輒閉虎卧室，與同寢處。時川楚方用兵，檄沂解餉，猝與賊匪遇。沂横大刀，牽虎直前，賊驚而散。後僕隸伺間，斃虎以藥。沂哭之哀，無何亦死。屠孟昭詠之云：「顧侯狎虎與虎游，太常説虎先説侯。四筵聳聽色飛動，木葉響震西山秋。壯哉顧侯起徒步，宦跡流傳宰城固。樂城山前野草黄，人識顧侯馴虎處。」又云：「侯前虎却虎人立，侯怒方張虎威戢。徒手搏虎虎不驚，顧侯大笑牽虎行。虎隨侯行入城市，侯氣揚揚虎摇尾，虎知媚侯侯則喜。」覺毛大可《打虎兒行》不得專美於前。

詩用叠字最難。南海岑澹雲宗遠《遣悶》詩全首用叠，却妙極自然。詩云：「曀曀雨連日，沈沈悶殺人。潎裘蟣蠕蠕，破屋漏頻頻。柳折垂垂緑，花飛片片新。欲歸歸未得，拭淚淚霑巾。」

余邑蘇汝載景熙與番禺韓節愍上桂齊名，其交亦最密。節愍詩，錢受之推爲當時嶺南第一才子，恐未必然。然讀《朵雲山房稿》，頗喜其縱横馳驟。汝載所著《惠迪堂詩鈔》，其後人尚有全稿，惜未付梓。其《青樓曲》云：「女郎十四碧桃春，淡抹臙脂點絳脣。唱罷一聲《明月子》，不知誰是可憐人。」風致絶佳。

晚春最忌曝裘，此時柳花飄蕩，一着裘上，蛀蟲旋生。余《春晴》一首云：「行裝半月雨陰中，着罷冬衣向日烘。一事唤童應記取，曝裘須避柳花風。」

南海吴荷屋中丞所著《石雲山人詩集》，五言古出入三謝，七言古及五、七律俱追蹤李、杜。余輯《嶺表詩傳》已摘録其尤，此外佳句尚多。五言如《徐州》云：「白日鬼雄泣，青山戰骨埋。」《靈壁道中》云：「霜凋千木落，松轉一株青。」「雞聲留賸夢，驢背續殘詩。」《送方芑堂兄弟歸里》云：「君才皆鸑鷟，世路幾蟲雞。」《泛月西湖》云：「水涵孤嶼緑，天帶六橋青。」《維揚夜櫂》云：「二分邗水月，十里廣陵城。」七言如《通州道中》云：「絶無山影雲連野，時有禽聲霜在林。」《渡揚子江》云：「天塹久分南北界，海門遥控帝王州。」《浩歌》云：「足跡未經疑地隘，鬢華將老倍心長。」《雨晴度八達嶺》云：「人穿亂石隨雲出，天引諸峰透日寒。」《雲中早發》云：「見説馮唐多將略，寧聞魏尚議軍屯。」《出閩境》云：「雲收雨氣連山白，日壓霜痕到樹紅。」《秣陵》云：「千里雄風吹楚雨，六朝王氣在吴天。」《石門》云：「百粤風雲懷盾鼻，三江烟月到船脣。」《杭州立春大雪》云：「萬家都寫宜春帖，一水誰緘《快雪》書。」《淮安》云：「三更孺子橋邊履，七尺英雄胯下身。」《武昌》云：「山有鳳凰吴國瑞，洲餘鸚鵡漢家才。」《滎澤渡河》云：「西溯欲尋星宿海，北行多見帝王州。」

吴樸園孝廉彌光，荷屋中丞母弟。性雅淡，絶無貴介氣，文人樂與交游。近築别業於禪山古洛，與諸名流唱和其中，因號古洛釣徒。著有《芬陀羅館詩鈔》。其詩出入唐宋，不拘一格。荷屋中丞謂其裁僞親雅，洵爲定評。五言如「沽酒月在地，著書人掩門。」「瀟湘流别夢，烟水畫鄉愁。」「湘水碧無影，衡雲青到衣。」七言如「山沈雲氣凉生榻，樹擁濤聲緑到門。」「酒氣壓簾花影瘦，笛聲臨水月華高。」七絶如《揚州弔古》云：「吹簫人散野遊空，廿四橋邊鎖斷虹。只有二分明月色，夜深猶戀景華宮。」俱琅琅可誦。

「跨馬塞北地，百戰封一侯。釣魚江南天，一竿占十洲。」此金壇潘南村高五言《古意》起句也。隔句對法，而筆力堅挺，氣魄雄邁，非徒格法勝人。

「記得去年來古驛，馬鞭帶雪繫樓前。雙柑香濺佳人手，半臂寒添酒客肩。忽見香堤摧暮草，空傷哀榭没寒烟。風塵滿目深惆悵，却望誰家寄醉眠。」此揚州宗定九元鼎《冬日過甘泉驛作》。歸愚謂其「記得」、「忽見」上下半篇，自成章法。漁洋謂其頷聯似《才調集》中語。一則賞其格，一則賞其詞，格與詞兼，斯爲妙品。

仁和毛稚黄先舒，與西河、鶴舫齊名，時有「浙中三毛，人中三豪」之譽。其《裁衣曲》云：「剪征衣，親手作。君身長短何須度，肥瘦定然不如昨。新衣爲君裁，舊淚爲君落，還將銅斗細熨灼。莫使衣上沾腥紅，君見淚痕不肯着。」殊近古樂府。

詩有似策者，亦足見經濟。廣陽劉繼莊獻廷《懷古》云：「古之兵皆農，農富兵亦强。古之士皆農，農朴士亦良。兵農一以分，甲胄無餘糧。士農一以分，耒耜無文章。分之則兩傷，合之則一理。請語當途人，治亂實此始。」繼莊之學主于經世，自象緯律曆以及邊塞險要、財庫軍器之屬，無不留心，而於農田水利辨晰尤詳，故其言如此。

《陶園集》中「萬木黨雲氣，萬古黨天寒」，兩用「黨」字，俱着意求新。

姚石甫《題山霞關壁》云：「白雲堆裏見雄關，十四年來去復還。莫笑書生無建立，天教看盡海東山。」聲情激越，幾於唾壺欲碎。

咏項王者多疵其短，然亦有美之者。烏程嚴海珊句云：「劍舞鴻門能赦漢，船沈鉅鹿竟亡秦。」寫得項王仁勇兼全，最善翻案。番禺許揚雲遂亦有句云：「多情垓下辭虞女，大度鴻門釋沛公。」同一着意。至翁山云：「王以天下兮三讓。」則殊入魔道。

余邑陳夢生殿槐工畫，山水得王石谷筆意。詩亦清秀，曾題余十二石山齋云：「紫藤架外石槎枒，十二玲瓏寫米家。最愛月明仙露重，一簾竹影一籬花。」

先四兄熾山，年二十即棄世。遺子思正頗好學，而體弱善病，因無志科名。近欲學詩及草書，余使之從雨湖師遊，書法頗進，詩亦略有可觀。如《春閨詞》云：「不如歸去不如歸，林薄聲聲夕照低。安得天涯遍杜宇，向人夫壻耳邊啼。」《泛洋》云：「遥遥萬里此長沙，耳底風雷滚浪花。南北東西天水合，更於何處辨中華？」將來或可造就，予日望之。

淄川高念東侍郎珩，所著《棲雲閣詩》，絶句最擅場。《柳枝》云：「嫩碧輕黄雜翠綃，流鶯幾日戀溪橋。好陰不肯留人住，枉向東風賣細腰。」《南菱》云：「青梨如雪齒難勝，還讓江南紫角菱。説與北人渾不信，請君六月到吴興。」

念東侍郎之兄繩東司李瑋，所著《留耕堂詩》不如乃弟遠甚。《村居雜詠》七絶却有致趣，詩云：「一番新火到山莊，門外槐根坐當床。乞得曆書粘壁上，農人計日數長行。」

新會易渭遠宏好遊覽，五嶽已登其四。每遊，則侍姬畢隨。其《紫翠峰與素璧翠眉玩月》云：「再來原是散花人，重作瑶臺月下身。夜半雲英涼似水，一時清洗玉衣塵。」可以想其倜儻。

套襲詞調有有意者，有無心者，原不於此分優劣。即如《雅》《頌》「昔我往矣」四句、「以享以祀」二句、「受福無疆」等句，昔人不聞以此爲病。至魏武歌行，直鈔經文，將古人材料就自己繩尺，非大家手筆不能。後人專向此等指摘，不足爲前人累也。

咏史詩，少陵後當推義山。河南吕元素少司農履恒《金川門咏史》云：「金川北望日黄昏，聞道燕師入此門。不見古公傳季歷，祇知太甲是湯孫。風雷豈爲鴟鴞變，江漢難招杜宇魂。南渡降旗何面目，西山省恨舊乾坤。」使義山爲之，亦不過如是。

借物指點，是詩家真諦。閨秀丁静嫻瑜《家居》云：「木石風花結四鄰，寂寥門巷久無人。昔年燕子今重到，始信交情爾獨真。」張古政學典《感亡姊舊居》云：「繡網蛛絲鏡滿塵，閒花狼藉不知春。添愁怕見梁間燕，猶是呢喃覓主人。」二詩意匠，正復相似。

嘉興吴于庭妾徐文漪有絶句云：「沉香亭子玉鉤欄，植遍名花次第看。第一莫栽紅芍藥，此花開日已春殘。」抑何旖旎。

屈翁山《别稚女》云：「稚女難爲别，臨行淚欲揮。可憐初絶乳，未解一牽衣。念爾在襁褓，同余餐蕨薇。晨昏娱祖母，莫使笑聲稀。」吴仁趾《咏阿玉》云：「阿玉殊堪憶，春來見面稀。去年方解語，臨别一沾衣。鹵井黄沙路，潮灘白板扉。昨逢鄰曲道，日日望余歸。」二詩眷戀小兒女上，俱同一真情。

余邑鍾虞廷茂才簾，性謙冲。自言吟咏半生，罕有當意者，每不肯輕以示人。丙午春，偶讌集紫藤館，席間行令，各誦近作一首，違令者罰巨觥。虞廷素不善飲，勉誦其《題楊妃春睡圖》七律云：「馬嵬魂斷已千春，誰繪風流帳裏身。一夢若教長化蝶，三郎何事竟蒙塵？寵分韓虢香襟暖，情失邠寧大被親。太息羅衣環上繫，曉籌無復報雞人。」亦楚楚有致。

仁和王百朋錫嘯《竹堂集》，一時流行。有賞其《觀潮》五言「朝昏存大信，天地湧奇觀」二句者，有賞其《冷泉亭》七言「春秋閱盡水常冷，風雨到來山欲飛」二句者。余特愛其《丁卯中秋》云：「去歲中秋節，燈前病劇身。黄昏正風雨，白首獨酸辛。此日全微命，高堂失老親。不如垂死處，尚見倚閭人。」是血是淚，吾無以知之矣。

吴江陳玉文大令莀《讀相如傳》云：「移病文園卧歲餘，同時真恨失相如。所忠枉遣求遺稿，不記當年《諫獵》書。」吴慎思貢生祖修，亦吴江人，咏云：「綺靡文傳是《子虚》，曲終雅奏竟何如。後人嗤點凌雲賦，曾讀當年《諫獵》書。」二詩意見俱知握重《諫獵》，可謂能舉其大。

長洲劉東郊震《咏峴山》云：「當塗典午事紛紜，西蜀山川付暮雲。我到峴山無淚灑，秋風曾拜卧龍墳。」此壓題法，却未經人道及。

吴江葉景鴻舒璐《讀杜白二集》云：「子美千間厦，香山萬里裘。迴殊晉魏士，熟醉但身謀。」寫出二公度量，可謂大筆如椽。又《咏司馬相如》云：「挑得琴心正倦遊，壚邊尚典鷫鷞裘。長門解爲他人賦，却惹閨中怨白頭。」以矛刺盾，涉筆成趣。

德清徐方虎侍讀倬《聞蛩》云：「鄉國三千里，寒蛩總一聲。遥知閨閣内，共此别離情。」如皋范洛仙女史姝《聞蟋蟀有感》云：「秋聲聽不得，况爾發哀吟。遊子他鄉淚，空閨此夜心。」二詩詠微蟲，俱能一氣揮灑，筆意亦大略相同。

寧化劉鶴皋文，賢才而疾廢，遂專力於聲律，著有《潛虬小草》。諸人題贈，未免過實。余僅愛其

《讀漢文帝本紀》一首，詩云：「夜半蒸羊忍不眠，露臺從古剩風烟。如何一座銅山賜，天下公行鄧氏錢。」

余在友人案頭見近體十餘首，筆意韶秀，詰知爲香山何雲梯逢登作。愛其《迎春》一絶，詩云：「千門萬户劇繁華，底用尋春問水涯。最是東君公道甚，不分先後到人家。」聞其稿數百首，惜未全覽，他日當往訪之。

古中須有整句，方不佻滑；若全對仗，殊易近律；縱不近律，亦妨板滯。五古虚字運掉彌少，更難着筆。史胄司宫詹詩，評者謂其意足韵流，得唐賢三昧。今觀其《合澗橋步月》云：「門閉亂山高，月出萬象杳。攬衣步巖際，俯視群木杪。霜黄樹色黯，地白人影小。湖光遠濛濛，巢鶴近了了。猿啼晚更急，虎跡寒覺少。還歸冷泉亭，坐待山月曉。」《飛來峰》云：「衆壑遞隱現，一峰獨亭亭。怪石煉五色，神功開六丁。秀骨琢天巧，孤根闢地靈。花蕚破空翠，劍戟攢高青。氣若逼星斗，勢欲凌滄溟。三竺共偃仰，兩高鬥瓏玲。木生不假土，泉出還無形。倒垂萬菡萏，側走千雷霆。鳥徑不肯刋，鬼工太峥嶸。萬象歸窈窕，百靈入晶熒。洞門閟雨色，石扇羅秋屏。松雪夜了了，陽光晝冥冥。花塢亂楓木，水泉鳴茯苓。伏虎衛佛法，老猿守丹經。我欲問寶訣，歸來煉黄寧。」自注：「山有楓木塢、茯苓泉云。」端莊流麗，應推此種。

處世須退一步，作詩當透一層。秀水李武曾徵君良年《憶方虎客宛温》云：「牂牁秋緑晚萋萋，五十郵亭到越溪。不敢更嗟鄉國遠，有人還在萬峰西。」

崇奉二氏，靡費帑藏，以致兵荒餉乏。漢、梁二武帝後，踵其轍者，仍復不一。吴穀人《長椿寺滲金多寶塔歌》云：「一寺已，一塔起，日費鉅萬不得止。大千轉運鐵圍輪，空洞消沈舍利子。玉熙宫裏冷西風，催餉年年處處同。回首銅仙齊掩泣，可憐難救九邊窮。」余友吴星儕《南漢宫詞》云：「雙塔祥光徹碧天，嬪嬙齊禱福無邊。難憑法力扶南漢，費却金塗佛一千。」余亦有詞云：「不愛蒼生愛比丘，更教方士訪神洲。全憑仙佛無窮力，保得君王恩赦侯。」直言婉諷，俱爲若輩痛下鍼砭。

風亭水榭，本以怡情。即或家少園林，亦何處不堪寓目。張船山絶句云：「稻香吹過水聲來，野樹無行遠近栽。不費一錢風景足，萬金何苦築樓臺。」惜世人不足與語。

微之《以州宅誇樂天》云：「四面常時對屏嶂，一家終日住樓臺。」張蕭亭《答王秀才問象山風土》云：「有徑皆穿紅樹去，無人不在白雲中。」宅居土風，寫來各極其勝。

《雨淋鈴》、《謫仙怨》，皆玄宗幸蜀時曲。《劇談録》所載玄宗幸蜀，次駱谷，下馬望長安，嗚咽流涕。謂高力士曰：「吾用九齡之言，不至此。」因上馬，索長笛吹之。有司旋録成譜，名《謫仙怨》是也。惠半農《詠張文獻公廟》云：「凄凉《謫仙怨》，空向曲中論。」

余過甘竹灘，值西潦漲盛，水石相激，下灘舟楫既没復出，眩目駭心。記張超然《下建溪諸灘》詩云：「前舟欻然没，初見各驚詫。須臾出白浪，迴旋去如射。生命寄柁師，與石争一罅。在險魂屢飛，過後舌頻咋。」真工於形容奇險者。

對仗工巧，雖非高格，亦屬可傳。史冑司《鳳凰山弔宋故宫》云：「繁華欲盡紅羊换，歌舞方酣白雁來。」山東張蕭亭《大遊仙》云：「霜清玉斧催修月，水冷銀河看種星。」長洲陳雨巖焕霖《咏橘》云：「有柚願教兄弟合，成林休爲子孫忙。」桐城馬相如内翰樸臣《秦淮水閣醉題》云：「月影分明三李白，水光蕩漾百東坡。」武進徐學人永宣《竹垞先生留宿楓橋慧慶寺夜話追悼陸文孫》云：「鄉曲公憐楊狗監，天涯吾悼李龜年。」上虞丁芝田鶴《自遣》云：「碧梧生是秋風客，紅藥老爲春夢婆。」趙雲崧翼《分校同門》云：「十數名分新雁塔，一家人聚小龍門。」厲太鴻鶚《菜花》云：「連畦金粉雌雄蝶，十里斜陽子母牛。」合江董樗齋太史新策《舟中》云：「往事漫論翁失馬，斯時誰道子非魚。」語皆新穎。

東坡《轆轤歌》，實中唐顧逋翁况作，不知何以混入公集也。

八排猺俗，歲仲冬十六日，諸猺至廟爲大會，視男女可婚娶者，悉遣入廟，分曹唱歌達旦。男悦女，不得就女坐，女悦男，則就男坐。媒氏乃將男女衣帶度量長短，如相若則使之挾女歸家。越三日，父母乃送粧奩牲酒以成之。沈方舟咏云：「席地分曹唱不休，參媒氏妁各凝眸。問娘乞取羅裙帶，結得同心在兩頭。」

瓊州黎女，以布全幅，自項至脛，四圍合縫而爲衣。以布數丈，作數百細摺而爲裳。裳曳地不得行，則結其半於腰，下面黥花卉魚龍之狀。受聘則黥手，臨嫁乃黥面。其樣皆壻家所出，一如其祖所刺之式，恐死後祖宗不識，且使之不得再嫁，俗號「繡面女子」。沈方舟嘗咏云：「五指山前花信催，女兒聯袂踏歌來。要知護體衣裳緊，不使東風吹得開。」「十三十五正芳年，玉貌何須貼翠鈿。花樣傳來自先世，憑郎繡出倍鮮妍。」

秀水王轂原《陶然亭修禊》二首，情景夾寫，爲一時傳誦。余僅愛其「春濃轉怕形人老，官冷真宜伴佛閒」一聯。

《石林詩話》謂詩下雙字極難，須精神興致全見於兩言，方爲工妙。因舉王荆公「新霜浦漵綿綿白，薄晚園林往往青」，及東坡「浥浥爐香初泛夜，離離花影欲摇春」爲例。予謂近人工此者亦復不少。蕭山陳山堂《白丁香花》云：「冷垂串串玲瓏雪，香送絲絲麗㲲風。」華亭張文敏公《咏夢》云：「乍離還道明明在，欲説翻成漸漸消。」滿洲和存齋云：「落花故故添離恨，殘柳絲絲綰暮烟。」番禺屈鐵瓢云：「織波洛浦年年緑，皎月蓬山夜夜高。」仁和杭堇浦云：「將别心知常眷眷，不言意豈欲云云。」嘉定曹習庵云：「梨花小院重重樹，燕子高樓面面風。」會稽陶篁村云：「我似漁人原泛泛，誰稱桑者獨閑閑。」馮魚山云：「洶洶黄流千里下，冥冥風雨二崤來。」

海鹽張天常彝《晉州述懷》云：「多病一年三乞老，思歸十夢九還鄉。」意真而句調亦好。

南海黄子剛參軍瑞圖，工畫山水，筆法酷似陳白陽。丙午春，袖所著《妙有村唫草》見訪。余最賞其「躭吟成癖寧非累，知拙能藏便是才」，及「異人不必皆山澤，名士何妨住市廛」等句。子剛亦服爲知言。

嘲笑甚於怒駡。江西何文肅公喬新《過故相第》云：「門掩西風晝不開，伊威滿目粉牆頽。庭前乳犬休驚吠，無復懷金暮夜來。」可云調侃之至。

余最不喜袁簡齋「絶地通天一枝筆，請看依傍是何人」句，嫌其太自誇詡。東鄉吴蘭雪刺史嵩梁

《大孤山》云：「直可撑天惟峭骨，深知立地有靈根。平生敢信無依附，身世波瀾共孰論？」又《登岱》云：「脚底萬峰真蟻垤，人間猶作翠微看。」何嘗不自高身分，却不涉矜張之態。

鄧栟櫚先生論書，謂墨以黑爲體，以光爲神。神采輕浮，不能深黑，譬如紈綺子弟；濃字大畫，黑而無光，亦一田舍翁耳。余謂論詩亦然。詩以理氣爲體，詞華爲用。矜詞華而失理氣，詩中之紈綺子弟也；尚理氣而乏詞華，詩中之田舍翁也。

常寧歐永孝序江賓谷之詩曰：「《三百篇》，《頌》不如《雅》，《雅》不如《風》，何也？《雅》《頌》，人籟也，地籟也，多后王君公修飾之詞。至十五《國風》則皆勞人思婦、静女狡童，矢口而成者也。《尚書》曰：『詩言志。』《史記》曰：『詩以達意。』若《國風》者，真可謂之言志而能達矣。」賓谷自序其詩曰：「予非存予之詩也。譬之面然，予雖不能如城北徐公之面美，然余詎獨無面乎？何必作闚觀焉。」議論俱有獨到處。

吴蘭雪詩多平心之論。如「性磨憂患窮仍在，名愧文章老未成」、「吾儕自悔遲聞道，造物何嘗肯忌名」、「才非用世生何補，老不歸田夢亦慙」、「晝粥光陰回首易，調羹事業稱心難」、「知己難酧千斛淚，出山悔負百年身」、「五湖何地容偕隱，一第如天未易登」、「粗才敢厭風塵苦，結習難消翰墨緣」、「治無求速民先静，心以推誠吏不欺」、「無才未敢談經世，有福方能坐讀書」，皆不矜才使氣。

淮西功烈，得《韓碑》而愈顯。是知鋪張揚厲，文不可少也。沈長春《贈薛丕承軍門》云：「將軍不與賊共天，出入賊藪横戈眠。縛賊如鼠斬如草，殿軍争後鋒争先。賊勢直亘吴蜀楚，賊技全憑焚劫擄。飢賊食人飽賊颺，馬賊當頭步賊裹。得城不屠甚於屠，黄童白叟駢街衢。刀光血光影激射，人哭鬼哭聲模糊。」又云：「明公立功由偏裨，擇敢死賊身當之。深篁密箐路昏黑，蠶叢鳥道神扶持。夜縛馬尾透絶壑，一絲身命馬蹄託。人馬汗血不分明，生死驚疑互駭愕。忽傳鐵騎謀翻山，決機倉卒神彌間。軍伏肘腋令咳唾，對賊趺坐無驚顔。須臾螘附勢騰躍，複壁兵起似掃籜。狂寇頭顱滿地飛，將軍鼓角從天落。公誠能使吴越同，公心常置人腹中。望公麾蓋走狐兔，隸公部曲成羆熊。一賊不盡誓不止，堅壁之設自公始。」寫賊勢猖獗及公忠勇處，可謂凌厲無前。

陶篁村自訂詩稿，將删去者盡貯石匣瘞之，名爲「詩冢」。索同人題詠，家山舟題云：「未必見投皆苦海，公然藏拙亦名山。」對句亦謔亦韵。

盱眙毛俟園孝廉《過邢園》云：「一溪春水一橋横，寵柳嬌花夾岸迎。儂自過橋閒處立，放開來路讓人行。」余愛其有恬淡之致。

鴉片流毒，婦孺皆知，吾不解嗜之者何心。嘉應李秋田光昭《阿芙蓉歌》云：「荼毒先深五嶺人，遍傳亦不分疆域。」又云：「今夕分擕明夕來，今年未甚明年逼。裙屐翩翩王謝郎，輕肥轉眼成寒瘠。屠沽博得千金貲，邇來也有餐霞癖。漸傳穢德到書窗，更送腥風入巾幗。」受害可謂極廣。結句云：「神仙杳杳隔仙山，鬼影幢幢來破宅。故鬼常擕新鬼行，後車不鑒前車跡。」膠纏延繞，不知伊於胡底矣。

人生無論富貴貧賤，皆苦爲形役。徐靈胎有句云：「一生那有真閒日，百歲仍多未了緣。」即唐人

「如何百年内，不見一人閒」之意。

吾粤好爲蟋蟀、畫眉、鵪鶉諸鬥，博注金動以千百。南海馮方山城《北鄉雜咏》云：「閭閻年少半閒居，幾見横經與荷鋤。日午榕陰太無賴，畫眉聲裏鬥贏輸。」惡薄之俗，主持風化者宜知所轉移也。

粤中多墟，墟必有期。花縣曾曉山照《燕塘趁墟謡》云：「燕塘墟，十里餘，二五七，趁墟日。沙紆路僻石凹凸，石凹凸，脚欲折。亂草長蛇出復没，市男雖勞不敢歇。冬颸祁寒，夏日炎熱。市男擔重肩流血，飢寒那復憐皮骨。」讀此覺山市之苦，增人歎息。

陳獨漉懷家藥亭云：「一第蹉跎何足嘆，貴人傳者古無多。」先仲父青厓贈陳焕巖云：「文士成名今不少，詩家傳世古無多。」抱才阨遇者讀之，當爲氣壯。

何小冶洪鈞，陵水拔貢，詩筆清健，古體有奇氣。如《觀音巖》云：「石額突天庭，雲根據水府。龍吟昂一頭，虎卧伏雙股。巖曲如迴腸，谷虚若空肚。梯烟雁齒排，壁墨麝香古。此地結仙緣，何年劈鬼斧。椎鑿象莊嚴，袈裟費織組。寶座趺青蓮，靈幢護紺宇。黯黯陰似春，灼灼日正午。崖欹乳倒垂，厂凹龕凸補。偶欲隨遊蹤，傴仄難布武。拾級試攀躋，秉燭方可覩。直上拜慈雲，習静參法雨。焚香火撥爐，鳴鐘水應鼓。中有僧兩人，供奉佛作祖。入神瞑蒲團，見客飲花乳。坐設竹板床，話拂松枝麈。摹碣愛雙鉤，登閣試一俯。江流碧深平，山拱緑飛舞。地縮界大千，巖近天尺五。下瞰如芥舟，微覺露蓬櫓。幽絶足烟霞，奇闢自門户。到此作詩歌，應無雜塵土。得住勝應官，持齋願爲主。」五律超拔，如《連州江口》云：「落日淡林麓，漁歌唱晚霞。州連雲四起，江劈水三叉。筍瘦嫩無骨，草尖新發牙。炊烟入深碧，雞犬又誰家？」《大庾嶺謁張文公祠》云：「文章開百粤，功業冠三唐。入廟見風度，與梅留古香。先生自高絶，後起有文襄。北面我來拜，容登丞相堂。」《舟次瓜步》云：「雨氣洗空翠，晚香吹上衣。野雲團水白，江樹受烟微。今夕名山路，五更魂夢飛。船頭一枝笛，涼月故依依。」七律尤生峭，如《桂航姪孫歿後適陳笠香來詢及遺稿愴然有作》云：「鶴唳淒淒夜漏分，松聲入座不堪聞。孤燈半黯疑來鬼，舊雨重過幸有君。道學長生難得訣，醉如不死可沈醺。他年誄墓應吾輩，合檢遺詩葬一墳。」《與小範兄送陳八歸西樵》云：「醉挑詩稿上肩輿，歸對名山且著書。放眼古今須着我，側身天地以爲廬。縱教萬里遊非别，況此三人跡未踈。他日會須魂夢到，雲關留掩復何如。」

凡人兒女少，每覺生憐，而過多亦轉生厭。滿洲鐵梅庵尚書鐵保句云：「愁裏逢春驚老至，中年生女作兒看。」南海葉雲谷農部夢龍句云：「兒女衆多人謂福，笑啼雜還我偏煩。」寫來各有真意。

鮑覺生桂星詩學本之同里吴淡泉，淡泉本之桐城劉海峰。海峰論詩嚴于格，以爲詩之有格，猶射之有鵠、工之有規矩。入於格則爲詩；不入乎格，其工者駢儷文耳，其奥者古賦耳，其妍者詞耳，其快者曲耳，其樸直者語録耳，其新穎者小説耳，其紆曲委備者公牘與私書耳。覺生拘於格，故五、七古筆少縱肆，近體亦少沈雄博麗者，所造僅追踪皮、陸耳。惟《詠史》、《感舊》二卷，筆蒼意雋，時愜人意。至《補李巨山咏物詩》約三百七十餘首，自謂意主摛辭，無關托興，未免類駢儷文矣。

澄海姚行軒天健，著有《遠遊詩鈔》。王惕甫謂不專於雕章繪句，而言中言外，時有與俗殊趣之意流露其間。今觀《讀選詩雜咏》云：「阮公遭喪亂，《詠懷》詎得已。窮途抱哀怨，反覆多奇詭。讀之耐人思，何必盡條理。紛紛箋注家，有如揚糠稗。非惟誤後人，或且失本旨。」如此尚論，直可心印古人。至五律一氣卷舒，尤屬難得。如《春日留别吴中諸同人》云：「半生湖海客，始解别離難。去路五千里，歸舟十八灘。鶯花迎短櫂，雲樹障層巒。他日相思處，何由握手歡？」《上篷辣灘》云：「群峰争一壑，百丈挽孤舟。雨過山容變，雷奔石骨愁。壯懷忠信在，灘水曉昏流。相笑經行慣，星星半白頭。」絶無甜俗之氣。

五、七古，散行中須有整齊句，方得凝鍊。第其中錯綜遥對，有以不整齊爲整齊者。東坡詩人多謂其隨意馳騁，不知細針密縷，篇法、句法無不斟酌。老杜謂「老去漸於詩律細」者，非獨爲近體言矣。

詩須切合身分。翁覃溪先生謂應制之作，自應求諸文學侍從之彦，若以釋子、閨秀當之，便覺非宜。近日顧俠君撰《詩林韶濩》，多録釋子詩，殊不合體。

十二石山齋詩話卷三

順德梁九圖福草

阮儀徵相國總督兩粵時，惠民之事不一而足。《途中小雨》詩云：「春來何處不風沙，小雨才能醒麥芽。出見野田憔悴色，愧教庭院日澆花。」仁愛之心，自然流露。又有《上林道中》云：「木棉林外鷓鴣聲，人與青山相抱行。三面翠屏方畫罨，一行白鷺更分明。烟清斥堠郊軍射，水滿畬田獞婦耕。自古百蠻驕遠徼，莫將容易説昇平。」想見馭邊之慎，不愧封疆重任也。

博晰齋博明，滿洲人，由編修外任府道，後改兵部郎中。老年頹放，布衫草笠，徙倚城東，醉輒題詩於僧舍酒樓。有叩其姓氏者，答云：「八千里外曾觀察，三十年前是翰林。」又云：「一十五科前進士，八千里外舊監司。」性情可稱灑脱。

調奇語創，後人每多套襲，雖大家亦所不免。如太白愛《黄鶴樓》詩，因衍而爲《鳳凰臺》，又衍而爲《鸚鵡洲》，其源實出于《龍池篇》也。沈詩五「龍」、四「天」、二「池」，崔詩三「黄鶴」、二「去」、二「空」、二「人」，李詩三「鳳」、二「凰」、二「臺」，《鸚鵡洲》三「鸚鵡」、三「洲」、二「江」。四篇俱用重叠字以爲機軸，不覺其複，但覺其妙。要之，沈、崔神味，即謫仙亦甘拜下風矣。

仲父青厓中翰，著有《無怠懈齋詩稿》。五古近韋、柳，五律近王、孟，集中二體最爲擅場。七律亦有可傳。如《涿州望樓桑村》云：「無復濃陰映郡門，樓桑終古自名村。雲霞尚護青龍氣，風雨仍棲赤帝魂。大澤茫茫迷水石，平沙莽莽散雞豚。行人立馬知何處，指點高原落照昏。」較之永城李文定公作，亦不多讓。

詩用重叠字，昔人謂神韵全注此二字中，故名家每不輕下。秀水鄭炳也宮贊虎文，爲乾隆間巨手。觀所著《呑松閣集》中，最好用叠字。如「朝朝暮暮原如夢，燕燕鶯鶯浪主盟」、「乾坤暮暮朝朝裏，今古匆匆擾擾中」、「鶯鶯燕燕都無賴，雨雨風風有底忙」等句，意味反覺淺薄。其餘單句重叠及單叠者，不勝枚舉，幾於放翁之用「如」、「似」矣。

查查浦《詠瘴雲》云：「笑爾浮空偏得氣，才從山起便呑山。」徐水鄉《詠鸚鵡》云：「怪儂巧弄無多舌，才解人言便駡人。」俱偷李義山《嘲桃》詩「春風爲開了，却擬笑春風」之意。

王次回詩，歸愚嫌其纖艷，有傷風雅。然纖艷中亦有真摯可取者，其《過婦家有感》云：「歸寧去日淚痕濃，鎖却粧樓第二重。空賸一行遺墨在，丙寅十月十三封。」

古詩變而爲《騷》，爲樂府，爲五言，爲七言，爲律，爲長律，爲絶句；降而爲詞，爲北曲，爲南曲，吾粤至變爲調。調者，亦詞曲之類，但求應絃合拍，不如詞曲之有譜當塡耳。道光初年，文士相競爲之。南海招銘山大令子庸輯而爲《粤謳》，其情韵最足感人，然未免愈趨愈下矣。

詩患不學古人，又患太似古人。安公定云：「論詩如品花木，牡丹、芍藥，下逮苦楝、刺桐，皆有天然一種風韵。今之學杜，紙牡丹、芍藥耳。」頗能罕譬曲喻。

人有所長，必有所短。况古人已往，非設身處地，安能知其苦心？故余《讀史》詩云：「迂儒讀史好論史，我道論史空談耳。一時褒貶偶錯謬，且恐黄泉怨聲起。兩眼不見古人事，搜尋但得憑故紙。故紙荒唐多我欺，古人賢否那得知。我不論史史仍在，信以傳信疑傳疑。自留長厚惜墨費，千秋庶免狂妄譏。君不見蒼天默默亦無語，古往今來久如許。」鉛山蔣茗生士銓亦有句云：「古人未易及，不幸有可議。恒情樂攻短，群口諜然肆。試存易地思，幽獨但滋愧。」與余意不謀而合。

詠史貴着議論，然議論須令人首肯。長洲韓君望洽《詠張良椎》云：「一擊或幸中，扶蘇作天子。劉項雖亡秦，未必速如此。」

靈山張遠山茂才錫封，工草書，頗有《論坐帖》意。因慕賢上人，訪余於禪山，出《惠州西湖圖》索題。余援筆成二絶云：「鏡中十里蕩蜻蜓，一匝峰巒繞畫屏。爲戀波光與山色，無心癡弔六如亭。」「湖東遊遍又湖西，斗酒雙柑惜未攜。百囀流鶯萬條柳，春聲春色滿蘇堤。」

善化凌荻舟玉垣以拔貢爲水部小京官，著有《蘭芬館詩鈔》。湯海秋郎中題其集，有「百川元可障，四海更何人」句，可謂傾倒之至。集中五律氣格較勝，七絶如《江行雜詩》云：「塔影凌空碧樹環，孤城遥指亂雲間。瀟湘門外春波長，緑滿湖南十萬山。」如出阮翁之手。

尹文端有「老去關心望後人」句，黄葵之有「少無奇遇想佳兒」句，爲人後者，最宜潛玩。

屈翁山有「世亂詩書廢，家貧骨肉輕」之句，厲太鴻仿其意用之，《杜少陵祠》云：「文章羈旅賤，身世腐儒輕。」可謂精於脱化。又翁山《咏夷齊廟》云：「弟兄方讓國，臣子乃稱兵。」嚴海珊《咏先賢仲子祠》云：「此邦無父子，吾道自君臣。」同一意匠。

近日洋烟流毒遍於海内，吸食者形銷骨立，其傷生爲最慘。又有鼻烟，亦來自外洋，雖無大損，然過嗜之亦足致疾。南海吴荷屋中丞素有鼻烟癖，後腦際發泡如瘤，日見痛楚。有醫士用刀剔刮剖出，乃鼻烟餘積，嗅之氣息猶存。昆陽陳荔田廣文《送姪北上》詩云：「耐記須教髓海填，北行囑汝此爲先。近聞一物能傷腦，莫學趨時齅鼻烟。」足見時尚多屬無益。

古岡彭五嶺樹楳客於禪山，聞余有詩癖，因來訪謁。余索所存稿，言行篋未攜。命筆録近體數首，其中佳句如《春晴》云：「雨過添花氣，雲崩漏日痕。」《冬夜》云：「尋夢每欹枕，畏寒時牓床。」《客禪山贈諸知己》云：「好友每於貧賤得，新詩都屬别離多。」《暮春病中寄玉臺上人》云：「春如過客常輕别，愁似無家不肯歸。」都覺清新。

徐澄清名中運，德慶人，善書能文，尤喜爲詩。官晉州刺史，雖車馬馳逐，案牘紛紜，未嘗輟吟。著有《裕文樓集》。中有《弔古戰場》絶句云：「渭水秦關萬疊愁，離人魂斷古伊州。寒鴉古木無窮思，白草青燐繞戍樓。」語極悲壯。

新會阮樗蔭榕齡《竹潭集》詩，語多奇詭。而余所愛轉在其清麗芊綿者，如「江湖跌蕩成狂客，身世飄零似野僧」，「雲鬟委鞸驚春夢，風雨闌珊怯曉寒」等句，却無郊、島寒瘦之氣。喜讀古書，早謝舉子業。其師阮芝亭勗之云：「我今老醜方嫫母，猶自挑燈理繡裙。」亦絶風趣。

乙巳七月，有友人送至三水家華仲茂才伯顯詩一卷，古色幽香，議論氣魄，俱臻妙境。其詩全未付梓。聞友人云：「華仲生平作詩凡七八千首，今衹存二百餘篇，無一篇不造於古者。」不謂二樵諸子後乃見此公，惜前選《嶺表詩》未獲見，堪爲長歎。兹録二首，俾覩一斑。《江上吟》云：「芳草净遠碧，晚波愁復長。美人渺江浦，秋色似瀟湘。冉冉碧雲合，依依青鳥翔。徘徊獨含睇，一爲褰羅裳。」《秋夜懷友》云：「如何此遥夜，獨自聽秋吟。蘭杜冷逾碧，江湖阻且深。徘徊明月影，悽惻故人心。今夕相思夢，蕭蕭桂樹林。」絶似鄺海雪。

吾邑自黎二樵、胡豸浦後，能接跡風雅者，當推吴晦亭太夫子維彰，詩筆雄健，力掃一切甜庸。《悲歌》五律云：「古者今之積，今人忽古人。悲歌中夜酒，大夢百年身。走馬燕山道，呼鷹易水濱。儒生太迂闊，把劍事風塵。」詞意超拔，有「王郎酒酣拔劍斫地歌」氣概。他如《夜泊寶應》云：「積雪静涵沙氣白，疎燈寒逼浪花青。」《洞庭雜咏》云：「雁鶩烟高迷赤壁，鷓鴣雨濕暗黄陵。」《萬松嶺》云：「千年雪色青山老，十里濤聲白晝寒。」《寄逢石》云：「錢山使者降鑾策，銅柱將軍馭虜才。」等句直摩少陵之壘。

杜工部《題王宰山水障》云：「十日畫一水，五日畫一石。能事不受相速迫，王宰始肯留真跡。」此以遲見長也。餘杭嚴子餐沆《答友索畫》云：「興來落筆寫山色，泉石出没雲冥冥。一日十紙不厭速，貴取繪意非傳形。」此以速爲妙也。倚馬萬言，研《京》一紀，才分遲速，何嘗不各有千秋耶！限韵有極難而用來却自然者。桂林羅星橋辰有《慶蕉園中丞招飲消夏作墨菊於壁限魚字》絶句云：「淋漓淡墨一枝疎，寫到寒香興有餘。底用白衣秋送酒，使君腰自有金魚。」

連州諸峽，離奇變幻，不可名狀，惜無好事者傳之。後讀《三餘堂存稿》，有云：「畫家皴法徒紛拏，到此直云畫不如。刻鏤那知真宰泣，靈奇祇合仙人居。惜哉未遇謝康樂，厥後稍聞王仲舒。突兀荒江殊偃蹇，青雲之士其誰與？」與余意適同。稿爲通州胡長齡著。

明韓君望洽《咏鐵馬》詩云：「急響中宵發，凌空鐵馬行。不知風信至，頓使旅魂驚。當世正多事，吾儕方苦兵。那堪檐宇下，又作戰場聲。」本朝尤在京怡《咏寶劍》云：「寶劍芙蓉鍔，韜光匣裏橫。星辰秋忽動，風雨夜還驚。邊郡今多事，故人方遠征。徘徊欲相贈，不獨爲平生。」二詩後半俱寄慨時事，咏物中最屬淋漓酣暢。

硯材以端石爲上，歙已不及遠甚。近郴州五蓋山巔有龍湫，湫下坎産石若端溪，土人取以爲礪。刺史曾鈺識而寶之，以爲勝端溪下巖。歙縣程春海侍郎恩澤有詩紀之，云：「五蓋齒齒翻霄漢，上猶有峰安可窮。其峰硉兀戴神瀵，云是雷電龍所宫。潛源一綫穴南瀨，靈液饙餾蒸雲紅。雲乾液枯漸可割，化作百萬圭璋琮。何人欲斲不敢斲，斧鑿落處飛晴虹。尺寸偶掛使君眼，云此實與端溪同。」余季兄燈山部曹素有硯癖，第未收及此種，豈果如鄧湘臯所云「願公秘惜禁采取，無使射利郴民奔」耶？

永福陵在香山縣南五十里壽星塘，相傳宋馬南寶葬端宗於此。詩人題咏甚夥，余最喜族叔介眉日初七律云：「亂山何處壽星塘，遠隔棲霞寄海疆。踐祚不堪三載短，遜荒空續五庚長。生悲白雁來中土，死恨黄龍出外洋。剩有厓門親骨肉，魂歸終在白蘋鄉。」運事典切，結響沈雄，一襯悲涼，直使千秋下淚。

尤西堂摘《論語》中可入吟咏者，成七律三十首。蕭山高雲士第又仿其體，摘《孟子》題三十首。

雖涉筆成趣，於詩道則流而日下矣。

《培蔭軒集》爲光山胡雲坡尚書季堂著。中有《過苑家口木橋》云：「三十年前此地遊，滿天霜月一扁舟。紅橋接渡仍如昔，逝水何曾有舊流。」收句含毫邈然。晉安謝又紹閣學道承《送友南歸口占》云：「親老送别而云别離之苦，縱極沈痛，亦屬前人窠臼。百端俄頃集，豈獨别離難。」透過一層，其難愈見。家貧親老者，果何以爲偏爲客，家貧却在官。情耶！

黄巖許廷慎伯旅論作詩之法云：「法可言也，法之意不可言也。上士用法，得法之意，中士用法，得法之似。吾詩幾用法矣，如是而爲終始，如是而爲開合，如是而爲抑揚頓挫，如是而爲輕重高下。意之所至，詞必與俱。固未嘗囿於法，亦未嘗廢乎法也。古之藝人若庖丁輩，隨其心手所出，無他焉，亦用其法爾。由是而觀天下之術，未有不用法而能神者也。」慈溪魏楚白璧云：「詩以達情，情貴極其所至。故樂必盡樂，哀必盡哀。由唐以前諸家，體不必相蒙，而其爲至則一也。學者各盡其途徑而入，入之愈深，見畛域愈廣，恣睢淫佚於其際者久之，乃始得其漭瀁之概。故涉獵衆家，不若專致一家。一家之趣既竭，而後馳而去之，再適一家。其於一家猶是也，然後古人之長見，而我之長亦見。」二公議各不同，要皆深造自得之語也。

歸善張翰生玉堂，現爲新會營參將，因詩而交星儕及余。精指頭書，其《偶題》有「指墨潑從投筆後，拳書揮自督師前。」誠有雅歌投壺氣象。所著《公餘閒詠詩集》已擇採入《嶺表詩傳》中，其他佳句如《舟出湖口縣》云：「沙飛千頃白，浪擁一山青。」《舟下吴城》云：「萬叠山飛影，千層浪鼓聲。」《宿韓莊驛》云：「霜花寒入夢，山月影隨人。」《謁媽閣廟》云：「榕樹逼巖翠，蓮峰浮島青。」《遊澳門海覺寺》云：「奇石欲浮蠔鏡去，慈航常擁鬣帆來。」《舟中書懷》云：「多情人愛花含笑，解語誰憐鳥畫眉。」俱堪諷詠。

丹徒張茶農深來宰新寧，時張翰生參戎與之交好，向余説近獲一詩人，因以《悔昨齋詩録》貽余，余以《紫藤館詩鈔》報之。後參戎來，謂茶農見拙作甚喜，歎爲奇才，誠未免阿於所好，然自此已未晤神交矣。癸卯春，茶農以素絹一束乞余書，余亦乞茶農畫，俱未及寄而茶農遽卒，深爲慨然。其詩詠山川險要、臧否人物，更屬沈鬱頓宕，不愧作者。《南天門》云：「隼飛不到處，箭栝忽天通。鎖鑰中原固，樓臺八面雄。勢全吞朔漠，氣直御罡風。莽莽群山外，長城接海東。」《咏秘魔厓》云：「大石突如屋，横空覆地幽。山魈藏白晝，木客嘯清秋。天窄日難到，氣寒雲不流。攀蘿臨絶壑，奇僻怯重遊。」《對月》云：「對此團圞月，一家三地看。風霜太原早，煙水大江寒。薄宦心良苦，高堂淚不乾。遥知憐隻影，落拓老長安。」《江上獨酌有感》云：「東風吹夢落樽前，觸我無端思惘然。燕去燕來非舊主，人歌人哭又新年。絮飛晴雪白横路，波引春煙緑上天。花拍一聲珠萬點，隔江愁弔柳屯田。」《暮秋海淀經桂文敏師故園》云：「丹王宅畔楊家井，淀水沙溝錯路蹊。人已云亡園亦廢，夕陽門掩亂鴉啼。」《自題富春山圖》云：「不難生作玉堂仙，難得山中二頃田。自掃梅花釀春酒，畫眉聲裏一蓑煙。」其他佳句如《最高峰觀雨》云：「雲氣盡爲水，雷聲不在天。」《石門驛》云：「雄關開左臂，窄徑走迴腸。」《石景山》云：「鬼神憑石氣，風雨走河聲。」《紫荆關》云：「地雄掎獨石，天險鎖中州。」《漁陽夜發》云：「月光圍大野，堞影認遥城。」《塞草》云：「終古淡無色，先秋寒有聲。」《三山庵》云：「橋曾經雨斷，山不礙雲高。」《寶珠洞前軒》云：「花幽無粉艷，石古迸珠光。」《塞下觀獵》云：「虎挾腥風衝馬過，雕盤殺氣攫人來。」《感懷》云：「腸餘冰雪逢人熱，骨具風雲照酒寒。」《古北口》云：「水落潮河沙萬道，天横雉堞嶺千重。」《送劉金門假旋江右》云：「神來奇句無唐宋，老去扁舟自古今。」《贈友自贈》云：「秋雪對生千丈髮，春風多近四條絃。」其古體如《石井行》、《姚少師弇題壁》、《消夏雜詩》、《雪中鄭山人送酒》、《雁門關》、《長安米》等作，俱有氣魄識力，以篇長未録。

江都吴園次太守工詩文，索求者多以花木竹石爲潤筆資，不數月而成林，因名曰「種字林」。可於杏林後添一佳話，并一詩料矣。文工四六，與宜興陳維崧相伯仲。詩亦穠艷，如「柳陰雙槳月，花氣一船烟」，「今古秋多怨，人天夜有情」，及「十里水環花市緑，一樓山向酒人青」，「楊柳陰圍千頃宅，藕花香護百城書」，皆爲世所傳誦。

朱竹垞云：「作詩者必先纏綿悱惻於中，然後寄之吟咏，以宣其心志。言之工，可以示同好、垂來世。即有未工，亦足爲怡悦性情之助。」余謂得此意方無門凑强合之弊，吟雖苦，而亦樂矣。

香山鄧蔭泉大林，自號長眉道人。於珠江之南闢一小圃，曰杏林莊，乃奕楚江上公所名也。暇則招朋輩觴詠其中，故杏莊題詠，裒然成集。南山先生題云：「到園賓客總留詩。」足見一時好事。花縣龔熾堂廷焯題云：「闌干曲曲抱溪橋，鏡沼杯亭韵事超。四面風來三面水，虚明窗户接層霄。」香山黎濟川楫題云：「數株風柳板橋邊，有閣藏春别一天。映雪擬居揚子宅，摇波如坐米家船。君真隨處能行樂，我亦逃閒欲問禪。還喜大通相接壤，或時宜雨或宜烟。」南海李紫黼長榮題云：「一水飲溪緑，到門都是花。新蟬初唱雨，落日忽成霞。丹訣誰傳我，神仙尚憶家。書僮偏解事，爲煮玉川茶。」數詩俱極深穩。

武進莊達甫徵君宇逵，年未五十，製一棺，自書絶句於上云：「也似冥靈在楚南，春秋百五歲相參。世間一霎魚龍戲，此是先生大歇庵。」可云達觀。

莊達甫徵君《反遊仙詩》云：「列仙最苦是籛鏗，後死偏多兒女情。四十九妻五十子，此間哀樂太勞生。」

途中遇雨，見輿夫泥濘苦况，心每不安。莊達甫有絶句云：「五更四野漲陰雲，飲雨餐風尚問津。我爲飢驅行不住，奈將辛苦累他人。」

壽詩最難擺脱，故前人集中往往不存，間有存者，亦皆庸瑣。三水董栩圃廣文與吴星儕素未謀面，因壽徵詩。星儕詩云：「我昨偶夢登九天，玉皇宴我招群仙。獨有木公金母久不赴，云是已謫下界七十有四年。直待蟠桃再熟始得會，屈指還有歲九千。我問所謫之地果何地，群仙共指南離位。茫茫俯視現樓臺，此間髣髴我曾至。曷爲至時竟未覯芝顔，群仙説我緣尚慳。只見香案之吏笑不語，我復呼問笑何許。云我尚有文字因，不似跡契乃以神。此夢未了僮呼起，門外徵詩人至矣。」此詩《華溪集》中亦不存，余特賞其立意獨超。

沈歸愚《七夕》云：「只有生離無死別，果然天上勝人間。」家山舟學士同書《天台》云：「畢竟人間勝天上，不然劉阮不歸來。」天上勝人間，人間勝天上，隨文人筆舌而轉移，説來各有妙諦。

長洲陳樹滋上舍培脉《咏南越王墓》云：「天下亡秦日，乘時據粤中。自娱聊竊帝，大長竟稱雄。炎海風濤壯，孤墳草木空。千年餘霸氣，常繞尉陀宫。」歸愚先生選入《别裁》中，謂其一氣寫就，不加追琢，比之彈丸脱手。余謂其運事典切，尚不若劉雨湖師《朝漢臺》作也。詩云：「不隨逐鹿奪神州，策受任囂妙運籌。一代霸王秦故吏，百蠻大長漢諸侯。東南創局開黄屋，西北朝天已白頭。終古雄風未消歇，干戈五季又興劉。」

國朝拓地二萬餘里，輿圖之廣，古所未有。近時詩人見諸吟詠，每覺新警。長洲褚筠心學士廷璋《伊犁》句云：「海氣萬重吞麗水，山容三面負祁連。」《阿爾蘇》句云：「東縈姑墨千年磧，南走于闐一綫河。」《雅爾》句云：「塞月已寒三葉護，邊風猶動五單于。」《烏魯木齊》句云：「山圍蒲類分西谷，雲護沙陀拱北庭。」皆極雄壯。

閲歷多則世情自淡。余邑周光平有和章云：「近覺世情同嚼蠟，久將富貴等浮漚。狂奴故態君應笑，誤被虚名已白頭。」

前見翁覃溪方綱所選唐詩，錢os石爲之評，多言叠法。如謂杜工部「風急天高猿嘯哀，渚清沙白鳥飛迴」爲三叠句法之類，不勝枚舉。大概謂層折及實字多，句法遂得堅響遒勁也。考諸名家，雖不盡然，然初學講求，亦免薄弱之病；但恐入於堆垛耳。因閲《os石齋詩稿》，有《樂遊原》句云：「寧申岐薛亭臺里，車馬衣裳士女風。」知其得力有由。

南海勞莪野孝廉潼精時藝，工書説，著有文稿及《四書擇粹》行世。詩亦有清氣，五言《龍山寺》云：「地高平野樹，江浸夕陽霞。」七言《湘江覽古》云：「無邊芳草波光外，幾叠青山暮色中。」「美人自昔憐芳草，名士由來讀《楚詞》。」

吴蘭雪刺史詩名震一時。朝鮮金山泉水部得其《香蘇集》，攜歸，建一龕曰「梅龕」，而供奉其集於中，每歲爲蘭雪作生日。張荼農大令畫《富春山圖》贈山泉，有「從此年年生日時，梅龕可伴激翁詩」之句，蓋謂此也。亦騷壇雅事矣。

余游衡湘，有以詩送行者，云：「君胡爲者昨日來，青燈緑酒歡無涯。君胡爲者今日去，挽斷征鞍留不住。君來君去總傷神，不如悠悠陌路人。」余驚爲名手。後乃知爲山左高南阜鳳翰詩，送余者託爲自作，飾一時觀聽耳。

近日人多求余作擘窠書，需墨頗多，家僮常無暇日。故余有贈僮句云：「磨墨催晨起，澆花誤晚炊。」見者每爲捧腹。

吾粤詩僧以跡删爲最，所著《咸陟堂集》五十七卷，板久漫漶。華林上人鈺鎧商之於余與熊篴江、曾勉士、黄香石，諸君子捐貲，復爲鋟板。其《彈子磯》云：「欲買丹青寫十洲，誰知莖草即瓊樓。真山真水無人畫，笑煞當年顧虎頭。」此詩於集中風調最好。

余有《丫髻嶺》句云：「山亦學人語，雲常争鳥飛。」於高山境況頗謂能寫得出。及看嚴海珊《秋夜投止山家》云：「熊羆之狀乃奇石，鸛鶴有聲如老翁。」於夜境更覺駭人。《怡雲詩草》乃沅江張蕁湖大令其禄所著，《金陵晚泊》云：「幾幅帆停白下門，棲烏點點入烟村。秦淮水倒三山影，《玉樹》歌銷六代魂。寂寞清溪江令宅，芊綿碧草謝公墩。渡旁打槳迎桃葉，坐對長干酒一樽。」全集中定爲壓卷。

《擇石齋集》，余最愛其《到家作》第二首，云：「久失東牆緑萼梅，西牆雙桂一風摧。兒時我母教兒地，母若知兒望母來。三十四年何限罪，百千萬念不如灰。曝簷破襖猶藏篋，明日焚黄祇益哀。」此等詩迥出古人町畦之外，學深功到，自然有此吐屬，句斟字酌家安得望其肩背。

粤俗呼内子曰「老婆」，未見有入詩者。番禺吕石颿堅《戲寄諸友人》云：「論詩儗絜愁嬌女，説法偎床怯老婆。」亦足發粲。

吾邑胡豸浦亦常《踏車曲》，與嘉定謝文饒作，狀田家之苦及縣吏之苛，大意相同，而胡作音節較勝。詩云：「歷鹿歷鹿，水入車腹，不往則復。海遠於岸，中間轉貫。水上天半，一半人汗。長腰環環，足繭車翻，暮滿朝乾。黿坼呀開，草死飛灰。誰省災，大吏回。催租誰，縣吏來。」

江南程范村部曹文正《咏錢王廟》云：「三千客自知羅隱，四十州空問貫休。」人皆知其佳。余尤愛其《采石李翰林墓》云：「天子呼來猶得謗，世人欲殺亦知音。」更爲奇警。

閨秀黄焦卿名巽，錢唐家應來孝廉紹壬室。著有《聽月樓稿》。《除夕》云：「百年已過六千日，一飲會須三百杯。」《呈程十然丈》云：「帷絳經言飛白字，殺青史筆《比紅》詩。」《雨後看山》絶句云：「坡璃水鏡浄於揩，螺髻多從雨後開。無數青山青不够，暮雲添出一峰來。」應來謂其喜學元人，真不愧元人手筆。

楊兼山大琛《咏秦宫》云：「五丈旗飄複道寬，曉粧人試緑雲盤。虚懸照膽秦宫鏡，不見長城白骨寒。」用意最好。

吾邑談肖巖子粲工畫花卉。著有《古風今雨樓詩鈔》，詩多閲世語。其《上灘》五絶云：「舟從石窟來，力挽汗如雨。亦有下灘時，篙師勿歎苦。」《下灘》云：「飛濤奔白馬，不費一篙手。昨日曾上灘，苦辛猶記否？」

何竹溪五律喜學翁山。《湘中別友》云：「羅浮一片月，飛入洞庭秋。客子動歸思，美人生別愁。此行回嶺嶠，殘夢尚荆州。多謝贈言者，離騷壓一舟。」

律中句法有生峭可喜者。湘潭張蓉裳句云：「折脚鐺炊糙米飯，高頭杖掛青銅錢。」又云：「穿林一星光有角，掛樹半月寒生毛。」錢犢石句云：「早禾渴雨雨而雨，脩樹藏山山復山。」朱橡村句云：「殘星數點月將落，老屋一燈門未開。」吴荷屋句云：「風雲項籍霸才死，俎豆韓稜循吏生。」陳益齋句云：「古松奇似老名士，初月媚於新嫁娘。」魯星村句云：「護籬小犬吠生客，曝背老翁調幼孫。」劉芙初句云：「黑甜一枕蝶離世，緑浄半塘魚在天。」陶季壽句云：「向人無語我偏敬，如柏不花誰敢嫌。」又云：「冷面向人客每駡，深山讀書妻不知。」李菊水句云：「慧業文人會成佛，血性男子須生天。」吴澹川句云：「拋五斗米就三徑，腹萬卷書手一杯。」王弇山句云：「千古江山風月我，百年身世去來今。」江松泉句云：「老蓮吹香酒初醒，白月挂柳魚跳波。」陳東浦句云：「老冰如石塞陰洞，積雪捲風埋壯夫。」鄭耕餘句云：「人皆欲殺今之白，我醉須埋昔者伶。」

劉禹上茂才靖，余同邑人。工擘窠書，深得李北海法。詩筆沈酣，《咏虎門》云：「小虎山連大虎山，百川潮入滙雄關。太平不用時防險，鎮海官軍盡日閒。」原本次句作「百川朝日」，收句作「緩帶將軍」，爲易數字，恨不起劉君於九京而質之。

近來達官多喜與僧人交游，以爲得事外遠致；僧亦喜交達官。鄭誠齋《題畫》詩云：「算來閒處莫如僧，若改緇衣我亦能。生怕達官牽率去，教人傳寫入溪藤。」

金孝繼願化絶代麗姝，爲船山執箕帚。又馬燦贈船山云：「我願來生作君婦，只愁清不到梅花。」蓋以船山夫人有「修到人間才子婦，不辭清瘦似梅花」句也。船山戲謝二律，有「累他名士皆求死，引我癡情欲放顛」、「擊壁此時無妬婦，傾城他日盡詩人」之句，可云善謔。

吾邑蘇古儕徵君珥與羅石湖天尺、勞阮齋孝輿三人同舉鴻博，古儕及石湖因母老不赴，後與石湖北上謁惠天牧，天牧笑曰：「南海明珠同入貢乎？」歸愚見之攜往，半月不返。其見重賢達如此。翁覃溪《拜石亭雜詩》云：「清談銷盡蠟燈紅，强拉揚雲説六峰。絶倒不知春夜永，城頭敲落五更鐘。」謂古儕口吃，説里人六峰事，一座絶倒云。爲文長於序記，書法更精。求其文而得其書者，咸誇爲二絶。性疎曠，不習威儀。行市中，袖果餌食之，且行且誦。大吏重其名，延見之。何西池導以拜起，凡兩日，入見，忘所導，其簡易然也。陳南賓仲鴻謂其詩有别趣，而不輕作。今讀《安舟遺稿》、《松朗即事》

云：「北道相招酌舊醅，如泥醉倒竹林隈。主人扶我出門去，記得叮嚀明日來。」「何時酒債負鄰家，帘上書來再不賒。客至莫嫌情思薄，友人新惠古勞茶。」「舊侶飄零各一涯，愁來不忍啖魚蝦。菜傭知我慣嘗膽，故故齋前賣苦瓜。」一種率易處，确肖其爲人。

吴縣潘星齋太史曾瑩，爲芝軒相國之子，與兄春泉、弟紱庭並擅詩名。所著《紅蕉館詩鈔》，《曉起對雪有懷》云：「一夜愁無著，曉來清夢寒。」起得最超。五言如「青山古圖畫，流水小神仙」，「閒情寄明月，冷夢到梅花」，「鳥聲藏瓦隙，花影碎池邊」。七言如《霜角》云：「孤城涼墮三更月，絕塞秋生萬里寒。」《讀王井未茂才遺稿有感》云：「朱絃三嘆静中得，黄鶴一聲天外來。」《題杜稼軒補天吟後》云：「事多缺陷天難補，詩到詼諧意轉傷。」《贈杜稼軒》云：「詩好絶無名士氣，身閒愛讀古人書。」《贈宋于庭學博》云：「文章短氣誰知己，山水多情自愛才。」《滄浪話别圖》云：「客夢慣依楊柳岸，離樽同醉杏花天。」《讀放翁集》云：「射虎南山虚歲月，牧羊隴右困英雄。」《滄浪亭圖》云：「買來風月最千古，占得湖山此一亭。」《秋水亭玩菊》云：「花影恰如人影瘦，風聲都帶水聲來。」俱精采。而最推絶唱莫如七絶《歌者求題畫》一首，詩云：「曉風殘月按紅牙，一種閒情感琵琶。話到孤山舊游處，笛中怕唱《小梅花》。」

從兄小厓，生平作詩每不留稿，唯吴星儕記其《夜起》一首，已録入《嶺表詩傳》。近李莩樓農部復憶其《塞下曲》云：「萬里辭家戍朔方，盧龍塞外急邊防。樓蘭未斬烏孫在，除却思親敢望鄉。」似不減唐人。從兄諱邦俊。

吴星儕精子平、五星之學，其演禽尤稱神妙。乙巳夏四月己酉，與余登白雲，望城中隱隱有怪雲起。星儕袖推一數，驚曰：「翌日午時，城中當有大災。」果於庚戌日亭午，提學院前，以賽神演劇遭回禄，燒斃者千餘人。術亦奇矣。好作詩，諸體皆工，宫詞更爲沉麗。其《陳宫詞》云：「望仙閣上隱囊支，結綺臨春複道馳。宵宴未終箋已擘，十人争上斷腸詞。」「江東謡起不堪提，桃葉山前動鼓鼙。如此長江竟飛渡，休將勁旅比周齊。」「辱井千年舊蘚侵，臙脂無恙事銷沉。麗華頭已將軍斷，差慰黄奴一片心。」「一曲誰翻《玉樹》歌，青溪遺恨六宫多。蔣山群鳥高飛盡，帝子魂歸更奈何。」「紅粱新釀幾時儲，記否人間故國墟。一笑雞臺空怏怏，難忘三十六封書。」《宋宫詞》云：「出居泣别六宫花，彈指君王幾怨嗟。一事他生須記取，此身休再到天家。」《北齊宫詞》云：「周師十萬整貔貅，夜半旌旗繞晉州。報道大家奔鄴下，六宫還自唱《無愁》。」《後晉宫詞》云：「失歡南北禍何勝，那有横磨劍氣騰。不管鑾城今日破，君王内苑正調鷹。」《東晉宫詞》云：「疑馬疑牛總莫憑，丹陽文獻已無徵。過江遺事垂垂盡，風雨陰霾十一陵。」《秦宫詞》云：「一炬阿房亦可憐，渭流無恙鎖愁烟。白頭宫女隨風散，領略恩情卅六年。」《隋宫詞》云：「雞臺一夢唤難醒，宇内嗷嗷不忍聽。火詔蒼黄三殿出，徵糧未了又徵螢。」《南唐宫詞》云：「新詞唱罷《浪淘沙》，無限江山屬趙家。臺殿荒凉春已去，閒愁分付麝囊花。」《南漢宫詞》云：「别有江山百粤開，興亡一例不須哀。此間國命原非短，已閲中原五代來。」「鴻都羞唤百蠻名，府號興王埒帝京。天地更能添五嶽，一時笑煞賀州城。」「别館離宫倏忽墟，籌邊諸將計原疎。美人未必能亡國，底事千秋怨媚豬？」「太湖仙石一時搜，九曜縱横繞藥洲。羽客丹成蓬島去，君王猶自戀封侯。」「霸氣茫茫五嶺銷，殘魂故主已難招。南州自擁原長策，不共錢鏐事僞朝。」《明宮詞》云：「闖賊縱横舊恨長，御魂應繞海棠香。六宮遍索紅顔少，亡國原非爲色荒。」

高雲士《額粉盦集》中有《雜書》數首，中二首云：「貧户衣布素，富家曳羅縠。貧户飽虀鹽，富家飫酒肉。東鄰盛姬妾，修眉閉金屋。西巷緑窗婦，荆釵勤膏沐。娱老温柔鄉，要知同燕玉。造物本炎涼，貧富異寒燠。飲食衣服間，未免私意蓄。始信天地中，至公惟色福。」又云：「天下名山水，半屬釋子居。雖歸寂滅界，日向勢利趨。翻嫌地深僻，出入增馳驅。朱門貴達者，心倦仕宦途。夢想烟霞窟，行當結一廬。終身不可得，托興成畫圖。始知稱意事，往往多齟齬。本來酸鹹異，其柰嗜好殊。吾欲語天公，易地以相須。」議論頗合鄙意。

雲士又有《讀書》詩云：「古人所遺書，亦有疵有純。往往泥古者，甘人云亦云。矮人而觀場，隨衆爲喜嗔。甚或會意錯，遂至乖所行。即使利害見，膠執難變更。凡此皆迂儒，謬用其聰明。讀書當有主，方寸自權衡。不爲古人惑，方可稱豪英。」「讀書有主」二句，深得讀書之法。

古隱逸之流，皆有所托，以自見。君平以卜，子陵以釣，羅隱以詩，雲林以畫，青藤、六如以酒，眉公以妓。雲士自言以病，可謂奇創。所著《額粉盦集》，於香山、玉局、放翁三家爲近。洪稚存太史賞其「一歲訪僧如隔世，萬山圍佛盡低頭」句。陳廷慶則賞其「秋深樹似將髡叟，夜静山如入定僧」句。余謂究不如「華嶽西來横黛色，淮徐東去走河聲」、「極浦秋深鴻雁下，大江月黑蟹螯肥」、「小縣荒來千户少，亂山深處一官寒」、「占來艷福仙應妬，悟徹情禪佛亦愁」、「墨點花陰雙六譜，紅銷鐙影十三絃」、

「卧榻平分山翠落，蓬窗半被竹枝遮」、「覽鏡自知無我相，著書空代古人憂」等句，更爲清警。

雲士之配茗玉，有《貽硯齋詩稿》。洪稚存太史爲之序，極賞其「流水杳然去，亂山相向愁」句，惜余未見其集。雲士自題《額粉盦聯吟圖》云：「平生健筆鼎能扛，爲有蛾眉勢也降。要識名姝原第一，敢誇國士本無雙。迴文織就鴛鴦錦，繡佛題成翡翠幢。二十四番吟不盡，層層新緑上雕窗。」「擊鉢初終粉未乾，居然閨閣峙騷壇。詩逢同調才争艷，曲到雙聲和亦難。牙管香生花燦爛，銀釭紅照影團欒。却憐題罷增惆悵，冷煞清江月一丸。」可見閨幃唱隨之樂矣。

直隸布衣尚無尚學孔，康熙間遊洛，豪於詩，不拾前人餘唾。破屋三間，采藿自給，無妻子。汪舟次太守贈以金，不受。殁之日，以詩集付其友孫扶蒼及劉洙，曰：「此即吾嗣也。」二人葬之北邙山，題曰「詩人尚無尚墓」。張紫峴以詩弔之，有「窀穸歸天地，詩篇作子孫」句。與吾邑鄭白渠付詩草於淩藥洲，同一曠達。

香山黄翼堂廣文紹統，香石中翰父也。所著《仰山堂集》，中有句云：「才人奢名不奢福，饜飫六籍天亦妬。」我輩失意時讀之，自然尤消怨釋。

近人以「海天樓詩鈔」名其集者有二，一爲番禺鄭棉州棻，一爲新城喻伯基榮生。鄭作《咏古》七律三百首，每咏十首，繁縟中稍失之庸。喻作兼古、近體，淡遠中稍淪於弱。姑摘其佳者。鄭作《洛陽咏古》云：「六堪畏少賢臣表，三不開傳宰相名。」《錢塘咏古》云：「烏喙心殘終喪越，蛾眉恩重竟亡吴。」「佞骨已銷長脚相，忠魂猶愴剪頭仙。」《維揚咏古》云：「五賢祠耿千秋月，四相堂徵一品花。」《荆楚咏古》云：「蛟龍割據人終老，豚犬昏庸我亦嗤。」《巴蜀咏古》云「豈有天心迴木馬，終憐地險失金牛」、「摩訶鋭氣摧擒虎，節度前身信卧龍」。喻作五言云「窗開三面水，春備四時花」、「蟬嘶涼在樹，魚戲暑消池」、「鳥聲朝選樹，蝶夢午留花」。七言云「官能裨國何嫌小，交到忘年始覺真」、「雲勢低隨江勢落，風聲遠挾浪聲來」。七絶云：「楊柳垂條花滿枝，不知春到已多時。幽齋近得消閒法，日注漁洋一卷詩。」

邵康節：「美酒飲教微醉後，好花看到半開時。」徐朗齋：「有酒休辭連夜飲，好花須及少年看。」同一飲酒看花，而用意各有其妙。

朗齋名嵩，金匱人，爲健庵尚書之後。《玉山閣集》中尤多雋句，如「人閒思對酒，樓小不藏秋」、「江還京口闊，天入海門低」，及「醉來舊事關心事，人入中年憶少年」、「幽榻琴書偏愛夜，異鄉風月不宜秋」，俱堪膾炙。

程玉樵方伯年丈德潤《二禺祠》一首，氣格高渾。詩云：「帝子真仙去，南來遂不還。偶經三峽水，相對二禺山。遠想羲皇世，高風伯仲間。神祠今仰止，終古此童顔。」

林子牛名夢斗，龍溪人。美鬚髯，善談論。所著《雪巖詩鈔》，樂府似勝，其餘諸體，未造自然。惟「看石蹲疑虎，行潭倒見人」、「身猶混俗癡難賣，詩不如人祭亦頑」兩聯，稍穩愜。

《賜書樓集》乃胡豸浦手自訂定，故詩雖少而精。後人爲之續刻，未免蘭艾雜糅。因憶鄭板橋自書集後云：「板橋詩刻止於此矣。死後如有託名翻板，將平日無聊應酬之作改竄闌入，吾必爲厲鬼以擊其腦。」語近怪誕，究不可妄非。

佛山爲四鎮之一，前人鮮有詠及者。余詩云：「舟車雲集此天涯，半是僑居半故家。福地争雄三大鎮，汾江環衛四條沙。衣冠佳氣標南海，忠義名鄉掩季華。城祖五仙山祖佛，上游遥控更堪誇。」佛山原名季華鄉。

佛山無山，無以爲游眺之所。余與吴樸園、唐冠山、陳雲史、廖顧廬、何蘭皋五孝廉，郭仙航、邵心根、羅潤泉、莫鹿賓、吴星儕五茂才，暨張雲根道人輩，得鶯岡一小丘，培以土石，亦足望遠。各擕植花、竹、芭蕉，合數百株，近已成蔭。暇則觴詠其間，結一社，名「觴詠社」，分題同賦。得詩漸多，擬梓其詩爲《觴詠集》，未知何日始能畢願也。

河東君墓在拂水巖下，即耦耕堂故址，日久就湮。嘉慶已巳，錢唐陳退庵作宰虞陽，爲之修葺樹碣，一時題詠甚夥。其佳者推孫子瀟太史原湘絶句七首，詩云：「迴首龍華小劫前，舊家往事總如烟。春山留得蘼蕪塚，銅狄摩挲二百年。」「更無蛺蝶化湘裙，應有鴛鴦護水紋。絶似六如亭畔路，緑榕陰下葬朝雲。」「稻香樓上事如何，絶代迦陵誄筆多。一片巢湖春水碧，更無人弔顧横波。」「棠梨如雪落紛紛，春燕歸來又夕曛。應與琴河增故事，第三橋畔柳娘墳。」「渲染烟雲愧逸才，桃花零落點青苔。風流誰是朱公叔，曾寫娥媌小影來。」「艷情一樣重南朝，走馬春城夢未消。珍重使君能好事，殘碑曾與立吴綃。」「使君雅望古韋丹，爲政風流得暫閒。何日重脩秋水閣，再來援筆寫青山。」退庵曾脩吴冰仙女史墓。冰仙名綃，琴河人，善繪事。墓在東門外，故第六首及之。

常談有絶風雅者，但未經名人拈出，便多忽略。桂陽吴東湄鯨《杪秋舟中》二絶云：「兩岸新霜變菊花，鯉魚風起雁行斜。更看浮白魚争唼，九月寒江已落霞。」自注：「是日滿江飛蛾浮白，榜人云今歲當早寒也。余問故，曰落霞早耳。三落霞，水始冰。魚食霞，乃歸涎，不復飢云。」次絶云：「湍駛前舟勢欲横，眼看欹側客心驚。却憑背指灘心石，争轉波花軟處行。」自注：「前舟簸蕩時，却語余舟曰：灘心槽落石出，波花太硬，可右轉波花軟處下也。」

十二石山齋詩話卷四

順德梁九圖福草

《職方外紀》：西人言繞地過一周，四匝皆生齒所居，是地形本圓也。陳泗源謂東西測景有時差，南北測星有地差，皆與圓形相合，是地方之説非也。然鮮見於詩。南海何報之夢瑶咏云：「地形如懸毬，天樞如轉軸。循環無端倪，團圞相攢簇。氣周物亦遍，附地億萬族。上下無定名，衆輻輳一轂。各自上其首，各自下其足。此疑彼倒懸，彼謂此横屬。何處爲四夷，何處爲中國。偶爾有梁魏，妄自爭蠻觸。伯翳著《山經》，地下人不讀。」

村塾小兒讀書，率多大聲狂叫，聒耳不堪。秀才家讀時文，往往如此，每不惜氣竭聲嘶，而不知其有損無益也。余最愛誦彭忠肅龜年《讀書吟示子鉉》，云：「吾聞讀書人，惜氣勝惜金。纍纍如貫珠，其聲和且平。忽然低復昂，似絶反可聽。有時静以默，想見紬繹深。心潛與理會，不覺泳歎淫。昨夕汝讀書，厲響驚四鄰。方其氣盛時，聲獨亂狂霖。倏忽氣已竭，口亦遂絶吟。神疲神自昏，思慮那得清。安能更雋永，温故而知新。永歌詩有味，三復意轉精。勉汝諷誦餘，且學思深湛。」又唐盧仝《寄男抱孫》詩亦云：「尋義低作聲，便可養年壽。莫學村學生，麤氣强叫吼。」味此二詩，可得讀書之法矣。

鎮洋沈方立孝廉端，與弟安成俱有詩名。其《送弟之山左》云：「家貧無舊業，所至輒依人。難得故鄉聚，況兼多病身。薄游增意氣，行路飽艱辛。老輩吹噓力，還期汩没伸。」「臨别不能語，離魂黯自傷。持家無健婦，掩涕爲高堂。骨肉偏分散，關河正渺茫。殷勤囑杜宇，催汝早還鄉。」覺真情真性溢於楮墨之間。

《紫竹山房集》云：「文生于情，而文足以達情者，莫過於詩；言情之詩，又莫善於近體。篇止五十餘字，境窄則難以旋身；韵忌用險怪字，字少則難以副意。有能稱意以出，旋身自如，而又兼節奏之妙如古之作者，落落不過數人。」七言律之難如此。

吾邑簡夢巖鈞培所著《覺不覺軒詩鈔》，頗多佳句。如云「情當久客原多感，事到隨人便覺難」，又「小雨樹無將落葉，輕寒菊有未開花」，皆工至。《河南雜興絶句》云：「清波宜月復宜烟，留得遊心夕照邊。待種千條萬條柳，半藏鴉影半鳴蟬。」丰神尤屬綽約。

王漁洋《秋柳》四首，和者如林。錢蘀石《宜亭新柳》六首，論者謂可與之頡頏，而和者尚少。余戲和之，有「一樣鶯聲百樣懷」句，鄭雲麓年丈謂語妙不可多得。稿爲友人攜去，記憶不全，今猶怏怏焉。因記簡夢巖句云：「興來景物頻拈得，亡去詩篇欲補難。」洵不誣也。

沈方舟爲紅蘭主人客。其室人朱道珠遥寄《故鄉山水圖》，主人作詩，有「應憐夫壻無歸信，翻畫家山遠寄來」。方舟旋歸。當時傳爲佳話。然余讀道珠《寄遠曲》云：「恨少垂楊柳，殷勤繫玉鞍。夕陽鴉背暖，春雪馬蹄寒。入世逢迎拙，依人去住難。痴兒啼向我，昨夜夢長安。」「獵獵風初勁，沈沈雨未闌。因憐兒被薄，轉念客衣單。棲燕將雛苦，征鴻失侣寒。居家與行路，同是一艱難。」「聞説燕臺路，生涯亦可憐。耻彈門下鋏，誰乞廣文錢。久客非長策，歸耕有薄田。一棺痛慈母，急爲卜牛眠。」則方舟之歸，非盡一畫之力矣。

方舟母柴静儀亦能詩。其《勗用濟》云：「君不見，侯家夜夜朱筵開，殘杯冷炙誰憐才。長安三上不得意，蓬頭黧面仍歸來。嗚呼世情日千變，駕車食肉人争羨。讀書彈琴聊自娱，古來哲士能貧賤。」一門風雅，足令千秋艷羡。

詩用古人姓名，能渾融無跡，亦可免「點鬼簿」之譏。如陳雲伯《書平海紀略詩後》云：「鈴聲久識甘興霸，劍術争傳聶隱娘。」張茶農《題宋高宗中興應瑞圖》云：「艱危國勢同元帝，參錯天心負九哥。」秦留仙松齡《雜感》云：「屯邊戍久推充國，納土功寧比竇融。」《荆南春日感懷》云：「登樓有客依劉表，使粤何人下趙佗。」嚴修人允肇《諸將雜感》云：「不信蒯通能相背，可無孫武善攻心。」「漢廷却悔封雍齒，巴郡終須殄隗囂。」王文恭公頊齡《喜湖南諸路大捷》云：「百粤風烟通馬援，八公草木走苻堅。」「早擒孟獲趨滇水，急斷盧循入廣州。」張歷友篤慶《明季詠史》云：「顧厨品藻矜名字，牛李升沈密網羅。」「陽球尚未尸王甫，曹節偏能殺李膺。」「南還不少黄潛善，留守空爲宗汝霖。」「空餘跋扈桓宣武，豈有勤王温太真。」湖北金豫齋檢討德嘉云：「酒邊歲月陶元亮，詩裏乾坤杜少陵。」「途窮阮籍狂呼飲，天放虞卿老著書。」山東馮大木廷櫆云：「范叔漫言天下士，杜陵空望眼中人。」「折腰未敢攀陶令，攘臂何須笑晉人。」海寧查初白慎行云：「田横客已辭窮島，樂毅功難敵謗書。」「鮑叔有情貧敢諱，向平多累出偏遲。」曹儷笙太傅《詠司馬相如》云：「才子同時誇武帝，美人知己有文君。」阮芸臺相國云：「閉門豈是陳無己，懶讀將同邊孝先。」驅使處但覺呼吸通靈。余亦有《贈馬訓庭都督》句云：「滿座賓朋孔北海，四時絲竹謝東山。」

花田詩多風流旖旎，惟湘潭張紫峴九鉞咏云：「誰知萬古塚中魂，飛作三更頭上雪。」鮮有如此奇崛者。其《登采石謫仙樓放歌》云：「借我峨眉萬古之明月，照我長江萬里之孤舟。醉我樽中千斛之美酒，坐我青天百尺之高樓。」起勢突兀。聞爲十三歲作，更奇。

人壽固難，而五代同堂者尤難。乾隆間命彭元瑞等檢《四庫全書》，古來見玄孫者有幾。據奏，自唐迄明凡六人。彭有《誌事》詩云：「六逢唐宋元明代，叠衍來昴仍耳人。」

無錫秦小峴侍郎司臬吾粤時，潔己愛民。公餘仍耽吟咏，招邀賢俊，屢爲詩酒之會，一時張南山維屏、黄香石培芳、吴雁山應逵、劉月鋤廣禮、家蓼圃炅、張無山思齊、馮子坦士履時相過從。所爲詩一禀唐法，而五、七律尤雄健。《荆軻墓》五律云：「一死報燕丹，如卿亦大難。酒徒從此盡，易水至今寒。擊筑歌聲古，招魂俠骨殘。惜哉疎劍術，孤負白衣冠。」《文信國祠》七律云：「天留正氣作星辰，滄海横流繫此身。風雨厓山思帝子，衣冠柴市泣纍臣。北枝夢冷梅花月，南國啼殘杜宇春。異代孤忠鄉後進，從公碧血化青燐。」結聯蓋謂明李忠文邦華也。忠文自經於信國祠，得此收束，通首俱振。

族伯戢庵四十後始成進士。自言會闈時與大興朱文正相國同號舍，時公年才十八。伯素謙下，見其少年卓犖，文既成，就正於公。公曰：「君文必入彀，但題旨吃緊處尚未明了。」因爲改收句云：「要非仁守之功不及此。」蓋題爲「知及之」，首節須繳重「仁守」句也。後果以此句得竅。文正詩亦恬淡可喜，如「書生何有銅鑄柱，宦跡或可山留龕」，又「文章金薤重，富貴白衣輕」等句，皆世所傳誦。

南昌李又川湖撫吾粤時，婦孺皆知其廉明，余特愛其詩筆博大。曾見其《咏天竺寺》云：「曼陀香雨三千界，絃管春風十萬家。」又《巡撫貴州入境口號》云：「雙旌遥指貴陽城，紫蓋紅旗夾道迎。自愧書生當重任，不知何以答昇平。」抑然自下之衷，尤令人挹仰不盡。

鄭板橋燮性極真率。其詩跌宕自喜。集中有句云：「秋風白粉新泥壁，細貼群賢斷句詩。」亦雅亦新。

家弼亭泉，字崇簡。工時文，詩亦清矯。如「木落屋依平地出，霜空人坐一天寬」，句法甚超。許積卿五言「酒户撑愁闊，詩才破悶驕」、「濃雲遮日急，弱樹捕風忙」、「骨從貧後傲，眼向冷中高」、「檐霜欺月色，庭葉聚風聲」。七言《次韻二樵見懷》云：「吟邊落葉依人住，愁外寒江繞夢流。」《對梅花作》云：「畫作圈兒翻似易，詩除雪字大爲難。」俱戛戛獨造。

嘗讀《史》至荀卿、孟子合傳，心殊不慊，後人亦鮮有論及。惟東坡極詆荀卿，稍快人意，然未嘗發摘史遷之失也。扶山太夫子《孟子》詩云：「功寧下神禹，傳恨合荀卿。」實發前人所未發。

客中苦况消息，不欲聞之家人，其苦爲尤甚也。山陰丁息園甡《病中》詩云：「藥爐茶竈結清緣，賺得閒身整日眠。不忍家人知客病，裁書只説健於前。」余在道州時，值陳夢生歸里，有云：「强從離席餞同鄉，扶病裁書費酌量。萬種羈愁權閣筆，平安兩字慰高堂。」亦是此意。

「古來明月三分少，天下瓊花一樹多。」咏揚州者此最鮮艷。詩爲程澂江作。

詩中説詩，亦甘苦自道之言，足供玩味者。吴縣吴巢松慈鶴云：「詩到開天真有力，仙能行地合通靈。」番禺方静園秉仁云：「臨風展簟玲瓏牖，待月尋詩曲折欄。」合肥高筠村卓云：「花當極盛愁風雨，詩到千名失性情。」桐城劉孟塗開云：「半生卷裏名山句，一夜燈前四海心。」舒城闞蘿岑云：「老猶多累難言達，詩未能工早得窮。」金華方鐵船元鵾云：「詩無真意羞存槀，友不深交懶致書。」許賚亭養弼云：「病緣戒酒偏思飲，窮不工詩亦費吟。」歸安徐雨亭溥云：「交論古道原求淡，詩到能傳不在多。」番禺田西疇上珍云：「如能聞道何妨老，若果工詩敢怨窮。」嘉善黄退庵凱鈞云：「花發先呼嬌女看，詩成念與老妻聽。」又云：「故人詩好久能記，自種花開倍可憐。」鄂文端鄂爾泰云：「除却詩篇何有癖，獨于山水不能廉。」歸善葉西村適云：「酒曾駡座狂多悔，詩欲驚人癖未除。」海寧查初白云：「詩貪記憶關心讀，話到蒼涼制淚聽。」滿洲高東軒高斌云：「會心每以臨流遠，得句偏於對客多。」潛山丁星樹珠云：「日中睡至如相約，酒後詩來似有期。」袁子才云：「學書未就求人苦，佳句雙全割愛難。」又云：「物須見少方爲貴，詩到能遲轉是才。」漢軍蔣臨皋龍年云：「位因卑處才難見，詩到能窮句更新。」常熟陸秋玉元浤云：「酒於愁處終難醉，詩到窮時亦不工。」高芙沼其倬云：「酒狂尚憶同諸子，詩瘦無妨自一家。」

「漢朝終始在三巴」，陳獨漉《咏蜀中》句也。「有明終始在金陵」，趙渭川《咏金陵》句也。論古皆極有識。

守錢虜固不可爲，即一切好尚之物，亦當置之度外。洪稚存詩云：「人生天地間，各各私所有。

未知室中物，屬客百年否？」「百年」二字，可作醒夢鐘聲。

錢蘀石有《出東林六七里望廬山》絶句云：「連峰出雲雲半開，奔渠捲雪響春雷。雲中屈曲明如玉，都自天池頂瀉來。」余以爲不减東坡《望湖樓》作。

詩寫實境，最忌庸俗。吴榖人「雙竹罱泥和蜆上，一繩界水種菱多」，錢蘀石「出城樓閣連山起，對岸人家兩郡開」，翁覃谿「春社雞豚桑葉雨，晚陽籬栅菜花風」，沈歸愚「人家臨水花爲市，僧舍沿山石作梯」，方子雲「一院緑天栽竹地，滿身紅雨折花人」，何嘗有半點塵土之氣。

吾粤水患，肇、廣二州爲甚。近日下流壅塞，尤屬可慮。隨園《大水行》云：「端州夜半聲洶洶，羚羊峽水圍城中。天公更爲水張勢，排雲駕雨號狂風。民廬不見見屋脊，厨灶掀舞如飛篷。羨爲魚鼈身猶活，化作蟲沙頃刻空。衆官拒水如拒賊，竹籠衣袽四門塞。衣冠了鳥負土忙，金錢亂擲蛟龍得。晉陽未滅城幾板，王尊立水已三日。短衣赤脚出門望，蝦蟆瞠目坐樓上。將軍棄馬盡乘桴，士女非鳧齊踏浪。萬户炊烟傍午無，頭搶足蹋争相向。」悽愴情形，説得淋漓暢盡，每一誦讀，輒心悸者累日。

詩用加倍寫法更警。吴江徐虹亭太史釚《十八灘》云：「萬壑千峰送客舟，槎牙怪石水交流。嶺猿莫更啼深樹，只聽灘聲已白頭。」余《遠戍詞》云：「辭家遠戍夜郎西，匹馬匆匆夕照低。遊子自知行不得，鷓鴣休更盡情啼。」皆加倍寫法也。

詠物不粘不脱，盡人皆知。至名手能借此自寄性情，則工矣。袁子才《詠杖》云：「年來孤往常無路，海内相扶尚有君。」吴榖人《春草》云：「青袍似我休相妬，白髮如渠亦易生。」嚴海珊《梅花》云：

「老氣直教無我敵，清名頗亦畏人知。」

《道德》五千言，以清凈無爲爲本；而世言神仙者動稱其服食之奇、居處之勝，是仍以富貴動人也。南海曾絅堂文錦《雜詩》云：「五城十二樓，金銀爲宫闕。毋乃富貴鄉，便是神仙窟。玉樹交琪花，瑶臺映璇室。胡爲洞天中，亦尚阿堵物。持此詢仙人，至竟主何説？」

李滎陽公畋《題馬嵬》云：「肅宗迴馬楊妃死，雲雨雖亡日月新。終是聖明天子事，景陽宫井又何人。」吾邑陳挺夫大令應魁《過馬嵬坡》云：「生生世世誓皆空，御輦西行倉卒中。長樂歌殘香粉罷，范陽烽急羽書同。六軍似虎驪頭緑，一命如花委落紅。紂妲幽褒成底事，三郎終覺是英雄。」二君左袒明皇。至袁子才則云：「到底君王負舊盟，江山情重美人輕。玉環領略夫妻味，從此人間不再生。」趙甌北則云：「馬嵬一死諸軍退，妾爲君王拒賊多。」再則云：「張均兄弟今何在，只有楊妃死殉君。」則又左袒楊妃矣。

吴中兩布衣，一爲吴縣陸子調鼎，一爲長洲顧燕謀承。陸隱于畫，顧隱於酒。陸著有《梅葉閣詩》，顧著有《素行居詩》，蔣生沐爲之合梓。子調《題畫》詩云：「莫問前塵與後塵，且教料理苦吟身。買山無計青山笑，却寫青山賣與人。」燕謀《登番山亭》詩云：「一丘岧嵽古城隈，榕木陰中曳杖來。海上白雲閒似我，隨風飛過越王臺。」神韻俱好。

南海游芷洲孝廉蒼育，詩筆清秀，人多傳誦。其《素馨》七律云：「夢冷紅雲玉不温，賣花聲裏許招魂。美人死亦爲香草，情種生原有夙根。故國夕陽迷瘦影，野田朝露泣啼痕。一抔牘有劉家土，未忍埋名即報恩。」

女校書能詩，自薛濤、馬湘蘭、張喬之外，工韵語者殊屬寥寥。近時如奚茜紅絶句云：「絲管聲中欲暮天，蘭橈争水正喧闐。尋常一樣江城月，看到秦淮分外圓。」陸調毓《立秋前一日送汪雪峰歸里》云：「勸歸常似鳥啁啾，一唱驪歌反淚流。怕問前期搔白首，何堪後夜即清秋。幾年歌管樓臺客，一夕風濤舴艋舟。欲望征帆惟頃刻，江干不敢暫回頭。」竹香《春夜懷人》一律云：「簷鐸聲聲玉漏遲，丁東入耳最淒其。剛愁酒醒誰相伴，恰喜燈明影不離。芳草堤邊留舊恨，垂楊屋角挂新絲。此情難向人前訴，只有菱花鏡裏知。」卞時《寄所歡》云：「不恨離多恨夢癡，夢中攜手説相思。一聲鐘動鴉啼樹，又是柔腸欲斷時。」王翹雲絶句云：「雨急風狂勢欲傾，呼僮急取傍檐燈。奔來檐溜如溪響，隔着窗兒喚不膺。」高鳳卿《病中自畫蘭竹題絶句》云：「裊裊湘筠馥馥蘭，畫眉筆是返魂丹。旁人漫擬圖花譜，自寫飄蓬與自看。」

家雲津茂才漢，工畫山水花卉，詩亦情詞婉轉，耐人咀嚼。如《桃葉渡》云：「名士亦曾憐愛妾，美人畢竟負情詩。」《西湖有懷韓蘄王》云：「精魂莫上棲霞嶺，大樹無枝向北邊。」《宫怨》絶句云：「長門夢醒最銷魂，夜静垂簾印月痕。愁對金籠白鸚鵡，至今猶説舊時恩。」吐屬一何秀雅。

南漢奢華，吾廣遂沿成俗，笙歌恒徹夜不休。余《南漢宫詞》云：「笙簫檀板徹羊城，歌舞當年擅兩瓊。怪底仙湖五百丈，至今猶遍管絃聲。」

熊蔗泉觀察學驥《秦淮雜詠》云：「秦淮三月畫簾開，便有遊人打槳來。燕子不歸春又暮，幾家閒煞好樓臺。」李嘯村葂《青溪口占》云：「粉牆紅掃落花塵，一帶樓臺樹影昏。雨細風斜簾未捲，縱無人在也銷魂。」同一樣悽惋。

詩有眼前景況，而説來極有味者。王家駿句云：「衣因亂叠痕常縐，書爲頻翻卷不齊。」陳古漁句云：「却恐好書輕看過，摺將餘頁待明朝。」説盡吾輩讀書之態。

南海周靈椒子祥，近以其《眠琴書屋詩草》介霍香谷茂才屬余點定，詩筆極清。《答友》云：「非我安知我，惟吾亦愛吾。愁來天地窄，病久性情孤。默坐通禪悟，長眠稱懶軀。北窗差不寂，梅鶴伴清癯。」《寄家采苓松年》云：「到門芳草色，滿眼是相思。别夢五湖水，春愁二月絲。杯深微凍減，骨瘦苦吟知。愛爾西堂夜，清詞早見貽。」《村居》云：「溪流之折入桑麻，獨木橋邊三兩家。覓句短廊貪朧月，懷人深院惜飛花。舞風簾隔巡簷燕，噏雨苔延篆壁蝸。老去頗諳幽趣味，漸能止酒不顛茶。」《和族姪敦原》云：「我輩不妨高閣束，阿誰合賦小山招。一龕蘿月自瀟灑，半榻琴書不寂寥。漸息機心容閉户，慣尋詩夢輒通宵。狂歌白日驚風雨，遥和松濤答海潮。」俱佳。

連州大雲洞，歷來遊覽題壁名刻甚多，惜無題洞榜者。寺僧聞余至，慫恿請書，余因篆「大雲」二字付之。篆體多瘦硬，此獨腴潤，取其便於石工也。余詩有「酒緣多病減，書借好山傳」，蓋謂此。

番禺蔡樹百孝廉蕙清，現官大理寺丞，豪爽磊落，每寄興於詩酒。古體最擅長，七律亦健。愛其《由洛陽至翼城》二首云：「爲訪名園過洛陽，華林梓澤已全荒。君王自問蝦蟇聒，臣子争誇狗馬强。灑淚金人纔怨别，傷心銅狄又知亡。鵜鶘關上千盤路，曾是當年百戰場。」「此去河汾扼要津，雄關移後地形新。樞榆《蟋蟀》思《唐》《魏》，風雨殽陵弔晉秦。面目漸更非故我，山川如識笑陳人。途中何事堪排悶，落日殘碑訪老民。」又《巴陵乘風至武昌》云：「洞庭東望楚雲垂，平衍能容大瀆趨。巨舸得風奔騰馬，小洲没水縮成黿。濤翻赤壁尋遺鏃，日落黄州憶好詞。鸚鵡不歸仙鶴去，武昌城外雨絲絲。」其好句，五言如《送張芷堂出宰古浪》云：「萬山圍一縣，八月已重裘。」《舟中》云：「潮生添水勢，帆飽壯風聲。」七言如《湞江舟次》句云：「野鳥偶來銜澗果，石人隨意戴山花。」俱莊雅可誦。

先兄雲裳好購字畫，曾得《墨梅》一幀，筆法蒼勁，上題二絶云：「瘦於修竹淡於蘭，枝北枝南春正寒。昨夜有人横玉笛，白雲飛過碧闌干。」「幾枝老幹透疎香，殘月無痕鶴夢涼。畢竟林逋風味淡，千秋配食水仙王。」欵題「銕瓢道人」。考道人周姓，名農，烏程人。兼善篆隸飛白，詩學中唐。如「斷雲隨雁落，疎雨隔橋晴」、「淡烟横野浦，涼月上孤舟」、「沙湧無邊月，河流百丈冰」等句，於大曆十子中，最近錢郎。嘗客維揚，笥鞋桐帽，遍尋高逸。適遇張老蕫布衣鏐，工詩善畫，尤長銕筆，隱居春草盦。銕瓢訪之，題其壁云：「亂草亂烟裏，茅茨三兩間。編籬分小徑，叠石當真山。畫筆秋來瘦，詩篇老去删。寧爲守窮餓，塵事不相關。」兩人風尚，可以想見。

銕瓢事跡，王柳村《群雅集小傳》、陳無軒《寓賞編》、周鄭堂《小山茨隨筆》、奚榆樓方屏《山居雜識》、孫山橋《清暉閣閒話》、張曼仙《客窗記事》、戴怡園《甕牖清談》、淩泊齋《覺龕詩話》、朱醉痴《桐井齋雜記》、王二樵《掃籜龕筆談》，俱略序其梗概，而簡括詳明，莫如郎文臺《弔故友銕瓢道人》詩。詩云：「道人前身何物化，平生只耽詩與畫。銕幹冰花觸手成，筆底春風自開謝。遍賣梅花數十年，腰積百貫青銅錢。歸來買山葬老母，梅花都付松楸間。道人心事亦已足，一朝羽化南山麓。太白山人意氣同，窀穸峨峨相對築。庵内歸雲入夜黄，墳前宿草經春緑。棠梨花下故人來，酹酒招魂時往復。苦雨淒風掩墓門，畫友詩人一齊哭。吁嗟乎，道人一生遽如此，無數梅花抱香死。舊畫新詩遍處搜，篋中衹賸零星紙。吁嗟乎，何日吟魂控鶴來，化作梅花萬樹山頭開。」使銕瓢有知，誦此詩，可無憾矣。

文臺名葆辰，湖州人。著有《桃花山館吟課》，詩筆清麗。如《吴門客中》云：「花梢孤客眼，春動故鄉心。」《瓜洲曉渡》云：「篙聲上潮水，旗影出城風。」《游棲霞寺》云：「泉聲三月雨，雲氣六朝松。」《田家》云：「十里半親串，一村無富貧。」《黔中》云：「人家就地忽高下，山色撑天各淡濃。」「留賓呷酒筠筒碧，喚婦春糧稗子紅。」《送春》云：「不知歸路定何處，還問留君能幾人。」《姑蘇臺懷古》云：「讎主十年嘗膽去，美人一笑捧心來。」《北上留别汪生》云：「未能免俗無如我，可與言詩獨有君。」《秦淮竹枝詞》云：「水關東畔板橋西，紅袖青衫一隊迷。五色玻璃三百盞，水晶簾外上燈齊。」「送客江干路幾千，石城東望水如烟。恨他鐵索三千丈，只緊危樓不緊船。」《遊仙詩》云：「碧奈花開手自拈，春宵宫裏饌新添。蓬瀛莫道無滋味，嘗着嗛山雪也甜。」俱有風味。

十二月立春常事耳。唐人云：「江春入舊年。」造語獨奇。十二月多寒亦常事耳。而江夢亭句云：「嚴寒凛冽非無意，不許江春入舊年。」

新會張雲根天桂性雅潔，常以磁盆貯雨水烹茶，云甚甘美。曾記張二喬校書《春日山居》云：「二月爲雲爲雨天，木棉如火柳如烟。烹茶自愛天中水，不用開門汲㵎泉。」想風雅人每有此種好尚。

南海余兆昌女長珍玉、次尊玉，俱工書畫，能詩。珍玉《話別》詩云：「窗前疏雨淡烟青，吟罷愁聽惜别聲。山静樵歌日半午，水寒漁唱月三更。雲邊野店花同宿，天外孤身鳥伴行。君去長亭回首望，一江秋水晚霞横。」尊玉《秋夜絶句》云：「遥天霽色浄如冰，菊影籬邊玉露凝。蛩笛聲聲螢火亂，月明光映夜窗燈。」

題畫詩須得題外遠致乃佳。金壽門《題畫杏花》詩云：「香驄紅雨上林街，牆内枝從牆外開。惟有杏花真得意，三年又見狀元來。」《題畫馬》云：「芳信傳來第幾番，雙蹄踏遍杏花殘。怪他蹀躞春風裏，騎過吾家兩狀元。」蓋一爲金德瑛，一爲金甡也，落想便奇。又《題老馬》云：「玉轡金韉錦作鞍，嘶風嘯月渡桑乾。而今衰草斜陽裏，只作牛羊一例看。」則又感慨係之矣。阮儀徵相國《題金帶圍花開宴圖》云：「老圃秋容儘自誇，春風何事弄繁華。誰知誤殺蒼生處，即是四花中一花。」大處落墨，尤有體要。

沈歸愚詩體格博大，至《田家雜興》一首，逼真王、儲，乃知作家無所不可也。詩云：「白雲護山林，紅葉隱茅屋。門前跨板橋，户後羅修竹。牛閒繫道旁，磨礱向古木。是時秋氣高，霜重秔稻熟。老農顔色喜，早晚食新穀。惟苦欠文墨，舉動成鄙俗。今年幸有秋，送子入書塾。」

秦潄浦巖樂園廉訪如煜詩，能以才運法。著有《漢南集》，所言皆關於民生國計，誠得興觀之旨。秦小峴題其稿云：「仁愛出至性，譜作瓊瑶詞。其他富篇什，高言絶等夷。雲山發《韶》《濩》，大雅庶未衰。但願書百本，一振聾與癡。」則樂園詩可知矣。其《從軍行》有云：「南山古陸海，耕作半流人。擾擾而爲賊，禍患相頻仍。千里天府地，安危仗大臣。但能擇守令，黄巾皆良民。」可謂知去莠安良之本。至律句有奇闢者，如《輓白河令黄補堂殉節》云：「怒激神靈轟霹靂，哀生風雨祭頭顱。」《懷竹浯静軒七塘諸君》云：「抵掌風生天下事，掀髯鯨吸手中觴。」有艷麗者，如《答禹峰見寄》云：「五月鶯花殘白社，一簾烟雨冷青氊。」有團鍊者，如《明山懷何一》云：「山近摩圍冬足雨，地連巴棘晝横烟。」有清利者，如《移館東齋簡何一》云：「吴頭楚尾江湖夢，雁叫猿啼雨雪天。」皆屬可傳。

樂園尤長於詠史，自魯仲連至戚繼光止，約百餘人。如《魯仲連》云：「千金擲去還存趙，一字爭來已却秦。」《李耳》云：「柱史文章師法律，關門歲月祖神仙。」《三閭大夫》云：「臣罪不嫌讒鄭袖，王明底事惑張儀。」《信陵君》云：「事去英雄耽酒色，時危兄弟起猜疑。」《平原君》云：「三千士盡甘秦帝，十九人誰定楚盟。」《李斯》云：「半世身謀倉内鼠，一生相業筆中刀。」《項羽》云：「八千子弟傾秦社，百二山河奉沛公。」《張子房》云：「名士經綸三寸舌，興王社稷一戎衣。」《周絳侯》云：「按轡軍中伸將令，鳴鐃天上下奇兵。」《衛大將軍》云：「長揖可能容汲黯，敝裘終解識任安。」《趙營平》云：「從古安邊關相業，許誰不戰屈人兵。」《揚子雲》云：「華藻大都無烈骨，艱深那得即奇篇。」《班定遠》云：「臨危智勇成奇績，到老英雄念故鄉。」《曹孟德》云：「兩字孝廉多是詐，一家父子最能文。」《諸葛武侯》云：「草廬規畫三分國，斜谷艱難六出師。」《陶太尉》云：「中朝竟被清談誤，大業還須戮力成。」《謝太傅》云：「夷吾江左遷都議，安石淮南破敵師。」《文中子》云：「聖賢文字存《中説》，王霸經綸異《論衡》。」《郭令公》云：「老臣閒散成勳業，家主癡聾絶忌猜。」《陳希夷》云：「聖主欣瞻龍日表，先生不讀老莊書。」都有見解。至《詠岳少保》云：「禾黍何人慟汴京，漫將叩馬怨書生。北來師相懷奸慝，南渡君王忌父兄。半壁江山吴越老，六朝基業宋梁成。將軍未識朝廷意，若練如山節制兵。」尤爲集中矯矯。

吾邑陳聖取世和詩極錘鍊。如「旅人今萬里，孤子又三年」，及「母在鷓鴣行不得，貧來杜宇怨當歸」，皆不拾人牙慧。

「競渡端陽一例沿，鼕鼕浪裏鼓聲喧。夾江士女紛如蟻，試問何人痛屈原。」此南海邵心根茂才堅《觀競渡作》也。人人意中之言，却無人説出。又有《大科峰觀雨》五律云：「雲氣淡空碧，山光失衆青。不知下方雨，俯視但冥冥。晛日峰頭掛，狂雷澗底聽。陰崖與陽谷，想像會群靈。」寫高山陰晴不定之景最幻。其他佳句，五言如《晚步》云：「屧聲拖月緩，衣影逼溪寒。」《翠巖》云：「梯巖神更王，聞瀑意先涼。」《山行》云：「水侵石氣冷，雲壓松陰低。」七言如《暮春》云：「積陰忽喜月初上，小飲時嗔花未開。」《遊羅浮》云：「啞虎夜蹲崖畔石，怒龍晴吼壁間泉。」《送何倬山侍任休寧》云：「閒衙習静同幽壑，異地承歡即故鄉。」《漫興》云：「酒因嗜飲藏難久，詩已成逋索亦寬。」

族叔介眉體弱善病，坐致困阨。嘗自紀貧病呈諸同人五首，聯接一片，語皆沈痛。中有「一家骨肉雙流淚，萬種情懷半斷腸」、「家貧空説多文富，面瘦何曾衆口肥」等句，俱警鍊。

吾粤沙田壅塞下流，西潦一來，上流堤防每被冲決，而富户漁利，成稅日積日多，其患不知胡底。予邑蘇小峰藩領元芬《沙田行》云：「山田高，潮田低。山田與潮田，苦旱苦潦恒不齊。近乃積沙亘巨海，千畝萬畝區東西。尾閭不洩患淤塞，上流空築防與堤。沙田之利日益廣，潮田之害無已期。水鄉水國半滅没，更憂窟宅成龍蛇。我聞神禹治水首疏瀹，四海爲壑殊白圭。曲防害鄰有深戒，齊桓霸者猶能知。商鞅拓地病戰國，草萊盡闢民流離。刱復築沙石犖确，我疆我理圖肥私。里豪一奪動百頃，以强凌弱空猖披。白楊成樹訟不結，公門兩造皆長羈。吏胥中飽隸敲扑，妻子鬻賣仍難支。殃人自殃理則有，請君看此《沙田詞》。」寫得盡致。

香山何方水孝廉其英，詩筆簡老，而律格尤勝。其《登青羊驛戍樓》云：「鷓鴣聲急雨初收，憔悴征衫獨倚樓。一髮遠天歸路失，千山殘照異鄉愁。仰人衣食憐黄口，疑我存亡泣白頭。秋老登高一搔首，時危身賤寄邊州。」力厚思沈，最耐諷誦。他如《登潼關城樓》云：「南來岳色千家碧，北走河聲萬堞寒。」《京口渡江》云：「六朝雲樹愁邊酒，百粤鶯花夢裏家。」《生朝棧道》云：「功名蹭蹬成雞肋，歲月消磨總馬蹄。」《南歸作》云：「舊業已荒仍作客，故交零落不成歸。」俱有精意。卒時，其族人桂圃輓以詩云：「大雅元音沈粤海，精魂廟食到函關。」以官寶雞時有惠政，縣民立生祠祀之也，夫亦非虚譽矣。

錢唐家山舟學士之子諫庵，富於著述，不屑爲舉業文。學士顔其堂曰「清白」，即以「清白士」自號，并名其集。《五十初度自述》云：「翻經紬史雙單日，却軌看梁五十春。最怕朋儕呼貴胄，每嫌姓氏附詩人。」可想見其品概矣。有《泛湖口占》云：「南屏山色最霏微，一抹紅霞帶夕暉。貼水鐘聲飛不起，和烟載得滿船歸。」「到處茶坊間酒家，曹騰多是賞繁華。無人更向東門去，閒煞連畦野菜花。」意態亦自翩翩。

尹文端公《和張南華遊近華浦》云：「落葉蕭蕭拂面飛，韶光轉眼已全非。披裘尚覺寒侵骨，野老人多未授衣。婦子嬉嬉列短壖，嘉禾搬載滿漁船。自來邊地農桑貴，緑柳黄花不值錢。」大臣胸襟，與文人意趣吐屬自是不同。

尹文端公於金陵使院，因舊室三楹，製如半舫，遂顔曰「不繫舟」。有「自去自來何罣礙，就深就淺聽沉浮」，及「帆欹莫更争迎水，櫂短何堪認作舟」之句，可與不繫園並傳。

杜詩「風含翠篠娟娟净，雨裛紅蕖冉冉香」，上句風中有雨，下句雨中有風。人知此等句法甚少，惟新建裘文達公曰修全仿其意，有「竹涼似有瀟瀟雨，荷净微生嫋嫋風」；震澤張鴻勳棟有「空山木落散秋影，孤館月明生夜涼」，亦得此法。

夏月飛霜，千古僅見。余讀《春融堂勞歌集》，有《四月十五日大雪》詩云：「又遇長嬴日，還看雪雹零。」《五日》詩云：「峰浮殺氣雲常黑，氣壓薰風草半青。」又有《六月初二日雷雪》詩云：「一聲兩聲雷迅烈，千片萬片雪飄瞥。紫電如虹數道來，烏雲黑霧時明滅。空際惟聞風嘯號，眼前忽失峰凹凸。豈惟廬帳懼簸揚，直恐營牆旋毁裂。怪事荒唐夙未經，祅神鬼伯争奇譎。」又《六月初三日雪》詩云：「暑已當三伏，寒終凝六花。」豈西藏風景與中土異氣耶？抑天兵所臨，爲殄滅鯨鯢示警耶？亦可異矣。

余族兄絅堂雲錦，與吴樸園孝廉交最久。一日，見其摺扇上書二律句云：「夜色冥濛四野平，戍樓纔報漏三更。微雲散盡天如洗，碧水分流月有聲。千里江湖初客路，一船燈火故人情。湞江北望鄉園隔，棖觸離愁夢不成。」「月鎖澄江樹鎖烟，孤舟人話故鄉天。知君壯志凌滄海，顧我離愁滿畫船。

詩骨秖應同賈瘦，酒豪空自愧張顛。遊蹤又有姑蘇約，何日相逢訂夙緣。」乃《夜泊英德舟中夜話作》也。諗爲樸園仲子桐谷作，急索其稿觀之，有《感遇》詩八首，最爲沈着。如「有兄遠宦五千里，獨我閒居三十秋」、「唾手功名偏蹭蹬，到頭歲月又蹉跎」、「人世既無諧世技，依人空有傲人才」。他如《晚泊上聶寺》云：「水識人情淡，雲憐客路長。」《蓼花》云：「繁華有限春何在，點綴無多景亦幽。」「水國生涯應似我，江天冷艷亦憐渠。」《静寄東軒夜話》云：「詩於老處分王伯，酒到豪時識聖賢。」俱清超拔俗，樸園可謂有子矣。桐谷名尚懋，道光癸卯副貢。

騷人墨客，與余未晤，輒以書札往來。李敬之《書王熙甫詩卷後》云：「相慕不相識，惟應夢見之。何期把君卷，中有贈余詩。」李少鶴《贈友》云：「學在登科後，書來識面前。」恍爲拈出。

香山黄香石中翰，所著《嶺海樓詩鈔》，《望羅浮》一首，逼近少陵。詩云：「飛盡千峰雲，兀突矗天外。浩浩元氣通，上與真宰會。作鎮雄百蠻，翕闢仙境大。偉哉盪吾胸，騁眺入青靄。」其他佳句，五言如「灘聲寒入石，山色凍連雲」、「山光連海白，石氣到天青」、「稚孫偷學畫，戇僕誤捻書」、「龍歸山挾雨，刹古樹飛泉」、「開門見殘月，行客起朝餐」，七言如「半世知音難相馬，十年浪迹又奔牛」、「山如好友沿途送，官似澄江澈底清」、「隔岸人呼秋水渡，倚樓僧看夕陽山」。至《讀武侯傳》云：「天心已定三分國，王業何關《八陣圖》。」《咏留侯》云：「豈有英雄耽辟穀，不遭夷僇即神仙。」尤有見地。

周以豐，吴縣諸生，有絶句云：「晚風吹雨百花殘，不典綈袍買醉難。還是去衣還去酒，費人斟酌是春寒。」劇饒風致。

以詩論詩，俱自言其得力也。吴蘭雪《答栗園論詩》云：「絶跡飛行應萬里，冥心獨造始千秋。」《答時帆》云：「鑄成五字皆神力，傳到千秋只性情。」又《自記》云：「天地間氣不常有，才力所限難强争。」非此中深造，安能道得親切。

國朝巡幸，興利除弊，不一而足。乾隆庚子南巡，上幸花神廟，問所祀何人，或對以李衛。衛總督浙閩時，塑其像於花神中，東樓二女，其所最寵者。上曰：「衛本賈人，何敢狂悖！」即命毁其像，重塑花神祀之。王蘭泉時扈從，因紀以詩云：「雲作衣裳玉作鈿，蕙幃春暖更清妍。如何瑶島如花女，却伴傖奴五十年。」

賭博昏迷，至有以妻爲注者。江南諸生劉某，娶妻焦氏，才色雙絶。劉嗜博無厭，家産蕩盡，竟爲匪人誘，質其妻。妻憤自縊，作絶命詞十章，中一章云：「忍拚膚髮博芳名，身重從教性命輕。地下一言郎記取，休從彦道再輸贏。」悽惋動聽。有好牧豬奴戲者，讀之當思返矣。

「多病悔辭家」，合肥蔡月樵句也。遵化周伯衡亦有句云：「多病欲辭家。」説來尤覺深婉。

臨川樂蓮裳《蜀岡詠》云：「月觀風亭被綺羅，南朝金粉得來多。幾船簫鼓迴殘照，三月鶯花稱艷歌。儘有海波熬白雪，只須湖水敵黄河。豪華亦自關形勝，枉笑夫差罪阿麽。」揚州咏古，此首音節最勝。結處不歸罪吴、隋，尤屬弄筆狡獪。

德清許積卿宗彦《寄家信書後》云：「山頂人聲山脚層，水西月影水東生。岸上篙牽波上柁，家中人繫客中情。」句調創自白太傅，而意味迥别。三句襯一句，極似古謡，以絶句行之，體格得未曾有。

顧立方「蝶夢不離花」，王蒲衣「雲氣不離身」，人多取顧句，余獨愛王句。

伍柳門燕堂，余邑諸生。《村居雜興》絶句頗有逸致，詩云：「瓜蔬佐飯稱農家，兩頓饔飧願匪奢。却爲澆愁難禁酒，慳囊時解買魚鰕。」

雨湖師嘗向余誦同邑蘇赤崖炳南《宫怨》詩，謂其含蓄藴藉，雅近唐音。余適成一首，質之於師，師謂允堪伯仲，因全録之。蘇詩云：「寶釵空憶舊時恩，白玉堦前蘚有痕。轣轆羊車何處駐，薔薇花落又黄昏。」余詩云：「水晶簾外月黄昏，玉管銀箏久不聞。倚遍雕欄望雙闕，東風徒戀石榴裙。」

錢塘陳退庵大令論詩，謂於唐人取法許丁卯，宋則林君復，明則高季迪，國朝則施愚山。故評國朝詩人，以愚山爲第一，而黜漁洋爲凡近，未免過偏。退庵詩多至數千，大抵麗藻有餘，古香未足；然綺思壯采，壓盡時流矣。其《隋宫遺址》七律云：「南朝芳草没陂陀，重向荒宫弔阿麼。寶帳殘珠埋瑟瑟，畫堂團扇寫羅羅。四時花月《迷樓記》，九曲淒涼《水調歌》。一片雷塘新漲碧，春來依舊學横波。」《高堰道中》七絶云：「滿天風月滿襟霜，迴首清淮舊夢涼。又是江南好烟景，有人家處有垂楊。」豈非驚才絶艷！

嗜好最雅者，書畫之外，莫如金石。嘉興張叔未孝廉廷濟，羅列商、周、秦、漢及近代金石象齒，以至瓦甓磚甎、版榦甆漆諸物於清儀閣中，各繫以七律。又爲永寧元年甎、建安二年弩機作壽，俱紀以歌，可謂騁文字之奇趣者。階州邢澍贈以詩云：「鳥跡蝌文屢費猜，娓談終日倚深杯。笑余奇字無多識，翻向門生載酒來。」「名篇五十摭星娥，閣號清儀積古多。虹月滄江書畫舫，由來家世説清河。」

長白達誠齋榷使達三好吟詠。莅吾粤時，常與博羅何湘文南鈺、番禺劉樸石彬華、南海謝澧浦蘭生三太史相唱和。五言如《重赴張城道上》云：「曉色散無跡，秋光淡有痕。」《曉發王家峪》云：「月隱遥峰樹，烟生曉炊家。」《溪上》云：「静水沉虚碧，遥山抹嫩藍。」「一徑憑空鑿，千車盡力争。」《舟中》云：「危橋通縴路，曲港泊漁舟。」七言如《居庸關》云：「雲迷古戍人烟少，月落深林虎跡多。」《春柳》云：「青帘酒暖遊人醉，紅粉樓高燕子飛。」都有一種清氣。

蔚州魏環溪尚書象樞粹于理學，故其詩自有真氣。《抵蔚》云：「一官勞日月，雙淚出關河。」《見母》云：「嘻笑偏多淚，風霜不忍言。」《丙辰除夕守歲詩》云：「兄妹經離四五載，親知相對兩三人。」《送錫伯長兄歸里》云：「田園無恙心何憾，手足多殘淚欲傾。」説來何等懇摯。

余邑張逸芳廣文琳詩筆清雋，所著《玉峰詩鈔》多可摘録之句。五言如《秋興》云：「官嗤雞棄肋，名愧豹留皮。」《白雲洞》云：「瀑飛聲挾雨，壁立勢干雲。」《官山阻雨》云：「波聲疑圻岸，風力欲飛舟。」《舟過榴花村》云：「白浮雲湧塔，青聚樹圍村。」《遊東郊》云：「山光浮野闊，海氣抱村寒。」《馬墟口道中》云：「山多雲釀雨，峽急浪搏沙。」《東安道中》云：「荒厓騰虎氣，密箐聒鴞聲。」《宿破寺》云：「壁圻憑蘿補，簷斜仗樹支。」《經架石寨》云：「磴仄雲迷足，厓隤石夾身。」《古雲》云：「沙多田亦石，水淺艇如膠。」七言如《宿永泰寺》云：「庭爲無林全受月，院因依岫半棲雲。」《拄杖》云：「世路險夷常伴我，老年行止半憑君。」《春日閒居雜興》云：「不談朝市雌黄少，每對雲山大白浮。」《海陽道中》云：「風旋雲作迴波勢，石激灘騰怒瀑聲。」皆不愧爲山澤之癯也。

十二石山齋詩話卷五

順德梁九圖福草

余素不喜弈，然弈以消閒也，如東坡云：「勝固欣然，敗亦可喜。」即弈亦何害。每見近人對局，勝敗將分，争呶不已。嚴海珊《觀弈歌》有云：「輸攻墨守窮所思，蟬蜕槁木飛游絲。計出萬全子欲落，旋復改悔移置之。間亦得利南風競，暗計通盤主必勝。蔓延河北收鄧禹，迅掃江東下王濬。一刼乘虚遇反攻，將敗未敗頰發紅。項筋暴起大於箸，此讎不報非英雄。」爲局中人寫得窮形盡相矣。

厲樊榭《秦淮懷古》、《悼亡姬》諸作，人皆賞其工於言情，要其寫景處，亦令人玩味不盡。《西溪曉起》云：「開門殘月在，下見數峰雪。雪際生白雲，窅暎不可説。」《夜宿松寥閣》云：「深松耿禪燈，江黑疑有雨。平生託宿處，奇勝此堪數。微聞金山鐘，漸辨瓜洲路。海色與西風，又將陳跡去。」《五月渡太湖》云：「千古繁華地，茫茫浸遠空。猶傳澹臺墓，不見吴王宫。一鳥墮寒鏡，衆山移釣篷。如聞習流戰，零落藕花紅。」《晚步》云：「水光知月出，花落見風行。」《秋日平山堂餞行》云：「天清隋苑樹，秋蕩海門烟。」《晚秋夜雨有懷故園》云：「背燈三峽水，欹枕九江船。」《西湖采蓴曲》云：「曉光蕩漾膩風烟，夜色微茫冒水月。」《重遊洞霄宫探大滌洞天》云：「一峰陰現一峰晴，天柱中央翠於掃。」《自金華至永康道中》云：「澗仄泉疑翻白鷺，雨深松欲化青人。」《雨後坐孤山》云：「小艇净分山影去，生衣涼約樹聲來。」《遊智果寺》云：「竹陰入寺緑無暑，荷葉繞門香勝花。」《雨後南湖晚眺》云：「湖雲倒破山一角，水葉亂摇風四圍。」

人當作客，偶遇親朋，每殷勤過訪，居同鄉里，反多疎略。此種心情，余亦不解，前人吟詠，少有及此。吾邑楊匡山子均《淮陽園寄胡兼山》云：「憶昔滄洲兩載羈，山城風雨共題詩。如何歸後家林近，不及當年作客時。」

仲父中翰公《無怠懈齋詩》刊行後，拙集《紫藤館詩》亦付梓。南海李孟夔孝廉鳴韶在陳雲史孝廉文瑞座上一見，即愛不忍舍。明日致札於雲史云：「青厓先生詩品高淡，恰肖其爲人。福草古體遒勁，近體更多佳句。聞足下雅與粱氏有故，能多方爲弟求一本否？不然，恐弟效蕭翼故智，則足下所有，不能無巧奪豪偷之患。」雲史傳其札來索詩，余誠不敢當此譽，然嗜痂之癖，世亦未嘗無其人也。

余讀《聽鐘樓詩》，有《雨中遣興》句云：「老年筋骨識陰晴。」不解所謂。後聞一老者云：「天寒陰雨，四肢欠適。」乃知其煞經閲歷也。

《聽鐘樓稿》爲元和韓東生是升著，乃侍郎崶之父也。不矜才，不使氣，間有着意設色之句。如「斷雲連石色，絶壁繡苔斑」、「樹罨千里翠，雲蒸一縷烟」、「沙鳥銜烟下，溪雲挾雨寒」、「句向閒中得，情於淡處深」、「白雲滿岫雨吹面，紅葉落衣風打頭」、「衍《易》自能安性命，讀書原不爲功名」、「年衰最苦詩腸澀，量淺難禁酒政嚴」。而最凄慘者莫如「聞説淮黄北，流亡不忍看。賣兒喧午市，斫柳代朝餐。」最真摯者莫如《送從姪觀赴泰和幕》云：「妻病難爲别，家貧賦遠征。親知都袖手，骨肉總關情。託我詞含痛，憐渠諾敢輕。風波曾飽歷，眠食慎前程。」

言情之作，最足動人。金匱楊蓉裳芳燦《寓感》云：「少日人誇咏絮才，華年如水苦相催。獸環銅澀花樓閉，鳳腦香銷黛帳開。記得小名書玉册，曾因歸夢到瑶臺。蕊珠幾許游仙伴，不爲多情不下來。」所著《芙蓉山館詩》中有《紅柳》四首，纏綿悱惻，堪與「黄牡丹」、「赤鸚鵡」並傳，不獨《鳳齡曲》爲時傳誦而已也。詩云：「柳色偏嬌紫塞春，推烟唾月送行人。傷心定染壺中淚，拂面空隨陌上塵。冶葉恰宜縈茜袖，柔條可解綰斑輪。小蠻巧按紅兒譜，併覺今朝舞態新。」「惆悵江鄉别路遥，無緣移傍赤欄橋。春風百結垂珊網，暖日三眠擁絳綃。底事施朱工作態，却看成碧總無憀。抵他南國相思樹，一種纏綿恨未銷。」「纖纖小小愛穠華，掠削新粧欲妬花。漢殿漫懸連愛縷，楚宫曾繫定情紗。頰痕欲暈迎朝日，眉黛纔匀映曉霞。腸斷紫騮空躑躅，朱樓十二是誰家？」「落絮應同嗛雪飛，燕支山下見依稀。啼殘怨血巴鵑去，舞倦香襟越燕歸。艷影易迷三里霧，蒨絲不上九張機。漫誇汁染宫袍色，如此風姿合賜緋。」

汪後來云：「詩本性情。讀其詩，而其人之性情見矣。故其詩瀟灑者，其人必啚遂；其詩莊重者，其人必敦厚；其詩飄逸者，其人必風流；其詩枯瘠者，其人必寒澀；其詩悲壯者，其人必磊落；其詩峻潔者，其人必清修；其詩幽怨者，其人必拂鬱。譬如桃柳松柏，望其枝葉，便知其根本。假如未老言老，不貧言貧，無病言病，此老杜之家竊；不飲一盞而言三百杯，不捨一文而言散百萬，此太白之家竊，皆不足以道性情也。」余愛其發「詩中有我」之旨最透。

南海龐敏惠尚鵬《出居庸關》詩云：「天險重重繞戍樓，材官飛騎夜鳴騶。危樓旭日鐘聲動，重照中原十六州。」余《河池》詩云：「大軍乘勝擬防秋，下詔班師不少留。南渡無多收復地，一時甘棄十三州。」彼幸其得，我恨其失，兩朝功罪，俱于言外見意。

以母訓子詩，有真率可喜者。錢塘柴季嫻詩云：「野雀從南來，翩翩思擇木。感此主人賢，飛鳴集其屋。才地非獨優，處卑願亦足。」新城耿華年都御史庭柏母徐氏詩云：「家内平安報爾知，田園歲入有餘貲。絲毫不用南中物，好作清官答聖時。」德州田比部雯母張氏《示兒》詩云：「一部《楞嚴》户晝扃，木魚竹杖倚圍屏。老人自覺修齋好，不爲兒曹講佛經。」程鄉許貞婦詩云：「髫髮垂垂善笑顰，書聲深夜過比鄰。長來莫取封侯印，願作耕田識字人。」皆能深知大義。

嘉應吴石華孝廉蘭脩《大同寒食作寄呈祖母》云：「風雨又寒食，其如萬里何。松楸痛丘隴，涕淚隔關河。白髮饔飧減，黄泉骨肉多。那堪傷麥飯，老眼一滂沱。」語極沈痛，令人不堪卒讀。

五律魄力最難雄渾。陽春譚康侯《咏銅柱》云：「飛將下天來，横戈瘴霧開。南交見銅柱，東漢失雲臺。裹革平生志，攀鱗不世才。如何傷薏苡，千載使人哀。」此作余以爲不減翁山。

蘇東坡謂夫人「春月令人和悦」之語，爲詩家絶妙詞藻。袁蘀庵韜玉爲吴郡佳公子，詞山曲海，擅絶一時。偶出飲歸，月下肩輿過大姓門，其家方宴客，演《霸王夜宴》，輿夫云：「如此良夜，何不唱『繡户傳嬌語』，乃演《千金記》耶？」蘀庵狂喜，幾墮輿。此亦絶妙詞藻也。

詩有極淺易而極真者，高要莫耀山元伯《端江舟中》云：「未覺一年爲客久，翻嫌十日到家遲。」余歸自衡湘，始知其妙。

矅山詩筆近陶，《石灣月夜》云：「夜半霜氣濃，流光射篷背。推篷一仰視，月色净如溉。天遠群嶂出，碧極雲不礙。山明塔影瘦，灘急水光碎。人家隔沙渚，白到竹林内。荒雞一聲來，寒燈静相對。」《新築小園》云：「身世苦形役，一勤百不荒。藐兹灌溉地，卒歲同皇皇。春來種瓜蔬，秋至築禾場。時復率婦子，拮据不敢康。老母扶杖來，指揮高樹旁。人生無長少，艱苦須備嘗。」其淡永處，近人不可多得。

吾粤海錯最多，而珍奇之品，每因地而異。如鰕，常物也，出自羅濛峽爲奇。雙枕凸起，色艷如丹砂，故名「丹枕鰕」。背有金線，自項至尾，又名「金線鰕」。甲軟味鮮，峽中數丈外便不可得。南海邵黼屏成章賦六絶句以紀之，余愛其中二首云：「更聞知雨又知風，却與長鬚國不同。怪煞《嶺南風物志》，如何當下失羅濛？」「江干秋入黍離離，稻侣蘆群逐水湄。愛爾蛋烟蠻雨内，澄潭深處少人知。」

瓊山符駱妻黎瑜娘、妾蘇薇香俱能詩。瑜娘《留别絶句》云：「繞欄濃艷四時開，都是區區手自栽。此去鶯花誰是主，故園猿鶴不勝哀。」薇香《懊恨曲》云：「蓮藕抽絲那能長，螢火作燈難久光。薄幸相思無實意，可憐蝶粉與蜂黄。君何不學鴛鴦鳥，雙去雙飛碧沙沼。蘭房自居尚拋捐，何况風流雲散了。大堤兒女抹翠蛾，貴財賤德君知麽。夭桃穠李雖然好，何似南山老桂柯。悠悠萬事回頭别，堪歎人生不如月。月輪無古亦無今，至今幸照丁香結。」

漁洋生平不喜和韵，余祖其意，凡索和之作，每不留稿。惟十齡時仲父青厓以《粤臺餞别圖》命題，用祁尚書春浦年丈索畫原韵，有「濃烟濕雨寺旁寺，遠塔孤帆洲外洲」句。仲父謂通體自然，而

「洲」韻尤峭，故姑存之。

家石癡樞工畫山水花卉，詩筆亦超。有孔生者與某優兒相善，優忽辭孔歸衡陽，孔因邀石癡及同人在珠江賦詩贈別。石癡即援筆云：「昔自衡陽來，今返衡陽去。風送衡陽舟，目斷衡陽樹。」衆爲閣筆。其詩蓋脱胎于番禺王震生《長安道》所云「妾本長安兒，生長長安道。生不識長安，夢是長安路」之作。

律句借對，每覺靈活。方子雲「斷碣苔封天子筆，廢壇春繡地丁花」，吴孟舉「山深木客通名字，日暖慈姑種子孫」，葉筠潭「負弩未酬司馬志，思家空對杜鵑啼」，方文輈「貧家苦趣多男子，樂府傷心《病婦行》」，董俟庵「但遺異書供硯北，不妨野語聽齊東」，顧立方「偶思服食求雲母，漫擬填詞付雪兒」，魏善伯「窮愁久愧牛衣婦，兵法終慚馬服君」，畢秋帆「蕩槳珠娘歌月子，彈筝盲女問年庚」，皆用此法。

唐人詩：「黄鶯住久渾相識，欲别頻啼四五聲。」舒雲亭作宰平湖，招諸詩人倡和。臨别作詩云：「芳草青青送馬蹄，垂楊深處畫樓西。流鶯自惜春將去，銜住飛花不忍啼。」啼與不啼，各具妙理。

句中叠用數目字，無堆垛之迹者，如陳獨漉云：「半樓月影千家笛，萬里天涯一夜砧。」吴縣陳友竹堅云：「孤城背嶺千家瞑，萬派朝宗二水分。」南昌楊子載垕云：「千里寒江一飛鳥，半山斜日兩歸人。」漢軍高乘亭玥云：「三十年中雙鬢改，七千里外一身歸。」番禺金蘿香菁莪云：「千里寄來詩兩卷，一燈看到漏三更。」番禺許揚雲遂云：「孤磬入雲雙洞響，百花臨水一溪香。」嘉興高青華孝本《咏武夷山》云：「九曲初通三島近，萬山遥拜一峰尊。」吾邑佘兼五錫純云：「萬壑水聲千樹雨，一樓人影四窗風。」鄒平張蕭亭云：「一卷《離騷》千日酒，三春花鳥四圍山。」先四兄熾山《詠烟波釣徒》云：「日月雙懸三殿迴，江湖萬里一舟輕。」余亦有《夜渡湘江》句云：「夢回五嶺人千里，月湧三湘雁幾聲。」

詠鄭侯詩頗少佳構。扶山太夫子詩云：「翊漢争秦鹿，追亡破楚猴。一身功萬世，三傑等千秋。矢石何勞冒，圖書賴早收。關中諸宿將，讓爾出人頭。」最爲包括。

李雨村督學吾粤時，巡試肇慶，以「春日田園襍興」試士。陽春劉薌谷世馨時年十五，詩云：「紅棉作絮雨霏霏，漠漠沙田一鷺飛。芸罷薯苗烟靄晚，桄榔村外唤牛歸。」「一溪流水好桑麻，牡蠣牆圍四五家。昨夜小園春雨過，短籬開遍佛桑花。」大爲雨村所賞。

三水張雨山茂才大猷，素耽吟詠。嘗夢遊至一室，扃甚固。有納之者，詢之，云：「此詩人白樂天院。公扃後，無復至者。」覺而異之。從此詩益進。録其小詩二首，《横塘曲》云：「少小横塘住，門前柳兩三。望郎郎不至，花落板橋南。」《古别離》云：「堤上送行人，人行留不住。私語怨東風，錯生楊柳樹。」絶似崔國輔。

太傅明珠亭臺之勝，甲於一時。唐東江孫華有《怡園雜咏》十四首，如「樓頭花萼連藩邸，地接枌榆總舊勳」、「流水游龍非馬尉，赤墀青瑣異王根」、「一籬纏結花爲障，四面叢攢柳作城」、「如雲駝馬常彌野，落日雞豚自一村」，寫繁華景象如繪。

邵康節先生謂删後無詩，殊不盡然。但少陵而外，集中求合乎興觀群怨之旨者，原屬寥寥。後人向字句上描摹月露風雲，誠如先生所訶矣。

高要陸春圃樹英宰鹽城時，以水灾罣吏議，行戍伊犁。所歷塞外風景，悉以韵語傳之。其《天山》一首，尤爲雄渾，詩云：「奇山豈受中原縛，走出窮邊始大觀。群峭摩天連不斷，層厓積雪暑猶寒。烏孫赤坂瞻雲拜，馬邑龍堆倚劍看。恰與逐臣行有約，朝朝飛翠送征鞍。」置之昌黎集中，幾於神似，非形似矣。

番禺林月亭孝廉伯桐，所著《秋樹山房詩稿》，平易處最近元、白。其《農謡》云：「一人耕，十人食，農夫安得有餘力。十人耕，一人田，農夫何者爲豐年。天上地下，無牆無瓦。朝朝暮暮，露處田野。有婦能饁餉，日中汗流赭。有兒能驅牛，田中泥没踝。驅牛復驅牛，牛行但低頭。高車怒馬誰遨遊？賈人有稚子，奴僕皆風流。」所謂老嫗皆能解也。

作詩點化經句固難，運用四書，得現成趣味，尤尠。吾粤重陽後尚食魚，生取鱻魚作膾，和以品味，絲者、屑者、濡者、葅者，一時並下，美逾常珍。番禺金藝圃作五古紀之，愛其結處云：「朵頤翻解頤，誤把《孟子》讀。魚我所欲也，生亦我所欲。」可謂生新無庸腐氣矣。

「春江花月夜」詩題極艷麗，故唐人後鮮有再着筆者。吾邑温南垞汝驥咏云：「金波瀲灧浮空碧，皓魄流輝同一色。鼓棹何人作浪遊，臨風有客永今夕。春江兩岸月華明，千樹萬樹綴瓊英。遥空處處輪光滿，極望迢迢鑑影平。輪光鑑影夜如晝，東船西舫相偎就。探花多半爲春忙，玩月同來聽更漏。探花玩月兩無厭，春去春來樂事添。南陌共開桃李宴，畫樓齊上水晶簾。此時對花兼賞月，花月相歡情莫竭。江畔頻將羯鼓催，夜深休遣銀蟾没。獨憐好花不常妍，獨憐好月不常圓。月缺花殘終寂寞，悠悠江水送流年。」此詩似可步武。

任心齋兆麟所著《簫譜》，謂簫即今直吹之笛，而以女弟子沈蕙孫《寄懷清溪夫人》三截句叶爲夾鐘、仲吕、無射調，洵屬韵事。詩云：「無那相思托玉簫，垂虹一曲路非遥。春來緑水溪邊漲，何日輕帆趁暮潮？」「黄鶯百囀最關情，曲港桃花漲欲平。爲報春光容易老，聽殘紅雨到清明。」「羞看乳燕語雙雙，情緒懷人那肯降。寂寞梨花寒食夜，夢隨流水下吴江。」

人必有翛然之志，然後有翛然之境。番禺謝漁璜光輔舉孝廉後，於西溪卜築亭屋，顔曰「鷗波草堂」。既成，系以詩云：「卜築沿溪好，波光繞岸斜。船歸時繫柳，水漲課澆花。静閲江雲變，閒聽蛋唱謳。杜門塵事遠，風趣近漁家。」「問訊東鄰叟，漁舟昨夜歸。撈鰕供客饌，調鮓進慈闈。身世添蓬鬢，行藏付釣磯。開窗逢舉網，劇喜鱖魚肥。」讀此，覺衡門泌水，志趣尚在。

拐帶之害，吾粤流弊日深。偶閲常熟王東漵應奎《柳南詩鈔》，所詠《箬包船紀事》，有同令人髮指者。詩云：「有船鋭其首，以箬包裹之。名爲箬包船，聚泊疑茅茨。浮家無定所，忽湖忽江湄。居貨挾土産，擅技兼卜醫。中有無良者，行乞同殘黎。詎料豺狼心，所志竊童兒。神咒與餅餌，紿兒兒輒迷。牽引至船中，毒手恣所爲。或爲擢其目，或爲攦其肢。或屈曲其體，如籧篨戚施。形骸幾變盡，父母居然疑。清晨負之出，索錢號九逵。夕仍負以入，傾倒囊中資。數倘有不充，攢刺加鞭笞。苟延此殘喘，性命危如絲。有時更肆惡，視彼軀幹肥。入之人鮓甕，飽噉若餔糜。吸兒腦與髓，嚼兒肝與脾。從此筋骨强，便堪耐刀錐。更聞藏秘器，賣以療尫羸。一匕爲神膏，索值恒不貲。淫人祈長生，食之甘如飴。又聞湖海濱，茫洋有神祠。神曰抽筋母，此輩所皈依。重午曁仲秋，廟門搴靈旗。群船競祭賽，以兒爲牲犧。祭罷飲福酒，狼藉骼與骴。年來迭敗露，官長胥周知。勿問所從來，立斃陳其屍。謂足抵兒命，此外無窮治。不究其本根，徒然剪旁枝。官長法深刻，胡獨偏仁慈。其毒仍滋蔓，其故難尋窺。誰爲采風者，聽我歌此詩。」

唐人「可憐無定河邊骨，猶是春閨夢裏人」，爲從軍者言之。鄂文端「聞道將軍期馬革，幾人真箇裹屍回」，爲將帥者言之。俱悲涼感慨，議開邊者尚敬聽焉。

劉青田《深慮論》謂天下之禍患，每出於所備之外，使起前人見之，多覺其無爲。余《三户津》詩云：「葛公亭北濁漳濱，曾記東兵此渡津。一笑長城空萬里，不知三户已亡秦。」

余邑吴月湖茂才璧工畫，詩亦清雯。其《送譚大》五絶一首云：「昔君送我返，君情如我何。春風轉相送，飄亂柳絲多。」

余鄉間俗尚紫姑卜，每歲暮及元宵即爲之，不許男子窺伺。用筲箕一，被以服，如人形。横一竹坐其上，兩端以童女一人舁之。其神降，則竹重而能摇動。陸放翁集中有《箕卜》詩云：「孟春百草靈，古俗迎紫姑。厨中取竹箕，冒以婦裙襦。豎子夾扶持，插筆祝其書。俄若有物憑，對答不須臾。豈必考中否，一笑聊相娱。詩書亦間作，酒食隨所須。興闌忽辭去，誰能執其袪。持箕畀竈婢，棄筆卧牆隅。几席亦已徹，狼藉果與蔬。紛紛竟何益，人鬼均一愚。」乃知其來已久矣。

香山黄蔭芳妻楊如梅善屬文，能詩，工弈，精書。年六歲，父遣就塾，甫一年即卒業《四子書》、《女孝經》及《毛詩》。父以「花陰堪避暑」命對，即應聲曰「繡閣不知寒」，其幼慧如此。同邑方竹孫繩武題其《寄遠》詩後云：「人如秋水心逾淡，詩比梅花韵更清。浣罷薔薇月中露，隔簾應拜女先生。」可謂傾倒之至矣。

田家情事，必淺易方真。泰州宫友概太史鴻歷《村居店女兒行》云：「村店女兒年十六，黑鴉群中一白鵠。野花隨時插半鬟，葛袖苧裙新結束。倚門望見官人至，轉過牆坳不回避。官人肩輿入草廬，問有午飯餉客無？答言阿爺往輸賦，瀝米旋炊誤行路，壺中有茶吃茶去。」余愛其風味特勝。

論古貴乎有識，方令古今首肯。黄岡杜茶村濬《咏淵明》云：「淵明純醒人，生平未嘗醉。悠然見南山，酒中有真意。」《張睢陽》云：「一死動天下，睢陽與常山。唐室再造功，吾必曰張顔。」《文文山》云：「文山欲成事，死事非其欲。所以柴市前，一任炎午哭。」論列數公，最爲平允。

杭堇浦《題陳元孝遺像》五首，雄壯悲凉，足稱絶唱。而其父巖野先生一生忠節，彪炳千秋，詠者却少。惟《涵青堂集》《謁陳大司馬祠》云：「殉國家先破，亡軍骨亦灰。官仍明主賜，祠就故山開。近海濤聲壯，當秋木葉哀。何堪瞻拜日，一一送愁來。」「榆林烽火報，天作衆知難。一旅聲能壯，孤臣死已安。戰衣餘血淚，疏草載心肝。勒石原多事，遺民即史官。」「何意求完卵，孤兒亦至今。詩書留一脉，天地豈無心。名早通青瑣，官曾拜羽林。每聞論舊事，猶憶受恩深。」與杭作各具勝概，同垂不朽。集爲南海羅曉園植三著，家藥亭謂其詩典則風流，可以獨樹赤幟，誠爲篤論。

袁子才《馬嵬》詩云：「莫唱當年《長恨歌》，人間亦自有銀河。石壕村裏夫妻别，淚比長生殿上多。」崇慶何希顏明禮《題壁》詩云：「一自紅塵進茘支，遠山也學畫蛾眉。勸君莫譜《淋鈴曲》，多少夫妻別此時。」意調相同，俱耐諷誦。

吴荷屋中丞人知其善書，而不知其能畫。曾見其所作《望雲圖》，筆意縹緲，得三王家法。樸園孝廉謂官黔藩時，親病思歸，先寄示余者。名人題詠甚夥，中有王二樵獻二絶句最爲切當。詩云：「油然雲影藹然思，寫出無聲絶妙詞。寄語次公堅後約，分明一卷《補笙詩》。」「暫乞閒身亦太難，徑邀殊遇遂承歡。一時盛事傳寰宇，敢作尋常畫本看。」蓋外官請假省親自中丞始，故詩中備及之。二樵，吴興諸生，學問淵博，尤精金石之學云。

族叔介眉素善飲，今年近五十，氣質稍弱，因有句云：「薄酒入腸偏易醉，好花着眼亦忘情。」羸人情事，頗道得出。

南海郭仙航茂才泰舟，工書嗜酒，喜吹鐵笛，詩筆清峭。五言如「庭虚多受月，樹大不離風」，「檐低先就晚，屋老易成秋」，「安静無風樹，精神得月花」。七言如《中秋》云：「前身是月髮同白，老眼無花心尚明。」《漫興》云：「壯志尚如童以後，狂言每在醉之餘。」《鴉影》云：「緑蘿村外晚餘照，烏桕橋邊秋始波。」

吴川林新珊大令聯桂著有《見星廬詩稿》。余愛其寫景處，每於人所忽略者着想。五言如「江隨諸嶺轉，舟挾兩崖奔」，「雨細秋聲濕，宵長戍鼓訛」。七言如「摇棹激浪水潘水，刳竹導泉山過山」、「漁燈入水星浮出，山影沈江樹倒生」、「争渡人喧鄉語雜，打魚船過市風腥」、「夜市客遊燈影裏，宵行人語犬聲邊」、「江沈夜氣山無影，棹擊流光月有聲」、「殘曛在樹天如醉，盛暑蒸人地有烟」，俱佳。至《運河雜詩》十首，中有云：「糧船高如樓，貢船大如廠。客舟厠其間，小者如甕盎。客船遇糧船，客船不敢上。糧船遇貢船，糧船不敢搶。鑼礮兩堤迎，㗂柝中夜響。貢船壓糧船，糧船壓客槳。客槳無地容，遁入蓮花港。余時踞貢舟，一笑成遠想。」寫運河逼窄處，無語不警。

韓文「伺候公卿之門，奔走形勢之途」，爲干進者言之。嘉善黄霽青詩云：「朝向府中趨，暮向府中謁。借問客何爲，終日恒卒卒。晴亦不得休，雨亦不得歇。了鳥笑衣冠，瀧涷憫騶卒。從官不自由，何如夏畦暍。出則事公卿，禮數豈敢忽。惟嗟民事疎，曾莫益毫髮。但云忍須臾，終愧此閒月。」居官者當聞而汗下。

江南有鳥，于春夏之交繞村飛鳴，其音若「家家看火」，又若「割麥插禾」者。江以北聽之，則又曰「淮上好過」，山左人名之曰「短募把鋤」，其實一鳥也。黄霽青因作《禽言》四首云：「家家看火，蠶房下鎖。明燈在右，熏籠在左。蠶娘倚籠背燈坐，栗爆貓跳愁煞我，家家看火。」「割麥插禾，趁天晴，腰鐮磨過。三辛梅雨多，飽喫蒸餅唱秧歌。老農老農勿蹉跎，割麥插禾。」「淮上好過，淮上那得過。河堤破，有工作，土塊蘆柴盡奇貨。鹽糊塗，莫問課，愛惜錢刀有幾箇，淮上好過。」「短募把鋤，爾身無田，爾口待餔。連年麥收歉，到處求傭奴。耙犂爾給牛爾租，大田有望爾勿蕪。短募把鋤。」「鹽糊塗」三字，乃吴下諺。

黄霽青所著《詩娱室集》中有《海上謳》一首，筆最老蒼。詩云：「春申浦口水怒號，浮雲蔽天白日高。何來野哭聲嗸嗸，五尺欲下參戎刀。參戎得何罪，惟以擒盜故。小民安敢議，大府獄已具。大府謂參戎，誣良以邀功。胡爲鹿指馬，國法所不容。參戎平日身手好，誓殺么麽如殺草。樓船不死死牘背，自分頭顱終不保。紙錢十萬空城中，可憐難贖楊參戎。」余不知參戎爲何人，然以功獲罪，具見言下，至音節頓挫，誠集中壓卷之作。

霽青太守之父退庵亦能詩，著有《友漁齋集》。其《小山園看菊即事》云：「風吹客鬢何妨短，霜逼花頭未肯降。」《枕上喜晴》云：「雲可歸山無變態，鳥先得氣有歡聲。」《小山園遣興》云：「深林聽鳥有新語，僻徑敲門惟故知。」俱清潔。胞弟子未亦有《百藥山房詩稿》，《社日》云：「客都別去花爲伴，春到濃時草亦香。」《草閣》云：「溪邊雲隔前村雨，樹杪帆飛別浦潮。」皆有家數，可謂一門風雅矣。霽青名安濤，退庵名凱鈞，子未名若濟。

落花詩名作如林，寄意處多落跡象。吴中沈皎如女史五律一首，別見超脱。詩云：「笛裏誰家怨，吹來總斷腸。六朝春夢短，終古别愁長。天地老烟景，江山空夕陽。尋芳歸路晚，赢得馬蹄香。」真所謂「才人合讓掃眉人」矣。

蘇東坡《琵琶》詩爲古今絶唱，以聲音之道微妙，甚難抒寫耳。近時尤寄湘女史有《聽琵琶》一絶云：「切切嘈嘈撥不停，清江一曲思冥冥。分明十五年前事，倚馬涼州月下聽。」貼切中寓慷慨，余欲倚聲和之。

景平者，宜用奇筆寫之。嚴海珊《富陽舟曉起》句云：「曉色能移山，置之烟雨裏。」頗能於平見奇。

和平徐曉初部曹旭曾有「虹懸秋澗斷，雲閃亂山多」、「野水浮孤棹，春潭浴亂星」、「流泉争赴壑，野碓驟聞雷」、「天遠雲歸疾，山寒馬去遲」等句，爲時所賞。

吾廣婦女，每於上元後一日結伴入廟，争拾燈帶，以爲添丁之兆。其年得子，下年則還，名曰「拾燈」，又曰「還燈」。近來燈樣更多，製爲人物之形，昔以紙而今以帛，五色斕斑，粧點故事。每燈一座，琉璃百盞，費輒十金，豪侈相競。余邑何古巢松《拾燈詞》云：「觀燈齊赴上元期，南里姑娘北里姨。大半舊年新嫁婦，拾燈歸去怕郎知。」

《宫詞》如王建、花蕊夫人，皆擅一時之名，其詞俱尚綺麗。至黎美周《天上宫詞》，落想更屬奇幻。詩云：「玉天妃子盛粧餘，環珮玎璫曳紫裾。昨夜宴闌新有命，紫微宫裏掌文書。」「太微宫内散靈符，樂託來朝古丈夫。班罷徑同香案吏，天門東去看投壺。」

吴荷屋中丞家有賜書樓，藏書甚富。余嘗於其架中得手鈔詩一卷，首尾不繫名姓，中有《平山堂》五律云：「太守二千石，先生六一翁。江山自平遠，花木最玲瓏。不夜燈成市，《回波》曲《惱公》。斯人與風月，大半占淮東。」《贈上人》云：「能喫苦人惟老佛，不談禪處有高僧。」《草堂》云：「人立斜陽看壁影，鳥穿微雨破溪光。」《小兒女》云：「窺人半面劇多態，喚母一聲嬌可憐。」《弔岳忠武王墓》云：「湖上騎驢人是將，窗東縛虎婦能奸。」「天下二分乾叔姪，將軍一恨小江山。波沈白馬潮猶怒，天奪黄龍酒太慳。」《春柳》云：「橋畔若無分手路，樓頭應少斷腸人。」《留别諸同好》云：「才人總是貧爲累，天下無如别可憐。」「只覺名心抛撇易，尚餘情累掃除難。」《寄内》云：「語經追憶關心痛，情到聰明入想痴。」俱有意味。詢之樸園，知爲王笠舫稿。笠舫名衍梅，會稽人。嘉慶丁卯中丞典試浙江所得士也，時有才子之目。性嗜酒，辛酉選拔入都廷試，路過蘇州，友人送佳釀二罈，即返棹不赴試。後成進士，都中鉅公咸以鼎甲期之。殿試時猶帶宿醉，策書潦草，竟置三甲，以知縣用。中丞每深惜之云。

湘潭張紫峴大令，少時以《燕山八景賦》得名。詩更鬱盤雄健，直逼少陵，近來詩家當爲首屈一指。其五言佳句如《南徼》云：「蠻刀吹鬼髮，洞錦作戎衣。」《渡河晴望》云：「天浮關樹下，秋入海門青。」《渡洞庭湖》云：「九江争雪入，萬木踏風來。」《渡滹沱宿真定》云：「天風吹雁急，秋色老關多。」《登雨花臺》云：「雁破千江入，烏銜六代飛。」《晚渡揚子江》云：「江帶殘春湧，山浮夕照平。」《越銅井至萬峰臺》云：「濤浮二月去，花上萬峰行。」《從貴定行至平越》云：「無天唯有地，不雨亦生雲。」七言如《雙塔寺》云：「莊蹻關前雲散盡，梁王臺下海飛來。」《亦資孔驛》云：「天摇絶徼星辰大，月下深山鼓角悲。」《董公祠》云：「驕王經術空勞奉，武帝虚名豈愛才。」《金山》云：「塔湧古今來日月，江從天地乞丹青。」《過汴宫舊址》云：「江南花石空成劫，汴野宫人更有行。」《望羅浮》云：「山水至今遲白袷，英雄從古誤丹砂。」《歃血臺》云：「水過蕭梁嗚咽盡，山從宣歙畫圖開。」《廿四橋》云：「簫聲自古有明月，酒醒誰家多曉風？」至七絶《邯鄲曲》云：「叢臺百尺玉闌干，美女西風寶瑟彈。萬古漳河流不盡，只今明月照邯鄲。」《送朱質有還廣陵》云：「扶桑花落碧雞愁，人别昆明天上秋。直下孤帆一萬里，青山流盡是揚州。」《周宫行》云：「十萬黄金壯士收，美人城上著兜鍪。黄河不識宫牆路，只帶殘鴉繞汴州。」真不減供奉、龍標矣。

吴星儕《陳橋驛》詩云：「百年積弱遺南渡，一夜回軍誤北征。忘却燕雲圖禪代，遠謀畢竟未分明。」歎開國規模之狹也。吴白華詩云：「青谿關路黎州外，鑿塞紛勞紙上談。天水七朝邊患少，爲將玉斧斷雲南。」美開國經畫之善也。太祖任功乎？抑任過乎？

英夷之攻沙角也，陳都督連陞殉節。都督故有馬，爲賊所得，飼之不食，棄之，悲鳴而死。嗟夫！馬可謂知義矣。三水歐陽雙南茂才鍇《義馬行》云：「有馬有馬，公忠馬忠。公心唯國，馬心唯公。公殲群醜，馬助公鬭。群醜傷公，馬馱公走。馬悲馬悲，公死安歸。公死無歸，馬守公屍。賊牽馬怒，賊飼馬吐。賊騎馬拒，賊棄馬舞。公死留鍔，馬死留髁。死所死所，一公一馬。」

黄在庵玉衡爲虚舟先生子，由編修擢授浙江道御史，有侃直聲。後庚辰歸粤，歿於信州。盛子履輯其《安心竟齋詩集》，與譚康侯、張南山、黄香石、林辛山、吴秋航、黄香鐵詩合刊之，名《粤東七子》。詩筆清曠，如出水芙蓉，不事雕飾。其《凉棚》句云：「當空自樓閣，變態幾炎凉。」《雨中招同人集寓齋》云：「荔牆痕滑蝸斜旋，花院香沈蝶懶飛。」《與秋航夜話感舊》云：「難將大藥回玄鬢，但恃群書忍赤貧。」《懷劉三山》云：「身還有母何輕許，詩解窮人定愈工。」

趙師雄夢梅花美人，其事最韵。扶山太夫子冒雪訪焉，詩云：「茫茫香雪夢，艷羡到而今。爛醉已千古，梅花空一林。美人何處去，寒氣逼重衾。日暮仙山籟，猶疑翠羽音。」詩與事同韵矣。

粤人能遊五岳者，自馮魚山太史後，惟吾邑陳焕巖體元。所著《五岳遊草》各系以圖記，復綴以詩。其《登南岳》云：「氣吞江漢浮千里，勢壓荆襄峙四封。」《登東岳》云：「九曲黄河横一綫，半輪紅日躍三更。」「闢闔陰陽天柱石，升沉日月海門潮。」《登北岳》云：「平開日月三千界，高壓燕雲十四州。」「東西地拆燕秦境，經緯星分畢昴精。」《登中岳》云：「伊洛澗瀍三面繞，陰陽風雨四時和。」「晷卓九霄臺滅影，巖呼萬歲石能言。」《登西岳》云：「百丈懸厓天一綫，千尋垂綆鐵雙鉤。」「萬層雲磴迴心石，百步天梯擦耳崖。」俱極雄邁。

三水家鐵珊廣文麟英，詩頗具氣格，著有《所不能齋詩》數百首，藏其宗人駕山茂才家。最愛其《詠岳陽樓》云：「春滿岳陽樓，神仙醉上頭。氣吞雲夢小，勢遏洞庭流。欲採寰中秘，同爲物外遊。那堪大江水，浩蕩送行舟。」又《祀竈詩》亦别饒風趣。詩云：「千門爆竹兒童譟，臘月家家人祀竈。先生無錢市杯酒，一炷清香慚自告。神之來兮乘雲車，目其睅兮腹其皤。岸幘大袖烏皮靴，高牙大纛氣峩峩。我聞人言神最靈，年年此日登天庭。簡閲善惡投帝閽，賞罰頃刻侔雷霆。稽首竈神前致詞，此理茫茫安可推。但願甑塵神莫笑，但願鼎餁神調治。齒牙不食五侯鯖，頗憶當年烹伏雌。平生媚竈本無術，此意或可天翁知。神聞大笑目瞠眙，黑風颯颯飄靈旗。」他如《出門行》云：「鞍馬如龍擂大鼓，紅燭氍毹夜歌舞。壯士衝冠氣吐虹，昨來射殺南山虎。主人上壽黄金盆，醉來上馬復出門。出門四顧，短髮蕭騷。江深月黑，野曠天高。主恩欲報知何報，慷慨悲歌看寶刀。」猶有古音。至《古風》五十餘首，力追漢魏，得其神似，惜不能盡録也。

李湘筠大令嘗以便面索書，請録舊作。余爲録詠古二首。《朱仙鎮》云：「十二金牌倉卒催，英雄無計挽傾隤。黃龍儻痛諸君飲，白雁何緣萬里來。一塊肉貽厓海葬，兩宮車賺朔方回。郕王異代同懷惑，終仗公孤幹濟才。」《韓侂胄》云：「宗臣遠竄南方去，機速房中任指揮。印綬竟孤三省重，頭顱僅贖一關歸。蒼黃舉事才偏拙，徼倖成功計已非。繆醜議和君議戰，濟奸相類跡相違。」後華荔生文桄見之，歎賞不置，即偕湘筠過訪，并袖其稿，求余訂定。愛其絶句云：「潑墨天容吝晚晴，冷吟微醉未分明。年來別有閒愁緒，不種芭蕉聽雨聲。」

番禺黃蒼厓喬松與黃香石、張南山、譚康侯、林月亭、段紉秋、孔熾庭創建雲泉山館於白雲、濂泉間，伊墨卿撰記勒銘，稱爲「七子詩壇」，可謂佳話。所著《鯨碧樓詩鈔》能直抒胸臆，依傍一空。《木棉》十首，其中警句如「南國繁華偏霸氣，東風藻繢大文章」、「海市夜開懸寶鏡，仙山春宴集明璫」、「孤臣血淚塗丹壁，才伯精靈聚寶幢」，語極博麗。

兵凶戰危，故古人深以爲戒。王蘭泉《勞歌集》中句云「令嚴誰敢争先後，路險安能卜死生」、「銜枚千騎穿雲棧，踏雪三更剷石樓」、「碉樓遥出前山霧，堠火齊明半夜燈」、「連雲殺氣居人少，下瀨軍烽列竈多」、「圍向箐林深處合，人從矢石隙中行」、「負嵎賊已同狼顧，穴地人方等蝨行」、「芻糧載道傳呼急，礮石凌空激響嚴」。蘭泉屢與戎行，故言之親切如此。

臨川李韋廬《晚春病起》云：「病起憑欄小坐時，宵來一雨漲芳池。落花流水關情思，説與沙鷗總不知。」番禺田貢庭《夏日曉起》云：「忽覯新荷緑滿池，却憐春去已多時。杜鵑啼盡枝頭血，燕宿雕梁總未知。」意調略同，味皆雋永。

南海陳雲史孝廉工小楷，有率更《醴泉銘》神骨。詩不多作。《孤山晚泊》云：「樓閣參差燈上下，笙歌嘹嚦水東西。」《題吴樸園别墅》云：「雙橋柳引啼鶯路，一水門開放鴨圖。」《清明將歸先寄白雲洞諸友》云：「雲懶不嫌歸洞晚，泉流翻笑出山忙。」《郊遊》云：「有花便到忘賓主，與我同行即弟兄。」而最新穎者，莫如《水潦即事》云「草閣江深忘入夏，野漁罾聚忽成村」，《水退喜賦》云「龜盤地滑鋪新土，鶴子基乾拆舊磋」兩聯。吾粵名堤曰「基」，水漲則於堤上再築小堤，名曰「鶴子基」云。

余不好殺生，亦不喜放生，嫌其無益也。陽春譚康侯《放生羊樂府》云：「清晨入古寺，蘭若開靈囿。兩角彎環白羊瘦，金字雙牌懸耳右。中間年月已漫滅，尚識姓名書某某。我聞某公在日勢莫倫，富擬王侯谷量畜。金張公子相弟兄，五侯俠少争奔走。椎牛擊鼓會衆賓，滿堂紅蠟光如晝。鸞絃鳳竹雜笙歌，駝羹乳酪餘膻臭。萬羊鼎鑊一羊生，便祝主人千歲壽。送來古寺十萬緡，寺僧頂指頤隱肩。佛前跪拜令君壽，《楞伽》多羅聲沸天。寧知親戚骨肉間，寒無衣與襦，飢無糜與飦。君不見，古時上留田，牛羊日夕生寒烟。」讀「萬羊鼎鑊」二句，令人失笑。

昔人謂催租敗興，余初不以爲然。及遊采石，登蛾眉亭，咏云：「謫仙仙人已仙去，蛾眉山賸蛾眉亭。蛾眉亭閲幾興廢，此山萬古浮蒼青。」適黄岷山大令催飲，醉酣輟吟。又登西樵，與同人分咏云：「七十二峰巒，大科峰最尊。插天一千丈，拔地十三村。」適家人走報從兄小厓凶問，愴懷累月，至今數年，欲續成而不可得。始信潘邠之言不余欺也。

《霜紅龕集》爲陽曲傅青主先生著，余書其後云：「少持氣節壯傳經，三晉儒宗賸典型。早夢黄冠賜天帝，肯居紫省拜朝廷。生殊張際心彌痛，死等劉因目不瞑。南有亭林西二曲，草茅著述並遺馨。」

袁簡齋句云：「學書未就求人苦。」豈知應人之求，其苦尤甚。莆田郭蘭石太史句云：「閒裏忽忙是善書。」陽春劉鄰谷廣文句云：「書應人求盡日忙。」余書欠工，然求者殆無虚日，因亦有句云：「詩債纔完字債催。」

余邑歐祖詒章世善書畫，工吟詠。年未三十卒。其叔父劍村廣文葺其遺稿，名「一鱗集」。余愛其《澄海中秋夜寄懷弟經世》詩云：「客裏逢秋感慨頻，西風偏上苦吟身。且看三五夜中月，初作一千里外人。朋友路遥音信斷，弟兄情重夢魂親。離愁此夕知何似，應似孤鴻住海濱。」

錢塘周蘇門大令向青，所著《勾麓山房詩草》，七絶最多。如《十國春秋》《詠吴》云：「一時三十六英雄，誰向揚州築故宫？帳下魚龍東海鯉，楊花落盡李花風。」《北漢》云：「稱姪當年辱有因，是何天子是何臣。英雄惟有楊無敵，猶認劉崇作主人。」又《姑蘇懷古》云：「茄花委鬼禍方深，如此江山漸陸沉。七里山塘五人墓，姓名原未入東林。」《柳敬亭》云：「敬亭山色遠横烟，扇底桃花萬日傳。唱到開元天寶曲，傷心豈獨李龜年。」此數章聲情特勝。

「北風十二月，雪下如亂巾。實是愁苦節，惆悵憶情親。」鮑照《學古》句也。桂陽吴東湄《悼亡》詩云：「星回雪夜一周天，淚盡全家祀灶先。從此真成愁苦節，那堪還慶小團年。」用來彌覺悲愴。

臨川李穆堂尚書紱，以文章雄一時。其論方正學十族之事，謂「正學與齊、黄二公身秉國成，無故發大難之端，能發不能收，一死僅足以塞責。且『十族奈何』一語，詞氣粗厲，激此慘禍，吾自盡忠，九族何辜？十族更何辜耶？」論似有見，然未免刻待古人矣。詩多未脱《擊壤》習氣，惟句有清穩者。五言如《梅心驛》云：「澗疑前渡水，雲似故鄉山。」《西隆道中》云：「河聲終日怒，山氣四時陰。」《雨夜》云：「山摇燈影裏，人在雨聲中。」七言如《汴水》云：「邗溝八百全栽柳，殿脚三千總是花。」《秋山學圃》云：「夕陽千樹鳥聲寂，涼月一亭花影深。」《抵漢口尋大兄不值》云：「作事十年多落魄，思家千里獨銷魂。」《梅田洞》云：「年深鍾乳多成石，日暮歸雲併作山。」《九松山望密雲諸塞》云：「二十四關多險阻，三千年事幾興亡。」《落解》云：「本無門第妨齊皞，自是文章誤牧之。」仍不失爲雅音。

臨津吴伯翔大令名鳳，卸都昌篆，都民爲張燈三日，燈各題字，備極揄揚。大令紀以詩云：「燈火樓臺自昔聞，萬民此日更紛紛。鄱陽湖上添風景，預把元宵贈使君。」真仕宦中留别贈行佳話。

長白觀梅林榷使觀榮，詩極清朗。余讀《挂月山莊詩》，最愛其「有福看花貧亦好，無因謝客病方閒」之句。

《素問》言男子得少陰八數，故八八六十四而精絶；女子得少陽七數，故七七四十九而天癸絶。第老夫女妻，常有生稊之慶；若老婦士夫，鮮有生育者，况老夫老婦哉！奉新宋梅生廉訪鳴琦初生之時，其父慕劬年已六十，母亦五十，故梅生小名百一。慕劬答友人贈詩云：「霜雪年來滿鬢姿，那堪餘力豢豚兒。阿娘不解多男累，五十添兒也道奇。」

宋梅生廉訪所著《心鐵石齋詩》，卷帙頗多。如「霜知欲曙花愈潔，風到無聲力自微」、「交脱形骸成爾汝，事從閱歷悟因緣」、「生來福澤端由命，飽看湖山不礙廉」。集中此數聯爲最佳。

《味雪樓詩草》爲宋婉仙女仕鳴瓊著，梅生妹也。《春夜憶家》云：「桃雨關山梨雨夢，越鄉心事楚鄉愁。」《寓金華府容照樓》云：「半輪皎月千層霧，一派湖山萬里烟。」《送别大兄荆嶼返潯陽》云：「人情輾轉三更夢，世事輸贏半局棋。」《自嘲》云：「誰當歌哭誰當笑，半誤聰明半誤痴。」《自感》云：「識字已增天地劫，逃禪未有女郎途。」詩品應在乃父乃兄之上。

唐人宫怨，含情掩抑，節短韵長，故耐吟諷。豐溪徐白舫太史謙《玉階怨》云：「玉階花又落，微步獨徘徊。珍重青苔色，曾經翠輦來。」《春宫怨》云：「閒掃新粧學内家，玉簾窣地水紋斜。長門不識春深淺，開到東風第幾花。」庶堪步武。

桐鄉馮留士訓導嗣京，有《還鄉泛震澤》一絶云：「閒身未遂五湖遊，領略風光客裏舟。三叠吴歌千叠浪，亂帆如雪下蘇州。」著有《因樹屋詩稿》。

十二石山齋詩話卷六

順德梁九圖福草

詩有得一篇或一語即能名世者,如「鄭鷓鴣」、「崔鴛鴦」、「謝蝴蝶」、「袁白燕」之類,不勝枚舉。近時江南崔不雕孝廉華《舟中送别諸子》云:「白蘋江冷人初去,黄葉聲多酒不辭。」時目爲「崔黄葉」。歷城王秋史進士苹有句云:「亂泉聲裏纔通屐,黄葉林間自著書」,漁洋亦目爲「王黄葉」。錢塘家午樓大令夢善《秋草》云:「馬散玉關肥苜蓿,月明青塚冷琵琶。」時呼爲「梁秋草」。滿洲祥藥圃觀察祥鼐《酒帘》云:「送客船停楓葉岸,尋春人指杏花樓。」李雨村呼爲「祥酒帘」。東莞祈珊洲部曹文友《出郭》云:「一夜東風吹雨過,滿江新水長魚蝦。」漁洋呼爲「祈魚鰕」。余邑張玉洲孝廉錦麟《湖心亭》云:「三面青山四圍水,藕花香處笛船多。」時目爲「張藕花」。管水初一清《春日即事》云:「兩三點雨逢寒食,廿四番風到杏花。」史文靖公呼爲「管杏花」。平湖張鐵珊雲錦《咏紅葉》云:「賜緋不信寒山遍,衣錦還推大樹能。」其舅陸陸堂呼爲「張紅葉」;又《春草》云:「櫓摇細緑過芳渚,簾捲遥青入畫樓。」方文輈又呼爲「張春草」。山陰吴修齡有句云:「雁將秋色去,帆帶好山移。」人因呼爲「吴好山」。揚州張哲士《咏胭脂》云:「南朝有井君王入,北地無山婦女愁。」人呼爲「張胭脂」。何竹溪《漱珠橋題酒家壁》云:「半夜渡江齊打槳,一船明月一船人。」余戲呼爲「何一船」。

茶有社前、雨前、火前之名,其來舊矣。近有稱明前者,謂清明前所采也。光山胡雲坡尚書有詩紀之云：「桑苧風流勝酒仙，嫩香浮椀月侵筵。摘來寒食山頭蕊，贏得新名占雨前。」後之好事者，當補入《茶經》。

「因材器使」四字，最屬用人活法。顧迂客嗣協《雜詠》云：「駿馬能歷險，力田不如牛。堅車能載重，渡河不如舟。生材貴適用，慎勿多苛求。」詮發最爲明透。吾願操衡銓者常書之座隅。

神仙虚幻，本不足信，而求仙者惑焉，皆緣欲心未浄，結爲妄想。常熟汪東山殿撰有句云：「桃源自是人間世，却遣童男問海山。」又「神仙不作兒孫計，一任張巡慟哭來。」皆藴藉有味，妙不説破。

亡友南海李瑶林錫恩，椒堂觀察可蕃之孫，幼失怙。十一歲過青步灘，有「水花争作雨，石氣欲生雲」句，爲時傳誦。年二十卒。卒前一夕，余適寓羊城，夢其偕一衣冠人來告别。余驚醒，泫然曰：「瑶林必下世矣。」次日果聞凶問。惜無子，詩稿散佚。甲辰秋，余過其墓，題詩云：「四山黄葉落紛紛，抔土荒涼對夕曛。嗣續無人慈母老，墳前一過一悲君。」

吾邑温秋瀛比部承悌，爲質坡侍郎之子。夙承家學，詩近宋人。《泰安道中》云：「一徑人行窄，雙輪石上飛。」《吴山秋眺》云：「浮烟團井邑，放眼小江湖。」《舟中漫興》云：「灘邊急雨珠千點，竹裏誰家屋幾間。」《岳武穆祠》云：「千秋精爽在，野老説遺忠。頑鐵銷奸魄，靈旗颺故宫。一門同義烈，諸將亦英雄。坐壯江山色，馨香俎豆崇。」語意極精鍊。

古人敗闕，亦不可被他隱瞞。周漢荀龍藻《詠史》云：「佛老爲道蝨，厥理自古彰。彼先三綱滅，何以訓四方。蚩蚩文中子，胸無尺度量。哆口三教一，仁義日以傷。妄充兩廡祀，春秋備蒸嘗。吾思黜其主，以爲儒宗坊。」此與東坡論荀卿同一巨眼。

神仙之説，眩惑已久。力闢其妄，人猶不解。楊蓉裳詩云：「神仙不可求，蓬壺渺無際。世不見神仙，與死何以異。辟穀厭芻豢，生世欲何計。纍纍古人墳，半作耕耘地。」可謂要言不煩。

李韋廬「自知生計拙，多與舊交疎」，較孟襄陽「多病故人疎」句爲更入情。

錢唐汪松溪汝謙製畫舫於西湖，曰「不繫園」，事甚雅而名甚佳，覺書畫舫後，又添一詩料。

先大夫刊送《經驗良方》，復製六合定中丸，分惠鄉閭。余述先志，亦刊《良方類鈔》，和合甘露茶、萬應膏，應付病者。與吴星儕輯《嶺表詩傳》，又自輯《紫藤館雜録》及《筆記》，聊以自娱，非著作也。

滿洲吴晚亭中翰有句云：「濟時技拙聊行藥，學古疑多敢著書？」可謂實獲我心。

潞河有船名「楊柳青」，其名頗雅。張茶農却不喜之，賦詩云：「生憎楊柳爲離别，何事船名楊柳青？悽絶潞河三百里，朝朝風雨似長亭。」是從雍陶《情盡橋》詩「自是改名爲折柳，任他離恨一條條」翻出。

羊城光孝寺菩提，初爲六祖手植，今則非舊本矣。其葉清净，所存根絡如紗，可以寫字，可以障燈。余邑胡遠浦洪有「色空悟到原無樹，機杼誰知别有家」之句，似甚穩愜。

李百藥論詩曰：「唐詩涵藴深遠，比興居多；宋詩據事直言，敷陳大半。要皆合乎《三百篇》之旨。」分别唐宋，此最公當。

詩用「如」「似」者，昔人曾譏放翁。譚誨亭句云：「雲横遠岫衣千摺，水落平橋帶一圍。」竟省「如」

「似」二字，最屬可法。

興縣康茂園中丞精堪輿之學。藩吾粵時，欲改遷貢院，已相度地基，緣遷擢不果。餘所改作多奇驗，粵人猶能言之。其詩亦清妙，《登焦山》云：「浮玉摇天碧，迴瀾障海門。人從初地入，峰到上方尊。吴楚當軒合，雲山遠水吞。我尋高士宅，三詔石猶存。」

四川柳端，自言爲成都諸生。道光癸卯來粵，訪友不遇，資斧乏絶，丐食羊城，作《感懷》詩三首。中一首云：「海外風霜白髮催，望雲心事已如灰。六旬浪跡幾千里，一日愁腸十二迴。行旅者番真鹵莽，升沉到底費疑猜。途窮漫作求人計，誰向王郎賦莫哀。」又有句如「五夜暗流思子淚，幾時能動返鄉身」，亦警。三年落拓，無有過而恤之者。丙午春，從姪愛樹見其詩，歎爲才士，贈數十金使歸。不數日耗盡，歸竟不果。豈其命固應如是耶？抑賭蕩有以誤之也？

厲太鴻有《自石湖至横塘》詩云：「楞伽山頂濕雲堆，噤痒桃花出廢臺。萬頃吴波摇積翠，春寒來似越兵來。」祇是弔古常話，説來異様出色。

王穀原《秦淮絶句》云：「紈扇桃花細字明，黑頭江令見須驚。瓊枝玉樹根長在，觸着東風會却生。」瓊枝玉樹，雖雅而陳，解此用法，無陳非新矣。

《思不辱齋集》爲分寧萬和圃侍郎承風著，古近體氣格稍弱，惟絶句尚有風味。《雨後武陵道中作》云：「水滿陂塘稻滿畦，緑荷斜漾柳條低。雨停沙岸無泥滓，一路輕陰護馬蹄。」《青山白雲》云：「前山雲接後山雲，雲白山青靄碧氛。山自迷離雲自繞，飛泉一道渺難分。」

蔚州魏環溪先生云：「余生日例不敢受祝，亦不敢狥俗爲人祝。曩在都門，乞壽詩者泛焉，酧之而已。竊思孔子之學，十年一新，所謂自强不息，法天之健也。世人生日年一遇，不過歲月之常。其可祝者，道德文章因年而進耳。若以絶未有之事粉飾鋪張，不顧人之所安，直笑駡矣，祝云乎哉！」余愛其言，因於《生朝口號》云：「卅年墮地竟何如，花甲光陰半已虚。夢死醉生成底事，得閒且讀及時書。」

番禺海中有白蜆塘，每當春暖，白霧彌空，土人知爲白蜆落也。余有句云：「宿霧濛濛飛蜆陣，新雷隱隱汕魚花。」土人謂魚卵爲魚花，以其粘藻荇之間狀花，故云。

截詩須層折自然，方得唐人家數。長洲沈得輿侍郎《送楊曰補南還》云：「去年春盡同爲客，此日君歸又暮春。最是客中偏送遠，况堪更送故鄉人。」四層意一筆齊寫，不事雕琢，自覺黯然。

詩中説科第，易落庸俗。張船山句云：「一第如棋亦偶贏。」馮子良句云：「科第如詩得偶然。」得此雅喻，便有别趣。

作詩運事，兩兩比勘，則議論自出。江南郁東堂《韓侯釣臺》云：「王孫昔釣長淮流，釣竿一擲重瞳愁。赤龍得水上天去，鍾室酧功付刀鋸。漢家青史兩釣臺，千秋獨爲韓侯哀。何如客星早歸釣，一别東都更不來。」以此形彼，自不單薄。

《塞下曲》難出唐人範圍。江南史胄司云：「明月中天秋氣清，令嚴刁斗最分明。前山夜半雕翎響，知是官軍射虎行。」特從旁人指點，自工於避就。凡套襲題，宜知此訣。

吴苑詹湘亭大令應甲《柳絮詞》云：「弱不禁風祇趁風，來時漠漠去濛濛。多應盡是離人夢，飛滿空江烟水中。」詠絮詩多矣，此却有趣。

詹湘亭大令昵一秦淮女伶，曰磬兒，姓姚，色藝冠絶一時。湘亭每哦詩，磬兒即倚歌和之。積詩數十章，曰《扇底新詩》。有云：「秣陵春暖百花香，夾岸疎簾隱曲房。昨夜停舟河上問，桃根桃葉是同鄉。」又：「桃花蛛網挂詩瓢，愁煞春江上早潮。竟欲抽帆渡揚子，送郎雙屐到金焦。」二絶最爲清麗。磬兒與湘亭有終身之約，後旋病卒，年才十九。湘亭葬之吴閶門外桐涇之原。王鐵夫爲誌墓，其夫人曹墨琴書碣。鐵夫詩所謂「明霞舊説吴興墓，涼月重尋菊婢墟。留與千秋作憑弔，鐵夫題志墨琴書」是也。亦韵事矣。

世俗以四月八日爲浴佛節。按：周莊王十年四月八日，悉達太子生，即釋迦佛也。以夏正考之，實今之二月八日。《遼史·禮志》所載甚明，《遵生八箋》亦曾辨及。家莖林中丞於是日設齋，集里中諸君子，爲春日增一勝緣。因紀以詩云：「向榮卉木各欣欣，生面筵開實舊聞。佛誕自應歸夏正，花朝恰已近春分。幾人好事還如我，一飲無名且問君。米汁依然入文讌，西方定起吉祥雲。」

福州陳恭甫太史壽祺，著有《絳跗草堂詩集》，吴蘭雪謂其七律直與梅村抗衡，頗爲過譽。《咏淮陰侯》云：「假王獨恨圖齊急，良史終明背漢誣。」自有見地。

七絶用叠字之法，自有一種天然情韵，耐人諷誦。如伍鐵山《竹枝詞》、金繪卣《鷓鴣塘》、魏善伯《江頭别》、鄭豐麓《甘灘打魚詞》是也。余《浦城旅懷》詩云：「千里離家客浦城，思家無日不愁生。相思樹上相思鳥，偏攬相思夢後情。」蓋倣此法。

東坡謂絢爛之極乃造平淡，陶詩之難學者在此。仁和宋左彝大樽《學古録》極意學陶，然貌合神離，不如《牧牛村舍外集》自存本色爲好。其《邗江雜詠》云：「蜀岡詩酒傳名勝，隋苑烟花戀帝家。明月二分分占盡，平山堂與玉鈎斜。」

余買黄司農永祺故宅，改建紫藤館，蒔花養魚而外，日惟閉户把卷，巡簷索句而已。拙疎之性，祇堪自適。因有詩云：「十二闌干幾度憑，年來風味頗堪矜。詩難割愛如妻子，書有清談即友朋。臨沼静看魚漸上，叩門還喜鶴能膺。一階紅日教全隔，先唤園丁引紫藤。」

詩有似翻而實非翻者，如江都鄭楓人澐有句云：「翻因爲客久，較勝别家難。」山陰女子王端淑《感懷》云：「容顔似草怯經秋，弱柳痴心戀白頭。每笑唐人詩意淺，反云少婦不知愁。」俱用實寫，非故翻也。

「淚兼花作雨，愁似草逢春」，此華亭高謖苑層雲《故園》句也，從老杜「感時花濺淚」化出，雖不及杜之警鍊，却近宋、元名句。

余邑俗尚柚燈，將柚去瓤，外鏤山水人物、亭臺花草，窮極工巧。上燈後觀之，幾如讀畫，亦雅玩也。劉擴之充廣咏云：「四面皆圖畫，中涵一火青。有香兼有色，如月又如星。」

元稹聞白太傅左降司馬，寄云：「殘燈無燄影幢幢，此夕聞君謫九江。垂死病中驚坐起，暗風吹雨入寒窗。」樂天云：「他人尚不可聞，况僕哉！」閩縣許儉農潤《舟泊劍津懷亡友劉復庵》云：「分手齊安隔數春，何緣龍劍合延津。可堪風雨孤舟夜，白髮盈頭哭故人。」一則悲生，一則傷逝，合并讀之，俱爲酸鼻。

寫景最要貼切，令讀者如見其山川、風物、氣候方佳。如四川雅州有「天無三日晴，地無十里平」之謡，金匱杜凝臺中丞玉林句云：「春盡林香猶作瘴，雨餘山氣不全晴。」改置他州，便覺減色。

羅江東《贈雲英》詩「我未成名君未嫁，可能俱是不如人」，感舊也。沈台臣《贈湘烟》云「傷心一種天涯客，卿是飛花我斷蓬」，暫遇也。俱於無關合處生出關合。

余邑馮孟龍官性好奇，精字學，書法近鍾，人多寶之。所爲詩戛戛生新，不落俗派。其《中秋登樓望雨》起句云：「山雨月如醉，海風秋送香。」《珠江》云：「紅潮暗落夜漁天，緑樹陰穠珠石邊。啾嘆霞臺誰得月，滿江風送賣花船。」

曲江廖柴舟詩，一時推爲名手。愛其《題子陵釣臺》云：「七里灘聲千仞磯，高風今古共崔巍。漢陵寂寞雲臺圮，始信功名讓布衣。」又《送别》云：「芳草離魂兩欲迷，官橋柳覆小亭低。行人忍向春風别，多少流鶯不敢啼。」

温飛卿咏蘇武，有「回日樓臺非甲帳，去時冠劍是丁年」，是以逆挽見長，非以「丁」「甲」見長也。然後人祖用，亦有出色者。如李巖山《感懷》云：「漢廷近詔寬三甲，蜀道何年鑿五丁。」潘稼堂《贈錢飲光》云：「久矣泥塗書亥字，凄其衰白感丁年。」鄭荔鄉《哭伯兄》云：「可能華表歸丁令，無分詩筒寄卯君。」陸義華《和孫相國大兵勦苗屢次克捷》云：「笑談自藴胸中甲，步伐頻申巽後庚。」繆子長《友人過訪》云：「坐上清歌聞《子夜》，人生行樂及丁年。」鮑覺生《太白》云：「天遣長庚紓國難，世稱夫子作詩狂。」樂蓮裳《讀史雜感》云：「老羸庚癸流亡盡，婦女丁壬燼蕩餘。」祝止堂《平緬甸》云：「默咄何難防戊己，支祈不過守庚辰。」陸秋玉云：「人間歲月仍從甲，物外漁樵不算丁。」吴脩齡《洛陽》云：「龍首西通子午谷，鴨頭東下甲庚溝。」尤西堂云：「牽牛磨蝎雌雄甲，玉馬金雞先後庚。」彭子贊《書屈陶合刻後》云：「對酒不忘書甲子，《懷沙》空自歎庚寅。」桐城張樹彤《五日潤州》云：「五絲誰續庚寅命，雙槳人過丁卯橋。」方朴山云：「坐守庚申憐隻影，重來甲子當初生。」朱竹垞云：「舊日詩篇忘甲子，老年書法誤丁朋。」

嘉應顔鶴汀崇圖詩學放翁，時有神似。其别某云：「滿江烟月人千里，三月鶯花酒一杯。」《旅夜》云：「千山黄葉家何處，萬里寒江客未歸。」《旅感》云：「老去愁無兒女累，秋來喜得弟兄書。」《秋夜飲緯武閣》云：「久客一身多懊惱，長貧雙鬢半凋殘。」

鄧湘皋顯鶴詩筆與程春海相頡頏，故《北湖酧唱詩略》合爲一卷。其《贈别王香杜大令東歸》五首，中有云：「未死神已敝，妄託詩能窮。文章自載道，不僅言語工。起衰復誰責，吾思廓清功。」讀此知湘皋之造詣矣。

自來詠劉先主鮮有愜意者。江南劉孟塗開一首最爲奇肆，詩云：「能教王佐出隆中，百戰纔收取蜀功。半世依人同旅客，一生知己是奸雄。兵戎婚媾丹陽宴，骨肉君臣白帝宫。今日故居遺跡盡，不須恩怨説江東。」

何孟門不喜翁山詩，目爲鹵莽，嫌其少含蓄耳。然格高氣清，筆超力健，如幽燕老將，爽颯逼人。綜閲全集，知其得力于李、韓居多。一題到手，俱能自抒懷抱，令千載後讀其詩，知其遇，如見其人。宜乎劉阮林謂「國初以來，稱騷人無過番禺屈大均」，意必有所見而云矣。阮林名聰咸，江南桐城人，嘉慶十五年舉人。有《傅巖詩集》。

何犖道字皇圖，香山人。大學士吾騶子，遭亂徜徉自廢。著有《樾巢稿》，鈕玉樵稱其律細詞清。如《春夕》云：「水邊對月難尋影，樓上看花盡見心。」《歸至鐵岡》云：「下瀨船從波底起，臨崖鐙向樹頭懸。」《懷李東苑》云：「愁中生計沈杯底，夢裏功名到枕邊。」《宿準提閣寄陳元孝》云：「流螢入雨能爲火，凍瀑臨風不化冰。」《咏簾》云：「每當月到通花氣，不待風來作水痕。」《白石道中》云：「桃花雨暗烟村路，楊柳風寒野渡人。」俱新穎。

婁縣馮椆庭布衣柷工書，歷遊封圻幕府，如佟吉圖方伯、張覲臣中丞、鄂毅庵相國，皆後先禮聘。椆庭少時即留心經濟之學，而飢驅四出，又喜與齊、秦、燕、趙豪俊交遊，故陰陽星律諸書，靡不考究。其詩淡而彌永，頗有得於陶公。其《穫稻》云：「穫稻乘天霽，腰鐮露欲晞。今秋真得歲，數日已忘飢。野雉驚人起，田烏作隊飛。風光悦餉婦，采菊笑言歸。」《雪後過旁老故居》云：「卧柳斷橋烟自冷，短牆殘草燕空飛。」《送春》云：「東京舊夢迷紅雨，南浦新愁繞緑烟。」皆有逸氣。

滇南雞㙡菜，明熹宗嗜之，歲馳驛以獻，惟客、魏得分賜，雖張后不得與也。張度西咏云：「翠籠飛擎驛騎遥，中貂分賜笑前朝。金盤玉筯成何事，只與山厨伴寂寥。」評者謂與老杜「西蜀櫻桃」一種作法，中含諷刺，非比尋常賦物。余謂其本老杜《贈花卿》意而反用之，只作調侃語耳。

王漁洋先生謂唐絶句俱入樂府，誠爲卓見。觀《清平調》及旗亭畫壁諸作，儼如元人南曲、北曲矣。《石洲詩話》引東坡《陽關曲》三首，謂非一時及因一人一事而作，特以聲調與右丞《渭城》之作相符，因總襲其名。爰録其詩，詮釋其平仄，竟如詞之有譜可填。後人欲仿其體，須細究其音，不獨《陽關》一曲爲然也。

番禺王邦畿，明末隱居西樵山爲僧，著有《耳鳴集》。釋澹歸謂其詩諸體皆工，其五、七言律足奪王、孟之席。王阮亭賞其「雲低滄海樹，潮上夕陽城」「曙色寒山外，秋風古渡前」，謂爲殊近錢、劉。余最愛其《戊子歌》得《三百篇》遺音。歌云：「歲維戊子，月建乙卯。飢饉爲灾，多食不飽。當胃脘間，如虚若燥。小婦不量，多病又惱。薪貴於玉，人賤於畜。一豕萬錢，一妾斗粟。見于陌者，藤形瘇足。路有死人，白茅不束。濯濯者山，明星粲粲。吁嗟廣厦，雕梁拆爨。鳩居鵲巢，主人鼠竄。不能鼠竄，朝夕供飧。雖則供飧，猶怒不繁。束刀入市，奪民之食。駕言行邁，擄民供役。千里不飯，中道絶息。娥娥者粧，羅列成行。幾微失意，飲劍以亡。或撻未死，逐出路旁。見者呑泣，不敢匿藏。莫高匪山，莫卑匪履。行行行行，必有終止。民之憔悴，莫甚於此。哀哀蒼天，亂何時已。」

娼樓妓館，所在多有。吾粤附城，以水面爲優。水面數處，復以迎珠街、沙面爲最。迎珠在南門外官渡頭，俱浮家泛宅，鱗次比櫛，如巷曲可通往來。沙面在城西外，中起一沙洲，妓婦以板築屋，窮極粉飾。余俱有詩咏之。《迎珠》云：「大沙舢夾大横樓，詞唱《包心》調《馬頭》。水自送聲風送色，水風無日不夷猶。」「沙舶」「横樓」俱船名，即妓女之所居也。所唱之詞名曰《解心》，又曰《包心》；調曰《馬頭》，又訛曰《馬蹄》。《沙面》云：「傍水迴環矗大寮，教琵琶熟教吹簫。坐燈時節如花貌，一縷魂先蕩子銷。」妓樓大者名曰「大寮」，上燈後坐以待客，名曰「坐燈」云。

凡庸瑣題，必須有新意，方得超妙。徐台臣《送春》云：「客舍長安十丈塵，閉門終日苦吟身。一花一草何曾見，却道今朝是送春。」

詩貴沈着。吴縣董僧隱閽詩云：「遠遊當歲暮，爲養反離親。貧士千秋恨，依人萬里身。」何等沈着。

自來詠素馨花多指南漢美人，罕有兼及南詔段素興者。余詩云：「生移名字結芳緣，死有香魂戀墓田。南漢美人南詔主，千秋一樣藉花傳。」

世説唐明皇羯鼓催花，群花盡放，惟牡丹不發，故獨貶洛陽。諸暨施瞻山廣文滄濤絶句云：「一任西園羯鼓頻，不隨黄紫鬥芳新。輸他饒有鬚眉氣，笑煞群花盡婦人。」可爲牡丹生色。

吏部藤花廳藤爲明吴匏庵手植，其花榮落，關係本部陞轉。乾隆辛酉，花忽憔悴，冢宰甘公薨於椅上，手猶執筆未落。丙戌花忽齊放，侯官何念修逢僖由郎中直陞少宰。何詠藤花六絶句，有云：「曾從粉署爲郎日，看到冰廳判事年。」當時傳爲佳話。吾邑自温簀坡侍郎移植以歸，各園林始繁其種。余庭前手植一株，夏日濃陰擁蔽，異香馥郁，遠勝緑天矣。

越之沼吴，詩家多説成西施有以報越，不知西施受越恩淺，受吴恩深，斷非樂於亡吴者。袁簡齋詩云：「吴王亡國爲傾城，越女如花受重名。妾自承恩人報怨，捧心常覺不分明。」不以報怨屬之西子也。吴星儕詩云：「響屧廊空長緑蕪，樓臺終古艷姑蘇。傾城自是佳人事，歌舞無心已沼吴。」拈出「無心」二字，最爲平允。

寧鄉袁峴岡曜所著《吾吾廬草存詩》，余僅愛其《章江夜泛》頷聯云「虚舫滿懷風露氣，遥堤早劃水天痕」二語。

作詩須有我在。會稽陶石湖明經章焕《過借風臺》云：「浪沙淘盡古英雄，猶説周郎破敵功。家近扶桑歸棹遠，借風不願借東風。」

白帝城詩，以余所見，姚江徐敬璲炎一首爲最。詩云：「一棹西來攬舊都，夕陽滿地草荒蕪。英雄魂魄三分業，辛苦江山六尺孤。丞相表忠長有漢，夫人捐節早無吴。斬蛇漫論興亡案，白帝稱名亦偶符。」

程春海侍郎古體鋪叙明暢，有白太傅遺響。其佳句如「寒烟一雨便沈屋，落葉萬鴉同渡江」，尤瘦硬通神。

余少作散佚者，多不記憶。偶訪馮厓介先生，見其所書便面，有《楊柳枝詞》云：「半縈細雨半縈烟，畫出春愁二月天。閒向柳波滦盪槳，不緣話别也纏綿。」相與歎賞。先生徐曰：「此君舊作也。」余不禁啞然。先生書名重一時，凡所做二王及褚、顔、歐、柳諸家，無不神似。年七十餘，尚鬻書自給，有暮夜之餽，恒婉却焉，洵有守之士矣。

白沙先生詩，論者謂其風韵少減。如「沙水東西兩石橋，夕陽飛馬剪山腰。不知酒興還多少，一路春風吹未消」，亦何嘗不風韵耶？

洪稚存太史云：「晉陶徵士潛，詩家第一流也。然家柴桑而官彭澤，蹤跡所到，不出數百里焉。」余謂有陶公之天分，庶幾可以勿遊。不然，恐胸襟不擴，所見者尠耳。

壽州鄧林屋太史旭，戲贈僧家詩云：「下閣看山日幾回，松濤杉浪碧成堆。老僧不肯開窗牖，只怕青山入户來。」直是幽絶。

江南朱念祖受新《吴宫詞》云：「君王自愛傾城色，却忘人從敵國來。」浙江祝豫堂維誥句云：「館娃歌舞歡遊日，忘却西施是越人。」從子光大詩云：「種蠡謀竟倚傾城，一笑夫差别有情。盡日愁眉圖霸越，姑蘇猶自唤顰卿。」意議俱同，可謂唤醒夢夢。

律格奇創，最新耳目。金藝圃《棲霞嶺謁岳鄂王墓》詩云：「天使將軍竟渡河，黄龍痛飲勢嵯峨。兩宫不日都迎復，一檜何人敢議和。凱入朱仙臣事盡，生封鄂國主恩多。無端十二金牌下，遺恨南枝空浩歌。」此題名作如林，故特爲奇格以制勝，而氣雄筆健，無飣餖軟弱之病，想亦生平得意之作也。

「少時分袂走塵中，馬上驚看白髮同。四十二年重一面，夕陽鞭影又西東。」此扶山太夫子《重晤伍格軒》詩也，最近李庶子。

吾邑温質坡少司馬汝适，所著《攜雪齋詩鈔》，有「日氣穿雲下，山光擁樹來」、「花欹紅蕊散，樹古緑陰稠」、「粉墻延竹影，青砌踏松枝」、「四山青入目，一水緑連村」、「山中朽木能蒸菌，水面微風偶聚萍」、「衣裳半濕非關雨，雲樹相連不辨山」、「雲多遠態能添岫，荷有新香不待花」、「澗飲斷虹收雨氣，夜迴天籟發松聲」等句，皆自然名貴。

張度西《雜興》句云：「水國多温瘴，山城起渴霞。」「渴霞」二字甚新。

莆田郭蘭石太史尚先督學四川時，在先兄雲裳刺史案上見余《蜀道》詩，疑爲唐人絶句。詩云：「過得拔蛇山，征夫鬢已斑。不知前夜夢，那解到鄉關。」後詰知爲余少作，乃曰：「此子後來必以詩名。」

卓文君之所以可傳者，多謂其風流放誕耳。香山麥柳池愔咏云：「四壁蕭蕭雪欲來，典裘夜共醉香醅。漢朝天子臨卬令，一代何人解愛才？」愛才之難，古今同慨，安得不讓此女子彪炳千秋，豈真以私奔作美談耶？

歷來選家，意見不一，或取老朴，或取沖淡，或取穠艷，或取雄健。究之，志和音雅，不失風騷之旨，斯爲正聲。余與星儕本此意以定《嶺表詩》，未知有當焉否也？

人當危險之際，雖甚惶迫，亦須排解，方不驚亂。鉅鹿楊猶龍方伯思聖《入棧紀行》云：「强顔慰僮僕，談笑輕波瀾。中情默自傷，何能駕羽翰。」

唐人「鼈身映天黑，魚眼射波紅」，狀海上險怪，可謂奇創。吴縣惠半農侍講士奇衍爲七言，云：「鯨眼常明無月夜，鱟身能使不帆風。」聲情似更生動。

南海林迪園紹光，由户曹出知安陸府，潔己愛民，修舉廢墜，閭閻烝烝向化。緣緩於趨謁，大吏以才地不相宜刻之。士民供帳祖道，溢於郊坰。故其罷官詩云：「杯擎父老心猶古，淚灑輿臺意亦傾。遮道臨歧復私語，公今此去不分明。」蓋紀實也。

徐侣梅女史叶英，南海人。遠嫁於浙，以不得於其夫，流離落拓。遂之京師，入睿王府中，專事吟咏，後乃歸粤。聞其詩數千首，尚在王府。余從其母家諸姪及諸戚處搜得詩三十首，又《詠梅詩》一百首，擬爲刊刻以行。其《在粤寄懷睿王妃》云：「解卸宫粧過五湖，羅浮深處結茅廬。草遮石磴尋碁局，雲鎖柴門看藥書。鳳閣龍樓詩思渺，松風水月道心虚。嫦娥最是憐梅瘦，寫入漁樵影便疎。」又云：「九重仰望目低垂，春草春雲萬里思。有淚怕聽長夜雨，無聊且看别時詩。承恩幾度因花早，琢句多從待月遲。金鎖玉魚休令閉，更容清夢入瑶池。」可云清麗。至《寄外》云：「燈花卜盡已無期，浪迹天涯到幾時。黄口忍抛兒女小，白頭應念舅姑衰。千行柳眼青誰盼，百結蓮心苦自知。歲歲授衣人萬里，斷腸空譜《鷓鴣詞》。」未免聞者傷心矣。

三水林開先太史承芳，前明萬曆朝官參議。工散體文，詩學蘇、陸。所著《竹窗稿》未付梓，故近人罕有知其名者。五、七律多佳句，五言如《題張相國閒處館》云：「竹光圍遠翠，梧露滴新凉。」《夏日玉署即事》云：「藤陰全覆石，澗溜半穿池。」《寒居》云：「閉門寧解事，高枕自多違。」《下第發都門示山童》云：「愁裏看春色，天涯當故人。」《玉峽》云：「虹拖千澗雨，龍挂半峰雲。」《送曾大司空歸江左》云：「隱非慙聖主，出豈負青山。」《金山》云：「天浮三楚色，地湧九江潮。」《吴山》云：「磴紆山路細，寺古野僧稀。」《峋嶁山房》云：「野橋低避石，曲澗半迎扉。」七言如《寶善亭納凉》云：「息心榻静焚香後，解帶人閒罷講初。」《瀛洲觀水》云：「浮空影動三山色，到檻涼生八月潮。」《同諸子飲黎惟敬水竹居》云：「嬌花覆石紅猶濕，乳燕穿簾舞更斜。」《九日登高》云：「萬里關津通朔氣，千家砧杵動秋風。」《浮丘》云：「南國浮雲看劍外，西山晴色落杯前。」《雨中諸子過訪》云：「湖海百年甘浪迹，乾坤何處更掄才。」真炎洲翡翠，渤海珊瑚，探擷不盡。至《少年行》云：「城東遊俠膽氣豪，吳鉤皎皎明秋濤。白晝探丸夜走馬，報酧恩怨輕鴻毛。豈知世路翻靡靡，滿眼論心總相似。五陵回首少年場，許史金張竟誰是？可惜飄零美且都，俛首終成轅下駒。但令肝膽終能在，好爲西征北射胡。」尤有古音古節。

拜月詞多喁喁兒女語耳。番禺周鑑亭暢咏云：「酒熟青缸月滿郊，芳樽操向拜簷坳。農書語勸兒孫讀，莫負清光照草茅。」凌蘗洲謂玩月中人，知此樂者蓋寡。

種蓮者多以藕姻家。吳樸園孝廉戲取蓮子爲種，浸以瓷盆，葉大如錢，花亦芬馥，置諸案頭，頗饒致趣。因自爲《小蓮花》一首，遍索同人題和。余題云：「香風吹上碧窗紗，池館陰陰錦檻斜。難得新詩題滿壁，一時都和《小蓮花》。」

吾邑張菂房太史錦芳詩筆清粹，與同邑黎二樵、黄虚舟、番禺吕石颿稱「嶺南四家」。又與欽州馮魚山、同邑胡豸浦稱「嶺南三子」。其初入都，嘉定錢竹汀、河間紀曉嵐見之，目爲奇士。馮魚山謂可接武曲江，宋芷灣謂讀之令人心醉。《四家詩鈔》謂與二樵一奇一正，旗鼓相當，莫分伯仲。其《湘水》一首云：「不盡三湘水，來從八桂林。遠循衡嶽麓，直下洞庭深。天地餘秋色，帆檣入暮陰。竹枝與蘭葉，終古動哀吟。」格律逼肖長庚。

吴門徐拙齋朝彝有末疾，足攣不能動，日僵卧，獨兩手差能搦管。著有《夢恬書屋詩鈔》。七絶最工於言情。《聞鵑》云：「三千里外無家客，八九年來抱病身。猛聽一聲春去了，江南多少未歸人。」《憶西湖》云：「十一年前泛畫橈，舊遊重憶最魂銷。不知萬樹垂垂柳，緑到西泠第幾橋？」《送友》云：「魄落途窮易感恩，吾儕須慎百年身。一言持贈君牢記，莫便逢人訴苦貧。」《得兄鐵華書賦寄》云：「魚雁他鄉久不逢，忽傳消息到濦峰。可憐十五年來别，才接家書第二封。」

小兒戲弄，情態不一。曾記陳授衣《田家樂》云：「兒童下學惱比鄰，拋墒池塘日幾巡。折得松枝當旗纛，又來呵殿學官人。」可謂描寫入神。

事奇，而詩亦因以奇。《春融堂集》中有《鐵女祠行》，序云：「唐時有孫姓者，業冶，以非罪獲重辟，將刑。其二女痛父冤，投爐而死，化爲鐵人。有司以聞，乃釋其父，並賜祀以旌之。」詩云：「似鐵非鐵容模糊，似血非血形焦枯。迫而視之乃兩姝，灼爛靡有完肌膚。當時痛父嬰刑誅，九閽虎豹誰能呼。以死殉父明父辜，騰騰烈燄方歊噓。連袂一擲輕錙銖，下飲鐵汁如醍醐。冶神驚爆爭趨扶，肉耶骨耶知有無。鐵心鼓鐵成鐵軀，躍冶宛爾凝雙趺，旋活死父驚鄉巫。嗟哉剛烈鐵不如，後世重與鑄金俱。」

秋氣一到，景物俱覺蕭索。楊荔裳《即事》詩云：「小病經時鬢懶梳，薄寒庭院雁來初。湘簾一樣垂垂影，著到秋風分外疎。」不獨春氣爲詩人所覺也。

王胄「庭草無人隨意緑」，妙在「隨意」二字。方子雲「緑苔作意上堦生」，「作意」二字更妙。

吴星儕最工詠史，而性謙冲，恒歉然不自足。所爲詩每有突過前人者。余常勸其付梓，星儕輒以未能自信謝。其《沙陀行》云：「李亞子，沙陀起，掃蕩烽烟載三矢。李鵶兒，死不死。獨惜魏州僧，捧來傳國璽。諸侯血戰爲唐家，王自取之王誤矣。得天下，吾十指。失人心，從此始。」《湘東王歌》云：「湘東王，悲乎哉。侯景死，于謹來。樊鄧旌旗已蔽日，君臣唱和詩壇開。新吟未就火光起，破碎山河乃如此。吁嗟乎，山河破碎竟如此。十四萬卷書，可惜歸燒毁。」議論、魄力俱到。

茶陵彭公維新，原藉湖南祁陽。世傳其幼鬻梨園爲伶，然遇書輒讀。後至茶陵富室某家演劇，公登場，主人識其俊傑，爲贖身，留與己子共筆硯。公賦性敏慧，出筆如老宿，即以女妻之，遂以茶陵籍入庠。康熙丙戌館選，官至户部尚書，協辦大學士。清介立朝，世稱石原先生。著有《墨香閣集》。其《江行雜咏》云：「十里青蕪覆白沙，層層竹樹蔽人家。東風不解留春色，吹盡桃花與杏花。」《萬昌舟中》云：「瀧江一葉信高低，對束層崖望轉迷。濃緑徧山人寂寂，杜鵑花裏鷓鴣啼。」風調劇佳。

題贈之詩，最難稱心而談。吴蘭雪《題沈飴原詹事郊居圖》云：「雲雖出岫高無礙，鶴已乘軒貴不知。」《題張渌卿潭西捉醉圖》云：「暮景園林花事少，歡場涕淚酒人多。雄文放膽疑天問，綺語銷魂怕佛訶。」《題林蕙纕夫人遺像》云：「錯嫁文人原薄命，早醒塵夢即游仙。」《書彭甘亭謨觴館詩後》云：「宋祁修史今紅燭，羅隱論詩尚白衣。」《書張度西陶園詩後》云：「萬里江山飛逸氣，百年壇坫主雄才。」《題湯若士玉茗堂》云：「桃李私門爛漫開，名花耐冷此親栽。登科耻借冰山重，抗疏身投瘴海來。猛虎就殲資鬼力，美人將命殉仙才。平生大節詞章掩，四夢流傳亦可哀。」

新警之句，《伴香閣集》中最多。五言《夜泊》云：「雲過月西向，潮來江倒流。」《朝爽閣》云：「風聲生石腹，空翠落窗櫺。」《度小烏稽圖》云：「地高雲不度，磧迥日難低。」「陰洞熊羆蟄，窮邊木石頑。」《途次口號》云：「雲白遥疑水，風寒欲亂晴。」《舟次》云：「石争雙派水，雲鬥兩來風。」《獨行》云：「春烟和野色，夜雨變溪聲。」《道中寄内子》云：「河冰堪躍馬，風力欲飛人。」《登梅岡作》云：「日寒過午淡，江遠與林齊。」《登金山》云：「萬古不知地，全山如在舟。」七言《題西園海漚亭壁》云：「香篆舞來檐際斷，水痕圓到岸邊無。」《覆釜山》云：「大江水闊征帆小，曠野沙平去鳥低。」《山村》云：「山間土厚村無井，湖上田磽米有砂。」《暮春》云：「山高雲自能欺日，雨久天還一試晴。」《寄友》云：「貧疎杯酒愁腸覺，春入陰晴病骨知。」《春日有感》云：「才華解折詩人福，富貴能移造化權。」《正月十五日夜》云：「燈燄低知來日雨，梅花遲憶去冬寒。貧家好節因循過，歸夢殘宵潦草完。」《勾曲山》云：「雙峽東江吞楚蜀，萬峰送雨落淮徐。」《送聞錦峰之吴門》云：「事皆如願愁何有，天遣多情死亦甘。」《過山寺》云：「廢巢鵲去鳩争宿，老樹心空草寄生。」《遊觀音門外諸勝處歸作》云：「鐘聲不受千花隔，天氣翻因一雨和。」《溪上書懷》云：「落葉蟲鏤微似篆，急流雨入不成紋。」《秋夜獨酌自遣》云：「油渾燈炷成花易，蔬老山厨具饌遲。」《獨立》云：「每生妄想憑佳夢，自取閒愁負好春。」《鎮海樓》云：「急水與天争入海，亂雲隨日共沈山。」《宿石匱村店題壁間》云：「年荒行店收燈早，村小居人葺屋低。」《舟次即目》云：「潮初出海如雲白，月乍離山抵日紅。」真雲山經用，始鮮明矣。

慈谿任月坡大令荃歷宰三水、大埔，多善政。著有《鴻爪集》，其《赤壁》一首最佳。詩云：「樊川秋老荻花肥，渡口閒雲無是非。欲問前朝征戰事，大江東去鵲南飛。」

暴富貴人，每有一種村氣。歸安劉厚齋《驟得藏鏹》句云：「萬金獲俄頃，一夜愁安置。」袁子才《館選還家》句云：「嬌癡小妹憐兄貴，教把宮袍着與看。」皆不覺流露。

十二石山齋詩話卷七

順德梁九圖福草

道光甲辰春，返自衡、湘，道經清遠，購得蠟石十二，色皆純黄，巨者高二尺許，小者亦廣徑尺。有峰巒體，有陂塘體，有溪澗瀑布體，有峻坂峭壁體，有巖壑磴道體，俱極奇趣。因仿坡公「壺中九華」法，以七星巖石盤貯水，蓄於庭前，頗愜素癖，并顔所居曰「十二石山齋」。因紀以詩云：「衡獄歸來遊興闌，壺中蓄石富烟鬟。登高腰脚輸人健，不看真山看假山。」

余嘗謂嶺南之山，羅浮峰嶂如仙子，連州灘峽如壯夫。而入粤詩人詠羅浮者則多，詠連州者却少，緣其地僻，不恒至也。戴醇士侍郎熙《訪粤集》寫連山之勝，可謂盡致。其《楞伽峽》云：「積水化爲石，石勢皆下俯。突兀夾兩厓，顛倒懸萬乳。擎出飛空泉，灑作滿天雨。交滙奔巨雷，倏忽過强弩。盤盤蒼藤掛，瑟瑟寒撵舞。翡翠鳴啁啾，蛺蝶見三五。我欲躡其巔，山風落如斧。恐有會鍾龍，來攫跑泉虎。歸當挾睡仙，脱漏重游補。」他如《龍湫潭》云「當其初出時，衆水相排擠。意欲尋鉅海，昂首左右睨。磯石嗔怪之，出力挫其鋭。水急乃起立，猖狂肆吞噬」，《石螺灘》云「怪爾空洞腹，風濤日吞吐。細剔脉絡出，久礪鋒鋩露」，《石鐘巖》云「遂扳龍蛇宫，一照靈怪穴。巖冷不可久，毛骨沁冰雪。出洞鐘韵杳，忽覺世路熱」，《青蓮汛》云「怒湍出芒角，齧石成空嵌」，《進連州江》云「厓谷有怪雲，石瀨無安流」等句，俱奇警。

戴醇士侍郎五古既勝，而七律有一氣揮斥，卓然可傳者。如《出按高廉雷瓊鄂士將歸就試省署話別》二首云：「幾時相聚忽相違，離合匆匆淚暗揮。我自獨浮滄海去，君須早趁便風歸。到家即覓雙魚寄，度嶺常愁隻雁飛。歷歷江山猶在目，舊題詩處認依稀。」「四千里外路重尋，十八灘頭水未深。好向庭闈傳我語，勉加餐飯體親心。漫天春雨愁難別，指日秋風聽好音。執手互辭還互送，垂楊多處一沈吟。」

長白毓奇爲漕運時，頗著政績。性耽吟詠，余讀其《静恬軒詩草》，古近體微嫌薄弱。有《郊行雜詠》一絶，情致甚好。詩云：「紅菱紫蟹足南鮮，幾處高樓醉管絃。遊子不知春晝短，日斜還上潤河船。」

顧茂倫、吴漢槎選《國朝絶句》，止選錢牧齋、王阮亭、汪鈍翁三家。後百餘年來，工此體者推吴穀人錫麒。其《咏虎丘》三首，中一首云：「虎氣銷沈鶴市荒，東風容易客迴腸。真娘墓上年年柳，畫了春愁畫夕陽。」《八月十四日查小山招同人載酒出露安門至草橋飲於丁氏野圃》八首，中一首云：「宛然大酒肥魚社，各具壺觴各主賓。占得一方苔最厚，緑濛濛地坐詩人。」丰神絶世，可以接武三家。

「十户中人産，花燈一夕看」，此錢塘章豈績句也，令我歎吾廣上元燈節之侈矣。

益陽湯海秋郎中鵬，詩文皆自成家數。余愛其《贈内》句云：「智慧太多眠食減，艱難如許笑愁兼。」《憾别》云：「少蒙鄉黨壺飱惠，今望賢能子弟來。」《憶陳堯農》云：「老見雪霜猶雨露，淡於農圃况公侯。」《撥悶》云：「韜養材華且癡鈍，折除時命是扳援。」《閉門》云：「才能受謗有餘福，詩不閉門無苦心。」《潘星齋紱庭招飲》云：「公子能招天下士，蒼生永繫尚書家。」《登樓》云：「四塞河山千鳥外，萬家風雨一秋聲。」

南海張棠村太守業南，著有《師竹山房詠史》，自秦穆起至史可法止，共二百首，其中君臣、賢佞不一。鮑覺生謂其氣格沈雄，筆力蒼老，宋芷灣謂其豪邁，吳荷屋謂其胸羅萬有。究之，通首完善者殊屬寥寥。其中精警工鍊，亦有足取者，如《范蠡》云：「六千君子同歸馬，八百稽山且種魚。」《信陵君》云：「刎頸可憐人白髮，報恩難得女紅裙。」《鄧禹》云：「有子十三分一藝，行年廿四冠諸臣。」《嚴光》云：「一竿魚釣浮江月，千古羊裘老客星。」《阮籍》云：「眼兼青白狂猶在，口不雌黄道亦窮。」《周處》云：「不忘君親真至性，能兼文武是全才。」《周遇吉》云：「鍊膽大如姜伯約，得妻勇比宋韓蘄。」

咏韓蘄王詩少有純璧者。青浦王述庵司寇昶詩云：「蘄王古廟近城東，殘碣猶書舊日功。半壁江山經血戰，一家婦女盡英雄。中朝冤獄悲三字，絶塞蒙塵痛兩宮。驢背歸來無限恨，靈旗日暮捲秋風。」聲情激越，允推杰作。

將軍福增格鎮吾粤時，有句云：「五陵裘馬無知己，四海交遊得幾人。」洵閲歷之言。

前人寓言，有直破其説轉覺爽快者。金匱楊笠湖刺史潮觀《巫山神女》云：「神女祠前落日曛，千秋禹蹟異傳聞。君王一夢渾閒事，何處山川不出雲。」余亦有《詠桃源》云：「水碧山青説避秦，桑麻雞犬總紅塵。桃花亦是人間樹，却笑漁翁再問津。」

梅湖盛匏仲太鏞《訪友不值留題》云：「十年避地此棲遲，把臂豪遊憶昔時。爲愛衡門琴酒趣，卧君草榻贈君詩。」想見韵人無事不饒風致。

詩有用本姓映合者，亦覺天然湊泊。毛西河選《浙江閨秀詩》，獨遺山陰王氏。王氏有女名端淑，寄詩云：「王嫱未必無顏色，怎奈毛君下筆何。」恰有此事料運用。江南沈白漊受宏《送毛亦史入都》云：「毛生初作平原客，莫便輕他十九人。」如此着意，不落送行套語。

論列古人，須識古人避就出脱處。其能自成家者，縱體卑格弱，仍有一種勝人筆墨。

婺源王葑亭通政友亮著有《金陵雜咏》一卷，計山川、城市、第宅、古蹟、人物，約二百五十餘欵。古近體隨意抒寫，皆有雋永之味。《石子岡》絶句云：「一道石如鵝卵積，兩行松作蝟毛紛。岡頭客戀幾家酒，岡脚人耕六代墳。」不言憑弔，而憑弔之情自深。《梅花水》云：「老僧掃葉爲煎茶，一琖嘗來正足誇。香在鼻尖甜在舌，不知是水是梅花。」《舊院》云：「三百年中此狹斜，帕盟盒會衆争誇。芳情到底銷難盡，幻作籬根姊妹花。」《上新河竹枝詞》云：「人家以外有沙灘，十里周遭盡屬官。非陸非舟君記取，竹籬板屋是闌干。」俱新趣。

人生貧賤憂戚，退一步着想，自覺怨尤俱化。杭堇浦云：「地下故人頭尚黑，不須惆悵鬢毛斑。」劉孟塗云：「男兒三十休言困，謝傅當年未出山。」俱識得此意。

古人謂受恩多則立朝難。計元坊詩云：「人方危苦時，薄施輒感德。自昔奸雄輩，持此羅上客。蔡邕依董卓，有才而無識。受恩旋殺身，士貴能挺特。所以孟夫子，餔啜戒樂克。」商寶意云：「名心未了難遺世，晚景無多怕受恩。」閻峴亭云：「天下不妨知己少，古來惟有受恩難。」徐商侯云：「失意自憐生計拙，不才深悔受恩多。」

烏程董楚望衡《渡清源關》句云：「重關亦復能羈恨，古榷從來不稅愁。」余邑馮介厓達昌《汾江竹枝》云：「風月自來無稅例，滿船裝去復裝還。」

宜川劉石生漢客語多奇拔，有「暑隨大火西流去，秋比黄河北地來」句。著有《物庵集》。

余在道州時，與宛平趙小魏慕野、湘潭張勉亭士勤、曾璧人如璋、侯官林子俊其英作送春會。余詩云：「細草池塘漲緑波，杜鵑聲裏奈愁何。年來送盡春如許，難遣天涯客恨多。」

詩忌纖巧，然有議論驅駕，亦自無礙。如吾邑何不偕絳《咏泰山無字碑》云：「秦帝東封出奉符，天孫碑碣倚雲孤。當年尚未經坑火，此日如何一字無？」亦何嘗覺其纖耶！

黄陶庵云：「聖賢千言萬語，説的是我心頭佳話，立的是我心上妙方。不必另竭心思，舉而措之，無往不效。而今把一部四書當作聖賢遺留下富貴的本子，終日誦讀，惓惓只爲身家。譬如僧道替人念消灾禳禍的經懺一般，絶不與己相干，只是賺些經錢食米來養活此身，把聖賢垂世立教之意孤負盡了。仔細思量，能無笑死愧死？」喻石農句云：「論古仍須識時務，讀書原不爲科名。」袁子才句云：「但看手澤應思我，莫爲科名始讀書。」俱可謂善讀書者。

吴江貢生倪弁江室人沈蕙玉《同聲歌》云：「在天莫爲雲，雨落難上天。在地莫爲影，日暮愁棄捐。」較《長恨歌》「在天願爲比翼鳥，在地願爲連理枝」意更深婉。

查初白《咏蟻鬥》云：「國手圍棋分黑白，兒童鬥草計輸贏。轉頭一笑全無爲，不解當場抵死争。」

争名争利者，可憬然悟。

張船山太守在吴門蓄一妾，於其夫人遊虎丘時故使相遇於可中亭畔，晤談許久，而夫人未之知也。船山因賦詩云：「秋菊春蘭不是萍，故教相遇可中亭。明修雲棧通秦蜀，暗畫蛾眉鬥尹邢。梅子含酸都有意，倉庚療妬恐無靈。天孫冷被牽牛笑，一角銀河露小星。」真韵人韵事。

侍姬展翎賦性靈妙，侍余書畫，亦略有解悟。余齋壁懸有管夫人《風蘭圖》，偶舉筆學畫，即能神肖。余笑題其上云：「潑墨揮毫樂不疲，畫蘭十載已成痴。侍兒也學儂操管，風葉風花仿仲姬。」

翰生參戎擬咏太白樓，謂甚難着筆，囑余爲之，余亦因循未有以應也。今閲會稽童二樹《抱影廬詩》，有云：「山川長護此精靈，百尺高樓應紫冥。倚馬才華稱絶調，騎鯨心事感頽齡。胸中自可無詩聖，天上何曾有酒星。莫咏王孫舊時句，夜深恐觸卧龍聽。」幾於「崔顥題詩在上頭」矣。又有《五人墓》云：「直道行吾是，危機中爾身。自然成節俠，不必在經綸。只此二三子，居然千萬人。要離墳近處，抔土亦嶙峋。」亦無懈可擊。

崔顥《黄鶴樓》詩膾炙人口，余在吴荷屋中丞家見其所藏歷朝墨搨，有宋太宗御書此詩，首句「黄鶴」作「白雲」，六句「芳」作「春」，七句「鄉關何處是」作「江山何處在」，未知孰爲原稿。意宋去唐不遠，大内必多真本，姑録之，以俟攷古者。

化州橘紅老樹一株，在箭道久枯。近官于署内園植之，亦僅敷正需而已，本境民間無橘也。蓋家有橘一株，則報花、報實、報風、報雨，刻刻防護，舉室不寧，而胥吏又緣爲索詐。故見芽生，皆拔去，恐遺子孫之禍。四方鬻者，悉從廣西造成，至州用印。官得微利，加圖識票記者倍之。吾粤市肆僞造者亦不一，皆柚青所爲也。臨川李歉夫夢松《重遊粤東雜詩》云：「聞説化州産異橘，化州今已一株無。若教老樹花重結，一顆輕黄一串珠。」

南宋留忠宣公正客惠州，戀西湖之美，因家焉。應惠州舉。晚歸隱，日遊湖上。其宅在湖北下郭村，今爲民舍，猶以府園稱，吴志高詩所謂「喬木尚存丞相宅」是也。劉扶山太夫子有《丞相宅》詩云：「千年喬木已無存，野草萋萋下郭村。湖北三朝閒矍鑠，閩南一脉溯淵源。卿緣異姓殊宗室，宅變民居號府園。王謝堂前雙燕子，至今猶認舊家門。」第五語蓋用范仲黼論留、趙二公處變不同之意。居然詩史。

李長吉《宫娃歌》有「放妾騎魚撇波去」句，注家謂「騎魚」二字甚怪，或傳寫之訛。若依文釋之，想即乘舟之意。余謂詩詞多離奇變幻，《騷》、《莊》二家更多，正不必鑿求也。吴蘭雪《題謝里甫太史畫卷》云：「丹崖翠壁虚無裏，快雨清風頃刻間。我爲新涼貪午睡，夢騎仙蝶也遊山。」又《題小紅雪樓圖即送蔣小榭之官粤中》云：「夢騎仙蝶從君去，飽看羅浮萬樹花。」又爲《夢騎仙蝶看梅花歌》，想騎蝶事甚韵，故集中再三致意歟？

吾邑陳拙補孝廉勤勝，有《題友人幽居》十六首。余愛其《蕉鹿亭》云：「幽篁安在哉，此亭今卓卓。世事夢中夢，一夢何時覺？」《非我臺》云：「物我兩無着，渾然浩無際。汝形非汝有，是天地委蜕。」《非魚臺》云：「誰道吾其魚，誰云魚是我。莫教變服遊，恐上漁人舸。」《知不足齋》云：「河伯滙百川，見海爽然失。一得漫自多，境界層層出。」《達生亭》云：「形骸本外物，嗒然隱几卧。蜉蝣寄天地，此意誰參破？」《狎鷗坡》云：「動誇機變巧，枉自勞心力。禽鳥安我拙，各自適其適。」

梅花神韵，最難描寫。南海王平水潢「四山雪霽白成水，萬樹花開香在天」，余邑劉擴之「空山有此夜何寂，隔水對之人自寒」，俱不爲「疎影」、「暗香」所困。

歙縣方子雲與袁簡齋激揚風雅，詩壇争長。著有《伴香閣詩》，中有云「漁樵來往能行意，仙佛虚無易得名」、「花事雨多俱寫意，俗人交淺易忘名」、「也知佳句原關命，偏是庸流每忌名」，三押「名」字，俱妙。

義山《馬嵬》詩膾炙今古，然終以「馬牛」「雞虎」爲病。余謂若并在一聯，便可無弊。但此等句法甚難，惟山西李石農中丞《堅白齋詩集》《咏淮陰》云：「蛇蟠大澤龍能斷，鹿死中原狗又烹。」《武侯祠》云：「畏君如虎走司馬，似水得魚來卧龍。」及連平何頊波深齋《喇穆台》云：「萬馬龍驤雲結陣，千駝魚貫月連營。」俱覺警鍊。

中笏山云：「草堂貲要隨時蓄，垂老依人畢竟難。」黄蔭亭云：「半生對影多慚怍，垂暮依人負弟兄。」莫曜山云：「兼程敢惜驚眠早，一飯方知作客難。」查初白云：「計疎更事多成悔，身賤依人自覺難。」作客依人，真自古所歎。

張南山選録樂蓮裳《緑春詩》，謂爲玉溪《無題》、冬郎《有憶》之類。不知緑春爲吴蘭雪之姬，姬岳氏，名筠。蘭雪《緑春詞》序云：「緑春，山西文水人，隨母僑寓京師。姿性慧麗，能左手書。授以詩，輒倚聲誦之，妙合音節。余初詣姬居，值曉粧，貽碧桃一枝，姬受而簪於髻。俄有奪以重聘者，姬恚甚，謂其母曰：『兒已簪吴氏花矣。』歸時年甫十五，後五年而亡。」蘭雪有《聽香館悼亡詩》十五首，首章云：「冷暖相依僅五年，不應草草賦游仙。早知一病無醫法，何苦三生種夙緣。嫁日歡娱如夢裏，殮時明麗倍生前。定情詩扇教隨殉，誰誦新詞遍九泉？」中有「廿四花風蝴蝶瘦，一雙人影鷺鷥閒」、「雙頰斷紅疑中酒，一梳濃緑怕銷雲」、「心力無多愁易盡，聰明太過福難消」之句，蓮裳蓋和蘭雪作也。

蕪湖許小琴少尹嘗以《南唐古梅圖》索題，并袖其尊人耕餘先生遺稿見示。愛其《金陵道中》云：「丁字簾前笛韵長，石頭城下草痕荒。明珠步障飄零盡，衹有秦淮水尚香。」

小題刻劃，莫妙於韓。近見錢簳石《罱泥》一首云：「昨夜看天色，共説今朝晴。我船篷已卸，雖雨擔罱行。兩竹手分握，力與河底争。曲腰篰且拔，泥草無聲并。罱如蜆殼閉，張吐船隨盈。小休柳陰飯，烟氣船梢横。吴田要培壅，賴此糞可成。楊園《補農書》，先事宜清明。」只八十字，而神情繪寫如生，前後復有閒筆掉弄，不落獃滯一派。

龍旦雲之虬爲凌藥洲門人，藥洲《嶺海詩鈔》摘録其五言句，摹倣過多。惟「樽前遇客多青眼，海内論交半白衣」二句，頗磊落不群。

詩用經句，不可爲法，然善用者亦自有趣。如會稽胡西垞《咏蓼花》云：「何草不黄秋以後，伊人宛在水之湄。」宋芷灣《咏木棉》云：「祝融以德火其木，雷電成章天始春。」吴晦亭太夫子《孫夫人廟》云：「大邦有子吴稱舅，中國無人蜀是王。」俱堪玩味。

吾粤人多好食檳榔，南海程周量官兵部時，王漁洋時與入朝，戲贈云：「趨朝夜永未渠央，聽鼓應官有底忙？行到前門門未啓，轎中端坐吃檳榔。」彭羨門《嶺南竹枝詞》云：「妾家谿口小迴塘，茅屋藤扉蠣粉牆。記取榕陰最深處，閒時來坐吃檳榔。」

汾江爲商船雲集之區，河道逼狹，往來多用小船。有名「佛山西」者，最輕便。余《早發》詩云：「聲亂一村雞，平橋曉月低。鄉關未了夢，留續佛山西。」蓋指此。

道光癸未，江浙水灾。震澤王澹霞之佐捐千金賑邺，因作《紀事詩》十餘章，并繪圖，徵同人題咏，彙輯成書，名曰《繪水集》。其中名作極少，惟唐菱伯壽萼絶句頗有意味。《風暴》云：「狂飈揭屋浪吞扉，絶訝蛟龍破壁飛。十萬飢鴻同雨泣，更無全瓦代油衣。」張仲雅雲璈樂府頗見聲情，《倒戽水》云：「田乾戽水入，田没戽水出。倒行而逆施，其計未爲失。戽之僅得一寸涸，不戽豈但一尺溢。戽不戽，總如一，水浸苗頭已三日。」《入城告》云：「呼天不臒呼父母，冒雨冒風冒水走。走向城中來告灾，盡是茫茫喪家狗。吏言告灾非一方，縣主前日早下鄉。」王湘筠觀潮《禽言》頗有致趣，中一首云：「脱袴脱袴，以付質庫。買苗補青是先務，身上無襦且莫顧。水來再漫田，遷延到白露，此時更向誰人訴。我錯我錯，脱却布袴。」

《鐵橋漫稿》爲烏程嚴景文學博可均著。《青谿》七絶一首，饒有晚唐風味。詩云：「桃葉飄零玉樹凋，滄桑半壁話漁樵。多情最是青谿柳，摇曳風枝送六朝。」

江寧舊有轎税，女子道經城門，每爲搜税者所苦。後聖祖南巡，伍君璽奏請，遂捐其税。故嚴鐵橋《題君璽像》云：「從俗從宜荷國恩，春風古道口碑傳。放他士女知多少，安穩肩輿過白門。」

沈方舟詩最精錬字，歸愚先生選録，已一一摘出。其來吾粤時，曾有《下潮陽》云：「似聞風雨作，前有大灘來。一氣雙江合，孤城百粤開。鰲身移島嶼，蜃口出樓臺。倚棹懷湘子，橋成力大哉。」却有豪宕之氣，起法不減「不信滔滔者，洪荒直至今」。豈全集藏少弋家，歸愚未及見，故不入選耶？

錢塘陳雲伯大令著有《西泠懷古集》，上自帝王，下及隱逸方外，凡生長斯土及宦遊流寓者，俱繫以古蹟，或懷、或弔、或訪，至五百餘首。其中繪藻相宣，宫商叶應，美不勝收，姑摘佳句足供諷誦者。如《江上懷東方朔》云：「遠從徐福求三島，笑謝侏儒飽一囊。」《萬松嶺郭公泉懷郭景純》云：「情深紅粉三升豆，名重《青鳥》一卷經。」《葛嶺懷葛稚川》云：「是處深山堪避世，一車行具此移家。」《錢塘懷褚允》云：「一卷鈐韜供戰伐，兩家勝負入縱横。」《化度寺懷朱彦和異》云：「營將金穴銅墀去，拾得青絲白馬來。」《江上懷任昉》云：「琴尊南國蘭臺聚，風雪西華葛帔寒。」《江上懷杜少陵》云：「攬鬢白感鄜州月，濺淚紅悲蜀道花。」《孤山寺懷齊君房》云：「一夢炊粱誰富貴，百年畫餅此功名。」《稽留峰訪許玫許現墓》云：「人爲忠臣憐孝子，天留遺塚傍名山。」《沙河懷宋廣平》云：「六井謳歌先李泌，兩朝經濟並姚崇。」《龍泓洞懷陸魯望》云：「華陽有客言逋客，甫里逢君訪隱君。」《六一泉懷歐陽文忠公》云：「山水自來宜我輩，文章從古有神交。」《壽康宫詠光宗》云：「宫中竟有張良娣，朝右曾無李鄴侯。」《杭州懷李忠定公》云：「激勸六師同寇準，敷陳十事過姚崇。」《衆安橋弔施全》云：「未肯漆身同豫讓，何須匕首學荆軻。」《皋亭弔劉錡》云：「浴鐵敢驅全國騎，背嵬不讓岳家軍。」《葛嶺洪忠宣公祠》

云：「馬角無靈悲雪窖，龍髯有淚灑冰天。」《石壁山懷虞忠肅公》云：「犒士醉傾銀鑿落，懸軍氣奪鐵浮屠。」《方家峪懷張宣公》云：「仁義之中見經濟，科名以外有文章。」《智果寺弔陳忠肅公》云：「草木尚能留氣節，兒童猶解話科名。」《水南半隱懷鄭鞠山所南父子》云：「種鞠有籬懷楚澤，畫蘭無土感湘潭。」《杭州懷湯東甌王》云：「廟祀當年重吴越，功名開國並徐常。」《三台山弔于忠肅公墓》云：「林静尚聞鸜鵒語，波寒愁見鷺鷥閒。」《杭州懷唐六如》云：「太白夜郎同此謫，小紅春女定何因。」《斷橋懷顧華玉》云：「地當和靖青山麓，人似坡翁赤壁舟。」《西湖懷湯若士》云：「神仙身世應迴首，兒女姻緣易斷腸。」《岳墳懷陳老蓮》云：「影沈魚國香先覺，涼剪鷗波夢未圓。」《城東懷許元孝》云：「佳客清談原有味，中年學佛亦多情。」《數峰閣弔六君子》云：「雪涕千秋編合傳，招魂四壁畫《離騷》。」《錢塘弔顧忠節公》云：「官守本因城社重，姓名輸與岳于鄰。」《武林懷黄藜洲》云：「世外烟霞秦甪里，壁中絲竹魯靈光。」《東園懷毛稚黄》云：「雪後人家如北苑，晚來烟景似南湖。」《天香方丈懷惲南田》云：「故國蘅蕪公子佩，空山蘿薜客兒亭。」《冷泉亭懷潘頊耕》云：「歸田自慕陶元亮，修史何如宋子京。」《昭慶寺懷毛西河》云：「談詩刻意摹唐韵，講學深心傲宋儒。」《蘇堤懷尤西堂》云：「才人樂府聞中禁，名士文章抵《大招》。」《武林懷趙申喬中丞士麟》云：「澤周四境江湖海，政比三賢李白蘇。」《方家峪弔李笠翁》云：「花天月地張三影，翠舞珠歌鮑四絃。」覺上下數百年，縱横數千里，凡詞人墨客、孝子忠臣、軼事芳蹤，皆助此老筆歌墨舞之樂。

考據家多短於言情。若太原閻百詩所注《四書釋地》，與酈道元《水經注》可謂後先輝映。乃其絶句云：「簟紋如水曉驚秋，推枕尋釵搭臂韝。郎困宿酲猶未起，一簾微雨看梳頭。」風韵何等動人。

吾廣科甲以倫氏爲盛，文叙會元、狀元，子以訓會元、榜眼，以諒解元、進士，以誂進士，却少探花。東鄉吴蘭雪自言祖儀元進士，子裕榜眼，伯宗由解元中明初狀元，亦少探花。因系以詩云：「倫家科第似吾家，蕊榜三名望豈奢。却待兒孫完盛事，老夫原不稱探花。」

水行最厭者，莫如過關。余邑何介峰太史惠群《放關謡》云：「天明放關關撤鎖，關吏立侍關官坐。官唤商船先過關，船中百貨堆成山。船頭敲鑼尾打鼓，著靴上船吏如虎。大聲向人來索錢，口中呶呶作官語。商船放罷放客船，關吏打篷驚客眠。纔踏船頭吏却立，但見船中書一簏。」頗有古歌謡音節。

桐城方引除正瑗《咏古鏡》云：「絶代應憐顔色少，六宫曾識舊人多。」不粘不脱，意致自佳。嘉興女媛吴若華云：「閱世興亡疑有眼，辨人好醜總無聲。」更爲藴藉。

吾邑何小範孝廉仁鏡，詩頗淹博。余愛其《咏貝多葉》云：「貝葉繙西經，經成馱白馬。菩提本無樹，經從何處寫。未離文字禪，詎得稱般若。從來佛教空，浮名未能舍。灾梨更禍棗，頌偈供撏撦。何如付秦火，一炬劫灰赭。不材種樗櫟，無異舍梧檟。吉貝亦西來，衣被遍天下。」至《次蘇釣磻贈别韵》云：「别君翻恨識君遲，醉後狂言醒後知。末路才人多托酒，古來名士例工詩。談惟風月應無恙，癖到烟霞不受醫。經幾蹉跎書未著，字慚還欠辨終葵。」尤覺自然。

新奇沉麗之句，最易奪目。若清微淡遠，人多忽略。歸安嚴修能元照自評其《柯家山館詩稿》，謂

「里有女奇醜，撫鏡自照，知其醜之弗可以飾也。屏粉黛，絶華炫，椎髻布衣，謝媒而勿嫁，此亦自成體格者。」余愛其《靈隱紀遊》次首云：「吾愛飛來峰，樹木窮殊相。嶙峋起方寸，夢寐不暫忘。造物工力奇，未易尺寸量。咄嗟彼何人，椎鑿遍青嶂。名姝受鑽灸，恨事不可償。山靈悔飛來，千載生惆悵。安穩住天竺，至今定無恙。」寄興遥深，得風人之旨。

余嘗在鄭雲麓都轉座上見程少山小楷一幅，録近體三十餘首，書既工麗，詩亦清新。愛其《莫愁湖》二絶云：「春愁鄉思兩模糊，怕憶家山好畫圖。剛把西湖拋撇了，又教儂見莫愁湖。」「幼婦新詞四壁收，至今争説舊風流。美人不是無情物，未必當時竟莫愁。」少山名晉，杭州諸生。善書法，楷行篆隸，靡不精妙，尤工鐵筆云。

家藥亭太史《入峽》詩，有「月親高峽燒，星夾遠江燈」之句，遍索同人和之。陳獨漉和云：「野燒難分月，江星不礙燈。」何孟門追和云：「野燒侵山月，波星漾渚燈。」三押「燈」字俱妙，而陳似較勝。

唐俊公觀察榷九江關，客有投詩者，輒免其税，名曰「税詩」。吴蘭雪有《留别廬山自書紀遊詩後》云：「一别名山已夕曛，四仙五老送殷勤。嚴關自喜輕裝過，不税新詩税白雲。」税詩、税雲，俱極新雅。

人雖好色，未敢施於筆墨，袁子才則明目張膽言之，若恐以不好訾之者，故其詩有「半生非病不孤眠」及「似汝瓊枝來立雪，一時愁殺後堂花」等語。内外交好，無所顧忌，曠縱已極，願有才者以此爲戒。

李雨村極推尊子才，所選詩話，子才事跡居其二三，幾成傳叙，適足生厭。大抵雨村所欲言，而子才已言之；雨村所欲爲，而子才已爲之，故不覺津津有味。然子才長處，雨村未及其一；子才短處，雨村已逾其數。東坡《荀卿論》云：「李斯之刻酷，皆荀卿高談異論有以激之也。」吾于子才亦云。

蘇州薛起鳳《對雪》云：「天風剪水水争飛，飛上寒山滃石衣。一夜雪深迷磵道，不知何處叩巖扉。」杭州吴飛池《澶州雜詠》云：「晨光黯黯樹依微，雲帶炊烟濕不飛。多少人家秋色裏，滿天風雪漫柴扉。」二詩神韵正復相似。

南海布衣徐青臣啓勳，以詩謁余友星儕於羊城。星儕曰：「君詩經遊粤西而壯，可謂得江山助矣。」青臣竊自喜，欲編其《粤西游草》付梓。未全抄，遽卒。卒之日，家人問身後事。青臣曰：「我死，子雖幼，家粗足給，無可言。顧自念一生心血盡耗於五、七字，若泯泯無傳，目不瞑矣。倘得以余詩抱呈梁福草先生，庶幾有以傳我。但恨生平素未謀面，死後又以知音望人，深自愧耳。」越日，其戚歐陽湘南茂才往弔。家人以此語告，湘南即攜其詩來示予。予聞而悲其志，恐無以傳青臣也。青臣詩，七古多學李、韓，粤西諸咏尤佳。《大藤峽》云：「我乘百斛舟，來上大藤峽。排山倒海驅蛟鼉，仰視青天一痕掐。此身忽如墮深井，日色無光眼界狹。層巒疊嶂赴一江，朵朵芙蓉向空插。山勢愈以峻，灘勢愈以高。石骨横過江，如龍如巨鼇。如虎磨兩牙，如蟹張雙螯。凜如戈矛森森列水口，湖奔激盪奮起掀天濤。風雷白晝生峭壁，飛澇相湊聲怒號。其中十里九灘十灘九險難悉數，拔其尤者碧灘紅石雙油槽。舟行咫尺不得力，失勢一落輕鴻毛。冬寒水濺，江急風顛。波心人至，石罅船穿。相去其間不能寸，俯視但見危根利齒相鉤連。始知禹跡亦有不到處，連峰亘塞東南天，低昂起伏紛蜿蜒。不然龍門積石開鑿既已遍，何惜此地不與疏瀹安奔川。巨靈不及擘，祖龍未暇鞭。天生險阻留窮邊，嗟爾遠客來胡然。昔聞群猺據此作巢穴，殺人江頭日流血。憑恃險隘其誰何，潯州柳州路阻絶。當時群賊如蠭紛，平之誰，蔡將軍，將軍戰死賊巢裏。將軍有子勇如兕，誓報父仇雪深耻。眼光忽作飢鷹視，斯時見賊不見己。殺賊如蝟馬不止，奪父尸還血裂眥，掃穴擒渠報天子。於今兩峽無刀兵，日餘灘瀧日夜聲訇訇。風檣上下神魂驚，安得盡剷怪石一使峽路平。我欲上訴真宰煩五丁，乘風夜半騎長鯨。」《舟中望柳州諸山》云：「我從大江駕巨黿，鯨呿鼇擲揚清波。逆挽海水洗兩眼，看山直到黄灘河。遥望柳州城，四面山陡絶。蔚然深秀中，窌窱露巖穴。深者凹如高者凸，群山萬壑何崔嵬。疑是岳鎮龍分胎，峰峰離立少依傍，日色照耀千瓊瑰。嶄巖石室閃光怪，陰森危厂藏風雷。壯觀眩銀海，生面開窮邊，群龍戲水争蜿蜒。馬鞍突起勢拔地，鯉魚卓立高撑牙。獅蹲象伏各異態，筋摇脉動相回旋。我疑散花仙女偶遊戲，江頭密佈瑶池蓮。又疑女媧鍊石備不用，五色爛漫生雲烟。謝公屐齒未及到，柳州小記多無傳。天生異境在人世，使我目動心茫然。憶昔路過大藤峽，二山如門勢柴立。崩崖下瞰百丈谹，危根刻削横流中。一片巒皮露石骨，未免赤立嫌太窮。及到武宣遊，眼界忽開曠。秀峙青螺峰，岜嵲翠微嶂。葱葱鬱鬱氣自佳，離奇未若玆遊壯。何當絶頂開雲關，振衣千仞窮躋攀。高呼群仙駕鶴還，拍肩挹袂烟霞間。遠遊萬里不稱意，灘聲日夜悽心顔。雲歸日落衆壑暝，篷窗兀坐興長嘆。」

簡齋《奉寄樹齋侍郎領威遠大將軍印》云：「我輩尚將儒者待，朝廷久當重臣看。」蘭雪《題韓桂舲中丞入覲省親圖》云：「朝廷已借名臣重，膝下仍將孺子看。」措詞俱婉約有體。

金陵爲千古繁華之地，至南朝則不止諸臣半醉，天子無愁矣。張度西《秦淮殘柳詞》緬舊院之流風，弔前朝於逝水，聲韵最屬纏綿。王漁洋《秦淮雜詩》而後，此爲雅音。摘録數首云：「舊事傷心問碧流，數株况此曳殘秋。無情最是西風緊，釀出江南一段愁。」「長板橋邊最可憐，嫩於春水弱於烟。如何肯向西風裏，委盡芳心與暮蟬。」「桃根桃葉去迢迢，艇子歸來隔暮潮。死外驚心惟有别，更無人惜短長條。」「舊院荒蕪朱雀航，物猶如此劇凄涼。傷心更有丁張在，不獨瑯琊大道王。」「十丈秋千斷索飄，飛塵深鎖赤欄橋。宛君眉黛香君眼，都付青溪一夜潮。」「淝水尚書夢已醒，眉樓無處問飄零。白門柳劇何人唱，多少吴娘掩淚聽。」「天地無情草木悲，千年憑弔向伊誰。如何送客勞勞樹，不管興亡管别離。」「滿徑霜華雁度遲，溪風夜半酒醒時。南朝頓老風流盡，莫倚琵琶唱《柳枝》。」

天地之大，無奇不有。吴蘭雪刺史云：「余少讀太白詩，有句云：『獨立天地間，清風灑蘭雪。』因以爲别字。今張介侯大令來言，四川屏山縣蘭花雪後大開，始知空谷之姿雖在歲寒，亦能吐氣，但須得其地耳。」因賦詩以寄意，中有云：「介侯爲我談往事，曾向屏山作仙吏。嚴冬大雪滿深山，山裏芳蘭争吐氣。遣人移斸動千叢，遍植衙齋盆盎中。全家日住衆香國，妙比梅花更不同。」

陽湖孫淵如觀察星衍，爲一時名手。以余觀《雨粟樓集》，不逮所配王夫人《長離閣集》。夫人名采薇，字玉瑛。《七夕悼姊》云：「愁年不共生年短，死日方知别日佳。」《三月三日》云：「吹夢夜風先到樹，弄愁寒雨不妨花。」《寄外》云：「夢餘捲帳人疑在，書去尋愁語轉多。」三用「愁」字，俱好。

孫淵如有《試香》一律云：「辟寒簾底漸氤氳，石葉拈來取次焚。銀燭暗隨灰一寸，繡衾虛借暖三分。離愁似爾都成縷，幽夢從他欲化雲。曾爲如蘭人坐對，錦裀幾日罷重熏？」想因悼内而作也。偶閱《頤道堂書無名氏詩後》云：「嘗於廢紙中見鈔本無名氏詩一册，句法沉博絶麗，足以壓倒一切。或云虞山蒙叟之作。」然其句如「桃葉春流亡國恨，槐花秋踏故宫烟」、「烟月揚州如夢寐，江山建業又清明」、「一生花月張三影，兩鬢滄桑郭四朝」、「南渡衣冠非故國，西湖烟水是清流」、「滄桑朝市開新局，烽火邊關覆舊棋」、「神愁玉璽歸新室，天哭銅人别漢家」、「文章金馬霜前淚，故國銅駝劫後人」、「老有心情依佛火，窮無涕淚灑神州」、「豈應滄海揚塵日，重話蓬萊獻賦時」，又何其似眷眷舊君也。

韓慕廬宗伯事業文章，一時推重。其詩亦清絶，所著《有懷堂稿》。如《乙丑元日》云「浮生應有三無奈，拙宦其如七不堪」，《輓冒巢民》云「風流咳唾真名士，離亂滄桑一黨人」，《送桐城相國歸里》云「禁中楊柳風流在，溪上芙蓉卜築貧」，《送東山修撰歸虞山》云「青楓江水秋兼月，紅豆人琴詩亦禪」，皆名句也。

同邑家茂才枚《題黎美周先生黄牡丹詩後》有云：「聞道揚州鄭子真，殺身亦已共成仁。可憐賓主皆奇節，只愧當年校藝人。」詩本長古，節録後四語作七絶，居然史筆。

孟子釋《北山》之詩曰：「我獨賢勞也。」「獨」字最屬悽慘。故人當勞苦患難之際，得二三友朋慰藉，亦可稍舒懷抱。張度西《别東川》詩云：「榴花時節解征鞍，落盡黄榆下塞寒。爲有故人回首在，并州仍作故鄉看。」「執手山前話轉長，歌詩雅奏費遥望。君心更逐天邊月，一路相隨下太行。」最得自寬之法。

姬妾多，則家事每相推諉。武進徐尚之書受《題添香夜讀圖》云：「只有貪心未肯除，雙鬟列侍竟何如。桃根桃葉休相妬，一喚司香一校書。」處置極妥。

何漢槎少尹守正赴任福建時，索余書數十紙。舟泊汾江相待，忙迫中字間舛誤。因記方子雲句云：「酒因賒得缾難滿，書爲催成字易訛。」

徐昌基字闓伯，爲元和諸生，著有《愛日山房詩》。年如李長吉而殂。妹名幽貞，字安荼，工駢體文及詩。適顧氏，早孀。徐尚之題其書後云：「敢誇佳傳高愍女，轉累才名盛孝章。妹有傳文兄著集，任從夭死任從孀。」亦可哀矣。

近人吟稿未梓者，雲根蒐羅頗多，時有佳句可録。鶴山勞圓浦廷珠《大田村阻雨即事》云：「澗水白環屋，田秧緑進門。」《登閲江樓遠眺》云：「百粤關河憑鎖鑰，二樵風雨逼簾櫳。」同邑家勉之佩瑶《山行》云：「暮雲投廢寺，老樹傲層臺。」新會阮竹潭榕齡《聞雁》云：「縱有離情寫幽怨，未嘗遲暮向人啼。」同邑廖伯雪亮祖《過耒陽懷龐士元》云：「下僚自古多奇士，敵國從來少薦書。」

余課諸姪，多以詠古命題。介朋《詠于忠肅》詩云：「誓守謀成息衆喧，頓令北狩有歸轅。沃心早破高宗惑，涅罪翻銜武穆冤。社稷史應書再造，陰霾天總付無言。石誅徐徙終罹罪，曾有旌功表奪門。」愛樹《朱仙鎮》詩云：「那須嗟廢十年功，臣志君心各不同。直抵黄龍期痛飲，尚餘飛鳥便藏弓。一時火詔來三殿，萬里冰天賺兩宫。至竟君親何日返，偷安非獨負孤忠。」二詩頗能稱題，故録之。介朋名世和，愛樹名植榮。

龍溪嚴太乙仙藜工畫法，著有《野航詩鈔》，鄭雲麓年丈爲之付梓。如「鶯歌綠樹聲侵院，人立紅橋影在池」、「山犬隔花知有客，石泉繞座不妨鐘」，琢句頗雅飭。

南海李椒堂先生可蕃，由編修出任湖南糧儲道。有《舟夜聽雨奉懷伯兄西園》詩云：「一官匏繫動經年，回首家鄉隔暮烟。老去弟兄猶遠別，愁來風雨不成眠。秋風羹飯懷張翰，春草池塘憶惠連。此日孤蹤勞悵望，夢魂越歷幾山川。」因懷伯兄，而念伯兄懷己，一結欵欵情深。

文水武蘭圃廷選，年五十始學爲詩，人皆以高常侍擬之。其五言句有云「道旁官柳暗，郊外暮天低」、「青春有去意，白髮不留情」、「詩工通籍後，貧在罷官前」、「木落疑山瘦，潮迴訝海乾」、「年豐魚米賤，官好吏胥貧」，七言句有云「山勢千重緣路轉，江流四面抱城來」、「山頭征馬數行雁，河下行舟幾葉萍」、「每於殘局獲全勝，間或豐年有歉收」、「雁因風緊歸偏早，月爲雲多出故遲」、「三春雖有群花放，二月從無幾日晴」。

番禺馮子良大令詢《揚州題壁》詩云：「綠水紅樓十里遥，歌聲處處暗魂銷。市頭豪傑樓頭妓，愁絶江南兩管簫。」余姪愛樹每好誦之。其七言律佳句如《登蓬萊閣》云：「一郡山川萊子國，十洲風土葛天民。」又：「三千徐福童男女，五百田横舊主賓。」《京口》云：「城郭蒼茫餘鐵甕，山川迢遞入金陵。」《姑蘇》云：「兒女痴魂仍響屧，英雄末路偶吹簫。」《玉山樓遠望》云：「雲霞今古浮雙闕，花月東西隔一濠。」《買隱園贈陳七秀才》云：「身世向平婚嫁後，雲巒荆浩畫圖中。」《病中》云：「病思成佛王摩詰，憂恐傷人盛孝章。」皆雅令可諷。

武進黄仲則少尹景仁，七古規模太白，嘗以賦《太白樓詩》得名。其七律句法，每有獨造處。如《金陵雜感》云：「花月即今猶似夢，江山從古不宜秋。」《旅夜》云：「荒城月出夜逾悄，小閣燈殘水忽明。」《贈萬黍維》云：「半生蹭蹬用能達，百樣飄零只助才。」《春日客感》云：「人間別是銷魂事，客裏春非望遠天。」《言懷》云：「不禁多病聰明減，詎慣長閒意氣消。」《送陳理堂歸江南》云：「從來易水難爲別，除却江南不算春。」《武昌雜詩》云：「三春無樹非垂柳，五月不風猶落梅。」《黄州》云：「隔岸武昌猶有樹，下流彭蠡漸無津。」《落花》云：「半生每恨尋苦晚，萬事都傷得氣先。」皆不受古人束縛。至《余忠宣祠》七古一首，直用全力，表揚忠烈，硬語盤空，精神團結，又讀《兩當軒詩》者所宜細玩也。

五絶詩祇二十字，最難着筆，其貴有餘韵，人皆知之。不知未有詩之前，當先有無限意境，陡下一句，可抵數十語，然後篇幅乃不覺短促。吴星儕《塞下曲》云：「回首萬重山，征人還不還。可憐故鄉月，夜夜出秦關。」此爲得之。

十二石山齋詩話卷八

順德梁九圖福草

漕運爲國家之大要務，自元初創爲海運，由劉河口轉海門之廖角沙，沿澳北上，計程一萬三千里。其後殷明略開新道，由劉河至崇明之三沙放洋，其路較近。明代由灌河口至鷹游門，轉搬膠萊。又由黄河口出洋，趨成山。今俱壅塞。道光丙戌二月，陶雲汀宫保澍改由上海沙船運赴天津，計程四千餘里，約二月餘即可達京師。且雇商船搬運，甚屬省費，誠爲千古漕務第一經濟。因爲《海運圖》以獻，作詩四章，以紀其事，廷臣和者甚多。原唱平平，而和章中如賀耦耕長齡云：「敢以度支煩國帑，未須營造待官船。」陳芝楣鑾云：「濟川舟楫千年遇，聚米河山一例看。」徐漁莊夢熊云：「刀布不愁征市舶，包茅兼許貢爻閭。」胡夷軒先達云：「粳稻三吴輸正賦，泥塗十潊闢新渠。」淡星亭春臺云：「水國蒲帆千里到，天家玉食萬方供。」朱闌坡琦云：「蕩平十潊遵涂軌，遄迅千艘慶市闐。」「殫心海運如河運，鼓力沙船又蛋船。」孫子瀟原湘云：「自有重溟資轉運，暫停三策議河渠。」董琴南國華云：「創局艱勞前箸定，重臣開濟萬民看。」「百年沙線開新路，十潊波濤送尾閭。」屠琴塢倬云：「梯航大好民情見，舟楫同資政府賢。」吴巢松慈鶴云：「紫氣輒浮知效順，青翰飛渡本無難。」阮侯庭文藻云：「十潊波澄沙線認，三山日麗畫圖看。」皆紀實也。

余仲父中翰公性恬淡，不樂仕進。嘗對人誦沈小如句云：「面目直同厮養卒，親知還説宦遊人。」

亦熱中者一服清涼散也。

小如，歸安人，名長春。有《讀漢高本紀》云：「肘腋未聞除産禄，腹心只辦醢韓彭。」韓、彭醢戮，人皆知漢高爲失計；不知産、禄不除，幾危漢社，尤非智也，此意少人道及。

小如詩有極真切者，如「拙計共知官職冷，癡情還冀子孫賢」、「拙宦坐看同輩少，清貧漸使故人稀」。有極沈痛者，如「焉得人間無屺岵，可能泉下有門閭」、「九原兄弟垂雙淚，十載功名困一氈」、「垂老星霜愁病半，無多骨肉死生餘」。有極工巧者，如「大都世事皆風馬，莫笑官階似土牛」、「烏頭終古難生白，馬腦何人預别黄」、「敢將怨李恩牛事，都作藏蕉覆鹿看」。

世傳桂林山水甲天下，遊覽者謂山甲天下，水不能甲天下。二者兼之，其惟吾粤之連州乎？余兩次經遊，所過湟水三峽，則石筍參天，萬山層叠，伺立江滸，濃翠逼人，故有「亂峰撑日上，一水破雲飛」之句。及抵楞伽峽，懸崖幽洞，奇詭萬狀，石乳半空，下垂大半，如風吹敗荷，倒挂山腰，水光摇動，欲下不下。故余《題畫不如樓》云：「舟入楞伽縱目初，傳來夢得語非虚。千鬟萬笏供憑眺，信有青山畫不如。」又初至洸口，見亂石横江，灘聲澎湃，舟夫足繭胸瘇，始能挽上一灘。由此至連，灘瀧甚多。余有《英州行》云：「四百里灘，五百里瀨。行十二日，不見平地。絶壁俯視，危崖怒盤。欲墜不墜，心怯膽寒。灘聲鳴雷，灘勢撼石。亂篙齊下，得尺則尺。上灘恐艱，下灘多患。噫吁嘻哉，暮雨潺潺。」皆實道其境。然筆墨孱弱，山水有靈，竊恐笑我。

連州北城外有北山，山澗迂曲，怪石森聳，參差倚伏，莫可名狀。中有亭四，曰「燕喜」，曰「八覩」，曰「聽泉」，曰「流杯」。泉聲丁東，娱耳悦目。山下翠柏蒼松，濃陰茂密，一野寺隱其中。余題寺壁云：「亂石一溪水，空山四草亭。蕭蕭林裹寺，僧懶不聞經。」

臨川李歉夫夢松，著有《南詔連紀事詩》，寫山水秀峭，語多奇崛，誦之勝于讀畫。其《舟過龍頭影》云：「突石衝江昂龍頭，狰獰勢欲吞行舟。」《白洋水口》云：「齊力舟行急，幾疑岸駕流。雲移山脚動，風捲浪花浮。」《三峽頭》云：「叠嶂作屏藩，萬峰相交互。一石亘江心，灘聲咽不住。」《大理峽》云：「湟水破山來，峽頭如立壁。萬竅冰裂痕，滿山大理石。厓上緑雲飛，上渾空天碧。厓下森長牙，下齧蛟龍脊。幽奇變萬端，靈風生篷席。去去從此深，鸞鶴聲拍塞。」又《和萬宫允承風》律句云：「十萬鼇頭撑岸脚，百千冰柱礙烟篷。」《楞伽峽》云：「巖上雲深緑，巖下水澄泓。山水鬱元氣，萬古涵空明。」

李歉夫又有《惠潮嘉紀事詩》，其《舟過將軍甲》云：「一石立江干，擐甲攘雙臂。怒目睨江水，江風揚盔翅。灘聲響鐲鐃，轟如鼓角吹。將軍神欲飛，揮戈驅鬼魅。丈夫志萬里，一經非所事。近者海匪騷，勞展水軍幟。扣舷作短歌，慷慨思鐵騎。但看石下潭，蛟龍不敢肆。」具有懷抱，非僅作行程記也。

覺羅文敏公桂芳没於鄂城。曹儷笙太傅夢其至，把袂曰：「我與公皆理安寺僧，今先歸矣。」太傅愕然而覺，凶問適至。所著《敬儀堂詩集》，中有《題湖山秋霽圖》云：「前生我亦到西湖，坡老風流今在無？秋水平堤山繞郭，幾回清夢總模糊。」則公生前已自覺身異性存矣。

《敬儀堂》最長於應制。其《恭和御製遊金剛窟普樂院諸勝境元韵》云：「净域多羅藏，瓶鉢寄林壑。天仗拂雲過，春巖翠如削。峰峙黛螺頂，地插金剛脚。爲民祈福來，福錫與民樂。稽古迦葉佛，銀書欣有托。世界本清涼，不使一塵着。三乘證禪心，六飛勤治略。黄圖梵唄聲，直與頌聲作。」《和松窗聽泉》云：「秋深花事未全闌，偶向溪邊駐玉鞍。矯矯虬龍争石瘦，泠泠琴筑落階寒。性能孤立誰堪擬，學貴逢源作是觀。萬象澄清歸藻鑑，早參妙諦入毫端。」其他五言如「石亂泉聲咽，山多野氣沈」、「路危聲鑿石，城古色同山」、「沙昏人語亂，野闊樹聲多」。七言如「漬雨舊苔隨處緑，飽霜之樹可憐紅」、「心酔國事衰猶壯，身報君恩死亦生」、「一色刀光漫地白，萬條燭影射天紅」，俱非凡響。

覺羅恒慶乃文敏公桂芳之父，其《懷荆堂詩稿》直逼香山、放翁。如「危厓斗削人難立，鳥道雲侵馬不前」、「弟妹空教縈夢寐，干戈未許樂園林」、「庸才敢怨功名薄，善病非關道路窮」、「楓葉半林依矮屋，塞鴻幾點破寒烟」、「山從陡處翻忘險，水到平時又覺遲」等句，皆工。至《讀桃花扇傳奇》五律一首，尤警鍊。詩云：「往事真如鑑，詞源瀉若流。英雄輸狎客，俠骨出青樓。四鎮惟餘忿，孤臣枉設謀。天心應厭亂，盜賊竟封侯。」

楊杖鳩攜芳，余同邑人。詩筆清秀。《村家》云：「江村久不到，夾道盡垂楊。野水白平岸，藕花香滿塘。偶然逢老叟，相與入前莊。坐對一樽酒，漁歌起夕陽。」《送家韶五之梧州》云：「之子粤西去，悽然無限情。貂裘看欲敝，馬首忽長征。落日蒼梧道，秋風博白城。前途應有遇，慷慨説生平。」《山居》云：「茅屋高峰下，峰峰恰對扉。出門何處去，倚杖看雲飛。草露濕芒屩，松風吹葛衣。幽禽啼不住，知我久忘機。」《山村》云：「老樹荒村路，疎籬野蔓生。長年花作曆，深夜鳥司更。社酒當春熟，沙田及雨耕。始知千載下，仍有避秦民。」俱有意味。

杖鳩又有絶句堪咀嚼者。《題畫》云：「天外數峰青，峰峰雨初止。一片濕雲低，江風吹不起。」《秋夜》云：「竟夕疑風雨，蕭蕭夢不成。前山無限樹，并作一秋聲。」《畫雁》云：「一片瀟湘入望微，蘆花開後故飛飛。知君亦是無家客，密雪濃雲冷不歸。」《珠江舟中》云：「一棹相依雁翅城，《竹枝》歌向醉中聽。月明人影闌珊夜，幾處香風賣素馨。」《藥市》云：「路入朱明藥氣浮，山中那箇識韓休。何姑雲母鮑姑艾，笑問遊人買得不？」《珠市》云：「蚌胎探出水雲沾，橋畔攜來大小兼。一斛明珠百斛米，不須留得壓香奩。」後二首爲竹枝體，俱卓卓可傳。因《藍田山房稿》未梓，故多録之，庶不至湮没耳。

嘉慶初年，吾粤一時有「三怪」之目，蓋謂邱應奎爲貌怪，劉華東爲文怪，崔弼爲詩怪也。今觀《珍帚編集》，其古體近李白，才氣頗覺縱横，近體則貪用典故，多駁而不純。至《咏信陵》絶句云：「博徒豈少毛公輩，不見平原着眼看。」《入峽經飛來寺》云：「百尺牽從雲裏過，一篙撑入壁間行。」《維揚雜咏》云：「六朝羅綺留裙屐，三楚烟霞入杖縢。」《石門懷古》云：「五朝舊作蠻君長，九郡新登漢版圖。」則殊覺大方。

滿洲明忠烈公明瑞，《送弟瑶圃使烏斯藏》云：「寒分百戰袍，渴共一刀血。」語極新警。《元夜》云：「陌上晚烟飛素練，渡頭殘雪踏銀沙。」猶有武勁氣。至「騷客興隨秋水遠，故人書報菊花開」，又何其雅淡也。

人到中年，見兒童誦讀，未有不艷羨者。姚姬傳鼐曾有句云：「但使體中還少壯，更偕兒輩向詩書。」莫耀山亦云：「老知讀書趣，貧切教兒心。」

吾粵園林多尚盆樹，屈曲枝幹，以爲奇古。余嫌其矯揉造作，失自然之性。番禺凌竹巷嘉遇《盤樹》詩云：「園客善矯揉，盤樹争奇勝。新坭擇堅腴，古瓴侈潔凈。安排次第巧，纖緑交掩映。不惜剪拜勞，俯仰云使稱。奪彼卓拔質，强與戚施病。木雖曰曲直，過乃非本性。寄言同心人，萬事順天命。」直能先得我心。

張水部《送人之桂州》云：「有地多生桂，無家不養蠶。」李韋廬《靈川道中》云：「有田皆種稻，無路不穿松。」句法雖同，而虚擬實寫，用意自别。

蒲留仙《聊齋志異》一書，盛行海内，而不知其詩筆更清。如云：「名士由來能痛飲，世人原不解憐才。」想亦阮步兵之塊壘待澆也。

仁和宋德恢咸熙《思茗齋詩鈔》，有《送人》詩云：「不受人憐者，誰知偏傍人。艱難文字賤，憂患别離頻。往事留禪榻，豪情半水濱。送君無所語，只是勸安貧。」可謂得「贈人以言」之旨。

嘉善黄蘭舟若濟《舟行即事》云：「泛泛舟行過午天，快心事總不能全。輕帆正喜乘風疾，難禁吹來舵尾烟。」較東坡「耕田欲雨刈欲晴，去得順風來者怨」，意趣彌永。

隨園云：「咏史有三體：一借古人往事，抒自己之懷抱，左太冲之《咏史》是也。一爲隱括其事，而以咏嘆出之，張景陽之《咏二疏》、盧子諒之《咏藺生》是也。一取對仗之巧，義山之『牽牛』對『駐馬』，韋莊之『無忌』對『莫愁』是也。」余謂對仗之巧，亦偶然凑泊，未可定爲一體。後來塗澤家以此擅長，究不可爲典要。若奉爲程式，必入魔道矣。

吴蘭雪《閒居有述》云：「唐策萬言劉諫議，漢廷一疏賈長沙。文章至此關天運，進退何人爲國家？」不盡諉之天，不盡責之人，持論甚好。

實事寫來，便有奇趣者，韓東生《陽江道中》云：「换魚村店酒，牧豕蛋家船。」《贛州》云：「賣書客踏螭頭舫，擔水婆穿犢鼻褌。」吴蘭雪《翠巖寺》云：「鐵鑊千僧飯，銅瓶十丈花。」《黔中雜咏》云：「花苗舊俗惟跳月，茅屋新年競插香。」皆是。

陳元孝《題畫》云：「深山深處有人争，擬寄閒身畫裏行。日掩柴門無箇事，碧溪黄葉一聲聲。」是以虚景作實境。吴蘭雪《村居雜詩》云：「溪園老桂百年栽，深緑遮檐晝不開。行過石橋回望久，始知身自畫中來。」是以實景作虚景，而能各極其妙。

眼前情事，借詠物以抒寫，倍覺大方。畢秋帆《咏春草》云：「得時便占行人路，托足難當貴客門。」馮古浦《在西林相公席上咏牡丹》云：「詩到《清平》能動主，花雖富貴不驕人。」程澄江《咏木芙蓉》云：「不逢春日偏能醉，開到秋江尚未遲。」余《咏婪尾春》句云：「置身富貴何須早，娱老繁華莫厭遲。」

古來詠月者多，而詠月華者則少。平湖陸陸堂《月華歌》云：「九野無纖雲，孤鏡磨青銅。西南月角忽吐一端白，層叠紅黄紫緑碧。自天直下垂，相去不知幾丈尺。廿四道光一迴旋，但見寶月不見天，半空摇曳流蘇然。」

謝照山名光國，番禺孝廉。著有《寸岳樓吟草》。其《咏嚴子陵祠》云：「卓卓嚴夫子，桐江一釣徒。羊裘臨大澤，天子笑狂奴。此事世猶議，斯人今已無。高山與流水，千載客星孤。」清空拔俗，一氣揮灑。他如《閒居雜咏》云：「辭本分官腰免折，食家常飯腹頻摩。」「綺語未忘難選佛，愁心乍脱便登仙。」俱新雅。

滿洲舒雲亭以「性愛登臨同謝傅，志存温飽愧王曾」得名。余謂不如「世間難得惟知己，天下傷心是别離」二句，更爲自然名貴。

吾邑關玨于貢好擬古，未免過於摹仿，反失面目。余祇取其抒寫性情者，如《初秋病起》云：「溽暑炎蒸夜，初秋覺爽新。病餘仍作客，歸計更愁人。白髮高堂老，青衫板屋貧。那兼椎髻婦，終日瘵眉顰。」《詠懷》云：「秋老風霜苦，春生水石温。百年爭日月，一醉失乾坤。計拙詩翻好，途窮事減繁。從來鴻鵠志，不屑寄籠樊。」《秋江送别》絶句云：「黄葉聲多酒尚斟，清秋送客碧波潯。樽前何物能相贈，風滿長江月滿襟。」風致亦好。

閨情之作，多屬寓言，不必視爲綺語也。安慶魯鳳藻《有贈》云：「攜得芳枝返故村，悔將玉貌共花論。低聲還向小姑囑，阿母跟前莫要言。」陳夢湘嘲某云：「畫鸞衫子褪輕紅，料峭春寒豆蔻風。雙鬟亂雲堆未穩，日高猶是背人攏。」中州吕樹村大令公滋未老而乞病，有勸其再出者，乃作《老女嫁》云：「自製羅紈五色裳，晶簾低捲繡鴛鴦。不如小妹于歸日，阿母殷勤爲理裝。」「檢點新粧轉自思，於今花樣不相宜。嫁衣肥瘦憑誰剪，羞問鄰家小女兒。」

太白樓有楹聯云：「我輩此中宜飲酒，先生在上莫題詩。」不特見班門弄斧，抑亦着筆甚難也。吾粤大埔饒桐陰慶捷《泊燕子磯題詩》云：「五岳稜稜不可捫，斯人浩氣至今存。如何山月江風夜，但作詩天酒地論。牛渚磯頭梅影亂，蛾眉亭外水花昏。踏春遊客渾無事，閒説仙人醉緑樽。」筆意浩落，不愧作者。

生前富貴，死後埋没，反不若文人學士令人欽仰不已。吾邑何不偕《西湖曲》云：「試上山頭奠桂漿，朝雲艷骨有餘香。宋朝陵墓皆零落，嫁得文人勝帝王。」語似調侃，實爲至言。

余以石爲山，亦有以陸爲海者。鍾陵王晚壑家有小園，顔曰「晚壑舟」。園外尚餘隙地，小築數椽，可以課孫。謂雖歷仕途，不忘壑處。因紀以詩云：「儂家壑裏舊藏舟，底事江湖汗漫遊。他日歸來課孫子，一窩安樂是良謀。」

李穆堂尚書云：「凡拾人遺編斷句而代爲存之者，比葬暴露之白骨，哺棄路之嬰兒，功德更大。」顧俠君選《元百家詩》，夢有古衣冠者數百人拜而謝焉。吾邑温謙山輯《粤東詩》、《文海》，自漢迄今，千有餘家，爲書近二百卷。書成，夢古衣冠人千百爲輩，持卷再拜而去。乃知闡微發幽，正深人感佩。後之操選家勿專慕盛名，而忽略微賤也。

南海家禹廷兆麟詩筆甚清，咏古每有新意。《巢父》云：「爰有巢父，古稱高士。聖君與言，尚洗其耳。異端惑世，想由此始。」《王右軍》云：「人愛右軍書，我服右軍智。一醉誑王敦，此事豈容易。」

《介之推》云：「始忿而終矯，圖名殃及母。年年寒食時，試問安心否?」

禹廷性好遊覽，所到之處，俱有吟咏。如《翠巖》云：「秋樹花多白，霜厓草半紅。」《聽瀑樓》云：「日落鳥争樹，山空雲滿天。」《潮水廟石》云：「黛色盤根瘦，泉聲徹骨清。」《白雲雙溪寺》云：「流水落花雙澗繞，夕陽秋樹一庵深。」《大通寺》云：「春樹緑沈金粟界，天花紅墜木棉風。」《鳳城青雲路口占》云：「八橋野色排空闊，萬頃風光捲地浮。山氣欲吞將落日，樹聲争報未深秋。」等句俱警鍊。

本朝功業顯赫而能詩者，一爲高文良公，一爲鄂文端公。二公謙恭自下，正復相似。文良公詩云：「詩外更無餘事業，酒邊時作小淹留。」又云：「宴罷白沈千帳月，獵回紅上六街燈。」文端公詩云：「手理亂絲須用緩，方醫惡疾不妨奇。」又云：「垂老餘功惟補過，多生結習賸憐才。」猶見古大臣風度。

近來窯器以年窯、唐窯爲最佳，年窯爲年羹堯所製，唐窯則唐英所製也。南滙吴白華總憲省欽詩云：「唐窯近出抵璠璵，持較年窯或未如。笑我兩年滯賓幕，不將雙眼挂《陶書》。」《陶書》，蓋唐所撰。

東坡謂「春月令人和悦」，爲詩家妙語。余謂天地之景，原無一定，隨人感觸而成。嘗有《春月》詩云：「春宵花事勝如秋，皓魄當空我自愁。古月應憐今月老，不知照白幾人頭。」

短章全以一二字見意，袁景文《題蘇李泣别圖》云：「猶有交情兩行淚，西風吹上漢臣衣。」番禺方九谷《妾安所居》云：「廣殿多秋風，蟋蟀鳴幽闥。欲下玉階行，總是昭陽月。」「漢臣」、「昭陽」數字，何等含蓄。

人各有所長，用材者不可因其一長信爲兼長也。南海招桐坡鳳來《雜感》云：「工虞水火職，古聖猶分司。德行與政事，十哲各有宜。奈何後世官，六部多兼之。只聞叩首謝，幾見捫心辭。位高雖云喜，藏拙須自知。黄霸爲丞相，聲名損舊時。」後世治不如古，皆由於此。

小兒學語，世多教以詞曲，問有文理，亦少意義。余欲選長短句教之，却少淺易近情者。新會黄春坡玉貞《母雞引雛謡》云：「母雞喔喔，雛雞嗌嗌。群來牆陰，以啄以食。群雛飽，群雛嬉。其母腹飢，群雛安知之。母翼大，群雛寒有賴。雛毛稀，長來那得長相依。」真足教孝。儻得此種百十首，爲幼時讀本，却佳。

問梅、問菊，俱於無情處着情，雖文士之癡懷，亦韵人之深致。三水歐陽小蓬孝廉冠《問梅》詩云：「縞鶴歸來半夕陽，孤山林静月昏黄。叙横荳蔻香魂冷，夢盡江南何處鄉。」似温飛卿艷情之作，妙不入纖。

黎二樵有「短長道路供離别，少壯交遊半死生」之句，爲方竹孫所賞。余亦有句云：「弟兄老死幾逾半，朋友論交尚罕新。」凌藥洲謂爲閲歷真語。

唐詩：「孤燈燃客夢，寒杵搗鄉愁。」極意鍊字，尚嫌入纖。近人王又曾句云：「寒燈孤艇懸鄉夢，白日清江照鬢絲。」似較大方。

吾邑李抱真孔脩，爲白沙先生高弟，其墳在西樵雲路村，鄉童進學者，必禱祀焉。南海何報之謁墓二詩，最爲深穩。詩云：「石磴雲深鳥唤春，孤墳寒食紙灰新。九京容我尋高士，三疾如公是古民。

死有名山堪葬骨，生無奇服不驚人。當時誰信流風遠，歲歲蘋蘩采澗濱。」「人生不朽最難言，好附青雲逐驥奔。處士壟成王失貴，先生墳在社長存。江門久已垂千古，雲路今來是一村。更有豐碑文字好，樵翁時爲拭苔痕。」

報之爲雍正初年進士，富於著述，旁通百家，有《莊子故》、《皇極經世易知録》、《賡和録》、《醫碥》、《紺山醫案》、《算法迪》、《三角輯要》、《移橙餘話》、《冏芳園文鈔》、《詩鈔》。時元和惠公提學吾粤，最相愛重。詩尤擅名，羅履先謂其鍊不傷氣，清不入佻，中藏變化不一。其中佳句如「夜静風鳴壑，山高月墮林」、「叢祠森鬼氣，老樹聳人形」、「兩年花濺淚，幾夜酒禁愁」、「酒懷多日減，花事一春微」、「陰厓多積雪，幽壑半留雲」、「古詞《三婦艷》，新月《兩頭纖》。」七言如「六籍争吹孤竹管，百家人饌五侯鯖」、「愛蓮亭畔看花樣，拾翠洲邊唱《竹枝》」、「持畫故伸寒具手，論詩偏肯冷官頭」、「賣符葉賸蟲猶篆，擣藥巖虚鳥自舂」、「風案曉繙書裂幅，雪窗夜卧被生稜」等句，俱新警。

新會吴子庸俊常，與何報之仝時。著有《讀史吟》，爲詩百三十餘首，代舉數人，人舉數事。其體或近或古，或長歌或短節，格不一也，而興會淋漓，莫不神傳叔敖，筆鑄平原。余愛其《咏陳壽》云：「治書當論世，方識史才高。志自名《三國》，何曾帝魏曹。興亡存紀曆，禪代見絲毫。千載不相諒，君心應鬱陶。」拈出具有卓識，可掃後來無限謬談。

家子潮有《九日》詩云：「登高一望思茫茫，繞郭山光接水光。昔日壯遊今老大，西風腸斷白雲鄉。」猶有唐音。子潮名江源，南海人。善丹青，嘗爲先從兄小厓追寫小影，形神逼肖，筆亦奇矣。

丙午仲春，陰雨連旬，族叔介眉《即事》句云：「餘寒遲草木，積雨短光陰。」「短」字最鍊。

尹文端公《恭和御製出閶門遊支硎寒山諸勝即事雜咏》云：「繁華不是皇心樂，底事笙歌滿畫船。」較唐人「不是宸遊玩物華」更有意味。

香山何亨齋天衢著有《不寐齋詩草》。其《蘆花》五律，爲時所傳誦。起四語云：「疑雨全非雨，如妍轉不妍。無人有人處，一水一橋邊。」自屬超脱。至《鴻門詠古》云：「兩國主臣俱智勇，一家骨肉半恩讎。」真精湛出色矣。

新會鍾鳳石啓韶詩多奇語，如「隔水雲如詩思懶，遇風船學酒人顛」，「送笛有風皆過柳，到橋無水不生灣」。皆不落尋常蹊徑。

道學人咏風情詩，仍不脱道學氣。吾邑温筤坡侍郎《和逸群弟采蓮詞》云：「杏子單衫映玉顔，香風吹送水雲間。采桑別有秦家女，不似輕舟盡日閒。」

吾邑楊覺亭方教《山居》句云：「種柳臨門深作幔，鑿厓分瀑瀉成簾。」《夢中作》云：「酒當豪氣人增壯，詩到奇時鬼亦驚。」《荒徑》云：「蔓草慣拖行客屐，斷林微露老農家。」俱有放翁筆意。

邵青門云：「詩之名家，皆學古人而各得其性情所近。自漢、魏、六朝、三唐至宋、元、明人之作，皆有可學、有不可學，視吾自得何如爾。苟吾之詩學既成，無論其爲漢、魏、六朝，爲李、杜，爲三唐，爲宋、元、明詩，皆可使之就吾之爐冶，而皆不能爲吾病。吾之詩學未成，無論其學漢、魏、六朝，學李、杜、三唐及宋、元、明，皆足以病吾，而皆未必有當於詩。何則？其自得者尠也。」又云：「夫詩，藝也。

然要其至，則天人兼焉。有人而無天，終身爲之，未必其至也；有天而無人，率然至之，未必其皆至也。」族叔介眉平日嘗持此議以論學。要之，學聖賢，學文藝，其事雖不同，而其趨一也。

律句之創，祝止堂最多。如：「功德言從何處立，畫詩書且一身藏」、「漢試籀書九千字，唐升禮部十三經」。《翰林辨事》云：「肯抛册府詩書畫，忽學官箴清慎勤。」俱是。因記懷寧余少雲亦有「玉川搜腸五千卷，鄴侯過眼三萬籤」，黄梅黄梧岡有「今我心還同故我，舊人色似勝新人」，大興翁覃谿《贈錢籜石》有「奔流萬里河之曲，上下千年漢以來」，滿洲高東軒有「固哉此叟詩無味，老矣其人心可憐」，彭甘亭有「四七星辰見光氣，八九雲夢吞心胸」，皆奇。

家應來所著《兩般秋雨盦隨筆》，謂「無題詩與香奩詩界若鴻溝。李義山之詩，無題詩也；韓冬郎之詩，香奩詩也。蓋無題之什，不必盡寫情懷；而香奩之篇，則竟專作膩語。至閒情、風懷，則指實事矣。」辨别最爲分明。余謂二體皆言情之作，娓娓動人，見之每不忍釋手。張南山先生欲彙近代無題及香奩諸詩，取陸士衡語，名「緣情集」。與余洵有同心。余更欲彙集咏史一體，令古人事跡流傳無暨，似勝於艷情之作也。

余遊西樵，最喜白雲洞，以其境奇，且無登陟之勞也。吾邑楊南村翽羽五律寫得最好，詩云：「劈開雙石壁，透出一層天。瀑瀉高翻日，花飛不計年。懸厓危閣矗，迴澗斷橋連。遺像白雲子，蒼苔老鬢邊。」

偶訪長洲陳玉函，見壁上《題鄧尉山詩》，歎爲奇才。詩云：「探幽覽勝興飛騰，破曉攜筇絶頂登。

雪意濃於三月雨，梅花高似六朝僧。太湖西去涵空闊，吴縣東來閲廢興。擬訪孤墳酹仙尉，玉壺寒重酒方冰。」後始知爲余友吴星儕作，竊自喜賞識不謬。

悼亡詩哀惻動人，多屬私情之作。雨湖師《吞聲吟》云：「一番内顧一傷神，中饋先銷石火身。念我雙親年漸老，羹湯調劑倩誰人？」明發之思，隨處流露，與兒女情長者迥別矣。

林淇瞻名斐，嘉應人。有《過石峰徑》云：「石隙憑安屋，茅檐亦種花。」於田家風景最肖。畫家寫得出，却説不出。

「流傳人事惟因恨，奇麗天生未許同」，此固始吴其濬《過歸州懷昭君及三間而作》也。士之懷才而阨遇者，諱此二語，可以泯怨尤矣。

眼前情事，掇拾不盡。吾邑陳復齋之女《除夕吟》云：「病久愁多只自憐，新春宿雨送殘年。兒童未解囊空盡，膝下猶争爆竹錢。」

吴蘭雪《紀夢》詩云：「寒溪沙水太清泠，何處飛紅點斷萍。笑坐仙舟花一瓣，不知是我是蜻蜓。」足與莊周蛱蝶作後人詩料矣。

吾邑李真吾良弼《咏博浪椎》云：「誤中副車雖未死，中原逐鹿自兹始。當時誰敢攖其鋒，六國不如一孺子。」詞調雖平，而識見極好。其子嵩年亦能詩。有《登白雲山絶頂口占》云：「身在白雲中，不見雲起處。有人在下頭，説我升天去。」《送春》云：「一年一度送春回，春事無多去又催。如此匆匆如此别，明年休更放春來。」「百年三萬六千日，計得春光九百旬。莫怨離多春事短，當春還有未歸人。」

錘錬之句，貴於無跡。吳蘭雪句如「壯懷雙鬢負，家累一肩難」、「好詩消歲月，羈夢落江湖」、「春草停征騎，邊雲念倚閭」、「愛才關性命，譚藝析淵微」、「世味中年淡，天倫樂事稀」、「看雲銷世慮，飲水悟仙書」、「磵松根化石，崖瀑凍懸冰」、「酒教中婦釀，詩就冷官尋」、「石氣巖扉濕，苔香洞壑幽」、「門閭老人淚，冰雪異鄉情」等句，俱極渾成。

嚴陵釣臺，名作林立，番禺馮世衡銓二十字，識見最超。詩云：「競悔從龍晚，飄然竟獨行。雲臺皆將相，何處着先生？」此即「天下有道，某不與易」意。評者謂與范文正論「《蠱》之上九」同意，似尚隔一層。

家柳衢見余所著《詩話》，凡有近作，必來就正。余謂「足下虛心如此，不患不傳，愧余不能傳足下之詩耳。」其《和友人春感》云：「似醉心情行坐卧，無聊生計畫詩書。」《春日寄人》云：「羊頭富貴天應笑，雞肋鄉園客懶歸。」誠非率爾操觚者。

德慶温莊亭承恭喜談兵，樸石太史謂其激昂之氣，時露於詩。如《咏巫峽》云：「水似從梯上，天真坐井觀。」《川東道中》云：「路多通嶺背，人半住林間。」《九成臺》云：「湖海有人牛馬走，笙鏞何處鳳凰來。」《姜平襄侯》云：「信國入元心有宋，包胥復楚哭無秦。」俱極錘錬。至《曲江祠》云：「劍請胡雛悔欲追，淒清雒谷笛風吹。姚崇宋璟開元相，死後君王記得誰？」尤爲獨造。

番禺女史張芬，字誦先，號黍庵，爲張海門明經之女。幼耽筆硯，嫻於吟咏，適吕石飄學博。著有《蕉窗咏》，家章冉訓導廷枏梓以行世。其《和石飄夫子感志詩却寄》云：「浮生往跡類飄蓬，摇落誰能繫晚風。多病多愁遲歲月，半因吟瘦半因窮。」「登山臨水足逡巡，巾幗由來繫一身。痛飲狂歌須放浪，不知天地我何人。」陳仲卿謂其無脂粉氣，無柔媚態，洵非過譽。惜其老寡無子，有女適人，亦以貧死。憔悴困苦，工詩之窮，豈女子亦猶然耶？

《緑窗遺稿》乃高明女史楊氏著，有《簪菊》句云：「幾回顧影同卿瘦，合有旁人笑我狂。」《與兒復元同步唐伯虎集後花塢聯吟韵》云：「雲護酒帘名士社，風敲詩鉢解元祠。」《不寐》云：「歸夢迷山月，鄉心繞石城。」俱有格局。其夫劉墨池瀾精堪輿術，有《紫府寶鑑》行世。

體格奇創者，須有繩尺方可。張度西《康烈婦謝氏女歌》云：「女不可名，婦也而可名，不見謝氏之女歸執夫喪衰絰成夫塋。婦不可名，女也而可名，不見康氏之婦免喪七日餓死而全貞。腐儒曰未成爲婦也而可成，不見有司入告天子許其成。」此合傳體，而脱胎經句，故不入於怪誕。

《皇明世説》載楊升庵登眺山寺，見雨霽虹霓，下飲澗水，得句云：「渴虹不飲玉池水，斜日横分蒼嶺霞。」後閲《莊子》，改「睨日」。韓光愈謂「渴虹」、「睨日」，古今奇對。余謂若用「斜」字，便覺減色。吴蘭雪《題楊米人太守海南游草》云：「人魚拜浪千帆雨，仙蝶遊山四季花。」若改「人」、「仙」二字，有何意味？乃知一字之下，煞費經營也。

沈蕙孫女史有《貞女峽擬韓》云：「怪石觸龍尾，龍怒與石戰。以尾決江水，衝石石中斷。石斷勢益猛，江水縮一綫。行人過此峽，疑有風雷變。擺石萬瓦裂，下與饞龍咽。其險也若斯，蜀道何足算。」雖不及韓之高古，然奇警處自不猶人。

蕙孫非以描擬見長也。其《讀詩》五古，中有句云：「後世爲文藻，古人爲性情。」可謂識詩之原。所著《繡餘草》，有着意錘鍊者。如《阻風黄浦》云：「潮聲飛雨白，風色挾沙黄。」有自然雅淡者，如《小齋夜坐懷諸姊妹》云：「琴聲佇落月，秋意對寒泉。」有不着跡象者，如《秋寺》云：「石林殘雨響，樵徑亂雲低。」有絶好風調者，如《寄孟韓外兄》云：「南浦緑波人别後，小樓紅雨燕來初。」有工巧生新者，如《春晴》云：「天意釀花疑夏五，人家劈柳送秋千。」有着色濃艷者，如《真娘墓》云：「三尺鴛鴦空有塚，千秋雲雨本無臺。」《東晉》云：「立國應憐螳後雀，浮江共識馬中龍。」《北齊》云：「地上生蓮妃子步，堂中種柳小兒吟。」

奉新宋澹思司城鳴珂《南川草堂詩鈔》，有《北征雜咏》云：「弋陽城小聚人烟，城下編茅屋數椽。曉市水聲喧笑語，賣蔬齊渡太平船。」土風儉樸，寫來入畫。

句調複用，詩家一病。偶閲宋蓀侶廣文《味經齋存稿》，有《題顧横波畫卷》詩云：「浣雲香閣舊時春，碧草青苔硯作塵。一樣流傳歸墨寶，魏夫人後管夫人。」又自製《並頭蓮歌》既成，醉後復成絶句云：「蓮花脩到豈無因，作賦何須定洛神。十萬嬌娃低首處，邢夫人傍尹夫人。」語雖工巧，而數見亦覺不鮮。

臨津吴伯翔太守名鳳，所著《竹庵詩鈔》微嫌粗率，惟詠《羅昭諫墓》七律一首，頗具史筆。詩云：「羅生自昔號江東，古墓江西晚照紅。下第羞稱前進士，討梁真作大英雄。服官在越應將隱，不遇於唐亦效忠。數卷詩歌一抔土，磯山憑弔仰清風。」

竊用前人名句，縱命意稍異，亦笨伯一流。潘師仲《詠桓宣武墓》云：「生初枉自呼英物，身後教誰歎可人？」何等靈活。黄仲則《詠桓宣武》亦云：「却緣温嶠推英物，便認王敦作可人。」殊覺索然。

福州家茝林中丞所著《退庵隨筆》云：「古樂府亡於東漢，漢魏之樂府亡於東晉。今之作樂府，不過以長短句之古詩當之。不知古詩有樂府，律詩亦有樂府。《舊唐書・音樂志》所載《享龍池樂章》十首，皆七言律詩。沈佺期之『盧家少婦』一詩，即樂府之『獨不見』，而謝偃《新曲》、崔融《從軍行》、蔡孚《打毬篇》，又俱是七言長律。今人既不知其音，又何從辨其體？今之編詩集者，必以擬樂府數篇弁於卷首。讀者或嫌其不似，又或嫌其太似。雖以王漁洋之通才，而所自定之《精華録》亦不免落此窠臼。」竊謂今人作詩，不妨借古樂府之題寫我胸臆，而體格字句則且以不知爲不知置之。若必鉤深索隱，刻意摹仿，正如查初白所譏「紙上不見有一字」者，亦何益之有哉？

題贈詩，余最愛吴蘭雪，若《古香樓遺稿》亦堪頡頏。如《贈吕三秋嵐》云：「老成風骨英雄氣，名士文章幼婦詩。」《贈范階平父執》云：「功名愧被疎狂誤，經術知緣静躁分。」《寄懷唐山王茗厓明府》云：「吏飲一杯廉讓水，堂開四面雨晴山。」《寄懷平鄉韓錦瀾明府》云：「友難急於三日火，官貧惟有一房山。」《寄懷鉅鹿孫禹橋明府》云：「一官坐抱吟邊膝，半榻旁無酒後鬢。」《追叙荆門胡學山刺史舊事》云：「一家八口盤中蓿，萬里孤雲塞外書。」《寄嚴荻雲表弟》云：「雄談麈門三更健，險韵鋒鏖五字酣。」《贈三河少府程二斐園》云：「心思細入三分木，意氣高懸百尺樓。」「貧能任俠真奇骨，熱不因人是素心。」《感朱大尹鏡三》云：「一封白簡民環泣，萬口青天帝動容。」《感家處士允仁》云：「故園飦粥千頭橋，絶塞星霜萬里駝。」《贈張船山》云：「一雙簇錦團花手，百萬金戈鐵馬聲。」《贈楊雲珊》云：「歌詩庭院珠璣落，啄粟階除鳥雀馴。」《贈孫淵如觀察》云：「顧影一身成骯髒，照人四面是烟霞。」《贈李怡庵鹽使》云：「鸕鷀夜捧紅綃袖，鵁鶄朝酣白練裙。」《贈懷吴荷屋侍御》云：「仙骨身無名士氣，貴游座有布衣交。」絶去應酧泛話。

林月亭孝廉《揚州》一律，不愧名家吐屬。詩云：「遠水通淮凍漸消，風流往事付寒潮。二分明月開珠箔，一路垂楊到板橋。晝静有人方顧鏡，夜闌無客不吹簫。竹西亭外春如夢，合爲尋詩撥畫橈。」截句多從虚字取神韵，亦有實字能運掉者。方子雲《宴客揖山樓》云：「葡萄美酒緑盈甌，盡捲湘簾客正酣。十二紅闌樓四面，斜陽西北月西南。」姚姬傳《山行》云：「布穀飛飛勸早耕，春鋤撲撲趁初晴。千層石樹通行路，一帶山田放水聲。」

詠木棉最難着筆，南海陳韞堂瑩達詩云：「十丈珊瑚十丈霞，千紅萬紫抱高華。英雄氣敓佳人淚，歲歲春風第一花。」

太原裴子光學士謙，著有《竹溪詩草》，題多庸腐么麽，未窺門徑。惟《詠范蠡》云：「廿年雪耻强於越，三徙成名富定陶。」二語頗能渾括。

宋德恢《思茗齋集》，有《蕪城懷古》云：「羨他璧月照瓊枝，若箇鍾情衹自知。千古風流誰第一，鏡中曠達井中癡。」又云：「蕪城依舊鎖烟霞，莫問當年帝子家。到處畫樓遮欲遍，更無人識玉鉤斜。」《雨後》云：「雨聲初住水平谿，門外楊花濺作泥。睡起提壺沽酒去，亂山青過板橋西。」集中七絶，余最愛此三首。

嘗見孫戒庵制府爾準《泰雲堂詩集》、《番社竹枝詞》八首，有堪資聞見者。詩云：「囤居新製向人誇，圓頂扶闌似覆艖。不信春深無瘴癘，山柑門外已開花。」注云：「生番作室曰『囤居』，木椽竹牆，蓋以茅草兩大扇，合爲屋頂，狀如覆舟。其前廊以竹木爲橋，拾級以登，周以闌楯。山柑花開則無瘴。」其二云：「行歌按節共相舂，縹緲聲傳第幾峰？曉夢醒時渾不辨，乍疑編磬與編鐘。」注云：「舂米刳巨木爲臼，高二尺許，空其底，旁竅三四孔，擊以杵，左右上下，按節旋行，歌以相之。將旦，邨舍丁東之音遠聞，颼若疎鐘清磬，不辨爲何聲也。」其三云：「身手由來善射生，竹枝弓弩不須檠。嬉窠落地誰知得，出草先占蕫雀聲。」注云：「竹枝爲弓，藤苧爲弦，漬以鹿血，堅韌過絲革。粘雞羽爲翎，用以射鹿，名曰『出草』。將出，先聽鳥聲，占吉凶。鳥白尾，番語曰『番在』，即蕫雀也。」其四云：「反復書宜玉版牋，佉盧遺製左行偏。年來楚楚青衿子，誦得《葩經》第幾篇？」注云：「習紅毛字者曰『教册』，用鵝毛管剡其端，蘸墨横書，皆左行。紙厚如帛，反復書之。東螺貓兒干社有薙髮出應童子試者，居然冠履，能誦《毛詩》。」其五云：「貓踴班身刺繡紋，嘴琴私語月中聞。自緣野處行多露，愛着藤皮白紵裙。」注云：「『貓踴』，未娶者之稱。肩背手足皆刺花繡文，熏黑烟以爲美觀。嘴琴狀如小弓，以竹爲之絃，以絲扣於齒，爪其絃以成聲。或竅其中二寸許釘銅片，彈以指，如呢呢私語。男女相遇，男彈嘴琴挑之，意投即野合，各以私物相贈，歸告父母乃迎娶。半線以上多䅟藤皮爲裙，色白如苧，曉行以禦草露。」其六云：「檳榔送罷手隨牽，紗帕車螯作聘錢。問到年庚都不省，數來明月幾回圓。」注云：

「合婚有禮榔，以白金爲檳榔形，貧家則用乾檳榔，富者以紗帕爲聘。加溜灣等社有用車螯者。問名皆不知年歲，但記月圓幾度耳。」其七云：「步節金鐃按隊行，都盧詞句不分明。誰知十六天魔舞，却似魚山梵唄聲。」注云：「酒酣，婦女連臂蹋歌似梵唄，語不可曉。每一節齊咻一聲，以鳴金爲起止。」其八云：「樹底秋千似紡車，佛桑花放及春初。争看裙袂飄颺起，一隊神仙下碧虚。」注云：「番女有『渺綿氏』之戲，大略即所謂秋千也。以渺爲飛，以綿爲天，意以爲飛天耳。每風和景明，椎髻簪花，靚粧麗服，招邀樹底，争爲此戲云。」此數首寫番俗較詳，可補《番社采風圖考》所未備。

金鑽孫文靖公云：「昔見黎二樵以古錦袱裹所作詩，塗逭不啻再四，終不愜意，輒削去不録。檢其初稿，實佳作也。後刻《五百四峰堂集》，多與原稿不同，意甚惜之。」頃見荷屋方伯出示二册，中多未經改削之稿，可寶也。緣題三絶句於後云：「女蘿爲帶載蓉旂，奇服山阿世所希。火繭冰蠶都不御，仙人只著六銖衣。」「嘔出心肝太好奇，良材半向爨中遺。誰知古錦囊中句，初寫《黄庭》恰好時。」「蟬韵桐音十八篇，玉溪擬罷更樊川。零珠斷璧皆懷寶，遺集誰收沈下賢？」此二册尚存吴氏筠清館中，暇時當借抄而梓行之。

《醫統》云：「痘症始於馬伏波征武溪蠻，染此疾，歸名爲『虜瘡』。後有神痘法，痘汁納鼻中呼吸，即出其瘡，較自出者略稀，然亦有因而致斃者。」近日吾粵邱浩川得海外牛種法，小兒存活頗多。孫戒庵制府謂疾從海外來，須以海外法治之。故其《贈浩川》詩云：「夾白靈丹信有神，不仝吹鼻太酸辛。阿難悟後都無染，掃盡天花不着身。」「陳聶傳書始李唐，曾聞痘種自蠻邦。可知根蒂非中土，須得龍宫海外方。」「烟霏每使鼻成齆，侑酒徒矜琥珀濃。賴有靈丹能保赤，稍償流毒阿芙蓉。」

湘潭張蓉裳家榘《横陽山輿中雜詠》云：「青綾帕首錦靴新，粧束都非尚俗淳。何事羅敷笑相避，書生原不是官人。」饒一趣字。

十二石山齋詩話卷九

順德梁九圖福草

南海李石泉先生可瓊，與兄次雲、弟椒堂俱入翰林，仕至山東轉運使。性恬澹，少宦情，太夫人殁後，即不復出。每過余十二石山齋，則曰：「余三十年宦途況味，不如今日坐此逍遥也。」詩不多作，記其與余仲父青厓同賦《浴日亭和東坡韵》云：「到處滄溟共一天，扁舟蕩漾溯黄灣。曾經浙海觀朝日，更向焦門看暮山。萬里風烟迴客夢，百年詩酒破愁顔。何如曝背東窗下，拄杖閑閑十畝間。」句如《贈鄒太守》云：「漢代循良二千石，竇家風範十三經。」《贈徐配五明府》云：「人如野鶴三分瘦，官與梅花一樣清。」俱佳。

李山儂茂才宗岱，爲石泉先生孫。年未弱冠，丰神韶秀。聞吾友星儕善詞賦，即師事焉。詩筆妍麗，曲肖其人。《珠江詞》云：「琉璃千點照江濱，越女齊歌《水調》新。隔岸燈光小如豆，賣花船載賣花人。」又句云：「猿聲斷續月千里，鷗影浮沉烟一汀」，「天地清閒鷗占盡，關山悲壯馬馱來。」《古意》云：「春來郎亦來，春去郎亦去。送春還送郎，忙煞垂楊樹。」

黎二樵工畫山水，生時未甚見重。二樵每畫畢，輒狂呼曰：「五百年後必有識者。」殁後不二十年，寸縑尺素，海内珍若拱璧矣。南海謝灃浦太史《題贛州袁氏所藏二樵扇面册子》云：「妙手人推老鄭虔，關心猶慮死無傳。於今碎錦争收拾，何必遥遥五百年。」

劉觀亭《題邯鄲吕仙祠》絶句云：「富貴功名轉瞬過，吕仙仙枕夢如何。自從留下封侯事，惹得人人瞌睡多。」風趣獨絶。

丁飛濤《聽舊宫人彈箏》云：「銀甲斜抛雁柱飛，玉熙宫裏尚依稀。不須彈到《回波曲》，説着先皇淚滿衣。」於渾成中見風神，求之唐人，亦不多見。

酒本以舊爲佳，而古人却重新酒。杜詩「樽酒家貧只舊醅」，是以舊爲歉。白詩「閒留賓客嘗新酒」，「新酒客來方宴飲」，皆以新爲妙矣。

名花佳果，多可釀酒，而善飲者轉以爲嫌。屠琴塢太守詩云：「食單説與晚來添，笋蕨盤飧略要兼。淮白魚肥河鯉賤，只嫌酒味百花甜。」

琴塢太守《經桃葉渡泛舟入青溪》詩云：「紅板橋西打槳回，一溪一曲好樓臺。年年流水東流去，只有斜陽問渡來。」《訪南園遺址》云：「已無池館屬平章，剩有啼鴉噪夕陽。南渡江山幾華屋，半閒堂與許閒堂。」

前朝留京士大夫多覓妾于上新河，謂之「小蘇州」。王東田太僕《竹枝詞》云：「茅檐雖小慣藏春，底事蛾眉不耐貧。一擲黄金輕遠去，小蘇州半屬徽人。」

金華方鐵船元鵾官户部主事時，有句云：「吏抱牘來教押尾，官同案坐怕横肱。」寫司員上衙時情景逼真。又有「飯香遲食覺，睡味早行知」十字，亦妙。

詩令人笑，易入打諢。趙雲崧《水閣看競渡戲作》云：「水樓坐看兩游龍，過者争疑美在中。聊與諸君供一笑，捲簾露出白頭翁。」

城市人家多跨街而晒衣袴，過者每跼促不堪。趙雲崧詩云：「積雨初晴衣共晒，街懸窮袴裲襠多。老夫不受淮陰辱，也復低頭胯下過。」

蒲州吴蓮洋徵君雯客天津，主張魯庵方伯家，嘗言志曰：「我家中條山下，環以玉溪之水。倘置圃鄭谷之口，構草堂十餘間，有樓眺遠，有亭納爽，有屋貯書，院種竹數百挺、黄梅數十株，面雷首、肘太華，倘徉終老，足矣。」魯庵笑不言。居數年告别，張不留。比抵里門，見廬舍頓改，皆張公爲構植，一如其所願。故蓮洋寄魯庵詩云：「最愛王官谷，勞勞托興長。人家瀼西宅，風景輞川莊。慷慨成高隱，艱難就草堂。買山原所自，高誼不能忘。」近世如此知交，想亦絶少。

趙秋谷以非日觀演劇，被劾罷官，遨遊南北，亦主魯庵家。嘗歲暮薄游津西之楊柳青，忽慨然謂同遊曰：「日久須歸家矣。」同遊怪之。秋谷曰：「受恩深處便爲家，歸遂閒堂耳。」堂爲魯庵建，以延納名流者。趙有《天津喜晤老友吴天章兼贈所主張君》，句云：「走訪吴先生，因識張公子。能爲詩人作主人，此士定知不凡矣。况復接座來，觸事皆可喜。開軒解衣裳，留客披圖史。」賓主之雅，殊足千秋也。

讀書健忘，文人通病。袁簡齋云：「不先詣客來還答，最喜看書過亦忘。」黄退庵云：「藥非自製終難信，書却貪看奈健忘。」

彭湘南《秦淮口占》云：「秦淮河畔亂沙汀，芳草魂生六代青。春去雨中人不惜，杜鵑啼與落花聽。」桐溪女士王仙御《偶興》云：「山中古木葉還青，山下漁舟釣晚汀。夜静月明人不見，自家歌與自家聽。」吴松亭《秦淮夜泊》云：「難遣秋宵遠别情，半堤柳影半河星。誰家倚檻吹横笛，盡訴鄉愁與客聽。」馬掬村《攜歌童泛舟秦淮》云：「笙和笛響入青冥，雲縱無心也暫停。一曲歌喉珠一串，美人妒殺倚樓聽。」袁蘭村《題友人梅花讀書圖》云：「剔盡銀燈一點青，暗香隨月到疎櫺。新詩吟就無人解，唤醒梅花讀與聽。」五押「聽」字，俱好。

《惜抱軒集》爲姚姬傳著。其《出池州》云：「桃花霧繞碧溪頭，春水才通楊葉洲。四面青山花萬點，緩風摇櫓出池州。」《濟寧城東酒樓憶亡友馬牧儕》云：「汶河垂柳萬枝輕，把酒高樓對馬卿。十四年來兩行淚，春風重過濟州城。」《道院對牡丹觀前賢遺墨》云：「低徊往迹感猶新，安得前賢共此辰。消受落花春盡雨，天香寒滲白頭人。」

「舊時王謝堂前燕，飛入尋常百姓家」，已不勝興廢之感。張文貞公玉書過金陵某將軍營云：「六纛雙旌隱畫扉，月明霜白路人稀。燕歸不識將軍壘，猶認烏衣舊宅飛。」措語更耐尋思。

延祥寺載上人能詩工畫。余遊羅浮時，訪之迷路，適得一樵夫指引，因成詩云：「不識延祥寺，羅浮第幾峰？言尋詩衲去，偶與老樵逢。爲導數林竹，兼穿萬壑松。白雲無際處，遥指一聲鐘。」

陳師道云：「學詩如學仙。」程俱云：「談詩如談禪。」皆屬妙喻。

趙肅徵《題園林絶句》云：「疎泉累石置亭臺，欲奪天工不計財。閉户四時花鳥换，主人曾見幾回來？」汪鈍翁《初置山莊絶句》云：「縛帚旋除蛛網浄，插籬每護藥苗新。老夫到老不曉事，曾幾何時作主人。」俱曠達之語。

山谷詩最多創體，如《宿逍遥觀詩》專用字之偏傍一様者，綴合成句：「逍遥近道邊，憩息慰憊懣。草萊荒蒙蘢，室屋壅塵坌。僮僕侍偪側，涇渭清濁混。」此屬一時游戲之筆，不必奉爲程式也。

老年人耳中常作風雷聲。王葑亭太僕詩云：「無眠但聽耳中雨，有酒不銷頭上霜。」極是工穩。

武林錢玉魚善畫山水人物，曾繪元微之「水晶簾外看梳頭」詩意，懸其齋壁。時已年老，常患耳鳴，自謂時而蟬琴，時而蛙鼓，時而箏琶競奏，又時而車馳馬奔，洪濤巨雷，萬籟俱集，莫可名狀。一日晨起，忽聞嚶嚶微吟自畫中出，若女郎作歌，其詞可譜，曰：「人傳郎在小花溪，無數流鶯夾岸啼。遮莫好春花隔斷，東風扶夢過棠梨。」自是而耳鳴亦頓愈矣。

天津周月東焯癖於吟詠。嘗夜歸待渡，徘徊獨吟，忽得句云：「呼船人不應，水應兩三聲。」不覺狂叫，失足落水，見者匿笑。《咏罌粟》云：「米價年來貴似珠，誰拋罌粟滿平蕪。不知囊有糧多少，能足蒼生一飯無？」其生平抱負已見。

張青立大令靖，少以「詩成五字崔黄葉，話到三生杜紫薇」得名。嘗冬月與友飲于酒肆，醉歸，月下渡浮梁，誤水爲地，墮河中，同人驚救無及。忽逆流而行，於二里外上岸，迷離，不知誰拯之也。衆聞信，扶公於寺。衣皆冰，衆環伺，恐其死也。稍甦，索紙筆書云：「夜半歸來月滿頭，凶成滅頂竟何由。請君且莫增惆悵，我輩猶堪競上游。」雖曰得全於酒，亦可謂置死生於度外矣。

咏忠烈詩最難飄逸，繆星池《過嵇侍中祠》云：「緑樹陰陰愴客情，荒祠猶認侍中名。夕陽一帶紅牆影，似是當年血染成。」

德州田彦威同之《趙北口感舊》云：「燕南趙北路迢迢，往事何堪問柳條。只此公車風雪裏，十年三過十三橋。」彦威爲山薑先生孫，詩法以王新城爲宗，有攻新城者，即攘臂與争，其篤信謹守如此。

英煦齋相國英和次孫錫祉入翰林，示以詩云：「只防極盛難爲繼，漫説登瀛爾獨遲。」自云：「吾家四入詞垣，先文莊公年十九，余年二十三，奎照年二十五，奎耀年二十一，錫祉年二十七。」按：徐松作《唐登科記考》，溯唐三百年中，惟蔣挺、子洌、孫鍊三代爲翰林學士，遍考無四代者。本朝惟吴興嚴氏五世翰林，都城無四代翰林者。相國四世五翰林，成哲親王爲書「祖孫父子兄弟翰林」八字額懸於門，可謂極科名之盛矣。

黄唐堂《渡河》詩云：「兩載梧岡逐鳳飛，簡書催我出京畿。揚帆已入江南境，只是經過未是歸。」薄書鞅掌，每有此種情況。

林茂之古度，福清人，明社屋後，流寓金陵，常紉一萬曆錢於衣帶間。吴陋軒嘉紀贈以詩云：「桃花李花三月天，同君扶杖上漁船。誰家酒壚可賒飲，一錢先與人傳看。酒人睇視皆垂淚，乃是先朝萬曆錢。」黄俞邰虞稷詩云：「八十才名遍九州，先朝遺老至今留。聽談舊事開元載，早識詞人萬曆秋。藜杖尋詩荒徑外，松風坐客小樓頭。乳山咫尺能招隱，我欲從之一溯游。」於此可想見遺民惓惓舊君心事。

閩中書肆每翻刻詩文以逐利，訛字最多。杭大宗《福州竹枝詞》云：「梨口從來號印筐，百番將樂紙猶光。書棚到處貪翻刻，俗本麻沙遍學堂。」

羅陽曾鯨堂廣文鏞《江上夜望》詩云：「潮回月上浪堆空，孤嶼奇情何處同？恍惚菱花千百萬，翻飛倒湧海天東。」江心見月，微波一動，每有此大觀。

詩本天籟，《三百篇》之韵，豈嘗有本？二百六部之分，一何多事！昔人謂沈約韵書爲濫得名，非無所見而云矣。曾鯨堂喜種菊，有彭縣令過訪，留題七律，韵用一東，中間錯用二冬。鯨堂因次其韵，戲成一律云：「丁冬花喚作丁東，試問東冬若箇濃？四矢果應分縱送，一狐何據別戎茸。《唐風》鑿鑿原通沃，周《雅》雍雍本叶豐。自是詩人吟不錯，秋英落豈異春紅。」

吾粵每當春末夏初，婆訶啼則鰣魚出。余《初夏口占》云：「風景江鄉入夏宜，紅棉飛絮柳絲絲。隔江陰雨婆訶叫，正是三黎出水時。」粵名鰣魚曰「三黎」。

甘竹灘下鰣魚最肥，合以苦瓜烹之，味更甘美。南海胡稻香句云：「晚風甘竹岸，涼月苦瓜時。」自工。

唐虞以詩教胄子，是詩之來已久，特至周而體格始大備。後人善脱胎者，便成名家。如屈子兼《風》《雅》之體，故怨誹而不亂。杜工部《雅》多而《風》少，情韵稍遜矣。韓吏部《頌》多而《雅》少，往往曲中寓直。白太傅《風》多《雅》少，第長於言情。其餘諸家，又本屈、杜、韓、白而變化之，等於自檜以下矣。

雲林山水不畫人，所南畫蘭不着土。二公滄桑遺老，感愴自深。桐城孫量如宏《過倪雲林祠》落句云：「應與所南同俎豆，遺民心事畫中傳。」拈出甚好。

李又皋茂才拜彤，鶴山人，句有「談心酒每難招客，酬世詩常悔署名」、「江水倒涵臨岸塔，山雲斜壓飽風帆」、「古渡夕陽連别墅，小橋流水接神祠」，俱近清雋。

番禺潘鈞石正衡家本富豪，而所爲詩工愁善怨。有《春愁》一律云：「愁倚春窗對鏡奩，强扶苔露上鞋尖。一分花事二分月，卍字闌干丁字簾。青瑣晝寒飛燕燕，紅樓人遠夢鶼鶼。又從岑寂添惆悵，風捲棠梨雨打檐。」愁怨處仍不脱鉛華也。又《船屋山莊雜詩》云：「賣花聲逐賣餳簫，深巷横塘又板橋。一雨乍晴晴忽雨，寒温無定是春朝。」緣情綺靡，庶幾近之。

錢牧齋晚年托佛，欲自湔釋，但大節已虧，懺悔何及。吴江周孺仍孝學書其集後云：「歸老空門結净因，落花時復餞離人。出魔入佛超然處，欲浣朝衫一斗塵。」不加貶斥，婉約可思。

吴縣韓其武騏《題趙承旨畫蘭》云：「花花葉葉帶春風，出自王孫揮灑工。猶有遺民作《心史》，也將餘墨寫幽叢。」以所南一襯，意味自覺淵永。

黄心壺玉瓚，新會人。句有「芰菱三畝水，牡蠣一窑烟」、「榕鬚拂水活，篙眼出泥圓」、「荒村茅屋野雞唱，古廟石橋流水寒」，俱刻意求新者。其《送陳續齋》絶句云：「執手何堪話寂寥，長堤折柳自魂銷。君如相憶多佳句，好寄横溪第二橋。」

嚴石帆學博光禄《送友歸石門》絶句云：「骨肉乖違各一方，浮萍蹤跡信茫茫。憐君已作無家客，不敢尊前問故鄉。」

臘月廿四，俗言灶神朝天，祀灶者皆焚黄疏於灶前。仁和蔣秋吟太史詩年疏句云：「念妄恐難通帝謂，空勞齋戒到新春。」

《文選》言相如奏《長門賦》，陳皇后復幸，正史不載其事。嘉應李繡子太史詩云：「上陽花草易黄昏，拜賜真珍欲斷魂。奏賦焉能回主眷，阿嬌終古閉長門。」

何義門先生，人知其粹於儒學，蔚爲文宗，不知詩之議論亦卓犖不群。《金陵懷古》云：「寥落寒雲蔽舊京，歌殘《玉樹》聽淒清。并無鐵鎖沈天塹，遽見金輿出石城。一馬尚能龍變化，千門誰使草縱横。烏衣巷陌尋常在，可是夷吾浪得名？」

番禺黄石谿子高工篆書，有絶句云：「黄蜂隊隊雀查查，辛苦年來爲種瓜。悔不莊頭村裏住，一生衣食素馨花。」莊頭村爲素馨生長處，今村前彌望皆花，勝於菜圃也。

張南山與宋芷灣在楚北同賦《江夜聞楚歌》。張云：「《四愁》本是吾家物，不聽《清商》鬢已絲。」宋云：「如何一副千秋淚，不唱吾家《大》《小招》。」俱有意味。

禎州姚非漁飛熊《罾魚》絶句云：「罾舉溪頭鳳尾多，瓦盆貯酒試高歌。不愁今夜仍風雨，借得鄰船一領蓑。」

尤悔庵句云：「生年不滿百，夢寐居其半。」袁子才《詠床》云：「一夜送人何處去，百年分半此中居。」

《隨園詩話》載蘇州黄子雲，號野鴻，布衣，能詩。有某中丞欲見之，黄不可，題一聯云：「空谷衣冠非易覯，野人門巷不輕開。」余閱野鴻《長吟閣集》，此詩乃沈大德潛《偕山塘諸公過舍》之作，起聯云：「雁行樹底數公來，拄杖升階一揖迴。」既曰「升階一揖」，則非不見可知。且其時歸愚尚爲秀才，又安有所謂中丞哉？子才蓋未得其詳也。

琉球國每稱華人爲唐人。按：唐太宗征琉球，國人畏服，稱天朝爲唐朝，人爲唐人，至今不改。黄野鴻隨其師徐葆光奉命册封琉球，有《中山紀事詩》云：「淵淵鼉鼓引龍軺，使節争看自九霄。士女口碑沿習久，中華仍説大唐朝。」

長洲宋南園郎中聚業，《南陽》句云：「真人白水生文叔，名士青山卧武侯。」人皆愛其對仗工巧，不知實從閻古古《題漢高廟》「中興十世生文叔，後起三分託武侯」脱胎來也。

吴穀人《葛嶺》詩云：「絶壁蒼茫石氣青，舊時師相盛園亭。圖書小押壺盧印，韜略高談蟋蟀經。白雁風來秋易冷，襄陽礮打夢難醒。可憐徹夜笙歌樂，换得杭州曲子聽。」論者謂其獨具風趣，而秋壑一生罪狀，惜尚未能舉要也。余《詠賈似道》云：「浪蘸繁燈沸管絃，師臣朝罷泛湖船。軍書自秘襄城諜，妓樂長開葛嶺筵。半壁陸沉多寶閣，一時粉飾《福華編》。誰憐事去罹奇慘，爲弔空庵古木棉。」

江禹吹衡，鈍翁子也，負才早死。其《漁燈》一絶云：「月落空江露氣浮，蘆花深處宿漁舟。寒燈映水繁星亂，夜半潮回帶影流。」

從來院本多演稗官小説，近尤影響杜撰，茫無端緒。而負販傭夫，言之津津有味。趙甌北詩云：「故事何須出史編，無稽小説易喧闐。武松打虎崑崙犬，直與關張一樣傳。」「餤段流傳本不經，村伶演作繞梁音。老夫胸有書千卷，翻讓僮奴博古今。」

趙秋谷晚年放浪，好北里遊。常客津門，西郭有妓名蕊枝者，慕趙名，翩然詣寓，求書便面，光艷動人。趙填《蝶戀花》詞贈之，相訂後期。適妓爲有力者所主，僅得於他所敘舊，數語而別，猶持所書便面，容色憔悴，非復曩態。趙爲惆悵者久之，作二絶云：「烏鵲秋前報好音，人間不信月終沈。如何兩度臨滄海，不見輕堤蘸客襟。」「照水閒花偏有艷，先霜病葉已難支。三年好在青春夢，悔作重尋杜牧之。」

元和石能高隱於市，《江上》云：「春山春水碧迢迢，病起扶筇過野橋。幾日不尋江上夢，東風吹長杜蘅苗。」風調劇佳。

吴縣朱平津家瑞《曉行》詩云：「曉雞纔唱趣登車，拂被霜寒似月華。還喜夢魂清不減，卧遊山閣詠梅花。」僕僕長途者，誰解領此風味。

方九谷《環書》有云：「人性明則氣清，性昏則氣濁。到死時，清者上升，濁者下降。有生時宰相王侯，死後不如乞丐。有生時寒士卑官，死後直登台斗。生前日短，死後日長，欲得死後天爵，須修生前天爵。」《松心日録》云：「九谷此論，亦足鼓舞人向善之心。然君子爲善，不求邀福於生前，遑計升天於死後。惟『生前日短，死後日長』二語，驚心動魄，足以勸善懲惡，扶忠誅奸。即以秦檜言之，東窗陰謀，取勢一日；西湖長跪，抱辱千年。他如王莽、曹操、董卓、李林甫、盧杞、蔡京、嚴嵩之流，載入史鑑，供文人學士之笑談；演出戲場，受野老村氓之指駡。生前日短，欲不短而不能；死後日長，求不長而不得。吁，可畏哉！」余愛其論俱精警，正如暮鼓晨鐘。鎮洋彭甘亭句云：「榮枯境何常，名在抵壽考。」金華方鐵船句云：「未必考終非夭折，由來世議即天刑。」皆此意也。

鍛錬精工，易入纖小，所貴大力斡旋耳。黄州李子谷載遥《贈閻古古先輩》律句云：「涪水瀾空劍影殘，睢陽日落馬烽寒。鞠躬詎肯輸諸葛，斷指終期報賀蘭。笑我從軍紅抹額，憐君送客白衣冠。生平慷慨無人識，醉後高歌《行路難》。」博麗沈雄，斷推此種。

人生歲月，原屬無多，作事因循，徒傷老大。方鐵船句云：「今晨惜昨晨，明日惜今日。萬事類如斯，能禁幾悠忽。」《揆文端》句云：「百事未成虚遣日，一年堪惜又逢秋。」讀此不禁慨然。

吴文簡公襄《秋吟》云：「落葉滿秋山，征人久不還。一聲何處雁，應向玉門關。」殊似唐人。

顔文忠勳業爲書名所掩，慶雲劉也僑大令東里《過諸滿顔魯公故里》詩云：「蔓草斜陽弔故居，平原一旅戰功餘。如何勳業成閒事，只解争傳紙背書。」

姚嶽峰承謙《留别鳩兹》云：「梨花楊柳認前溪，盡日東風逐馬蹄。竹裏杜鵑啼不住，别離人在板橋西。」《道中紀事》云：「桑陰鳩語遍郊疇，人爲桃花小逗留。山外畫樓溪外樹，春風二月到廬州。」聲韵俱佳。至《塞下曲》云：「刁斗聲沈曙色微，將軍出獵雪花飛。仰天欲射關門雁，只恐征人望信歸。」更爲深穩。

廣州仙掌石爲九曜石之一，横卧學院署内池東，老榕踞其上，石上有米元章詩刻。翁覃溪督學吾粤時，搜求不得，有句云：「不知米家詩句刻何處，想在老榕巨根内。」又云：「未知老榕脚下字，後來誰則伐我墓。」道光六年冬，學使翁邃庵浚九曜池，因截榕根數尺，濯而出之，得五絶一首，其文云：「九□石：碧海出蜃閣，青空起夏雲。瑰奇□怪石，錯落動乾文。米黻熙寧六年七月。」凡六行三十一字。

小兒讀書，每讀未半卷，而字多漫滅。金谿楊馭岳天禄詩云：「開卷悠然見聖賢，爾今何獨苦殘編。只能會得書中趣，糟粕無庸在眼前。」真善代解嘲。

鎮洋畢秋帆尚書於辰州病亟，傳取草笠自戴，顧所愛姬曰：「我是牛郎，卿是織女。我當歸位，卿亦相隨。」後姬送櫬至武昌，亦旋病卒，當時傳爲佳話。余有詩云：「癡女騃牛證舊緣，今生富貴宿神仙。銀河千古傷離别，此去應還二萬錢。」

南海吴香泠刺史林光，以名進士歷宰鉛山、吉水諸縣，多著政績。詩喜學白香山。題余十二石山齋云：「割取羅浮四百峰，飛來十二碧芙蓉。米家書畫仇池穴，都與詩人作正供。」

古今姓名相同者不一。大興徐香坨太守鑑知興化府，時有同姓名者，署永定興化鄉巡檢。太守調以詩云：「今仲舒同昔仲舒，名相如亦實相如。郭淮可占汾陽地，李秀傳疑北海書。可有小冠能别否，竟同大諫獨何歟。苦吟寒食飛花句，與此韓翃或是余。」

宗正庵誼《子規》云：「曾爲越客與吴棲，惆悵東風怕汝啼。今日老歸茅屋下，要啼啼到日平西。」《漢・疏廣傳》云：「廣歸鄉里歲餘，子孫竊謂其昆弟老人勸買田宅，廣曰：『賢而多財則損其志，愚而多財則益其過。』」所見獨大。漢軍英文肅公《夢堂集》中有句云：「老來筋骨知風雨，身後田園累子孫。」蓋本此意，而文肅清介立朝，即此亦可想見。

甲申，闖賊陷寧武關，周總兵遇吉戰死。其妻督婦女巷戰，矢盡亦死。魏敏果公象樞詩云：「大呼高帝出城闉，三百年來此一身。帳下投醪多戰士，軍前拔幟是孤臣。裹尸不愧真男子，擐甲曾聞有婦人。若使將軍猶未死，彗芒那敢近中宸。」筆力最爲雄健。後來李玉洲「辭家戰士無旋踵，報國將軍有斷頭」，庶堪嗣響。

前朝史閣部孤忠報國，而河山半壁，卒就傾頹。其失在出鎮揚州，致左右無人，權歸馬、阮，故滅亡如此其速也。迨閣部揚州殉難，尚有謂其騎白騾去者。以公節烈照耀千秋，豈不知城亡與亡，竟惜一死耶？吴縣沈石均磐詩云：「元老宜參帷幄籌，誰令分閫鎮揚州。廟堂決勝全無策，宰相臨戎豈自由。百戰餘生終殉國，九原遺恨在同舟。至今嗚咽邗溝水，遍繞蕪城哭未休。」吴星儕詩云：「涕泣河山暮氣成，東南半壁莫扶傾。餘哀欲訴高皇去，垂象翻愁上將明。直以頭顱勞子固，空將意氣感輿平。可憐百戰揚州死，尚説騎騾倉猝行。」二詩議論各有特識。

沈得輿欽圻爲歸愚先生之祖，有《後咏史》云：「江山何止割鴻溝，白馬青絲尚未休。貂到續餘惟狗尾，侯當封處總羊頭。不容黨錮逃張儉，只許烟花選莫愁。况是龍蚍互相鬥，元戎若箇賊同仇。」「東周東漢竟如何，消息傳來豈盡訛。嬉戲無如李天下，詼諧合有鏡新磨。摸金使者徵求遍，指鹿元臣煬蔽多。江畔野人空悵望，恐教荆棘卧銅駝。」南渡時事，二詩道盡，運用典切，屬對工穩，不減玉溪生詠史諸作。

杭堇浦《采菱曲》云：「湖波灩灩不通河，櫂出瓜皮疾似梭。忽露雪肌菱樣白，買菱人少看人多。」

潮州吴六奇遇查伊璜孝廉於行乞時，後孝廉以參校《史概》事禍發，六奇力爲奏辨得免，可謂感恩知報矣。杭堇浦《海城》詩云：「畫禪書聖兩崢嶸，詩味還如醉酒清。不是感恩吴順恪，孝廉何地乞餘生？」若爲伊璜幸也。

海城萬花塘多桃花，乃常撫軍舊植也。杭堇浦詩云：「金塘春暖漲晴沙，翠岫參差隔岸遮。一百里中紅不斷，桃花水上看桃花。」

昔人以「柳塘春水漫，花塢夕陽遲」爲中唐神來之筆。秀水朱鼎鉉《雨後放舟》句云：「春寒花信晚，水漲野橋低。」二語亦佳。所著《豐巖詩鈔》，風格多類此。

賢王祠在三岔河口香林苑側，中祀怡親王，雍正十三年奉敕建。先是三年，王承旨查修畿輔水利，奏開滄浪、青縣減水二河，並各建滚水石壩，由是衛河入直沽者其勢少殺。四年，復奉命營田天津賀家口、何家圈、白唐口、葛沽、泥沽等處，共營成稻田六百二十三頃八十七畝，逾年所營稻田或一莖三穗、雙穗不等，特疏進呈。故汪槐塘徵君《津門雜詩》有云：「樏橇頻垂度土功，嘉禾雙穗報年豐。議勳自合崇禋祀，不爲天潢私剪桐。」

吴縣沈田子畯工五絶。《送别》云：「别路風光早，江南芳草天。人心似春色，千里逐君船。」《瀟湘曲》云：「楓落早鴻過，洞庭無限波。相望終不見，只是白雲多。」

羅殖庭瑞徵著有《愚谷存稿》。其《春日馬山郊行》絶句二首云：「渡頭芳草亂鳴蛙，策杖閒尋石徑斜。好是斷橋流水岸，東風吹落木棉花。」「荒涼曲徑白雲封，行繞青山路幾重。蒼翠滿天人不見，數聲風雨落長松。」又《郊行》云：「緑樹濃陰繞徑斜，竹籬茅屋野人家。兒童飽飯渾無事，閒數門前橘柚花。」

查他山《敬業堂集》中，有《花朝晴示僧道楷》絶句云：「初日烘雲碎作霞，討春人競出江涯。老來不喜閒桃李，别約山僧看菜花。」又《上巳後五日同園看花》云：「山桃含笑海棠妍，素柰香清亦可憐。小雨乍晴晴亦雨，今年天是養花天。」此二首余每好誦之。

山川變遷，弔古者徒襲前文，每多失實。如漢陽鸚鵡洲淪没於江，無復昔日「芳草萋萋」矣。長洲陳右原學泗《鸚武洲弔古》後半律云：「一抔已没蛟龍窟，千古誰憐《鸚鵡》詞。欲采江蘺迷處所，暮烟洲渚水瀰瀰。」

甘泉謝佩禾堃善書畫，能詩，兼工詞曲。少孤苦，隱於市。後遊揚州，阮仲嘉爲延譽於當路，於是陶雲汀、曾賓谷、鄭夢白、麟見亭諸公皆與定交，詩名遂噪。著有《春草堂集》。《詠後晉》云：「啗酥名已重諸侯，更割幽并十六州。一乘奚車一囊藥，闕氏山畔六宫愁。」《南漢》云：「紅雲讌罷感滄桑，曼倩詼諧最擅長。二四羊頭來白雨，一時愁煞小南强。」《楊花》云：「春光團結撲衣多，和雨和烟繫緑波。亞字闌干舟一葉，琵琶低唱《畔兒》歌。」俱屬雅音。

白傅「長裘」、杜陵「廣厦」，千古艷稱。而汪荸詩云：「西湖日日可尋芳，樓上憑欄意未忘。斫取荷花三萬朵，作他貧女嫁衣裳。」胸次尤屬奇絶。

方于宣詒事孫可望，爲撰國史，言帝星明於井度，三牋勸進。後可望降本朝，于宣上書錢邦芑，謂願糾義旅禽可望。邦芑答以詩云：「修史當年筆削餘，帝星井度竟成虚。秦宫火後收圖籍，猶見君家勸進書。」

劉雨湖師詠彦章句云：「未必良禽能擇木，可憐烈女不更夫。」悲其失身，表其忠勇，二語已括王鐵槍一生。

錢湘舲三元桀游邗上時，於謝未堂座上品評揚州諸妓，以楊小保爲元，顧霞娱爲榜眼，楊高三爲探花。趙雲崧調以詩云：「酒緑燈紅紺碧紗，江鄉此會最清華。科名一代尊沂國，絲竹千年屬謝家。拇戰酣摧拳似雨，頭銜艷稱臉如霞。無雙才子無雙女，並作人間盛事誇。」

少年入學，苦於父師拘束。及爲官，又慮案牘勞形。趙雲崧《歲節》詩云：「戛釜家家爆孛婁，糟床茅酒亦新篘。兒童放學官封印，樂過蒼鷹脱臂韝。」

寧都彭儀庵學博雲鴻《戍婦詞》云：「人言郎是封侯相，三十年來記不真。」不怨深於怨矣。

余邑羅二愚惠敷《悼亡》詩云：「朱絃已絶獨愁余，怕説當時共起居。此去不知魂魄在，斷無消息達雙魚。」「楊意頻年愧未逢，青燈累汝共終窮。即今夫壻真淪落，莫向重泉達老翁。」又有《春盡》絶句云：「風光九十嘆如梭，醉傍花前唤奈何。一領春衫那忍换，酒痕不及淚痕多。」强半皆傷心語也。

真州蕭娘製餻餅最有名，人呼爲「蕭美人點心」。袁子才曾覓以餽某中丞，中丞寵之以詩，一時競多唱咏。余愛趙雲崧二絶云：「帶得脂香價便高，一奩粉餌入風騷。美人手段才人筆，補出劉郎九日餱。」「一技成家動貴游，遂憑食譜姓名留。蘇東坡肉眉公餅，此女公然另出頭。」

何曉峰其晃《鼉江度歲》云：「不辨身爲客，何鄉是異鄉。悲歡隨俗轉，甘苦一身嘗。虎跡侵官驛，蛇涎積女牆。故園除夕宴，應共憶殊方。」《再過銅鼓灘》云：「泛濫仍如此，遥天目力微。長風吹夢斷，奇浪擁山飛。征鳥愁難渡，歸心恐遽違。翻憐三島外，帆影往來稀。」長洲畢心耕永仁《殘荷》絶句云：「纔見凝粧映水紅，旋驚殘葉颭西風。池塘一歲榮枯事，盡在沙鷗冷眼中。」

明人多疎於韵學，雖名家亦多誤用。國初名流如梅村、西堂輩，皆不甚切究。己未宏詞科，施愚山以「奸」韵降等，錢唐王嗣槐以失韵黜落，皆偶失檢點，不在此例也。

嘉興冷啓敬謙明初爲太常司協律郎，世傳其仙去，府治東北碧漪坊建祠祀之，里人禱夢多驗。余讀其《題燕肅山水卷》詩云：「依稀廬岳高僧舍，彷彿商山隱者家。我亦抱琴來谷口，白雲深處拾松花。」确有仙氣。

常熟楊瑶島慕道聞勾容笪在辛侍御重光隱匡廬，即裹糧入山。路極險，見一石洞，洞内鋪松毛，知爲道家脩煉處。候數日，絶無聞見。一夕夜半，忽聞風聲，一黄毛人飛至洞中，端坐不語。楊知爲侍御，即叩求長生之術，忽見金光四射，仍閉目不語。楊再懇，始云：「爾根基不厚，可即出洞，毋獲天譴。」語畢，竟飛去。楊悵然而返，始知侍御已證仙班。侍御集中有句云：「百年容易過，萬事總難工。」早有出世之想。其他佳句如「雨入千山暝，雲生五月涼」、「人家依岸轉，河水抱城流」，及「千峰遠抱金陵氣，萬井低浮鐵甕烟」，皆雄健可傳。

伊犂有冰山，爲適葉爾羌要道，夜行者每聞下有絲竹聲，又聞有唱《子夜歌》者。洪稚存太史詩云：「達板偷從宵半過，箏琶絲竹響偏多。不知百丈冰山底，誰製齊梁《子夜歌》。」

劉澄齋太守錫五詩才豪放，居史館時常與曹儷笙、盧南石、曾賓谷、陳湘南諸公相唱和，《咏蔡忠襄祠》一首最爲悲壯。詩云：「捲地西風萬馬馳，驚心獨木與支持。孤軍不障全河水，舉國争傳陷洛時。福禄孱王愁命酒，沙蟲戰士僅留皮。小南門火連天起，慷慨吟成絶命詩。」自注：「忠襄名懋德，浙江人。明末以僉都御史巡撫山西，闖賊陷太原，公自縊三立閣下。祠在閣側，公昔講學於此。」

尹北窗先生繼娶夫人，貌極類前夫人。澄齋太守調以詩云：「纔到人間廿二春，龍華小謫悟前因。偕爲金母司觴使，續作仙郎對案身。鏡裏花開先後影，梁間燕踏去來塵。數宵恩重知多少，半爲新人半故人。」

澄齋太守《洪山雜詠》云：「里門南去碧迢迢，芳草如茵馬足驕。衝破曉烟人不見，笛聲吹過水西橋。」

余嘗有「飽看怪石當遊山」句。後閲陳友松集，中有《題雅宜山房詩》云：「庭前叠石擬層巒，丘壑何嫌地未寬。會得《南華》《齊物》志，一拳也作泰山看。」

桐鄉鈕西齋太史汝祺《西湖雜詩》云：「日午波光一倍明，晚風柳外正鶯聲。青山只合圍三面，要放東湖月出城。」

錢牧齋《贈别故侯家妓人冬哥》云：「繡領灰飛金谷殘，向人紅袖淚闌干。臨歧莫悵青娥老，兩見仙人泣露盤。」「天樂荒凉禁苑傾，教坊凄斷舊歌聲。臨歧只合情騰去，不忍聽他唱《渭城》。」汪覺先《於杜茶村座上見故宫人》云：「浣花溪上話殘春，詩句文章老更真。酒半一聲《河滿子》，不堪重見孟才人。」滄桑遷變，感愴自同。覺先名志道，錢塘諸生。

文昌人能閹母雞，養成毛羽，即類雄雞。會稽任福泉兆麓詩云：「天開異想入非非，養得黄雞没骨肥。不識如何回造化，能教雌伏變雄飛。」

任福泉集中佳句頗多。余最愛其「肯容我醉惟添酒，怕與人争不下棋」二語。

錢唐樓于湘錡《春日歸泊閶門》云：「年年蹤跡感飄蓬，冷落柴門烟雨中。燕子歸來送舊壘，桃花何處笑春風？」寫無家之況，可云哀艷。

長白佟蔗村佟鋐家世顯貴，脱屣軒冕，放情山水間。僑寓津門西郭，娶姬人趙氏，字艷雪，色藝兼擅，築樓貯之，名艷雪樓，相與唱和其中。艷雪有和蓮坡《悼亡》句「美人自古如名將，不許人間見白頭」，爲時所賞。錢塘汪槐塘徵君沆詩「樓頭艷雪瑩於玉，每課新詩到日西」，蓋謂此也。

南海朱廷光《新晴晚望》一首，和《輞川》却似《輞川》，詩云：「春雨洗四郊，青山净無垢。草木帀晴嵐，清風動谷口。靄靄川雲生，涓涓洌泉走。曳杖一逍遥，餘暉挂高柳。」

婺源王香圃明經麟生，爲東田太僕之子，著有《補梅書屋詩草》。《二月初五夜雪》一首，氣格渾成。詩云：「空堦三寸雪，小閣一枝燈。夜色静如此，春風來未曾。榻虚衾似水，杯淺酒成冰。歸夢向何處，江樓最上層。」句如「風迴知岸曲，水漫覺潮生」、「雲藏古寺鐘聲出，葉落空潭雁影寒」、「落霞浸水有餘色，遠樹過蟬時一聲」、「花自多情還有信，人偏小別易經年」、「春比少年還迅速，人如流水易東西」、「晚渡語喧成野市，荒堤人聚走香車」，俱屬清艷。

景東程月川含章初宰封川，旋登巡撫。其宦吾粤爲最久，所至多著政績。性尤惡訟，每作《戒訟短歌》，令小兒沿途歌之。歌雖近俚，而聞者化焉。所著有《嶺南集》詩四卷。其句如《詠重洋》云：「千叢鬼火燒層浪，百萬神兵發早潮。」《江村》云：「桄榔葉戰秋風老，橘柚香添夜雨肥。」《詠包孝肅》云：「肯使鏡塵藏鬼魅，不教關節到閻羅。」《郡齋》云：「胡床自挂千年壁，蘭室空餘百本花。」《懷劉寄庵》云：「地鄰泰岳山多雨，酒酌任城月滿樓。」《讀蘇詩》云：「興來意氣全吞海，老去文章漸入禪。」俱佳。而《弔羅浮》詩更爲雄邁。時會匪陳本倡亂，殺掠居民。官軍薄之。賊據險朱明，古刹仙踪蹂躪殆盡。詩云：「梵王宫殿月黄昏，慘淡西風落照痕。鬼火無烟燒佛骨，石人有淚哭沙門。飛雲頂上旌旗動，合掌巖前虎豹蹲。好助王師除賊子，崩崖折木困游魂。」

十二石山齋詩話卷十

順德梁九圖福草

古無韻書，《三百篇》即韻書也。鄧籥筠制府廷楨謂古人爲詩，宫商滌盪，綺脉交錯，雙聲叠韻，自然成文。督兩粵時，與番禺林月亭孝廉互相討論，著《詩雙聲叠韻譜》，曰錯綜，曰對待，曰絫句，曰單辭，分爲四目。如「彼茁者葭，壹發五豝。于嗟乎騶虞」，「葭」「豝」「虞」，正韻也；「者」「五」，韻上韻也。「茁」「發」，句中韻也。「乎」「虞」，本句句中韻也。「于」「虞」，本句首尾爲韻也。「者」「葭」「五」「豝」「于」「乎」「虞」，又通爲一韻也。此錯綜也，織紝成采，左宜右有也。如「山有扶蘇，隰有荷華」，「扶蘇」，叠韻也。「荷華」，雙聲也。此對待也。和鸞雝雝，語必叠雙也。如「伊威在室，蠨蛸在户。町畽鹿場，熠燿宵行」「伊威」，叠韻也。「蠨蛸」、「町畽」、「熠燿」，皆雙聲也。此絫句也。繁音促節，其比如櫛也。如「輾轉反側」，「輾轉」「反」，叠韻也；「輾轉」「側」，雙聲也。此單辭也。聲應爲文，不取諸鄰也。凡詩中雙聲叠韻處，無不臚列。王氏《經義述聞》謂古詩隨處有韻，即叠韻之意，而未言其詳。錢氏《養新録》頗及雙聲，而祗舉其概。得此，則音韻之道彌彰矣。

鳩江宋鶩山繩武所著《和平集》，五律以氣格勝。《晚宿》云：「遠山銜落日，老樹暗荒村。下馬欲投宿，揮鞭頻叩門。燈光出茅屋，人影亂黄昏。野老相延入，殷勤酒一樽。」七律亦復雅健。《偕佟莘湄入都》云：「海門秋水正茫茫，野草全枯柳更黄。烏鵲啼殘千樹月，塞鴻衝破一天霜。村邊問酒心先醉，馬上還家夢不長。莫向西風頻下淚，長安原是別離鄉。」

邵青門，人皆知爲長蘅，不知常熟邵陵亦號青門。有《西湖雜題》云：「不上歌樓即酒樓，暖風薰白幾人頭。敗荷殘柳無情緒，也管西湖十里秋。」

吾廣每歲二月十三日，士女多乘畫舫，詣南海神廟燒香。家章冉學博廷枏詩云：「蒲作輕帆桂作橈，紅閨女伴亦招邀。心香一瓣尋常事，忙殺珠江兩夜潮。」學博著述甚富，詩乃其餘事。

余仲父青厓中翰五絶最似王右丞，《訪友》云：「雲起野橋西，層峰鎖隔溪。欲尋清秘閣，山鳥向人啼。」《晚晴》云：「雲開山放晴，雨過江橫練。野寺晚鐘鳴，斜陽在人面。」

余齋爲南海程石臞先生可則蕺山草堂故址，初歸宋氏、黄氏，乃始歸余。故余《自題十二石山齋》云：「叠石癡同東海迂，石齋吟嘯足清娛。此間舊是詩人宅，二百年前溯石臞。」大興邵丹畦方伯甲名題云：「蕺山堂廢百餘春，池館樓臺愛斬新。昔有石臞今石圃，天留勝地住詩人。」謂余接跡前賢，愧不當也。

余又有《自題山齋》二絶云：「蕭齋四面繞蘿垣，近市差堪避俗喧。鎮日編詩無箇事，藤陰滿地不開門。」「洗竹澆花與課兒，幽棲偏有外人知。叩門過訪多生客，除却求書便寄詩。」

張笨山云：「聽彈詞千萬語，説古事原原本本，非不破除人悶，然不如佳人一曲，使人情移。絶句一體，不可不時時學作，以造至唐人聲調之妙。」有《和小青》云：「殘燈冷雨説窗紗，忽憶喬家憶杜家。兩兩癡情千古絶，夢梅夢柳夢梨花。」亦楚楚有致。笨山名霔，天津人，官中書。著有《帆齋逸稿》、《欸乃書屋》、《緑艷亭》等集。

樊鑑堂宗澄《常州晚發》云：「霏微細雨暮春天，江柳低垂軟欲眠。一帶紅燈依緑水，靚粧人在畫樓邊。」吴念湖人驥《葛沽道上》云：「海門東望葛沽堤，一路春風入馬蹄。水上桃花村外柳，紅粧多在畫樓西。」附郭行舟，每多此景。

婁縣王思岡懋忠《贈柳校書》云：「一卷詩詞記囀鶯，重來曲巷共逢迎。挑燈莫唱開元曲，花落江南涕淚横。」與「岐王宅裏」、「崔九堂前」作一種風神。

滿洲毓鍾山有《舟過静海即景》律句云：「輕帆高掛雉城東，收盡殘霞片片紅。淺水人看篙打月，逆流船與浪争風。三更入破戍樓笛，一字驚寒沙渚鴻。極目詩情最蕭散，漁燈明滅亂流中。」

弄麞伏獵，誤者不少。許秋厓中丞改漕督時，道出長沙，例供儀仗。善化令某於官銜牌誤書「漕」作「糟」，中丞作詩云：「平生不作醉鄉侯，況復星軺速置郵。豈有尚書兼麴部，漫勞明府續糟丘。讀書字要分魚豕，過客風原是馬牛。聞説新銜已遷轉，武岡可是五鋼州。」時令已擢武岡刺史，故結句諷之。

道光二十二年，唤船闖入吴淞，陳蓮峰軍門化成率兵弁在塘堵禦，死之。宜興任太史泰詩云：「破浪乘風海道開，島夷五萬里能來。漫矜魏絳和戎利，争羡班超破敵才。七秩移官常握槊，三年籌筆獨登臺。陳平家世饒謀裕，未倒狂瀾趁早回。」按：百年前碣石總兵陳昂請防範英、圭、黎諸國，蓋禍患之萌，久爲有識者所睹，結聯蓋謂此也。

永福黄莘田太令任放情詩酒，辛四會時，大吏以飲酒賦詩、不理民事劾之。解組日，即將「飲酒賦詩，不理民事，奉旨革職」十二字自旌其舟而返。性嗜硯，又喜與雛尼狎。所居有十硯齋，蓄雛尼十人，使各懷一硯，夜即抱硯而寢，謂硯襲陰氣，故常温潤如玉也。詩亦情致纏綿，别饒逸趣。《春思》云：「百折紅闌不見人，小池風皺緑鱗鱗。夕陽大是無情物，又送牆東一日春。」「橘花和露落青苔，鏡檻無風暗自開。涼月不知人已散，殷勤猶下畫簾來。」

《翁山文外》所載王義之行最捷，殆麥鐵杖之流乎？嘗自天津至居庸，一日來往八百里，因號八百里人。每當平沙曠野，欲止則直奔一樹，以兩手抱樹，其神乃定。抱樹不牢，則兩足又蹈空馳去矣。仁和蔣秋唫太史詩云：「天津朝去杳無蹤，八百里人何處逢？祇有《翁山文外》紀，往來一日轉居庸。」

篆玉上人，本仁和萬氏子，善鼓琴。有《題畫》絶句云：「幾枝老樹絡枯藤，秋在林巒凈可登。空闊了無心外法，一痕山影淡於僧。」

桐鄉汪嘉穀母王氏，有《憶母》絶句云：「閒階愁種忘憂樹，繡户難生返哺烏。爲問女兒橋下水，東流幾曲到南湖？」

吴中錢岱勛，從柳如是爲狎客。酒坐賦詩，多所捉刀，名之曰「偕柳」。歸虞山，偕亦從焉。故王笠舫《書虞山秋槐集後》有云：「東林浪子擅風流，紅粉甘心嫁白頭。彭祖兒孫前狎客，捉刀同上絳雲樓。」納姬並納其私人，亦屬僅見。

李鳳岡太守威購得趙吴興真書《耕織詩卷》，韓桂舲尚書易以五百金，不可。後聞葉雲谷農部好蒐羅墨寶，於七千里外寄贈之，并題七絶於卷後云：「染翰齊眉管仲姬，丹青名筆又佳兒。嗤余愧殺藏公蹟，不與良朋待與誰？」今此卷藏余家寒香館中，筆法秀媚，誠可寶也。

本朝御前供奉十番，有《月殿雲開曲》，每雨後奏之，輒晴。武進趙億孫懷玉《灤陽雜詠》云：「雨後斜陽愛晚晴，宫中法曲記分明。憑吹不用多絃管，月殿雲開只一聲。」趙億孫《歸途口占》云：「密雲不雨日光微，消受涼風試葛衣。一片青山兩行柳，亂蟬聲送客車歸。」

億孫嘗於除日祭詩，以東坡及賈長江畫像並懸於室，賦詩云：「酒脯初陳樺燭然，閬仙端合配坡仙。精神敝盡聰明損，尚有詩多勝去年。」

翟錢江性嗜飲，有侍姬某，貌娟好而最嬖。山舟學士題其《坐禪小照》云：「繡幢也受閨人戒，米汁還將佛子瞞。却被筠翁寫生手，硬差此老上蒲團。」真雅謔也。

會稽潘少白諮邃于理學，著有《常言》二卷，可入宋人語録。所爲詩多清曠。如《晉陽道中雜詠》云：「涼風厲素節，寒光動征衣。草木被原皋，清露隨陽晞。高天亦何涯，榮悴理則齊。群生作華實，萬態迭新萎。金石古云堅，糜淪渝光輝。日月去已遠，悵然攬芬菲。徘徊千載中，獨立安所歸？」氣静神恬，足徵所養。惟近體詣力未至耳。

翁山晚年耽於酒色，論者疑其初終易節，不知乃信陵「醇酒婦人」意也。仁和沈麟洲大令元滄《題屈子詩外》云：「匹馬三邊聽鼓鼙，吴鉤笑拂月初低。英雄末路憐紅粉，銷得香東與墨西。」「笑他餘子競風騷，未許陳梁聲價高。一代才名兼意氣，海南沛上兩詩豪。」香東、墨西，翁山二姬名。

《旅堂詩集》有《吴梅村被徵入都》四律，云：「海外黄冠舊有期，難教遺老散清時。身隨杞宋留文獻，代閱商周重鼎彝。滿地江湖傷白髮，極天兵甲憶烏皮。重來簪筆承明殿，記得揮毫出每遲。」「幕府徵書日夜催，宫開碣石待君來。歸心更渡桑乾水，伏櫪重登郭隗臺。花萼春回新侍從，風雲氣隱舊蓬萊。暮年詩賦江關重，輸却城南十里梅。」「一尊雨雪坐冥濛，人在汪洋千頃中。老驥猶傳空冀北，春鴻那得久江東。榛苓過眼成虚谷，禾黍關心拜故宫。我亦吹簫向燕市，從今敢自惜途窮。」「碧海黄塵事有無，此來風雪滿燕都。遺京節度新推轂，盛世朝廷倍重儒。花暗鳳池思劍珮，春深虎觀夢江湖。悲歌吾道非全泯，坐有荆高舊酒徒。」悲其遇復惜其才，詞意最爲婉曲。集爲錢唐胡介著。

沈歸愚《書吴梅村詩後》云：「蓬萊宫裏舊仙卿，自别青山悔遠行。擬作栩陽《離别賦》，江南愁煞庾蘭成。」以子山比之，恰如梅村身分。

無錫女子王韵香能詩，後披剃於雙修庵爲尼，法名嶽蓮。《詠團扇》絶句云：「緑遜芭蕉輕遜紗，秋風愁不起班家。夜來攜向園中坐，欲撲流螢恐礙花。」

吴梅村《遇舊友》云：「已過纔追問，相看是故人。亂離何處見，消息苦難真。拭眼驚魂定，銜杯笑語頻。移家就吾住，白首兩遺民。」起語神妙，不圖於「乍見翻疑夢」詩外，又獲此創句。

《硯北齋集》中有《送友》絶句云：「旗亭折盡柳依依，草色青分上袷衣。腸斷子規啼罷後，落花風裏送君歸。」集爲魏覲揚著。

會稽姚六賣絹爲業，娶妻甫一月，載貨而行。舟抵南雄，惑於游伎，盡喪其貲。隻身竄至羊城，獵食於相識家，眼鼻間貼一刀圭藥。衆厭惡之，輒諱，辨爲烟毒，蓋姚固嗜鴉片者也。未幾鼻隆隆然，四周如紅綫。一日曉起，過友家盥漱，風觸其鼻，鼻隨嚏墮，掩袂踉蹌遁去，夜半雉經而亡。王笠舫作《懲姚六》詩云：「賣絹牙郎不自量，錯驚花艷大堤倡。非關郢客斤曾斲，自是蛾眉斧解戕。下鑿鴛鴦原有家，上通烏鵲已無梁。十三樓畔垂垂柳，回首章臺一斷腸。」

陶雲汀制府《朱仙鎮鄂王廟》七律，感慨悲涼，一時傳誦。詩云：「故國西風問黍離，金牌遺憾動持危。兩宮冰雪孤臣夢，十載塵沙大將旗。輦道有山通艮嶽，虜庭無路奪焉支。長城萬里誰人壞，航海空教後日悲。」

星儕《南城早發》云：「出城侵曉莫遲遲，好趁濃烟遍地時。便背長堤催馬走，離愁不遣緑楊知。」《村居》云：「門外春摇萬柳斜，前村一角露桃花。未能盡把交游謝，又約詩僧訪酒家。」皆善用曲筆。

星儕《詠桓宣武》句云：「半生功業藍田縣，一部笙歌白紵山。」《淮陰釣臺》云：「劉項興亡關去就，彭鯨醢戮共欷歔。」《金川門》云：「登城莫問能飛燕，報國空聞喚視豬。」《長沙》云：「離次不堪猴作弟，破家真應馬無王。」《東莞伯故里》云：「金陵自有真人氣，珠海何勞大將師。」《文信國》云：「諸妓滿堂甘一散，二王航海竟無成。」《孟蜀》云：「兩代規模留食典，卅年風雅屬《宮詞》。」《吴三桂》云：「事去包胥空痛哭，時清欒布又縱横。」《金陵》云：「半壁殘山聊復爾，一年明月本無多。」《建業》云：「鼎足尚能尋舊壘，石頭終見豎降旗。」《坡翁》云：「一代齊名歐范陸，百蠻謫宦惠儋廉。」健筆縱横，上下千古。他如五言云「山寒僧影瘦，寺廢鬼聲多」、「榕子落疑雨，藤陰涼隔天」、「松杉終古碧，風雨萬山寒」、「山摇殘燒斷，江浸亂星寒」。七言之「風狂柳絮無家客，春老桃花退院僧」、「才名跌宕張三影，身世飄零杜七歌」、「風約亂星隨棹散，波漂孤月入罾圓」、「萬山風雨枯僧寺，一夜波濤獨客燈」、「豕圈雞塒湯玉茗，筆床茶竈陸龜蒙」、「樓閣影低隨月去，灘瀧聲急入城寒」、「事多挫折俱成悔，詩少磨礲每不安」、「才緣短拙常依友，性喜疎狂愧作儒」、「門嫌近市宜長掩，樓爲看山始一登」、「貪睡每愁迎客起，得閒偏爲著書忙」，寫景言情，各具妙理，俱堪入摘句圖也。

奉新甘莊恪公汝來，政事德業，見重當時。所爲詩亦復清真，其句如《謁伏波祠》云：「黑白謾勞污薏苡，丹青何必羨麒麟。」《歲盡》云：「年年作客風情苦，夜夜還家夢寐癡。」《信陽道中》云：「怪石縱嫌當路惡，溪流猶愛在山清。」《李家寨阻雨》云：「路危誰出移山力，雲暗猶懷獻曝心。」皆可味也。

唐以詩取士，而浣花翁竟不能博一第。余有《讀唐詩》絶句云：「律喜三唐欲問津，聲詩取士局原新。如何大筆風騷接，却是春官失意人。」

李椒堂先生《衡陽舟中即目》云：「竹籬茅屋野人家，古樹扶疎夕照斜。行盡湘南春欲老，滿山開遍刺桐花。」雅近宋人。

李瑶林没後，余搜其遺稿，有《秋旅》句云：「十年舊夢三更月，萬里行人一夜秋。」《漫成》句云：「欲求知己無如我，不慣從人怕受恩。」《珠江贈小妓蓉卿》絶句云：「推窗露立看嬋娟，蹙斷眉峰語可憐。妾是江波君是月，君團圓夜妾團圓。」瑶林姿容秀美，吐屬亦自風流。

深情人作無情語，其情愈深。成容若侍衛《送蓀友》云：「人生何如不相識，君老江南我燕北。何如相逢不相合，更無別恨横胸臆。」《紅樓夢》傳奇指爲情種，洵然。

雪樵有《久别金陵寄女校書》詩云：「雞聲帆影苦相催，燕子磯邊首重回。酒舫燈船明月夜，舊曾遊處夢常來。」是静極思鬧語。陳古漁《水閣偶成》云：「秦淮十里畫船輕，水月燈光一片明。家在畫中渾不覺，夜闌翻厭玉簫聲。」是鬧極思静語。

吴澹村詩最瀟灑，《渡江》云：「東來兩扇布帆輕，每遇風波夜轉驚。船底江聲篷背雨，旅人聽得最分明。」《春思》云：「齊開畫閣倚笙歌，一樣簾櫳映綺羅。底事春風欠公道，兒家門巷落花多。」澹村名文溥，著有《南雅堂集》。

長洲蔣荆名楷《河堤曲》云：「走河堤，風凄凄，黄雲黯黯落日低。沙邊叢樹半枯死，荒村無人鴉亂啼。走河堤，風凄凄。」「走河曲，風簌簌，填柴作岸蘆作屋。西風一夜鉅野流，魚頭赤子千家哭。走河曲，風簌簌。」愛其似諺似謡。

如皋冒辟疆《贈柳敬亭》云：「憶昔孤軍鄂渚秋，武昌城外戰雲愁。如今衰白誰相問，獨對西風哭故侯。」家蕉林詩云：「軍中軼事語如新，磊落寧南百戰身。爲問信陵當日客，侯門誰是報恩人？」

青陽吴七雲宗伯襄少客於淮，與阮虞再、劉再祈爲莫逆交。有《過淮訪再祈》二律云：「破帆乘月過淮陰，小泊城西訪素心。入郭人都知舊第，到門僮尚解鄉音。面因久别真難認，話爲愁多不敢深。我昔天南頻北望，何堪向北又分襟。」「天涯攜手立須臾，如許離情半語無。十六年來雙鬢短，三千里去一帆孤。家還有母非遊子，貧即依人不丈夫。笑謝韓臺垂釣客，無勞分箸飯窮途。」

吴江吴漢槎兆騫以科場事戍塞外，後赦歸，旋卒。著有《秋笳集》。《三月十二日河上口號》云：「三月歸鴻滿塞天，流澌日暮尚凄然。自從身逐烏龍戍，不識春風二十年。」

常熟孫赤厓暘既遣戍，賜環後，無家可歸。詩云：「歲歲還鄉夢，今朝夢始真。到家仍作客，無地可容身。山色迎人好，湖光入眼新。廿年成底事，悔不早投綸。」「弟妹何年别，盤飧此夕同。看來頭盡白，語罷淚俱紅。垂老重聞亂，還家舊業空。但能長聚首，不必問窮通。」「少小離鄉縣，何堪老大歸。出門童子問，見面故人稀。道路忘南北，溪橋半是非。青青山色在，猶到舊柴扉。」真覺悽愴獨絶。

真率之詩，如周櫟園《詠靖公弟至》云：「荒城兀坐對燈殘，歸計先愁百八灘。爾又遠來余未去，高堂清淚幾時乾？」

善畫者詩亦多畫意。六安楊潤生用澥精繪事，有絶句云：「春水初生鱖正肥，小橋路曲近柴扉。腥風一陣林中起，知是漁人傍晚歸。」

天津道士王野鶴，結廬傍三叉河，曰香林苑。老樹古藤，奇花異石，錯置庭户。與張帆齋、龍東溟、周月東諸名士相唱和。四壁粘詩箋無隙地，人謂其齋曰「詩廠」。仁和蔣秋吟太史《沽河雜詠》云：「東風吹老香林苑，緑到丁沽第幾橋？野鶴已仙詩廠在，垂楊無語晝蕭蕭。」

吾粵木芙蓉有名爲「三日醉」者，以其初開色白，次日微紅，又次日深紅也。余詩云：「甕頭雀芋汁纔封，止酒年來興復濃。對此未能三日醉，秋江姤殺木芙蓉。」

賑饑雖盛典，多中飽於吏胥。崑山王攻玉蒼璧《童謡》云：「賑飢民，吏胥飽。飢民泣，吏胥惱。吏胥勿惱爾當喜，明府明朝糶官米。」

《捉搦歌》亦《竹枝》遺響，余邑陳古村孝廉份歌云：「瓜皮艇子長二丈，小姑十撑九不上。何如泊岸候潮長，免打江心逆流槳。」音節悠揚，恍與櫓聲相摇曳也。

香山伍鐵山瑞隆《竹枝詞》云：「蝴蝶花開蝴蝶飛，鷓鴣草長鷓鴣啼。庭前種得相思樹，落盡相思人未歸。」朱竹垞太史《西湖竹枝詞》云：「養魚莊説養魚肥，放鶴亭看放鶴歸。妾在鳳凰山下住，生來不見鳳凰飛。」乃全仿其格。

「憐余兄弟各西東，一處離情五處同」，長洲宋嘉升郎中句也。「茱萸明日重陽酒，五處登高各一人」，海寧查夏重太史句也。誦之增鴒原聚散之感。

孔東塘先生《桃花扇傳奇》一書，著筆滄桑，借侯、李兒女私情，間作點綴，自是詞曲中絶調。當時長安扮演者歲無虚日，而寄園一席爲尤盛。名公鉅卿、騷人墨客駢集，至座不容膝。酒闌燈灺，故臣遺老或有掩袂唏嘘者。書甫成，日下傳鈔殆遍。忽一夕，内侍索其書甚急，適先生無繕本，乃於張平州中丞家覓得，午夜進入内府。集中題詞皆一時名士，而田山蘁數絶句最掩抑情深。詩云：「一例降旗出石頭，烏啼楓落秣陵秋。南朝賸有傷心淚，更向胭脂井畔流。」「白馬青絲動地哀，教坊初賜柳圈迴。《春燈》《燕子》《桃花》笑，戔奏新詞狎客來。」「江湖無賴弄潺湲，一載春風化杜鵑。却怪齊梁癡帝子，莫愁湖上住年年。」「商丘公子多情甚，《水調》詞頭弔六朝。眼底忽成千載恨，酒鉤歌扇總無聊。」「零落桃花咽水流，垂楊顚頷暮蟬愁。香娥不比圓圓妓，門閉秦淮古渡頭。」「錦瑟銷沉怨夕陽，低回舊院斷人腸。寇家姊妹知何處，更惜風流鄭妥娘。」

吴梅村詠吴三桂詩云：「取兵遼海哥舒翰，得婦江南謝阿蠻。」哥舒翰本無遼海取兵事，獨桑維翰曾乞師於遼，殆梅村誤用耳。

吴江郭頻伽《湖上》詩云：「一湖純浸四山陰，萬鼓鏗敲日照林。尚有數峰晴不得，又吹飛雨過湖心。」寫陰晴不定之景如畫。

前明逆藩宸濠妻妃沈江後，爲南昌人私葬，墓在隆興觀側。二百年來，碑趺雖在，而表識俱無。鉛山蔣苕生太史請於彭青原方伯，復爲立碑，又作《一片石》傳奇演其事，一時題詞，頗多名作。北平黄崑圃云：「不作喁喁兒女詞，愛將名節譜烏絲。胸頭義烈肩頭事，每藉柯亭笛一吹。」秀水錢香樹云：「翬服沈江志可哀，一坏私瘞認莓苔。插秧時節農歌好，可有金蠶出墓來？」錢塘宋桐門云：「一時新曲艷西江，小部徵來盡擅場。聞道淺斟低唱夜，翠簾争認緑衣郎。」濟南趙吾山云：「此只何勞遣越巫，新詞譜就一燈孤。他時笛裂歌聲咽，卿是人間鬼董狐。」

李笠翁詩能出新意，不欲就前人範圍，然味淺詞粗，多流放誕。同時如吴梅村、尤展成、丁葯園、余澹心諸先生力爲揄揚，今則人皆訾之。究之，平心而論，笠翁亦未嘗無完善之作也。五言律句如《賣劍》云：「賣劍不賣俠，讀書甘讀貧。」《丙戌除夜》云：「屋留兵燹後，身活戰場邊。」《不寐》云：「無憂羨童僕，有夢到家鄉。」《智果寺避雨》云：「寺寒人境暑，山雨下方晴。」七言律句如《旅病》云：「旅病方知妻妾好，亂離更覺故人疎。」《野性》云：「抱琴欲睡遣山去，對酒無朋呼月來。」《吴駿公別業》云：「林逋客去唯調鶴，杜老詩閒即浣花。」皆無愧雅音。五、七絶尤有獨造者，《夏日》云：「愛坐清涼石，常教緑蔭遮。夜深明月底，一嘯落松花。」《山中送客》云：「送君歸人間，耑行勿回顧。少頃白雲生，欲下山無路。」《上航驛伍使君送酒》云：「列國通津古上航，椶櫚庭院薜蘿牆。詩成醉殺玄暉酒，亭長扶人上驛床。」《賣樓》云：「茅齋改姓屬朱門，抱取琴書過別村。自起危樓還自賣，不將蕩産累兒孫。」《題王安節畫册》云：「嵐居如海氣如潮，萬壑千巖盡欲飄。不是白雲穿牖過，誰知尺五即青霄。」

雲臺爲東南重地，本名郁洲山，在海中，周三百餘里，淮、黄尾閭也。國初因海氛不靖，尚書蘇納海等奏請，遷各島居民入内地，此山禁爲界外。康熙間復爲内地，後海漲沙淤，漸成平陸。昔靳文襄公謂「百年後將策馬上雲臺山」，至今果然。常司馬建極《寄雲臺山僧》詩所云「見説蓬萊又清淺，波濤堆裏足桑麻」是也。詩本十首，其第二首最佳。詩云：「笑我風塵未即休，絲絲殘雪漸盈頭。難成今日還山計，妄作他年出世遊。半嶺白雲蕭帝寺，滿林黄葉贊公樓。秋來下榻還能記，卧聽松聲枕上流。」中如「屏開幾曲娑羅月，香散雙林貝葉風」，及「胡僧許借逃禪榻，毛女應分拾翠崖」，亦近晚唐。

屈翁山云：「今天下詩，皆有委而無源，才雖具而無道以爲之本。故其詩不能縱横自得、蹈空獨行。稍擬議即成變化，以合於風雅。」其僅善者，吾所知秦有一人，魯一人，齊一人，吴越三四人。吾粤則葯亭、元孝，其傑出者矣。

木棉唯吾粵有之，其樹雜茂林中，必高出於群木。遇東風則紅玉漫天，闌珊花放矣。杭堇浦太史詩云：「最憐三月東風急，一路吹紅上驛樓。」星儕詩云：「怪得東風連日急，隔江催放木棉花。」

林子羽爲前明閩中十才子之冠。時紅橋有張氏女，家紅橋，因以「紅橋」自號。語父母曰：「才如李青蓮者事之。」邑子王恭盛飾求一見，不納。林投二詩，即以身許。王賄侍兒潛窺其狎，賦「酥乳」、「雲鬟」二絶戲之。旋林遊金陵，唱《大江東》一闋爲別。又自金陵寄《摸魚兒》一闋，有「別離處、淡月乳鴉啼曙」之句。七絶有「歸夢不知江路遠，夜深和月到紅橋」，及「日午捲簾風力軟，落花飛絮滿紅橋」等語。張寄林詩云：「衾寒翡翠怯秋風，郎在天南妾在東。」可謂兩情繾綣矣。迨林自金陵歸，張已卒，床頭有玉佩玦，懸《蝶怨花》詞留贈。其詞曰：「記得紅橋西畔路，郎爲來時，繫在垂楊樹。漠漠梨雲和夢度，錦屏翠幕留春住。」真玉折蘭摧，千秋同慨也。烏程嚴海珊詩云：「銀屏桂殿露香飄，此去蓬山路不遥。濯濯泥人春月柳，東風吹不上紅橋。」「花枝七寶障歌筵，只許聞聲已可憐。况是雲鬟人賦得，此才大勝李青蓮。」「大江東去雁南賓，翡翠衾寒幾度春。淡月落花歸有夢，崔徽已作卷中人。」「争忍三山逐日行，今宵鐵磨照燈明。傷心待漏朝天句，併入叢殘玉珮聲。」

「單車倉卒入關中，頓起蕭蕭易水風。儻以漸離更豎子，不將秦始視桓公。藥囊縱有無且在，匕首何難聶政同。決策酬丹偏昧此，空教白日貫長虹」，此劉雨湖師咏荆軻作也。前人咏荆軻者夥矣，馮大木責其劍術之疎，劉繼莊誚其生劫之謬，屈翁山議及所副之非，王説作憫彼中心之義。然諸作皆未能包羅一切，此獨囊括前人，而以翻空出之。中四語直是廿八字成句，格創氣雄，斷推傑構。

碭山汪元琛《金陵雜詩》云：「青溪一曲鴨頭波，相約湔裙踏淺莎。雙槳月明桃葉渡，但聞人語不聞歌。」杭州何春巢《秦淮竹枝》云：「蘭橈最是晚來多，萬點紅燈映碧波。我已三更鴛夢醒，猶聞簾外有笙歌。」羽士朱嶽雲《秦淮舟子》云：「一年生計在烟波，金粉秦淮過眼多。那更捕魚江上去，可憐夢裏亦笙歌。」三押「歌」字，俱妙。

商寶意太守得趙姬環娘，情好甚篤。姬卒後，寶意悼亡之作傳遍一時。余尤愛其《環娘至淮》詩云：「迴身宛轉故依然，小别重逢似隔年。藥餌急須調病後，簪環親與卸粧前。但教好月常三五，豈惜春衣典十千。江北江南風正厲，護花人祝養花天。」

盧雅雨都轉見曾大會吴越名士六十餘人於紅橋。陶篁村有「誰識二分明月好，一分應獨照紅橋」之句，爲時所稱。後篁村《月夜憶揚州舊游》詩云：「扶胥海上露華新，那得笙歌畫舫春。楊柳紅橋今夜月，阿誰重憶舊詩人？」

海寧查藥師岐昌爲初白先生孫，最工詠史。《秦淮雜詩》數首，風調尤佳，余謂不減阮翁。詩云：「烏衣名巷里名珂，夾岸亭臺貯翠蛾。流盡舊家簾幙影，秦淮依舊水如羅。」「亞字低闌護板橋，大航燈影已蕭條。游人不管南遷事，一樣興亡話六朝。」「玉樹金釵句極妍，丁丁新調試吴絃。袖中紅本都官伎，宫戲新呈《燕子箋》。」「市隱園中樂事稠，白門柳曲記眉樓。彦回少日真名士，老去從人唱石頭。」「鴨毛新漲白鷗潭，瀲灩波紋皺淺藍。殘月曉風楊柳岸，詞人低唱《憶江南》。」「斷烟零雨莫愁湖，樂府流傳此地無。邀得閒人來泛艇，紅衣散處引雙凫。」「柳翠梅妍十六樓，任他蕭寂亦良游。顛花殢酒生來嬾，身是當年許散愁。」「百花洲畔蹟全蕪，聞説天開似畫圖。桃葉一枝隨鏡轉，教人回首憶西湖。」

長洲蔣香度中翰廷恩《題許伯兼庚申詩鈔》云：「一編快讀《庚申集》，七字重逢丁卯橋。」工巧獨絶。

仁和龔雪浦茂才澡身《西市》絶句云：「無端清唱近橋邊，蜀錦吴綾色總鮮。畢竟坐中誰最好，阿紅今正十三年。」「海棠紅襖藕絲裳，蟬鬢蛾眉新樣粧。齊向寺中來拜佛，月初月半是朝香。」「湖波瀲灧月昏黄，水面温柔别有鄉。酒意初闌燈未滅，調脂匀粉畫鴛鴦。」「越河橋外緑楊遮，艭樣船兒雁字斜。都説今朝野菜會，田家兒女並簪花。」

雪浦弟深甫中翰湜身《皋亭看花》詩云：「冶遊時節賣餳天，蠻榼都籃併一船。船上女兒歌《白紵》，十三纔學打鞦韆。」「生憎潑火雨簾纖，水榭看花不捲簾。勸飲一杯婪尾酒，臉潮紅比舊時添。」「皋亭二月春如海，杳杳仙津九折灣。身在畫中頻讀畫，徐熙花鳥郭熙山。」「芳樽客試鵝黄釀，春漲舡回鴨緑明。花影滿身詩滿口，白蘋風裏聽流鶯。」「蓑衣桐笠賣花翁，腸斷零烟碎雨中。深巷小姑初解事，背人簪髻一枝紅。」《吴中盪湖船詞》云：「六柱油船八扇窗，吴歌緩緩譜新腔。絶憐阿母勤梳裹，盪槳女兒丫髻雙。」「紅荷包繫緑烟筒，閒倚闌干賭酒慵。學畫蛾兒宫樣曲，内家粧束似吴儂。」「親攜刀尺手摻摻，新試鵝黄杏子衫。青瑣簾櫳關不住，微香冉冉送春帆。」「雀舫亭亭漾綺羅，輸他船小得春多。背人虎阜燒香去，但祝來生産苧蘿。」與雪浦洵堪伯仲。

南昌李慧卿女史，小字晴霞，黄竹樓别駕配也。詩才清妙，嘗寄題余十二石山齋云：「聞説詩人宅，嵌空怪石多。樓臺環水竹，池館雜烟蘿。身世盡如寄，古今誰不磨。山齋叢著述，勉矣莫蹉跎。」深得贈人以言之旨。

余在陳雲史案上見有《春懷》詩八首，乃南海朱子湘大令次琦作也。愛其中二聯云：「抱膝敢言天下事，論心長待眼中人」、「料無儋石羸劉毅，浪許功名似馬周」。

鎮洋汪杏江庶子《書侯朝宗集後》云：「梁苑遺編迥絶倫，英名奇氣未全湮。少年濁世佳公子，垂死清流舊黨人。直以文章褫馬阮，肯將名節負吴陳。風流江左傳遺事，争唱《桃花》曲部新。」

方漁尊《送友赴秦》詩云：「行行匹馬向前途，秦晉雲山入畫圖。爲問灞橋亭畔柳，青青還似舊時無？」

宜興陳伽陵檢討維崧《小秦淮曲》及《紅橋詩》，傳誦一時，《小秦淮曲》云：「廣陵城外小樓多，秋水盈盈剪越羅。記得昨宵樓上女，斷無人處注横波。」「老去心情不自持，板橋細柳一枝枝。誰將細雨零烟恨，説與東風小庾知。」《紅橋詩》云：「輕紅橋上立逡巡，緑水微波漸作鱗。手把柳絲無一語，十年春恨細如塵。」「一帶蕪城織野烟，三春板渚亂寒田。傷心錯到平山路，不獨江南事可憐。」「雨餘垂柳鴨頭緑，日落吴天卵色紅。絶似儂家罨畫裏，幾層春水幾層風。」

崇禎癸未，湖廣巡撫宋一鶴敗後，家屬没官。其愛妾陳氏以色藝聞，門客王屋聘焉，謝參政上選先期娶之。徽州程奎《即事》詠云：「歌舞叢中度歲華，一朝忽去抱琵琶。前身定是烏衣燕，不入王家入謝家。」比例貼切，宜一時争相傳誦也。

何小範《粤東金石詩》十九首，各有精采，録其五云：「訶林苑廢溯虞翻，六祖碑殘莫再論。畢竟菩提亦無樹，堪嗤髪塔記猶存。」「問奇何必到玄亭，藺蝨𧝉俱照眼青。武曌創空劉龔繼，龍龕新搨道場銘。」「祇存風度一間樓，墓道空尋土一丘。鐵鑄相公銅鑄佛，金身不壞各千秋。」「少時不識銅壺漏，日日來登拱北樓。笑煞大元延祐欵，幾行官職姓名留。」「東塔金殘西鐵灰，羊頭天雨忽飛來。鑾澄枉祝龍躬慶，兔骨難消石讖灾。」

李長庚自謂「日試萬言，倚馬可待」，少陵又謂其「斗酒詩百篇」，而《青蓮集》中僅傳立進《清平調》三章。本朝嘉定張天扉庶子鵬翀《南華集》中，自叙和小阮《落葉》詩，自晨至午，成上下平聲七律三十首。沈文慤謂於坐間見其《詠雁字》律體詩，不半日，上下平韵俱就，歎爲絶倫。張文敏謂同奏事乾清宫門下，出漢製白玉羊與玩，南華即口占四十字，如宿構然。語次，殿角劃然聲震，各驚顧，乃四閹舁一大冰，繩斷碎迸，南華復口占四十字，俱歎賞不絶，當時競以「謫仙」呼之。故其《歸途偶記》云：「每來金殿號神仙，泛雪曾呼上御船。却笑黄門誇李白，還疑昨夜酒家眠。」

家敦宿茂才國書，余同邑人。殁後遺詩二百餘首，多志和音雅者。其句如「水落連山動，舟行挾石趨」、「峽高懸月小，沙闊落星微」、「二年人在烟嵐裏，千里家懸夢寐中」、「水吞高峽波全白，木落空江葉半黄」，乃極妍鍊。

番禺王蒲衣準性倜儻，喜彈琵琶，著有《琵琶楔子》，自謂得未曾有。嘗眷一妓名文玉，姿態艷麗，亦善琵琶。未幾，爲有力者所奪，不相見者十年。一夕，忽訪王于城南客舍，相見悲慟，不禁雲英今昔之感。王作《琵琶曲》贈之云：「琵琶一曲赤欄橋，無限傷心在此宵。却憶江州白司馬，青衫紅淚不能消。」《小陶吟草》佳句頗多，余最賞其「肺將成病猶耽酒，魂不禁銷亦愛花」之聯。集爲臨汾郭瞿仙别駕著。瞿仙名汝驄。

昔人詩云：「到底不知因色誤，馬前猶自買臙脂。」黄莘田《詠楊花》云：「到底不知離别苦，後身還去作浮萍。」如皋熊澹仙女史《詠春燕》云：「辛苦不知身是客，一春銜盡碧桃花。」皆仿其意。

一壑上人俗姓魏，嘉興人，住持鳳鳴寺。會鄉民有與土豪争田者，縣令斷歸豪家。一壑助鄉民，使控上官，遂得直。豪與令咸切齒焉，誣治之，且榜於通衢，有能持其私事者悉以告。數日無所得，將斃之於獄。一壑獄中題四絶於壁云：「憨山覺範是吾師，梏拲鋃鐺笑不辭。莫怪世人皆欲殺，幾人曾見馬駒兒？」「七字詩名是禍胎，秦黄輩出盡奇才。傷心獨有瀧山老，不入司空黨籍來。」「兵守圜扉斷往還，蹣跌便當活埋關。平生倔强猶如昔，莫累窮交康對山。」「鍊得身心似死灰，頽然一榻没塵埃。從今再見毘耶相，更有何人問疾來？」適令以事去，新令滿洲舒雲亭至，閲獄中，見此詩，歎曰：「此湘纍遺音也。」立爲平反，釋之，使返初服，復姓更名舒，字更生。其殁也，張蔬坪廣文哭以詩云：「賈島清吟負罪名，歸儒意氣尚峥嶸。獄中題壁人傳死，當代憐才天使生。肝膽輪囷猶可瀝，文章感慨不能平。只今少谷山人逝，誰是當年王子衡？」

合浦李仲節大令符清《平山堂雜詠》云：「春晴得得買舟來，折得花枝半未開。一陣香風橋上過，行人知是看山回。」「年少翩翩醉似泥，花陰飛騎蹴香蹄。奚童也識春光好，頭插花枝過水西。」「清溪引水曲通池，緑樹紅雲晚更宜。十里燈光珠萬斛，滿湖如看上元時。」「最早來游最早回，回過湖口有船來。停橈叉手頻相問，山上桃花開未開。」聲韻劇是悠揚。

南昌萬孺廬承蒼《早入西城》詩云：「古巷柴門晏不開，獨行僻處少塵埃。道旁老樹凌空立，應怪輕車日日來。」未免塵勞者自悔矣。

余邑歐陽慎思明經達所著《無逸堂集》，羅石湖孝廉爲之校定，惜未付梓。其《上灘謡》云：「舟行向西，水流向東。舟欲避石，無路可通。日朗天空，雷鳴不已。船在石中，雷在船底。没石飲羽，篙力如矢。一篙失勢，石如鋸齒。篙師撐頭，舵師撐尾。富貴貧賤，命懸舟子。」又有《梟溪曉發示家人》句云：「老離骨肉言多瑣，貧去家鄉别倍難。」《登南安東山寺樓》云：「雙城並峙東南控，一水中分晝夜流。」《舟泊高梁》云：「數家烟火成村落，一峝猺人戴羽毛。」《晚泊白沙》云：「谷口沈冥疑作雨，山頭濃淡半生雲。」

番禺許揚雲有「五字長城」之目。《湖心亭》云：「堂虚受風滿，水闊得天多。」《夜次弋陽》云：「隔村沈樹影，孤犬吠帆聲。」《舟上螺川》云：「山緑殘春草，禾荒久雨田。」《山寺》云：「石開門入月，僧卧榻依松。」《燕子磯》云：「靈鍾龍虎地，雄鎖帝王州。」《江舟早發》云：「沙月光留岸，蘆風響入船。」

寧鄉陶季壽章潙所著《嘉樹堂詩》，句如「草緑孤城閉，江閒一艇來」、「客子未投宿，山家已上燈」、「月出烏棲樹，鐘鳴人到城」、「一片雨初散，數峰雲又生」、「一棹孤行處，萬山無盡時」、「二更孤月上，十里一人無」，極冲淡自然。

亭州李鵠山中素《送人赴選》云：「丈夫出處須斟酌，不是封侯便退耕。」又《題四弟幕府齋壁》云：「百二并州雪一鈎，寒光曾指陣雲收。兒曹莫笑苔花厚，夜夜還能射斗牛。」語意最爲倜儻。

常熟馮服之行貞長於弓馬，旁及詩畫。當滇逆叛時，曾佐某參軍幕府，出師有功。去之，又爲客報讎，槍法爲當時第一。晚年乃以經書教授婁門。李客山果懷以詩云：「從軍依楚塞，亡命走山東。不屑論功賞，何妨老用窮。風霜吹短褐，湖海信孤篷。留得金槍在，沈埋芳草中。」

粉膩脂香之地，不妨着艷冶之詞。仙源汪湘舲錕《秦淮雜詩》云：「團團紈扇自輕摇，小繫香羅稱瘦腰。劇愛六街燈上後，家家簾下聽吹簫。」「兩岸聽歌夜倚闌，淚痕畢竟爲誰彈。六朝金粉香猶在，楊柳風前妬小蠻。」「秋水平堤泛畫橈，行來無處不魂銷。問誰打槳迎桃葉，只在秦淮舊板橋。」「曲檻回欄十二樓，新涼一抹透簾鈎。雙鬟豆蔻年華小，解撥琵琶不解愁。」

（吴忱、張宇超點校）